SEIOBO THERE BELOW

서왕모의 강림

알마 인코그니타 Alma Incognita
알마 인코그니타는 문학을 매개로,
미지의 세계를 향해 특별한 모험을 떠납니다.

SEIOBO THERE BELOW

서왕모의 강림

László Krasznahorkai
크러스너호르커이 라슬로

노승영 옮김

일러두기
- 본문 하단의 주는 옮긴이 주다.
- 저자의 이름은 국내에 알려진 '라슬로 크라스나호르카이'로 표기하는 대신, 국립국
  어원 외래어 표기법 규정과 헝가리어의 성-이름순 표기 방식에 따라 '크러스너호르
  커이 라슬로'로 표기했다.
- 작품 내에 등장하는 헝가리 인명과 지명의 표기는 국립국어원 외래어 표기법 규정
  에 따르는 것을 원칙으로 했다. 단 헝가리어가 아닌 다른 언어로 된 인명이나 지명
  의 경우에는 해당 언어의 표기법을 따랐으며, 현지의 명칭보다 널리 통용되는 제
  3국어의 지명이 있는 경우에도 예외를 두었다.
- 일본어 호칭은 영어판 번역자의 표현을 존중하여 '상', '센세' 등으로 표기했다.

모든 시간이 밤이다. 그렇지 않다면 빛이 필요 없을 테니까.

    – 토머스 핀천,《낮에 대항하여Against the Day》에 인용된

텔로니어스 멍크의 말

차례

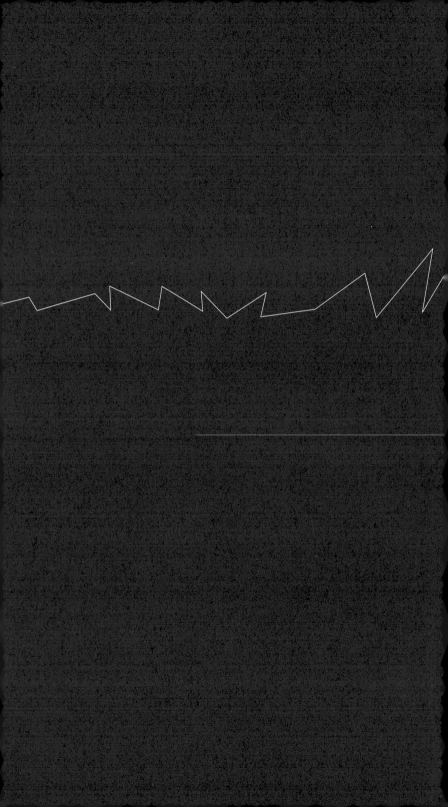

I

가모가와의 사냥꾼

주위에서 움직이는 모든 것이, 마치 이번 한 번만인 것처럼, 헤라클레이토스의 전언이 감각 없는 모든 장애물에도 불구하고 온 우주만큼 떨어진 곳에서 어떤 깊은 해류를 타고 이곳에 도착한 것처럼 움직이는 것은, 물이 움직이고 흐르고 도달하고 쏟아지기 때문이니, 이따금 비단결 같은 산들바람이 살랑거리고 찌는 듯한 열기 속에서 산이 몸서리치지만, 이 열기 자체도 땅에서 움직이고 떨고 진동하되, 강바닥 여기저기에서 키 큰 풀의 섬들이, 풀이, 잎 하나하나가 움직이고 떨고 진동하듯 움직이고 떨고 진동하며, 각각의 얕은 물결이, 떨어지면서 낮은 보 너머로 굴러 내려간 뒤에, 이 가라앉는 물결의 상상조차 할 수 없는 모든 찰나적 입자와, 이 찰나적 입자의 표면에서 번득이는 모든 빛이 뒤따라 내려가는데, 이 표면은 불쑥 나타났다가 그만큼 재빨리 무너지며, 그 빛방울은 스러지고 반짝거리다 말로 표현할 수 없이 모든 방향으로 비틀비틀 뻗어 나가니, 구름이 모여들고, 저 높은 곳에는 한시도 쉬지 않고 변화하는 푸른 하늘이 있고, 태양은 무시무시한 힘으로 집중되었으나, 여전히 형언할 수 없이 찰나적 창조 세계 전체에 확장되어, 미칠 듯 찬란하고, 눈이 멀 정도로 빛나며, 강물 속에는 물고기와 개구리와 딱정벌레와 작은 파충류가 있고, 승용차와 버스는, 북쪽으로 향하는 3번 버스, 32번 버스, 38번 버스까지 좌우의 제방과 평행하게 뻗은 채 김을 내뿜는 아스팔트 도로를 따라 꾸준히 기어가고, 물막잇둑 아래로는 빠르게 발을 구르는 자전거가 굴러가고, 강 옆으로 포장로나 다져진 흙길을 따라 남녀가 거닐고, 홍수 방지용 자갈 또한 흐르는 물 아래에 인위적이고 비대칭적으로 깔려 있어, 모든 것이 뛰놀거나 살아 있으니, 생겨나고 이동하고 내달리고 전진하고 가라앉고 솟아나고 사라지고 다시 나타나고 어딘가로 달리고 흐르고 돌진하는 와중에, 오로지 백로만이, 조금도 움직이지 않는 이 거대한 순백의 새만이, 무방비 상태를 숨기지 않고 모든 공격에 스스로를 노출한 채, 이 사냥꾼은, 앞으로 몸을 숙이고 목을 S자로 구부려 이 S 모양으로부터 대가리와 길고 단단한 부리를 뻗어 온 몸을 긴장시키되, 동시에 아래로 긴장시키고, 날개를 몸통에 바싹 붙여, 가는 다리로 수면 아래 단단한 지점을 찾는데, 흐르는 물의 표면에, 실로 표면에 시선을 고정하고서 이 표면 아래에, 빛이 굴절되는 저 아래쪽에 있는 것을 수정처럼 환히 들여다보니, 그것이 아무리 재빨리 다가오더라도, 만일 다가오기만 한다면, 그곳에 당도하기만 한다면, 물고기, 개구리, 딱정벌레, 작은 파충류가 다가와 물의 흐름이 부서지고 다시 거품이 생겨 물이 꾸르륵거리기만 한다면 한 번의 정확하고 신속한 동작으로 부리를 찔러 넣었다가 뭔가를 들어올리니, 그것이 무엇인지 우리가 볼 수도 없는 것은 모든 일이 번개 같은 속도로 벌어지기 때문이어서, 보는 것은 가능하지 않고 오직 알 수 있는 것은 그것이 물고기라는 것이며―산천어이든 은어이든 붕어이든 모래무지이든 돌고기이든 뱀장어이든 다른 무엇이든―그것이야말로 그가 가모가와강 한가운데 얕은 물속에 서 있는 까닭이니, 하나의 순간 속에서, 그 지나가는 것을 측량할 수 없으나 아무리 믿기지 않아도 분명히 존재하며 앞으로도 뒤로도 나아가지 않는 그 하나의 순간 속에서, 시간 속에 던져진 헤아릴 수 없이 복잡한 그물처럼 그저 빙빙 돌 뿐 어디로도 움직이지 않는 그 하나의 순간 속에서 그는 그곳에 서 있으니, 이 움직이지 않음이 그 모든 힘을 가지고 있음에도 탄생하고 생명을 유지해야 한다는 이 모순은 한꺼번에 파악하는 것만이 마땅하나, 그것이야말로, 이 모순의 동시적 파악이야말로 실현될 수 없는 것이어서, 그것은 말해지지 않은 채로 남으며, 그것을 묘사할 어휘는, 심지어 낱낱의 단어조차도 떠오르지 않는바, 그럼에도 저

새는 하나의 순간에 모든 것을 걸어야 하고, 그 과정에서 모든 움직임을 억제해야 하거니와, 홀로 그 자신 속에서, 광란의 아수라장 속에서, 절대적이고 우글거리고 바글거리는 세상의 한가운데에서 그는 그곳에, 이 떨어져 나온 순간에 머무르며, 이 순간이 스스로 닫혀 그 순간이 차단되면, 이 맹렬한 움직임의 한가운데에서 그 순백의 몸을 그대로 멈춘 채, 사방에서 덮쳐오는 무지막지한 힘들에 자신의 부동을 아로새겨야 하는 것은, 오랜 뒤에야 그가 이 맹렬한 움직임에, 만물의 총체적인 광란에 다시 한번 참여할 것이고, 그 또한 모든 것과 더불어 번개처럼 빠르게 움직일 것이기 때문이나, 지금 그는 사냥의 시작인 이 닫힌 순간 속에 머물러 있다.

그는 영원한 굶주림이 법칙인 세상에서 왔기에, 그가 사냥한다는 말은 말 그대로 사냥에 종사한다는 뜻으로서, 그의 추위 사방에 있는 모든 생명체 또한 영원한 사냥에 종사하여 자신에게 부여된 사냥감을 덮치거니와, 덮치고 공격하고 다가가 사로잡고 목을 움켜쥐고 등뼈를 부러뜨리거나 몸통을 꺾어 뜯어 먹고 냄새 맡고 깨끗이 핥고 구멍을 내고 빨아 먹고 헤집고 주둥이를 들이밀고 물어뜯고 통째로 삼키는 등의 행동을 하는데, 저 새도 사냥이라는 목표에 사로잡힌 채 끝없이 사냥해야 하는 것은, 이런 식으로 또한 이런 식으로만 이 영원한 굶주림에서, 그에 따라 모두에게 부여되는 임무인 사냥에서 영양분을 얻을 수 있기 때문으로, 여기서 사냥은 여기에서만, 또는 이 특수한 경우에 또 다른 의미가 덧붙어 풍성해지는바―저 새가 제자리를 잡고, 즉 다리를 물속에 박아넣어, 말하자면 몸을 뻣뻣하게 굳히면 사냥이라는 단어가 평소에는 가지지 않던 의미가 덧붙으니, 그리하여 알자하드 이븐 샤히브의 유명한 세 문장을, 이번엔 좀 더 풍성하게 인용하자면, "새가 하늘을 가로질러 집으로 날아간다. 지친 듯 보이는 것은, 힘든 하루였기 때문이다. 사냥에서 돌아오는 것은, 사냥당하지 않았기 때문이다." 우리는 이것을 조금 바꿔, 강조점을 살짝 옮겨야 하는데, 즉 그는 당면 목표는 있었지만 장기적 목표는 없었으며, 그가 존재하는 공간에서는 어떤 장기적 목표도 어떤 장기적 이유도 기본적으로 불가능하되, 눈앞의 목표와 이유를 더 촘촘하게 엮어 그로부터 그는 빚어지고 그로부터 언젠가 필멸할 것이다.

　하지만 그의 유일한 천적인 인간―저쪽 제방 위에서 죄악과 나태의 일상적 매혹에 빠져 있는 피조물―은 그를 보고 있지 않으며, 바로 지금도 강 양쪽으로 난 흙길을 따라 집 쪽으로나 반대쪽으로나 또는 왔다 갔다 걷고 달리고 자전거를 타거나 근처 세븐일레븐에서 산 오니기리를 들고 벤치에 앉아 점심시간을 보낼 뿐 그를 보지 않는바, 오늘은 보지 않으며, 내일이나 다른 때에는 무슨 이유라도 있다면 볼지도 모르지만, 설령 누군가 보는 사람이 있더라도 저 새는 별 신경도 쓰지 않을 것인즉, 사람들이 얕은 강 한가운데쯤 서 있는 대형 조류에 익숙해진 것처럼 그도 제방 위 인간들에게 익숙해졌으나, 오늘은 강 어느 쪽에서도 이 일이 일어나고 있지 않아서 어느 쪽도 상대방에 눈길을 주고 있지 않지만 누군가 눈길을 준다면 볼 수 있었듯, 그는 저기서, 가모가와강 한가운데에서, 물이 무릎까지밖에 오지 않는 정말 얕은 봇물에다 작은 풀밭이 듬성듬성 흩어진 세상에서 가장 괴상하지는 않을지라도 정말이지 특이한 곳에서, 단 한 번도 움직이지 않은 채, 몸을 앞으로 팽팽히 숙인 채 우두커니 서서 그날의 사냥감을 지독히 오랫동안, 벌써 10분이 지났고, 앞으로도 반 시간을 더 기다리고 있으니, 이 기다림과 집중과 부동 속에서 시간은 잔인할 만큼 긴데, 여전히 그는 움직이지 않고 아까와 똑같이, 똑같은 자세로 서서, 깃털 하나 움직이지 않고서, 몸을 앞으로 숙이고, 꾸르륵거리는 물의 거울에 부리를 거의 수직으로 기울인 채 서 있으니, 아무도 그를 쳐다보지 않고 아무도 눈길을 주지 않는데, 오늘 목격되지 않으면 영원토록 목격되지 않을 것이고, 저렇게 서 있는 표현 불가능한 아름다움은 감추어진 채일 것이요, 저 장엄한 정적의 독특한 매혹은 감지되지 않은 채일 것이어서, 이곳 가모가와강 한가운데에서, 이 정지 속에서, 이 순백의 긴장 속에서 무언가는 미처 등장할 기회도 얻기 전에 상실되고, 목격자가 하나도 없어 누구에게도 인식되지 못하지만, 그가 주변의 모든 것에 의미를 부여하고, 빙빙 돌고 휘도는 움직임의 세계에, 타는 듯한 열기, 진동, 모든 소용돌이 소리, 냄새, 장면에 의미를 부여하는 것은, 그가 이곳의 유일 무이한 특징이요, 이 풍경의 한결같은 예술가이기 때문으로, 그는 비할 데 없는 부동의 미학 속에서 한결같은 예술적 관찰을 실천하며, 자신에게서 의미를 부여받는 것 위로 단번에 우뚝 서고, 그 위로 주위의 모든 것이 벌이는 광란의 대열 위로 우뚝 솟아, 모든 것에 스며 있는 낱낱의 의미 위로 또한 그 자신의 실제 행위가 지니는 의미 위로, 일종의 무목적성―과 더불어 아름다움―을 가져다주는바, 아름답다는 것의 요점은 무엇인가, 무지막지하게 정확한 부리와 의지력을 지닌 하얀 새 한 마리가 서서 수면 아래에 무언가 나타나길 기다리다가 부리를 내리꽂을 뿐인 것을.

　　이 모든 일은 교토에서 일어나는데, 교토는 무한한 예절의 도시요, 올바르게 처신하지 못한 자들을 심판하는 법정이요, 올바른 몸가짐을 유지하는 자의 낙원이요, 법도를 지키지 않은 자를 위한 유형지다. 이 도시의 미로는 예절, 처신, 몸가짐의 미궁으로부터, 사물의 관계를 규정하는 무한히 복잡한 규칙들로부터 생겨난다. 이곳에는 왕궁도 정원도 없고, 거리도 실내도 없고, 도시 위 하늘도, 자연도, 도시를 둘러싼 먼 산에서 가을이면 붉어지는 단풍나무도, 절 마당의 개미자리도 없고, 니시진西陣에 남은 견직 공방들도 없고, 기타노덴만구北野天満宮 신사 옆에 숨겨진 후쿠즈루福鶴 상의 유곽도 없고, 순수한 건축의 도道로 지은 가쓰라리큐桂離宮도, 가노狩野 가문의 황홀

한 그림이 걸린 니조조二条城도,《라쇼몽》의 음산한 배경에 대한 어렴풋한 기억도, 2005년 떠들썩했던 여름 도심의 근사한 시조카와라마치四条河原町 교차로도 없고, 시조오하시四条大橋 — 영원히 우아하고 신비로운 기온祇園으로 이어지는 다리 — 의 매혹적인 아치도 없고 기타노오도리北野をどり 무희의 작은 얼굴에 패인 고혹적인 보조개 두 개도 없고, 어마어마한 규칙 덩어리만, 모든 것 위에서 작용하며 모든 것에 확장되는 예의범절만 있었거니와, 이 질서는, 사물과 사람 사이의, 사람과 사람 사이의, 더 나아가서, 사물과 사물 사이의 불변하는 동시에 변덕스러운 이 복잡성의 감옥은 인간이 온전히 파악할 수 없는바, 오로지 이와 같이, 이를 통해서만 모든 왕궁과 정원, 격자무늬로 배치된 거리, 하늘과 자연, 니시진 구역과 후쿠즈루 상과 가쓰라리큐와 라쇼몽이 있던 장소와 기타노오도리 무희의 작은 얼굴에 패인 고혹적인 보조개 두 개는 존재를 부여받으니, 그녀는 번득이는 찰나에 부채를 얼굴에서 치워 영원히 아름다운 보조개 두 개를, 추잡하고 부유한 후원자들의 음흉한 시선으로 가득한 관중 앞에서 자연스럽고 황홀하고 매혹적이고 남자를 타락시키는 미소를 모두에게 보여준다.

교토는 끝없는 암시의 도시로, 아무것도 그 자신과 동일하지 않고, 한 번도 그럴 수 없었으며, 낱낱의 부분은 돌이켜 거대한 전체를, 오늘의 자신이 비롯한 보전될 수 없는 영광을 가리키니, 그 영광은 뿌연 과거 속에서 살아가거나 과거의 단순한 사실로부터 만들어진 것으로, 그 영광을 그 부분들 중 하나에서 파악하거나 심지어 이곳에 있는 무언가로부터 엿보는 것조차 가능하지 않은 것은, 이 도시를 들여다보려 하는 자는 그 최초의 부분마저 잃기 때문이니, 그가, 관광객이 옛 에도에서 출발하는 신칸센 고속 철도를 타고 교토 역에 도착할 때처럼 밖으로 나가, 옳은 출구를 찾아 놀이공원만큼 복잡한 지하 통로로 걸어 들어가, 가라스마도리烏丸通り 어귀로 걸어 들어가, 이를테면 북쪽으로 쭉 이어지는 도로 왼쪽으로, 역에서부터 보이는 히가시혼간지東本願寺 절의, 경의를 요구하는 길고 노란 외벽들을 보면, 바로 그 순간 그가 가능성의 공간으로부터, 오늘의 히가시혼간지를 볼 수 있는 가능성으로부터 이미 떠나버리는 것은, 오늘의 히가시혼간지는 존재하지 않기 때문이며, 오늘의 히가시혼간지를 눈으로 보면 그것은 히가시혼간지의 과거라고 가장 부정확하게 일컬어지는 것에 즉각 짓눌리는데, 그것은 히가시혼간지에 과거가, 또는 어제나 그저께가 한 번도 없었기 때문으로, 히가시혼간지의 모호한 과거에는 수천수만 가지 암시만이 있어서 가장 불가능한 상황이 만들어지니, 말하자면 어느 때의 히가시혼간지도 존재하지 않았듯 오늘의 히가시혼간지는 결코 존재하지 않으며, 암시만이 경외를 요구하며 지금도 있고 예전에도 있었거니와, 도시에 들어서서 이 어마어마한 경이의 제국을 누비는 사람은 이 암시만이 온 도시를 떠다니는 것을 알 수 있으니, 그는 도지東寺에서 엔랴쿠지延曆寺까지, 가쓰라리큐에서 도후쿠지東福寺까지, 마지막으로 가모가와강에서 강물이 꾸르럭거리는 지점에―가미가모신사上賀茂神社와 높이가 얼추 비슷한 곳에―도달하는데, 그곳에 백로가, 특별한 방식으로 과거 못지않게 현재를 가진, 말하자면 둘 다 가지지 않은 유일한 존재가 서 있으니, 현실에서 그는 앞으로 가는 시간에도 뒤로 가는 시간에도 결코 존재하지 않으며―예술가의 관찰력을 부여받았기에, 이 허깨비 같은 도시에서 장소의 축과 사물의 축을 조절하는 역할을 대표하기에 파악할 수 없고 상상할 수 없는―비현실적인―달리 말하자면 감당할 수 없는 아름다움이다.

물에서 고기를 잡는 새―무심한 행인에게는, 눈을 들어 보더라도 이것이 그가 보는 전부일 테지만, 그냥 눈을 들어 보는 것이 아니라 첫눈에 시야가 트여 이해하는 가운데 알아야만, 적어도 이 움직이지 않는 새가, 얕은 물의 풀섬들 사이에서 고기를 잡는 이 새가 얼마나 지독하게 잉여적인지 알 수 있고 볼 수 있는바, 실로 이 거대하고 위엄 있는 순백의 피조물이 얼마나 무방비한지 의식해야 하고, 즉각적으로 의식해야 할 것임은―그가 잉여적이고 무방비하기 때문이니, 그렇다, 그토록 자주, 하나는 다른 하나를 만족스럽게 설명하거니와, 말하자면 그는 잉여적이어서 무방비해졌고 무방비해서 잉여적이 되었으니, 무방비하고 잉여적인 숭고함, 이것이 바로 가모가와강의 얕은 물에 있는 백로이지만, 물론 무심한 행인은 결코 고개를 쳐들지 않는데, 저기 제방 위에서는 사람들이 걷고 자전거가 구르고 버스가 달리지만, 백로는 차분히 그곳에 서서 거품 이는 수면 아래에 시선을 고정했으며, 그의 끊임없는 관찰이 가지는 영속적 가치는 결코 변하지 않으니, 이 무방비하고 잉여적인 예술가를 관찰하는 행위는 이 관찰이 실로 끊임없다는 사실에 한 점 의혹도 남기지 않는바, 물고기든 작은 파충류든 딱정벌레든 게든 무엇이 다가오든 똑같아서, 그는 그 한 번의 가능한 순간에 틀림없고 가차없는 일격을 가할 것이며, 마치 동틀 녘 하늘 어딘가에서 날개를 무겁고 느리고 웅장하게 퍼덕여 이곳에 내려왔다가 땅거미가 지기 시작하면 같은 날갯짓으로 돌아가리라는 것이 분명하듯, 그곳 어디엔가 둥지가 있으리라는 것, 즉 그 뒤에 무언가 있으리라는 것, 그리고 이론상 그 전에도 무언가가, 이야기, 사건, 그리하여 그의 삶에서 생겨나는 어떤 연쇄가 있을 수 있다는 것 또한 분명하여, 그의 관찰, 주시, 부동자세의 지속은 이 모든 것이 언급할 가치조차 없음을 드러내는바, 즉 그것의, 백로의 경우에 이런 것들이 어떤 무게도 없고, 아무것도 아닌 것은—그것들은 물거품이요, 물보라요, 물방울이니—그에게 존재하는 것이 그 자신의 끊임없는 관찰뿐이기 때문이요, 이것만이 무게를 가지기에, 그의 이야기는 유일무이하여 완전히 홀로이며, 이는 이 예술가의 움직이지 않는 바라봄이야말로 그를 백로이게 했고 백로이게 하는 유일한 것이라는 뜻으로, 이것 없이는 그는 존재에 참여할 수조차 없으니 그는 존재의 비현실적 절정이며, 그가 여기 보내졌고 어느 날 다시 부름받을 것임은 이런 까닭이다.

그가 전혀 움직이지 않는 상태에서 어느 한 순간 번개처럼 빠르게 부리를 내리꽂을 것임을 암시하는 최소한의 떨림도 없기에, 이 완전한 정지는 눈처럼 흰 대백로가 이곳에, 그가 가모가와강에서 점유하고 있는 장소에 있지 않다는 인상을 지금까지도 만들어내거니와, 저기 서 있는 것은 없음이나, 이 없음은, 이 주시는, 이 관찰은, 이 멈추지 않음은 너무도 강렬하며, 그리하여 이 완벽한 없음은, 그 충만한 잠재력으로, 일어날 수 있는 어떤 것과도 명백히 동일하니, 언제든 무슨 이유로든 나는 무엇이든 할 수 있다고, 그는 저기 서서 몸으로 말하나, 그가 무엇을 하든, 어디에서 하든, 무슨 이유로 하든 그에게 이것은 격변이 아니라 날카롭고 찰나적인 기울임에 불과하며, 이 어마어마한 공간―가능성의 공간―으로부터 무언가가 생겨날 것인바, 세상이 기울어지는 것은 이 움직이지 않음의 절대적 성격으로부터 무언가가 생겨나기 때문으로, 극한까지 긴장한 이 움직이지 않음으로부터 어느 한 순간에 이 무한한 집중이 폭발하여, 그 직접적 요인이 물고기―산천어, 모래무지, 뱀장어―라면 목표는 그것을 통째로 삼키고 그것을 꿰뚫어 자신의 생명을 유지하는 것이니 그 전체 장면은 이미 그 자신을 훌쩍 넘어서는바, 여기서, 우리 눈앞에서, 우리가 북쪽으로 가는 3번 버스를 탔든 낡은 자전거를 탔든 저 아래쪽 가모가와강 물막잇둑 아래 흙길을 거닐든, 어떻게 해도 우리는 모두 눈멀었으니, 우리는 그에게 익숙해진 채 그 옆을 지나가며, 그가 어떻게 살아갈 수 있느냐는 질문을 받으면 그런 생각은 한 번도 못 해봤다고 말할 것인바, 이제 유일한 희망은 이따금 우리 중 누군가가 무심결에, 순전히 우연하게 저곳을 바라보다가, 시선이 고정되어 한동안 눈을 떼지 못하는 것뿐인데, 그는 딱히 얽히고 싶지 않던 것과 얽히게 될 것이니, 말하자면 이 시선으로—그의 강렬한 시선은, 물론 영원히 구불텅구불텅 몸부림치며—그는 그를 보지만, 인간의 시선을 그런 끝없는 긴장의 상태로 유지하는 것은, 바로 지금 무척 필요하나 가능하지 않으니—말하자면 고도의 집중력을 한결같이 유지하는 것은 도무지 불가능하기에, 관찰의 파동이 이루는 골에 있는 어떤 저점에서, 주의력의 파동에서 이른바 가장 낮은 어쩌면 심지어 절대적으로 가장 낮은 구간에서—창이 내리꽂히는 탓에, 무심결에 저곳을 바라보던 두 눈은 애석하게도 아무것도 보지 못하고, 움직이지 않는 새가 몸을 앞으로 숙인 채 아무것도 하지 않는 광경을 볼 뿐이니, 그런 사람은, 두뇌가 관찰의 골에 있던 탓에, 그는 우리 중에서 유일한 사람이 될 수도 있었으나 결코 다시는 그 어떤 것도 보지 못할 것이고 평생 그럴 것이며, 자신의 삶에 의미를 부여할 수도 있었을 것을 놓쳐버렸기에, 그의 삶은 서글프고 초라하고 고단하고 고달플

것이요, 그 삶은 희망도 위험도 위대함도 없고 어떤 고차원적 질서에 대한 감각도 없을 것이니—그가 북쪽으로 가는 3번 버스에서나 낡은 자전거에서나 가모가와강 물막잇둑 아래 흙길을 거닐다가 눈길을 던지기만 했다면, 저기 물속에 무엇이 있는지 보기만 했다면, 흰색의 커다란 새가 저기서, 움직이지 않은 채, 목과 대가리와 부리를 앞으로 빼고, 거품 이는 수면에 시선을 고정한 채 무엇을 하는지 보기만 했다면.

세상에 그런 강은 없어서, 처음으로 본 사람은 도무지 눈을 믿지 못하고 그저 눈을 믿지 못한 채 다리에 서서—이를테면 고조오하시五条大橋 다리에서—동행에게, 만일 동행이 있다면, 묻길, 여기 우리 아래쪽에, 저 넓은 강바닥에 있는 게 대체 뭐죠, 무엇보다 물이, 하지만 가늘다가는 물줄기로, 이상하게 생긴 작은 섬들 사이로 여기저기서 똑똑 떨어지고 있잖아요, 문제는 이것으로, 눈에 보이는 것을 믿을 수 있느냐 없느냐인바, 가모가와강은 비교적 넓은 강인데, 수량이 매우 적어서 강바닥에 고운 모래로 된 작은 섬 수백 개가 생겨 있고, 이제 작은 섬들에 풀이 웃자라, 무릎이나 가슴 높이까지 웃자란 채 아무렇게나 널브러진 고운 모래 섬이 강 전체에 가득하며, 작은 섬들 사이로 약간의 물이 구불구불 흐르되 마치 완전히 말라버리기 직전인 것처럼 구불구불 흐르니, 여기서 무슨 일이 일어났느냐고, 동행에게, 만일 동행이 있다면, 그가 묻길, 재난이라도 일어난 거냐고, 강이 왜 저렇게 말라버렸느냐고 묻지만—그는 다음과 같은 답변에 만족해야 할 것이니, 가모가와강은 자연 그대로의 강이고, 아름다우며, 시조오하시 다리가 있는 하류는 여전히 그러한바, 때로는 여기서도, 우기에 접어들면 심지어 지금도 물이 가득 찰 수 있으며, 1935년까지도 주기적으로 범람이 일어났고, 수 세기동안 범람을 다스릴 수 없었으며, 심지어《헤이케 이야기》에서는 어떻게 다스릴 수 없었는지 묘사되어 있거니와, 그러다 도요토미 히데요시豊臣秀吉가 치수를 명령하여, 스미노쿠라 소안角倉素庵과 그의 아버지 스미노쿠라 료이角倉了以가 공사를 시작했는데, 실제로 료이는 다카세 운하高瀬川를 완공했고 물길을 직선화했으며 1894년에는 비와 운하琵琶湖疏水가 완공되었으나, 물론 범람은 여전히 일어나다가, 마지막으로 바로 1935년에 어찌나 큰 범람이 일어났던지 다리가 거의 전부 부서지고 수많은 사람이 목숨을 잃고 이루 말할 수 없는 피해가 발생했으니, 그 시점에 강의 파괴력을 이제는 끝장내기로 마음먹고서, 그들은 이것도 짓고 저것도 짓고, 제방과 나란히뿐 아니라 저 아래 강바닥에도 짓기로 했으니, 홍수 방지용 자갈로 불규칙하게 보를 쌓아 북서쪽 산지의 급류에서 지나치게 사나워진 물의 흐름을 막으려 했으며, 그리하여 그들은 물의 흐름을 막았다고, 지인이, 만일 현지 지인이 있다면, 말하길, 똑똑히 보다시피 그들은 강물의 힘을 막을 수 있었고, 더는 범람도 죽음도 피해도 없었고, 오직 똑똑 떨어지는 이 물만 남았으니, 이 홍수 방지용 자갈은, 이 물막이 체계는 크나큰 효과를 발휘하고 있으며, 게다가 새들은—고조오하시 다리 한가운데에서—현지 지인이 손을 위아래로 흔들어 몇 킬로미터 밖과 강바닥 쪽을 가리키며, 저무수한 새들은 비와 호수에서 왔어요, 하지만 정확히 어디서 왔는지는 그도 모르며, 여기에는 붉은부리갈매기며 물총새며 청둥오리며 고방오리며 홍머리오리며 동박새며 댕기흰죽지며 온갖 종류의 새가 있고 작은 잠자리가 여기저기 쏘다니는데, 현지 지인이, 만일 현지 지인이 있다면, 언급하지 않는 것은 눈처럼 흰 대백로뿐으로, 그가 대백로를 언급하지 않는 것은 저기를 가리키면서도 그가 줄곧 움직이지 않기에 보지 못하기 때문이니, 다들 그에게 익숙해졌고, 그는 늘 저기에 있으며, 사람들은 더는 알아차리지도 못하지만, 그래도 그는 저기에 마치 없는 것처럼 있으니, 미동도 없이 서서 깃털 하나조차 까딱하지 않은 채 앞으로 숙여, 똑똑 떨어지며 보글보글 거품을 일으키는 물을 훑어보는 존재는, 가모가와강의 순백의 멈추지 않음이자, 도시의 축이자, 더는 존재하지 않고 누구에게도 보이지 않고 누구에게도 필요하지 않은 예술가다.

그대는 돌아서서 울창한 풀숲으로 들어가는 게 나으리니 그곳에서는 강바닥의 기이한 풀섬이 그대를 완전히 덮을 것임이요, 이 일을 단번에 해치우는 게 나으리니 그대가 내일, 또는 내일 이후에 돌아오면 그대를 이해할 자가, 바라볼 자가 아무도 없을 것이며 그대의 모든 천적 중에서 그대가 진정 누구인지 볼 수 있는 자는 하나도 남지 않을 것이기 때문이요, 땅거미가 깔리기 시작하는 바로 이 저녁에 떠나는 게 나을 것이요, 밤이 내려오기 시작하면 나머지 모든 것과 함께 퇴각하는 게 나을 것이요, 내일, 또는 내일 이후에 동이 터도 돌아오지 말아야 할 것은 내일이 없고 내일 이후도 없는 게 훨씬 나을 것이기 때문이니, 이제 풀속에 숨어, 몸을 낮추고, 모로 누워, 천천히 눈을 감고, 죽으라, 그대가 짊어진 숭고함에는 어떤 의미도 없으니, 한밤중에 풀 속에서 죽어, 몸을 낮추고 쓰러져, 그렇게―마지막 숨을 내뱉으라.

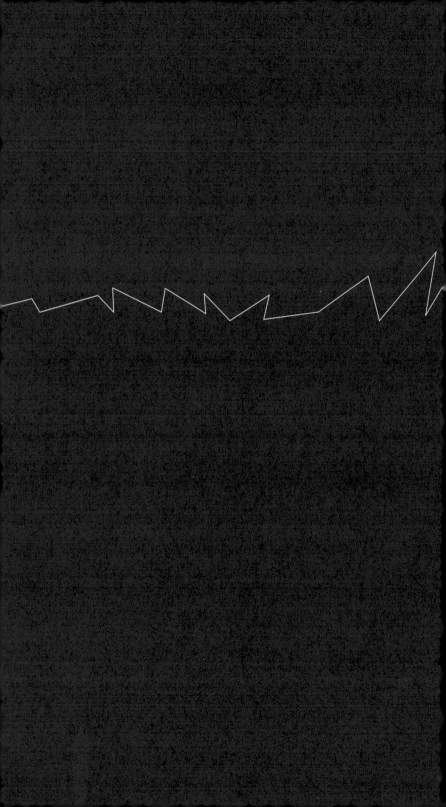

2

추방당한 왕후

라 누오바 비아 웹사이트에서 운영하는 '이 퀴츠 비블리치 온라인'(온라인 성경 퀴즈)은 2006년 가을 아래와 같은 십자말풀이를 게시했는데, 가로 54번에서 사람들은 확고한 결론을 내릴 수밖에 없었다.

CRUCIVERBA 21

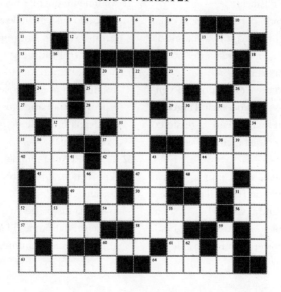

Orizzontali(가로):

1 E sulla ... e sulla coscia porta scritto questo nome: RE DEI RE, SIGNOR DEI SIGNORI

5 Il marito di Ada e Zilla

10 Il Signore ... trarre i pii dalla tentazione

11 ... questa stagione io verrò, e Sara avrà un figliuolo

12 La legge è fatta non per il giusto, ma per gl'iniqui e i ribelli, per gli empî e i peccatori, per gli scellerati e gl'..., per i percuotitori di padre e madre

15 Poiché egli fu crocifisso per la sua debolezza; ma ... per la potenza di Dio

17 Re d'Israele

19 Perciò pure per mezzo di lui si pronunzia l'... alla gloria di Dio, in grazia del nostro ministerio

20 Una testa d'asino vi si vendeva ottanta sicli d'argento, e il quarto d'un ... di sterco di colombi, cinque sicli d'argento

23 Perché mille anni, agli occhi tuoi, sono come il giorno d'... quand'è passato

24 Quando sono stato in grandi pensieri dentro di ..., le tue consolazioni han rallegrato l'anima mia

25 Figliuolo d'Eleazar, figliuolo d'Aaronne

26 ... amerai dunque l'Eterno, il tuo Dio, con tutto il cuore, con tutta l'anima tua e con tutte le tue forze

27 Allora l'ira di Elihu, figliuolo di Barakeel il Buzita della tribù di ..., s'accese

28 Questi sono i figliuoli di Dishan: Uts e ...

29 Perciò Iddio li ha abbandonati a passioni infami: poiché le loro femmine hanno mutato l'uso naturale in quello che è contro natura; e similmente anche i maschi, lasciando l'uso naturale della donna, si sono infiammati nella loro libidine gli uni per gli altri, commettendo uomini con uomini cose ..., e ricevendo in loro stessi la condegna mercede del propio taviamento

32 Elkana ed Anna immolarono il giovenco, e menàrono il fanciullo ad ...

33 Io do alla tua progenie questo paese, dal fiume d'Egitto al gran fiume, il fiume Eu-

frate; i Kenei, i ..., i Kad-
monei

35 ... dal primo giorno to-
glierete ogni lievito dale
vostre case

37 Davide rimase nel deserto
in luoghi forti; e se ne stette
nella contrada montuosa del
deserto di ...

38 Or Abner, figliuolo di ...,
capo dell'esercito di Saul

40 Figliuoli di Tola: ..., refaia,
Jeriel, Jahmai, Jbsam e Samu-
ele

42 Fa' presto ... accordo col tuo
avversario mentre sei ancora
per via con lui

45 Questi tornò a Jzreel per farsi
curare delle ferite che avea
ricevute dai Sirî a ...

47 ... n'è di quelli che strappano
dalla mammella l'orfano

48 ... la si ottiene in cambio
d'oro

49 Non han più ritegno,
m'umiliano, rompono ogni
freno in ... presenza

50 Il mio amico m'è un grappo-
lo di cipro delle vigne d'...-
ghedi

51 La città rumorosa sarà resa
deserta, la collina e la torre
saran per sempre ridotte in

caverne, in luogo di spasso
per gli onàgri e di pascolo ...'
greggi

52 Il suo capo è oro finissimo, le
sue chiome sono crespe, ...
come il corvo

54 La regina Vashti ha ... non
solo verso il re, ma anche
verso tutti i principi e tutti i
popoli che sono in tutte le
province del re Assuero(왕후
와스디가 왕에게만 ……했을 뿐
아니라 아하수에로왕의 각 지방
의 관리들과 뭇 백성에게도 ……
하였나이다_에스더 1:16)

56 ... dunque, figliuoli, ascol-
tatemi, e non vi dipartite
dale parole della mia bocca

57 Il cuore allegro rende ... il
volto

58 Mahlah, Thirtsah, Hoglah,
Milcah e Noah, figliuole di
Tselofehad, si maritarono coi
figliuoli dei loro ...

60 Uno dei valorosi guerrieri al
servizio del re Davide

61 Oggi tu stai per passare i
confini di Moab, ... Ar

63 La moglie di Achab, re d'Is-
raele

64 Fu giudice d'Israele per 23
anni, era della tribù d'Issacar

Verticali(세로):

1 Ma quella che si dà ai piaceri, benché …, è morta

2 Sansone disse loro: 'Io vi proporrò un …

3 Perché Iddio … gli occhi aperti sulle vie de' mortali, e vede tutti i lor passi

4 Figliuolo di Giuda, figliuolo di Giacobbe

5 … porte della morte ti son esse state scoperte?

6 … solo udir parlare di me, m'hanno ubbidito

7 … rendono male per bene; derelitta è l'anima mia

8 Gli uomini saranno …, amanti del danaro, vanagloriosi

9 O monte di Dio, o monte di Basan, o monte dalle molte …, o monte di Basan

10 … rallegrino i cieli e gioisca la terra

13 Io ho veduto gli sleali e ne ho provato …

14 … attento al mio grido, perché son ridotto in molto misero stato

16 Or i capi sacerdoti e gli scribi stavan là, acusandolo con …

18 Figliuoli di Caleb figliulo di Gefunne: …, Ela e Naam, i figliuoli d'Ela e Kenaz

20 Rimpiangete, costernati, le schiacciate, d'uva di …-Hareseth!

21 Prima vi abitavano gli Emim: popolo grande, numeroso, alto di statura come gli …

22 E non dimenticate di esercitar la …

25 E l'Eterno gli disse: »… tu bene a irritarti così?«

26 E in quell'istante, accostatosi a Gesù, gli disse: … saluto, Maestro!

27 Per la tribù di Beniamino: Palti, figliuolo di …

30 Efraim ebbe per figliuola Sceera, che edificò Bethhoron, la inferiore e la superiore, ed …-Sceera

31 Uno dei capi di Edom

34 … notte e giorno, e non sarai sicuro della tua esistenza

36 Davide sposò anche Ahinoam di …

37 Essa gli partorì questi figliuoli: Jeush, Scemaria e …

39 Dio in lingua ebraica

41 Dopo di loro Tsadok, figliuolo d'…, lavorò dirimpetto alla sua casa

43 I dormiglioni n'andran vestiti di …

44 Quand'hai fatto un … a Dio,

non indugiare ad adempierlo

46 Amica mia io t'assomiglio
alla mia cavalla che s'attacca
… carri di Faraone

51 Non sapete voi che un …'
di lievito fa lievitare tutta la
pasta

52 Li hanno gli uccelli dei cieli

53 E i suoi piedi eran simili a
terso …, arroventato in una

fornace

55 E questi sono i figliuoli di
Tsibeon: … e Ana

59 Or Amram prese per moglie
Iokebed, sua …

60 … vostro agnello sia senza
difetto, maschio, dell'anno

62 Ecco, io ti … di quelli della
sinagoga di Satana

비슷한 시기 호주 퀸즐랜드 미첼턴 4053에 등록된 회사가 새로운 시대 분위기에 부응하여 자사의 인터넷 페이지 vashtiskin.com을 업데이트했는데, 누구나 직감할 수 있듯, 이 조치가 사소한 것이 아닌 이유는 그들이 다음과 같이 밝히고 있기 때문으로, 웹사이트 www.3roos.com/forums/showthread.php?t=194376과 멀게나마 관계가 있는 배슈티 Vashti 퓨얼리내추럴스킨케어사ㅑ는 "자연이 준 선물들을 조화롭게 이용하여 신체를 젊어지게 하고 정신을 고양함으로써 건강과 행복을 증진하는 독자적인 범주의 제품들을 보유하고 있습니다." 스킨 클렌저, 바디 로션, 헤어 로션, 베이비 케어를 망라한 그들의 제품군은 "피부의 천연 성분을 모방한 최상급 식물성 원료를 이용하여 수작업으로 제조하며, 활성산소로 인한 손상을 감소시키고, 수분 유지와 혈액 공급, 세포 재성장을 촉진합니다." 이와 더불어 그들이 우리에게 알려주는바 배슈티는 "엄선된 성분만 이용하"며, 또한 우리에게 말하고 싶어 하는바 자신들의 제품에는 동물성 성분이 전혀 함유되지 않았고 "합성 성분과 인공 색소 및 향을 배제하여 인체에 유익합니다." 마지막으로 덧붙이길 그들은 "동물을 존중하기에 동물 실험을 후원하지 않습니다."

활성 산소로 인한 손상

와스디는 페르시아 궁정에서 결코 많은 사랑을 받지 못했으니, 칭송과 시샘을 받았고 찬양과 비난을 받았으며 모두를 매혹시켰기에 그들은 그녀에 대해, 그냥 매우 아리따운 게 아니라 아리땁고 매우 아리따워 그때까지 알려진 모든 미의 척도를 뛰어넘으며 그리하여 어느 누구보다 눈부시다고 말했지만, 사랑은 그녀에게 허락되지 않아, 누구도 그녀에게 사랑의 태도로 다가가야겠다는 생각이 들지 않았으며, 그녀를 직접 볼 수 있는 자들뿐 아니라 그녀를 풍문으로만 아는 자들까지도 그랬던바, 수산의 온 백성은—아케메네스 제국 전역의 온 백성도 마찬가지였거니와—그녀가 제국의 왕궁에서 사랑의 영구적 결핍이라는 짐을 진 채 살아가고 있음을 알았으니, 심지어 그녀가 대왕의 아내가 되기 전에도 그랬던 것은 태어난 바로 그 순간 그녀의 운명이 정해졌기 때문인바, 그녀는 광신자 벨사자르와 부유한 도적 우두머리 왕 네부카드네자르의 후손으로 오해받았으며, 처음부터 그들은 그녀를 나이는 어려도 찬란한 미래가 기다리는 사람으로 대했으나, 얼마나 찬란한 미래일지는 시간의 끝이 될 때까지도 짐작조차 못한 것은, 거대한 페르시아 제국의 군주가 그녀를 점찍고 혼인을 선포하여 첫 번째 왕후로 삼았을 때 이런 일이 일어났기 때문으로, 왕후의 관이 그녀의 아리따운 머리에, 바빌로니아인의 머리에 씌워졌을 때—그런즉 대왕께서는 페르시아의 여인들 중에서는 신붓감을 찾지 못하셨군요, 라고 대왕의 모후 파리사티스가 진노하여 내뱉자, 그렇습니다, 라고 대왕이 짧게 대답했는데, 실제로도 그랬던 것은, 그에게 와스디 왕후 말고는 그 누구도 존재하지 않았기 때문으로, 그는 첫눈에 그녀에게서 전에도 그 뒤로 어디서도 보지 못한 아리따움을 보았으나, 키루스 대왕의 시대 이후로 제국이 드넓게 팽창하여, 메디아, 스키타이, 파르티아, 리디아, 시리아, 유다에 이르기까지 이성의 힘이 미치는 범위에 드는 온 세상에서 가장 큰 제국이 되었으니, 엄밀히 말해 미인은 결코 부족하지 않았고, 얼마나 많은 민족과 얼마나 많은 미인이 있는지 이루 헤아릴 수 없을 정도였으나, 그중 하나도 바빌로니아인 왕후에게서 뿜어져 나오는 신적인 아리따움에는 범접조차 할 수 없었으므로, 대왕은 사랑에 빠졌다고, 철마다 파사르가다에, 페르세폴리스, 엑바타나, 수사를 끊임없이 옮겨 다니는 페르시아 궁정에서 사람들은 귓속말을 속삭였으니, 파사르가다에에서는 군주를 일컬어 말하길 그는 왕후 곁에 있을 때면 넋이 나간 것 같다고 했고, 페르세폴리스에서는 귓속말을 하길 그는 왕후를 바라보게 되면 그녀에게서 눈길을 돌리지 못한다고 했으며, 외국 사절들은 수사에서 귀국하여 보고하길 왕후가 근처에 있으면 그는 다른 무엇에도 관심을 두지 않고 무엇 하나 그와 논의할 수 없다고 했고, 이 모두가 사실에 부합했으니, 때로 대왕이 제나나*에 행차하면 진수성찬을 앞에 두고서도 먹는 것을 잊고 왕후를 하염없이 바라보며 그녀의 아리땁고 풍성한 황금빛 머리카락에서 눈을 떼지 못한 것은, 타래진 머리카락이 우아한 목덜미를 지나 등에 늘어졌음이요—또한 그는 그녀에게 경탄하고 그녀를 칭송하고 찬미했으며 자신이 사랑에 빠졌다는 궁정 풍문이 귀에 들어오면 안절부절못했으니, 그녀에게 경탄하고 그녀를 칭송하고 찬미하게 하는 그 감정을 자신에게 묶은 것이—단단하게든 느슨하게든—무엇인지 알 수 없었던바, 대왕은 무력했으나 행복하고 뿌듯했으며, 감히 그녀의 이름을 더럽히는 자는 누구라도 자신의 맨손으로 숨통을 끊을 수 있었거니와—당연하게도 모후 파리사티스뿐 아니라, 전통에 따라 제나나의 외딴 세계에 거하는 여인들뿐 아니라, 제후들조차도—감히 자신의 경이로운 왕후를 일컬어 그녀가 궁정에서 '지나치게' 도도하다든지, 백성의 애정을 '과

---

* 규방.

도하게' 갈구한다고 말하면, 반드시 그자를 죽일 심산이었던 것은, 그들의 말이 진실과 별로 멀지 않았기 때문이요, 와스디가 왕을 위해 차려진 제나나 연회에 실은 얼씬도 하지 않았기 때문이요, 페르세폴리스나 엑바타나나 파사르가다에나 (겨울철에는) 수사의 백성 앞을 행차하며 이렇듯 측량할 수 없는 인기를 누리고만 싶어 했기 때문으로, 그녀의 인기가 커져만 간다고, 왕실에서 그녀의 가장 큰 숙적인 모후는 눈빛을 살의로 번득이며 말했고, 그녀의 인기가 커져만 간다고, 필시 조만간 태어날 남자 후계자가 어미 때문에 반은 바빌로니아인이리라는 생각만으로도 우울해진 채 페르시아 시종들은 걱정스럽게 중얼거렸는데, 그녀의 인기가 커져만 간다는 말이 대왕의 귀에 들어가자, 그는 자신의 보물에 백성이 기뻐하는 모습을 보는 듯 의기양양하여, 이 인기가 자신에게까지 미치리라 믿었으나, 그렇지 않아서, 이 인기는 왕후에게만 미쳤으니, 페르시아 제국 왕후의 행차는 관례가 아니며 따라서 가능하지 않다는 사실은 차치하고, 왕후 와스디가 금박 마차를 타고서 환호하는 군중 앞을 행차할 기회를 한 번도 놓치지 않은 것은 그녀가 그들을, 백성을 사랑하기 때문이라고 느낀 이 백성들에게서는 걷잡을 수 없는 열정이 솟구쳤으나, 칙령과 백성들의 감정에 의해 대왕후라 불리는 그녀가 원한 것은 백성이 '자신'을 얼마나 사랑하는지 보는 것뿐이었지만, 실은 그렇지 않았던바, 설령 백성이 그녀를 보고 기뻐했더라도, 설령 백성이 그녀를 일별하는 것만으로 환희의 함성을 질렀더라도, 그들이 매혹된 것은 단지 그들이 그녀를 '볼 수 있었'다는 이유 때문이요, 그녀를 '일별할 수 있었'다는 이유 때문이니, 이는 사실 대왕후의 간절한 소망에는 턱없이 못 미치는 것이었으나, 그녀는 전혀 알아차리지 못했고, 백성은 기뻐하고 환호했어도 궁정은 전율했으니, 무엇보다 대왕의 모후 파리사티스는, 이 모든 일에서 더 크고 더 위험한 변화의 조짐을 감지한 그녀는, 단지 반란을 예방하는 차원에서, 대왕후까지는 아니더라도— 그녀가 가장 믿음직한 심복들에게 말하길, 지금은 아니지만 언젠간 모를 일이지—바빌로니아 제국의 농부 100명이라도 기꺼이 살육할 수 있는 그녀는—대왕후도 모를 일이지—대왕이 있는 자리에서 이렇게 고발했으니, 어떻게 이 바빌로니아 부랑둥이가 기회 있을 때마다 미트라에게 희생 제사를 드린다거나 아나히타에게 감사의 예를 올린다는 핑계로 제나나를 떠나 백성 속으로 들어가 천한 것들에게 환호받으며 뻔뻔스럽게도 제국의 법도를 어길 수 있느냐고 말하자, 환호하게 내버려두세요, 라며 대왕이 환한 눈빛으로, 그녀는 제국을 통틀어 환호받을 자격이 있는 유일한 사람입니다, 라며 제나나를 가리키자, 파리사티스는 크게 콧방귀를 뀌며 나가버렸는데, 대왕은 혼자서 미소 지을 뿐, 어머니에 대해 전혀 걱정하지 않았으니, 그가 걱정하는 유일한 사람은 대왕후였으며, 그는 미트라 예배와 아나히타 예배를 칙령으로 승인하면서도 자신은 전통에 따라 최고신 아후라 마즈다를 경배하고 예배했는데, 왕후를 내버려 두라, 그가 종자에게 말하길, 왕후가 미트라와 아나히타에게 원하는 대로 제사를 드리게 하라, 그래도 제국에든 백성에게든 해될 것은 전혀 없노라, 무엇보다 그 자신이 왕후의 행차에 동행하지만 않는다면 자신에게도 해될 것 없었으니, 그로서는 그녀가 가장 눈부신 보석을 걸치고 가장 눈부신 의복을 입은 채 미트라 제단으로 향하며 백성을 향해 비길 데 없는 아름다움을 뿜어내는 모습을 상상하는 것만으로 충분했던바, 그녀가 누구도 흉내 낼 수 없는 광채를 미천한 자들에게 베푸는 이 장엄함과 이 너그러움은 대왕에게 흡족했으며, 무엇보다 대왕을 매혹한 것은 이 방자한 변덕이었으니, 그는 와스디가 어찌하여 사랑받고자 하는 갈망을 느끼는지 털끝만큼도 짐작하지 못했던바, 수사와 페르세폴리스에서 군중의 환호와 외침으로 둘러싸인 채 그녀는 이곳에, 성스러운 길 양편에 왕후를 향한 사랑으로 가득한 백성들이 있다고 상상할 수 있었으며—몰락의 연극이 시작된 지금도, 고통스러운 적막 속에서 환호와 외침을 들으며 그녀는, 판결과 관례에 따라 보석을 빼앗긴 채 수행원 하나 없이 궁정의 거처를 홀로 떠나 왕후의 뜰을 지나 북문을 향해 홀로 가야 했다.

산드로가 자신이 없는 동안 아무리 하찮은 작업 의뢰라도 마다하지 말라고 당부했기에, 또한 공방이 문을 연 지 도합 1년 반밖에 되지 않아, 말하자면 아직 무명이었고 게다가 누구보다 먼저 고명한 이웃인 시뇨르 조르조 안토니오 베스푸치가 카프탄 망토를 두른 점잖은 유대인들을 그들에게 보냈기에, 필리포 디 필리피는 공방장 알레산드로 바티젤로가 시뇨르 톰마소 소데리니의 의뢰로 세이 델라 메스칸치아—말하자면 상인의 방—를 그리기 위해 자리를 비웠으니 자신과 협상하면 된다고 설명하고는 예를 갖춰 그들에게 자리를 권했으나, 그들은 어리둥절하여 서로 쳐다볼 뿐 어찌 할 바를 모른채, 필시 도제로밖에 보이지 않는 이런 애송이와 작업 문제를 상의하려 들지 않았으나, 그는 그들 앞에서 어떻게 처신해야 하는지 잘 알았기에, 자신이 아무리 어려 보이더라도 실은 이 그림 공방에서 도제도 하인도 어떤 식객도 아니요, 시뇨르 알레산드로 디 마리아노 필리페피, 즉 산드로 보티첼리라는 이름으로 더 잘 알려진 인물의 어엿한 동·료·공·방·장 필리피노 리피이며, 이름에서 짐작하시겠지만, 자신은 다름 아닌 프라 필리포 리피의 외아들이니, 진정하시고 이제 자리에 앉아서, 이곳에 온 용무를 차분하게 말씀해주시면, 자신이 힘닿는 데까지 도움이 되어드리겠다고 말했던바, 그들은 이 재간둥이 청년을 물끄러미 바라보다, 그중 가장 연장자가 잠시 그를 뜯어보고는 미소를 지으며 일행에게 고개를 끄덕였으니, 그리하여 포르치에리 두 점을 제작하는 작업은 필리피노 본인이 혼자서 전적으로 맡게 되었으며, 이런 종류의 작업은 공방에서 처음으로 의뢰받는 것인바, 그 늙은 유대인이 흰 수염을 긁적이며, 결혼식이 열릴 터인데, 그것은 어떤—여기서 필리피노가 재차 묻고도 알아듣지 못한 이름이 언급되었고—가문의 예식이며, 이를 위해 그들은, 시뇨르 베스푸치 여동생의 추천에 따라 알레산드로 디 마리아노 씨의 공방을 찾아 이 작업을 의뢰하는바, 작업은 올해 마지막 날까지 끝내야 하는데, 아, 포르치에리 두 점 말이군요, 필리피노가 매우 진지하게 고개를 끄덕이다, 돌연 침묵하며 입술을 삐죽였는데, 자신의 공방이 수많은 작업에다 이것까지 감당할 수 있을지 고민하는 사람처럼 삐죽이자, 그렇네, 하고 노인이 대답한 뒤에, 열넷 아니면 열다섯 먹은 소년의 얼굴을 이제부터는 더 똑바로 쳐다보며 말하길, 치수는 예사롭되 기법은 예사로워서는 안 되네, 그가 기다란 집게손가락을 들어올리며 천천히 낱말들을 조합하여 말을 잇길, 그들은—즉, 그 가문은—신부의 가문을 말하는 것으로, 그들은 이 한 쌍의 포르치에리를, 으레 하는 방식과 달리, 조각하는 게 아니라 그려주길 바라며, 그들이 시뇨르 산드로 디 마리아노를 찾아온 건 이 때문이라며, 그들은 젊은 공방장이 히브리 성서에 나오는 에스더의 이야기를 두 점의 포르치에리에 그려주길 바라는바, 포르치에리의 긴 앞면과 짧은 옆면에 그리되 뚜껑에는 그리지 말고, 뒷면에도, 어차피 신혼부부 침실의 벽에 붙일 테니, 손대지 말 것이니, 한마디로 기다란 직사각형 표면이 두 개, 대략 정사각형인 표면이 네 개라며 노인이 설명하길, 그런즉 시뇨르 산드로 디 마리아노는 모든 것을 감안하여 넓은 표면 두 곳과 좁은 표면 네 곳을 담당하되, 물론—노인이 너저분한 공방을 의구심을 굳이 숨기지 않은 채 둘러보며—모든 작업은 공방장이 맡아야 할 것이고 목공과 금세공도 채비해야 하는데, 아무 문제 없습니다, 라며 필리피노가 말을 끊길, 금세공으로 말할 것 같으면 공방장의 형 안토니오보다 안성맞춤인 사람을 찾을 수 없을 것이고, 목공으로 말할 것 같으면 그들은 이름난 목공 장인 줄리아노 다 산갈로와 손잡고 몇 년째 일했다고 말하자, 이에 노인이 무성한 눈썹을 치켜올렸는데, 그렇고말고요, 필리피노가 최대한 힘을 끌어모아 자신 있게 대답하길, 자신들은 아주 오랫동안 그의 작업에 친숙했고 무척 만족했다고 말했으나, 이에 일가 전부가—대개는 뒤쪽 출입구 근처에 앉은 채 거기서 대화에 귀를 기울이고 있던 젊은이들이—미소를 짓기 시작했으니, 그리하여 나리께서 염두에 두신 포르치에리의 크기를 먼저 말씀해달라고, 필리피노가 노인을 향해 몸을 기울여 물으며 엄숙한 표정을 지은 것은, 이런 시시껄렁한 분위기를 좋아하지 않았기 때문으로, 음, 노인이 양손으로 벌려 보이며, 이 정도라네, 알겠습니다, 필리피노가 치수를 가늠하며 고개를 끄덕이고는, 길쭉한 널조각을 하나 집어들더니 금을 그어 노인에게 건네며, 이만한 길이를 생각하고 계신 겁니까, 라고 묻자, 노인이 방금 소년에게 보여준 길이만큼 팔을 벌려 대보고서 놀란 기색이 역력한 것은, 널조각에 그은 금의 간격과 꼭 맞아떨어졌기 때문으로, 그는 이제 말투가 진지하게 바뀌었으며 짙은 눈썹으로 소년을 자기 앞으로 다시 불러, 뒤에 있는 젊은 일가붙이에게 손짓하자, 한순간에 드로잉이 그려진 천 조각이 그의 손에 들렸는데, 그것은 그들이 원하는 포르치에리를 나타낸 것이 분명했고, 정확한 치수가 표시되어 있었으니—자, 어디 보자, 이제 노인이 필리피노의 눈을 뚫어져라 쳐다보며, 우리가 원하는 것을 똑바로 읊어보게나, 나중에 자네의 …… 동료 화가가 돌아오면 그에게 일러줘야 할 테니, 그러고는 의자에 등을 살짝 기댔으나, 등받이가 없었던 것은, 이런 공방에서 쓰는 소박한 나무 걸상에 불과했기 때문으로, 필리피노는 잠시 미소를 지었으나 즉시 그리고 의례적으로 입을 열어, 고명한 손님께서는 우리 주 1470년 8월 11일에 산드로 바티젤로의 공방에서 수직手織 조각에 표시된 척도에 따라 포르치에리 두 점의 제작을 의뢰하셨으며, 제가 읽어보건대, 그가 천 조각을 눈 가까이 들어올리며 말을 잇길, 최상급 포플러 목재를 써야 할 것이고, 모든 목공 및 금세공 작업이 이 작업 의뢰에 포함될 것이며, 이에 따라 상기 '공방'은 에스더서 전체의 이야기를 포르치에리 앞면 두 장과 옆면들에 그리되, 마감일은 올해 마지막 날로 정할 것인바, 그날 포르치에리 한 짝당 금화 15플로린으로 약정한 작업비를 지급할 것이니, 이와 같이—여기서 유대인 노인이 말을 받아, 점차 만족감이 커져가는 표정이되 제시된 금액은 듣지 못한 시늉을 하며 소년을 향해 설명하길, 앞면 하나에는 에스더가 왕 앞에서 자비를 구하는 장면을 묘사하고 다른 하나에는 유대인들이 감사하는 장면을 그리되, 옆면에는 주인공인 아하수에로, 하만, 모르드개를 그리고 당연히 에스더를 가운데 둘 것이니, 물론이죠, 라고 필리피노가 잔뜩 찌푸린 표정으로 냉랭하게 답하길, 물론 그림의 첫 구상은 산드로 바티젤로가 할 겁니다, 성경 한 권을 도합 여섯 면에 통째로 묘사하되, 그 정수를 전달하는 것이 어떻게 가능할 것인지는 그가 결정할 겁니다, 그때 노인이—대략 그런 대답을 기대하고 있던 듯—미소 지으며 나머지 일원을 돌아보고는 필리피노에게 목례하며 대답하길, 그러게, 젊은이, 내 생각도 자네 말과 같네, 그러고는 자리에서 일어나 따스한 눈길로 소년을 바라보며 나머지 일원에게 손짓하여 비아누오바로 걸어나가, 고개를 흔들며 차분하게 혼잣말하길, 나 원 참, 요 맹랑한 녀석 같으니, 금화 15플로린이라, 게다가 한 짝당이라니!—그는 뒷짐을 졌고 뒤따르는 무리는 이미 왁자지껄 떠들며 이 공방이 어땠느니 하면서 흥겹게 품평했으며, 그가 찌는 햇볕으로부터 몸을 피하자, 그를 따르는 일동도 키에사 디 오니산티 교회의 그늘 속으로 서서히 사라졌다.

키루스 대왕이 건국하고 다리우스가 확장하기는 했지만 페르시아 제국이 진실로 위대해진 것은 아르타크세르크세스 2세 므네몬 덕분이니, 이 (그의 동시대인과 후대의 역사가들이 보기에) 연약하고 예민하고 무기력하며 처음에는 자상하고 너그럽던 남자는 본디 자기네 언어로 '아르타 크샤사'로 불렸고 나중에는 그리스인들에게 아르사케스로 불렸으며, 어린 시절 사랑하던 환관 티리다테스가 유년기를 넘기지 못하고 죽자—아마도 헤로도토스가 기록한 바대로—그를 묻어야 했던 슬픔에서 오랫동안 벗어나지 못했으니, 그 슬픔이 하도 커서 그가 제국 전역에 가장 깊은 애도를 선포하고 명령했을 때, 그의 어미는 사태를 마무리하려는 소망으로, 제국에 길조가 될 혼인을 성사시키려고 온 힘을 다했으며, **다른 한편으로는** 이를 통해 아르사케스가 왕좌에 오르는 것을 막고 싶었으니, 그녀의 가슴속에서는—파리사티스의 몸속에 있는 그것을 가슴이라고 부를 수 있다면 말이지만—둘째 아들을 권좌에 앉히고 싶었으나, 허사여서, 그녀의 계획은 하나도 실현되지 못했던바, 그녀는 자신의 사랑하는 아들이요 타고난 통치잣감인 정열적인 소小키루스가 쿠낙사에서 목숨을 잃는, 그것도 자신이 경멸하는 바로 그 첫째 아들에게 죽는 광경을 보아야 했으며, 신붓감으로 점지된 바빌로니아 잡년이 아르타크세르크세스 2세의 즉위를 방해하기는커녕 오히려 앞당긴 것은, 파리사티스가 최측근 추종자들과 있을 때 그녀를 부르는 별명인 저 망할 이방인 독사년이 아후라 마즈다에게 바치는 대규모 축제에서 남편인 황제 뒤에서 행차하며 자신을 백성 앞에 처음 선보인 이후로 어찌나 인기를 끌었던지 백성이 왕후좌에 앉은 그녀의 모습을 당장이라도 보고 싶어 했기 때문이며, 그들이 왕후좌에 앉은 그녀의 모습을 보게 된 것은 황제 또한 왕후좌에 앉은 그녀의 모습을 보고 싶어 했기 때문으로, 메디아의 마기(제사장)가 그녀의 머리에 왕후관을 씌워 그녀는 막강한 제국의 대왕후가 되었고 황제로 하여금 티리다테스와의 사별을 단숨에 잊게 만들 수 있는 사람이 되었으니, 그것은 와스디를 바라보는 것만으로 그가 마법에 걸렸기 때문이어서, 파리사티스는 그녀에게 맞서 인간으로서 할 수 있는 모든 것을 시도하되, 제나나에 갇힌 아내들을 동원했고, 무엇보다 와스디 때문에 제나나의 잿빛 구석으로 밀려나 질투심에 사로잡힌 이오니아인 아스파리아를 포섭했으니, 그녀는 제나나의 온갖 모략을 이용했고, 마르두크 신앙을 믿는 사제들과 마르두크 신앙에 반대하는 사제들을 이용했으며, 아후라 마즈다 독재에 저항하여 결성된 이른바 '남성 결사'와, 이 '남성 결사'를 부정하는 조로아스터교 사제들의 반감을 이용했고, 그렇게 모든 것을 시도했으나 결실을 얻지 못하여, 자신의 남편이 왕위에 오르기 전에 낳은 아들인 장자는 바빌로니아 미녀에게 눈이 멀었으며, 그 미녀는 왕후좌에 앉아 마치 늘 그 왕후좌에 앉아 있던 것처럼, 또한 마치 왕후관이 늘 자신의 것이었던 것처럼, 탐스럽게 물결치는 아마빛 머리털에 왕후관을 썼으니, 간단히 말해서 아무것도, 하느님 주신 온 세상에서 아무것도 그녀를 건드릴 수 없어, 와스디의 지위는 제국과 더불어 점점 탄탄해졌으며, 제국이 팽창하고 강성해질수록 대왕후의 지위는 다시금 확고해질 뿐이었으니, 이성이 미치는 범위 안의 온 세상에서 이만한 제국은 결코 없었을뿐더러, 제국의 신민들은 대전쟁에 뒤이은 대평화를 누리며 이를 황제 개인의 능력 덕으로 돌렸을 뿐 아니라 하늘의 최고신 아후라 마즈다가 대왕의 즉위를 흡족해한다는 증거로 여겼으니, 한마디로 와스디는 천하무적으로 보였기에, 모후는 자신의 처소에서 안절부절못하며, 분노의 무력함에 분노했으니, 그녀가 믿을 것이라고는 제국의 이 구역질 나는 평화와 왕궁의 이 개탄스러운 사랑놀음을 끝장낼 무언가가―늘 그랬듯―일어나는 것뿐이었으나, 그녀는 대왕이 더욱더 강건해지는 것을 보고서 머리가 쪼개질 듯한 두통에 시달렸고, 바빌로니아 잡년이 광채를 발하는 것을 보고서 욕지기가 치밀었어도, 당분간은 할 수 있는 일이 아무것도 없어 그저 지켜보는 수밖에 없었으며, 파리사티스는 두통과 욕지기 중간에 혼잣말했는데, 언젠가 이 또한 끝나리라, 하늘의 아후라 마즈다께서도 그렇게 되길 바라시니, 그리하여 그 일이 일어났고, 그녀의 기다림과 고통은 헛되지 않았으니, 끝이 어찌나 쉽게, 어찌나 자명하게 찾아왔던지, 파리사티스 자신이 가장 놀랐는데, 군주의 즉위를 축하하는 공식 연회가 끝나고 그녀가 듣기로 왕의 최측근 추종자들마저 왕이 아무리 사소한 결정조차 내리지 못한다고 주장했으며, 그와 더불어 제국이 나약하다는 말이 피정복지에 퍼지기 시작했으니, 아르타크세르크세스는 모든 것을 용납해도 이것만은 용납할 수 없었기에, 180일간 계속된 축하연 뒤에, 예전에 정복한 제후와 새로 정복한 제후, 예전에 정복한 제왕과 새로 정복한 제왕을 위한 이레간의 잔치를 강 건너 둑에서, 아파다나에서, 그의 왕권과 권능의 위엄을 과시하기 위해 수사의 다리우스 궁전을 마주 보도록 지은 연회장에서 개최하라고 명령하였으나—이 시점으로부터 모든 것이 지독히 혼란스러워져, 파리사티스조차 사건의 전말을 이해하기 힘들었던 것은, 한동안 대왕이 진짜로 분노할 줄 모른다고 믿었기 때문으로, 이에 대한 첫 보고들이 이미 도달했는데, 유일한 문제는 법도 때문에 그녀가 아파다나에 직접 들어가 흥청망청 술판으로 변해버린 이른바 축하연에서 이 분노를 자신의 두 눈으로 볼 수 없다는 것이었으니, 어쨌거나 환관들은 제나나와 아파다나 사이를 날듯 오가며 전하는 두 번째 보고에서 격렬한 분노 운운했는데, 황제가 입에 거품을 물고 있다고, 그들이 그녀의 귀에 속삭이길, 그가 지껄이고 투덜거리고 울부짖고 호통치는 바람에, 모든 하객은 어안이 벙벙하고 축하연은 흐지부지 끝나버렸다고, 그들은 수사의 궁정에서, 예기치 못한 사건들에 대해 보고했으며, 파리사티스는 다시 한번 흡족했으니, 자신과 와스디 사이에 어떤 문제도 있을 수 없다는 황제의 역겹고도 의심할 여지 없는 확신이, 어떤 바보처럼 추잡한 이유에서든 무너지자, 그녀는 반색하여, 두통과 욕지기 둘 다 단박에 사라졌으며, 기분은 근사했고 눈은 반짝거렸고 이마에서는 주름살이 펴졌고 등은 곧아졌으며, 그녀가 주위의 모든 사람들이 두려워한 그 굳은 표정을 다시 한번 짓는 동안, 와스디는 당당한 위엄과 상처 입은 굴욕 사이에서 몸부림치며, 자신의 대답이 옳았다고 확신한 채 왕후전 알현실에 앉아, 그를, 그 끔찍한 전갈을 보내는 그를 기다렸으니, 대왕을 기다렸으나 그는 오지 않았고, 전갈만 오고 또 왔던바, 와스디는 점점 깊이 수심에 잠겼고, 점점 낙담했으며, 무슨 일이 벌어질 것인지 그녀가 이미 알았던 것은, 달리 벌어질 일이 아무것도 없었기 때문이어서, 그녀가 자신이 왕후전에서 나와 적막한 궁을 가로질러 금문禁門으로 가야 한다는 결정이 어떤 연유로 내려진 것인지 알았던 것은—전통에 따라 회의 결과는 즉시 그녀에게 통보되었으므로—그들이, 으레 그렇듯 술에 취하고 참담한 추문에 굶주렸기 때문으로, 그녀는 수백 년 묵은 법령에 따라 추방의 첫걸음을 내디며, 말을 듣지 않은 개처럼 결국 잿더미 속에서 숨이 끊어질 것이다.

그들은 모든 것을 주장한 다음 그 반대로도 주장했는데, 도무지 믿을 수 없게도 사실상 '새로운' 걸작에 대해—에스더 이야기를 묘사한 패널화 모음은 전부 500년이 넘었으니—알려진 것이 거의 없었고 그들은 아무것도 알지 못했으며, 이것은 '일반 대중'의 문제가 아니라 끝없는 전문가 무리의 문제였는데—학식이 커질수록 무지도 커지는 법이어서, 이 용어에 해당하는 대상이 점점 줄고 있긴 하지만—물론 그들 중에는 에스더 이야기를 묘사한 패널화 연작을 산드로 보티첼리가 그렸음을 입증하려고 무수한 학술 논문을 쏟아내는 사람들도 있고, 산드로 보티첼리가 그리지 않았음을 입증하려고 그렇게 하는 사람들도 있고, 그가 필수적인 부분만 그렸으리라는 주장을 입증하려는 사람도 있고, 그조차도 아니어서 어쩌면 그가 리피에게 단지 밑그림만 그려주고는 무엇을 칠해야 할지 일러주었다는 주장도 있었으며, 「라 데렐리타」라는 제목이 붙은 제단화―콰트로첸토(15세기)의 가장 신비한 미술품 중 하나―는 (포르치에리―말하자면, 신부의 혼수와 그 밖의 귀중품을 보관하도록 신부 가족이 지참금 조로 선물하는 두 개의 커다란 나무 궤짝―를 부르는 이름인) 카소니에서 일찍이 유실된 줄 알았던 옆면들 중 당연히 네 번째라는 주장도 있었고, 그러다 훗날 누군가 나타나 모든 의혹을 일축하고는―흠―이름난 「라 데렐리타」는 보티첼리의 작품이지만 카소니의 일부가 아니고 결코 일부였던 적도 없다는 가설을 내세웠는데, 이 카소니는 누가 의뢰했는지, 언제 주문서가 발부되었는지 알려지지 않았으며, 훗날 조각조각 흩어진 뒤, 19세기 팔라초 토리자니 박물관에서 여섯 개의 패널이 여전히 한데 있더라는 목격담이 있으나, 그 뒤에 각 부위는 아무도 모르는 사연에 의해 샹티이로부터 혼 재단에 이르는 여섯 곳의 박물관에 소장되었다가, 20세기 들어―이전에 알지 못했던 기술적 가능성을 손에 넣은 지금―포르치에리, 즉 카소니를 들여다보는 연구자들은 무언가를 알아낼 수도 있겠다는 희망을 품을 수 있게 되었으니, 하긴 그들은 전직 수도사 프라 필리포 리피와 전직 수녀 루크레치아 부티의 금지된 욕정으로부터 탄생한 필리피노 리피가 무언가 관계가 있으리라는, 말하자면 아비의 천재성을 참으로 놀랍도록 고스란히 물려받은 아이가 1470년이나 1471년 아비의 사망 직후에 보티첼리 공방의 도제였으며, 보티첼리 자신이 예전에 아비 리피의 공방에서 조수로 일했으므로, 현대 전문가들의 견해에 따르면 아들 리피가 에스더 이야기를 묘사한 패널화 연작을 작업했을 가능성이 매우 크다는 사실을 알아냈으나, 훗날 에드거 윈드와 앙드레 샤텔이 밝혀낸바 꼭 그런 것은 아니어서, 두 사람이 패널화를 함께 그리기는 했지만, 누가 무엇을 그렸는지 알기란 불가능했으며, 보티첼리가 필시 제작에 모종의 역할을 했을 터인데, 우리는 파트리치아 참브라노라는 인물이 2004년에 출간한 최근의 유망한 논문을 읽을 수 있는바, 수많은 말을 하면서도 실제로는 아무 말도 하지 않는 솜씨 면에서 틀림없이 최고의 대가로 손꼽힐 그녀가 도달한 결론은 보티첼리와 리피 둘 다 패널화를 그렸을 것이며, 아마도 둘이 공동 작업을 했거나, 보티첼리가 구상이나 밑그림을 그려 소묘를 담당하고 그런 뒤에 리피가 채색을 했을 수도 있고, 반대로 리피가 순전히 혼자서 작업했을 수도 있다는 것으로—참브라노 씨가 모든 가능성을 포괄하는, 이렇게 표현해도 된다면 말이지만, 신축성은 믿을 수 없을 정도로 대단한데—그녀를 아무리 칭찬해도 모자란 것은 원작자가 누구냐는 까다로운 질문에 대해 15세기부터 지금까지 제기된 모든 가설을 하나의 연구로 버무릴 수 있었다는 것인바, 간단히 말해서, 늘 그랬듯 우리는 아무것도 모르니, 마치 이 문제로 말할 것 같으면 「라 데렐리타」의 채색은 적어도 보티첼리 혼자서 했다는 것에 일종의 합의가 이루어진 듯한데, 그림 자체를 보면 알 수 있겠지만 이것은 매우 분명한 사실이기에, 이것을 리피의 작품으로부터 분리하는 것이 왜 그토록 힘들다고 하는 것인지 도무지 이해할 수 없으니, 즉 이 작품이 결코 에스더 패널화의 일부가 아니었음을 어떻게 입증할 수 있단 말인가, 말하자면, 우리는 그림 자체에 천착한 마지막 학술적 성과의 척박한 초원에 눌러앉을 수 있는바, 이것은 1935년에 출간된 앨프리드 샤프의 저작으로, 패널화 제작 시기를 어설프면서도 공들여 궁리하지만, 고맙게도 그 이상은 전혀 시도하지 않으니, 저자는 단순히 각각의 그림에서 무엇을 볼 수 있는가, 이 모든 것이 리피가 제작한 그 밖의 유사한 포르치에리와 어떻게 연관되는가, 더 폭넓게는 이것들이 리피의 역작과 어떻게 연관되는가를 보여주는 일에 매달리고 있으며, 이미 그게 전부여서, 그걸로 충분하며, 1935년, 앨프리드 샤프, 이걸로 끝인 것은, 재료를 섞는 양동이가 완전히 비었는데 학자들이 골머리를 썩여봐야 결국 무슨 소용이 있겠느냐는 것으로, 우연과 돌발의 무시무시한 미지의 책략 속에서 이 패널화들이 실제로 우리에게 전해졌다는 것으로도 충분하고 경탄할 만하지 않은가?—이 모든 추측이 난무하는 와중에도, 그것들의 존재를 의심하는 것, 그것들이 존재한다는 사실을 부정하는 것만은 불가능하니 말이다.

왜냐면 이른바 역사적 연구를 통해 와스디의 존재, 에스더의 존재, 와스디 이야기와 에스더 이야기에 의심이 던져졌기 때문으로, 맨 처음부터 그랬고 지금도 그러하니, 모든 것을 둘러싸고, 에스더와 특히 와스디를 둘러싸고, 아하수에로와 모르드개와 하만과 황제의 잔치를 둘러싸고 의심이 존재하는데, 일어난 모든 것이 실은 일어나지 않았다는 의심이 드는 것은, 역사가들이 기록하듯, 에스더서에 기록된 모든 것을 도무지 증명할 수 없고, 위치를 명토 박을 수 없고, 인물을 특정할 수 없고, 모순투성이여서 당최 신뢰할 수 없기에, 차라리 세간의 주장대로 우화로 여기는 편이 나을 것인즉—우리는 에스더, 와스디, 아하수에로, 모르드개, 하만을 우화의, 또는 좀 더 거창하게 신화의 등장인물로 여겨야 하며, 이유인즉—이 문제를 이해하는 사람들이 대체로 동의하는 주장에 따르면—에스더서 전체는, 그리고 여기서 한낱 조연을 맡은 와스디 또한 '현실적 근거가 전혀 없다'는 것으로, 이것이 부림절의 존재 근거까지 흔들지는 않는다 하더라도, 적어도 그 기원은 아무리 봐도 모호한바, 에스더서와 히브리어 문헌의 연관성은, 그리스 고전과의 연관성과 마찬가지로 이후에야 제기된 것으로 추정할 수 있는데, 문제의 출발점은 역사적 연구에서 주인 공—그를 주인공이라고 볼 수 있다면 말이지만—아하수에 로의 정체를 설득력 있게 밝히지 못했다는 사실이니, 바로 이 아하수에로가 실은 크세르크세스 1세이고 우화 전체가 바빌 론 유수幽囚 시절로 거슬러 올라간다는 학설이 오랫동안 우세 했으며, 이 관점은 여전히, 심지어 오늘날에도 이따금 고개를 들지만 모두 헛된 일인 것은, 야코브 호샨더의 1923년 연구에 서 제기된 논증의 비할 바 없는 전문성 앞에서 침묵할 수밖 에 없는 사람들이 점차 늘고 있기 때문으로—부림절의 기원, 즉 우리가 부림절에 기념하는 것은 대체 무엇인가의 문제 때 문에 심란한 사람들로서는 당연히 그럴 수밖에 없는데—이 를테면 아하수에로를 크세르크세스와 동일시하고, 따라서 에 스더 이야기의 시기를 바빌론 유수 시절과 동일시하는 것이 오류인 것은, 아하수에로가 다름 아닌 아케메네스 왕조 쇠퇴 기의 주역 아르타크세르크세스 2세이기 때문으로, 그는 대관 戴冠 전에 그리스어 이름 아르사케스로 불린 통치자 아르타크 세르크세스 므네몬 2세이자, 동생을 죽일 수밖에 없었던 살 인자이자, 쿠낙사 전투의 승리자이자, 크세노폰의 걸작《아나 바시스》의 플롯에 영감을 준 계기이자, 사악한 모략가로 영원 히 기억될 어미 파리사티스의 충직한 맏아들이며, 천하일색 의 미녀 스타테이라를 아내로 맞았는데, 호샨더가 그녀를 와 스디로 간주하는 것은 한낱 평범한 추론의 결과가 아니어서,

그의 논증이 어찌나 냉철하면서도 확고한 설득력을 갖췄던지 기독교 성경 연구자도 더 중립적인 역사가도 좀처럼 부정하지 못하며, 심지어 율법학 전통에서도 반박하지 못하니, 물론 이 점에 대해서는 두 집단 사이에 어느 정도 이견이 있긴 하나, 유사점이 더욱 두드러지는데, 다만 율법학자들의 서술이 더 엄격하여, 말하자면 호샨더의 분석과 달리 더 자구에 충실하고—호샨더는 옛 신앙과 새 신앙의 갈등이 에스더서의 배경에 대한 설명으로서 충분하다고 받아들이는데—더 확고한 궤적을 그리며 이탈하는바, 즉, 이를테면 와스디가, 이 이야기는 사실이므로, 왕의 명령에 정말로 순종하지 않았다는 것으로—명령의 골자는 술에 취해 소란한 제후와 제왕 사이를 통과하여 대왕 앞에 나아오라는 것인즉, 대왕은 자기 아내의 아름다움을 과시하여 제국의 굳건함을 확인시키고 싶었던바, 즉 그의 명령은 그녀가 제나나에 있는 왕후전 알현실에서 페르시아 궁정의 지체 높은 여인들을 위해 배설된 그녀 자신의 연회에서 빠져나와야 한다는 것으로, 그 연회는 전통에 따라, 이런 경우 페르시아 전통과 심지어 더 오래된 전통에서 규정된 대로, 일주일간 열리는 황제의 축하연과 동시에 열리고, 이 기간 중에 그녀는 자리를 비워서는 안 되며, 실제로 그녀는 몸을 베일로 완전히 감싼 채 연회가 끝날 때까지 자리를 지켰는데, 하긴 이 모든 것이 정말로 사실이고 정말로 이런 식으로 일어났다면 그렇다는 것으로, 다시 말하지만—즉, 랍비

주석가들에 따르면—대왕후 와스디가 몇 주째 황제에게서 몸을 숨긴 이유는 그녀의 오만함 때문이 아니라 질병 때문이라며, 히브리 성서와 기독교 성서에서 말했는데, 여인들의 연회를 떠나 당장 황제 앞에 행차하셔야 한다는 거듭된 귓속말도 허사였고, 환관들이 초조하게 되풀이 말해도 허사였으니, 그들은 황후의 눈에서 무언가를 보고서 놀랐는데, 저 비길 데 없이 아리따운 눈에서 그들이 본 것은, 그녀가 왕후관 외에는 아무것도 입지 않은 채, 즉 발가벗은 채, 주정뱅이 무리로 전락한 남성 집단 앞에 자신의 아리따운 몸을 드러내라는 황제의 진정 이례적인—궁정의 어떤 법도에도 반하는—요구를 따르지 않겠다는 결심이었으니, 그들이 아무리 그녀를 어르고, 가야 하는 이유를 아무리 그녀의 귀에 속삭여도 허사였듯, 학술 전통에서 이 장면을 우리의 기억에 새기려 해도 허사인 것은, 사실 이 해석자들이 주장하듯, 난데없는 불운과 무자비함으로 와스디가 나병에 걸렸기 때문으로, 이 병은, 아직 초기 단계이기는 해도 그녀의 얼굴과 온몸을 뭉그러뜨렸으며, 그녀가 왕의 사랑과 찬미를 잃고 싶지 않았음에도 감히 왕 앞에 자신을 드러내지 못한 것은 이런 까닭이었으니, 일찍이 파리사티스의 귀에 들어간 소식은 바로 이것이었으며, 그녀는 이런 전말을 접하고서 심판의 때가 되었음을 직감하였기에, 적당한 때에 황제에게 전갈을 보냈으니, 이것은 듣도 보도 못한 바가 아니요 법도에 어긋난 것도 아니었으나, 그녀가 보낸 전갈의 내용은, 그가 자신의 아리따운 왕후에게 출두를 명하더라도 그녀는 필시 그 명을 거역할 터인즉, 그녀는 그런 회중 앞에 모습을 드러내기에는 너무 오만방자하다는 것이었으니, 이에 아르타크세르크세스는 여러 날 통음하여 엎어진 채 자신에게 군주로서의 자격이 있는지 늘 노심초사하던 와중에 대뜸 환관들에게 명령하길, 그녀가 당장 와야 하고, 온전한 아름다움을 간직한 채, 말하자면 머리에 쓴 왕후관 말고는 아무것도 걸치지 않은 채—이 상황으로 인해 어떤 터무니없는 문제가 발생하더라도—냉큼 와야 한다고 명령했으니, 파리사티스는 의기양양했다고 전해지며, 와스디는 이것이 끝임을 깨달았으나, 아르타크세르크세스가 씁쓸함을 곱씹으며 모든 의결을 재가하고 무엇에든 동의한 것은, 그가 생각할 수 있는 것이라고는 와스디가, 몇 주간 그랬듯 또다시 자신을 욕보이고 거역하면 제국 또한 마지막 대황제에게 거역하리라는 사실뿐이었기 때문이며, 그의 흐리멍텅하고 느릿느릿하고 술에 취해 깜박깜박하는 뇌 속에서는 이성이 미치는 범위 안의 온 세상에서 자신이 가장 사랑하는 그녀에게 자신이 무슨 판결을 내리고 있는 것인지 알았으나, 와스디의 운명이—여기서 히브리 성경 주석가들은 목소리를 낮추는데—제국의 운명과 판박이이며, 와스디를 잃는다면 거대한 페르시아 제국 전부를 잃게 될 것임을, 영영 잃게 될 것임을 또한 직감했다.

그는 성모가 무엇인지 알기 전부터 성모 그리는 법을 알았으나, 그의 남다른 재능은 그림뿐 아니라 나머지 모든 것에서도 발휘되었으니, 그는 읽고 쓸 줄 알았으며, 목공을 숙달하고 공방의 연장을 다루고 안료를 갈아 티 없이 섞고 누구에게도 배우지 않은 방법으로 액자에 금박을 입힐 줄 알았기에, 프라토에서 그의 아비는 그의 발전을 감탄 속에 늘 주시하여 동작 하나하나를 눈여겨보았으며, 어린 필리피노가 무릎에 앉으면 말없이 쓰다듬어 주었으나, 그 시기는 금세 지나가버렸고, 아이가 여섯 살이 채 되기도 전에 아비는 아이가 신체 접촉을 좋아하지 않음을, 포옹을 전혀 필요로 하지 않음을 알아차렸으며, 실로—더 적나라하게 표현하자면—그는 신체 접촉을 혐오했으나, 공방에서나 아비의 거처에서나 특별한 사랑으로 대접받았던바, 그의 가족, 바글바글하고 뻔질나게 바뀌는 조수와 제자들, 심지어 저명한 의뢰인까지도 이 이름난 거장과 협상하러 올 때면, 어김없이 그를 찬미하여, 얼마나 아름다운 아이냐고 말했고, 어김없이 놀라움으로 입을 벌리듯 말했으며(다만 거장이 그토록 뿌듯해하며 진열한 그림을 정말로 이 애송이가 그렸으리라고는 믿지 않았는데), 이렇듯 그는 따스하기 그지없는 환경에서 자랐으나, 부모가 느낀 불안감은 오래도록 가라앉지 않았으니, 죄악으로 인해 세상에 태어난 아이의 삶이 얼마나 고통스러울지 상상하는 것만으로도 괴롭기 그지없었으며, 부모 중 한 명은 카르멜회 수도사로, 산타 마르게리타 수도원의 주임사제였고, 어미는 더욱 수치스럽게도 잉태 당시에 같은 수도원의 수녀였기에, 실로 그들은 죄인이요, 몇 달간 피렌체 전역에서 추문으로 회자된 명명백백한 죄인으로, 비교적 평범한 죄인이되 그래도 죄인이었으니, 그 뒤로 오래도록 죄인일 것이요 어쩌면 지옥문에 이를 때까지 죄인일 것이었으나, 이탈리아 전역에 이름이 드높은 필리포 리피의 남다른 천재성을 아낀 메디치가家가 피우스 2세를 압박하여 교황 사죄赦罪를 받아냈으며, 교황은 그들을 '취소'함으로써, 즉 수도사 서약으로부터 면제해 줌으로써 사태를 해결했으나—그는 그들만 구원할 수 있었을 뿐 아이에게는 어떤 도움도 주지 못했으니, 필리포의 자식에게는 영원히 낙인이 찍힐 것이었으며 아비가 사랑을, 열정적 사랑의 모든 징표를 베풀어도 허사여서, 그는 아이가 자라서 무엇이 되겠느냐는 걱정을 한 번도 떨치지 못했고, 이 걱정은 몇 해가 지나도록 계속되다가, 결국 아이가 부모에게 자신을 걱정할 필요가 전혀 없음을 보여주기 시작한 것은, 그가 두 발로 설 수 있었고 부정한 출생을 재능으로 만회할 수 있었기 때문인즉, 그는 비할 데 없는 지적 감수성의 소유자였고, 배움에 어찌나 능하던지 주위의 모든 사람은 어안이 벙벙할 정도였으며, 이 소년이 꼭 제 아비처럼 위대한 인물이 될 것임은 능히 짐작할 수 있는 바였으나, 그는 아비나 그 누구로부터도 가르침을 받지 않고, 공방에서나 집에서나 길거리에서 누가 무엇을 하든 끊임없이 관찰하기만 했으니, 아이는 조용히 지켜보고 질문을 던졌으며, 아비가 그리기 시작하면 자기도 그리기 시작하여, 나무판과 목탄 도막을 가져다 동작 하나하나를 정확히 따라 했으며, 아비가 목탄을 가지고 일필휘지로 호를 그리는 것을 보고서 그가 그린 호도 놀랍도록 똑같이 휘어졌으나, 그뿐 아니라 모든 것이 그러했으니, 아이는 프라토의 대장장이가 말 세 필의 편자를 어떻게 만드는지 지켜보면서 한 시간 내내 가만히 앉아 있을 수 있었고, 개울가에서 물결과 물결치는 수면의 빛을 몇 시간이고 관찰할 수 있었으니, 한마디로 그가 여섯 살이 되었을 때 부모는 더는 걱정할 것이 없었으며, 아비는 지극히 열정적이며 죄스럽되 하느님께서 예정하신 사랑의 결실이 드디어 주님의 가호를 입었다고 확신하여, 어딜 가나, 심지어 성당 작업을 맡은 스폴레토에 갈 때에도 아들을 데리고 다녔는데, 건설 현장에서 아이가 수석 필경사 옆에서 일종의 조수 노릇을 한 것은 필경도 할 수 있었기 때문으로, 그는 어디서나 무엇에서나 자신의 재간을 입증했으며, 그와 더불어 다정함과 섬세함으로 모든 사람을 감동시켰으나, 그 결과로 그의 부모는 또 다른 걱정이 생긴즉, 말하자면 아이는 건강이 좋지 않아서, 감기를 달고 살았고 아무리 껴입어도 추워했으며 목은 이미 부어 있었고 한 번에 며칠씩 몸져누워야 했기에, 당시 문제는 그의 건강이었는데, 부모는 그에게 조심하라고 신신당부하는 일을 결코 게을리하지 않았으니, 아비가 임종을 앞두고서 자신이 성당에서 착수한 성모 프레스코화를 완성하는 임무를 소년에게 맡긴

1469년에도 마찬가지여서, 그때도, 그곳에서도 아비는 아들에게 성당은 늘 쌀쌀하니 일할 때 따뜻하게 차려입고 어떤 상황에서도 일할 때 찬물을 마시지 말라고 당부하는 것을 잊지 않았거니와, 물론 필리피노는 아버지 분부대로 하겠노라 약속하는 것 말고 무엇을 할 수 있었겠느냐마는, 그는 아비의 당부를 따르지 않았고, 어차피 사실상 마찬가지였던 것은, 그가 건강을 염려하여 춥디추운 겨울날 제대로 차려입었어도, 공방에서 잠깐 바람을 쐬러 나갔다가 다시 몸져눕기 예사였기 때문으로, 해법은 없었고 아무리 조심해도 허사였으니, 그는 사람들 말마따나 질병에 속수무책이었으며, 아비의 공방에서 함께 도제 생활을 하다가 나중에 필리피노보다 먼저 피렌체에 공방을 차린 손위 친구 바티젤로조차도 그렇게 말했은즉, 바티젤로도—그가 이 이름으로 불리는 것이 무척이나 부당했던 것은, 실은 전당포에서 고객과 옥신각신하던 그의 뚱보 형 조반니를 조롱하여 일컫는 이름이었기 때문인데—한마디로 그조차도, 조만간 피렌체와 이탈리아를 통틀어 가장 위대한 화가 중 한 명이 될 이 바티젤로조차도 필리피노에게 네가 스스로를 돌보지 않으면 심각한 전염병이 돌 때 끝장날 수 있다고, 병에 걸린 뒤에 후회해봐야 소용없다고 쏘아붙였으나, 필리피노는 무력했을 뿐이었고, 이것은 그가 짊어진 십자가였고, 그의 아비 말마따나 그가 애초부터 가진—정신적 차원에서—섬세함의 대가였는지도 모르는 것은, 사실 이것이야말로 그를 친구들 중에서 가장 두드러지게 했기 때문으로, 그들이 밖에서 놀 때 필리피노는 안에서 앉아 행복하게 글을 읽었으니, 그는 바티젤로가 손에 쥐여준 모든 것을 읽었는데, 바티젤로가 그의 손에 쥐여준 것으로 말할 것 같으면 그것은 모든 것이었으며, 열한 살이나 열두 살짜리의 손에 쥐여줘서는 안 되는 작품—이를테면 피치노와 피코 델라 미란돌라와 안젤로 폴리치아노—도 허다했으니, 필리피노는 이해하지 못했을지도 모르지만—문장의 표면적 의미인들 어떻게 이해할 수 있었겠는가—작품 이면에 있는 생각들의 정수가 그에게 도달하여 그를 생각에 잠기게 했는데, 그때에도 그는 손에 책이 없을 때면 공방 구석에서 창문 아래 웅크린 채 몇 시간씩 사색에 잠겨 있었으며, 열네 살이 되었을 때는 바티젤로조차 모든 것을 직관적으로 간파하는 그의 능력을 인정할 수밖에 없었던바, 바티젤로가 보티첼리로 불리게 되고 이 젊은 거장이 피렌체 전역에서 회자되고 칭송되기 시작할 즈음, 어느 날 그는 필리피노에게 자신은 더는 그를 도제로 여기지 않는다고, 실은 한 번도 그런 적 없다며, 필리피노가 스스로를 공방의 동료 화가로 여겨야 하는 것은, 언제나 그랬기 때문이라고 말했으니, 엄밀히 말해서, 오랫동안, 아마도 바티젤로의 공방에 들어선 바로 그날부터 그가 그의 밑에서가 아니라 그와 함께 일하기 시작했음은, 안료를 갈고 나무를 태워 목탄을 만들고 풀을 쑤고 하는 작업은 진짜 조수 한두 명이 도맡았기 때문이어서,

바티젤로가 필리피노에게 맡긴 일은 으레 이런 것이었으니, 저 성모님 보이지, 천사 두 명이 있고 품안에 아기를 안은 모습으로 그려, 알았지?—좋아, 라고 필리피노가 대답하면, 아기와 두 천사가 그림에 나타났으니, 그 솜씨는 누구도 바티젤로가 직접 그리지 않았다고 말할 수 없을 정도였던바, 필리피노는 모든 것을 직관적으로 간파하는 믿기지 않는 능력의 소유자였기에 관찰만으로도 충분했는데, 이를테면 바티젤로의 손 움직임, 그의 생각, 그의 색채와 소묘, 그의 주제와 형상과 배경을 관찰했으며—이 또한 그의 아비의 회화 수준을 모조리 뛰어넘은 것이었거니와— 그로부터 그는 바티젤로가 그리는 모든 것을 어느 때든 그릴 수 있었기에, 그는, 바티젤로는—상인 길드의 새 조합장에서 일곱 덕목 중 하나의 알레고리화를 의뢰받고서, 이 작업이 그의 시간을 모두 잡아먹을 터였기에—공방 작업 중에서 덜 중요한 나머지 모든 것을 처음부터 끝까지 필리피노에게 맡겼고, 그 덕에 에스더 이야기를 묘사하는 포르치에리 두 점의 패널화 작업은 필리피노에게 돌아갔으며, 그는 주제를 표현하는 방법을 바티젤로와 상의한 뒤에, 의뢰인이 더없이 만족하도록, 심지어 기한을 엄수하여 완성하되, 실은 합의한 날짜 전날에 완성했으니, 이것은 바티젤로를 비롯한 피렌체의 많은 장인들에게서 볼 수 없는 특징이었고, 물론 필리피노도 마찬가지였을 것이나, 이 포르치에리는 신부의 지참금이어서 일정을 어긴다는 건 있을 수 없는 일이었거니와, 의뢰 자체가 이런 종류로는 공방이 처음으로 맡은 중요한 작업이었기에, 그는 밤낮으로 일하여 큰 패널화 두 점을 두 달 안에 마쳤고, 산갈로 장인이 목궤 두 점을 완성하고 안토니오가 금세공을 준비했을 때는 두 번째 측면 패널화까지 이미 채색했으니, 바티젤로는 흡족하여 필리피노의 작품을 칭찬했으나, 모든 것이 마치 자신이, 바티젤로가 그린 것처럼 보인다는 생각은 내비치지 않고 교묘하게 숨겼지만 필리피노가 모르지 않은 것은, 그해 마지막 달의 첫날이 찾아와 목궤에 그려 넣어야 할 패널화가 한 점만 남았을 때, 이번엔 바티젤로의 생각을 본뜨는 게 아니라 자신의 상상이 흘러가는 대로 작업하겠노라 마음먹었기 때문인바, 말하자면 그는 측면 패널화인 「에스더가 수산궁에 당도하다」와 짝을 이루는 그림을 그리면서 전체 작품의 균형을 흐트러뜨리지 않은 채 그림 주인공인 왕후 와스디를 자신이 보기에 알맞게 그려 작업을 완성했는데, 이 추방이 모든 굴욕, 모든 치욕, 모든 인간적 몰락을 나타내도록, 더 나아가 이 굴욕에서, 이 치욕에서, 이 몰락에서 왕후 와스디가 자신의 빼어난 아름다움을 조금도 잃지 않도록 그리는 것이 합당하다고 본 것은, 필리피노가 감지한 것과 같이, 이 굴욕, 치욕, 몰락을 표현하려면 가장 깊은 아름다움과 대비하는 수밖에 없었기 때문으로—이것은 바티젤로가 이제껏 본 것과 달라도 너무 달랐고, 그해 마지막 날 전날 의뢰인은 흥겨운 대가족과 더불어 육중한 목궤 두 점을 나르려고 빌린 수레를 가져왔으며, 이 자리에는—작업비의 정산도 처리되어야 했으므로—바티젤로도 참석해야 했기에, 그는 몇 시간 일찍 도착하여, 기다리는 동안 목궤를 다시한번, 꼼꼼히, 마지막으로, 마지막 측면 패널화까지 점검했는데, 필리피노는 자신이 처음으로 그림들을 보았을 때처럼 놀라 말문이 막힌 것을 알 수 있었던바, 이제 그는 그를, 필리피노를 슬픈, 끝없이 서글픈 눈빛으로 바라보며, 마치 자신의 말이 더는 동료에게 전해지지 않기라도 하는 듯, 그에게서 고개를 돌린 채 부드럽고 다정한 목소리로 말했으니, 언젠가 내가 누군가에게서 이와 같은 아름다움을 발견할 수만 있다면, 필리피노, 언젠가 나도 발견할 수만 있다면.

그들은 작품의 제목을 '라 레지나 바스티 라시아 일 팔라초 레알레'로 지었는데, 이것은 '왕후 와스디가 왕궁을 떠나다'라는 뜻으로, 원래는 어떤 제목도 없었으나, 필리피노가 대화 중 포르치에리를 소개하기 직전에 지어낸 이 명칭을 우리는 제목으로 간주할 수 있는바, 마지막으로 그는 목공과 참으로 빼어난 금세공을 가문 사람들에게 설명했으며, 그들은 심히 흡족한 기색이 역력했으니, 그는 한 그림에서 다음 그림으로, 한 장면에서 다음 장면으로 나아가며, 측면 패널화에 무슨 그림과 무슨 장면이 묘사되어 있는지 설명했는데, 어쩌면 최초의 제목은 가문의 우두머리 본인이 나중에 붙였는지도 모르겠거니와, 결혼식의 엄숙한 순간에 그는 젊은 신랑 신부—귀도와 사라—에게 두 사람이 방금 선물로 받은 지참금 목궤 옆면에는 다름 아닌 히브리 전승에 따른 에스더 이야기가 그려져 있다고 설명했으니, 이 이야기는—적어도 가문의 우두머리가 보기엔—정절의 교훈과 더불어 부림절의 깊은 의미를 예시하고 기억을 위해 간직함에도 불구하고—물론 이 우발적인 명칭은 결코 제목의 자격을 갖출 수 없었고, 제목을 부여하는 의식조차 없었던바, 그 뒤로 포르치에리 두 점은 등장할 때마다, 어디서나 있는 그대로, 즉 '매우 아름답게 채색된 지참금 목궤 두 점'으로 지칭되었으며, 훗날 그 속에 돈과 보석만 넣게 되었을 때는, 한 소유주—페라라 출신 옷감 상인의 아내—말마따나 "근사하게 채색한 장면들로 장식된" 두 점의 오래된 금고로 여겨졌을 뿐이었으니—비로소 제목이 필요해진 것은 목궤가 분리되고 아름다운 구리 내면이 뜯겨져 나가고 값어치가 따로따로 매겨졌을 때로, 물론 그림의 값어치도 그러했는데, 뜻밖에도 가격이 천정부지로 치솟은 것은 세월이 흘렀기 때문이기도 했고 딱히 이성적이라고 볼 수 없는 콰트로첸토 열풍 때문이기도 했으니, 한마디로 그것은 그림들이 낱낱의 그림으로 존재하기 시작했을 때, 말하자면 토리자니에 전시된 뒤였는데, 물론 그 순간에도 각 그림에는 제목이 달려야 했으며, 샹티이에서는 뮈제 콩데를 위해 제목이 필요했고 파두츠에서는 리히텐슈타인 소장품을 위해 제목이 필요했고 파리에서도 제목이 필요했고 무엇보다 피렌체에서는 혼 재단을 위해 제목이 필요했는데, 무엇보다 이곳에서는 그림을 하나의 작품으로 취급하는 문제가 일단락되었음을 제목으로 표현하고 싶었기에, 그때부터 와스디를 묘사한 패널화는 '왕후 와스디가 왕궁을 떠나다'라는 제목이 붙어야 했을 것이고 실제로 그렇게 붙었으며, 이 제목으로 파리에서, 그랑 팔레에서 방대한 보티첼리 작품들 중 하나로 전시되었으며, 이 전시회는 많은 사람들에게 예나 지금이나 잊지 못할 경험으로 남았는데, 혼 재단 소속의 연구자에 따르면 걸맞은 진열대에 놓이지 않았음에도, 볼 눈이 있는 사람은 누구나—인파에 밀려 옆쪽 출입문에 짜부라진 채—그 작품에서 보티첼리 '둘레'에 있는 위대함, 말하자면 필리피노 리피의 위대함을 보았으나, 그 천재성, 그 분주하고 힘찬 붓질, 그 팽팽한 떨림, 그 폭발적 힘, 소小리피의 그 원原바로크적 성격을 온전히 알아차리지는 못했으니, 그 속에서 와스디의 형체가, 고통으로 만신창이가 된 채 마지막으로 들어선 곳은 신비로운, 그림 속 주인공이 떠나온 곳보다 더 신비로운 제국이며, 그곳에서 이 형체는 고통으로 상하고 가슴이 미어진 채 왕궁의—아니, 이젠 요새라고 해야 마땅할 것의—북문을 나서며, 어디로도 이어지지 않는 테라스에 서 있는데, 그곳에서 그녀는 멈췄고, 그녀의 아름다움과 고통, 그녀의 찬란한 존재와 고독은 요새 앞의 풍경에 의문을 던지는 듯하기까지 한바, 이 지고한 고결함을 지닌 채 이 황량한 적막 속에 인간의 형체로 내던져진 이 매혹을 어찌해야 하는가―하지만 그저 질문만 있을 뿐, 대답할 필요는 없어서, 수사의 모든 사람이 잠잠한 것은, 모두가 이제 궁전 앞에서 벌어질 일을 알기 때문이요, 이것은 뒤이어 일어날 사건이 추방이 아니요, 마르두크의 전통에 따른 판결의 시작에 불과하기 때문이나, 와스디의 뒤에서, 이집트로부터 불러들인 거구의 사형 집행인이 나타나, 그녀를 붙잡아, 지정된 궁전 뜰로 끌고 가, 전설의 재 속에서 그녀를 질식시킬 것이니, 우윳빛의 가녀린 목을 우락부락한 오른손으로 짓이겨, 우윳빛 가녀린 목이 부러지고 발버둥치는 다리가 죽음의 무도를 그치면, 그 몸은 마침내 스러져, 영원히, 바닥에 엎드러질 것이다.

3

불상의 보전

우리 주 예수 그리스도의 더 큰 영광을 위해

이나자와는 모든 것을 알지만, 분명 공업 도시여서, 관광객이 거의 찾지 않는 절의 존재는 조금도 중요하지 않은데, 이 날 아침에는 닫힌 채, 말하자면 문을 열지 않은 채, 승려들은 비밀 예식이라고 하는 것을 치르며 자신들의 부처 중 하나에게 작별을 고하고 있는지도 모르겠거니와, 이 불상은 (현의 문화 유산을 관리하는 위원회에 따르면) 특별한 가치가 있으나, 수세기를 거치면서 상태가 부쩍 악화하여 복원을—임제종 5대 사찰의 주지와 수뇌부의 결정에 따르면—더는 지체할 수 없음에도, 이나자와는 시내에서 다소 동떨어진 이 선사에서 벌어지는 일에는 도무지 관심이 털끝만큼도 없으니 가장 화려

한 장관만이 그나마 관심을 조금이라도 불러일으키는바, 이를테면 해마다 열리는 하다카마쓰리裸祭り에서는 남자들이 (사타구니만 간신히 가린) 훈도시 말고는 전부 발가벗은 채 길거리에서 술에 취해 흥청거리는데, 지금은 아무 의미도 없어진 전통에 따라 해마다 2월이면 주민들은 시를 액운으로부터 지키기 위해 밖으로 나와 알몸의 남자들을 만져야 했으니, 하긴 이 신토神道 서커스가, 이 오락거리가 이곳에 필요한 것은, 관광객으로 북적이는 유일한 행사일 뿐 아니라, 축제 기간에 도쿄의 NHK 방송까지 찾아와 북적거리는 인파를 몇 분간 방송하기 때문으로, 이러니 이나자와 시민들의 상상력은 별 볼일 없는 임제종 사찰에 자극받지 않으며, 더욱이 이곳은, 이 젠겐지禪源寺는 어림도 없는바―이것은 그들에게 상상력이 그나마 조금이라도 남아 있을 때의 얘기로, 이젠 그들의 뇌조차도 공업 단지의 회색에 익숙해졌으며, 이곳의 삶은, 그리고 이곳의 삶에 대해 상상할 수 있는 모든 것은 무미건조할 뿐이요―젠겐지는 정말이지 이곳의 나머지 모든 것과 꼭 마찬가지로 칙칙하고 활기라고는 찾아볼 수 없어서, 사람들은 섬유 공장이나 조립 라인을 가리키며 어깨를 으쓱할 뿐 이러한 전반적 무관심은 마지막 주까지도 계속되어 어떤 호기심도 일고 있지 않으나, 내부에서는, 절에서는 흥분을 느낄 수 있는데, 마침내 무언가 벌어질 거라고, 승려들이―하다카마쓰리에는 당연히 참가하지 못한 채―생각하길, 마침내 이 단조로운 나날

에도 끝이 찾아와, 몇 년은 아니더라도 몇 주나 몇 달 만에 갑작스럽고 이례적인 변화가 일어나겠지―어쨌거나 이것은 갑작스럽고 이례적인 변화라고 부를 수 있는데, 내부의 관점에서 볼 때, 젠겐지의 아미타여래좌상이, 전문가와 사찰 승려들의 의견에 따르면 현縣 위원회 발간 문서에서 판단하는 것보다 훨씬 귀중한 이 불상이, 오래 지체한 끝에―그 결정적인 이유는 막대한 복원 비용을 조달하는 일이 무지막지하게 힘들고, 운반 절차가 그에 못지않게 까다로운 것으로 확인되었으며, 그만큼 결정적이진 않지만, 신성한 것 중에서도 가장 신성한 이 불상을 원래 자리에서 옮기는 것을 그들이 '마뜩잖아' 했기 때문인데―한마디로 이 보물이, 추정되고 가정된 가치를 몇 배나 뛰어넘는 이 보물이 들어올려져 운반된다면, 음, 이것은 정말로 이례적인 사건이나, 그들 중에서 가장 현명한 자들조차 이 결정에 선뜻 도달하지는 못했으니, 실은 몇몇 승려가 하안거와 동안거 사이의 적당한 날짜를 찾는다며 명백히 운반을 지연시킨 것은 이와 같은 일이 참으로 드물기 때문으로―그들이 고개를 내두르며―이곳 아이치현의 사찰들에서는 이와 관련한 전례를 기억하는 이가 아무도 없었고, 진실로 주지와―그 자신 또한 다방면의 경험을 쌓았음에도―가장 고명한 승려들은 실제로 어떤 의례를 거행해야 할지 한동안 막막했으나, 해야 하는 일이 무엇이든 그들은 물론 할 작정이었던바, 한 가지는 분명했으니, 고승들이 이런 상황에 대해 정해진 예식 규정을 숙지하는 데는 몇 달이 걸렸고, 신중을 기해야 하는 힘겨운 일에 대해 그들이 각오가 되어 있었음은 인정해야겠지만, 이토록 고되고 복잡하고 정교한 작업에는 미처 대비가 되어 있지 않았으며, 게다가 이 일에는 연습이 필요했던바, 말하자면 만사가 계획대로 진행되도록 절의 모든 구성원이 훈련받아야 했다는 것으로, 지도부는 아무리 세세한 것까지도 설명해야 했으니, 법계가 낮은 승려들에게조차 누가 무엇을 언제 해야 하는지 설명해야 했는데, 의례의 본질 문제를 다루는 것은 온갖 세부 사항을 다루는 것만큼 중요하지 않다며, 주지가 종무원장에게 말하길, 그들이 똑바로 독경하고 진언을 외면, 법고수가 언제 북을 두드리고 언제 가만히 있어야 할지 정확히 알면 그것으로 충분하고, 대체로는 앞으로 치르게 될 예식의 순서를 모두가 명확히 이해하면, 그 순서들을 무탈하게 치를 수 있으면 그걸로 충분할 거요, 음, 그것도─주지가 민숭민숭한 정수리를 문지르며, 지정된 날이 가까워지면─음, 그것도 만만찮은 일이어서, 그는 골치 아픈 부분이 바로 여기에 있음을 똑똑히 알고 있었던바, 노사에서 제자까지 그 누구도 단 하나의 실수도 저질러서는 안 되고, 일어나서는 안 되는 일은 아무것도 일어나서는 안 되니, 들고 나는 것, 서고 꿇는 것, 필요할 때 독경을 시작하고 끝내는 것─이것이 가장 힘든 부분이라고 주지가 말하며, 가려운 머리를 다시 한번 초조하게 문질렀으니, 이미 많은 것을 보아서 아는

바 그렇게 되지 않을 것이고 완벽하지 않을 것이어서, 누군가는 언제나 실수를 저지르니, 너무 늦게 서거나 너무 늦게 끓으며, 자신조차도 때로는 헷갈려서, 필요 이상으로 천천히 시작하거나 너무 빨리 시작하거나, 어떤 때는 어디를 향해야 하는지, 왼쪽일까?—아니면 설마…… 오른쪽일까? 맙소사, 지정된 날 전날 저녁에 주지가 신음을 내뱉었는데, 미술원—미술원국보수리소^{美術院国宝修理所}—에서 운반을 위해 이곳에 보낸 특수 차량이 교토에서 이미 도착한바, 운전수는, 불상의 치수가 측정되어 커다란 참오동나무 운반 상자가 제작된 뒤에 사랑채에서 홀가분히 코를 골고 있었는데, 맙소사, 이제 무얼 하나, 어떻게 해야 우리의 임무를 제대로 다할 수 있으려나, 주지가 민숭민숭한 머릿가죽을 근심스럽게 문질렀으나, 이내 내면의 불안을 가라앉히고는, 그날은 흥분을 온전히 억누르지 못했더라도 어쨌거나 이튿날, 그러니까 오늘 그는 새벽 4시 대종^{大鐘} 소리에 깨어 재빨리 세수하고는, 불안도 어떤 흥분도 느끼지 않은 채, 자신을 기다리는 과제를 이행할 임무만, 일을 진행하는 순서만 첫째, 그리고 둘째, 하고 생각했으니, 어떻게 자신이 주지로서나 선승으로서나 지난 몇 주 몇 날 동안 불안하고 흥분할 수 있었는지 곱씹을 여유가 전혀 없었던 것은, 모든 일이 시작되는 지금은, 다음 단계, 그다음 단계를 진행하는 것 말고는 무엇에도 한눈팔 겨를이 없었기 때문으로, 하루를 제대로 시작하려면 여러 가지 지시를 한꺼번에 내려야 했던바, 문을 닫고―즉, 열지 말고―참오동나무 목판에 붙여둔 그날의 일정을 점검하여, 모든 것이 제대로 적혀 있는지 확인하고, 공양간에서와 불상을 포장할 차량 옆 장소에서 진행될 작업을 확인하고, 승려들이 당번 승려인 직일直日*을 앞세운 채 선당禪堂으로 입장하는 행차를 시작하도록 점검하고, 법고수들에게 정확한 순서를 마지막으로 물어보았는지 확인해야 했는데, 이 모든 지시를 한꺼번에 내려야 했고, 동시에 감독해야 했으니, 우선 문을 닫기 위해, 즉 문을 열지 않기 위해―그는 이것을 자신의 눈으로 확인하고 싶었기에―맨 먼저 주문主門인 산문으로 갔다가, 차례로 나머지 문을 점검하고, 정말로 닫혔는지 손으로 밀어도 보았으니, 이래야만 안심이 되었고, 이렇게 해야만 그래, 가람이 닫혔군, 하고 확신할 수 있었으나, 시간은 아직 새벽 4시 반, 아니면 5시 15분 전도 채 되지 않았는데, 절은 완전히 밀폐되어, 들어가는 길도 나오는 길도 전혀 없었으니, 주지가 스스로에게 말하길, 경내에 있는 사람은 모두가 이것을 알고, 경내에 있을 수 있는 사람과 경내에 있어야 하는 사람도 모두가 알고 있으나, 이른바 밀사密事를 밖에서 엿보려 하는 자들 또한 이런 사정을 짐작하는 이유는, 몇몇이 문밖에 서서, 이런 연유로, 안에서 무슨 일이 일어나고 있는지 듣고 알아내려 하고, 나이 먹어 잠이 없어진 재가자 무리가 네

---

* 선방에서 스님들을 지휘 감독하는 직책.

방향으로 난 문간에 서 있는 데다 새벽녘에 부리나케 옷을 차려입고 이곳에 찾아온 사람들도 있기 때문으로, 그들은 호기심에 좀이 쑤셔—산문을 열지 않고 닫아두었다며, 이런 일은 한 번도 없었다고, 그들이 문 앞에서 중얼거렸는데—밖에 선 채 억만금을 줘도 물러서지 않을 작정이었으니, 그들은 바로 지금 안에서 무슨 일이 벌어지고 있는지 조금이라도 알아내려고 들릴락 말락 하는 말소리에 귀를 기울이는데, 설령 그런 소리가 들리더라도 그것 가지고는 알아낼 수 있는 게 별로 없으며, 설령 승려들이, 독경을 마치고 일렬로 목어와 요령의 박자에 맞춰 선당에서 어딘가로 향하느라 조용히 부스럭거리는 소리가 멀리 안에서 들려와, 실은 사방의 문간에서, 사람들이 대체로 동의하듯 그들이 필시 본당을 향해 걷고 있다 하더라도, 설령 그 소리를 듣더라도, 설령, 그래, 본당이야, 스님들은 아미타 부처님 계신 대웅전을 향해 가는 게 틀림없어, 라고 합의할 수 있더라도 그들은 의례 자체에 대해서는 아무것도 모르는바, 실로 그런 것이, 이곳 모든 문간에서 귀를 기울이는 사람들은 착각하고 있는데, 절의 대중이, 선당에서 독경을 끝내고 대웅전을 향해 가는 것이 아니라, 반대 방향으로, 대웅전에서 가장 멀리 떨어진 곳으로, 실은 요사채로 가서 고적하게 기다리는 것은, 정말로 비밀스러운 개식 의례에서 시작되는 이른바 비밀 예식 동안 주지와 두 명의 노사, 직일과 세 명의 조경助磬—불당의 기물을 다루기 위해 선발된 세 명의 조수 승려―일곱 명 말고는 아무도 참석할 수 없기 때문으로, 밖에서 궁금해하는 군중뿐 아니라 그들조차, 경내의 승려들조차 이따금 흘러나오는 농자磬子, 요령, 목어 소리에 귀를 기울여도 허사이며, 귀에 익은 경문이 귀를 때려도 허사여서, 그들은 예식의 은밀한 순서에 대해 전혀 짐작하지 못했고 영영 그럴 것이며 결코 감조차 잡을 수 없었으니, 이 참으로 비밀스러운 개식의례가 끝나고 이어지는 발견식撥遺式 뒷부분만이 그들의 소관이어서, 그들은 그제야 참여할 수 있으며, 그것도 드높은 신심과 드높은 의무감으로 해야 하는바, 그들이 요사채에서 나와 다시 모여, 함께 같은 방향으로, 본당을 향해 나아가는 것은, 이제 그들의 부스럭거리는 소리가 큰 법고 소리에 맞춰 실로 본당으로, 부처가 있는 대웅전으로 나아가는 소리이기 때문으로―그들이, 승려들이, 젠겐지의 불자들이 무한히 빛을 발하는 부처의 얼굴 앞에 자리를 잡았을 때, 돌이킬 수 없는 무언가가 일어나 있었다.

그들은 대웅전에서 부처님 계신 연좌蓮座를 향한 채 각자의 자리에 앉을 때 그곳에 무언가가 일어나 있음을 직감하나, 무한히 빛을 발하는 이 얼굴이 '더는 여기에 없음'은 물론 그들의 머릿속에 떠오르지 않으니, 그런 생각을 조금도 하지 못하는 것은 감히 바라보지도 못하기 때문이어서, 그들은 고개를 숙인 채, 다들 앞에 있는 승려의 발을 밟지 않는 것이나, 앞에 있는 승려가 갑자기 멈추거나 동작을 끝내야 하는 바로 그 순간에 동작을 끝낼 때 부딪히지 않는 것에만―대개는 다소 혼잡할 때에만―신경을 곤두세우고 있으니, 그들은 언제나 고개를 숙인 채로 동작 하나하나를 최대한 정숙하게 하는바, 승려들은 이미 여기에 익숙한 바요, 무엇보다 소리를 내지 않고 자리를 바꾸는 법, 일어서고 꿇는 법, 앞걸음하고 뒷걸음하는 법, 법도에 맞게 서 있는 법, 법도에 맞게 앉고 필요할 때는 법도에 맞게 걷는 법을 이미 알고 있으니, 그들의 법도가, 늘 그렇듯, 이것에만이 아니라 의문을 품지 않는 것에도 미치는 것은, 설령 그들이 무슨 일인가가 일어났다는 사실에 대해 생각하더라도, 그것이 무슨 일인지에 대해서는 가장 깊숙한 생각 속에서조차 어떤 식으로도 묻지 않기 때문으로, 기껏해야 새로 온 초짜 제자가 스스로에게 묻는 질문은, 이를테면 가장 심오한 의미의 발견식, 즉 부처의 눈에서 발하는 안광이 일시적으로 없어지거나 떠나거나 다른 데로 향하는 일이 비밀 예식 중에 이미 일어났는가 하는 것으로―그들이 앞서 들은 바와 같이 이것은, 신성한 불상이 옮겨질 수 있도록 하는 예식은 자신들이 요사채에서 기다리는 동안 이미 거행되었으니, 그렇다면 그 뒤에 따르는 예식은 무엇이며, 더 어수룩하게 묻자면 '그 뒤에' 젠겐지의 대중이 이곳 본당에 모여 엄수해야 하는 이 모든 야단법석은 뭐하는 것이냐고, 제자들은 여전히 스스로에게 묻지만, 두루 침묵하고 정진하는 가운데 그들의 질문도 남들과 더불어 잠잠해지니, 그들의 작은 영혼에는 이것으로 충분하여, 그들은 예식에 참여하는 것만으로도, 발견식에서 역할을 맡을 수 있다는 것만으로도 얼마나 뿌듯한가, 라는 생각에 푹 빠져, 이것으로 충분하나—밖에 있는 사람들은 끝내 이것을 경험하지 못하니, 새벽녘 문 밖의 속인俗人 호사가들은 안에서 배어 나오는 소리밖에 듣지 못하거니와, 그중 한 명이 으스대며 소리를 높여 나머지 사람들에게 단언하길, 이건 현향진언 아니면 아미타경이야, 이제 귀경문, 이건 발원문이네, 이제 젠겐지 보살님께 인사드리고 있어, 이건 승가람마 기도야, 그러자, 이봐, 그만하면 됐어, 나머지 사람들이 그에게 조용히 하라며 말하길, 안에서 무슨 일이 벌어지고 있는지 자네가 아는 게 분명하군, 그들이 그를 조롱하길, 하지만 우리도 들을 만큼 들었다고, 그러자 이야기꾼은 기분이 상한 채 침묵하니, 큰 법고와 요령, 그런 다음 농자와 목어 소리가 문 너머로 새어 나올 뿐 아침은 아직 오지 않아서, 그들은 여전히 어둠 속에 서 있는데, 서서 끈기 있게 귀를 기울이나, 무언가를 기다리는 사람처럼 기울여도 자신들이 기다리는 것이 무엇인지 알지 못하며, 근처에 사는 몇 명이 뜨거운 차 한잔 마시려고 잠시 자리를 비우는 것은, 3월 중순의 새벽이 여전히 쌀쌀해서 몸을 녹이기 위한 것이나, 올해는 어찌 된 일인지 봄이 오기까지 평소보다 오래 걸려, 커다랗고 희멀건 분홍 목련 꽃만이 피어 겨울이 정녕 끝났음을 알리니—뜨거운 차 한두 모금 마시고, 그들이, 문 앞에 서 있던 무리 중에서 방금 사라졌던 사람들이 돌아온즉, 이보다 더 현명할 수 없었던 것은, 밖에서는 잦아드는 독경 소리가 문 밖으로 흘러나오다 이젠 그것마저 그치고 안에서는 거대한 침묵, 긴 부동의 침묵이 이어지기 때문이니, 그동안 밖에서는 새로운 소리나 동작을 기다리지만 허사여서, 도무지 아무것도 들리지 않으며, 본당 안의 좌중은 이제 아미타불을 향해 돌아, 한 번 절하고 일어나, 두 번째로 절하고 다시 일어나, 세 번째로 절하고 마지막으로 일어나, 이로써 실내에서 거행되는 예식을 마무리하니, 이제 발견식의 목적이 달성되어 불상을 연좌에서 옮겨도 좋으나, 지금 당장은 아니어서, 승려들은 우선 법당에서 나가야 하고, 그때에야, 마지막 한 명이 마당에 내려가고 모두가 공양 시간을 알리는 소리에 식당으로 걸음을 뗄 때에야, 주지와 두 명의 노사와 직일, 그리고 미리 선발된 네 명의 젊고 튼튼한 조경만 안에 남았을 때에야, 그제야 주지가 젊은 승려들에게 손짓하여 그들은 불상에 다가가 세 번 절한 뒤에 아미타여래좌상을 조심스럽게 연좌에서 들어올려, 육중한 무게를 잔걸음으로 옮기며 본당 밖으로 나와 운반 차량 옆 지정된 장소에 가져가니, 그 시점으로부터는 모든 것이 착착 진행되는바, 미리 짜둔 참오동나무 운반 상자가 대령하여 바닥에 실리콘, 중성지, 천을 깔고, 불상의 존체를 두꺼운 흡습성 아마포로 단단히 감싸고, 이렇게 감싼 전체를 조심스럽게 동여맨 다음, 불상을 상자에 내리는데, 불상의 존체와 상자 벽 사이 빈 공간을 아까보다 더 세심하게 메우니, 그리하여―승려들이 식당에서 아침 식사를 끝내는 동안―젠겐지 아미타불은 흔들리지 않도록 솜씨 좋게 결박된 채 이미 운반 차량 짐칸에 들어 있어서, 이 제 남은 일은 운전수에게 교토를 향해 출발하라고 신호하는 것뿐이요, 그런 다음 잠깐 본당에 돌아와 불상이 있던 빈자리를 주황색 자수 비단으로 덮어두는 것이 전부여서, 주지는 적어도 발견식이 예정대로 진행되어 마무리되었으며 이제 기다리는 일만, 불상이 새로운 모습으로 돌아오기까지 열한 달이나 열두 달을 이렇게 기다리는 일만 남았다고 자신에게 말할 수 있으니, 나머지는 운전수의 몫인바, 그는 지금 젠겐지 서문 옆에 둥글게 늘어선 운 좋은 호사가들 사이로 조심조심 차를 빼내어 시내로 향하는 길에 들어서 이치노미야행 고속도로에 금세 당도하여 그곳으로부터 메이신 고속도로에 합류할 작정이니, 그는 그곳에서, 이 고속도로를 따라 교토로 향하는 거대한 차량 물결 속에서 진정으로 안도감을 느끼는바, 마치 자신이 차량을 운전하는 게 아니라, 어떤 초월적 힘이 메이신 고속도로 위의 수많은 차량 물결과 더불어 차를 움직인다고 느끼며, 한 방향으로 향하는 이 빽빽한 차량들 속에서 실로 안도감을 느끼는 것은, 자신이 운반하는 귀중품이 절대적으로 안전하다는 것을 알기 때문으로, 어차피 염려할 이유도 별로 없는 것이, 그가 이런 것을 운반하는 것은 처음이 아니고, 이것은 그의 직업이며, 그는 초보자가 아니어서, 국가적으로 엄청난 가치가 있다고들 말하는 운반물을 고이 싣고서 수백 번은 이동했으나, 그럼에도 이번에는, 여느 때처럼, 거리 표지판을 지나칠 때 조금의 흥분을, 또는 유쾌한 긴장을 느끼니, 이 긴장은 운반물이 교토에서 부려지고 나서야―자신이 이미 경험으로 알듯―끝날 것인데, 그때까지는 세키가하라 진출로를 나와 마이바라와 히코네를 거쳐 오쓰까지 총 길이 170킬로미터만 가면 되는 것은, 오쓰에 가면 이미 집에 온 것처럼 편안하기 때문으로, 그때부터는 모든 것이 친숙한바, 시내로 진입하여 지름길로 접어들면 후지노모리 다음에 후카쿠사초를 지나 다케다 교차로까지 직진하는 것은, 그곳에서 완전히 90도로 우회전하여 다케다 가도로 올라가 그곳에서 반 시간이면―지금 시간에는 차량이 움직이고 있으니―산주산겐도 옆 국립박물관 정문에 도착할 수 있기 때문이니, 수위에게 손을 흔들자, 그가 벌떡 일어나 문을 열고, 그가 미술원 화물용 입구 앞에 차를 대면, 이제부터는 그의 소관이 아니어서, 서류에 서명하여 넘겨주고, 나머지는 미술원 직원들의 몫인바, 이걸로 그의 임무는 끝이어서, 그는 다음 운반물을 실으러 갈 수 있으며, 직원들은 상자를 내린 다음 승강기에 실어 중이층으로 올려보내는데, 나중에 상자를 열 테지만, 오늘은 아니어서, 그럴 시간이 없으니, 미술원에 일이 하도 많아서 '이나자와 물건'은―이날부터 이렇게 불릴 터인데―미개봉 상태로 며칠 머물러 있을 것이요, 각 층이 안쪽으로 트인 드넓은 미술원 공간에서 한쪽 구석에 놓인 채, 불상의 높이가 1미터 37센티미터 2밀리미터이고 편백으로 만들어졌다는 것은—즉, 여러 부위를 조합하여 내부를 비워둔 채 작은 쇠못으로 고정하고 옻칠한 헝겊으로 보강했다는 것은—불상 자신만이 아는바, 불상은 아마도 가마쿠라 시대로 거슬러 올라갈 것인데, 각각의 나발螺髮(머리카락)이 머리 어디에 꽂혀 있는지, 이에 따라 어디에서 각각 분리할 수 있는지, 귀와 가슴도 어디서 분리하는지 일일이 알 수 있으며, 조화로운 몸통은 가부좌로 앉은 채 주름진 천으로 덮여 있는데, 이 천은 경이롭도록 섬세하게 조각되었으나, 불상에서 가장 귀한 것은 물론 눈으로, 이것은 전문가들이 그토록 칭송하는 요소이기도 한바—반쯤 내려온 눈꺼풀, 또는 달리 표현하자면 반만 뜬 눈은 기적적이고 놀라워서, 이 불상과 모든 아미타상에 그 본질로서 하나의 불멸의 시선을 무한히 암시하는바, 우리는 그 위력에서 벗어날 수 없고, 이것은 모든 것을 통틀어 오직 그 하나의 시선의 문제이기에, 이 불상을 조각한 이는 1367년경에 자신의 측량할 수 없는 천재적 예술 기법으로 그 '오직 그 하나의 시선'을 묘사하고 포착하고 싶었으며, 이 묘사와 이 포착은, 가장 엄밀한 의미에서 보더라도 성공적이었으니, 불상은 구석에 앉아 있으며, 결정을 내릴 사람은 미술원의 복원 전문가들이 두려워하는 실장—언제나 성미가 고약하고, 언제나 짜증스럽고 불만스럽고 투덜거리고 침울하고 무뚝뚝하고 고리타분한 후지모리 세

이이치—이니, 이것은 누구도 호기심에 훔쳐볼 수 없다는 뜻이어서, 불상은 그가 구체적으로 지시를 내릴 때까지 아마포에 싸여 있을 것이며, 아무도 손댈 수 없고 아무도 볼 수 없은 즉, 나중에 때가 되면 볼 수 있을 테니, 후지모리 실장이 굵은 눈썹을 찌푸리며 말하길, 지금 앞에 놓인 일에만 집중해, 여기선 마감을 엄수해야 한다고, 그는 바닥과 탁자에 쌓인 후간지補嚴寺의 문수보살과 석가모니 불상 조각들 사이를 왔다 갔다 하며, 복원가들 사이로도 오가는데, 그들의 얼굴은 단련된 가면이어서, 다소 즐기는 듯한 표정이지만—사실 그들은 임박한 마감을 앞두고 있는바, 그가 굵은 눈썹 아래로 장인들을 노려보며, 마감일을 지켜야 하고 작업을 완수해야 하며 젠겐지 불상이 아무리 유명하고 아무리 궁금하더라도 결코 건드리지 말 것이며 구석에 그대로 두라고 그가 재차 주의를 주니, 이 이후로 이 높고 널찍한 작업실의 그 누구도, 때가 될 때까지는 결코 금지 명령을 어길 엄두가 나지 않는다고, 복원가들이 자기들끼리 속삭이며, 정말로 그때가 올 것이고 두 주도 남지 않았으므로, 그들 모두가 맡은 작업을 마무리하고 있던 어느 날 아침 식사 이후에, 실장이 평소보다 더 침울한 표정으로, 점점 성글어지는 옆머리를 초조하게 매만지며 말하길, 좋아, 이제 아마포를 벗기자—그가 젠겐지 아미타여래좌상을 염두에 두고 있음은 다들 아는 바이니—이제 우리 끌러보자, 라고 후지모리 실장이 다시 말하는데, '이제 우리 끌러보자'의 의미는 그들이 끌려야 한다는 것이요, 그의 부하 직원들이 아마포를 끌려야 한다는 것이니, 후지모리 세이이치는 언제나 일인칭 복수형으로 말하지만, 그의 본심은 명령형이어서, 그들은 표면에 달라붙은 염료 자국이나 나뭇조각이—그런 게 하나라도 있다면—떨어지지 않도록 씨줄 날줄 한 올 한 올 조심스럽게 아마포를 벗기는데, 여기서는 한 조각 한 조각이 중요하고, 무엇 하나도, 먼지 한 점도 잃어버리면 안 되는 것은—무시무시하면서도 무시무시하게 지루한 주간 회의에서 실장이 지치지도 않고 되풀이하듯—그 먼지 한 점이 헤이안 시대의 것일 수도 있는데, 헤이안 시대의 먼지 한 점은—이 시점에서 실장은, 회의 중에, 목소리를 높여—자네들보다 귀하기 때문이지, 이 말은 이 작업실의 복원가들을 모두 합친 것을 뜻하는데, 물론 그들은 그가 자신들을 이런 식으로 생각한다는 것을 알기에 무척 조심하고 그가 없을 때에도 조심하니, 이 작업실의 모든 복원가는 양심이라는 특수한 소양을 갖추었고, 모두가 전국에서 손꼽히는 고대 불상 복원 공방 출신으로, 특수한 재능과 특수한 훈련을 겸비한 장인들이니, 그들은 헤이안 먼지 한 점의 중요성을, 누가 알려주지 않아도 잘 알고 있다.

관리부는 예외적이고 즉각적으로—그래서 아마포 밑에 있는 것을 구경할 시간도 거의 없이—이른바 청서淸書에 불상의 전반적 상태를 기록해야 하고, 가장 세세한 사항과 상황과 심지어 인상에 대해 자신들이 인식하는 사실상 모든 것을 기록해야 하나, 문화자원활용과에서 지정한 절차에 따라서 맨 처음 불상의 재료와 구조, 머리카락의 정확한 굵기, 이전 복원 작업의 흔적이 식별되는지 여부, 구체적으로 어떤 손상이 일어났는지—추후에 수정 계획을 세울 수 있도록—마지막으로, 이 모든 작업의 비용이 대략 얼마일지 기록해야 하고, 그런 다음 운반 절차에 대해 설명하는 한편—이것은 운전수와 젠겐지 주지가 공동으로 기록한 것을 그대로 첨부했으며—그와 동시에 몇 년 몇 월 몇 일 몇 시 몇 분에 어떤 보호 조치를 취하여 누구에게서 어떤 지정된 목적으로 불상을 입수했는지 기입해야 하며, 그러고 나서 상자를 해체한 연도, 월, 일, 시, 분을 적어야 하는데, 이것은 후지모리 실장의 전문 분야이고 그는 이것을, 이 의무적인 행정 절차를 빠삭하게 알기에, 그의 말이 터져나오는 족족—여기서는 질문이, 저기서는 단언이—청서에 기입되며, 작업 일지는 마치 경전처럼 애지중지 다뤄지니, 매우 존경받고 권한은 훨씬 막강한 문화자원활용과가 이곳에서 진행되는 작업의 실제 증거로서 점검할 단 하나가—사전에 지정된 일정에 따라 이른바 감독 조사가 실시된다면 말이지만—이것, 바로 이 청서인 것은, 도쿄 당국이 작업 현장을 참관할 리 만무하기 때문으로, 여기서 무슨 일이 벌어지고 있는지, 정해진 대로 진행되고 있는지에 대해 전문가적 의견을 확립하는 방법은 청서의 내용을, 오로지 청서의

내용만을 숙지하는 것뿐이기에, 따라서 그 중요성은 어마어마
하며, 후지모리 실장은 이를 누구보다 잘 알고, 모든 것이 여기
에, 청서에 담긴 내용에, 특별위원회가—체계적이며 최고 권
위를 가진 이 위원회가—청서를 어떻게 읽는가에 달려 있으
므로, 이곳에서 실시되는 개입의 상황에 대한 묘사가 웃음이
나올 정도로 시시콜콜 상세한 것은 놀랄 일이 아닌즉, 후지모
리 실장이 지시하거나, 질문하거나, 단언하면서 질문하거나,
질문하면서 단언하면, 나머지 사람들은—이제 바닥에 놓인
불상과 그의 주위에 웅크려 선 채로—동의의 뜻으로 서로에
게 재빨리 고개를 끄덕이고 웅얼웅얼 찬성하는데, 언제나 이
구동성으로, 지금도, 그렇습니다, 물론 절대적으로 그렇습니
다, 오른쪽 가슴, 목, 팔, 뒤통수, 무릎, 대좌에서 외부 손상의
가장 심각한 흔적이 한눈에 보이는군, 그렇습니다, 그들 모두
가 그렇다고 말하며 단호히 고개를 끄덕이니, 복원가들은 입
을 모았으며, 이걸 적어 넣어야 하고 이것도 청서에 적어 넣어
야 해, 믿기지 않겠지만, 이 행정적 접수 내역을 청서에 기록하
는 일이 끝나기까지 몇 시간이, 말 그대로 몇 시간이 걸리는 것
은, 증상뿐 아니라 예상되는 원인까지도 진단해야 하기 때문
으로, 정오가 다 되어서야 불상은 조심스럽게 들어올려져 유
압 테이블에 놓이고, 복원가들은 상상할 수 있는 모든 앵글에
서 불상을 촬영하는데, 이 또한 의무 기록의 일환으로, 미술
품이 복원을 위해 반입되면 전체 모습이 어떻게 생겼는지 기

록해둬야 하는바, 촬영 절차가 끝나면, 만일을 위해 두 번째 카메라로 다시 촬영하고, 그런 다음 최대한 조심하면서 불상을 유압 테이블에서 들어올려 곧장 훈증실에 가져가는데, 여기서 아미타여래좌상은 처음으로 이른바 전신 훈증 소독을 받으니, 이것은 이런 경우를 대비하여 특수 고안된 방식으로, 나무 불상이 미술원에 들어왔을 때, 이미 이곳에서 복원이 진행 중인 수많은 국가적 보물을 보호하기 위해서라도 언제나 또는 거의 언제나 최우선으로 실시되는 작업인 것은, 해충이 남아 있으면 불상의 재료는 단 한 번의 예외도 없이—그것도 결정적 순간에—삭아버리기 때문으로, 곤충과 세균은 언제나 골칫거리이고 불상들은 이곳에 오기까지 수 세기를 묵었으니, 복원을 요하는 문화재는 에도 시대나 가마쿠라 왕조 초기의 것인 경우가 허다하며, 이것은 복원 작업이기에 가스 처리를 해야 하고, 그와 더불어 조사, 현재 상태 등록, 불상 전체의 사진 기록이 끝나면 본 작업이 시작되는데, 법률 제318호—1951년 12월 24일에 제정되어 지금까지 일이 년마다 개정·보충된 문화재보호법—의 자구와 취지에 맞게 강력한 브롬화메틸을 주입하라고, 불상이 훈증실에 들어오자 후지모리 실장이 명령하니, 수많은 사례에서와 마찬가지로, 첫 점검 이후에 분명히 드러났듯 넓적나무좀, 개나무좀, 빗살수염벌레, 하늘소 등 이른바 건부병 해충이 발견되었으므로, (훈증을 일컫는 표현인) 가스 샤워를 무엇보다 먼저 통째로 흠뻑 시켜야 하며, 그런 다음에야 본 절차가 진행되는데, 사실 이것이 가장 섬세한 부분으로, 젠겐지 아미타여래좌상을 유압 테이블 위에서 가장 미세한 부분까지 분해하고 가장 작은 조각들까지 서로 분리하면, 분해된 조각조각들에서는 이렇게 해서 드러난 손상을 검사하고 판정할 수 있으며, 그와 동시에—집단적으로, 언제나 전체 복원가 집단과 함께이지만 물론 실장의 감독 하에—손상을 보수할 방법과 재료, 순서, 시점을 정하되 1951년 12월 24일 법률의 자구와 취지를 언제나 따르니, 말하자면 여기 미술원에서 그들의 임무는 공들여 보호된 국가적 보물을 복원하는 것이 아니라 물성을 보전하는 것이니, **복원**이 아니라 **보전**인 것으로, 후지모리 실장은 1951년 법률의 이 조문을 어찌나 곧이곧대로 받아들이던지 조문을 읊을 때 고함을 지르다시피 하는데, 그의 부하들이 장담컨대 그 이유는 그가 이 단어를 '두려워'하기 때문인바, 후지모리 실장이, 이럴 때마다 이미 높아져 있는 목소리로 말하길, 우리의 임무는 잘못을 바로잡는 게 아니라 현존하는 상태를 지키는 것, 이것이 우리의 임무다, 여기서 그는 이 말을 되풀이하되 음절들이 긴장 속에서 떨릴 정도로 음절 하나하나에 힘을 주어 몇 번이나 되풀이하면, 복원가들도 똑같이 떨며, 유압 테이블 위에는 조각조각 널브러진 아미타여래좌상이 있고, 그들의 머리 위에서는 방금 복창한 '물성 보전' 문구가 색이 바래고 있으며, 그들은 유압 테이블 위로 몸을 숙여 다들 조각을 하나씩 집거나, 더 섬세한 작업인 경우에는 바싹 엎드려 어떤 손상이 일어났는지, 어떤 조치를 취해야 하는지 검사하고 판단하니, 말하자면 아미타여래좌상의 경이로운 시선은 조각난 채 유압 테이블 위에 놓여 있는데, 이것은 매우 미묘한 순간이고 복원가의 삶에서 언제나 매우 미묘한 순간으로, 아미타불은 매우 반듯하게 펼쳐져―젠겐지에서 온 이 불상도 마찬가지인바―모든 것이 말끔하게 구분되고 향후의 사진 기록에서도 똑똑히 분간될 수 있는데, 그 유명한 시선은 어디에 있는가?―이것이 민감한 질문이기는 하지만, 물론 후지모리상에게는 답이 있으니, 말하자면 어디에도 없고, 복원 과정을 통틀어 어디에도 없고, 복원가의 마음속에 있다는 것으로, 뭐, 그렇군요, 라는 답변이 돌아오는 것은, 설령 그들이 그것을 감지할 수 있고, 아미타불을 처음 볼 때 실제로 자신들의 마음속에 무언가가 있다는 것을 실제로 감지하고, 마음속에서 느껴지는 의심할 바 없는 존경심이 작업 과정 내내 마무리 때까지 끊이지 않더라도, ……'전체'가 이곳에 자잘한 조각으로 놓여 있을 때는 '전체'가 있다고 좀처럼 말할 수 없기 때문인바, 말하자면 이곳에 조각들로 모여 있는 '전체'는 있지 않고 오직 조각들만이 있어서, '전체'는 어디에도 없기에, 언제나처럼 이 문제와 관련하여 모종의 거북함이 느껴지는 와중에 그들은 해체를 마무리하고 분리된 조각들을 꼼꼼히 기록하는바, 즉 레일에 장착하여 쉽게 조정할 수 있는 카메라가 위층에 있어서 유압 테이블의 높이 조절 메커니즘을 이용하여 촬영하니, 즉 그들이 위에서 조감하여 각 조각이 뚜렷이 보이도록 촬영하는 것은, 모든 개별 요소마다 알맞은 기호를 청서에 표시하고 번호를 붙여 마지막에—재조립한 뒤에—새로 찍은 사진 기록과 내부 구조 도면을 가지고 각 조각이 어디에 있었으며 상태가 어땠는지 보여줄 수 있어야 하기 때문으로, 이에 따라 마음속에는, 말하자면 후지모리 세이이치에 따르면 아미타불이 있어야 할 장소에는 불안이, 모종의 심란함이 있으나, 모든 것은 순조롭게 진행되니, 복원가들은 수다쟁이가 아니어서 침묵에 익숙하며, 어쩌다 말 많은 부류가 끼더라도 그 또한 일이 년 뒤에는 묵언에 익숙해져, 작업은, 불상을 분리하는 전 과정은 거의 완전한 고요 속에서 진행되며 위에서 진행되는 자동 불상 촬영도 마찬가지인데, 그런 뒤에 분해된 다양한 조각들을 소규모로 분류하여 다시 훈증실에 넣고 두 번째 가스 샤워를 시키니, 샤워의 세기와 양은 각각의 부류에 맞게 조절하며, 이제 다양한 전문가들이 각각의 조각을 각자의 작업대에 가져가 각각의 조각에 대한 전문가적 복원을 시작하는데—이때까지도 그들의 마음속에는, 서로 눈이 마주칠 때 한 점 불안이, 가벼운 심란함이 남아 있으나, 후지모리 실장이 구체적으로 작업을 할당하면, 불안은 희미해지고 다들 마침내 각자의 불상 조각을 가지고 작업대로 향할 수 있는 것은, 그 시점으로부터 유일한 관심사는 당면한 작업에 있기 때문으로, 틈과 금, 해충이 갉아 먹어 생긴 내부의 구조적 손상이 어느 정도인지, 칠이 얼마나 벗겨졌는지 판단하고, 불상 복…… 보전을 위한 최선의 조치가 무엇인지—물론 실장과 합의한 뒤에—결정해야 하는데, 옻에 밀가루를 섞은 맥칠麥漆을 하거나 다양한 합성수지와 에멀션을 주입하는 게 효율적일지 아니면 날이 얇은 작은 칼로 이런저런 크고 작은 틈새에 밀어넣는 게 나을지, 에도 시대의 칠을 표면에서 벗겨내고 원래의 가마쿠라 칠을 보전할지, 후노리布海苔 같은 동물성 접착제를 쓸지 에도 시대의 접착제를 그대로 둔 채 안정화할지 결정해야 하니, 한마디로 작업이 시작되었고 모든 것이 순조롭게 진행되며, 후지모리 실장은—끊임없이 경계 태세를 유지하느라 긴장한 그의 정신이 허락하는 데까지—작업이 시작되었고 올바른 순서와 방식대로 진행되고 있음을 꽤 만족스럽게 선언하니, 미술원에서 삶은 계속되고 불상은 물론 계속해서 들어와 작업실의 관심이 여러 활동에 분산되지만, 이것은 후지모리 실장에게 하등의 걱정거리도 아닌 것이, 이곳에 반입되는 모든 불상은 제 몫의 관심을 보장받으며 작업은 동시다발적으로 진행되니, 여름이 가고 가을이 가고, 12월에는 따뜻한 겨울이 오고, 1월과 2월만 유난히 쌀쌀해서 추위가 오래 가는지라, 그들이 어느 날 저녁 미술원 건물에서 마당으로 나와서 보게 되듯, 다시 한번 겨울이 너무 길었고 과거에는 이렇지 않았다고, 그들이 서로 중얼거리며 몇몇은 일행에서 떨어져 나와 206번이나 208번 버스를 향해 걸어가는데, 과거에는 2월 중순이면 목련꽃이 이미 피었을 뿐 아니라 자두나무도 꽃을 피웠고, 이맘때는 말할 것도 없어서—과거에는—오늘처럼 코트가 아니라 재킷이면 충분했으니, 왠지 모든 것이 엉망진창이 되고 있다고, 복원가들은 찬 바람을 맞으며 버스 정류장을 향해 걸어가면서 서로에게 중얼거리는데, 이런 때 그중 몇 명은 평범한 하루를 보내고 함께 걸어갈 때, 아무도 알지 못하는 채, 버스에 올라타 집으로 갈 때, 애초에 동의한 것처럼 아미타불의 마음을 그들 모두가 동시에 자신의 마음속에 지니고 있는바, 퇴근하여 집에 도착하면, 아미타불에게 저녁거리를 대접하고 함께 텔레비전 앞에 앉고 함께 눕고 마지막으로 이튿날 함께 미술원에 돌아와 자신에게 맡겨진 분야에서 꼼꼼한 작업을 계속하는데, 돋보기를 머리에 매단 복원가는, '미타정인彌陀定印' 수인으로 조각된 손을 보전하고 보호하는 임무를 띠고 있는 그는, 바로 그렇게 생각하며 집에 가서 일곱 살 난 아들에게도 그렇게 설명하니, 물론 아이는 까불거리며 대답이 불가능한 어리석은 질문을 던지기 시작하고 복원가는 점차 짜증이 나서 아이를 쫓아버리는데, 그가 계속하여 미술원에서 열심히 작업하되 조각된 손에 미타정인의 수인이 뚜렷이 보이도록 작업하는 것은 바로 거기에 문제가 있기 때문으로, 맞닿은 손끝의 경계와 손등의 윤곽이 완전히 희미해져 어떤 수인을 취하고 있는지 알아보기 힘들거니와, 이것은 아미타불 불상에서 특히나 중요하다고, 후지모리 실장이 이런 경우에—하루에 서너 번—복원가 등 뒤에 서서 말하는데, 물론 이것이 이루 말할 수 없이 성가신 일인 것은, 실장을 돌아보기 위해 돋보기에서 계속 눈을 떼야 할 뿐 아니라 이마에 끈을 맨 채로 연신 고개를 끄덕여야 하기 때문으로, 끈이 언제라도 떨어질 수 있는 것은 아까부터 꽉 잡아맬 수 없었기 때문이지만, 그래도 그는 처지가 나은 편이었으니, 후지모리 실장에게 누구보다 괴롭힘을 당하는 사람은 젊은 복원가 고이노미 슌조라는 인물로, 그는 불상의 눈을 복원하는 임무를 맡았는데, 이것은 의심할 여지 없이 가장 유능한 복원가에게 부여되는 임무이나—고이노미의 신경은 실장을 감당할 수 없어, 12월에는 그가 끊임없는 잔소리, 지속적인 감시, 끝없는 독촉과 불안을 자극하는 발언을 견디지 못한다는 것이 분명해졌거니와, 한술 더 떠서 후지모리 실장은 작업실 이곳저곳을 돌아다니면서도 자신이 어디 있든 자신의 영원한 감시 대상은 고이노미라는 인상을 그에게 각인할 수 있으니, 볼일이 있어서 훈증실에 가더라도 마치 그곳에서 지켜보고 있는 듯하고 마당이 내다보이는 창가에 있어도 그곳에서 지켜보고 있는 듯하여, 실로 고이노미는 후지모리 상이 2층이나 3층에 볼일이 있어서 작업실 밖으로 나거거나 미술원 행정실장에게 가더라도 여전히 이곳에 남아 있는 것처럼 느껴지는 탓에 좀처럼 작업에 집중하지 못하고 작업실의 두꺼운 미닫이문 쪽으로, 문손잡이 쪽으로 연신 눈을 깜박이며, 문손잡이가 돌아가고 실장이 돌아오기를 기다리니, 말하자면 그는 후지모리가 그를 내버려둔 채 잠시 나가더라도 긴장을 풀지 못하고, 오로지 후지모리가 통 나가지 않을 때만 긴장을 풀 수 있는 것은, 적어도 그때는 그가 여기 있지 않다고 스스로를 속일 수 없기 때문이어서, 마침내 그는 안도의 한숨을 내쉴 수 있으니, 그가 어느 때라도 돌아올 수 있다는 가능성은 그가 실제로 여기서 뒷짐을 진 채 그들 사이를 어슬렁거릴 때보다 훨씬 괴롭기에, 가장 고통받는 사람은 고이노미이나, 그는 빼어난 솜씨로 작업을 마무리하고 있으며—'타고난 눈 전문가'가 그들이 그를 부르는 명칭인바—이 솜씨야말로 무척 필요한 것인즉, 이곳 작업실에 있는 아미타불의 눈에 일어나게 될 일의 의미를 모두가 알고 있는 것은, 도착일에 저 유명한 시선이, 가까이서 들여다보면 조금 흐려진 듯했기 때문으로, 작업실 전체가 고이노미에게 엄청난 기대를 걸고 있는데, 정확히 얼마큼인가는 말로 표현하기 힘들지만 많긴 많아서, 그가 그들과 함께 206번이나 208번 버스 정류장을 향해 걸어갈 때 그들이 격려조로 말하는 것이 바로 그것이나, 어떤 경우에도 작업실장이 들을 수 있는 거리에서는 말하지 않으니, 말하자면 후지모리 실장으로 하여금 그런 격려의 말을 엿듣게 할 엄두를 내지 못하는 것은, 마치 공방 장인들이 대놓고 그에게 거역하는 것처럼 보일 테기 때문으로, 그런 거역은, 특히나 공개적으로는 표현할 수 없으며 우리는 미국에서 사는 게 아니잖아, 라고 동료

하나가 어느 때인가 목소리를 높이자, 절대 아니지, 다들 이심전심으로 고개를 끄덕이는데, 한마디도 발설되지 않고 모든 것이 예전과 그대로여서, 한편으로 고이노미의 동료들은 모두 (자신들이 예상할 수 있고 힘이 되는) 신뢰를 바탕으로 일하나 다른 한편으로 언제나 불만스럽고 비판적이고 쓰라리고 자신감을 꺾고 치욕스러운 평을 실장에게서 듣는바, 분명한 것은 하나뿐으로, 2월이 끝나가는 어느 날 고이노미가 작업이 끝났다고 선언하자 후지모리가 득달같이 그의 뒤에 나타나 고개를 내두르며 으르렁거리길, 작업이 끝났다고 말하다니 어찌 이리 오만방자한가, 이런 작업에서 종료 여부를 판단하는 것은 자신, 후지모리 실장이라고 말했는데, 유일한 문제는 후지모리 실장이 젊은 복원가 뒤에 서서 머리와 두 눈을 보려고 그의 어깨 너머로 몸을 숙였을 때 말문이 막혀버렸다는 것으로, 눈은, 말하자면 정말로 완성되었고, 자신의 부하 직원이 똑바로 말했다는 것은 전문가에게, 후지모리 자신에게 조금도 의심의 여지가 없었으니, 두 눈의 복원은 완성되었으나 이것을 정확히 어떻게 알 수 있는지는 말하기 힘들지만, 어쨌든 고이노미의 작업대에 부착된 부처의 머리를 바라보는 것만으로 충분했으며, 나발을 아직 제자리에 꽂지 않은 것은 다른 테이블에서 나발 표면을 매만지고 있기 때문으로, 고이노미가 진실을 말하고 있음은 한눈에 똑똑히 알 수 있으니—저 시선은 그해, 1367년경 어느 땐가, 젠겐지에서 수소문했거나 추천받은 이름 모를 장인이 조각한 그때, 원래부터 그랬을 바로 그 시선이야, 뒤에 서 있던 누군가가 이런 생각을 숨죽인 목소리로 내뱉는데, 고이노미의 선언에 모두가 고이노미와 실장 주위에 모여서 보니, 그 시선은 '돌아왔'고 다들 동의하는 기색이 역력한즉, 실로 매혹된 채 그들은 이 시선을, 반쯤 감은 두 눈 아래에서 올라오는 이 바라봄을, 이 바라봄의 시선을 쳐다보는 것은, 이들이 전문가요, 전국을 통틀어 가장 빼어나지는 않을지라도 그래도 빼어난 전문가이기 때문이어서, 그들은 (이를테면) 나발을 머리에 끼워 넣지 않고서도, 얼굴의 칠을 끝내지, 즉 예전의 색을 고정하지 않고서도 그 시선이 완성되었음을 알았으며, 그와 더불어 복원의 가장 결정적인 부분이 완성되었음을 감지하니, 이것이 과장이 아닌 것은, 이 이후로 웬일인지 작업실의 모든 일에 속도가 붙어, 그것이 우리가 말하고 있는 젠겐지 아미타불이라면, 모든 조각이 이전보다 더 빨리 제자리로 돌아가고 (주로 옻으로 만든) 접착제가 이전보다 더 빨리 펴 발라져, 얼마 지나지 않아 후지모리 실장이 모든 분해된 조각을 조립할 준비가 되었다고 선언하자, 이제 복원가들이 서둘러 유압 테이블에 모여들고, 녹슨 원래 못을 대신할 빨간색과 울금색 못이 준비되었으며, 그러다 청서에 실을 각각의, 이제는 복원된 조각들을 촬영하는 일을 깜박할 뻔했으나—물론 그것은 후지모리 실장이 거기 없었다면 그랬으리라는 것으로, 물론 이 경우에도 그는 자리를 지킨 채 날카로운 눈

매를 거두지 않고 복원가들에게 작업 순서를 상기시키며, 1951년 12월 24일에 발효된 법률 제318호 문화재보호법을 무시하는 것은 이 기관의—그의 말마따나—관례에 어긋난다며 책망하는 듯한 어조로 되풀이하니, 한마디로 조각들은 하나씩 촬영되었으며, 그런 뒤 마침내 복원된 조각들이 오후에 재조립되는 가슴 벅찬 날이 찾아와, 약속한 인도일을 앞두고서 불상은 원래의 광채를 내뿜으며 다시 한번 전체가 되어 유압 테이블에 놓였으니, 젠겐지의 아미타여래좌상과 이루 말할 수 없는 위력을 지닌 그 시선이 사방을 채찍질하듯 미술원의 모든 사람들을 휩쓸자, 그들은 마치 폭풍 속에 있는 것 같았고 그것은 후지모리 세이이치조차 느끼는 바여서, 이제 처음으로 그가 그 고요를—거대하고 육중하고 무시무시하고 수수께끼 같은 고요를—견디지 못하여 한참 동안 불상 앞에서 고개를 숙인 채 눈을 내리깔았는데, 이런 일은 이곳에서 그조차도, 수많은 것을 본 미술원 작업반장인 그조차도 아직 한 번도 보지 못한 것이었다.

절에서는 겨울이 끝나 추위가 얼추 물러났는데, 석 달 반 안거 참선의 뿌듯한 기억, 그뿐 아니라 끝나지 않을 듯한 하루하루의 고통, 살을 에는 추위, 묵직한 함박눈, 얼얼한 서리, 얼음장처럼 차가운 바람을 뒤로 하고 그들의 가슴은 기쁨으로 가득했으니, 이제 새벽의 조과朝課와 저녁 종소리 사이에 서서 본당 뒤 우람한 목련의 아름다움에 젖어들 수 있고, 자두나무 가지에서 첫 눈이 돋을 때 일찍 꽃을 피우는 나무에서 생명이 형체를 갖추는 광경을 볼 수 있고, 해가 뜨면 새소리와 함께 창문을 열어 아침이 점점 풍성해지고 있음을 볼 수 있는 바—한마디로 젠겐지는 안도감과 행복한 홍분으로 가득하며, 아이들—시자侍者—은 드문 휴식 시간에 더 자유롭게 뛰어다니나 마음속에서는 겨울의 시련 뒤에 자신이 좀 더 성숙해진 것을 느끼며, 식당의 공양은 더욱 맛나고 절 채마밭의 오후 울력은 더욱 신이 나고 모든 것이, 하지만 모든 것이 더 큰 희망으로, 봄이 찾아오리라는, 봄이 거의 다 왔다는 희망으로 가득할 때 주지가 교토에서 전갈이 왔다고 알렸는데, 전갈에서는 작업이 끝났으니 봄철 안거가 시작되기 전 언제를 정확한 인도일로 해야 하는지 정해달라고 요청한바, 3월 초로 하지요, 라고 그들이 답장을 보내고는, 궁리할 시간이 많지 않으므로 가장 이름 높은 승려들이 즉시 모여 앉아 며칠이 가장 좋을지에 대해 주지와도 논쟁을 벌였으니, 사실상 모든 것이 준비되었고, 모든 것이 연구되고 암기되어 그들은 자신들을 기다리는 성대한 개안식開眼式의 거의 모든 순서를 알고 있다고—가슴으로 알아야지, 가슴으로! 라고 주지는 일갈했으나—지객知客寮이 말하자, 그건 두고 볼 일이지, 고개를 저으며 주지가 말하나, 나중에 가서는 그조차도 인정할 수밖에 없었듯 그들은 자신들이 할 수 있는 일을 모두 완수했는데, 타 사찰의 주지 두 명과 수많은 저명 인사 내빈에게 보낼 초청장은 오래전에 보냈으며, 이제 이나자와 시민들에게 정확한 날짜를 알려주는 일만 남았는데, 개안식의 성대한 규모로 보건대 어마어마한 방문객(과 아마도 어마어마한 시주!)을 기대할 수 있는바, 정확한 인도 조건을 결정하는 것은 애들 장난이니, 주지 말마따나 순서만 바꿔서 똑같이 하면 되는데, 다만—잠시 그가 침묵에 빠졌다가—다만, 갓 면도한 정수리를 다시 흔들며 그가 말을 잇길, 개안식을 사전에 준비하는 데 문제가 하나 있네, 그가 보기에 승려들은 머릿속에서만 준비가 되어 있어서, 개안식을 어떻게 실수 없이 치를 것인가 하는 실행에 있어서는—글쎄, 그가 다시 고개를 저으며, 마무리 부분이 형편없어, 부처님께서 돌아오시는 것을 준비하는 행사인데 말이야, 왜냐면—주지가 맨머리를 앞뒤로 문지르며—연습할 때 보니까 개안식 순서를 잘 모르더구먼, 뭔가를 머릿속에 넣어두는 것과 실제로 해내는 건 전혀 다른 문젤세, 두고 봐야 할 거야, 왜냐면 힘든 일이니까, 그가 고개를 젓는데, 물론 그는 개안식이 어렵고 복잡하다는 것을, 1년 전 발견식보다 훨씬, 훨씬 힘들다는 것을 너무나 잘 알고 있다며, 그가 되풀이하여 말하길, 그렇다고 해서 그렇게 우왕좌왕해도 좋다는 뜻은 아니라네, 그가 보기에 젠겐지는 기강이 확립되지 않았던바, 개안식 연습 때 볼 수 있었듯, 승려들은 다들 '실수를 저지르'고, 매번 '실수를 저지르'며, 순서를 까먹을 때도 있고 법고수가 엉뚱한 데로 입장할 때도 있는데, 그들 자신은 말할 것도 없는 것이, 무엇보다 '그들 자신'이 문제인 것은 그들이, 그렇지, 바로 그들이, 절의 최고 승려들이, 그와 더불어 최고 중의 최고인 그 자신도 끊임없이 헷갈려하기 때문으로, 경과 진언을 외는 데 문제가 있는가 하면—요즘은 독경이 점차 뜸해지거나 아예 하지 않으니 그럴 수밖에 없긴 해도—개안식의 이런저런 순간에 각자 자기 자리를 찾는 것도 문제이거니와, 주지가 투덜거리며, 다들 자기가 서야 할 자리와 가야 할 자리를 찾는 것조차 종종 헷갈려하니, 이럴 순 없다고, 그가 조금 짜증스레 언성을 높이며 당부하기로는, 내일을 시작으로 다들 더욱 정진해야 하며 나머지 승려들에게도 설명해야 할 터이나, 무엇보다 그들 스스로 온전히 명심해야 할 것은, 개안식이 '공개' 행사이고, 많은 사람이 참석하리라는 것으로, 난젠지南禪寺 주지가 올 것이요, 도후쿠지東福寺 주지가 올 것이요, 재가 불자들도 적잖이 올 것이니, 그들은 대비해야 하고 채비를 갖춰야 하는바—그렇긴 합니다만, 지객이 말을 끊으며, 이미 저희가 얼마나 많은 일을 했는지요, 잊으시면 안 되는 것이, 조금 기분이 상한 채 지객이 말하길, 이미 얼마나 많은 일을, 특히 그의, 지객의 지도하에 했습니까, 존경하옵는 방장 스님, 이 무수한 초청장을 너그러이 살펴주시길, 이것들을 쓰고, 봉투에 넣고, 봉하고, 주소를 적고, 발송하고, 그런가 하면 온갖 계획도 있었지요, 누가 내빈을 맞을 것이며, 어디로 모실 것이며, 어느 승려가 방문객을 맞을 것인지, 그다음으로 암기는, 여기서 직일이 토론의 끈을 점잖게 이어받아, 그들에게 한 번도 들어보지 못한 경을 가르치고, 진언을 머릿속에 두드려 넣고, 누가 어디로 가야 하고 언제 가야 하는지 훈련시키는 것을 저 자신이 몇 번이나 했는지 모릅니다, 직일이 한숨을 쉬며, 몇 번이나 말입니다—알았네, 주지가 달래는 듯한 어조로 말하지만, 갓 면도한 머리를 다시 긁으며, 다 좋다 이거야, 하지만 일이 실수 없이 진행되고 있지 않다는 건 다들 분명히 동의할 걸세, 시간이 얼마 없으므로 그는 더는 이 문제로 무익한 실랑이를 벌이고 싶지 않았기에, 내일부터 시작하지, 다들 두 배로 열심을 내어 제 할 일을 해야 할 것이네, 그렇게 그들은 두 배로 열심을 내어 자리를 뜨고, 토론에 참가한 모든 승려가 이를 받아들이는데, 다만 이튿날부터 줄곧 주지는 두 배의 열심을 감지하지 못하며, 승려들에게 임무를 훈련시키는 그 어떤 이들의 열심도 두 배가 된 것 같지 않은즉, 주지는 방들을 지나며 승려들의 독송을 듣고, 직일이나 노사가 본당에서 예행연습하는 것을 유심히 보고, 보이는 대로 보며 그저 머리를 문지르고 점점 더 초조하게 문지르니, 머리카락이 다시 자라기 시작하면서 점점 가려워지는 것은, 그가 듣고 그가 보고 그가 느끼기로는 이것이 흠이 없지 않을 뿐 아니라, 완벽한 것은 고사하고 아직 정확하지도 않을 뿐 아니라, 젠겐지에서 그들이 지닌 깜냥을 보건대 영영 그렇지 않을 듯하기 때문으로, 결코 이보다 나아지지 않을 것이니, 그는 서문에서 동문까지, 북문에서 산문까지 왔다 갔다 하다가, 어느 날 문득 고요로 가득해진 것은, 자신이 받아들였음을, 이 일의 과정에서 자신이 체념했음을 느꼈기 때문으로, 그들은 본디 그들이요 조금도 더 낫지 않아, 그는 이렇게 단념하며, 노사부터 말단까지, 지객부터 주지까지 모두가 해낼 수 있는 것은 이 정도인 것을, 이 인식은 이번에는 그를 슬픔이나 더 큰 초조나 불만으로 채우는 것이 아니라 고요로 채우는데, 중요한 것은 의도란 말이지, 그가 저녁에 퇴청하기 전에 스스로에게 말하기로는, 의도가 옳다면 더 바랄 것이 무어랴, 그리하여 이튿날 사찰 지도부 회의가 소집되어 불상 인도의 정확한 날짜와 시간이, 또한 개안식의 정확한 날짜와 시간이 결정되었고, 이미 교토에 편지를 보냈으며, 초청받은 인사들로부터 기대감을 표하는 답신이 이미 답지하고 있는바, 날짜 ─3월 중순─ 는 완벽하고, 사람들이 이곳에 올 것이며, 모든 것이 나무랄 데 없이 진행되고 있은즉, 이제 승려들이 작무作務를 하러 갈 시간이 되었는데, 평소의 청소를 훌쩍 뛰어넘어 이전에 한 번도 보지 못한 정도로 청소하고 정돈하기 시작하여, 건물을 안에서부터 청소하고, 경내를 밖에서부터 청소하고, 바깥뜰과 안뜰과 뒤뜰과 뒤쪽 으슥한 뜰까지 구석구석 비질과 걸레질을 하니, 갈퀴와 빗자루가 지나가지 않은 곳은 단 한 구석도 없이, 열병이 돌아, 이제 모두가 열병에 걸렸고, 성대한 날이 찾아오고 있어서, 그들은 승복을 꺼내어 다시 점검하되 법의와 띠 사이에, 가사와 기모노 사이에 모든 것이 제대로 갖춰지도록, 청결하고 빳빳하고 해진 데 없도록, 성대한 개안식에 걸맞도록 점검하며, 모두가 보건대, 어찌 된 영문인지 …… 모든 것이 준비된바, 신기한 일이지만, 흐뭇한 만족감과 더불어 사찰의 모든 구성원에게 점차 커져가는 것은, 다가올 개안식에서 모든 것이 잘되리라는, 모든 것이 법도에 맞게 진행되리라는 내면의 확신이니, 성대한 날이 다가올수록 불안한 얼굴은 점점 찾아보기 힘들어져, 제자나 말단, 시자가 이리저리 뛰어다니고 모든 얼굴에는 흥겨운 기대감이 감돌아, 어느 날 느지막한 아침, 사찰의 그날 첫 공양이 시작되려는 즈음 그들의 불상을 실은 특수 운반 차량이 출발했다는 소식이 도착하자, 승려들은 즐거운 눈빛으로 이제 알겠다는, 이제 시작되었다는 신호를 보내나, 전체 합의에 따라 개안식은 그들이 이곳 본당에 집합했을 때 시작되는 것이 아니라, 멀리 교토에서 특수 운반 차량이 미술원 출입문을 나서, 아직 잠든 도시를 가로질러, 다케다 가도에 이르러, 남쪽으로 꺾어 다케다 교차로에서 90도로 좌회전하여 메이신 고속도로에 진입하여, 바로 지금으로 말할 것 같으면 오쓰에서 히코네와 마이바라를 지나 세키가하라까지 쉬지 않고 170킬로미터를 달려, 반 시간 뒤에 능숙한 운전수가 메이신 고속도로의 지정된 진출로를 빠져나와, 이제 고속도로에서보다 조금 늦게 움직이고 있긴 해도 온갖 굽은 길과 작은 마을을 지나 제시간에 이치노미야에 도착하여, 지체 없이 이나자와행 도로를 찾아, 젠겐지에서, 마치 그가 어디 있는지 정확히 감지한듯, 그가 도로 끝에 나타나는 바로 그 순간 서문이 우연히 열릴 때 시작되는 바, 운전수가 도착하기도 전에 그들이 문을 뻔질나게 열며 그가 벌써 왔는지 엿보았다는 사실은 아무도 되새기지 않으니, 우리는 그가 도로 끝에 나타나는 바로 그 순간 우연히 문을 열었다고, 서문에서 기다리던 제자들이 이야기하기로는, 그러니까 우리는 문을 열었을 뿐이야, 실은, 그들이 말을 이으며, 우연히 지객께서 바로 그때 문을 전부 열라고 명령하셔서 우리가 열었다고, 실제로도 그랬던 것은, 마지막 계획 회의에서 주지와 나머지 일동이 세운 원래 계획에 따라 그들은 사찰 문을, 평상시가 아니라 차량이, 아미타불이 도착하는 시각에 맞춰 열기로 되어 있었으며, 서문, 동문, 북문, 심지어 산문까지 열었고, 산문이 열리면서 젠겐지 승려들은 이나자와 주민들에게 자신들이 이 영광스러운 날을 기쁜 마음으로 맞이함을 알리는바, 귀한 의례와 함께 그들의 가장 성스럽고 성스러운 불상이 이제 복원되어 올바른 장소로 돌아올 것이니, 1년 전만 해도 비밀 송별식 소식에 시큰둥하던 이나자와 시민들은 이제 부처님 귀환 축제와 함께 오늘 화려하고 유일무이하고 귀한 행사를 볼 수 있다는 가능성에 들떠 젠겐지로 향하니, 이번에는 정말로 가볼 만하다더군, 이라며 사방에 소문이 퍼져, 섬유 공장에서 조립 라인까지 온 도시가 일손을 접고, 아침 7시에 이미 700명이 대웅전 맞은편 사찰 뜰에 모였으며, 적어도 300명은 된다고, 젊은 승려 하나가 눈을 반짝이되 터무니없이 부풀렸을까봐 두려워하면서 신중히 집계한 숫자를 주지의 귀에 속삭이니, 300명이라, 주지가 어안이 벙벙하여 되풀이하자, 그렇습니다, 줄잡아서요, 이것이 적은 것인지 많은 것인지 알 수 없어 젊은 승려는 조금 머뭇거리며 되풀이하고는, 웅크린 채 주지의 곁에서 움직이지 않되 어쩌면 자신이 틀렸는지도 모르겠다고 말하는 듯 움직이지 않으나, 저기 몇 명이 있는지 어떻게 확실히 알 수 있겠는가, 즉 그는 자신의 말에 책임질 수 없었으니, 300명이라, 주지가 다시 한번, 성마르게 혼잣말로 중얼거리며 젊은 승려에게 아무 문제 없다고 손짓하거니와, 그가 의심하는 것은 승려의 말이 아니요, 그가 심란한 것은 승려의 말 때문이 아니니, 우리가 여기서 어떻게 이동할 수 있겠는가, 그가 큰 소리로 말하자 젊은 승려는 그 말을 듣고 불안이 가라앉았으며—많은 사람들이 본당에 들어오지 못할 텐데, 그가 젊은 승려를 향해 팔을 활짝 벌리며 물론 근심도 부쩍 커지는 것은, 주지 자신이 그런 운명적인, 하지만 동시에 슬픈 문제에 대해 그에게 이야기하고 있기 때문으로, 그가 가져온 소식은 주지를 슬프게 했으니, 됐네, 괘념치 말게, 그가 손을 흔들며 제자에게 미소 짓고는, 임무를 맡겨 어딘가로 보낸 뒤에 자신의 방에서 나와 두 명의 저명한 내빈을 찾으니, 그들은 그와 함께 개안식을 이끌 교토 출신 주지 두 명으로—이것은 무척 상서로운 일입니다, 그의 질의에 대한 답장이 몇 달 전 교토에서 도착한바, 주지 세 명의 참석하에 개안식을 거행하는 것은 무엇보다 상서로운 일이지요—주지들은 푹 잤다고 말하며, 과연 포동포동하고 쾌활한 얼굴로 들어와서는—그가 그들을 향해 나아가, 세 번 정중히 절하여 맞이하자—곤히, 아이가 자듯, 정말로 푹 잤다고 거듭 말하고는, 정해진 격식에 따라 본사 주지의 인사를 받은 뒤에, 함께 전각 밖으로 나오니, 군중이 길을 비켜주어, 앞쪽에서는 난젠지 주지가 승려 두 명을 거느린 채 걸어가고 뒤로는 도후쿠지 주지가 승려 두 명을 거느린 채 걸어가고 맨 뒤에서 젠겐지 주지가 제자들과 함께 따라가며 이렇게 그들이 너른 뜰 한가운데를 가로지르는데, 이제 이곳에 모인 인파가 족히 1000명은 되어 보이는바, 그들이 같은 순서로 본당에 들어서니, 오른쪽에는 정해진 순서에 따라 나이 든 승려들이 있고 왼쪽에는 젊은 운수雲水, 제자, 말단 등이 있어서 다들 서로를 바라보고 또 뒤를 바라보거니와, 가운데 출입문 옆에는 직일과 법고수들이 있어서 일반인과 호사가와 관광객들도 볼 수 있는바, 정적을 뚫고 날카롭게 쨍그랑거리는 소롱小鑼 종소리가 울려퍼지고, 세 주지가 정면의 불단을 향한 채로 대중이 절한 뒤에 또다른 법고수가 큰 법고를 치니, 이때 주지들이 일어나고, 이 모든 과정을 세 번 연달아 실시하되, 소롱 울리기, 절하기, 법고 두드리기, 일어나기, 소롱, 절하기, 큰 법고, 일어나기— 그리고는 마지막으로 한 번 더 똑같이 되풀이한 뒤에, 직일이 큰 법고를 두드리고, 목어 소리가 울려퍼지고, 대중이 합장하고—
주지도 똑같이 하고는, 이제 왼쪽으로 돌아 두 걸음 반 내디딘
뒤에, 오른쪽으로 돌아 향단香壇 쪽으로 가서, 무릎 꿇었다 일
어나 부처님 계신 단에 절하고, 무릎 꿇었다 일어나 다시 향
단 쪽으로 가서, 시자가 건넨 향을 오른손으로 받아 양손 엄
지손가락과 집게손가락 사이에 가로로 쥐고는, 눈썹 높이까
지 들어올렸다가, 향을 든 채로 무릎 꿇었다 일어나서는, 재가
들어 있는 향로에 왼손으로 향을 꽂은 뒤에 향로 오른쪽에 향
을 하나 더, 그러고는 세 번째 향을 꽂으니, 이 일의 본질은 그
가 언제나 '오른손'으로 쥐고 '가로'로 들어올리고 '왼손'으로
향로의 재에 꽂는 것인 듯한바, 그는 향단 주위를 둘러보고는,
단에 절하고, 손을 모아, 오른쪽으로 두 걸음 반 내디뎌, 다시
한번 오른쪽으로 가서 자신의 자리로 돌아온 다음, 왼쪽으로
돌아 두 걸음 반 내디뎌 세 주지와 불단 사이에 있는 주± 기도
의자 앞에 섰으나, 이즈음 첫 대장경 독송이 목어 박자에 맞
춰 시작된 지 오래였으니—보살마하살에게 성스러운 물의 기
도를 올리고, 관세음보살에게 세 줄짜리 짧은 기도를 올리니,
그리하여 개안식은 기도의 단계를 지난즉, 모든 대중이 한목
소리로 직일의 구두 지시에 따라 입을 모아 낭송하길, 더럽고
부정하고 썩고 불순한 모든 것이 이제 이곳에서 깨끗해집니
다, 주지는 천천히 불단에 절하고 미리 준비한 작은 물잔을 들
어올리는데, 그 속에는 꽃이 핀 작은 나뭇가지 하나가 떠 있어

서, 그 나뭇가지를 왼손 가운뎃손가락과 집게손가락으로 집어, 오른손 가운뎃손가락과 집게손가락으로 고리 모양으로 구부리고, 가지 밑동을 끼워 넣어 스스로 고정되도록 한 바로 그 순간, 직일의 목소리로, 합창을 뚫고 들려오는 독경은 이 불당 전체와 이 장소 전체가 이 순간의 의식과 기도로 정화되고 있음을 나타내니, 직일의 목소리가 승려들의 합창 위로 솟구쳐, 이따금 멀리 떨어진, 아주 멀리 떨어진 조화와 공명하는 듯하며―소롱 쨍그랑거리는 소리가 잦아들어, 이 정화의 환희가 사라지고, 그때로부터 한참 동안, 직일 없이 대중만이 독송하니, 이제 아무도 이해하지 못하거나 이제껏 아무도 이해하지 못했을 말을, 이제 범어를 음차한 진언을 대중이 외길,

나무카라탄노오 토라야―야―
나무오리야― 보료키―치―
시후라―야― 후지사토보―야―
모코사토보―야― ……

목어가 같은 박자로 울리고 이따금 대롱大鑵 종소리가 들리고 대중은 한마디도 이해하지 못하는 진언을 확신에 가득 차 외는 기색이 역력하나, 그들은 경행經行이 이어지리라는 것을 아는바, 이때로부터 각자의 자리에서 일렬로 움직이길, 반듯하게 차례를 지어 본당을 요잡繞匝하니, 직일이 앞장서고 목어 두

드리는 승려가 뒤에 서고 그다음에야 나머지 승려들이, 법계와 나이와 지위와 지정된 순서에 따라 원을 그리며 진언을 외니, 진언은 그들이 이해하지 못하는 언어로 울려퍼지며, 마지막으로 여자들이 서고 맨 뒤에 주지 셋과 그들을 수행하는 승려들이 서서, 불단에서 물러난 채 본당 벽을 따라 돌고 돌다, 행렬이 마침내 끝날 때가 되어, 불단 앞에 도달했을 때 본사 주지가 동료들을 멈추게 하고, 호를 그린 채 원래 자리로 돌아가니—대중도 원래 자리로 돌아가고—직일이 다시 출입문 옆에 서서 개안식 순서를 안내하는바, 그가 목소리를 높여 이 높아진 목소리로 진언의 마지막 구절을 외길,

나무카라탄노오토라야—야—

나무오리야— 보료키—치—시후라—야—

소모코— 시테도— 모도라—

호도야— 소—모—코—

여기서 그의 목소리가, 마지막 줄에서 강이 바다로 흘러들듯 천천히 낮아지고 벌어지니, 그는 이미 반야심경을 외고, 대반야바라밀다경을 외고, 관세음보살을 칭송하고, 회향문을 외고, 마지막으로 발원문을 왼 뒤에, 불단이 정화되었음을 아는 채 대롱 소리에 맞춰 대중이 불단 앞에 세 번 절하여, 이 특별한 예식의 첫 장이 마무리되어 이제 다음으로 나아가니, 다음

은 발원의 순서로, 1년 전 부처를 밖으로 모신 네 명의 젊고 건장한 승려가, 금실 양단洋緞을 덮은 젠겐지 아미타불을 조심스러운 잔걸음으로 안으로 모셔 불단에 올리는데, 불좌를 덮은 비단을 누군가 치우자 그들이 부처를 올리니, 그들이 그토록 오랫동안 기다리던 부처의 시선을 보려고 북적거리는 본당에서 수백 쌍의 눈이 다투고 있다.

개안식의 지도승인 직일이 종을 세 번 치니, 법식에 따라 큰 법고가 또한 울리며, 본당에서는 대중 위로 이전보다 더 큰 엄숙함이 느껴지는바, 영문을 잘 모르는 사람들은 마침내 양단이 벗겨지고 마침내 부처님을 볼 수 있으리라 생각하지만, 아니, 그들의 생각은 틀려서, 그때는 아직 오지 않았고 지금은 주지 셋이 함께 기도할 때여서, 연좌가 정화된 뒤에 이 중요한 두 번째 순서의 중심은 주지들로 옮아가, 향을 더 바치고 성스러운 이름들을 외고 세 주지가 함께 무릎 꿇은 뒤에, 대중이 직일의 지도하에 아미타경을 부르기 시작하니, 신비로운 힘이 깃든 이 기다란 경은 아미타불과 정토의 헤아릴 수 없는 위대함, 무궁함, 조화, 향기를 칭송하며, 이제 더러움을 고할 때가 되어, 한 문장이 끝날 때마다 무릎을 꿇어야 하는데, 세 주지조차 무릎을 꿇고 그들과 함께 독경하는바, 의례에 참가하는 모든 사람들은 한 문장이 끝날 때마다 무릎을 꿇으며, 우리가 악업을 쌓았습니다, 그들이 모두 중얼거리길—목어가 가느다란 막대기 아래서 날카롭게 딱 소리를 내며—탐심을 통해,

증오를 통해, 조바심을 통해 우리가 악업을 불러들이고 간직하니, 우리 모든 존재의 근원은 몸뿐이요 말뿐이요 마음뿐이며 우리는 '이제 이것을 깊이 개탄합니다', 이것이 그들이 중얼거리는 말이요, 그들이 크게 한목소리로 부르는 노래이니, 이제 모두가 일어서고, 중심은 마땅히 있어야 할 곳으로 옮겨가세 주지가 다시 개안식의 지도 역할을 맡으니, 이 시점으로부터 그들은 발언을 허락할 수 있는 사람으로서 곧장 허가권을 주는바, 순서대로 세 번, 사찰과 삼보에 영광이 깃들길 바라는 서원을 노래하며, 이제 가장 나이 많고 존경받는 승려가, 일찍이 준비한 대로 향단으로 나아와 향 정화 예식을 마무리한 다음 직일이 종을 울려, 여운이 감도는 동안 그 손에는 「강설의 반포」라는 책자가 들려 있으며, 연기가 뱀처럼 피어올라 노승과 문서를 감싸니, 흔들리는 머리와 떨리는 목소리로 그가 낭독을 시작하길, 지금 이곳에서 불신佛身이 나타나고, 이곳에서 살아 있는 만물에게 지복을 가져다주는 업이 드러나며, 그 장엄한 형상은 자신의 한없음 속에서 움직이지 않으니, 이 장소는 이제 '빛의 찬미'의 전당이며, 우리는 동쪽 방면에서 일본이라는 섬에 있으니, 임제의 법맥에 속한 이 사찰이 이곳에 있음이라, 노승이 떨리는 목소리로 낭독하길, 이제 이곳에서 그들이 거룩한 글귀를 대중과 함께 노래했으니, 법이 가피를 받고 정신正信이 보전되노라, 그런 다음 그가 책자를 내려놓은 것은, 다음 몇 문장은 보지 않고도 읽을 수 있기 때문으로, 그는 사찰이 거룩한 아미타여래좌상을 수 세기의 위해로부터 보호하기 위해 최대한의 시주를 모았으며, 이제 그날이 찾아와 이 염원이 이뤄지고 그들은 부처를 돌려받았으니, 부처는 원래 있던 곳에 놓일 것이어서, 그렇게 부처가 돌아왔다고, 노승이 중얼거리길, 상서롭고 행복하고 위대한 날을 보라, 그들이 모인 본당은 사색의 공간이요 정신의 공간이며, 그들이 이곳에 모인 것은 그들에게 이 공간과 이 정신이 둘 다 절실히 필요하기 때문이요, 그가 다시 글줄 위로 몸을 숙여 낭독하길, 아미타불이 돌아오는 것은 신심 있는 자들의 가슴속 소원이요, 신심이 새로워지기를 기다리는 이들이 바라는바 황폐하고 파멸적인 열기로부터 법의 나무가 베푸는 서늘한 구제이니, 황금으로 장식된 정원이 앞으로 올 기도를 위해 다시 단장되기를, 그들이 이제 서원하는바, 책자에서 고개를 들며 그가 말하길, 그들이 크나큰 기쁨으로 이 서원을 하고, 바로 오늘 2550년 셋째 달 열나흗날 오전 9시와 10시 사이에 이 서원을 하니, 그들이 서원을 하며, 연좌를 다시 한번 제자리에 돌려놓고, 다시 한번 전체의 장엄한 형상을 참으로 완전히 살펴보아, 자신들이 다시 한번 '귀한 빛'을 보게 되리라 믿으며 기원하니, 고개를 숙여 그들이 깊숙한 소원을 말하길, 이 보좌가 끝날까지, 몸 자체가 사라질 때까지 찬란하소서, 부처의 눈썹 사이에 있는 빛이 다시 한번 발하소서, 이 빛살이 온 법계法界에 퍼지소서, 저는, 손을 모으고 고개를 숙이며 노승이 말하길, 고개를 숙이고 손을 합장합니다, 모든 좋은 것이 나무가 뿌리를 내리듯 내리고, 감정의 나타남이 우리 가슴에서 일어나고, 행복과 지혜에서 비롯한 감정이 불단에서 발하기를, 우리는 감사하며 발원합니다, 감흥에 겨워, 태양의 아들과 국민의 평안을 기원하며 그가 이어 말하길, 법이 다시 한번 우리 가운데 장엄하길 바라며, 지혜와 아름다움의 길이 이나자와 젠겐지에 내려오길 바랍니다, 오늘, 그가 말하길, 우리는 독경을 했으며, 이 대중의 가락과 노래는 이곳 불단 중앙에서 부처님을 덮은 양단 같아서, 나중에 양단이 떨어지면 그 아래서 눈은 기다리던 것을 볼 것이요, 그런 다음 책자를 마지막으로 내리며 노승이 계속 말하길, 방금 전한 강설을 통해 그가 삼보를 빌어 이 불상이 완벽하게 흠 없도록 하니, 거룩한 아미타불상이 정화되어 단에 놓였고, 이 모든 것이 불기 2550년 셋째 달 열나흘날 직일 주샨의 지휘하에, 난젠지와 도후쿠지 주지의 협력하에 거행한 개안식의 순서대로 이루어졌으니, 이것을 승려 슈신의 입으로 말합니다, 라고 그가 말하고는 물러나니, 시자들은 이미 주지 앞에 기도 의자 대신 작은 탁자 세 개를 놓고, 각 탁자에 노란색 비단을 얹고, 마지막으로 각 탁자의 중앙에 꽃자루를 놓으니, 대중은 이미 독경으로 신들을 부르고, 주지들은 꽃자루 세 개를 집어 높이 들어올리되, 먼저 나렌지 주지가 대중과 함께, 나렌지 주지가 이 꽃을 본다고 노래하며 높이들어, 마음을 다해 기원하길, 세상의 주재인 석가모니 본존불을 부르고 동방의 믿음의 신인 대일여래大日如來를 부르고 서방의 믿음의 신인 아미타불을 부르며 기원하고, 앞으로 올 세상의 부처인 미륵불, 미륵보살과 법계에 두루 편만한 모든 부처를 부르며, 고개를 숙여 그가 말하고는, 자신이 서원을 결코 어기지 않겠노라 나직이 덧붙이며, 이제 겸손하고 충만한 가슴으로, 부처가 연좌의 마땅한 자리에 앉기를 바란다고 말하나, 발원을 가리키는 마지막 부분을 대중도—각자 자신의 이름을 넣어—독송하고 나자, 아직 일어나지 않은 무언가가 일어나니, 즉 정적이 흐르고, 이 정적 속에서 세 주지가 꽃자루 세 개를 작은 탁자에 내려놓고, 소롱의 소리가 울려퍼지고, 대중이 부처 앞에 무릎 꿇어 절하고, 다시 소롱이 울리고, 모두 일어나고, 이어지는 정적 속에서 직일이 의례 참가자들에게, 아미타불을 스스로의 자아 속에 불러내어 연좌 위 양단 아래로 보이는 윤곽을 바라보고 수만의 아미타가 그들의 상상 속에 나타나도록 하라고 말하니, 이것이야말로 그들이 불러일으켜야 하는 것이고, 이것이야말로 그들이 생각해야 하는 것이라며, 직일의 말이 정적 속에 울려퍼지고, 이와 함께 본사 주지의 순서가 되어, 그는 꽃 한 송이를 다시 허공에 들어올린 채 말하길, 아미타여래께서 온 세상을 채우시고 살아 있는 모든 존재를 살펴보시기를, 그리하여 자신과 이곳에 있는 모두가 연기緣起에서 비롯한 고통을 피할 수 있기를, 그리고 마지막으로, 불단의 보좌가 참으로 보좌가 되기를 기원하나, 이때 모든 대중이 직일의 지도하에 각자의 원력과 공동의 원력으로 독송하여 부르길, 모든 면에서 완벽한 문수보살, 보현보살, 성취한 모든 일에서 대자대비한 관세음보살, 모든 소원을 이뤄주는 지장보살, 시방의 보살인 마하살을 부르며, 그들의 유일한 소원은―여기서 경이 끝나고, 한목소리의 독송이 5도 하행으로 풍성해지는데―서원을 결코 어기지 않는 것이요, 부처가 모든 의식 있는 존재에게 자비를 베풀며 나타나 연좌 위자리에 오르는 것이니, 그는 양단에 덮인 채 그들 앞에 서 있으며, 이제 독송이 끝나자 소롱이 다시 울리고, 모두 무릎을 꿇었다가 다시 일어나니, 처음에는 지객이, 다음에는 직일이, 마지막으로 전체 대중이 반복하여, 모든 것이 반복되나, 그와 동시에 모든 것이 이 반복 중에 일어나기 시작하니, 이제 본당 안에는 말로 표현하기 힘들지만 모든 참석자가 느낄 수 있는 무언가가 있는바, 그것은 혼의 달콤한 무게요, '마치 누군가 이곳에 있는 듯한' 공중의 숭고한 기도이며, 이것이 가장 뚜렷이 드러나는 것은 불신자들, 한낱 호사가들, 관광객들의 얼굴, 한마디로 무관심한 자들의 얼굴에서이니, 그들이 정말로 놀랐음을 알 수 있는 것은, 무언가 일어나고 있거나 일어났거나 일어날 것임을 느낄 수 있기 때문으로, 그 기대감은 눈에 보일 듯하나, 일어나고 있거나 일어나려는 것이 무엇인지는 모두가 알고, 또 다른, 그 뒤에 또 다른, 그러고도 또 다른 독경, 또 다른 서원, 또 다른 기도, 또 다른 발원이 있고 나서, 그들이 불상의 덮개를 젖히면, 모두가 마침내 아미타불을 보게 될 것임은 아무도 의심치 않으나, 그것이야말로 신기한 일이어서, 모두가 무슨 일이 이어질지, 물론 언제 이어질지 아는데도, 모두가 어안이 벙벙한 채 서서 바라보는 가운데, 본사 주지가 일어서서, 향 한 자루를 높이 든 채 무릎을 꿇었다가 일어서고, 종소리가 들리고, 주지가 독송하길, 돌아올 세상의 존귀한 이여, 그보다 높은 이는 아무도 없으니, 오늘, 가르침에 따라 당신의 보좌를 공경하는바, 저의 유일한 소원은 당신이 너그럽게도 이것을 받아주시는 것이니, 이 방에 있는 모든 부처와 보살이 이곳에 아무 장애도 없음을, 이 장소가 이름 붙일 수 없는 평화의 고요로 축복받았음을 보고 느끼길 기원합니다, 주지가 실수 없이 말하고 또 말하며 모두가 똑바로 알아들으나, 여기서부터는 기대감에 전반적으로 주의력이 흐트러져 개안식 순서들이 제각각 진행되니, 어느 곳에서는 주지가 아미타불의 몸이 황금이고 그의 눈이 사해를 비추며 눈에서 뿜어져 나오는 광채가 수미산을 다섯 번 휘감는다고 말하는 동안 대중이 그의 말에 귀를 기울이고, 또 어느 곳에서는 직일이 종을 울리다 여기서, 본당 왼편에서 몇 명이 절을 하고, 몇몇이 목소리를 높이고, 오른편에 선 사람들이 절을 한 뒤에, 난젠지 주지의 유장한 목소리가 들리니, 그는 서방정토에 다시 태어나기를, 아홉 가지 연꽃이 자신의 어머니와 아버지이길 바란다고 말하는데, 이 꽃들이 피면 그는 부처를 볼 수 있을 것이요 그가 불생不生의 위대한 진리를 깨우칠 것인바, 이 말들은 본사 주지 오른편 도후쿠지 주지의 말에 녹아들다시피 하니, 그가 말하길, 부처 하나하나가 하나의 위대한 것으로 인해 세상에 나타나기를, 이렇게 깨우친 부처의 모든 의식이, 그가 기원하길, 이곳에 나타나기를, 모든 부처와 보살이 모든 살아 있는 존재에게 자비를 품기를, 그들이 연緣을 지각하여 법에 이끌리기를, 그들이 지식의 '드러나지 않음'에 대한 깨우침을 받아들이기를 바라니, '지식은 고苦의 원인에 대한 유독한 혼돈 속에 숨겨져 있음'이요, 이것이 우리가 이곳에 있는 까닭이니, 우리가 이날, 2550년 셋째 달 열나흗날 이곳에 온 것은 아미타불상을 축성하기 위해, 그가 우리로 하여금, 도후쿠지 주지가 말하길, 우리 앞의 이 불상이 형체를 얻은 지식이되 지식 자체는 아님을 이해시키기 위해서입니다, 하지만 그때 본당에서 소란이 벌어지기 시작하고, 기도에서의 어떤 혼란이, 더 정확히 말하자면 기도 자체의 어떤 혼란이 발생한즉, 말에서 힘이 빠져나가기 시작하여 서로 섞여들어, 더는 각 단어가 다음 단어를 발판으로 삼지 못하고 단어들이 서로 같은 의미를 띠기 시작하니, 이 혼란이 중대한 것은, 명백히 알 수 있듯 중대한 것은, 말하자면 대중이 말에 이끌려 온 길을, 마지막 순간의 완성만이 필요하고 진정으로 모든 것이 이 취지로 일어나고 있는 지점을 가리키기 때문인바, 대중이 개안식의 가장 중요한 부분에 집중하고 있다고는 말할 수 없으니, 이를테면 그들은 알아차리지 못하나—또는 군중에 가려 보지 못하나—
주지들은, 방금 말하기 전에 각자 자기 앞에 놓인 탁자에서
거울을 꺼내어, 고운 천으로 닦은 뒤에, 셋 모두가 부처를 향
해 거울을 내밀었는데, 대중은—적어도 대부분은—여기저
기서 입을 벌리고, 대부분은 본사 주지가 하는 말만 들을 수
있거니와, 바로 이 순간 그가 말하길, 부처를 축성하는 우리
는 결코 축성과 동일하지 않으며, 우리는 부처의 이름으로 필
요한 일을 할 뿐이요, 우리가 부처에게 다가갈 수 있는 것이 아
니라 그가 오직 지혜로써 우리에게 스며드니, 그는, 이곳에 있
는 부처는 무한한 광채 속에서 감지할 수 없고 지고한 형상이
요, 우리가 말하면, 주지가 먹먹하고 힘없는 목소리로, 우리
가 독경을 하면, 이 말을 통해 부처의 빛이 수억의 수억 세상
을 비춘다고 말하니, 여기까지 들린 뒤에, 그들의 관심은 소롱
과 큰 법고에 쏠려, 더는 주지의 말을 알아듣지 못하나, 그는
말하길, 부처의 지혜는, 그와 동시에 우리 안에서 방편을 찾고
육체적 형상을 취하여 우리 각자에게 돌아오니—이 말은 이
미 들리지 않아서, 오직 쩽그랑 종 울리는 소리와 둥둥 북 두
드리는 소리만 들리나, 이젠 무엇에도 주의를 기울이기가 여
간 힘들지 않은 것은, 모든 대중이 몇 시간째 이곳에 있느라
다리와 등과 머리가 쑤시기 때문으로, 그들의 눈앞에서 장면
이 스쳐 지나가나, 그런 때 무엇이 중요하고 무엇이 중요하지
않은지 누가 말할 수 있겠는가—다만 한 가지는 분명한즉, 여

기저기 지친 사람이 있더라도, 본질을 놓치고 싶은 사람은 아무도 없어서, 대다수는 고개를 앞뒤로 까딱거리며 주의 깊게 귀를 기울이고 무슨 일이 벌어지는지 보려 하니, 한마디로 중요한 것과 덜 중요한 것의 경계가 흐려지기 시작하는데, 이것은 지금까지는 근심거리가 아니었어도, 이제부터는 승려들 자신이 본당에서 벌어지는 일의 가장 중요한 순서에 참여하고 있다는 확신을 느끼지 못하나, 승려와 방문객 모두가 확신하는 대로 개안식은 '치열하게' 팽팽한 기대감 속에서 진행되고 있으며, 이 팽팽한 기대감 속에서, 이 '치열함' 속에서 도후쿠지 주지가 천천히, 아주 천천히 거울을 높이 치켜든 채 요잡하되 거울에서 나오는 빛이 깜박이며 떨리는 광선으로 본당 전체를 비추도록 요잡한 뒤에, 거울을 탁자에 내려놓고, 탁자에서 (오른손으로) 붓과 (왼손으로) 작은 그릇를 집어, 주색朱色 물감이 든 그릇에 붓을 담갔다가, 물감이 가득 밴 붓을 불상의 눈 방향으로 들어, 눈 높이에서 붓끝으로 더듬다가, 한참 동안 불단 양옆에 서 있던 젊은 승려 둘이 불상 쪽으로 다가와, 조심스럽게 양단을 벗기고 한쪽으로 비키자, 군중이 숨을 죽인 채 멀리 떨어진 교토에서 온 아미타불이 어떻게 됐는지 지켜보는 가운데, 주지가 적당한 높이를 찾아, 붓이 부처의 눈과 같은 높이에 있도록 극도의 정교함으로, 잠시, 미동 없이 붓을 들고 있다가 완벽한 정적의 순간에, 그가 정적 속으로 "열라"라고 외치자, 대중은 더는 자제하지 못하여 개안식의 법도를 어긴 채 소리를 지르니, 종소리, 북소리, 소롱과 출입구 양편의 모든 악기가 울리나, 그 순간 직일이 개광경開光經을 독송하기 시작하니, 대중은 넋을 잃은 채 동참하여 경문을 독경하고 독송하고 중얼거리면서도 아미타불에게서 눈을 뗄 엄두를 내지 못하는즉, 대다수 신도는 불상이 수십 년째 불단 어두운 구석에서 윤곽도 거의 없이, 빛도 거의 없이 어떤 모습이었는지 똑똑히 기억하는바, 이제 불상은 참으로 찬란하며, 경이로운 얼굴의 경이로운 눈에서 찬란하나, 이 두 눈은, 비록 그들에게 은은히 닿긴 하지만 그들을 바라보지 않고 더 먼 곳을, 이곳의 그 누구도 헤아릴 수 없는 먼 곳을 바라보기에, 모두가 이것을 감지하자 긴장이 일시에 가셔, 모든 얼굴에서 크나큰 기쁨을 볼 수 있고, 따분한 것도 피곤한 것도 더는 문제가 되지 않아서, 이제 그들의 눈빛은 불단에서 나오는 저 광채를 반사하는 것 같으며, 그들은 행복하고 안도한 채 직일을 따라 독송하길, 이제 부처에게 발원하는바, 모두가 길을 찾길, 이 최고의 소원이 이루어지길 바라며, 그들은 법에 발원하고, 독송하고, 살아 있는 모든 존재가 바다 같은 경의 지혜에 스며들기를 바라고, 승가僧伽에 발원하고, 마지막으로 모두 입을 모아, 모든 대중이 가피를 입고, 모든 액운이 물러가고, 어마어마하게 멀고 아름다운 정토에, 돌아온 아미타불이 바라보고 있는 그 정토에 그들이 이를 수 있기를 기원한다.

그는 서문으로 빠져나가는 근사하고 반짝거리는 검은색

차량들을 향해 오랫동안 손을 흔들고는, 또 오랫동안, 교토에
서 온 주지 두 명이 사찰 밖으로 난 길을 따라 차량 행렬 속으
로 사라지는 동안 손을 흔들고, 마침내, 결국, 그들이 모든 방
안을 논의한 뒤에 그들 또한 떠난 것에, 어제 전반적으로 모든
것이 잘 흘러갔고 개안식이 큰 탈 없이 끝난 것에 이루 말할
수 없는 안도감을 느끼며 천천히 자신의 방으로 걸어가는데,
하지만—그는 웬일인지 매우 지쳤고 실제 나이보다 훨씬 늙
은 듯한 느낌이 들어—본당에서 매일 열리는 아침 참선에 참
석하지 않고, 이례적으로 낮잠을 자기로 마음먹으니, 정원 사
이로 흰 자갈을 말끔하게 정돈한 좁은 길을 따라 찬바람 속으
로 한가로이 걸으며 그가 생각하길, 고귀한 부처님, 그들이 얼
마나 실수투성이였는지요, 얼마나 무가치했는지요, 얼마나 많
은 실수와 얼마나 많은 잘못을 저질렀는지요, 몇 번이나 독경
중간에 머뭇거렸는지요, 큰 법고는 얼마나 자주 엉뚱한 때 울
렸는지요, 무엇보다 불단 앞에서 걸음을 잘못 디딘 것이 몇 번
인지요, 불안과 혼란에서 벗어날 수 없던 순간이 몇 번인지요,
그럼에도 그들은 해냈고, 그만큼 할 수 있었고, 능력에 못 미
치지 않았습니다, 그는 쌀쌀한 초봄 바람 속에, 잠시 혼자 있
으려고 거닐면서, 선당에서 독경을 이끄는 직일의 목소리를
들으며, 사찰의 아름다운 질서와 고요한 전각을 둘러보다, 문
득 한 생각이 떠오르는데, 실은 생각이 아니라 단지······ 그가
걸음을 늦추다, 멈춰 서서, 몸을 돌려, 선당 쪽을 향해, 그 앞

으로 걸어가, 다시 승려들의 독경과 일정한 목어 소리를 듣는
데, 문득 자신이 본당 앞에 와 있음을 깨닫고, 정신을 차려, 마
치 자신이 여기서 무엇을 하는지, 왜 휴식을 취하려 하지 않
는지 자문하려는 듯하다가—자신의 속에서 무엇에 대해 물
으려던 것인지도 잊은 채, 마치 주 출입문에 들어서려는 듯 게
다를 벗고 가사를 가다듬지만, 출입문으로 이어지는 계단을
오르지 않고 그 대신—어찌 된 영문인지도 모르는 채—낮은
계단에 올라서, 둘러보니, 아무도 보이지 않고, 모두 선당에 있
어서, 그는 계단에 가만히 앉아 초봄 햇볕을 쬐며, 이따금 찬
바람이 거세게 불면 몸서리를 치지만, 더 움직이지는 않고 계
단에 가만히 앉아, 팔꿈치로 무릎을 누른 채 앞으로 조금 기
대어 앞을 바라보다, 이제 마침내 스스로에게 질문을 던질 수
있게 되니, 그는 여기서 도대체 무엇을 하고 있었는가, 그는 스
스로에게 물을 수 있으나 답을 찾을 수는 없으니, 아니 이해할
수 없으니, 마치 마음속에서 들리는 것이 정말로 존재하는 듯
모든 것이 합쳐져 무가 되니, 그는 온 세상에서 아무것도 하지
않고, 다만 이곳에 앉고 싶었기에 이곳에 앉아, 저기 본당 안
에 아미타불이 불단에 모셔져 있음을 알며, 그는, 오직 그만
이 자기 이외에 다른 누구도 볼 수 없는 것을 보는데, 그는 계
단에 앉아 있고, 배가 꾸르륵거리고, 맨머리를 긁고, 허공을
바라보고, 아래쪽 계단을, 오래되어 바싹 마른 편백 계단을
바라보고, 한 틈새에서 작은 개미를 발견하여, 그 순간으로부

터 개미가 우스꽝스러운 작은 다리로 돌아다니고, 이 틈새에서 오르고 허둥대고 속도를 늦추는 것을 보는데, 개미는 앞으로 가다가, 멈춰, 방향을 틀어, 작은 공 같은 머리를 들고는, 잽싸게 출발하나, 다시 한번 멈춰, 틈새 밖으로 올라오지만, 이내 되돌아가, 다시 출발했다가, 좀 있다 다시 멈춰, 방향을 틀어, 최대한 활기차게, 틈새로 다시 돌아가는 내내, 초봄 햇볕이 내리쬐고, 이따금 한 줄기 바람이 몰아치고, 개미가 바람에 휩쓸리지 않으려 안간힘 쓰는 모습이 보이는구나, 작은 개미가, 고개를 흔들며 주지가 말하길, 작은 개미가 계단의 깊은 틈새에서, 영원히.

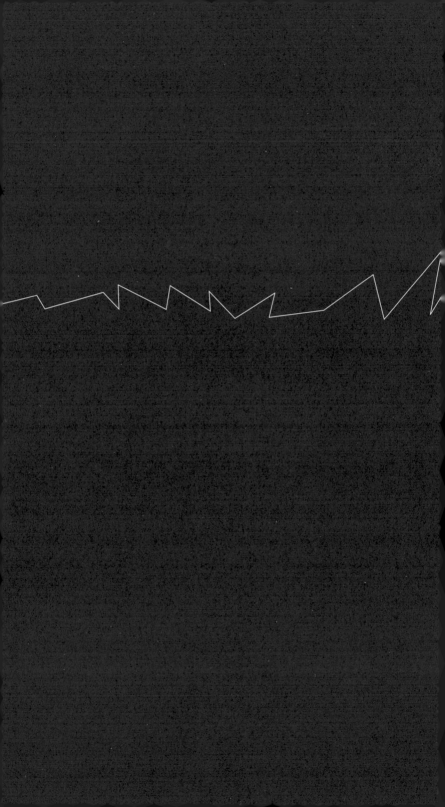

5

크리스토 모르토

그는 대체로 쿵쿵거리며 걷는 부류가 아니었고, 요란하고 병사 같고 절도 있게 걷는 경기병 부류도 아니었으나, 구두의 가죽 밑창과 가죽 밑창의 뒤축이 오래가기를 바라서 밑창과 뒤축에 구식 징을 박았지만, 좁은 뒷골목에서 그가 발걸음을 내디딜 때마다 하도 요란한 소리가 울려퍼져, 1미터 1미터 지날 때마다 이 구두가, 이 검은색 가죽 옥스퍼드화가 이곳에, 베네치아에, 특히 지금 이 완전한 시에스타 동안의 이 고요한 동네에 어울리지 않았음이 점점 분명해졌음에도, 그는 돌아가 창갈이 가죽을 떼고 싶지 않았으며, 오래된 포석을 더 살금살금 걸으려 했는지도 모르겠으나 그럴 수 없어서, 집들을 지날 때마다 끊임없이, 안에서는, 안에 있는 사람들이 자신에게 저주를 퍼붓는 듯한 느낌이 들었는데, 왜 그냥 꺼져버리고 어딘가에서 죽어버리지 못하는 거지, 대체 밖에서, 게다가 저런 망할 창갈이 가죽을 댄 검은색 옥스퍼드화를 신은 작자가 뭘 하고 있는 거야, 이런 욕설을 퍼붓는 듯한 느낌이 들었으니, 그는 왼발을 디디고, 오른발을 디디고, 그것으로 충분하여, 파사드(건물 외벽)가 닫히고 적막에 덮인 이 건물들 안에서 시에스타의 고요가 끝장나버린 것을 그가 기정사실로 받아들인 것은, 이곳 바깥에서— 그의 탓에—고요가 깨졌기 때문으로, 좁은 골목에는 사람이 한 명도 없었고 관광객조차 하나도 없었으니, 어차피 관광객은 드물어서, 그곳 안쪽에는 시에스타를 망친 베네치아인들밖에 없었고 이곳 바깥쪽에는 튼튼하게 제작된 옥스퍼드화를 신은 그밖에 없었은즉, 산 폴로 세스티에레 한가운데에는, 이 오후의 이 아늑하고 좁은 미로에는 그 둘만이 존재했으니—그는 닫힌 나무 셔터 뒤에서 터져 나오는 욕설을 고스란히 들을 수 있었던바, 저 망할 놈의 검은색 옥스퍼드화와 함께 악취 풍기는 썩을 지옥에나 떨어져버려—하지만 이것은 그의 착각이어서, 산 폴로 세스티에레의 아늑하고 좁은 미로에는 그 둘만이 있는 것이 아니라 다른 누군가도 있었는데, 그는 어느 순간 그의 뒤에 문득 나타나, 꽤 뒤처져 있긴 하지만 다소 비슷한 속도로 그를 어김없이 따라왔으니, 호리호리한 체구에 셔츠는 연분홍색이었지만, 하도 연한 분홍색이었기에 그의 뒤 모퉁이에서 이따금 바로 이 연분홍색이 번득일 때 금세 눈에 띄었거니와, 그는 그가 언제부터 함께했는지 알지 못했고 언제부터 따라오기 시작했는지—
그가 따라오는 게 맞다면—전혀 몰랐으나, 즉시 깨닫기로는,
그래, 주소가 산 폴로 2366 번지인 곳에서, 칼레 델 피스토르
인지 캄피엘로 델 포르네르 오 델 마랑곤인지에서 하룻밤 보
낸 뒤에 산 조반니 에반젤리스타 성당에서 출발했을 때는 분
명히 그가 뒤에 없었고—그가 기억을 떠올리려 애쓰며—뙤
약볕 아래 캄포 산 스틴 광장을 가로질러 폰테 델아르키비오
다리를 향해 갈 때에도 없었고, 그런데, 그가 문득 떠올리길,
산 조반니 에반젤리스타의, 하늘을 향해 뚫린 뜰에서 나와 피
에트로 롬바르디가 설계한 우아하고 쓸모없는 아치 출입구가
달린 주택의 입구를 벗어나 프라리 성당을 향해 걸어갈 때부
터 이 인물이 기다리고 있었을지도 모르는바, 그럴지도 모른
다는, 그럴 가능성이 농후하다는 생각이 그의 뇌리를 스쳤고,
그는 누군가 자신을 공격하고 싶어 하는 것 같다는 추측만으
로도, 두려움을 느낄 때면 언제나 그러듯 위장이 죄이고 한기
가 들기 시작했으니, 그는 폰테 델아르키비오 앞쪽으로 통하
는 광장 끝에서 멈추되, 올바른 길을 찾는 사람처럼, 지금 이
다리를 건너는 게 나은지 돌아서는 게 나은지 고민하는—베
네치아에 온 외국인이 으레 그러듯—사람처럼 멈췄고, 실제
로도 고민했는데, 그러다 보니 요란하게 쿵쾅거리던 구두 소
리가 멈춰 그는 뒤를 돌아볼 수 있었으며—실제로도 뒤를 돌
아보았는데—몸속의 싸늘한 기운이 막연한 불안의 한기에

서 명백히 예리한 공포의 한기로 바뀌어, 그는 골목을 울리는 검은색 옥스퍼드화를 신은 채 이미 폰테를 향해 돌아서 급히 다리를 건너려 하나, 그가 원하는 게 뭘까?—두려움에 걸음이 빨라지면서—내게 강도질을 하려고? 두드려 패려고? 때려 눕히려고? 칼로 찌르려고?—아, 어쩌면 아닐지도 몰라, 그가 고개를 내두르며 생각하길, 어쩌면 그런 게 아닐지도 몰라, 뒤에 있는 인물은 딱히 강도나 살인자 같은 인상을 풍기지 않았고, 오히려 마치, 그가, 베네치아 방문객이 옥스퍼드화를 쿵쿵거리며 듣기 괴로운 메아리를 울려 그를 이끌고 끌고 당겼거나, 또는 마치 저 별 볼일 없는 작자는 구두 쿵쿵거리는 소리의 유혹에 저항하지 못하는 것 같았는데, 게다가 저 작자는 몸이 S자 모양으로 구부러진 데다, 다리가 흐느적거리고, 엉덩이가 뒤로 튀어나오고, 등이 굽고, 머리가 앞으로 기울어졌는데, 그래, 폰테 델아르키비오 다리를 건너며 그가 스스로에게 말하길, 저자는 내게 강도질을 하거나 나를 죽이려는 게 아냐, 분홍 셔츠 차림의 저 작자는 강도나 살인자가 아니야, 하지만 물론 총을 가지고 있을지도 몰라, 누가 알겠어, 그는 안절부절못하며, 속력을 늦추지 않고서, 얼마나 두려운지 조금도 내색하지 않은 채 폰다멘타 데이 프라리 운하로를 따라 광장 쪽으로 걷는 내내, 무슨 일이 일어나고 있는 건지 점점 영문을 알 수 없었고, 애초에 왜 이토록 두려운지 이해할 수 없었으니, 그를 따라오는 저 작자가 무언가를 원하는 건 틀림없었지만 그건 그렇게 두려워할 이유가 아니었음에도, 그는 무척 두려웠고 그것은 자신도 인정하는 바였으니, 이 인정이 더욱 고통스러운 것은 그가 얼어붙고 있는 동시에 이 상황이 우스꽝스럽다는 것을 인식하고 있었다는 사실 때문으로, 이 상황이 우스꽝스러웠던 것은, 이것이 전부 단순한 오해였고 저 인물이 저기 있는 것조차 자신 때문이 아니라 단지 우연 때문이었던 것으로 드러나면 어떻게 되겠는가, 그런 우연은 종종 일어나지 않던가, 마지막으로, 거리에는 아무도, 하지만 아무도, 단 한 사람도 없었으니, 그 또한 같은 곳을 향해 같은 속도로 가는 일 또한 얼마든지 있을 수 있지 않겠는가, 그러는 동안 저 껑다리는 가까워지지 않고 늘 뒤에서 따라오고 있었는데, 뒤처지지는 않았으나 가까이 따라붙지도 않아서, 그들이 나아가는 동안 둘 사이에는 늘 길모퉁이 하나가, 아니 어쩌면 하나도?, 그가 간이 콩알만 해진 채 알아차렸듯, 바로 지금 마치 둘을 가르는 듯하던 거리가 웬일인지 조금 줄고 조금 짧아져—그가 얼마큼인지 가늠하며—바로 전까지만 해도 둘 사이에는 언제나 모퉁이 하나가 있었으나—모퉁이에서 모퉁이까지의 거리가 얼마가 되었든—지금은, 여기서는, 폰다멘타에서는 둘 사이에 모퉁이는 분명히 하나도 없었으니, 말하자면 저 분홍 셔츠는, 의심할 여지 없이 접근하고 있었던 것으로, 이 때문에 그의 위장은 더욱 단단히 죄였으며, 그가 날 쫓아오고 있어, 라고 스스로에게 말하자 몸서리까지 쳐졌는데, 추워서 그런 건지 두려움에 오싹해져 그런 건지는 알 수 없었으나 지금은 이런 문제로 노심초사해야 한다는 사실만으로도 두려웠으니, 대체 무슨 일이 일어나고 있는 것인지 그는 통 알 수 없었으나, 이 모든 소동에는 무언가가, 비현실적인 무언가가, 있을 법하지 않은 무언가가, 어떤 오해가, 어떤 '실수'가 있는 것이, 그가, 사실상 방금 베네치아에 도착한 그가, 펜션 입구를 막 나선 그가 누군가에게 쫓기고 있다니, 이 모든 것은 정상이 아니야, 안 돼, 이럴 순 없어, 그는 스스로에게 되뇌다, 프라리 성당 입구에서 뜻밖의 아이디어가 떠올라 멈췄는데, 출입문이 언제 다시 열릴지 바라보는 사람처럼 멈춰, 모든 것을 머리에 담은 채 상대방이 뭘 하는지 보고서, 실은 그가 어디로 걸음을 내디디는지 기다리지도 않고서 프라리 입구를 지나 성당 반대쪽 끝으로 갔는데 거기서―그 거대한 건물을 떠받친 돌출부는, 매끄러운 파사드에서 지면 위로 약 1미터 높이로 튀어나와 있어서 그 위에 앉을 수도 있는데―그 또한 앉은 것은 그곳이 양달이었기 때문으로, 그는 마음을 추스르고는 여행 중에 햇볕 좀 쬐면서 휴식을 취하려는 사람처럼 앉았으나, 불운은 이미 수신인을 찾았으니, 캄포 데이 프라리 광장 옆으로 멀찍이 떨어진 곳에 토포라는 작은 카페가, 손님은 하나도 없으나 시에스타 중에도 열려 있었는데, 햇볕은 거기까지는 미치지 않았으니―어쨌든 그가 저기에 들를 수도 있겠군, 과연 그가 프라리 벽에 기댄 채 양달에 앉았을 때―

상대방은 파라솔 그늘에 앉았는데, 시내에서 이 짧은 고요한 짬에 뭐라도 마셔야겠다고 마음먹은 사람처럼 앉았으며, 바로 이곳에서, 이날 오후 언제나 고요한 캄포 데이 프라리에서는 한마디로 아무것도, 하지만 아무것도 밝혀지지 않았으니, 지금까지는 껑다리가 그를 우연히 따라왔다는 생각에도 일리가 있었으며, 어쩌면 그가 찾고 있었던 것은 그저 문을 연 곳, 다만 앉을 수 있는 곳, 걸음마다 힘이 빠지는 지친 다리를 쉴 수 있는 곳이었는지도 몰라―지금 여기서, 프라리 벽 돌출부에 앉아 그렇게 믿을 여력이 있었다면 가능성이 없지는 않았겠으나, 그는 믿을 수 없었고, 오히려 그가 앉자 상대방도, 마치 둘의 동작을 동조시킨 듯 곧장 앉았다는 것을 기정사실로 받아들이며 그가 스스로에게 말하길―나는 쫓기고 있어, 라고 단호히 결론 내리고는, 자기도 모르게 그에게 고개를 끄덕이자, 햇볕이 그의 싸늘한 손에 작용하기 시작했는데, 그러므로 아까는 두려움 때문에 손이 차가워졌으리라는 (명백하게도 온전히 정당한!) 결론에 도달할 수 있었으나, 이제 보니 바깥에 한기가 조금 남아 있어서 공기 중에서 느낄 수 있었으니, 하긴 지금은 4월밖에 되지 않았고, 4월 중순에 해가 들지 않는 이런 시내 지역에서는 한 시간만 지나도 문득 추워지는 일이 다반사여서, 날씨를 비롯하여 모든 것이 이곳에서는 시시각각 변하는바, 그는 벽 돌출부에 앉아 상쾌한 햇볕에 몸을 녹이면서, 그러는 내내 당연하게도, 단 한 순간도 추적자에게서 눈을 떼지 않았으니, 그가 광장 맞은편에 앉은 채 지금 막 카페 주인에게 주문을 하고 있던 바로 그때, 별다른 이유 없이 무언가가 그의 머릿속에 떠올랐는데, 그것은 어떤 신문 기사로, 전혀 뜬금없이—필시 그의 뇌가 이 두려운 사태의 와중에 지쳐 샛길로 빠진 듯—펜션 여주인의 거실에서 그 집안 사람들의 우편물을 놓아두는 작지만 근사한 18세기 대리석 탁자에 놓인, 그가 보았던 신문에서, 그는 베네딕토 16세가 최근에 한 말에 대해 조금 읽었으나, 그의 눈길을 끈 것은 기사 자체가 아니라 제목으로, 이것이 그의 기억에 남아 있던 것이었으며, 이 때문에 그의 관심이 이제 미끄러져 나와, 헤매다가, 지금 이곳에서 그 순간으로 돌아가—그의 시선은 저기 서 있는 상대방에게 머물러 있었는데, 그가 커피를 홀짝이고 있었던 것은, 주문하자마자 커피가 나왔을 테기 때문으로, 주문과 거의 동시에 파라솔 밑 작은 테이블에는 커피 한 잔이 나타났으며—다시 제목으로 미끄러져 돌아갔던바, 문구는 아래와 같았으니,

지옥은 실제로 존재한다

그 아래 본문에서는, 베네딕토가 최근 로마 북부 지역에서 열린 회의에서 말하길, 점점 많은 사람들이 생각하는바, 지옥이 비유에, 상징에, 추상에 불과하다는 생각은 잘못이며, 그 이유는, 베네딕토가 밝히듯, 지옥에는 물리적 실체가 있기 때문이

라는 것인바—이것이,《코리에레 델라 세라》1면 기사가 그의 마음속에 들어온 것인데, 이 무슨 말도 안 되는 경우냐며, 그가 생각하기로는, 내게서 200미터 떨어진 곳에 앉아 있는 사람이 나를 따라오고 있었고 지금도 나를 지켜보고 있는데, 나는 여기서, 프라리 옆에서 이 한심한 생각을 하고 있으니, 정신이 나간 건가, 그가 마음을 추스르려 했으나 그러지 못한 것은 이 생각이 마음속에 떠올랐기 때문으로,《코리에레》에 따르면 요한 바오로 2세는 천국과 연옥이 실존하지 않는다는 의견인 반면에, 기자가 계속 말하길, 베네딕토는 로마 북부에서 열린 이 회의에서 천국과 연옥은 실존하지 않을지도 모르지만 지옥은 실존한다고, 게다가 구체적인 물리적 의미에서 실존한다고 단언했는데, 그 단어는, 말하자면 물리적이라는 말은 이탤릭체로 표시되어 작은 대리석 탁자 위 그 집안 사람들의 일일 우편물 속에 들어 있었으나, 이게 무엇을 의미할 수 있는 거지, 그가 생각하기로는, 하지만 이걸로 족해, 그러니까 여기까지만 생각하자, 이게 뭐냔 말이냐, 그러니까 천국도 없고 연옥도 없다고, 그건 좋아, 다 지옥에 간다고, 그것도 괜찮다 이거야—하지만 그가 생각을 이어가지 못한 것은, 자신이 위험을 경솔하게 희롱하고 있다는 생각이 문득 들었기 때문으로, 이 위험은 아무 근거가 없을 수도 있었지만, 그게 아니라면 그는 전적으로 완전히 경솔하게 위험을 희롱한 셈이었기

에, 불쑥 일어나 성당 앱스*를 따라 난 좁은 통로를 향해 걸어
갔으나, 이내 후회하고는 캄포 데이 프라리 쪽으로 돌이켜 재
빨리 광장의 측면으로 건너갔는데―이것은 자신의 계획과
반대였고, 말하자면, 실은 의도한 방향의 반대쪽이었으니, 그
가 좁고 어둡고 축축하고 싸늘한 뒷골목으로 들어간 것은 자
신이 실제로 향하는 방향으로부터 주의를 돌리기 위해서였으
나, 하마터면 계획을 망쳐버릴 뻔했다는 생각이 그의 온몸을
관통했던바, 그는 검은색 옥스퍼드화로 쿵쿵거리며 가고 있는
방향을 본의 아니게 드러낼 뻔했고 추적자에게 자신의 목적
지를 들킬 뻔했으며, 자신이 그토록 경솔할 수 있다는 게 납득
되지 않을 정도였으나, 이젠 괜찮아졌다며, 조금 진정한 채 그
가 생각하길, 이젠 누구도 내가 어디로 향하고 있는지 알 방법
이 전혀 없어졌겠지, 그것은, 전혀 터무니없어 보일지도 모르
지만 그래도 가능성이 없진 않아서, 즉 그가 어디로 향하는지
드러내지 않는다는 것은, 그가 추적을 당하고 있다는 것이 의
심할 여지가 없기 때문으로, 하지만 문제는 과연 그가 추적을
당하고 있는가였으니, 조만간 전부 밝혀지겠지, 라며 그는 골
목에서 자꾸 뒤를 돌아보았는데, 그리하여 그 가능성이 현실
이 될 수 있도록, 걸음을 멈춘 채 굽이 딱딱한 자신의 구두가
조용해지면서 갑자기 생겨난 고요를 뚫고 발걸음 소리가 들

---

* 건물 끝에 있는 반원형 또는 다각형 공간.

리는지 귀를 기울였으나, 아무것도 들리지 않았고 양쪽의 축축한 벽에서 불어오는 잔바람만 몸을 때렸으며, 어쨌거나 그는 저 작자가 다시 자신을 따라오는지 알아야 했기에, 천천히 골목 뒤쪽으로 조심스럽게, 구두 또각거리는 소리 때문에 다시 들키지 않도록 발끝으로 걸어, 벽 뒤에 몸을 숨긴 채 상체를 기울여 광장을 내다보았으나, 맞은편 파라솔 아래 작은 테이블에는 아무도 앉아 있지 않았고, 오히려 그는 광장 어디에도 없었고, 사라졌고 흡수되었고 증발했다고, 그는 스스로에게 말하며 조금 더 그곳에 머무르다, 간이 콩알만 해지지 않은 채 작은 갈림길을 건널 수 있었는데—그가 한동안 생각하길, 분홍 셔츠가 어느 때라도 그의 앞에 튀어나와 이 작은 갈림길 중 어느 곳에서든 그를 놀래킬 수 있을 것 같았으나—한 갈림길을 지나면 곧장 다음 갈림길이 나왔고 그런 사건은 전혀 일어나지 않았기에, 그는 서서히 차분해지기 시작했으며, 걸음을 멈추어 귀를 기울이고는, 몸을 돌려 캄포 데이 프라리 쪽으로 돌아갔다가, 광장이 전과 똑같은 상태인 것을, 즉 인적이 하나도 없는 것을 보고서, 이제 스쿠올라 그란데 디 산 로코로 이어지는 자신의 골목으로 자신 있게 들어설 용기가 생겼으니, 그곳이 바로 그의 목적지로, 살리차다 산 로코의 끝에 이르자 이젠 길이 아까만큼 좁아 보이지 않았는데, 아까는 걷는 사람이 아무도 없었으나 이제는 그가 골목에 들어서자반대 방향으로, 산 로코에서 프라리 방향으로, 즉 그와 반대 방

향으로 다가오는 행인이 몇 명 보였으니, 어쨌든 간간이 행인
이 지나갈 때마다, 이 몇 건의 조우는 마치 누군가 그의 어깨
를 흔들며, 잠에서 깨라고, 다 끝났다고, 악몽이었을 뿐이라
고, 걱정 말라고 말하는 것 같았던바, 그것이 캄포 데이 산 로
코에 도착하여 작은 광장이 햇빛으로 가득한 것을 보았을 때
그의 기분이었으며, 오른편에는 경이로운 스쿠올라 그란데 디
산 로코가 서 있었으니, 이 설계에 대해서는 바르톨로메오 본
이라는 이름의 건축 장인에게 공을 돌릴 수 있으나, 건물 전
체—말하자면 모든 영광을 온전히 누리는 산 로코 전체—에
대해서는 산테 롬바르도와 안토니오 스카르파니노에게 감사
해야 하는바, 1549년 이후에 잔자코모 데이 그리지에게 남은
일은 마무리밖에 없었으니, 그것은 건축물에 미처 누락된 장
식을 제작하는 것으로, 그리하여 건물은 방문객 앞에 모든 아
름다움을 찬란히 드러내며 서 있을 수 있었으며, 오늘 그의 앞
에서도 마찬가지여서, 그는 건물이 바라보이는 구역의 철문으
로 다짜고짜 다가가 가만히 서서, 모든 베네치아 관광객의 견
해에 따르면 가장 숭고하고 완벽한 건축 개념에 부응하는 이
창조물을 보기 위해 몸을 돌렸으니, 그가 경이로움에만 빠져
든 것이 아니라—처음 여기 왔을 때 이미 이곳을 보고서 놀랐
기에—자신의 기억도 떠오른 것은, 그것이, 말하자면 이것에
대한 것이기도 했기 때문으로, 그가 베네치아에 온 것은 이 때
문이었고, 이 건물 하나를 위해서였고, 그가 처음 여기 왔을

때 그 실내에서 어찌나 압도되었던지 사실 전율이 일었기 때문이었으며, 그는 햇빛을 받으며 서서 산 로코의 근사한 파사드를 바라보았으나 그의 시선은 자꾸만 입구로 향했는데, 그는 일전에 실내로 들어갈 때처럼 입구 안쪽으로 발을 디디려다, 지금은 아니라고, 마음을 다잡고는, 지금은, 당분간은 숨을 고르고 방금 전의 끔찍한 꿈에서 벗어나 이 악몽 같은 추격전을 머릿속에서 몰아내야 했으니, 실은, 이곳에서 그것을 바라보며 그가 생각하길—시에스타가 끝나고 작은 광장의 입구와 출구 사이 여기저기에 북적거리는 소규모 인파 가운데에서—그가 펜션 문간을 나서자마자 누군가 그를 쫓기 시작했을 가능성은 전무했으니, 분홍색 셔츠를 입은 작자에 대해, 몸이 S자로 기이하게 굽고 무릎이 후들거리고 머리가 앞쪽으로 달랑거리는, 우스꽝스럽게 껑충한 그 작자에 대해 어떻게 그런 상상을 할 수 있었는지, 하물며 그 작자가 그를 노렸다니, 그건 도무지 말이 안 된다고 그가 판단한 것은, 대체 베네치아에서 그를 찾으려는 사람이 누가 있겠는가, 아는 사람 하나 없는 이곳에서 수만 명의 관광객 중 그를, 베네치아는 고사하고 이탈리아를 통틀어 지인 하나 없는 그를 대관절 무슨 이유로 찾는단 말인가, 게다가 그는 이른바 환각적 쾌락을 추구하여 피상적이고 솔직히 한심한 환희에 자신을 내맡기려고 거듭거듭 이곳에 돌아오는 사람도 아니었고—어떤 면에서도 그런 치들과 같지 않은데도!?—사실 그는 베네치아를 진정으로 흠모하지도 않아서, 그로 말할 것 같으면 베네치아는 여성을 너무도 연상시켰으니, 그가 보기에 베네치아에는 일종의 지나치게 여성적인 망상과 기만이 스며 있어서, 아니, 이 도시는 그의 취향이 아닌바, 물론 이곳이 참으로 아름답다는 것을, 카도로에서 산 조반니 에 파올로까지, 산 마르코에서 아카데미아까지, 조르조네 호텔에서 라 페니체까지 이 신기한 도시에는, 베네치아에는 비할 바 없는 아름다움이 있음을 부정할 수는 없지만, 흠모는 그의 몫이 아니어서, 그는 베네치아를 사랑하지 않았고 오히려 두려워했으며, 희생자에게 올가미를 씌우는 사악하고 교활한 작자를 두려워하듯 두려워했으니, 그 작자는 희생자를 홀려 결국 모든 힘을 빨아들이고 가진 것을 모조리 빼앗고는, 운하 둑 위 어딘가에 넝마처럼 던져버릴 터였으니, 그렇다, 이것이야말로 지금 이 터무니없는 상황을 바라보는 그의 심정이었으며, 그는 이곳에 자주 온 것도 아니어서, 기나긴 인생을 통틀어 여기 온 것은 두 번뿐이며, 지금은, 자신의 두려움에 미소를 띠며 그가 생각하길, 이 얼마나 정신 나간, 무시무시한, 아마도 과도하게, 이런 표현을 써도 된다면, 허황한 출발인가, 이만하면 운이 좋다며, 군중 속에서 완전히 한시름 놓은 채 그가 자신에게 덧붙이길, 카포스카리나 팔라초 두칼레에도, 어디에도 갈 필요가 없으니, 여기를 벗어날 필요가 없으니 얼마나 다행인가, 바포레토 수상 버스는 그다지 당기지 않아 호주머니를 털지 않아도 되었으며, 그가 원한다면 산 로코 말고는 베네치아에서 아무것도 볼 필요가 없었으니—오직 단 하나를 보기 위해 그는 이곳에 찾아왔으며, 그것을 방문하는 것은 그의 평범하고 무의미하고 초라하고 피상적인 삶 전부보다 그에게 더 중요했다.

그가 티치아노부터 시작한 것은, 무엇보다 카발카살레가 그랬고, 그 뒤에 피셸과 베런슨이 단호하게, 그 뒤에 수이다가 망설이면서, 마지막으로 1955년에 콜레티라는 연구자가 이 그림의 작가가 다름 아닌 티치아노라는 확고한 결론에 도달했기 때문이나, 이 귀속을, 설령 이 단어가 여기 해당하더라도 받아들이는 것은 이후에 뒤따른 것들을 받아들이는 것 못지않게 힘든 일이니, 무엇보다 오늘날의 관점에서 보면 여기 적용된 원칙들은 그 뒤에 언급된 것들만큼이나 근거가 박약한 즉, 어쨌거나 피냐티 씨가 등장하여 단언하기로는—정확히 두 번, 1955년과 1978년에—이 그림을 티치아노가 그렸다고 보는 견해는 모두 오류이니, 채색한 표면을 분석하고 색상 활용의 돌체차, 즉 감미로움을 보건대 이 캔버스의 주인으로 인정받을 수 있는 사람은 조르조네 화파가 틀림없다고 말했으나, 이 견해는 놀라운 것만큼이나 요령부득이어서, 그는, 조르조네는 당시에 종교 화가로 간주되지 않았고 성례적 주제에 대한 그의 회화는 하나도 남아 있지 않으며, 그런 모티프의 그림 중에서 그가 그렸다고 알려진 유일한 작품인 「카스텔프란코 마돈나」는 아마테오 콘스탄초가 아들 마테오의 장례를 위해 이 수수께끼 같은 천재에게 의뢰한 것으로, 한마디로 이 그림을 누가 그렸느냐는 질문을 둘러싼 것은 순전한 혼란이었으니, 이 혼란이 마침내 정점에 도달한 것은 1988년 상호 보완적인 가설 전쟁이 발발했을 때로, 이 전쟁을 시작한 인물인 마우로 루코가 말하듯, 존경하는 신사 숙녀 여러분, 유감스럽습니다만 저 그림은 조반니 벨리니의 붓에서 탄생한 것이 거의 확실합니다, 이 그림을 브장송 미술관에서 볼 수 있는 「술 취한 노아」와 나란히 놓고 비교해봅시다, 이런 뒤에도 논쟁은 그치지 않아서, 미셸 라클로트가 등장하여 짧은 집게손가락으로 「크리스토 모르토 넬 세폴크로」를 가리키며 "벨리니"라고 말했고, 그 뒤에 안키세 템페스티니가, 마지막으로 고픈 씨가 끼어들어 "벨리니"라고 말하길, 매표구 뒤 탁자에 전시된 터무니없는 저질 엽서처럼 말하면서, 어떤 토론도 없이 맨 뒤에 작은 물음표조차 붙이지 않은 채 위대한 벨리니를 명토 박았으나, 당시에 학자들이 참고할 수 있었던 저명한 한스 벨팅의 전문가적 의견은 그러지 않았던바, 벨팅은 해당 그림의 작가가 티치아노라는 사실이 자명하다고 여겼으며, 게다가 어떤 논증도 펼치지 않은 채 '티치아노의 그림'이라고만 언급한 유일한 인물이었기에 이 문제가 오리무중에 빠질 수도 있었으나, (꽤 많은 벨리니 지지자가 있는) 콘프라테르니타(운영 위원회)가 이 문제를 최종적으로 종결하여 조반니 벨리니를 그림의 작가로 단언했으니, 이 이후로는 아무도 다시는 이의를 제기하지 않았고 문제는 일단락된 듯 보였으며, 이런 상호 배타적인 귀속의 분위기에서는 얼마든지 그랬을 뻔했으나, 콘프라테르니타의 미술사가 아녜세 키아리 박사는 산 로코의 이 귀중품에 대해 무언가 석연찮은 점이 있어서 이것을 파티마 테르초 박사에게 언급했고, 그녀는 새천년 들머리에 반카 인테사 은행 비첸차 지사에서, 즉 팔라초 레오니 몬타나리에서 이곳으로 찾아왔던바, 온갖 감각적인 틴토레토 작품들 가운데 여기 색다른 무언가가 있어요, 전체 크기가 56×81센티미터를 넘지 않는 작은 그림으로, 벨팅의 의견대로 이마고 피에타티스 전통에 속한 것이 분명하며 그렇기에 비잔틴 유산으로 거슬러 올라가는데, 상태가 하도 열악해서 약간의 손질이 필요해요, 키아리 박사가 (은행의 모든 문화 관련 사안을 책임진) 테르초 박사에게 의미심장한 시선을 던지며, 그녀가 더 정숙한 환경에서, 2층 오른쪽 작은 회의실에서 여기에 전시된 것을 볼 수 있도록 준비하고는 순진무구한 얼굴로 재차 말하길, 약간 복원하는 것도 괜찮겠지요, 무척 아름답거든요, 그렇지 않나요, 라고 물으며, 회의실 좁은 공간에서 작품에 덮인 천을 그녀의 손님 앞에서 떨구자, 아름다워요, 테르초 박사가 그림을 보고서 놀라 대답했으며, 그 뒤로 더 왈가왈부하지 않은 채 그림은 장인 에지디오 아를란고의 손에 들어가 언제나처럼 위험천만한 복원 작업이 시작되었는데, 그 주목적은, 아녜세 키아리와 스쿠올라 그란데 아르치콘프라테르니타 디 산 로코 측에서 보

기에 그림의 명백한 부식 과정을 중단시켜 물리적으로 안정
화하는 것이라고, 키아리 박사가 콘프라테르니타 표결 토론
회에서 위원들에게 선언한 것은, 정말로 작품의 위아래 부분
에서, 캔버스가 액자에 고정되어 가장 팽팽한 부분에서 심각
한 손상이 관찰되고 심지어 맨눈으로도 보이기 때문으로, 이
제 아를란고 씨가 돋보기로 더 면밀히 살펴보면서 정확히 어
디에 가장 심각한 문제가 있고 어떤 성격의 문제인지 파악한
바, 아무 조치도 취하지 않으면 작품이 몇 년 안에 이 지점들
에서 갈라지기 시작하여 칠이 떨어져 나가고 그리하여 오랜
지연으로 인한 손상을 돌이키지 못할 수도 있음이 분명해졌
으나, 아를란고 씨의 복원 공방에서는 다른 문제들도 찾아낸
바, 여기서는 색이 바랬고 저기서는 가시 면류관의 윤곽이 지
워졌고 머리 양쪽의 그리스어 두문자가 희미해졌고 전반적으
로 거무튀튀하고 균일해 보이는 배경 자체에서도 수없이 갈라
진 틈들이 아를란고 씨의 손길을 갈구했기에, 물론 반카 인테
사, 아를란고 씨, 아녜세 키아리 박사 모두의 부인할 수 없는
최우선 목표는 작품을 수선하여 더는 부식하지 않도록 하는
것이었으나, 그들 모두에게는, 특히 이 야심찬 미술사가에게
는 훨씬 깊숙이 숨겨진 목표가 있었으니, 그것은 알아내는 것,
즉 누가 진짜 작가인지를 복원의 수단을 통해 판단하는 것이
었으며, 그렇게 되면 무엇보다 의심의 여지 없이 티치아노의
것이라고, 의심의 여지 없이 벨리니의 것이라고, 의심의 여지

없이 조르조네의 것이라고 말할 수 있을 것이었으며, 산 로코는 작가가 분명히 밝혀진 주요 작품을 한 점 더 소장하게 될 터였으므로, 키아리 박사는 하루가 멀다 하고 복원 공방을 찾아가 묻길, 조르조네인가요? 티치아노예요? 조반니 벨리니라고요?—하지만 아를란고 씨는 오랫동안 대답하지 않았으며, 게다가 짓뭉개진 얼굴의 아를란고 씨는 매우 무뚝뚝한 성품인바, 그것은 아마도 신체적 기형 때문일 수도 있고 다른 이유 때문일 수도 있는데, 그는 유머라고는 찾아볼 수 없고 불친절하고 뚱하며 외부인이 자신의 공방에 들어오는 것을 싫어하는 위인으로, 누가 질문을 해도 짬을 내어 답해주지 않고 필요성이 있을 때만 입을 열었던바, 이 경우에 필요성이 전혀 없었던 것은 아무것도 결정된 것이 없었기 때문이니, 대체 어떻게 무어라도 결정할 수 있었겠는가, 그들은 그림을 모든 각도에서 최대한 신중을 기하여 촬영하고는, 캔버스를 액자에서 떼어낸 다음—심지어 떼어내는 방법을 정하는 데만도 일주일이 걸렸으며—액자 자체를 검사했는데, 키아리 박사는 아를란고 씨를 전혀 다른 수법으로 상대해야겠다는 것을, 그가 방해받지 않고 일하도록 내버려두고 방문 횟수를 줄이는 게 낫겠다는 것을 깨달았으며, 사실 그녀는 언제 다시 오면 좋겠느냐고 조언을 청했는데, 그러자 아를란고 씨는 뚱한 얼굴에 한껏 미소를 지은 채 기쁘게 답하길, 1년 뒤에 오시오, 그러고는 키아리 박사로부터 홱 돌아서서 다른 작업에 착수했으니, 그녀에게 등을 돌린 채 작은 끌로 액자 지지대를 깎기 시작한 그는 방금 전의 해맑은 미소를 거두고 짓궂은 미소를 오랫동안 지으며 누런 이를 드러냈는데, 이 미소가 어찌나 오래 지속되고 이 유별난 유쾌함이 그의 뚱한 얼굴에 어찌나 사실상 달라붙었던지, 끌로 액자를 깎는 소리 위로 누군가 공방에서 나가 조용히 문을 닫는 소리가 들렸을 때에야, 니코틴 악취를 풍기는 누런 이는 아를란고 씨의 짓뭉개진 이목구비의 갈라진 입술 아래로 사라졌다.

아를란고 씨는 모두의 예상을 뒤엎고 그림이 첫눈에 추측한 것과 달리 상태가 전혀 열악하지 않았다고 말할 수도 있었고, 그것은 이 그림이 오륙십 년 전에 이미 복원된 적이 있기 때문이라고 말할 수도 있었는데, 만일 아를란고 씨 부류의 말마따나 이 초기 복원 작업이 속물적이고 무책임했을 수는 있겠지만, 그럼에도 도움이, 매우 도움이 된 것은, 원래 캔버스를 다른 캔버스에 덧대어 펼쳐 이렇게 보강된 그림을 액자에 얹었기 때문이기는 하나, 그들은 세 가지 용납할 수 없는 절차를 동원했던바, 첫째, 아를란고 씨가 혼잣말로 투덜거리길, 그들은 칠이 갈라져 캔버스에서 떨어져 나오는 것을 고려하지 않았고, 둘째—그가 손가락으로 헤아리며—그들은 우리 주 그리스도의 오른쪽 눈썹과 우리 주 그리스도의 머리카락, 우리 주 그리스도의 어깨를 가필, 아니 새로 칠했으며, 셋째, 그가 엄지손가락, 집게손가락, 가운뎃손가락을 쥐어 분노로 꽉 누른 채, 그들이 그림 표면을 싸구려 쓰레기로, 웬 래커 같은 성분으로 문지른 바람에 시간이 지나면서 도료가 산화되고 황화되었으며 그와 더불어 그림의 운명이 결정된 것은, 이것이 그림의 대부분을 망쳤을 뿐 아니라, 더 정확히 말하자면— 그가 말소리에 점점 힘을 주어 공기를 때리며—그림의 원래 효과를 '왜곡'하고 그림 자체를 난도질하여 마침내 파괴한 것은, 이 때문에 작품 전체가 달라졌기 때문으로, 이것이 복원가 입장에서는 용서할 수 없는 만행인 것이, 그의 임무는 원래 창조물의 정신을 작품에 돌려놓는 것이기 때문이나, 이자들은, 아를란고 씨가 체념한 듯 손짓하며, 복원가일 리가 없는데, 복원가라면 그런 짓은 결코 하지 않을 것이고, 이런 수법은 아마추어나 딜레탕트 미술 초보자나 쓰는 것이었던바, 이 단어—딜레탕트 미술 초보자—를 발음하면서 아를란고 씨의 마음이 가라앉은 것은, 작업 과정에서 딜레탕트를 맞닥뜨리면, 자신의 판단을 밝히고 그들을 딜레탕트라고 부르면 그걸로 족했기 때문으로, 그는 더 왈가왈부할 것 없이 (만일 아직도 가능하다면) 그들이 해코지를 못 하도록 할 수만 있으면 이 문제로 골머리 썩이지 않았으며, 지금 같은 때에는 깊은 집중에 빠져들어 몇 시간이고 그림을 쳐다보며, 무엇을 해야 할지, 어떤 작업을 실시해야 할지, 어떤 순서로 진행해야 할지, 어떤 재료를 써야 할지, 어떤 검사를 시행해야 할지 생각한 뒤에—작업에 착수했으며, 그런 때에 그를 방해하는 것이 바람직하지 않은 것은, 전반적으로 그런 상황에서 그를 방해하는 것이 바람직하지 않기 때문임은, 아녜세 키아리 박사가 몸소 경험한 바이니, 그리하여 그녀는 공방에서 무슨 일이 벌어지는지 알 수 없었고, 검사에 대해, 어떤 재료를, 어떤 작업 방식을 쓰는지에 대해, 어떤 순서로 진행하는지에 대해 아무것도 몰랐으므로—그날이 찾아왔을 때, 말하자면 검사가 시작되어 그림이 특수 엑스선 기계의 조명 아래 놓였을 때 결과가 하도 뜻밖이어서 아를란고 씨조차도 의뢰인에게 알리지 않을 도리가 없었던바, 그는 무엇이 관건인지 알았고, 그것—말하자면, 누가 작가인지 확정하는 것—은 지엽적인 문제일 리 없었으나, 그림을 꼼꼼히 들여다보니, 소묘의 솜씨와 세부 묘사의 수준 차이를 보건대 작품은 미술가 한 명이 아니라 두 명이 공들인 결과임이 분명했지만, 그 자신이 적잖이 놀란 것은—엑스선 필름을 들여다보면서 겹겹이 칠한 안료와 밑칠과 제소의 차이를 구별하여 그 수준과 상태와 종류를 파악하려던 와중에—나무판 위에 16세기의 흔한 양식으로 서명된 이름이 흘낏 보였기 때문으로, 서명은 의도적으로—어쨌거나 채색이 시작되기 전에—그림으로 덮인 자리에 쓰였는데, 이에 그는 더는 머뭇거리지 않고 콘프라테르니타에 사람을 보내어 통보하길, 그림에 그들에게 보여줄 중요한 것이 있다고 통보했으니, 아녜세 키아리 박사가 산 로코에서 다시 한번 찾아오자, 아를란고 씨는 그저 그림을 엑스선 장치 뒤에 놓고 손님을 작업실 밖으로 내쫓고는, 손에 쥔 원격 조종 장치를 누르고 나서 블라인드를 걷은 뒤에야, 복도에서 기다리던 손님을 불러들여 의자에 앉혔으나, 아무 말도 하지 않고, 단 한 마디도 하지 않은 채 공방 창문을 가로질러 팽팽하게 맨 줄에 걸려 있던 엑스선 필름을 낚아채어 그녀에게 건네고는, 말없이 작업대로 물러나 마치 다시 무언가를 깎는 시늉을 하면서도 그러는 내내 고객을 훔쳐보고 있었는데, 그녀는 한참 침묵한 채 그림을 바라보다, 의자에서 일어나 조명 아래서 더 잘 보려고 가까이 다가갔지만, 의심할 여지 없이 엑스선 필름의 왼쪽 위 가장자리에는 빅토르라는 이름이, 반대쪽에는 벨리나스라는 이름이 또렷하게 쓰여 있었으며, 키아리 박사가 멍하니 바라볼 뿐 자신이 보는 것을 믿고 싶지 않았던 것은 그럴 리가 없었기 때문으로, 그녀는 그저 바라보았고 이름을 바라보았으며, 그녀의 시선은 한 번은 빅토르에, 한 번은 벨리나스에 고정되었는데, 이 이름 모를 나부랭이가 그렸다는 것은 도무지…… 상상도 할 수 없는 일이었고 아무도 그녀를 믿지 않을 터였으며 산 로코 위원회는 더더욱 그럴 터였으니, 모두가 숨죽여 기다리는 그녀의 엄숙한 선언은, 친애하는 동료 여러분, 모든 의심을 일소하고 이 작품의 작가는 티치아노로 판명되었습니다, 라거나 친애하는 동료 여러분, 이제 이 그림을 조르조네가 그렸다는 것에는 한 점 의혹도 없습니다, 라거나 기쁜 마음으로 알려드리는바, 우리 조사의 결과로 이 남다른 작품의 창작자는 더는 불분명한 인물이 아니니, 작가는 다름 아닌 조반니 벨리니로 입증되었습니다, 라는 것일 테지만―다만 딴 사람이라는 게 문제지, 라고 아녜세 키아리가 혼자서 생각하다, 놀란 채로, 다시 의자에 앉는 게 낫겠다고 생각한 것은, 빅토르 벨리나스라는 이름이 마침내 똑똑히 눈에 들어왔기 때문으로, 그는 다름 아닌 벨리니의―위대한 벨리니, 조반니의―가장 끈기 있는 조수로, 그에 대해―키아리 박사가 기억을 더듬으며―우리는 아는 게 거의 없었고, 그는 하등 중요하지 않은 인물이었는데, 물론 그가 그린 것으로 볼 수 있는 그림이 한두 점 있어서, 베르가모의 카라라 미술관에 있는 「크로치피소 아도라토 다 운 데보토」와 어쩌면 그 밖에도 몇 점, 그리고 어떤 그림에 대한, 아마도 두 젊은이를 그린 그림에 대한 더 선명한 기억이 키아리 박사의 머릿속에 나타났으나, 사실 그는 화가로서가 아니라 오로지 화가의 조수로 알려졌으며, 벨리니가 그에게 재산의 일부를 남긴 것은 아내를 잃고 자식을 여읜 뒤의 일로, 그는 다시는 결혼하지 않았고 후계자도 없었으며, 형 젠틸레와는 사이가 좋지 않았고 아버지 야코포와는 더욱 좋지 않았다는 것은 당시에 다들 아는 사실이었기에, 이 충직하고 성실하고 믿음직한 조수를, 본디 이름으로는 비토레 디 마테오를 입양하는 것은 더없이 적절해 보였을 것이어서, 그를 손자로 입양하여 자신이 떠난 뒤에 남은 것 중에서 가장 귀한 것, 즉 벨리니가 죽은 1516년 베네치아에서 가장 이름난 공방으

로 꼽히던 공방을 물려주었으니, 이 공방은 베네치아에서 가
장 유명한 화가의 제자에게 주요 자산으로 유증되었으며, 그
와 더불어, 아녜세 키아리가 혼자서 생각하길―이제 보니 미
완성작 한두 점이 있었을 텐데, 그녀는 이제 자리에서 일어나
복원 장인이 최대한 무심한 체하며 나무를 깎는 동안 다시 그
림 쪽으로 가서 더 샅샅이 들여다보다가, 우연찮게도 공방장
이 애초에 도달한 것과 같은 난데없는 결론에 도달했으니, 그
녀가 한눈에 보기에도 그림의 머리가 나머지 부분과 어딘지
달라서, 머리만 놓고 보면 더없이 아름다웠으나 나머지 모든
부위는 완전히 다른, 훨씬 열등한 솜씨로 그린 듯했던바, 그것
은 번득 지나가는 생각이었으나, 아녜세 키아리는 머리가 벨
리니의 것이고 나머지는 벨리니를 기려 벨리니아노라고 불린
비토레 디 마테오가 자신의 위대한 멘토 사후에 자신의 깜냥
대로 완성했음을 불현듯 깨달은바, 그의 재능은 형편없지는
않았어도 머리 제작자의 천재성에는 비길 수 있을 리 만무했
기에, 산 로코의 사절 키아리 박사는 거기 서서 어찌할 바를
몰랐으니, 이 돼먹잖은 아를란고 씨에게 말을 걸어 의견을 물
어야 하나―뭐하러?―그녀가 이 생각을 떨쳐버린 것은, 산
로코 콘프라테르니타 위원회를 설득하여 이 황당한 결론을
수긍하게 하고, 사건의 전말이 여기 살아 있는 현 세대가 인정
할 법한 것보다 좀 더 복잡하다는 사실을 받아들이게 하면 충
분할 것이기 때문으로, 말하자면 그림은 완벽합니다, 엑스선

필름에서 확대한 부분을 열정적으로 들어올리고 또 들어올리며 아녜세 키아리가 위원회 앞에서 설명하길, 완벽하다는 단어의 모든 의미에 비추어 완벽한 것은, 그녀가 말하길, 어떤 면에서는 아를랑고 명인이 필요한 화학 검사를 마치고 어떤 용제를 혼합하여 미지의 딜레탕트 작업자가 바른 '보호용 래커'를 지우자 이제 그림이 본연의 완벽함으로, 원래의 모습대로 빛나기 때문이나, 우리가 의심의 그림자를 넘어서 누가 이 그림을 그렸는지 확실히 안다는 점에서도 완벽합니다, 이 시점에 위원들이 의미심장한 눈빛을 주고받으며 기대감에 가득 찬 눈빛으로 이 미술사가를 바라보았는데, 만일 그들이 그녀의 말을 듣고서 명백히 만족하지 않았다면 그 이유는 다음과 같으니, 그래서 벨리니야—벨리니가 아니야?—그들이 서로에게 묻기로는, 자넨 이해가 되나? 질문이 오가고, 나는 모르겠는걸, 여기저기서 대답이 들려오자, 키아리 박사는 위원들로 하여금 진실을 받아들이도록 하는 것이 얼마나 힘든지 실감하며 반복하고 또 반복하길, 머리는, 그녀의 목소리가 의기양양하게 회의실을 울리며—벨리니가 그린 거예요, 하지만 그림은, 그녀가 말을 이으며, 여러 손으로부터 탄생했죠, 가설을 세워보자면 이 벨리니아노라는 사람은 자신이 물려받은 공방을 둘러보다가 스승이 그리다 만 캔버스 가운데에서 이 경이로운 머리를 발견하여, 현명하게도 자신이 거기 있을 수도 있고 없을 수도 있도록—마침내 스승의 그림자에서 벗어나 자신의 이름을 쓰는 것을 감당할 수 없었지만 쓰지 않는 것도 감당할 수 없었기에—자신의 이름을 쓰되, 머리의 왼쪽과 오른쪽 가장자리에 각각 쓰고는 덧칠을 하여, 말하자면 모든 것을 감췄으니, 이것을 벨리니 작품으로 팔면 언제 어디서나 거액을 받을 수 있지만, 벨리니의 미완성작, 실은 벨리니가 시작했다고 말하기도 민망한 작품의 경우는—머리 말고 나머지는 전부 자신이 그렸다고 털어놓는다면, 말할 나위도 없거니와—동전 몇 푼밖에는 아무것도 얻지 못하리라는 것을 잘 알았기에, 그는 나머지 부분을 최대한 공들여 그렸으며, 머리 양편의 그리스어 글자 세 개, 벌거벗은 몸통, 어깨, 그림 앞에서 포갠 두 손을 그리고, 이 모든 것의 배경을 어둡게 칠해, 얼굴이, 그 매혹적인 힘을 그 자신은 결코 불러일으키지 못했을 그 얼굴이 어둠 속에서 불쑥, 경계 없이 매끄럽게 나타나게 했으니, 이런 일이 일어난 것은 분명하기에—키아리 박사가 위원들에게 보고하길—끝없는 설왕설래에 마침내 종지부를 찍을 수 있습니다, 이에 위원들은 조금 어리둥절한 채 고개를 끄덕이며 이 미술사가가 권고한 모든 것에 동의한바, 즉 그림을 알베르고 전시실의 케케묵은 구석에 세워두지 말고 대전시실의 잘 보이는 곳에 받침대를 세워 올려놓아야 하며 관련 논문을 써야 한다는 것이었으니, 그들이 전적으로 확신할 수 있는 사실은—아녜세 키아리가 동료들에게 장담하길—미술사가들이, 전에는 그러지 않았더라도 이제는 이 그림에 주목하리라는 것이므로, 위대한 작가에 걸맞은 모든 예우를 다해 진열하여 스포트라이트를 비추면 산 로코라는 이름이 더더욱 빛나는 것을 보게 되리니, 이것은 비토레라는 작가와 관련하여 그들이 찾아낼 수 있었던 한낱 오래된 작품이 아닌즉, 내 말 명심하라며 키아리 박사가 되풀이하길, 모두가 이 얘길 할 거예요, 하지만 이것이 키아리의 터무니없는 착각이었던 것은, 조반나 네피 시레라는 무명의 미술사가가 쓴 도합 몇 줄의 소개글이 복원가 업계지에 실린 것이 고작이어서, 모든 것이《레스티투치오니 2000》의 페이지 안에 갇혔기 때문으로, 이 잡지의 독자층이 매우 한정된 것을 감안하면, 정작 그 글을 읽어야 할 집단에게는 도달할 수 없어 그들은 이 발견에 대해 아무것도 몰랐으니, 템페스티니도, 고픈도, 벨팅도 몰랐으며, 마지막으로, 일반 대중은 전혀 아무것도 몰랐던바, 산 로코 앞 광장에 서서 철문 틈새로 비쳐 드는 햇빛을 받으며 그는 마침내 건물에 들어서서 그 작품을 두 번째로 보려고 예전 위치를 두리번거렸으니, 실내에서는, 1층에서, 매표구 뒤에서 판매원이 관광객을 기다리며 11년 전과 똑같이 명화에서 뽑은, 똑같은 서명이 박힌 11년 전과 똑같은 엽서를 끊임없이 정리하고 있었으니, 11년 전 그는 처음으로 여기 와서, 안에 들어와 「돌아가신 그리스도」를, 저기 2층, 넓은 층계참 왼쪽에 있는 작은 방, 알베르고 전시실의 구석, 조명 하나 닿지 않는 곳에서 홀연 맞닥뜨렸던 것이다.

그와 함께 도착한 단체 관광객들은, 실은 도심으로 돌아가고 싶어 하지 않았는데, 다들 피곤했기에, 그가 제안한 방향은 마치 뒤로 돌아가는 길처럼 보였으나 아무도 뒤로 돌아가고 싶지 않았고, 아무도 이 베네치아 여행을 끝내야 한다고 생각하지 않았고, 아직은 역으로 돌아가고 싶지 않았던바, 그들이 쉬고 싶다는 것, 그것은 사실이었으나, 긴장을 풀고 먹고 마시는 것까지 끝내고 싶지는 않았던 것은 하루 종일 걸어서 정말로 기진맥진했기 때문으로, 그가 제안하길, 어딘가의 식당에 앉기 전에 반드시, 적어도 산 로코 미술관이 아직 열려 있을 때 가봐야 한다고 말했을 때, 처음에는 일제히 길게 "아니요"라는 대답이 돌아왔고, 특히 아이들이 미술관 간다는 말에 징징거리기 시작하다 목청껏 소리를 질렀으나, 그는 산 로코에 가면 앉을 수 있다고, 안내 책자에 따르면 캄포 산 로코 광장에, 아니면 근처에 분수대가 있고, 게다가 가는 길에 맛이 끝내주는 아이스크림 가게도 있다고 말했으며, 이것으로 승기를 잡아 일행은 그의 아이디어에 솔깃하기 시작하여, 좋아, 그들이 말하길, 산 로코, 괜찮군, 하지만 이건 식당 가기 전 마지막 들르는 곳이며 분수대도 아이스크림 가게도 없으면 목을 비틀어버리겠소, 우리 말 명심하슈―그들은 흥겨웠고 베네치아의 이른바 휘황찬란한 아름다움에 취했고, 캄포 산 마르게리타 광장에는 아이스크림 가게가 있었으며, 그들은 가게에서 일제히 나와, 직선로에서 약간 벗어났으나 그늘진 곳을 찾

아, 아이스크림을 핥으려고 어떤 건물의 벽을 향해 가다가 광
장에 근사하게 생긴 레스토랑이 두 곳이나 문을 연 것을 발견
하고는, 처음에는 산 로코 미술관 아이디어를 전부 없던 걸로
하려고, 틴토레토는—그들이 온 것은 그 때문이었는데도—
단체 관광객 중 한 여인의 말마따나 우쭐대는 '뭔가'에 불과
하다며 전부 그만두자고 했으나, 그때 그들은 그가 요지부동
이고 무슨 일이 있어도 그곳에 가고 싶어 한다는 것을 알고서
그에게 제안하길, 이 캄포 산 마르게리타 광장이 너무 매혹적
이고 다들 두 레스토랑 중 한 곳에 들어가고 싶어 하니, 그가
정 가고 싶으면 가라고, 지도에 보면 산 로코 미술관은 여기서
멀지 않다고 조언했고, 실제로 멀지 않았으나, 다시 한번 그는
리오 포스카리에서 길을 잃었지만, 누군가 그를 도와 올바른
방향을 일러준 덕에, 10분도 채 지나지 않아 그는 산 로코 앞
에 서 있었는데, 광장이 하도 후덥지근해서 그는 곧장 건물 안
으로 들어가며, 재빨리 둘러보겠노라고, 틴토레토를 놓치진
않을 거라고 생각한 것은, 지금쯤 발에서 불이 나고 있었고 그
도 꽤나 배고프고 목말라서였으니, 틴토레토만이라도 봐야겠
어, 그가 결심하길, 나중에 피로 때문에 아무것도 보지 못했
다고 말해야 한다면 후회할 것이므로, 그는 안에 들어가서 유
난히 비싼 입장권을 구입했으나 미술관 안내서 챙기는 걸 깜
박한 탓에, 처음에는 이게 다인 줄, 1층뿐인 줄, 이것이 스쿠
올라 그란데 디 산 로코의 전부인 줄 알고서, 틴토레토를 찾기

시작하여 여덟 점을 찾기까지 했으나 단 하나도 그에게 전혀 감흥을 주지 못한즉, 말하자면 이 틴토레토들은 진품이 아니었고, 여기 이 하나의 크고 쌀쌀한 방에서는 썩 아름답지 않았으며, 입구의 입장권 검표원은 투덜거리고 있었고 그녀 뒤로, 탁자 몇 개 위에 이곳의 저명한 작품들을 복제한 싸구려 기념품과, 그녀 못지않게 투덜거리는 직원이 있었으니, 이래도 되는 건가, 하며 그가 생각하길, 여기에 진짜 틴토레토가 하나도 없다니 말도 안 돼, 그리하여 진짜 틴토레토가 어디 있는지 물을 요량으로 매표구로 발걸음을 돌렸을 때, 왼편에 널찍한 계단이 보였고 관광객 출입 금지 표시가 없었기에, 그는 조금 쭈뼛거리며 계단을 올라가기 시작했는데, 첫걸음은 머뭇거렸으나, 아무도 제지하지 않자 점점 대담해져서 위층에 올라섰는데, 처음부터 자신이 어디로 가는지 정확히 아는 사람처럼 올라서고서야, 자신이 바보, 동유럽 촌놈, 구제 불능 무지렁이였음을 깨달은바, 위층에서 피에트로 네그리와 안토니오 찬키의 프레스코 패널화 두 점을 보고서 이제야 올바른 장소에 왔고 이곳이야말로 그가 애초에 왔어야 할 곳임을 알아차렸으며, 그때, 이 위층에서—물론 이곳에 처음으로 온 사람들은 다 그랬듯, 그 또한 처음으로 이곳에 올라왔기에—숨 고르는 일을 깜박했음을 알아차린 것은, 눈앞의 광경이 너무나 뜻밖이었기 때문으로, 방문객을 기다리는 이 육중한 장엄함이, 황금으로 채색한 천장, 풍성하게 바른 스투코(치장 벽토), 그리고 이 모든 것의 가운데에 있는 진짜 틴토레토가 너무나 뜻밖에 그를 내리눌렀으니, 그의 강렬한 그림은 그를 세차게 후려쳤으며, 발밑 대리석 바닥의 기하학적 무늬는 물리적 아름다움으로 그를 기함케 한즉 그는 어떻게 하면 바닥을 밟지 않을까 궁리했으나 방법을 찾지 못한 채, 그의 움직임은 오로지 이 목표에 따라 이루어졌으며, 그는 마치 끊임없이 현기증이 나는 양 여전히 어리둥절했는데, 정말로 현기증이 났으니, 처음에는 대리석 바닥을 디딜 때 마치 자신이 이 걸음을 내디딜 자격이 없는 사람처럼 디뎠으며, 처음에는 한참 동안 감히 천장을 올려다보지도 못한 것은 균형을 잃을 것 같아서였으니, 하느님 맙소사, 그가 한숨을 내쉬며, 천천히 이리저리 미끄러지기 시작하면서도 어디서 시작할지 무엇부터 시작할지 전혀 감이 오지 않은 것은, 진품인, 하지만 어마어마한 이 틴토레토들을 어떻게 해야 하나, 창문에 달라붙은 이 눈부신 빛을 어떻게 해야 하나, 이 빛 속에서는 그에겐 볼 자격이 없는 것들이 그에게 펼쳐지는데, 라고 그는 생각하며 심란한 채 다시 발을 내밀어 맞은편 벽으로 가서, 접었다 펼 수 있는 불편한 현대식 의자에 잽싸게 앉았는데, 의자는 벽의 긴 양쪽을 따라 일렬로 놓여 있었고 그제야 그는 조금 마음을 추스를 수 있었으나, 그때 전시실 뒤쪽에서 경비원이 그를 향해 성큼성큼 다가와 의자 뒤에 있는 무언가를 가리켰으니, 창문 아래 1미터쯤 되는 곳에, 근사하게 조각된 장식에 꽂힌 채 무슨 종이가 벽에 붙어 있었는데, 경비원이 이것을 가리키며 이탈리아어로 뭐라고 중얼거렸으나, 그는 한마디도 알아듣지 못하다가, 마침내 그가 그의 손에 쥐여준 종이 한 장에는 영어로도 쓰여 있었으니, 앉지 마시오!, 고개를 끄덕이며 그는 벌떡 일어나 아무것도, 애초에 의자들이 왜 거기 있었느냐고도 묻지 않고 천천히 창가로 걸어갔으나, 여전히 햇살에 눈이 부셔 거대한 틴토레토 작품들을 보기조차 힘들었으며, 결국 옆으로 비켜 다시 한번 천천히 미끄러지듯 나아가기 시작했던바, 여기서는 천장을 보며 입을 벌리고 저기서는 틴토레토에 경탄하며 그렇게 나아가면서, 이 으리으리한 전시실에서 그에게 경이로우면서도 너무나 부담스러운 이런 풍요로움이 가능이나 한 것인지 상상할 수조차 없었던 것은 너무 벅찼기 때문으로, 이 풍성한 아름다움과 호사에 어찌나 짓눌렸던지 전시실 끝에서 열린 문을 발견했을 때 그는 오히려 안도감이 들었으니, 문은 작은 곁방으로 통해 있었고, 그가 다급히 들어선 것은, 이곳은 덜 장엄할 것이고 필시 경비원의 눈초리를 덜 받아도 될 것이라고 짐작했기 때문으로, 경비원은—그가 보기에 그는, 감히 의자에 앉은 것으로 보건대 무슨 짓이든 저지를 수 있는 유일한 방문객이었으므로—언제까지나 그를 가로막고 사실상 졸졸 따라다니며 그를 한시도 평화롭게 내버려두지 않았는데, 물론 경비원은 그를 보고 있지 않는 척하면서도, 그가 무엇을 하는지 염탐하려고 작은 곁방의 문에 뻔질나게 돌아왔으나, 그가 무엇을 할 수 있었겠는가, 그가 스스로에게 물었 듯, 벽을 따라 거대한 그림들 앞으로 꼼지락꼼지락 나아가는 것이 고작인 것을, 그는 최대한 얼른 미술관과 작별할 작정으 로 전시실에서 나갈 참이었는데 ― 미술관 경비원은 그에게 벽 찼으며 미술관 전체도 실로 그러했으니 ― 그는 이제 정말로 쉬 어야 했고, 이 모든 비할 바 없으나 복잡한 장관과 위엄으로부 터 벗어나 쉬어야 했으며, 그리하여 그가 작은 전시실에서 큰 전시실로 돌아가려는 찰나, 구석에 그림 받침대가 세워져 있 되 마치 대수롭지 않은 물건인 듯 처박혀 있었고 받침대에는 작은 그림이 놓여 있었는데, 그의 시선이 우연히 그 그림에 닿 자 그는 자신을 다시 쳐다보고 있는 경비원을 안심시키려고 점잖게 뒤로 물러서서는, 버젓한 미술관 애호가처럼, 또는 적 어도 버젓한 미술관 애호가라면 마땅히 그래야 하리라고 자 신이 상상하는 것처럼 그림 앞에 섰는데, 그의 앞에 놓인 작은 그림은 반쯤 벌거벗은 그리스도를 묘사한 것으로, 머리는 한 쪽으로 살며시 기울어져 있고 얼굴에는 끝 모를 피안적 평안 이 깃들어 있었으며, 자세는 누워 있는지 서 있는지 판단할 수 없었고, 어느 쪽이든 복부 위 어딘가에서 두 손을 포갰는데, 손의 상처에서는 조금 서툴게 그린 피가 흘러내렸으나 얼굴에 는 고통의 흔적이 하나도 없는 매우 특이한 초상이었으니, 금 빛으로 빛나는 그리스도의 머리카락이 곱슬거리며 가녀린 어 깨에 늘어졌고, 다시 또다시 저 온유와 체념이 느껴진 것은 ―

그가 제일 먼저 발견한 것이 이것인데, 모든 고요와 평안과 대조적으로 말로 표현할 수 없는 깊은 쓸쓸함이 얼굴에 감돌았기 때문으로—이미지 전체가, 마치 가장 깊은 밤중에 빛나는 황금처럼 어둠 속에서 빛났던바, 그는 이 낯선 그리스도를 바라보고 또 바라보았으며 고개를 돌릴 수 없었으니, 더는 경비원이 신경 쓰이지 않았는데, 그는 단지 안을 엿보는 게 아니라 가장 명백한 의심의 표정으로 문간에 서서, 그가 다른 방에서 의자에 저지른 것과 같은 만행을 또 저지를까봐 감시하고 있었으나, 이런 상황이 벌어졌음에도, 그는 이젠 그가 보이지 않았고 경비원이 자신을 지켜보고 있다는 것을 알아차리지도 못했으며, 그가 아무것도 보지 못한 것은, 그리스도의 눈을 보면서 이 그리스도가 그토록 독특하면서도 그의 온 눈길을 사로잡는 이유를 고민하고 있었기 때문으로, 최면을 거는 듯한 두 눈을 그가 들여다본 것은 다른 도리가 없었기 때문인데, 저 그림, 이 이마고 피에타티스적인 그리스도상이 그에게 최면을 걸어, 그는 자료를 찾으려 했으나 참고할 만한 설명은 어디에도, 그림 아래에도 받침대 위에도, 그가 마주 선 벽에도 화가나 주제에 대한 설명은 어디에도 없었던바, 그들이 이 그리스도의 토르소를 구석의 벽 앞에 그저 세워둔 것은 마치 산 로코 미술관 전시 기획자가 이렇게 말하고 싶어 하는 것 같았으니—글쎄, 우리에겐 이 그림도 있는데, 별로 흥미롭지는 않지만 이왕 소장한 김에 여기 둘 테니, 관심 있으면 관람하시라고 말하고 싶어 하는 것 같았던바, 그는 관심이 있었고 정말이지 고개를 돌릴 수 없었으며, 그러다 문득 이유를 깨달았으니, 그리스도의 두 눈은 감겨 있었는데, 아 그렇군, 그는 마치 단서를 발견한 사람처럼 한숨을 쉬었으나, 실은 아무 단서도 발견하지 못했고, 이것이 더더욱 심란했던 것은 더 자세히 들여다보아야 했기 때문으로, 이제 하지만 그는 감은 두 눈꺼풀만을 들여다보면서 낯섦의 단서가 찾아지지 않는다는 것을 절감해야 했는데, 그가 다시 전체─가녀린 어깨, 한쪽으로 기운 머리, 입, 가느다란 수염, 앙상한 팔, 기이하게 포개진 두 손─를 보았을 때 문득 그리스도의 눈꺼풀이 살짝 움직이되, 마치 이두 눈꺼풀이 파르르 떨린 것처럼 움직였던바, 그가 제정신을 잃은 건 아니었기에, 아니, 이건 불가능해, 라고 스스로에게 말하며, 고개를 돌렸다가 다시 보았더니, 그 두 눈이 또다시 파르르 떨려서, 이것은 결코 있을 수 없는 일이라고, 겁에 질린 채 그가 생각했으니, 그가 전시실을 불쑥 나선 것은, 피로에 정신이 이상해졌거나 그림을 너무 오래 봐서 환각이 일어난 게 틀림없었기 때문으로, 그는 작은 전시실에서 나와 경비원을 지나쳐 단호하게 계단을 향해 걸어갔으나, 그곳에서, 계단에 발을 올려놓기 전에 한 번 더 생각하고는 돌아서서, 나왔을 때만큼 단호하게 다시 들어가면서 심지어 경비원을 쳐다보았으니, 이 또한 도움이 된 것은 그가 불쑥 돌아왔을 때 경비원의 얼굴에서 표정을 쉽게 판단할 수 있었기 때문으로, 그는 전

보다 더 의심스러운—이게 가능하다면—표정으로 그를 바라
보고 있었으며, 경비원의 입장에서 보자면 그는 막돼먹은 미
치광이로, 일거수일투족을 예의 주시해야 하는 작자임이 분
명했는데, 실제로 저 그림에 무언가 있긴 있었고, 그가 자신이
미치지 않았음을 전적으로 확신할 수 없었던 것은, 저기 있는
이 그리스도 전체에 무슨 일이 일어난 걸까, 그가 스스로에게
물으며 작은 전시실에 들어가지 않고서, 경비원 보란 듯 작은
전시실에서 가장 가까이 있는 의자에 털썩 주저앉았으나, 경
비원은 그를 일으켜 세우고 싶지 않았거나 그럴 필요성을 느
끼지 못했는데, 하지만 여기서 그는 앉지 말라고 쓴 종이 안내
문을 곁눈질하면서, 한 번 더 생각해 보자, 배에서 꼬르륵 소
리를 내며 그가 생각하길, 이게 가능한가?—아니, 가능하지
않아, 저 안에는 그림이 있어, 그리스도의 몸이, 머리가 한쪽
으로 기울어진 온화한 '버림받은' 그리스도가 있지, 누군가 그
를 그렸어, 누군가 그를 이상적인 모습으로 표현했어, 누군가
그를 보고 있어, 이 경우는 나 자신이지, 라고 그가 말하면서,
자신이 소리 내어 말하고 있는지 아닌지 확신하지 못했는데,
어쨌든 경비원이 꽤 가까이 다가온 터라, 그가 안에 들어가
서 모든 것을 확인해야겠다고 마음먹었을 땐, 둘이 지나기에
문간이 비좁아서 그는 그와 옷깃이 스칠 정도였으며, 그가 다
시 그리스도의 토르소 앞에 서서, 잠시 바라보지 않으려고 해
봤으나 물론 바라보고 만 것은, 그러려고 들어왔기 때문으로,

그리스도의 두 눈꺼풀이 다시 파르르 떨렸으나 이제 그는 고개를 조금도 돌리지 않을 수 있었으며, 오히려 시선을 고정한 채 저 감은 눈을 넋 놓고 바라보다, 이 그리스도의 눈이 떨리고 있었으며 다시 떨릴 것임을 의심할 여지 없이 알아차린 것은, 이 그리스도가 **눈을 뜨고 싶어 했기** 때문이야…… 하지만 그때, 그가 이 사실을 깨달았을 때 그는 이미 대전시실을 지나 계단으로 가는 길이었으며, 이미 계단을 내려가 이미 아래층에 발을 디디고는, 엽서 판매원과 매표원을 지나쳐 밖으로, 사람들 속으로 나왔으니, 그들은 영문도 모른 채 캄포 산 로코 광장의 따스한 햇볕 아래 여기저기서 서성이고 있었다.

그가 마지막으로 여기 있었던 것은 11년 전이었으나, 머리카락이 온통 백발이 되어버린 것을 빼면 마치 아무것도 달라지지 않은 것 같았는데, 이것이 그에게 충격적이었던 것은, 정상적인 상황이라면 적어도 자갈 하나라도 뒤집혔거나 홈통이 부서졌거나 피자 가게 있던 자리에 카페가 들어섰거나 분수대나 뭐 그런 것이 새로 생겼을 테지만 여기에는—그가 다시 광장을 둘러보며—주님 주신 온 세상에서 단 하나도 달라진 것이 없었기 때문이니, 하긴 스쿠올라 그란데가 복원된 것은 사실이지만, 좀 더 단정해지고 좀 더 통일적으로 바뀌었을 뿐 그것 말고는 달라지지 않았고, 더 참신하거나 더 생생하거나 더 밝아지지 않았으며, 심지어 '현대'에 다른 도시에서 건물을 복원할 때 종종 그러는 것과도 달라서, 그런 경우엔 정말로 복원이 이루어지고 건물을 원래 상태의 모습으로 되돌리려는 노력이 벌어지지만, 그것은 전혀 불가능한 것이, 모든 재료가 다르고 공기가 다르고 습도가 다르고 오염이 다르고 이모든 것을 견디고 바라보고 돌아다니는 사람도 전부 다르기 때문이나, 여기서는 그런 잘못이 전혀 저질러지지 않아, 한마디로 모든 것이 원래대로 남아 있다고 그는 판단했으며, 광장의 양달에 더 가까이 다가가서, 이제 정면 파사드의 거대한 창문을 마주한 채 철문 옆에 앉아 햇볕에 팔다리를 상쾌하게 데웠는데, 분홍 셔츠에 쫓기던 사건도 단지 오해였던 것으로 판명났으니, 그 사건은 결코 일어나지 않았을지도 모르는바, 다시 한번 《코리에레 델라 세라》 1면 기사가 그의 머릿속에 떠올랐고 그와 더불어─전혀 엉뚱하면서도 부지불식간에─그의 기억이 게헨나라는 단어를 뱉어냈는데, 헝가리어 성경에서 예수가 지옥을 일컬은 말로 번역되나 실제로는 예루살렘 근처 게힌놈을 뜻하며 그곳은 쓰레기를 불태우는 곳이었으므로, 그가 건물의 통일된 아름다움을 관찰하고 햇볕에 자신의 늙은 몸을 데우는 동안, 이 모든 것─분홍 셔츠처럼, 그의 탐사와 이곳의 이 모든 여행처럼 순전히 우연히 일어나 갈팡질팡 쏜살같이 지나가는 의미 없는 생각의 편린─이 그가 실제로 있는 곳과는 아무 상관이 없어져버렸으니, 이 모든 것은 광장을 쏘다니는 군중에게서 느껴지는 일상적 정경과 관계가 거의, 정말로 거의 없었고, 그와, 그가 지금 왜 베네치아에 있는

가와, 건물 안에서 마침내 무엇이 그를 기다리는가와도 관계
가 거의, 정말로 거의 없었기에, 의식적으로, 그리고 끝내 그
는 모든 것을 머릿속에서 치워버렸으니, 만일 그가 '지금 당
장' 안으로 들어갈 용기를 아직까지도 끌어낼 수 없었다면,
그것은 안에, 2층에 그의 무의미한 존재를 통틀어 유일하게
의미 있는 것이 있었기 때문으로, 그의 무의미한 존재 전체가
저 작은 그림을 향해, 말하자면 돌진했으니, 그는 지난 11년간
수도 없이 생각했고, 수도 없이 떠올렸고, 엽서로 판매되는 복
제품이 들어 있는, 조악하기는 하나 비슷한 구석이 없진 않은
작은 액자를 수도 없이 손에 쥐어보았고, 그때 일어난 일이 어
떻게 그곳 알베르고 전시실 구석에서 일어날 수 있었는지 알
아내려고 수도 없이 골머리를 썩였는데―이제 미술관 입구에
서 스무 걸음이나 스물다섯 걸음 앞에 선 채 그는 들어갈 결
심을 내기가 여간 힘들지 않았으나, 해는 저물기 시작했고, 광
장의 그림자는 점점 길어졌고, 햇살 조각은 점점 가늘어졌고,
그는 미술관 운영 시간도 감안해야 했는데, 그중에서 마지막
두 시간만이 그에게 필요했던바, 그의 계획은 폐장 직전 관람
객이 가장 적을 시각에 들어가 두 시간을 보낸 다음, 산 폴로
2366번지로 돌아가 친절한 펜션 주인과 저녁을 먹고, 이튿날
베네치아를 떠나 비행기로 아에로포르토 산 마르코 공항으
로 돌아가는 것이었으나, 문제는 이것이었으니, 그때 무슨 일
이 일어났던가, 어떻게 그 일이 일어날 수 있었나, 그런 일은

일반적으로 일어나는 일인가, 그리고 그와 더불어 더 큰 질문거리도 있었으니, 그 일이 다시 일어나면, 이 …… 무엇이 반복된다면 어떻게 될까, 라고 말한 것은 기적이라는 단어를 혼잣말로도 발음할 수 없었거나 발음하고 싶지 않아서였던바, 그는 한참 동안 밭은기침을 하되 군중 속의 누구라도 자신의 생각을 들을 수 있는 양 기침했으나, 그럴 리 없어서 밭은기침을 그만두고, 일어서서 입구로 들어가 입장권을 사고—7유로라고요? 입장료가 달랐던 것이 기억나, 그가 놀라서 묻고는—길을 정확하게 아는 맹인처럼—발걸음을 재촉했는데, 검은색 옥스퍼드화가 대리석 바닥에 또각거리는 소리가 어찌나 또렷하게 울려퍼지던지, 여기서 볼 꼴 못 볼 꼴 다 본 엽서 판매원과 매표구 여인이 점차 역정을 내며 눈으로 그를 좇는 동안—그들은 그의 은발에도 존경심을 나타내지 않았으며—그는 전시실 반대편, 가운데 계단 입구에 이르러 오른쪽으로 계단을 올라—위층에 올라섰는데, 그가 서 있는 2층 스칼로네 전시실은 숨 막힐 듯 웅장했으나, 그는 천장이나 벽을 올려다보지도, 대리석 바닥을 내려다보지도 않은 채 곧장 왼쪽으로 돌아 알베르고 전시실에 들어가 즉시 왼쪽으로 틀어 구석에 섰으나 그림 받침대가 있어야 할 구석에는 아무것도 없었으니, 알베르고는 싹 재배치되어 르네상스풍 의자들이 놓였는데, 본디 스쿠올라의 일상 업무를 처리하는 사람의 작업 공간이던 이 방은 의자로 가득했으며, 오직 천장만이 그대로 남아 있었고, 오직 벽만이 그대로 남아 있었고, 사방엔 전과 똑같은 그림들이 걸려 있었거니와, 물론 이번에도 한때 이곳의 터줏대감이던 틴토레토였으나, 알베르고 전시실에 있던 특수 그림 받침대는, 작품 두 점이 진열되어 있었고 그중 하나는 그가 찾는 작품이던 그 받침대들은 어디서도 보이지 않았으니, 이제 아무것도 없이 모든 것이 싹 치워져, 여기 무슨 일이 일어난 거지, 그가 어리둥절하게 주위를 둘러보며, 여기에 무슨 짓을 한거야, 그는 알베르고의 한쪽에서 반대쪽까지 초조하게 걸어갔으나 그림은 어디에도 없었는데, 그때 문득 똑같은 경련이 그의 위장을 쥐어짜고 프라리 근방에서 쫓길 때와 같은 찬바람이 그를 때렸으며, 똑같은 경련과 똑같은 오한을 느끼는 채로 그는 여기저기 돌아다니며, 내가 원하는 게 뭔지 알아듣게 만들 수 있는 사람을 찾아야겠어, 라고 생각하며 경비원처럼 생긴 사람에게 다가갔는데, 그는 대전시실 뒤쪽의 의자에 앉아, 뭘 읽고 있는지는 모르겠으나 그것에 몰입한 기색이 역력했으며, 물론 그러면서도 대전시실에서 일어나는 모든 일을 주시하고 있었으니, 이것은 흉내 낼 수 없고 비결을 짐작할 수 없고 이해하는 것이 불가능한 묘기였으나, 그림이 더는 여기 없다는 생각에 아찔하던 찰나에, 경비원이 자신의 인기척을 느꼈음을 그는 느낄 수 있었으니, 그가 대리석 바닥에 부딪혀 괴상하게 또각거리는 옥스퍼드화를 신고 알베르고 전시실의 문간에 나타나 그를 향해 걸어올 때, 경비원은 백발의 인물을 똑똑히 보았으나 움직이지 않았고 책에서 고개를 들지도 않았으며, 오히려 그가 그곳에 도착하기도 전에 책장을 한 장 넘기고 몇 장 뒤적거리다, 새 페이지의 첫 줄을 읽는 사람처럼 고개를 살짝 들었는데, 그가 이탈리아어, 스페인어, 프랑스어, 영어를 뒤섞은 채 그 작은 그림이 어뎄느냐며 대략적인 크기와 원래 어디에, 알베르고 왼쪽 구석 이젤 위에 있었는지 보여주었을 때, 말하자면 말보다는 몸으로 질문했을 때 경비원은 팔을 벌리고 고개를 저으며 관람객이 원하는 게 뭔지 모르겠다는 티를 똑똑히 내며 벌써 의자에 앉아 다시 책을 읽으려 했으나, 이에 관람객은 절망한 기색이 역력한 채 더욱 간절히 설명하길, 이젠 자신의 언어에 이탈리아어를 섞고 손가락질과 몸짓까지 동원했는데, 이 시점에서 경비원은 다시 한번 그리고 마지막으로 고개를 저으며 못 알아듣겠다고, 내가 못 알아듣는다는 걸 알아들으라고 손짓하면서—마지막으로 의자에 앉아 다리를 꼬고는 관광객과 특히 그들의 질문이 싫다는 것을 명백히 드러내며 책을 펼쳐, 짜증스러운 표정으로 아까 방해받기 전에 읽던 곳을 찾기 시작했기에, 관람객은 어찌할 도리가 없어 그를 내버려둔 채 앞으로 무작정 걸었던바, 거대한 벽에는 틴토레토의 작품들이 그의 옆에 걸려 있었는데, 그때 갑자기, 발에서 땅속으로 뿌리가 돋아난 사람처럼 그가 걸음을 멈추고는 고개를 앞으로 내밀어, 희미한 빛에 싸인 전시실 앞쪽을 눈에 힘을 주고 바라보다, 벽 한가운데 위치한 거대한 산 로코 풍경화를 향해 입을 벌린, 더 정확히 말하자면 제단화 왼쪽을 바라보며 입을 벌린 것은, 그곳에 그것이 있었고, 그곳에 그들이 그것을 두었고, 그곳에서 그것이 그를 멀찍이서 보았기 때문으로―대전시실이 재배치되어 산 로코 풍경화는 무릎 높이의 두툼한 대리석 난간을 사이에 두고 전시실의 나머지 공간과 분리되었으며, 그림 받침대가―마치 평범한 이젤인 것처럼―그 안에 놓여, 관람객이 손으로 만지지 못하고 어떤 위해도 가하지 못할 만큼 안쪽으로 물러나 있었으나, 원하는 사람은 누구나 그 존재를 직접 느낄 수 있을 만큼은 가까이, 어둑한 가운데 밝은 조명을 받은 채 물러나 있었던바, 그것이야말로 그가 원하는 것이어서, 그는 책장을 넘기는 미술관 경비원을 단호히 버려둔 채 천천히, 점점 더 천천히 조심스럽게 앞으로 발을 미끄러뜨려, 신경을 거슬리게 하는 뒷굽이 바닥을 스칠락 말락 앞으로 나아가, 대리석 난간으로 곧장 이어지는 넓은 세 단짜리 계단 앞쪽에 굽을 덧댄 검은색 옥스퍼드화가 닿을 때까지, 원한다면 그림에 최대한 가까이 갈 수 있는 위치까지 갔는데, 여전히 그림에 한껏 다가가고 싶었으나, 그곳에 서 있으려니 어둠 속에서 빛나는 그리스도의 모습을 보는 것이 그에게는 무척 심란했고, 무척이나 심란해서 차마 똑바로 쳐다볼 수조차 없었기에, 그는 아무것도 똑바로 보지 못했으며, 그림 전체는 더더욱 똑바로 보지 못하고 오직 부분들만 보았으니, 그의 시선이 한 부분에서 다른 부분으로 건너뛰되 마치 심란한 시선으로 그림 전체를 품으려는 그의 의도가 그 자신에 의해, 이 부분 저 부분 건너뛰는 바람에 고의로 좌절된 것처럼 건너뛰다, 문득 그때 주위를 둘러보니, 자신이 우스꽝스럽게 여겨지고 히스테리 환자 같다는 생각이 들어 바닥으로 물러섰는데, 계단 쪽을 내려다보면서 간신히 내려와 그렇게 그림을 다시 대면하여 다시 올려다보아야 했으나, 그 시점엔 마음이 조금 가라앉았으니, 주위에는 사람이 거의 없었고 미술관 경비원만이 의자에 등을 기댄 채 책을 들고 앉아 있었으며, 조건은 거의 이상적이라고 그가 말할 수도 있을 정도였는데, 사위가 고요하여 이젠 틴토레토와 벽의 화려한 목조각이 구두의 마지막 메아리마저 삼켜버리자 정적과 완전한 평온이 깃들었으며, 전시실 안에는 카메라를 목에 건 노부부밖에 없었으나, 그들조차 멀리, 알베르고 입구 근처에 있었기에, 그는 그림을 쳐다보고 그리스도를 쳐다보았는데, 처음에는 그토록 우습게도 안 되던 것이 이젠 저절로 되어, 그는 그리스도의 얼굴을 쳐다보고 감은 두 눈을 쳐다보다, 문득 무척 따뜻하게 느껴져 위장의 조임도 몸의 한기도 없이 오로지 그를 가득 채운 이 온기밖에 없었으며, 한 걸음 물러났더니 지친 느낌이 들어, 어디라도 앉아야겠다고, 그가 아마도 나직하게 중얼거리며 뒤돌아 경비원을 보았으나, 그는 그가 자리에 앉으면 벌떡 일어나 달려올 사람처럼은 보이지 않았기에, 11년 전과 똑같이 의자 뒤에 붙어 있는 종이 쪼가리에 개의치 않고, 그리스도의 그림을 앉은 채로 보려고 가장 가까운 의자에 엉덩이를 대고는, 1분가량 기다리다 경비원이 귀를 쫑긋 세우지도 않은 채 그저 책을 읽고 있을 뿐임을 알고서 안도하여, 더 편안히 앉아 11년 전 그리스도에게서 아직 남아 있는 것을 온 힘 다해 바라보기 시작했는데, 그는 온 힘 다해 보았으며 이제는 감히 그리스도의 눈에만 시선을 고정한 채 미동도 없이 앉아, 캔버스가 눈에 들어오도록 조금 왼쪽으로 몸을 틀어 그리스도의 눈 속으로 더 깊이 시선을 빠뜨린 채 기다렸고, 눈꺼풀이 떨리는지 이 건물에서 전에 일어난 일이 다시 일어날는지 보려고 기다렸고, 뻣뻣하게 앉아 그림을 바라보았는데, 조명이 켜져 있어서 모든 것이 지나치게 밝았으나 이 조명 덕분에 모든 부분이 완벽히, 심지어 여기서도, 의자에서도 보였거니와, 그는 벌거벗은 상체의 끝없는 고독을, 다소 서툴게 그린 탓에 그 연약함이 더 분명히 드러나는 어깨와 팔을 보았고, 두 눈이 깜박이지 않고 천천히 떠지는 것을 확실히 보았으며—하도 겁이 나서 잽싸게 오른쪽 눈을 쳐다보며 왼쪽 눈에서 일어난 것이 진짜인지 쳐다보았으나, 그때 시야가 흐려지더니 두 눈은 다시 감은 상태로 돌아가버려, 여기서 무슨 일이 벌어지고 있는 거지, 내가 환각을 보는 것이거나 착시 현상일까, 이게 뭐지, 그는 앞으로 몸을 숙여 팔꿈치를 무릎에 대고는 얼굴을 손에 묻었다가, 자기를 쳐다보는 사람이 있는지 다시 주위를 둘러보았으나, 아무도 없었고 노부부는 여전히 저기 있었으며, 시간이 얼마나 흐른 걸까?—그때 다른 사람들이 더 들어왔는데, 중년 남성은 혼자였고, 그다음 여자아이 둘이 관람객용 탁자 옆에 놓인 거울 앞에서 장난을 치기 시작한 것은, 거울을 똑바로 들면 관심이 가는 천장 장식을 자세히 볼 수 있었기 때문으로, 그들이 거기 있는 전부였으며 아무도 그를 귀찮게 하지 않았기에, 그는 앞으로 등을 구부린 채 미동도 없이 그리스도의 모습을 물끄러미 바라보다, **하지만 그가 눈을 뜨고 있어**, 라고 혼잣말을 하고는, 다시 용기를 끌어모아 그리스도의 두 눈에 시선을 고정하며, **하지만 저 눈은 얼마나 어두운지**, 그는 등골이 오싹했으니, **이제 거의 다 뜬 것 같아**, 그런데 눈동자는 거의 보이지 않았고, 흰자는 전혀 보이지 않아 완전히 부옜으며, 저 눈에는 어두운 모호함이 깃들어 있었고, 저 어두운 모호함이 그런 끝없는 슬픔을, 고통받는 자의 슬픔이 아니라 고통받았던 자의 슬픔을—아니 그조차도 아닌 슬픔을 발산하는 것을 견딜 수 없어서 몸을 일으켜 의자에 뒤로 기댔는데, 여기서 문제는 고통이 아니라 오직 슬픔, 온전히 이해하는 것이 불가능한, 그에게는 완전히 불가해한 헤아릴 수 없는 슬픔이었기에, 그는 그리스도의 눈을 들여다보며, 그밖에는 아무것도 보지 않고 그저 이 순수한 슬픔을, 마치 원인 없는 슬픔인 듯한 슬픔을 들여다보다 하나의 생각에 얼어붙었으니, **저 슬픔은, 다만, 모든 것에 대한**, 창조에 대한, 실존에 대한, 존재에 대한, 시간에 대한, 고통과 고난에 대한, 탄생과 파괴에 대한 슬픔이로구나—갑자기 어떤 소음이 귀를 때려 그의 머리가 일순간 맑아졌고, 잠시 뒤에 그는 그것이 밖에서 여기로 스며들고 있음을 깨달았으니, 오, 광장을 거닐던 사람들, 그들이 오고 있어, 라고 생각하고는, 그리스도와 그의 슬픔을 생각하며 겁에 질린 채 바깥의 군중을, 대부분 흥겹게 어우러진 남자아이와 여자아이들을, 밖에서 본 사람들을 떠올리자, 이해할 수 없는 이 슬픔은, 그가 문득 생각했듯, 바깥에서 남자아이와 여자아이들이 거니는 산책로에서는 어쩐 일인지 **사라졌**으나, 모든 것은 여전히 거기에 있고 모든 것이 지금 그와 같아서, 모든 것은 지금 여전히 거기에 있고, 모든 것은 그와 같아서—**하지만 뭐하러**, 그의 안에서 무언가가 물었고, 그는 이 질문을 마치 벼락에 맞은 듯 느꼈으니, 그것이 인식의 번득이는 벼락이 아니라 치욕의 번득이는 벼락이었던 것은—그것이 이처럼 일어난 것을, 여기에 그리스도가 그 단어—고아—의 가장 온전하고도 가장 무시무시한 의미로 여기 계시다는 것이 치욕스러웠기 때문으로, 여기에 그리스도는 **정말로 그리고 참으로** 계시나, 아무도 그를 필요로 하지 않아서—**시간이 그를 지나쳐 가고** 또 지나쳐 갔고, 이제 그분이 작별을 고한 것은 그분이 이 땅을 떠나고 있기 때문이야, 이 문장이 머릿속에서 들려오자 그는 전율했는데, 오 하느님 지금 이게 무엇인가요, 웬 끔찍한 생각인가요—일어나야겠어, 그는 결심했으니, 마침내 보러 온 것을 봤어, 이젠 갈 수 있어, 그리하여 그는 자신이 일어서서 계단을 내려가는 모습을 보았고, 캄포 산 로코 광장의 아이들 사이로 지나가 초저녁 인파에 섞여 들어가는 모습을 보았으며, 그는 움직이지 않고 그저 의자에 앉아, 계단을 내려가는 자신의 모습을 보았으며, 자신이 건물을 떠나 바포레토 수상 버스에 올라타서는, 저녁을 거른 채 산 폴로 2366번지에 가방을 내버려두고 산 토마에서 곧장 역으로, 역에서 산 마르코 공항으로 가서, 베네치아를 탈출하여 원래 있던 곳으로 돌아가는 모습을 보았으니, 그렇다, 그는 그가 그 유명한 계단을 정말로 내려가는 모습을 보았으나—다만 자신에게는 이 건물에서 나가는 출구가 결코 없을 것임을 알지 못했다.

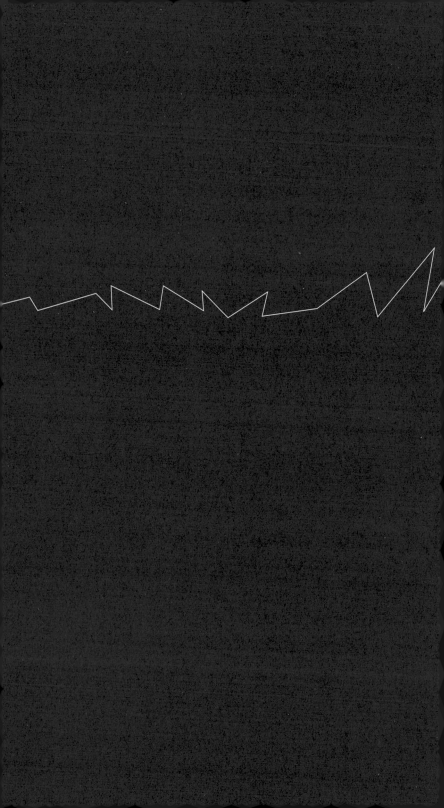

8

아크로폴리스에 올라가서

택시 운전수들이 인파 속에서 끊임없이 그를 성가시게 하기에, 아니요, 아니요, 날 좀 내버려둬요, 그는 처음에 이렇게 말하다가, 대답하지 않다가, 아예 무시하여 그들을 피하려 하면서도, 그러는 내내 시선으로도, 아니요, 아니요, 하고 말했지만, 그들을 피하거나 그들로 하여금 그에게 들이닥치지 못하게 하는 것은 불가능했거니와, 그들이 먹잇감을 에워싸다시피 한 채 귀에 웅얼거린 말은, 신타그마, 아크로폴리스, 모나스티라키, 피레아스, 아고라, 플라카, 그리고 물론, 아아주 저어럼하고도 아아주 저어럼한 호텔, 호텔, 또 호텔이 있어요, 그들은 악다구니를 쓰며 미소를 지었는데, 그 미소는 무엇보다 끔찍했고, 그들은 뒤에서 따라왔는데, 여행 가방을 든 채 방향을 바꿔도 정신을 차리고 보면—휙!—자신이 그들 속으로 갈지자로 파고들고 있었던 것은, 그들이 일순간 뒤에 번쩍 앞에 번쩍 했기 때문으로, 엘레프테리오스 베니젤로스 공항 (아테네 국제공항)의 모든 상황은 마치 그가 한 일이 도착이 아니라 실수 아닌가 싶을 지경이었는데, 도착하는 그가 뒤늦게 야 이것을 깨달은 것은, 그가 이미 도착했기 때문이요, 드넓은 입국장의 무시무시한 인파 속으로 발을 내디뎠기 때문으로, 어디서나 단체와 개인 할 것 없이 이 방향으로 저 방향으로, 저마다 전혀 다른 방향으로 움직이려고 안간힘을 썼고, 아이들은 비명을 지르며 부모를 찾았고, 부모들은 아이에게 너무 앞서가거나 너무 뒤처지지 말라고 외쳤고, 길을 잃은 노부부들은 오로지 앞으로만 어기적어기적 나아갔고, 학교 단체 인솔자들은 겁먹은 학생들에게 딱 붙어 있으라고 고함질렀고, 작은 깃발과 메가폰을 든 일본인 관광 가이드들은 관광객들에게 대열을 벗어나지 말라고 소리 질렀으며, 사방에서 땀이 쏟아져 내렸으니, 입국장의 열기는 견딜 수 없을 정도였고, 때는 여름이었고, 실내는 지옥 같은 아수라장이요 엉겁결에 들어선 정신병원이었으니, 여행 가방을 든 채 출구가 있을 법한 방향으로 치고받으며 나아갔어도 밖에서조차 광란이 끝난 게 아닌 것은, 한편으로 그제서야 아테네 여름 더위의 의미를 실감했기 때문이요, 다른 한편으로 택시 운전수들이, 줄잡아 서너 명이 그의 뒤를 졸졸 따라다니며 말을 걸고 말을 걸고 미소를 짓고 미소를 짓고 그의 여행 가방에 손을 댄 탓에, 이 광란에서 풀려날 수 있었을 즈음 그는 송장이나 다름없었기 때문으로, 서 있던 택시에 올라타, 따분한 표정으로 껌을 씹으며 타블로이드지를 읽는 운전수에게 그가 내뱉은 말은, **오도스 에르무-오도스 불리스, 신타그마, 플리즈**, 이에 운전수는, 마치 이 늙은 노인네가 누구길래, 하는 표정으로 그를 쳐다보고는, 고개를 끄덕이며 운전석에 등을 기댔으니, 그는 택시가 어디로 가는지 내다보지 않았는데, 그가 가진 시내 약도는 택시에서 바가지를 쓰지 말라며 그리스인 지인이 준 것으로—적어도 너무 많이 뜯기지는 말아야 하니까, 라며 아테네 지인이 이메일에서 설명하기로는, 어차피 어느 정도는 뜯기게 마련이야, 그냥 내버려둬, 그게 여기 관례야, 안 그랬다간 그들의 심기를 건드릴 수 있어, 하지만 그가 택시가 어디로 가는지 내다보지 않은 것은 이메일 때문이 아니라 힘이 다 빠지고 더는 신경을 곤두세울 수 없었기 때문으로, 그가 기진맥진한 것은 착륙과 그 이후의 사건 때문이었던바, 그것은 여행 가방이 있어야 할 곳에 있지 않았다는 것이었으니, 순전히 우연하게도, 겁에 질린 표정으로 유실물 보관함을 찾다가 요행히 낯익은 물건이 눈에 들어왔는데, 그것은 키예프에서 네 시간 전에 도착한 비행기의 수화물이라고 표시되어 있는 컨베이어 벨트에서 외로이 맴돌고 있었고, 그러고 나서 세관 직원에게 갔더니, 그가 해시시를 수색한다며 그의 불운한 여행 가방을 열었으며, 마침내 대합실의 무한한 미로에 이르러서는, 이젠 이만하면 됐을 법도 하건만 지인 중 누구도 도착 라운지에서 그를 기다리고 있지 않았고, 광란의 군중 속에서 한참을 서성거려도 허사였기에, 그렇담 어쩔 수 없지, 한 시간 뒤에 그는 공항을 나섰는데, 아니 공항을 나서려던 그때 택시 운전수들이 몰려오는 통에, 한마디로 이제 자신이 직접 고른 택시 뒷좌석에 앉아 기진맥진한 채 그는, 이른 시간이어서 사람이 거의 없는 도시를 창문 너머로 멍하니 바라볼 뿐 한동안 어디로 가는지 눈여겨보거나 미터기를 쳐다보지도 않다가, 쪽지에 쓰인 도로명과 창밖의 도로명이 단 하나도 일치하지 않는 것을 보고서—이것만 놓고 보자면 의심이 들 법도 했으니—택시가 최단 거리로 가고 있지 않다는 결론을 내릴 수밖에 없었는데, 미터기 요금이 지인에게 듣기로 그가 지불해야 하는 최대 금액을 일찌감치 넘어선 것을 알고서, 영어로 어떻게든 택시 운전수에게 설명하려 했으나, 처음에 운전수는 그의 말이 들리지도 않는 듯, 우회전했다가 좌회전했다가 빨간불에서 마지못해 선심 쓰듯 뒤를 돌아보며 자신에게 내밀어진 쪽지에서 도로명 하나를 가리키며 여기가 지금 거기라고 손짓했는데, 이곳은 신타그마에서뿐 아니라 도심에서도 한참 떨어져 있었기에, 그는 항의하려 했고 모든 게 잘못되었다고 손짓했으며, 분노에 휩싸인 채 시계를 가리키며 쪽지 위에서 신타그마라는 지명을 짚었으나 허사여서, 택시 운전수는 태평하게 껌을 씹을 뿐 아무 대꾸도 하지 않았으니, 아무것도 그를 동요케 하지 못했고 그는 아무것에도 동요하지 않는 부류가 틀림없어서, 옳다고 생각하는 방향으로 나아갈 뿐이었으며, 모든 것이 괜찮다며 승객을 안심시켰으니, 걱정 마슈, 편안히 계시라고요, 이따금 뒷좌석을 향해 말했는데, 승객의 위장이 완전히 죄어들어 뻣뻣해졌을 때, 부산한 교차로 길가에서 운전수가 불쑥 브레이크를 밟고는 문을 열고서 말하길—입꼬리에 문득 희미한 미소를 띤 채, 손가락으로 가리키며—여기가 신타그마요, 여기 오고 싶어 하신 거 아니었슈?—이에 그가 지인들이 정해준 금액을 운전수에게 내밀자, 이에 마치 화들짝 잠에서 깬 듯 운전수가 난데없이 고함을 지르며 그의 어깨를 흔들기 시작하고서, 1분도 채 지나지 않아 몇 명의 그리스인들이 그들을 둘러쌌고, 마침내 그들의 도움으로 협상이 타결되었으니, 합의한 금액은 시세의 두 배에 달했으나 그는 이미 신물이 나서, 아테네에 침이나 뱉어주마, 라고 주위를 어정거리는 그리스인들에게 헝가리어로 말했으나, 그들은 그의 어깨를 두드리며, 다 잘됐어요, 완벽해, 가서 한잔하자고요, 하지만 한잔하다니 어림도 없지, 라며 그가 무리에서 빠져나온 것은 주위 사람들이 자신을 등쳐먹으려는 것인지 분간이 되지 않아서였으나, 사실 그들은 택시 운전수와 가망 없이 실랑이를 벌이던 그가 불쌍해서 마음을 가라앉힐 수 있도록 한잔 대접하려는 순수한 마음이었던바, 택시 운전수들은 원래 그래요, 다퉈봐야 소용없어요, 흥정을 시도해도 그들은 언제나 당신을 등쳐먹을 방법을 찾아낸다고요, 이렇게 이른 아침에는 더더욱 그렇고말고요, 이제 이리 와요, 그들이 그리스어로 말하며 길바닥에 놓인 인근 레스토랑의 테이블을 가리켰는데, 그것은 방금 전까지도 그들이 앉아 있던 테이블이었으나, 그는 하도 겁이 나서 여행 가방을 덥석 움켜쥔 채 교차로의 혼돈 속으로 걸음을 재촉하여, 불쑥 대각선으로 차도에 들어섰는데, 그것이 실수였던 것은, 특별히 소동을 벌이진 않았어도 전반적으로 혼란을 가중했을 뿐 아니라 그를 상당한 위험에 빠뜨렸기 때문으로, 그는 빵빵거리는 차들을 헤치며 건너편에 이르렀을 때 자신이 죽을 고비를 직접적이고도 불필요하게 세 차례나 넘겼음을 짐작조차 하지 못했거니와, 건너편에 이르러서 보니 여행 가방이 무겁지는 않았으나, 하느님 감사합니다, 걸리적거려 홀가분하게 움직이는 데 방해가 되었고 이 움직임을 계획하는 데에는 더더욱 방해가 되었으니, 말하자면 이제 무엇을 할지에 대해서는 아무것도 떠오르지 않아서, 그는 지인들에게 전화하여 지금 어디냐고 물어보고, 와서 도와달라고 부탁해야겠다고 생각했으나, 택시 운전수에게 바가지를 옴팡지게 뒤집어쓴 탓에 전화 한 통 걸 돈도 남지 않아서, 한참을 멍하니 서 있다가, 좀 전의 무리는 이미 자리에 앉았는데 여기서보니 도둑처럼은 전혀 보이질 않아서, 조금 있다 그들에게 돌아가 조언을 청하기로 마음먹고 보도에서 내려오기까지 했으나, 이번에는 차 한 대가 그를 칠 듯 스치고 지나가는 바람에,

제대로 된 건널목을 찾는 게 현명하겠다고 생각했는데, 물론 여기에서도 맞은편 파란불이 정말 자기 쪽으로 켜진 것인지 알 수 없었기에 긴장을 늦출 수 없었으며, 얼마 뒤에 그렇다는 것을 알고 난 뒤에도 이곳에서 파란불이 혹시 이론상으로만 길을 건너도 좋다는 표시는 아닌지 파악해야 했던바, 물론 파란불은 현실적으로도 파란불로 간주할 수 있었지만, 이 시스템이 다른, 더 강력한 힘에 의해 무력화되지 않을 경우에만 그러했고 이 시스템이 과연 무력화된 것은, 트럭이 옆으로 질주하거나 버스가 돌개바람을 내뿜어 그를 뒤로 휘청하게 하거나 이런저런 일이 생겼기 때문으로, 하지만 그때, 다행히도 길을 건너려는 다른 보행자들이 있어서, 파란불이 되었을 때 일제히 길을 건넜으니, 그는 길을 건너는 데 성공했고, 좀 전의 무리는 레스토랑 테라스에서 젊은이들과 함께 있었고, 그들은—태평하게 일종의 고요한 무관심을 내비치며—각자 잔을 홀짝이다가, 그에게 다정하게 인사를 건네는 모든 얼굴에는 무슨 계획이라도 세우기 전에 일단 자기들과 한잔하는 게 훨씬 나을 거라고 말하지 않았느냐는 듯한 내색이 뚜렷했는데, 그들은 그에게 맥주를 마실지 카페스를 마실지 혹시 라크(포도주를 증류한 술)를 마실지 물었으나, 아 아니요, 그가 됐다며, 엘리니코스 카페스나 한잔할게요, 좋죠, 엘리니코스 카페스요, 그들이 종업원에게 주문을 전달한 뒤에 대화가 시작되었는데, 그리스인들은 젊었으나 너무 젊지는 않았고, 서른을 훌쩍 넘기진 않았으며, 영어를 꽤 잘했으나 억양이 특이했는데, 억양 때문에 출신지를 숨기기 힘든 것은 그도 마찬가지여서 그들은 서로를 잘 이해했으며, 얼마나 잘 이해했느냐면 단박에 일종의 자연스러운 신뢰감을 느낄 정도였으며, 그는 간단히 자기 이야기를 들려주길, 자신이 누구이고 왜 여기 왔는지, 세상에 대해, 자신에 대해, 또는 둘 다에 대해 싫증이 나서 아테네에 와야겠다는 생각이 들었다고, 아테네는 한 번도 안 와봤지만 언제나 와보고 싶었으며, 이것은 자신에게 일종의 작별이었으나 이곳에서 무엇에 작별을 고하려는 것인지 뚜렷이 이해하지는 못했다고 말했으며, 일행은 귀를 기울이고 고개를 끄덕이고 긴 침묵으로 예를 표했으며, 그런 다음 천천히 일종의 토론이 시작되었는데, 그의 새 친구들이 무엇보다 원한 것은, 알고 보니 기어코 그로 하여금…… 모든 것을 포기하게 만드는 것이었으나, 무엇보다 지인들에게 전화하는 것을 포기하게 하려 든 것은, 그들이 공항에서 그를 기다리지 않았고, 그들이 틀림없이 만날 수 있도록 합의한 시각에 이 근처에, 즉 9시 이곳 에르무와 불리스의 교차로에 나타나지 않았다면, 벌써 9시가 지났잖아요, 안 그래요, 그렇다면 서두를 것 없다며, 그들이 말하기로는, 하지만 운명이 그를 이 길로 이끈 거라며 자기들과 함께 있자고 조언했는데, 우릴 믿으세요, 이래 봬도 다 잘될 거예요, 어떻게요, 그가 물으며, 그들의 계획이 뭐냐고 하자, 아, 우리의 계획은요, 그들이 서로를 쳐다보는데 얼굴에는 재미있어 하는 기색이 역력했던바, 그러니까 그들의 계획으로 말할 것 같으면 아무것도 없었으니, 말하자면, 그러니까 그들의 계획은 여기 앉아서 맥주 한 잔 더 하는 것이었으며, 그들은 얼굴을 진지하게 찡그리며 자신들이 계획을 세우는 부류에 속하지 않음을 암시했으니, 여기 앉아 있는 것이 전부였고, 어제저녁부터 그러고 있었으며, 수중에 돈이 있는 한 그들의 계획은 맥주 한잔 천천히 마시며 주변을 둘러보는 것이라고, 자신을 아도니스라고 소개한 얼뜨기 하나가 말했는데, 그들은 지적이고 다감했지만, 그럼에도 그는 엘리니코스 카페스를 한 모금 마시다, 모든 것을 이렇게 내버려두면 다시는 아테네의 그 무엇도 보지 못하리라는 직감에 문득 사로잡혔는데, 말하자면 자신이 여기 온 것은 아테네가 어떤 곳인지 알기 위해서라고 말했을 때 그를 맞이한 것은 오해의 여지 없이 시끄러운 침묵이었던바, 마치 그들은 무엇이라도, 특히 아테네에 대해 아는 것은, 음, 그것은 아무짝에도 쓸모없다고 말하고 싶어 하는 것 같았으며, 그의 옆에 앉은 요르고스는, 하지만 자신을 조지라고 불렀는데, 그 개념이 마음에 든 것처럼 보였으니, 그래 봐야 아테네지, 라고 이 요르고스가 말하고는 침울한 표정으로, 알다시피 나의 친구여, 아테네가 어떻느냐면 말이죠, 냄새나는 거대한 똥 덩어리예요, 그게 아테네라고요, 그러면서 잔을 들어 들이켜니, 왜 그렇게 말했느냐고 묻기엔 모든 것이 속속들이 씁쓸했으며, 이 친구들은 해변에 내던져진 물고기로군, 그가 나중에 생각하길, 선량하고 쾌활한 게으름뱅이들이야, 라고 판단했는데, 그들과 함께 있으니 기분이 점점 좋아진다는 것만은 인정할 수밖에 없었으나, 그의 마음속에서는 경계심도 점차 커졌던바, 첫날 아침부터 여기 앉아 노래 「건스 오브 브릭스턴」에 대해, 아케이드 파이어 버전이 더 좋은지 클래시 버전이 더 좋은지에 대해 그들이 이야기하는 것을 듣고, 그들과 함께 오랫동안 침묵하고, 오랫동안 주위를 둘러보고, 신타그마 광장과 오도스 불리스 거리 방향에서 오는 빽빽한 차량 행렬을 바라보고, 이미 지독한 열기와 지독한 악취 속에서 이리저리 내달리는 차들을 무심히, 하지만 너무도 무심히 바라보는 것은 위험하다는, 무척 위험하다는 생각이 들었으니, 여기서 그들과 함께 있는 것은 너무 유쾌하고, 사람을 아래로 끌어당기는 달콤한 무게추처럼 너무 매혹적으로 침울했기에—당장 움직이지 않으면, 그가 겁에 질려 혼잣말하길, 여기 그냥 머물게 되어 모든 것이 그의 심장 깊은 곳에서 바랐던 것과는 딴판으로 전개될 판이어서, 그는 불쑥 일어나 적어도 아크로폴리스에는 가봐야겠다고, 어릴 적부터 언젠가 아크로폴리스를 보는 것이 가장 큰 소원 중 하나였으며 이제 자신은 나이를 먹고 있다고 말하자—아, 그러니까 **적어도** 이 아크로폴리스란 말이죠, 라며 아도니스가 그에게 한쪽 눈을 찡긋했으며, 그 아크로폴리스라고요, 씁쓸한 표정으로 요르고스도 그를 쳐다보며, 하긴 잘 아시겠지만, 그들이 그에게 말하길, 어쨌거나 당신은 여기 처음 왔으니까 안 될 것도 없죠, 내 생각엔 정말 바보짓이지만요, 라고 요르고스가 말했고, 내 생각도 같아요, 라고 아도니스가 말하길, 하지만 좋아요, 괜찮아요, 그렇게 가고 싶으면 가세요, 그런데 잠깐만요, 이건─무리 중에서, 이름이 엘라인 여자가 그에게 제안하길─어때요, 그녀가 그의 여행 가방을 가리키며, 그걸 종일 가지고 다닐 필요는 없잖아요, 어딘가에 두셔도 돼요, 이따 여기에 우리가 없으면요, 잠깐 기다려 봐요, 하지만 어디에, 라며 그녀가 주위를 둘러보자─마니오풀로스네가 있잖아, 요르고스가 추천하니, 좋지, 여기서 가까우니까, 그리고 실제로도 그러했던바, 마니오풀로스는 상인이나 뭐 그런 치로, 레스토랑 뒤쪽 허름한 길거리의 낡아빠진 작은 가게에 있었고, 아마도 컴퓨터 부품을 파는 듯했는데, 쉽게 알아볼 순 없었지만 그 비슷한 무언가를 팔았으며, 어쨌거나 가게에 있던 그 청년은 대뜸 알겠다고 말하며 여행 가방을 커튼 뒤에 내려놓고, 그에게 이젠 아무 걱정 말라며 일 끝나면 언제든 여행 가방 가지러 와도 된다고 손짓하자, 그들은 이미 테라스에 나와, 그에게 길을 설명하고 그에게 조언하길, 아무리 더워도 도보로 다녀야 해요, 관광객이 많지 않을 테니 옛 도시 플라카를 웬만큼 볼 수 있을 거예요, 저 방향으로 쭉 걸어가세요, 요르고스가 한 방향을 가리키자, 그는 건널목을 향해 출발하여 저 방향으로 쭉 걸어갔으나, 그들은 금세 자기네끼리 수군거리길, 몇 시간 더 있다 가라고 할걸, 이것이 저녁까지를 말하는 것이었음은 해가 아직 찌는 듯했기 때문으로, 해는 끔찍하게 찌는 듯했으나, 그는 이미 건너편에 있었고 플라카의 좁은 골목으로 들어가기 시작했으니, 그는 아직도 그들에게 손을 흔들고 있었고 그들도 답례로 다정하게 흔들었으며, 그는 그들과 함께 있어서 무척 좋았으나—또는 그들과 함께 있어서 좋았기 때문에—이젠 안도의 한숨을 내쉬며, 마침내 가고 있다고, 아크로폴리스에 가고 있다고 한 것은, **적어도 아크로폴리스**는 볼 수 있을 테니까, 라고 그가 혼잣말을 하며, 어릴 적부터 기억 속에 간직한 최초의 모호한 사진들을 생각하면서, 그들의 꾐에 넘어가지 않은 것이 뿌듯했으나, **모든 것에** 뭔가 모호한 구석이 있었고, 심지어 이 유혹에도, 그가 생각해보니 여기에도 모호한 구석이 있었으니, 어떻게 된 게 아크로폴리스의 저 옛날 사진들은 윤곽이 하나도 없지, 어떻게 된 게, 특히나 비례와 관련하여 분명한 것이 하나도 없는 걸까, 즉 그는 아크로폴리스가 실제로 얼마나 크며 그 건물들이 얼마나 큰지—이를테면 프로필라이아는 얼마나 크고 파르테논은 얼마나 큰지—전혀 상상할 수 없었는데, 묘사나 그림이나 사진을 가지고는 (아테네인들이 자신들의 성스러운 건물들이 있는 구역을 일컫는) 이 테메노스의 크기를 가늠하려 해도 척도를 확실히 알 도리가 없었으니, 그것은 불가능했고, 이것이, 비례를 확신할 수 없는 것이 어떤 면에서 중대한 문제였던 것은, 이로 인해 아크로폴리스 전체를 머릿속에 떠올리는 것이 거의 불가능했기 때문으로, 어떤 면에서는 모든 것이 비례에 달린 것 아닌가, 그는 언제나 이렇게 느꼈고, 지금도 그렇게 생각하며 길거리를 걷다가, 샌드위치를 막대한 금액에 샀고, 냉장하는 둥 마는 둥한 캔 콜라를 더더욱 후안무치한 금액에 사서 마셨으나, 그건 중요하지 않았으니, 유일하게 중요한 것은 그가 뙤약볕 아래 아크로폴리스에 점점 가까워지고 있으며, 니케 신전을 볼 것이고, 에레크테이온과, 물론, 화룡점정으로 타의 추종을 불허하는 파르테논을 볼 것이며―무엇보다 아크로폴리스 꼭대기에 오르리라는 사실이었으니, 이것은 그가 언제나 바라던 일이요, 그는 지금도 바랐으며, 작별로서 그는 그곳을 그토록 보고 싶었고, 그리스인들이, 말하자면 2439년 전에 보았던 것처럼 보고 싶었다.

그는 불리스 거리를 따라 플라카 구역에 들어섰는데, 그를 향해 다가오거나 그의 곁에 있거나 그에게서 멀어지는 관광객은 실제로 몇백 명밖에 되지 않아서 운이 좋다고까지 말할 수 있었거니와, 그는 플레사 거리를 따라 한참 가다가 어느 지점에선가 길을 잃고 혼란에 빠졌으며, 오도스 에렉테우스 거리를 따라 계속 가는 게 맞는지 전혀 감을 잡을 수 없었으나, 어쨌든 그 길을 따라 계속 가다가 스트라토노스와 타라실루의 좁은 골목을 빠져나오자 디오니시우 아레오파기투라 불리는 번잡하고 넓은 도로가 불쑥 나타났고, 여기서 저 높이

솟은 테메노스를 볼 수 있었는데, 사실 이전에도 이 지점에나 저 지점에서, 좁은 골목에서 이따금 잠깐씩 틈새가 벌어질 때 문득문득 볼 수 있었지만, 이제 이 디오니시우 아레오파기투에서는 처음으로, 즉 난생처음으로 테메노스의 전체 모습을 볼 수 있었던 것으로—이때로부터 한참 동안 다른 그 무엇도 그의 관심을 사로잡지 못했으니, 그는 자신이 목표에 가까이 왔다고, 아크로폴리스 발치에 왔다고 판단했으며, 그 생각을 하는 것은 심지어 아름다웠는데, 태양은 찌는 듯 내리쬐고, 교통은 끔찍했으며, 10시나 11시쯤 되었을 듯하나 정확한 시각은 알 수 없었던 것은, 건전지 갈아주는 것을 깜박하는 바람에 여기 오는 비행기에서 시계가 멈춰버렸기 때문이나, 이제 이미 이것으로 …… 뭐 어때, 그가 혼자서 생각하길, 여기 와 있는 것만으로 충분하지 않은가?!—그러고는 찌는 듯한 열기 속을 터덜터덜 걸었으나, 이 길로 가는 관광객은 이상하리만치 적었고, 실은 갈수록 줄었으나, 무슨 상관이람, 그가 개의치 않은 것은, 여기 그의 오른쪽에 아크로폴리스가 있었기 때문으로, 언젠가는 위쪽에 도착할 것이고, 완전히 한 바퀴 돌아야 한다면 돌 작정이었으니, 그러면 됐지, 아무 상관 없어, 라며 만족스럽게 자위했으나, 이 길을 따라 아주 오랫동안 올라가야 했는데, 그러는 내내 공기의 지독한 악취를 들이마셔야 했고, 차량 소음은 견디지 못할 지경이었으며, 급기야 맨 처음 만나는 사람에게 길을 물어야겠다고 마음먹은 그때, 불현듯 나타난 구불구불한 길에서, 석회암으로 보강되어 갈지자를 그리며 위쪽으로 난 길에서 그가 올려다보니, 오르막 꼭대기에 웬 부스가 있기에 힘겹게 올라가서 보니 부스는 매표소였으나, 간판에 '매표소'라고 쓰여 있지 않고 '아크로폴리스'라고 쓰여 있었는데, 이것이 그에게 우스웠던 것은, 마치 이곳에 올라오는 길에 드로모스라고 써놓은 격이었기 때문으로, 드로모스가 길이고 여기가 아크로폴리스인 걸 누가 모르나, 저 매표소는 왜 서 있을까, 아마도 입장료를 받는 곳이겠지, 라고 그가 짐작했는데, 그 짐작이 틀림없어서 입장료를 받는 곳이었고, 게다가 매우 비싼 입장료를 불렀는데, 처음에는 12유로였다가, 그가 몸짓으로 항의하자 6유로가 되었기에, 마침내 그는 입장권을 손에 쥐고 들어갈 수 있게 되어, 여기가 그 아크로폴리스가 맞는지 올려다보며 출발했으나, 햇빛을 견딜 수 없어 고개를 숙여야 했지만 그조차도 간단한 문제가 아니어서, 길을 따라 아래쪽을 내려다보면서 어두운 그늘에 눈을 쉬려 해도 그럴 수 없었던 것은, 길에 **어두운 그늘이 전혀 없었기** 때문으로, 발아래 포장로도 햇빛만큼 눈이 부셔 황급히 시선을 돌렸으니, 아래쪽 포장로는 흰 대리석으로, 말하자면 계단과 같은 재료로 되어 있었는데, 잡초 한 포기 돋아나지 않았으며, 그는 위로 올라가자 자신이 아크로폴리스로 들어가는 새 통로인, 므네시클레스가 지은 프로필라이아 옆에 있다는 것만 간신히 알 수 있었는데, 더듬더듬 올라가면서 왼쪽에는 이

른바 프로필라이아의 피나코테케 화랑書廊이 있고 오른쪽에는
요새 건물이 있으며 저 위쪽은 네 개의 근사한 기둥이 있는
아테나 니케 신전임을 알았으나, 그가 아는 것은 이것이 전부
였고, 아무것도 볼 수 없어서 눈을 가늘게 뜬 채 꾸역꾸역 위
로 올라간 것은 이렇게 결심했기 때문으로, 그래 여기서 나는
눈이 멀었어, 그렇다면, 계단을 다 올라가면 나무 그늘을 찾거
나 건물 안에 들어가거나 쉴 수 있겠지, 그러고 나서 다시 여
기로 오는 거야, 프로필라이아를 더 샅샅이 살펴보겠어, 그렇
게 그는 휘청거리며 걸었으나, 프로필라이아를 통과하는 길은
좋아지기는커녕 실제로 더 나빠진 것은, 흙 대신 석회암이 모
든 것을 덮었기 때문으로, 테메노스 전체가 거대한 순백의 석
회암 절벽으로 되어 있어서, 들어가는 길은 작고 정교한 석회
암 조각들 사이로 눈을 멀게 하는 석회암 표면을 따라 이어졌
으며, 아크로폴리스는, 아린 눈으로 그가 혼잣말하길, 따라서
완전히, 총체적으로, 이 헐벗은 산 위의 순수한 석회암 덩어리
위에 세워졌군, 이 아크로폴리스는 말이지, 얼이 빠진 채 그는
생각했으나, 한동안 이 산이 **완전히** 헐벗었다는 것, 석회암 절
벽 말고는 아무것도, 하지만 아무것도 없다는 것이 무슨 뜻인
지 곰곰이 생각할 엄두를 내지 못했으며, 석회암 절벽 위에 다
양한 재료로, 하지만 부분적으로는 판텔리콘산産 흰 대리석으
로 지은 유명한 신전들을 감히 생각할 엄두를 내지 못한 것은
도무지 믿기지 않았기 때문으로, 그래서 그는 묵묵히 나아갔

으며, 얼굴을 땅에 처박지 않으려고, 또한 지독하게 내리쬐는 뙤약볕을 눈에 들이지 않으려고 눈꺼풀을 내리깐 것은 햇볕이 참으로 무자비했기 때문이나, 그의 머리가, 등이, 팔이, 다리가, 온몸이 달아오른 것은 대수롭지 않아서 어떻게든 참아낼 수 있었으나, 그를 소스라치게 놀라게 한 것은—그 중대한 의미를 그는 전혀 자각하지 못했는데—햇빛이 석회암에 닿았을 때 어떤 효과가 발생하는가였으니, 그가 이 강렬하고 섬뜩한 광채에 대비가 되어 있지 않았고 그럴 수도 없었던 것은, 왜, 어떤 안내 책자가, 어떤 종류의 미술사 논문이, 주의하십시오, 아크로폴리스는 햇빛이 무척 강해서 눈이 남달리 예민한 여행객은 반드시 사전에 대비해야 합니다, 같은 정보를 알려준단 말인가, 그리하여 그는, 눈이 남달리 예민한 여행객 범주에 속하는 그는 어떤 종류의 사전 대비책도 취하지 않았고, 그 때문에 이제 어떤 예방 조치도 취할 수 없게 되었거니와, 어떻게 해야 하나—그는 가진 것이 아무것도 없었고 여행 가방 하나가 전부였는데, 바로 그거야, 문득 머릿속을 스쳐 지나가는 생각이 있었으니, 아르테미스 브라우로니아 신전 앞에 이르렀을 때, 여기 자신의 수중에 있는 여행 가방이 자신을 구해줄 것이라고, 여행 가방을 가져와서 얼마나 다행이냐고 생각했는데—이것만 봐도 그가, 피로, 열기, 눈부심 때문에 얼마나 제정신이 아니었는지가 이미 명백했던바, 여행 가방이 자신의 수중에 있지 않고 저 아래 시내에 마니오풀로스라는 청년에게 맡겨놓았음을 떠올린 것은, 여행 가방을 열어 옷가지 하나를 꺼내려고 신전 벽으로 물러났을 때였으니, 이 순간 태양은 그의 머리 꼭대기에 있었고, 더위를 식힐 모퉁이도 틈새도 지붕도 구석도 어디에서고 찾을 수 없어, 바로 여기에도 없고 더 가도 없었던바, 빛은 방해받지 않고 화살처럼 곧장 수직으로 그에게 내리꽂혀, 아크로폴리스를 통틀어 그늘은 하나도 없었으나, 이 시점에 그는 그것을 알지도 못했기에, 쓰던 휴지를, 달리 아무것도 가진 게 없어 청바지 주머니에서 꺼내어, 여러 번 접어 눈에 갖다댔으나, 불운하게도 냅킨의 흰색조차 눈을 아리게 하여, 그는 어딘가에, 쉴 장소에, 아니면 어디든 물러나 눈을 쉴 곳에 조만간 도착할 수 있으리라 믿으며, 손바닥을 눈에 대고 그렇게 나아갔으니, 계속 나아가 아크로폴리스 위로 어린 시절 이후 가장 보고 싶던 장소 위로 더 올라갔는데, 그곳에는, 금세 분명해진바 그와 저 멀리 파르테논 옆의 독일인 부부밖에 없었으며, 그와 달리, 그가 생각하길, 그들은 물론 만반의 준비를 갖췄으니, 둘 다 헬멧처럼 생긴 열대용 선바이저를 썼고, 크고 시커먼 선글라스를 꼈으며, 배낭에서, 그가 그들을 엿보던 바로 그 순간에 1리터짜리 미네랄워터 병을 꺼내자, 그는 극심한 갈증을 느꼈으나 갈증을 해소할 방법이 아무것도 없었던 것은, 이곳에—그의 모든 바람과 상반되게—여느 관광지와 달리 음료수 판매대가 하나도 없었고 음료수 비슷한 것을 파는 상인도 없었기 때문이니, **아크로폴리**

스에는 아무것도 없고, 오직 아크로폴리스뿐이었으나, 이쯤 되자 그는 너무도 괴로워서, 아테나 상이 서 있고 에레크테이온으로 길이 이어지는 장소에 와서도 맹인처럼 발로 길을 느껴야 한 것은, 이젠 올려다보는 것이 아예 불가능했고 고개를 드는 것조차 할 수 없었기 때문인즉, 양 눈에서는 눈물이 굴러떨어졌으나, 그때는 아직 눈이 쓰라리지 않았고, 정말 쓰라리기 시작한 것은 눈물이 말라버렸을 때로, 그는 온갖 욕설을 내뱉으며 에레크테이온 여상주女像柱(여인상을 조각한 기둥)에 이르렀으나, 물론 들어갈 수 없었고―이곳에서는, 남쪽 면에서는 더더욱―기둥에 조각된 카리아이 처녀들을 시선으로 만질 수조차 없었던 것은, 난간이 높아서 여상주에 다가갈 수 없었기 때문으로, 눈이 따끔거리는 채 그는 절망적으로 주위를 둘러보았는데, 여기저기 돌밭 표면에 놓인 거대한 마름돌 조각들은 필시 되르펠트 신전이나 아테나 제단의 잔해일 터였으나, 어디서 왔는지 당최 알 수 없었던 것은, 그가 한순간에 받아들일 수 있는 장면이 고작 이만큼이었기 때문으로, 그러다 그가 대담하게도 다시 눈을 떴는데, 마치 저 위에 계신 신이 잠시나마 그에게 자비를 베푼 듯, 여상주 뒤에 있는 에레크테이온 남서쪽 파사드로 이끌려 가자 그곳에서 눈에 들어온 것은 나무 한 그루, 나무 한 그루였으니, 오 하느님, 눈먼 아크로폴리스 숭배자가 허겁지겁 그곳으로 달려가, 도착하자마자 등을 나무줄기에 붙이고 눈을 떠보았을 때 달라진 것이 아무것도 없었던 것은, 여기서조차 눈 뜨는 것을 감당할 수 없었기 때문이었던바, 나무는 작은 무화과나무요 말라비틀어진 난쟁이 나무로, 저 높은 곳에만 가지가 달린 수수깡만 한 줄기는 가늘디가늘었으며, 그 줄기가 마치 나비 날개처럼 생긴 앙상한 우듬지를 떠받치고 있었는데, 가지 사이사이로 햇빛은 막힘없이 통과했으며, 그는 발아래 땅을 쳐다보고서—믿기지 않았지만, 땅바닥에는 이 작은 가지들의 그림자조차 보이지 않았기에—자신이 이곳에 보러 온 것을 영영 볼 수 없을 것임을 깨달았으니, 단지, 그가 씁쓸하게 생각하길, 단지 아크로폴리스의 규모를 결코 알 수 없을 뿐 아니라, 자신이 여기 아크로폴리스에 와 있는데도 아크로폴리스를 전혀 볼 수 없으리라고 생각했는데—신들이 그에게 위안의 장소로 마련해둔 곳은 이 작은 나무가 아니라 에레크테이온 북쪽 파사드였으니, 즉 저기서는 태양이 하늘 위에서 이동한 거리만큼 벽 앞쪽으로 그림자가 졌기에, 발광한 사람처럼 그곳으로 달려가보니 독일인 부부는 여전히 거기 있었는데, 두 사람은 쾌활했으며, 남편은 카메라의 필름을 바꿔 끼우는 중이었고 아내는 큼지막한 기로스를 먹고 있었던바, 둘은 풍채가 좋았고 안색에서는 건강미가 넘쳐흘렀으며, 신들께서는 저 두 사람을 진정으로 아끼시는군, 이라고 그가 혼잣말을 하고는 더 서글퍼진 것은—더 서글퍼지고 더 불만스러워진 것은, 마침내 통증에 시달리는 눈을 쉴 수 있는 장소에 도착하여, 대략적으로 말해서 눈을 떴을 때, 정말로 눈을 떴을 때 옛 파르테논의 기둥 밑동 말고는, 그가 일생 동안 보기를 갈망한 이른바 아크로폴리스의 그 무엇도 볼 수 없었기 때문인 것은, 그가 아크로폴리스를 등지고 있었기 때문으로, 에휴, 이건 말도 안 돼, 정신을 차린 뒤에 그는 생각했으며 도무지 현실을 받아들이고 싶지 않았는데, 독일인들은 사진을 찍으려고 파르테논을 향해 걸어갔으나 그는 가만히 있었던 것은, 안온한 피난처 에레크테이온을 벗어나면 무슨 일이 벌어질지 알았기 때문으로, 어쩌면 여기서 잠을 청하면서 기다려야 할지도 모르겠다며, 그가 생각하길, 태양이 저 높은 곳에서의 장대한 여정을 마치면 이 아래쪽에서는 양달과 응달의 비율이 바뀌겠지, 하지만 이것이 허튼 생각임을 단박에 알아차린 것은 물이 전혀 없이는 버틸 수 없기 때문으로, 이것이야말로, 바로 이것이야말로 그가 예상하지 못한 것이었으니, 물을 가져왔어야 했어—그는 벽에 등을 기댄 채, 이곳을 지은 칼리크라테스와 이크니토스에 대해 생각하다가, 거대한 금박 상아 아테나 상을 깎아 이곳에 의미를 부여한 페이디아스에 대해 생각하고는, 벽에 기대어 자신이 파르테논 가까이 다가가는 광경을 머릿속에서 그려보았으니, 정말로, 직접, 파르테논의 경이로운 기둥 옆에, 우아한 도리아식 기둥과 이오니아식 기둥 옆에 서서, 프로나오스, 나오스, 오피스토도모스에 대해 생각했으며, 이 모든 것이 지어졌을 때 이 신전이 여전히 신앙의 장소이고 판아테나이아 제전의 무대이

자 목적지인 모습을 생각했으며, 두근거리는 두뇌를 쥐어짜 모든 것을 담고, 모든 것을 한꺼번에 보고, 그리하여 서구 세계에서 가장 아름다운 건축물을 작별 인사로서 자신을 위해 간직할 수 있게 되었던바—그런데, 울 수밖에 없다고 그가 생각한 것은, 자신이 이곳에 있으면서도 전혀 이곳에 있지 않았기 때문이요, 그가 울 수밖에 없었던 것은, 자신이 꿈꾼 것을 이루었으면서도 전혀 이루지 못했기 때문이다.

아크로폴리스에서 내려오는 길은 끔찍했으며, 이 모든 아테네 여행이 그토록 우스꽝스럽고 흔하고 평범한 실수 때문에 수치스러운 실패로 돌아간 것을 인정하는 일은 끔찍했으니, 양손으로 눈을 보호한 채 그는 비틀거리며 내려왔는데, 매표소를 걷어찼다면 속이 후련했을 테지만 물론 그는 아무것도 걷어차지 않고서 그저 헤매며 무자비한 열기 속에 구불구불한 길을 따라 천천히 내려와, 아래쪽 디오니시우 아레오파기투 도로에 이르러, 아까와는 반대 방향으로 아크로폴리스를 휘돌아 가기로 마음먹었는데, 이젠 이곳 아래에서 햇빛을 견딜 수 있을 만큼 눈이 회복되었음에도 더는 아크로폴리스를 올려다보고 싶지 않았고, 물론 왔던 방향으로 돌아갈 수도 있었으나 그러고 싶은 생각은 전혀 없었고, 이 순간 이후로 그 무엇도 하고 싶은 생각이 없었던바, 국립 박물관에 흥미를 잃었고, 제우스 신전에 흥미를 잃었고, 디오니소스 극장에 흥미를 잃었고, 아고라에 흥미를 잃은 것은, 이젠 아테네에 흥미를 잃었기 때문으로, 그 때문에 이곳 아래쪽에서 아크로폴리스를 바라볼 수 있는 지점들에도 흥미를 잃었으니, 아크로폴리스에 침이나 뱉어주마, 그가 혼잣말로 내뱉듯 말했는데, 말은 이렇게 했어도, 그의 내면에서 말하는 것은 오직 슬픔뿐이어서, 그 자신도 잘 아는바 그것은 이곳에서 자신이 감지할 수 없는 모든 것에 대한 슬픔이었으니, 이제 그는 이 일을 어떻게 해석했느냐면, 처음에 그는 자신에게 일어난 일에서 심오한 상징적 의미를 추구하고 발견했으며, 그리하여 아마도 마땅하게도, 그리하여 어떻게든 견딜 수 있었고, 어떤 식으로든 지난 몇 시간 동안 벌어진 사건들을 이해할 수 있었던바, 그것은 바로 그 자신의 작별이었으며, 그 의미는 이제야 서서히 그 안에서 형체를 갖추기 시작한바, 그는 발아래 인도만 내려다보며 걸었는데, 모든 것이 쓰라렸고 무엇보다 눈이 아직도 쓰라렸으나, 발도 무척 쓰라려서, 구두 때문에 뒤꿈치에 물집이 잡혀 걸음을 내디딜 때마다 오른발에 무게를 실었다가 왼발에 무게를 실었다가 하면서 발을 구두 안에서 조금씩 미끄러뜨려 뒤꿈치가 구두에 닿지 않도록 해야 했으며, 배가 하도 고파서 머리가 여전히 지독히 지끈거렸고, 몇 시간째 물 한 모금 마시지 못했기에 위장도 지독히 쓰라린 채로, 디오니시우 아레오파기투의 좁은 인도를 따라 이 방향으로 나아갔는데, 길은 더 길었고 실은 견딜 수 없이 길어 보였으며, 그가 한 번도 위를 올려다보지 않은 것은, **저 위에**—아크로폴리스의 이름을 부르고 싶지 않아서 이렇게 부르기 시작했는데—내일이든 오늘 밤이든 다시 시도해본들 볼 수 있는 것이 아무것도 남지 않았기 때문이어서, 그는 돌아와본들 허사임을 알았으며, 그가 아크로폴리스의 진면목을 다시는 보지 못하게 된 것은, 잘못된 날에 이곳에 왔기 때문이요, 잘못된 날에 태어났기 때문이요, 태어났기 때문인바, 처음부터 모든 것이 잘못되었음을 그는 알아야 했고 느껴야 했으니, 오늘은 무엇 하나 시작할 만한 날이 아니었고, 내일도 그런 날이 아니었으며, 이제 그의 앞에는 어떤 날도 없었던 것은, 그전에도 결코 없었기 때문이며, 이것은 그가 정교하게 포장된 석회암 길을 성공적으로—지금과 반대로—올라갈 수 있었던 날이 이제껏 없었고 앞으로도 영영 없을 것과 마찬가지이니, 왜 이런 생각을 했던가—그가 입꼬리를 내리며—왜 그렇게 급했던가, 그는 스스로를 나무라고는, 고개를 숙이고 기진맥진한 채, 지긋지긋한 구두 속에서 발에 피를 흘리며 아크로폴리스 자락을 따라 나아가, 아주 아주 오랜 시간을 들여 한 바퀴 돌아, 처음에 출발했던 거리로 돌아왔으니, 그날 아침 일찍 여기 오면서 이 거리에 들어섰지, 스트라토노스가 이 작은 거리의 이름이었어, 그가 계속해서 에레크테오스로 접어들어, 거기에서 곧장 아폴로노스로 나와 에르무 교차로에서 불리스 건너편에 도착하자—건너편에는 그날 아침의 친구들이 보였고, 눈에 보이는 광경이 도무지 믿기지 않았으나 거의 모두가 거기 있었는데, 여자 하나만,

엘라만 없어서, 여기서도 그것까지는 알아볼 수 있었고, 맞은편에서 그들도 그를 보면서 손을 흔들었으니, 그들이 그를 알아보았을 때 그가, 찌는 듯한 더위 속에서 일종의 청량음료처럼 그들에게 영향을 끼친 것이 틀림없는바, 저 위에서 그 많은 고통을, 그 많은 불필요한 고통을 겪고 난 뒤에 그들에게 돌아온 것이 그에게는 이루 말할 수 없이 감사한 일이었으며, 그는 그들을 보자 심장이 두근거리기 시작하다 마침내 잠잠해졌는데, 무엇이 저 무리를 그토록 매력적으로 만들었을까, 그것은 그들이 아무것도 하지 않고 아무것도 원하지 않으며 선량하다는 바로 그 사실이야, 기진맥진하고 매우 감동한 채로, 그는 지금 이렇게 생각하며 그들을 향해 손을 흔들었으니, 지금 해야 할 단 하나의 현명한 일은 여기 아테네에서 저 친구들이 맨 처음 그를 맞아들인 이곳에서 그들과 함께 앉아 있는 것, 그들 가운데 앉아 엘리니코스 카페스를 주문하고, 이곳에서, 아테네에서 하릴없이 시간을 때우는 것이었음이 명백해 보인바, 무언가를 원하는 것이 무슨 소용이람, 이제, 이 끔찍하고 끔찍이도 한심한 날을 보내고 나서 돌이켜 생각해보니 이날 아침 이곳에서 무언가를 그토록 간절히 원한 것은 얼마나 우스꽝스러운 일이었던가, 이 모든 소망은 얼마나 우스꽝스러운 일이었던가, 그들과 함께 있으면서, 엘리니코스 카페스를 한 잔 더 마시면서 승용차와 버스와 트럭이 이리저리 미친 듯 질주하는 광경을 구경하는 것이 훨씬 행복했을 텐데, 그는 녹초가 되었으므로 지금부터 무엇을 할 것인지는 의문의 여지가 없었던바, 그는 그들 가운데 앉아, 그들과 마찬가지로 아무것도 하지 않으면서 무언가를 먹고 무언가를 마신 다음, 얼음장처럼 차가운 엘리니코스 카페스를 한 잔 더 마시고, 그러고 나서 달콤하고 느긋하고 영원한 우수에 젖고, 구두를 벗고, 다리를 쭉 펴고, 저 위에서 자신이 겪은 일들을 이야기한 뒤에—자조적인 논평도 빼놓지 않고—여름에 아테네에 올 생각을 하다니, 게다가 도착 첫날 햇살이 가장 따가울 때 아크로폴리스에 올라가, 아크로폴리스에서 아무것도 보지 못한 것에 놀라다니, 어쩌면 그리도 어리석을 수 있는지, 그런 사람은 그렇게 당해도 싸다며 와자지껄 웃음소리에 자신도 동참할 것이고, 요르고스는 그 모든 웃음 가운데에서, 그런 사람에게는 얼간이라는 칭호를 부여해야 한다고 말할 것이고, 아도니스도 아무런 적의 없이 한마디 거들길, 뙤약볕이 내리쬐는 날에 아크로폴리스에 올라가면서 선글라스도 챙기지 않는 그런 사람 말이야—그들은 한참을 웃겠지, 라고 여기 교차로에서, 그가, 이 아크로폴리스 모험가가 생각하길, 아마도 이 시점에 내가 이렇게 말하겠지, 왜 선글라스도 없이 떠났느냐면, 그것은 선글라스를 끼고서 보는 아크로폴리스는 아크로폴리스와 아무 상관도 없기 때문이라고, 그들은 그에게 다시 손을 흔들며 꾸물거리지 말고 얼른 건너오라고 했지만, 그는 이곳에서 왠지 집에 있는 듯한, 새로 사귄 친구들과 집에 있는 듯한 기쁨을 느끼며, 건너편 테라스를 향해 빽빽한 차량 사이로 생각 없이 발을 내디뎠는데, 그 순간, 눈 깜박할 사이에, 안쪽 차로에서 질주하는 트럭에 치어 으스러진 채 죽고 말았다.

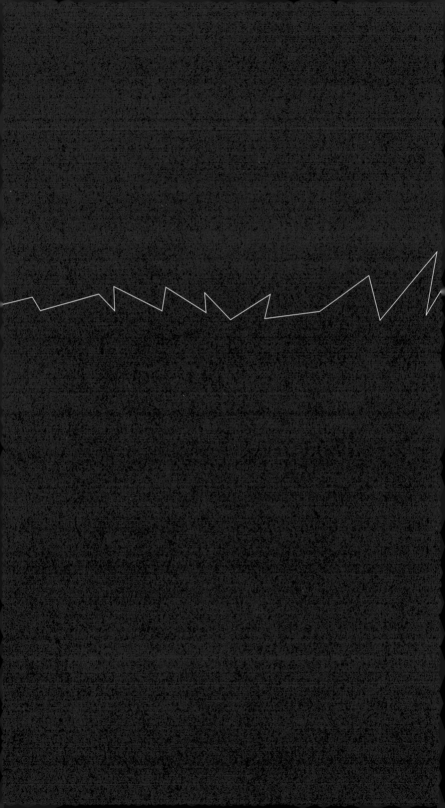

13

그는 새벽에 일어난다

그는 새벽에, 새들과 비슷한 시각에 일어나는데, 단잠을
못 자는 체질인지라 그나마 수월한 일은 처음에 잠드는 것뿐
이어서—밤에 잠은 곧잘 들지만, 그 뒤로는 뻔질나게 놀라서
깨며, 꿈 때문에 기진맥진하여 땀에 흠뻑 젖은 채 새벽까지 잠
을 설치다 보면, 마침내 샤카다니^{釈迦谷}의 고에쓰지^{光悦寺} 위에 자
리 잡은 기타^北 지구의 하늘이 회색으로 바뀌기 시작하거니
와, 매일 힘겨운 밤을 보내고 그가 일어나는 이곳은 그 혼자
사는 넓은 집으로, 마치 그 집에서 그 혼자 살 뿐 아니라 온 동
네에서 그 혼자 사는 것 같으니, 이곳은 교토에서 가장 값비싼
주거 지역 중 하나로, 비싼 동네는 언제나 가장 조용하고 가장
인적이 드물고 한마디로 가장 비인간적인지라, 옆 건물들은
사람 사는 기척이 전혀 없고 그의 집보다 더 고적해 보이는데,

이따금 차 한 대가 매우 조심스럽게 소리 없이 지나가고 누군가 어디론가 가고 누군가 집으로 돌아오지만, 그와 같은 사람이 하나라도 있다 한들 마치 그들 또한 혼자인 듯하여, 그는 넓고 흠 없고 단정한 집에서 오랫동안, 헤아릴 수 없는 세월을 살아왔고, 누구와도 이야기하지 않거나 누구와도 이야기하고 싶지 않은 채 사나흘 지나기가 예사인데, 설령 이야기하더라도 대개 전화로 하며, 애완동물은 하나도 없고, 음향 기기는 하나도 쓰지 않고, 낡아빠진 텔레비전 한 대, 더 낡아빠진 컴퓨터 한 대, 집 뒤 작은 뜰에 조그만 정원이 있을 뿐인즉, 한마디로 그는 완전한 고요 속에서 살아가며 아무리 봐도 완전한 고요 속에서 살아가고 싶어 하는 것처럼 보이지만, 그 이유는 수수께끼이며 그의 일생 또한 수수께끼이니, 이 말인즉 그는 초저녁 선잠에 들어 새벽에 일어날 때까지 꼭꼭 숨어 있고 무언가를 장애물로 가리고 있는데, 그러한 성향을 보면, 완전한 고요, 고독, 청결과 질서를 무조건 요구하는 걸 보면 그 이면에 무언가 사연이 있을 것 같은 인상을 역력히 풍기지만, 그 사연이 무엇일까 하는 것은 그가 꼭꼭 감추는 비밀로서, 이따금 수강생 몇 명을 단기 연수차 받거나 이따금 저녁에 어쩌다 친구가 찾아와 함께 시간을 보내더라도―그 사연의 무엇 하나 엿볼 수 없어서, 모든 것이 꼭꼭 숨겨진 채로 초저녁잠, 여윈 잠, 새벽 기상 다음에는 급히 아침 식사를 하는데, 대개는 정원을 바라보는 서구식 부엌에서 선 채로 먹고 나서 2층으로 올라가는 것은, 남쪽을 바라보는 작은 방에 작업실을 차려놓았기 때문으로, 그곳은 볕이 가장 잘 들긴 하지만 이따금 빛이 지나치게 강하고 날카로워서, 5월부터 9월까지 이어지는 긴 여름 동안 툭하면 창문에 커튼을 쳐야 하며, 그는 작업실 한가운데 직접 만든 작업 상자 안에 앉는바, 작업 상자는 창문을 바라보고 있으며, 그는 이른 아침부터 초저녁까지 이 상자 안에 앉아 있되, 여기서―이렇게 말할 수도 있겠는데―모든 것을 손 닿는 거리에 둔 채, 안경을 쓰고, 가부좌를 틀어 몸을 낮춘 다음, 편백 조각을 무릎 사이에 놓고는, 쳐다보고 돌려도 보는데, 이것은 어제 준비해둔 것으로, 말하자면 치수에 맞게 원하는 직사각형 크기로 잘랐으나, 실은 판지 밑그림을 대고 주된 윤곽을 그려두었기에, 그가 지금 보고 있는 것은 이것과, 작업 상자 안 다리 가까운 앞쪽에 놓인, 원본을 찍은 작은 사진 두 장으로, 사진 속에서는 한냐 가면般若能面을 볼 수 있거니와, 이 가면은, 악귀처럼 무시무시하게 생겼고 시로한냐白般若 가면이라고도 부르며 아오이노우에葵上 노能* 연극에서 쓰는데, 이것은 추구해야 할 이상이고, 그는 나름의 방식으로 이 과제에 매달리고 있는바, 가면 만드는 일에 그는 저절로 돌입하며, 한냐 가면은 대개 한 달 반이나 두 달, 어쩌면 그보다 조금 덜

---

* 노能란 일본 전통 가면 악극으로 피리와 북소리에 맞추어 노래를 부르며 춤을 춘다. 아오이노우에葵上는 겐지모노가타리源氏物語라는 일본 최초의 고전 소설을 소재로 한 무로마치 시대의 노다.

걸리는데―그것은 언제나 그가 하루에 얼마나 작업하느냐와 이 일이 얼마나 순조롭게 진행되느냐에 달린바―대략 한 달 반, 이 정도의 시간을 이곳 작업 상자에 깐 다다미 위에서 이른 아침부터 초저녁까지 보내며, 말로 말할 것 같으면, 그는 말하지 않고 심지어 자신에게도 말하지 않으며, 그가 조금이라도 소리를 낸다면 그것은 나뭇조각을 들어올려 가면에서 깎아낸 끌밥을 조용히 불어 날리는 소리이거나 이따금 작업 상자에서 자세를 바꾸다 한숨을 내쉬는 소리뿐으로, 다시 한번 그는 나뭇조각을 향해 몸을 숙이는데, 처음에 이 모든 것이 시작되는 곳은 고쇼御所 아래 남쪽으로, 한때 황궁이던 곳의 오카리 목재상인바, 사장은 오카리 상이라는 인물로, 키는 그와 마찬가지로 매우 작고 나이는 그보다 열다섯은 족히 많으며 매우 침울한 이 오카리 상에게서 그는 몇 년째 나무를 사들이고 있었으며―얼마 전에도 이 새 나무를 샀는데―그는 그를 신뢰하며, 가격은 언제나 적당하고 나이테는 가늘고 촘촘하며 결에는 흠이 없으니, 말하자면 그가 고른 나무토막의 원래 주인이던 편백은 천천히 자랐으며, 게다가 목재는 기후현 비슈에서, 가장 명성이 높은 숲에서, 목재의 품질이 우수하기로 유명한 숲에서 운반되는바―모든 것이 단순한 직사각형 모양 나무토막에 들어 있는데, 이렇게 모든 것이 시작되니, 밑그림에 맞춰 원하는 치수대로 둥글게 톱질하면서 그가 생각을 하지 않는 것은, 생각할 필요가 없기 때문으로, 그의 손은 저절로 움직이기에 방향을 조절할 필요가 없으며, 톱과 끌은 자신이 무엇을 해야 하는지 스스로 알기에 전체 작업에서 이 처음 단계가 가장 빠르고, 나중의, 종종 고통스러운 불안으로부터 가장 자유로운 것은 놀랄 일이 아닌바, 톱, 애끌, 나무망치, 그리고 나면 끌밥을 진공청소기로 빨아들이는데, 바로 이처럼 그는 작업 상자 안에 앉아, 쓰임새에 맞게 개조한 작은 진공청소기를 이용하여, 작업 상자 바깥엔 아무것도 남지 않도록, 섬세한 다다미 위에 티끌 하나 남지 않도록 빨아들이니, 이것이 그가 앉아 있는 작업 상자의 용도인바, 그는 그곳에서 팔을 뻗어 진공청소기로 빨아들이고, 작업 상자의 끌밥 높이는 점점 높아지는데, 이런 식으로 작업 중에 약간의 청결을 유지할 수 있으며, 큰 조각들은 톱으로, 그러고 나서는 애끌과 나무망치로 제거하지만, 이 작업은 첫 며칠에만 진행되며, 나중에, 사흘째부터 나흘째까지는 자연스럽게 점점 작은 끌을, 예리한 정도가 저마다 다른 끌을 쓰며, 이제는 끌을 망치로 두드리지 않고 손으로만 깎는데, 이런 식으로 왼손에 나뭇조각을 꽉 쥐고 오른손으로 세밀하고 정확하고 분명하고 빠른 동작을 구사하여 무른 재료에 끌질을 하지만, 그와 동시에 언제나 필요한 밑그림을—수많은 밑그림 중에서 골라—작업 중인 표면에 대고 있으니, 그는 이른바 원본으로부터 어마어마한 양의 밑그림을 미리 준비하는데, 이것은 원본의 소유자가 빠듯한 일정으로, 즉 최대 이틀이나 사흘 기한으로 그

에게 대여한 것으로서 그는 자를 대고는 머리카락 한 올보다
더 정확하게, 이 원본에 맞춰 어마어마한 양의 판지를 잘라,
이마, 눈썹, 눈, 코, 뺨, 턱, 그리고 얼굴의 나머지 부위 하나하
나에 대해, 가로로 또한 세로로, 대각선으로, 그리고 나머지
모든 부위에 상대적으로도, 한마디로 어느 위치에서도 어느
각도에서도 정확하도록 자르는바, 여기에 필요한 것은 밑그림,
오직 밑그림이어서, 첫 두 주 동안은 원본에 대고 그린 판지에
서 잘라낸 밑그림 윤곽만이 손에 든 끌을 보조하니, 그 의미
는 실로 거대하며, 이런 까닭에 누군가 멀리서 그를 볼 수 있
었다면─물론 이것이 불가능한 것은, 이 일이 일어날 도리가
전혀 없기 때문인데─그 누군가에게는 노멘能面(노 가면) 장인
인 간제류観世流의 이토 료스케 같은 사람이 보일 텐데, 그는 지
금 무언가를 끌질하다가, 이미 필요한 밑그림을 대어보아 작
업이 올바른 방향으로 진행되는지 확인하고─이 마지막 밑그
림 조각이 정확한지, 이 부분을, 바로 이 부분을─전체에 비
례하여!─완성하기까지 아직 빠진 것이 얼마큼인지, 따라서
아직 얼마나 깎아내야 하는지 확인하는 것은, 편백 조각으로
만든 노멘에서 표정이 흠 없이 나타나도록 하기 위함이니, 교
토나 오사카의 간제류 연극 무대에서 한냐 가면에 드러나는
원래 표정이야말로 그가 염두에 두고 있는 것으로, 그는 보고,
끌질하고, 청소한 다음, 그저 끌질하고 무른 편백의 끌밥을 불
어 날리며, 그가 지금 만드는 가면이 간제류를 위한 것일 경

우―제작비로 말할 것 같으면, 대개는 전혀 없으나―작업은
노 연극을 보는 것으로 시작되는데, 그가 노에서―이를테면,
이 경우에서처럼―보는 것은 아오이노우에이고, 거기서 그가
보는 것은 시테仕手라고 불리는 주연 배우의 한냐 가면인바, 그
는 자신이 본 것과 다른 가면을 상상하며, 그것으로부터 이제
야 노멘을 보았다는 감정이 일어나지만, 그가 원하는 것은 그
것과 같은 가면이 아니고 그런 종류의 또 다른 가면이 그의 머
릿속에 방금 떠올랐기에, 그리하여 그는 자신이 직접 가면을
조각하고 싶어졌으나, 이를 위해서는 당연히 자신이 원하는
것과 최대한 닮은 가면이 필요하고 당연히 자신의 스승인 호
리 야스에몬堀安右衛門 명인이 만든 한냐 가면이 필요하니, 하나
는 밑그림을 준비하기 위해 필요하고 다른 하나는 본보기로
필요한바, 아직 본격적으로 작업을 시작하지도 않았는데 이
미 사나흘째가 되어 그가 작업하는 나뭇조각은 이제 그가 구
상한 결과를 향해 나아가고 있으니, 그는 하루하루 무슨 일이
일어나고 있는지 말하기가 점차 힘들어지며, 성기고 거친 시
각으로 볼 때 그의 삶은 감지할 수 없는 연속적 변화로 가득
차 있으면서도, 그러는 내내 그는 작고 정확하고 분명하고 빠
르게 조각하여, 자신의 머릿속에 떠오른 가면에 점점 가까이
다가가는바, 그 시점에 이르기까지는 아직 수많은 날과 수많
은 시간, 수많은 이른 아침과 정오와 저녁이 필요한즉, 대략 한
달 반, 어쩌면 꼬박 두 달이 걸릴지 그는 확실히 알지 못하며,

그는 새벽에 일어난다

세세한 것들은 더한 어려움으로 점철되어 있은즉—이따금 그러듯—그는 실수를 저지를 때가 있고 그러면 바로잡아야 할 수도 있는데, 그러면 시간을 잃게 되지만, 그는 일하는 속도가 빠르고, 주로 인공 조명이 아닌 자연적 햇빛 아래서 작업하는 바, 끌질하고, 들어올리고, 끌밥을 불어 날리고, 밑그림을 점검하고, 다시 끌질하니, 고요는 거대하여, 집 안은 완전히 적막하고 밖에서 소리가 새어 들어오는 일도 무척 드물며, 애초에 고요를 깨뜨리는 것은 그 자신으로, 대개는 빠른 동작 가운데 이따금 끌을 상자 바닥에 내려놓거나 좀 멀리, 하지만 여전히 자신 곁에 놓을 때인데, 끌을 작업 상자 밖 다다미 위에 놓을 땐, 내려놓는다기보다는 맹렬한 동작으로 팽개쳐, 끌 하나를 떨어뜨리고 다른 끌을 집어들거나 가면을 멀찍이 든 채 바라보는바, 그런 때에는 그가 팽개친 끌이 요란한 소리를 내며 서로 부딪히지만, 대개는 숨 쉬는 소리, 이따금 상자 안에서 자세를 바꿀 때 나는 둔중한 쿵 소리와 한숨 소리뿐 다른 소리는 전혀 없어서, 그는 기본적으로 완전한 고요 속에서 일하며, 이른 아침부터 초저녁까지, 더 정확히 말하자면 우선 이른 아침부터 정오까지 일하고 나서 이른바 점심 시간에 잠깐 휴식을 취하는데—식사 시간은 30분을 넘길 수 없으나, 아침과 달리 점심은 앉아서 먹거니와, 안에서, 부엌에서 먹거나, 날씨가 좋으면 그늘진 정원에 내다놓은 작은 식탁에서 먹으며, 그가 먹는 것은 대부분 채소뿐으로, 고기는 거의 입에도 대지 않고, 생선이라면 모를까, 하지만 대개는 채소 또 채소만 먹으니, 채소 절임으로 시작하여, 미소 된장국, 그가 좋아하는 현미밥, 반으로 잘라 구운 아보카도 서너 조각, 버섯전, 두부전, 죽순을 먹거나, 우동이나 메밀국수를 만들어, 유바湯葉라는 두부껍질 요리나, 콩나물, 풋콩, 마지막으로 낫토를 조금 곁들인 다음, 그가 특별히 좋아하는 우메보시 매실 절임을 먹는 내내, 오로지 미네랄워터에 미네랄워터만 마시니, 이 모든 과정을 단 반 시간 안에 끝내는 것은 일해야 하기 때문으로, 그가 다시 작업실로 돌아가야 하는 것은, 그동안, 식사하는 동안에도 작업의 단계나 해결해야 할 문제에서 손을 떼지 않았고 점심 먹는 동안 잠시 떨어져 있었을 뿐이어서, 그는 이미 위에, 2층에 올라와 작업 상자에 앉아서는, 자신이 만들고 있는 가면을 멀찍이 집어 들어, 바라보고, 손 안에서 천천히 돌리고, 마지막으로, 침울한 얼굴로 바라본 뒤에, 다시 시작하여, 끌을 들고, 끌밥을 불어 날리고, 가면을 들고, 바라본 다음, 다시 끌질하고, 밑그림을 대어보고, 끌질하고, 끌밥을 불어 날리고, 바라본 다음, 다시 끌질하고, 밑그림을 대어보고, 끌질하고, 불고, 바라보는 동안, 으레 그러듯 아무것에 대해서도 생각하지 않는데, 자신이 지금 근사한 한냐 가면을 만들고 있는지 그저 그런 것을 만들고 있는지에 대해서는 더더욱 생각하지 않으니, 그의 내면에는 아름다운 것을 향한 욕구가 전혀 없었거니와, 설령 있었더라도, 그의 스승이 그의 젊은 시절에 가르쳤

듯—또는 스승의 예언대로 그가 스스로의 경험으로부터 배웠듯, 내면에 아름다운 가면을 만들려는 욕구가 있으면 불가피하고도 무조건적으로 가장 추한 가면을 만들게 될 것이요, 이것은 언제나, 그리고 무조건적으로 언제나 그러한즉, 지금껏 오랫동안 그 욕구는 그의 내면에 있지 않았고, 정확히 말하자면 그의 내면에는 아무것도 있지 않아서, 생각은 머릿속을 맴돌지 않고 그의 머리는 마치 무언가에 얻어맞은 듯 텅 비어, 오직 그의 손만이, 그의 끌만이 왜 이 일이 일어나야 하는지 알며, 그의 머리는 텅 비었으나 예리하게 텅 비어서, 그의 손이 작업 중인 가면을 들어올려 작업이 올바른 방향으로 진행되는지 점검할 때 그의 머리는 예리하니, 그때에만, 작업 중인 가면을 들여다볼 때에만 그의 머리는 명료하며, 그가 가면을 무릎 사이에 다시 떨어뜨리고 그의 손이 끌을 든 채 다시 작업에 착수하면, 다시 그의 머리는 명료하지 않고 오히려 완전히 즉각적으로 텅 비어, 서로 모순되는 온갖 생각이 맴돌지 않고 소용돌이치지 않고 여기저기서 꿈틀거리지 않고, 그의 머릿속에는 오직 완전한 비어 있음만이, 집 안에는 완전한 비어 있음만이 있으니, 딱히 생각할 것이 아무것도 없는 것은, 집 안에 비어 있음이 있기 때문이요, 동네에 비어 있음이 있기 때문이며, 누군가 그에게 물으면, 단기 연수를 받으러 온 수강생들이 한결같이 그러듯 예를 들어달라면, 어떻게 이 편백 조각에서 가면이, 사람들을 겁에 질리게 하는 노멘이 나타나는

지—그것은, 그가 보기에 어떤 신비로운 개입과도 무관하니,
즉 특별할 것 없는 일련의 조각 과정을 거치면, 그가 판단컨대
가면이 완성되는바—말하자면 이러한 무언가를 매혹적으로
만드는 것은 무엇이고 매혹적이지 않게 만드는 것은 무엇인
지—이런 질문을, 즉 이곳의 작업이 성공적으로 이루어졌고
가면이 근사한가를, 아니면 그저 끔찍하고 지독히도 투박하
고 수치스러워 언급할 가치조차 없는 재난인가를, 무엇보다
감식안에 의해 명백하고도 즉각적으로 결정하는 섬세한 또는
그다지 섬세하지 않은 차이점은 무엇인지, 마지막으로, 노가
원하는 것은 무엇인지, 아오이노우에는, 그러고 보니 무엇에
관한 것인지 등등의 이런 질문이, 작업 상자 안 작업실에 있는
그를 명백히 심란케 하는 것은, 누군가 그에게 질문을 던진다
는 사실만으로도 그를 심란케 하기 때문일뿐더러, 그의 완전
히 텅 빈 머릿속에는 그가 이 문제와 관련하여 대답에 써먹을
것이, 설령 그것에 의지할 작정이었다 해도 하나도 없기 때문
이어서, 그는 노가 무엇이고 무엇이 가면을 '매혹적'으로 만드
는가 같은 질문으로 골머리를 썩이지 않으며, 그가 노심초사
하는 것은 다만 제 깜냥의 한계 안에서, 또한 신사에서 몰래
올리는 기도에 힘입어 할 수 있는 최선을 다하는 것뿐인즉, 그
가 아는 것은 동작과 작업 방식—끌질, 조각, 연마—뿐, 즉
모든 실용적 작업 순서이지 이른바 '거창한 질문'은 아니니, 그
는 그것들과는 아무 볼일도 없고 아무도 그에게 그 질문들에

대처하는 법을 가르치지 않았기에, 이 텅 빈 머리는 예나 지금이나 그의 유일한 대답이요, 아무것도 들어 있지 않은 질문에 대답할 것이 아무것도 들어 있지 않은 머리이나, 이것을 표현할 방법을, 특히 서구에서 온 수강생들에게는 전무한바, 이런 때 벌어지는 상황은 텅 빈 머리가, 겉보기에 중대하고 뜻밖이고 뜻밖이기에 심지어 지나치게 우악스러운 질문을 맞닥뜨린 채 서 있는 것으로, 그는 대답을 가지고 있지 않을 뿐 아니라 침묵을 깨고 무언가를 말해야 하는 것 또한 무척 힘겨운 일이어서, 그는 더듬거리기 시작하는데, 이 단어의 엄밀한 의미에 꼭 맞게 더듬거리며, 마치 방문객의 언어에서 영어 단어를 찾는 듯 더듬거리나, 평소에 언어를, 어느 언어든 구사했다면 정확하고 빠르게 찾았을 테지만 그러지 못하여, 무언가를 더듬더듬 말하나, 이 소리는, 그 자신이 너무도 잘 알듯 들리지조차 않으며, 그는 이런 식으로는 계속할 수 없음을 아는데, 수강생들은 조용히, 조금은 어리둥절한 채 그에게 무언가를, 본질적인 무언가를 말해달라고 재촉하나, 그가 무엇을 할 수 있겠는가, 제기된 질문에 답할 어떤 본질적인 것도 머릿속에 떠오르지 않는 것을, 그는 머릿속이 윙윙거리고, 자신이 빠져든 소용돌이에서 벗어나려 하고, 궁금증을 해소하려 귀를 기울이는 방문객들의 시선을 이해하려 하고, 마침내 아무것도 말할 필요가 없어지길 바라는 듯하나, 그때 이것이 헛된 희망임이 드러나는 것은, 시선들이—뭐라도 말해보라고 재촉하는,

호기심에 가득 찬 완강한 시선들이—그에게 고정되어 있기 때문이어서, 그는 마음을 추스르고는, 주어진 질문과 관련하여 무언가를, 매우 조심스럽고도 신중한 태도로, 고상하게 절제하며 거창한 어휘를 삼간 채 말하니, 무언가를, 가면에 대해 무언가를, 여기 이런저런 가면이 있고, 어떤 연극에서는, 이렇고 이러한 의미가 있다고 말하나, 노에서 원하는 것이 무엇인지 노의 본질은 무엇인지 등등의 지독히도 눈치 없는 질문에 대해서는—어찌할 바를 알지 못하는데, 그는 도무지 이해하지 못하고, 그런 질문에, 어린 아이가 물을 법한, 적어도 어른은 묻지 않을 그런 질문에 대체 어떻게 답할 수나 있는지 이해하지 못하는바, 이곳에서 (그가 자신을 부르는 명칭인) 한낱 노멘장이의 한낱 작업실에서 그런 질문은 가당치 않다며, 더듬더듬 이토 료스케가 말하길, 그런 건 자신이 아니라 위대한 스승에게 물어야 할 것이고 자신은 제 깜냥의 한계 안에서 할 수 있는 일을 할 뿐이라고 말하나, 단기 연수차 자신의 작업실에 등록한 서양 수강생들의 얼굴에서 명백히 실망한 표정을 보고서 그들의 감정을 상하게 하고 싶지는 않았는데, 저 실망한 표정을 보고 싶지 않은 것은 그들 때문이 아니라 오히려 자신 때문이요 그것은 달갑잖은 일이어서, 뭐라도 말해야 할 것 같아, 어렵사리 문장 몇 개를 그러모아 복잡한 질문 중 하나에 답하길, 위대한 스승에게서 들은 이야기를 기억에서 끄집어내어, 자신의 어법으로 머뭇거리며 표현하고 보니, 주위 사람들에게서 그 대답에 만족한 기색이 보여 그의 안도감이 부쩍 커졌고, 이 만족감을 그들의 얼굴에서 볼 수 있으니, 이만하면 됐다며 그는 다시 자신의 작업으로 몸을 숙이고는, 이따금 고개를 들어 그들의 얼굴에서 만족한 표정이 정말로 보이는지 확인하고서, 방문 시간이 끝나기만을, 또는 그들이 정한 시각이 되기만을 오매불망 기다리나, 그를 무척이나 불안하게 한 것은 방문 자체였은즉, 마침내 그들이 떠났을 때, 그리고 가능한 한 다시는 서양의 호사가들을 받아들이지 않겠노라 결심했을 때 그는 한참 동안 일이 손에 잡히지 않아, 작업 상자에 다시 앉지 않고서 그저 오르락내리락하며, 이따금 작업실에서 물건을 곧게 펴고 정리를 시작하여, 진공청소기로 끌밥을 빨고, 당장은 필요가 전혀 없으면서도—정리하기에 알맞은 시각은 그날의 끝이므로—마치 의미가 있는 것처럼 주변의 연장들을 정리하는데, 일어나서 모든 것을 정리하고 챙기고 청소하는 동안, 이런 만남 뒤에는 어찌나 마음이 뒤숭숭하던지 머릿속에서 모든 것이 뒤죽박죽이 되고 질문들이 크고 작은 조각으로 나뉘어 소용돌이치며, 노는 무엇인가요, 한냐 가면은 무엇을 의미하나요, 어떻게 단순한 편백에서 '성스러운 무언가'가 나올 수 있나요, 하지만 이것은 어떤 종류의 질문이란 말인가—이토 료스케가 자포자기하여 고개를 내두르며—어떻게 이럴 수 있지, 그러고는 한숨을 내쉬며, 모든 것이 제자리에 놓이자 그도 제자리에 앉아, 작업 중인 편백 조각을 집어 왼손으로 멀찍이 들고는, 최대한 멀리서 볼 수 있도록 작업 상자 안에서 등을 최대한 뒤로 기댄 채 편백 조각을 들여다본 다음 다시 무릎 사이에 내려놓고, 적당한 끌을 손에 들어 끌질을 하고, 다시 들어올려 끌밥을 불어 날리고, 그날 밤은 좀 일찍 끝내는데, 다시 정리하고, 물건들을 정돈하고 청소하여, 이튿날 아침 작업실이 매일 아침 그를 기다리는 것처럼 기다리도록 한 다음, 집 밖으로 나와 특수 제작된 자전거를 타고서, 이번 방문으로 인한 온갖 잡념을 떨쳐버리려 저녁 전에 출발했던바, 자전거 타기는 그의 유일한 여가 활동이며, 그의 자전거는 아주 특별한 모델로, 평범한 산악자전거가 아니라, 무엇이든, 아니 거의 무엇이든 할 수 있도록 특수 설계되어, 기어, 승차감, 짜임새 할 것 없이 모든 것이 만족스러운바—그가 자전거를 하나 장만하여 산에서 타야겠다고 마음먹은 것은 오래전 일인데—집에서 나와, 샤카다니의 가파른 내리막을 질주하여 10분 만에 북쪽 산악 지대에 다다르자, 정상까지 올라가는 가장 힘겨운 코스가 시작되어, 땀에 흠뻑 젖은 채 그저 페달을 밟으며 오르막을 오르는데, 그날 정한 지점에 이르러서는 땀이 비 오듯 흘러내렸으나, 이제 내리막이 시작되고, 숲의 경이롭고 이루 형언할 수 없는 정적, 그 싱싱한 아름다움, 상상할 수 없는 장엄함, 고요와 순수, 공기의 향내, 휴식을 취하는 근육과 스피드를 느끼며, 그는 미끄러져 내려가기만, 미끄러져 시내로 돌아가기만 하면 되는데, 이런 때 브레이

크조차 쓸 필요가 없다면 행복할 테지만, 그래도 이 내리막이 그토록 좋은 것은 그를 다시 한번 내면의 텅 비어 있음으로 데려가주기 때문으로, 그 텅 비어 있음은 교란되었으나 집에 돌아와 자전거를 벽에 기대 세워둘 때쯤 복원되었으니, 그의 안에 있는 평안은 완벽하여, 머릿속에는 혼란이나 초조의 흔적이 조금도 남지 않은 채 그가 정원에 나가 앉거나 부엌에 밥상을 차리고 저녁을 먹는 것은, 이튿날 이른 아침에 다시 한냐 가면을 손에 들고 앉을 수 있기 위해서인즉, 그는 가면을 멀찍이 들고, 몸을 뒤로 기울여 가면을 바라본 다음, 무릎 사이에 놓고 왼손과 오른손으로 끌질을 시작하되, 이제는 지극히 미세한 동작으로 최대한 섬세하게 끌질하는 것은, 단 한 번의 끌질이라도 너무 깊거나 너무 길면 가면을 망칠 수 있기 때문이어서, 한편으로 그는 끌질의 크기를 점점 줄이고 다른 한편으로 여전히 밑그림을 자주―뻔질나게―보면서 저것이 그저 밑그림만으로는 안 되는, 결코 밑그림만으로는 안 되는 단계에 마침내 도달하려면 얼마나, 아직 얼마나 더 깎아내야 하는지 확인하는데, 그때는 밑그림을 쓰는 것만으로는 충분하지 않으며, 그때는 그가 작업 상자에 그대로 머문 채 손을 뻗어 가면을 보면서는 판단할 수 없는 시점으로, 그가 지금처럼 가면을 가능한 한 자주, 천천히, 처음에는 한쪽으로 다음에는 반대쪽으로 돌리며 한 번은 앞면을 보고 한 번은 옆 윤곽을 보는 것으로는 충분치 않아, 작업 상자에서 나와 직접 제작한

특수 거울로 가면을 들여다볼 때가 되었다고—지금처럼—판
단하는 것은 그런 순간으로, 그런 날이 언제 찾아오는지는 판
단하기 힘드나 찾아오긴 찾아오니, 그는 초저녁에 일을 내려
놓으며 때가 가까웠다고 느끼는데, 내일일지도 모르겠군, 이라
고 생각하며, 그러다 이튿날이 되어, 아침 일찍 가면을 다시
손에 들고서, 물론 오늘 끝나지 않을지도 모르지만, 지금 이때
가 그 아침이기에, 지금 그는 가면을 보아야 하고, 더 정확히
말하자면 가면을 거울에 비춰 볼 때가 찾아왔으며, 거울들은
그가 설치한 대로 놓여 있어서, 그는 가면을 손에 들고 앉아,
좁은 복도가 내다보이는 작업실 열린 문을 마주 보는데, 각도
가 조절되는 작은 틸팅 거울은 이미 다다미 위에, 그의 뒤쪽이
긴 하나 작업 상자에서 잘 보이도록 놓여 있으며, 좁은 복도
끝에서, 그러니까 족히 10미터는 떨어져 그를 마주 보고 있는
것은 벽을 가린 커다란 거울이며, 복도 중간께에는 작은 틸팅
거울, 즉 원하는 각도로 조절할 수 있는 거울이 임시로 설치되
었고, 복도 천장에도, 가운데 놓인 작은 거울 바로 위에 또 다
른 작은 거울이 있으니, 이것이 그 시스템으로, 그는 큰 거울
을 마주 보며 그에 따라 오른손으로 가면을 큰 거울에 비춘
채, 전보다 더 조심스럽게 가면을 들어 오른쪽 어깨 위로 올리
니, 큰 거울에 무엇보다 먼저 보이는 것은 그가 들고 있는 것,
지난 여러 날 동안 작업하던 것이고, 물론 자신의 얼굴과, 오
른쪽 어깨 위로 지금 작업 중인 가면이 보이지만—물론 그는

그곳을 보지 않고, 오로지 가면만을 보니―천천히, 보이지 않
는 중심축을 따라―그가 오른쪽으로 돌다가, 불쑥 가면을 끌
어당겨 적당한 각도로 들어올리자 왼쪽 윤곽이 보이되 노 무
대에서 시테가 후반부에 무척 자주 취하는 각도로 보이니, 대
체로 그는 거울 시스템에서의 이번 첫 검사에는 썩 만족하지
못하여, 얼굴에서, 즉 그의 얼굴에서 무언가가 마뜩잖아 보이
는데, 그의 안색이, 이게 가능하다면 말이지만, 더욱 침울해
져, 그는 뭐라고 말할 뻔하다가 그조차 하지 않고, 오직 침울
한 얼굴만 그대로인 채 작업 상자에 다시 들어앉아, 박자를
달리하여 조각을 계속하니, 따라서 이것은, 이 첫 번째와 그다
음 두 번째와 세 번째로 거울에 비춰 보는 것은 언제나 필수적
수순이어서, 근본적 잘못은 오직, 하지만 오직 이런 식으로만
찾아낼 수 있지만, 그렇다고 해서 문제가 해결되리라는 뜻은
아니어서 자신이 잘못된 방향으로 가고 있다는 것을 문득 깨
달을 뿐이니, 눈 아래 무언가가, 지금 보듯 너무 깊어졌거나
충분히 깊어지지 않아서 이것을 바로잡아야 하기에, 전에 쓰
던 것과는 다른 끌을 꺼내지만, 멈추어 생각하고는 이 끌을
세 번째 끌로 바꿔, 조금 앞으로 몸을 숙인 채 이 다른, 다소
격정적인 박자로 다시 일을 시작하여, 이따금 다다미에서 자
신을 바라보는 틸팅 거울에 가면을 비춰 보아 작업을 점검하
니, 그 위로 복도 천장에 있는 이중 거울에도 고쳐야 할 부분
을 비추어 어깨 위로 들어올리지만, 신기한 자세로, 마치 쳐다

보지도 않는 듯 마치 다시 검사하지도 않는 듯, 가면을 들어 작은 거울을 들여다보고는 가면을 다시 무릎 사이에 내려놓는데, 마치 어디에 문제가 있는지 저절로 아는 듯, 그 일에는 작업 거울이 필요하지 않고 마치 어떤 보조 기구도 필요하지 않다는 듯 이번에는 눈 아래 주름에서 무언가가 잘못되었음을 저절로 아는바, 충분히 깊지 않거나, 다름 아니라 너무 깊으며, 그가 초조한 기색이 역력한 것은, 여기서, 이 공방에서 하나의 동작이 모든 것을 망칠 수도 있음을 알기 때문이고 그 이유는 오직 그만이 알며, 그가 고칠 때까지는 고칠 수 있는지조차 불확실할 것이나, 이번에는, 그래, 이번에는 고칠 수 있어서, 시간이 지나면서 그가 더 고요한 율동으로 숨을 들이쉬는 것이 분명하며, 이제 정말로 그는 이따금 가면을 작은 거울에 대고는 그저 시선을 던진 뒤에, 아주 가는 끌로 바꿨다가, 사포로 바꿨다가, 마침내 작업 중인 미세한 부위를 손으로만 문지르다, 다시 한번 일어서서 큰 거울을 마주하고 앉아, 가면을 오른쪽 어깨 위로 든 채 다시 천천히 조금 오른쪽으로 돌렸다가 조금 왼쪽으로 돌리니, 이번에 그가 잘못을 바로잡을 수 있었던 것은 실로 분명하며, 끝이 아직 얼마나 멀었는지, 명백한 잘못을 몇 번이나 더 저지를 것인지, 이 모든 것은 마치 그가 나카가와초에서 구불구불한 길을 따라 내려오되 끝까지 단 한 번도 브레이크를 잡지 않은 채 나카가와초 경계에서, 이를테면 개울 위 다리에서 골프장 앞—그곳, 유명한 노 배우가 사는 곳—까지 내려오는 것과 같아서, 그가 골프장 앞을 지나면—이 길은 나카가와로 들어오는 길 중에서 그가 유난히 좋아하는 길이기에 이 일이 자주 일어나는데—그는 이 노 시테에 대해, 그가 여기 산다는 것에 대해—오직 그것만, 그 밖에는 결코 아무것도 생각하지 않고 오직 그것만—한마디로 그 길이 나카가와에서 골프장 앞까지라는 것만 생각하니, 거기서 여기까지, 개울 위 다리에서 시내까지—완전히 자유롭게, 브레이크조차 밟지 않은 채—내려오는 것이 가능하다고 누가 믿을 수 있겠는가, 불가능합니다, 그가 말하기로는, 길이 하도 가파르고 커브가 하도 많고 자전거의 속력이 하도 빨라져서 몇 초 안에 모든 것이 속도의 미로가 되어, 손잡이를 머리카락 한 올만큼 잘못 틀어도 단 몇 분의 1초 만에 끝장이 날 수 있으니, 그런 생각 자체가 상상도 할 수 없는 것이고 이것은 상식이니, 그 자신조차도, 특수 산악자전거를 탔을지라도 그러지 않을 것이나, 이 장면이 종종 머릿속에 떠오르고 그것이 우연이 아닌 것은, 그 나름의 속도가 있는 이 공방조차도 최소한 그런 미로이고, 최소한 그렇게 목숨을 위협하는 위험한 미로여서, 작업 단계 하나하나의 움직임 하나하나에 실수 가능성이 있기 때문이기에, 오카리 상 가게에서 올바른 나무를 골랐는지, 편백의 나뭇결 조직을 올바르게 확인했는지부터가 중요하거니와—각각의 나뭇결이 나무 어디에 위치하는지 철저히 확실하게 알아야 하는 것은, 모든 것이, 하지만 모든 것이 이 결을 기준으로 결정되어야 하기 때문으로, 이 선으로 중심축 위치가 결정되며, 이를 통해 밑그림을 대고 그려야 하는 선 하나하나가 결정되나—그다음은 윤곽을 그릴 순서가 되어, 코끝을 어디에 두어야 하는지 결정하고, 그런 다음 눈썹, 이마, 콧구멍, 턱의 깊이, 귀의 위치를 결정해야 하니, 단 한 번의 끌질에서 단 한 순간도 실수를 저질러서는 안 되며, 그랬다가는 끝장인데—아직 그는 중반에도 이르지 못했기에, 이제 가면의 윤곽 하나하나를 더 깊이 파야 하며 그런 뒤에야 눈구멍, 코, 뺨, 귀, 입의 표면을 깎기 시작할 수 있으니, 이 모든 것의 끝은 어디인가, 그가 중반에도 이르지 못한 것은 하루가 지나야 다음 하루가 오기 때문으로, 그는 가면 뒤쪽을 오목하게 싹 깎아낸 다음, 눈알이 있어야 할 자리를 완전히 파내야 하고 입과 치아의 형태를 깎아야 하니, 그런 다음에야 그럭저럭 작업 중반에 도달했다고 말할 수 있어서, 그 뒤에 래커가 가득 든 작은 나일론 주머니에 가면을, 거기다 작업 중간중간 깎아둔 뿔까지 담그고는 이제 한참 기다린 다음, 가면을 통째로 래커에서 끄집어내어, 끓는 물에 넣었다가, 말리고, 뿔을 이마의 알맞은 부위에 꽂아 단단히 고정하면, 그제야 눈을 도금하고 치아에 구리를 입힐 때가 되는데, 이제부터의 작업은 영락없이 금세공인이자 동세공인이 되어야 하는 사람에게 걸맞은 다른 종류의 예민함과 솜씨를 요하는바, 그는 이 예민함과 솜씨를 자유자재로 구사할 수 있어야 하며, 이제 가면 안쪽 면을 깨끗이 긁어내고 칠하되, 처음에는 래커를 칠하고 말린 뒤에는, 유명하고도 위험한 옻칠을 칠하고 나서 통째로 특수 건조기에 넣었다가 건조기에서 꺼내는 것은 이어지는 과정이야말로 진짜 채색이기 때문으로, 즉 가면의 겉에 직접 배합한 흰색 안료를 분사하고 나서 눈의 금도금과 치아의 구리도금을 복원하고 입술에 붉은 칠을 입히는데, 가면을 칠하는 작업은 일반적으로 복잡하고 다면적이어서—한냐 가면도 칠해야 하고, 머리카락도 칠해야 하는데, 사실은 한 올 한 올 따로따로 칠해야 하며—흰색으로 칠한 가면 겉에 피부의 티, 가벼운 마맛자국을 찍어야 하는바, 여기에서만, 이 시점에야 작업의 마지막 단계를 시작할 수 있다고 말할 수 있으니, 즉 그는 비단으로, 이번에도 혼자서 가면 보호 주머니를 만들어야 하는데, 우선 얇은 흰색 비단에서 속싸개를 잘라낸 다음, 뜯어낸 펠트로 적당한 안감을 준비하여 보드랍고 두툼한 안감을 주머니에 대고, 마지막으로, 다양한 무늬의 화려한 비단 중에서 꼭 알맞은 것을 고르되 정확히 고를 수 있어야 하니, 이 가면에 맞고 이 가면에만 맞는 것을 골라, 이것도 잘라서 전체를 꿰매어 붙이고, 이 모든 것을 단 한 번의 실수도 없이 해내야 하나 이것은 불가능한바, 저는 곧잘 실수를 저지릅니다, 그가 수강생들에게 털어놓듯—그의 작업실에는 수강생이 이따금씩만, 잠깐씩만 등록하는데—자주 말이죠, 미소 짓고 고개를 끄덕이며 그가 그들에게 말하되, 그는 근심을 드러내는 일이 별로 없지만 지금 같은 때에는 그가 화났음을 느낄 수 있는데, 그가 미소 지어도 소용없는 것은, 어떤 실수도 저질러서는 안 되기 때문입니다, 그가 설명하길, 그럼에도 그는 언제나 그리고 자주 실수를 저지르니, 완전히 신경 쇠약에 걸릴 뻔하게 하는 단 한 번의 경우는 말할 것도 없는데, 그때는 완성된 가면 전체가 잘못된 경우입니다, 그가 설명하길, 말하자면 그가 가면을 이삼 일 흡족하게 들여다보았고, 이 가면이 성공적으로—틀림없이 우연히—완성되었기에 만족스럽게 검사할 수 있다고 느끼던 그때, 돌연 가슴께 한기가 느껴져, 냉정하고 공평한 감정으로 가면을 살펴보니, 가면이 잘못되었음을, 자신이 망쳤음을 문득 알게 되니, 왜 그런지 아시겠습니까, 라고 말하고는 눈썹을 치켜들어 내처 대답하길, 이 시점에 그는 결코 더듬거리지 않았고, 이따금씩만 그곳에 찾아오는 학생들을 둘러보며, 그건 좋은 가면을 우연히 만들 수 있는 사람은 아무도 없기 때문입니다, 좋은 가면을 우연히 만드는 것은 불가능합니다, 우연은 여기에서 그 어떤 역할도 하지 않습니다, 물론 당신들은 무엇이 역할을 하는지 알 수 없겠지만요, 어쩌면, 그가 목소리를 낮춰, 연습과 경험이 어떤 역할을 할지도 모르겠습니다, 이 두 가지만이, 그 무엇도 아닌 이 두 가지만이 말이죠, 그건 가면이 나뭇조각, 칠하고 깎은 나뭇조각, 그 표면에서 우리가 얼굴을 보는 나뭇조각에 불과하기 때문입니다, 그가 이렇게까지 말할 수 있고 이렇게까지 느낄 수 있는 것은, 그 날이 찾아와 자신의 최근 작품을, 정확한 이름은 시로한냐이며 아오이 노우에라는 제목의 노 연극을 위해 만든 귀면鬼面을 완성했기 때문인바, 그는 비단 주머니 바느질을 시작하여, 비단 주머니를 바느질하고, 무시무시한 피조물을 한참 바라보되, 크게 벌린 입, 튀어나온 눈, 이마의 뿔을 바라보는데, 자신의 최근 걸작을 바라보고 검사한 다음, 조심스럽게 최후의 장소에, 비단 주머니 안에 넣으며 아직은 의심조차 하지 않는 사실은—그런 생각은 결코 떠오르지조차 않으니—한 달 반 남짓 만에, 그의 손이 이 세상에 내놓은 것은 귀신이며 사람들을 해코지 하리라는 것이다.

21

살인자의 탄생

그는 깊디깊은 증오에서 출발하여 도착했는데, 저 깊은 곳에서, 저 먼 곳에서, 어찌나 깊고 어찌나 먼 곳에서 출발했던지—처음의 처음에는 자신이 어디로 향하고 있는지 감도 잡지 못했으며, 실은 당최 어디로든 향하는 길이 있다는 생각조차 들지 않았으니, 그는 자신이 살아온 나라를 증오하게 되었고, 자신이 거주한 도시를 증오하게 되었고, 매일 아침 동틀 녘 함께 전철에 오르고 저녁에 함께 귀가하던 사람들을 증오하게 되었던바, 소용없어, 라며 그가 혼잣말하길, 나는 이곳에 아무도 없어, 아무것도 나를 이 장소에 매어두지 않아, 죄다 지옥에 떨어져 썩어버리라지, 그는 아주 오랫동안 마음을 다잡지 못한 채 그저 아침 전철을 타고 출근했다가 저녁 전철을 타고 퇴근하여 귀가했는데, 어느 아침 동틀 녘, 더는 남들과 함께 전철에 오르지 않은 그날, 그는 승강장에서 한참을 우두커니 서 있었으니, 머릿속이 텅 빈 채 멍하니 서서 이리저리 밀쳐지다, 무료 광고 신문을 하나 집어들고 카운터에 놓인 맥주를 하나 챙겨, 구인 광고를 보다가 일자리가 있는 나라를 하나 고른 것은, 그 나라, 스페인에 대해 아무것도 몰랐기 때문으로, 거리가 깨나 멀군, 그러니 스페인으로 하겠어, 그 시점으로부터 일이 착착 진행되어 값싼 항공편이 이미 그를 실어 나르고 있었던바, 그는 난생처음 비행기를 탔으나 두려움과 증오 말고는 아무것도 느끼지 못한 것은 그들이 두려웠기 때문으로, 그는 자신감 넘치는 승무원, 자신감 넘치는 탑승객, 심지어 비행기 아래를 맴도는 자신감 넘치는 구름까지도 증오했고 태양과 반짝이는 빛까지도 증오했는데— 그러나 그는 내리꽂히다시피 수직으로 그 도시에 착륙하여 이곳에 발을 디디기 무섭게 이미 사기를 당했으니, 물론 사람을 구한다는 일자리는 처음부터 없었고 저축한 돈은 눈 깜박할 사이에 사라졌던바—여기서 새 출발을 할 수 있도록 비행기 삯과 첫 며칠의 숙박, 식사에 써버렸기에, 돌아갈 방법은 전혀, 그 어디에도 전혀 없었으며—이 낯선 땅에서 일자리를 찾아볼 수는 있었지만, 물론 찾을 수는 없었고, '루마니아 부랑자'와 그 비슷한 부류는 어디에서나 내쫓기는 신세여서 그는 이 아름다운 도시를 그저 떠돌아다녔고, 아무도 그에게 어떤 일자리도 주지 않은 채 일주일이 지나고, 한 번 또 한 번 다시 한 번 토요일이 찾아와, 그는 여느 때처럼 혼자 도시를 향해 출발했으나, 이번에는 일자리의 희망이 아예 없었던 것은 주말이 유난히 최악이었기 때문이지만, 그는 한가롭게 걸어, 증오로부터 그곳으로, 아무 곳으로나, 바르셀로나의 한 거리에서 다음 거리로, 부귀와 삶의 쾌락에 취한 수많은 토요일 인파 속을 걸었으며, 가진 돈은 50유로가 전부였는데, 허기가 헛되이 위장을 갉아먹어도 어디 하나 들어가볼 엄두가 나지 않은 것은, 물론 그의 옷 때문이어서, 이 옷차림으로는—그가 자신을 쳐다보며—이곳 어디에서도 그를 들여보내주지 않아도 얼마든지 납득할 만했던 그때 그 일이 일어났으니, 그가 파세이그 데 그라시아 거리를 걷고 있는데, 교차로에서 군중이 하도 빽빽히 몰려들었고 다들 어찌나 근사한 옷차림으로 몰려들던지 그는 어쩔 수 없이 걸음을 멈추고, 벽 쪽으로 물러나 그곳에서 그들을 바라보았는데, 단지 그곳에서 인파에 휩쓸려 밀려나고 싶지 않았기에 벽에 딱 붙어 등을 대고 있다가, 뒤쪽 건물이 눈에 들어오자 어안이 벙벙해진 것은, 이미 이 도시에서 비슷한 흉물을 여럿 보았지만 이 지경인 것은 한 번도 본 적이 없었기 때문으로, 이 길은 전에도 와본 적이 있어서 이 건물도 틀림없이 봤을 테지만, 그 앞을 지나쳤어도 허사였던 것이, 지금껏 한 번도 알아차리지 못했다니 참으로 신기하군, 이라고 그가 생각한 것은, 파세이그 데 그라시아와 카레르 데 프로벵사 모퉁이에 있는 이 건물이 하도 거대하고 하도 꼴사납고 교차로에 하도 육중하게 버티고 있어서 보지 못하기가 쉽지 않기 때문으로, 벽을 따라 몸을 좀 더 숙이자 건물을 소개하는 관광 안내문이 눈에 들어왔는데, 위에는 '카사 밀라'라고 쓰여 있고 아래에는 괄호 안에 '라 페드레라'라고 쓰여 있었던바—이 건물이 어떤 곳인지 정확하게 묘사하는 말이었는데—이것은 건물의 이름이 카사 밀라라는 뜻일 수밖에 없었고, 그것은 어떤 유명한 건물이 틀림없다는 것이었으니, 하기야, 그가 생각하기에, 여기 바르셀로나에서, 이 지구地區에서 그들이 수많은 건물에 저 안내문을 세운 것은 유명해서가 아니라 웬 미치광이가 지었기 때문이지, 그러고서 그는 파사드를 더 자세히 살펴보았는데, 적어도 인파 속에서 그나마 할 수 있는 만큼은 살펴보았으나, 저것은 다른 것들보다 훨씬, 하지만 정말로 훨씬 더 추하여, 그는 나머지 건물들이 싫은 것과 똑같은 이유로 저것이 싫었으니, 일반적으로 그는 **질서 정연**하지 않은 것은 그 무엇도 좋아하지 않았는데, 이것은 무척이나 질서 정연하지 않아서, 마치 거대한 위장처럼, 마치 무게를 못 이겨 인도에 쏟아져 널브러진 창자처럼 실로 그를 역겹게 했으니, 이제 그가 거대하고 육중한 파사드를 더 꼼꼼히 살펴보자 건물이 그를 쇠약하게 하고 짓누르기 시작하여, 그는 저 건물에서 혐오라는 단어의 모든 의미를 보았고 이 혐오스럽도록 아름답고 풍요로운 도시에서 대체 누가 저런 건물을 짓도록 허가받았는지 납득할 수 없었는데, 시각이 5시 반이 되었을 텐데도 사위는 여전히 완전히 밝았으며, 오직 그만이 지금을 저녁이라고 불렀으니, 그에게 5시 반은 여전히 저녁이었고, 그건 어쩔 수 있는일이 아니었으며, 여흥이나 쇼핑을 욕망하는 군중은 끊임없이 너울대고 모퉁이를 돌고 소용돌이치며 그가 방해받지 않은 채 이곳을 빠져나가도록 결코 내버려두지 않았던바, 오히려 모든 것이 더 커지고 더욱 부풀어, 여기 교차로뿐 아니라파세이그 데 그라시아 양쪽 방향으로 커지고 부풀었을 때, 그는 이 근방을 떠나 카레르 데 프로벵사로 들어가, 훨씬, 훨씬값싼 동네를, 자신에게 걸맞은 동네를 찾아봐야겠다고 마음먹었으니, 그곳은 한편으로는 그의 새로운 공짜 숙소로 가는길에 있을 것이고 먹을거리도 찾을 수 있을 터여서, 그는 벽을따라 잠시―철저하게 정확히 말하자면 몇 걸음 거리를―걷다가 열린 입구에 이르렀는데, 다름 아닌 라 페드레라의, 또는그들이 뭐라고 부르든 그것의 입구가 틀림없어서 그는 안을들여다보았으나, 안에는 사람이라고는 단 한 명도 없이 오로지 화려한 계단을 음침한 아이비 덩굴이 음침하게 감고 있었는데, 조금 어둑한 로비 위쪽으로 다섯 개의 무시무시하게 끔찍한 기둥과 채색된 대리석 같은 벽 사이로 아이비가 기어오른 것을 보면, 안쪽은 무슨 행사가 열리는 장소가 틀림없어서, 결혼식이나 뭐 그런 것이겠다고 그는 생각했으나, 입구에서움직이지 않고 그저 기다리며, 경비원이나 주차 요원이나 그런 누군가가 나타나길 기다렸는데, 그가 그런 기대를 한 것은 그들이 자신을 내쫓길 거의 바라다시피 했기 때문이나 아무도 나타나지 않자, 불쑥 든 어리석은 생각에 이끌려 안으로 발을 내디며, 잠시 어슬렁거리며 이루 말할 수 없이 정신 나간 형태로 조각되고 채색된 것이 분명한 로비를 둘러보며 어슬렁 거렸는데…… 아무도 오지 않았고, 마치 이 토요일 저녁 인파가, 우글거리고 밀치며 이곳에서 몇 미터 떨어지지 않은 입구 바로 밖에서 떠들어대지 않는 것처럼 고요했으며—고요라, 이건 정말로 이상한걸, 문이 열려 있군, 그는 다섯 개의 기둥을 따라 화려한 계단을 올라갔으며, 자신이 얼마나 무례한지 알고 있었던 것은 이곳에서 아무 볼일이 없는 사람을 한 명만 꼽으라면 그건 바로 그였기 때문으로, 그냥 궁금하잖아, 내면의 목소리가 말하길, 궁금하니까 좀 더 올라가봐야겠어, 그렇게 2층에 올라갔는데, 이번에도 활짝 열린 문이 있었으나 가장 신기한 것은 여기에도 누구 하나 없었다는 것으로, 그는 더는 갈 수 없으리라 확신했지만 아니어서, 안쪽에 활짝 열린 문 뒤로 기다란 복도가 뻗어 있었고, 복도 안에는 빈 탁자와 빈 의자가 벽 앞에 덩그러니 놓여 있을 뿐이었는데, 그가 복도에 들어서자 탁자 왼쪽으로 더 좁은 복도가 비슷하게 뻗어 있는 것이 보였고 위로 올라가는 여덟 개의 계단이 보였으며, 그 너머로, 여기 아래에서 올려다보니 또 다른 공간이, 아니면 방이 열려 있었기에—그는 저 안에 무엇이 있는지 더 잘 보려고 매우 조심스럽게 발끝으로 섰으나, 안에는, 저 높은 방에는 희미한 어둠만이 드리워 있었고, 그곳으로부터 더욱 희미하게 어두운 방들이 차례로 뚫려 있었고, 방들에는, 그가 이곳 여덟 계단 앞의 입구에서 판단키로 사람이 단 한 명도 없었던바, 이 방들의 벽에는 구식 종교화들이 걸려 있었는데, 구식이고 아름답고 이 장소에는 어울리지 않는 것들로, 모두 금빛으로 빛났으니, 오 안 돼, 그가 생각하기엔, 이젠 정말로 나가야 해, 라며 머뭇머뭇 돌아서서 중앙 복도로 돌아가 그곳에서 계단을 내려가 거리로 나가서는 자유롭게 달리며 마침내 공기를 깊이 들이마시려는—이곳에서는 숨을 꾹 참고 있었으므로—사람처럼 돌아섰으나, 그러고도 그는 나가지 않고 다만 탁자 옆에 열린 문 쪽으로 몇 걸음 나아가, 첫 번째 방으로 이어진 여덟 계단을 올려다보고 다시 첫 번째 방을 들여다볼 때, 문득 이 도금된 그림들이 그를 끌어당기기 시작했으니, 그는 그림들을 훔치고 싶지 않았고 그런 생각은 아예 떠오르지 않았으며—더 정확히 말하자면 떠오르긴 했지만 그가 냉큼 몰아냈으며—그가 원하는 것은 그림들이 어떻게 빛나는지 보는 것, 정말로 조금만 더—그들이 그를 내쫓을 때까지, 어쨌거나 그는 아무 볼일도 없었으니—보는 것이었는데, 불쑥, 그의 등 뒤에서, 바깥에서, 화려한 계단에서 그에게 들리지도 않을 만큼 희미한 발걸음으로, 중년의 잘 차려입은 부부가 팔짱을 끼고 들어와, 그의 바로 뒤에서 서로 떨어져, 그를 휘돌아 걸어, 다시 서로의 곁으로 돌아갔으니, 그러는 동안 그들에게 장애물이었던 그 사람은 온몸이 보일락 말락 후들거렸으며, 여자는 다시 남자와 팔짱을 끼고서 함께 여덟 계단을 올라 방으로 들어가 시야에서 사라졌는데, 이것으로 그가 들어가야 하는가 들어가지 말아야 하는가의 문제가 일단락되어 그는 냉큼 그들을 따라갔던바, 일어날 일은 어차피 일어날 것이고 기껏해야 그들이 그를 쫓아내는 것이 전부일 테니, 뭐 어때, 그러더라도 여기 아래쪽에서 자신의 눈 속에서 빛나던 것을 좀 더 자세히 볼 수 있을 테니, 그리하여 그도, 다리가 여전히 조금씩 후들거리는 채로 여덟 계단을 올라, 턱을 넘어, 중년 부부를 따라 과감히 들어갔는데―그곳은 어두웠고 게다가 그림 위에만 조명이 있었으며, 그는 곧장 멈추지 않고 자신이 이미 안에 들어와 있는 듯한 인상을 풍기려고 더 들어갔다가, 실은 자기 뒤에 있다가 먼저 올라온 사람들보다 더 안으로 들어와버려, 첫 번째 그림도 아니요 두 번째 그림도 아니요 몇 점이나 지나쳤는지 알지 못한 채 어떤 그림 앞에 섰을 때, 불쑥 예수 그리스도가 그를 쳐다보고 있었으니, 삼면화三面畵 중 가운데 그림에서 그는 왕좌에 앉아 한 손으로 책을, 말하자면 성경을, 펼친 채로 들었으며, 다른 손으로는 자신을 바라보는 그에게 어떤 불길해 보이는 손동작을, 그림 속에서 밖을 향해 지어 보였던바, 실로 그의 주위에 있는 모든 것이 빛을 발하여―금박으로 만들었군, 이라고 그가 판단한 것은, 지금은 건설 현장만 다니지만 예전에 복원 공방에서 일한 적이 있었기 때문으로, 금박이라―그가 더 가까이 몸을 숙였다가, 거의 찰나에 재빨리 뒤로 물러나며―금박이 그림에 거의 저절로 달라붙어 있는 것을 보면 처음부터 금박을 입힌 것이 분명했거니와―그가 그리스도를 바라보면서도 눈은 단 한 번도 들여다보지 않으려고 극구 피한 것은, 이 그리스도가, 단지 그림일 뿐임을 그가 아는데도 그를 어찌나 준열히 쳐다보던지 그 시선을 좀처럼 견딜 수 없었기 때문이었으며―게다가 그림은 아름다웠는데―아름답다, 그것이 그가 쓸 수 있던 유일한 단어였기에―어딘지 마치 사람들이 그림을 제대로 그리는 법을 아직 몰랐을 시절에 그린 것 같았고 적어도 그에게는 그렇게 보인 것은, 머리의 형태와 그림 전체에 뭔가 초보적인 구석이 있었고 그가 교회 그림에서 익히 보던 것과 달리 배경에 풍경이나 건물이 하나도 없었기 때문으로, 오로지 고개 숙인 천사들과 고개 숙인 성인들만 있었고 어디에서나 금박이 광채를 발했으며, 놀랍도록 그리스도를 클로즈업한 탓에 하도 가까이 있는 듯하여 잠시 뒤에 그가 물러나야 한 것은, 너무 가까우니까, 그는 생각하며, 또한 이것을 화가의 탓으로 돌렸는데, 그는 이 초보적인 그림들이 여기에, 옆 방들에, 그가 여기서 볼 수 있는 모든 공간에 전시되어 있는 것에 어떤 의도가 있으리라는 의심이 들었고 또한 멀리 있는 방들에 사람들이 있다는 것을 이내 감지하여, 지금 당장 내빼는 게 상책이겠다는 생각이 들었으나, 오랜 시간이 지나도록 그들은 그를 내쫓으러 오지 않앉고, 게다가 멀리 있는 방들에 흩어져 있던 사람들 중 하나가 이곳으로, 그가 있는 방으로 왔는데, 그를 전혀 개의치 않기에 그는 생각하길, 그도 **꼭 나처럼** 방문객일 뿐이군, 그러고는 자신감이 더 커져서 그리스도를 좀 더 바라보았으나, 아무것도 보지 않은 채 그림이 아니라 옆 사람이 뭘 하는지 보고 있었지만, 그는 아무것도 하지 않고 이 그림에서 저 그림으로 옮겨 다니기만 했으니, 경비원은 아니군, 그가 생각하여, 마침내 긴장을 푼 채 그리스도를 다시 보았는데, 그분의 위에는 매우 희미한 선 같은 것들이 있었으나 판독이 불가능하여, 그림 아래쪽에 쓰인 것을 읽으려고 했는데 이것도, 그가 한 단어도 이해하지 못한 걸 보면 아마도 카탈루냐어인 것 같았으며, 그는 한 걸음 내디뎌 옆 그림으로 갔는데, 이 그림도 배경이 완전히 금으로 되어 있었고 아주 오래 전에 제작되었을 법한 것은, 그림이 그려진 나무판에 나무좀이 구멍을 뚫었고 칠이 꽤 많이 벗겨져 나갔기 때문이나, 그가 본 것은 이번에도 매우 **아름다웠던바**, 성모 마리아가 아기 예수를 품에 안은 채 그림 속 그림 안에 앉아 있었고 특히 아기 예수가 사랑스러웠는데, 아기 예수는 조그만 얼굴을 성모 마리아에게 바싹 붙였으나 성모는 아기 예수를 보지 않고 어딘지 그림 밖 앞쪽을, 그림을 보고 있는 그를, 보고 있었으며 시선이 무척 슬퍼 보였는데, 마치 자신의 어린 아들에게 훗날 무슨 일이 일어날지 아는 것처럼 슬퍼 보여, 그는 그녀를 그만 쳐다보고 금박 배경을 눈이 부실 때까지 응시했던바, 세 번째 그림과 네 번째 그림과 다섯 번째 그림도 전부 무척 비슷하여, 모두 나무에 그렸고 모두 배경에 금박을 입혔으며 모든 그림에 성모나 그리스도나 어떤 성인이 유치하게 그려졌으니, 그림마다 나름의 성인이 있었는데, 여러 명 있는 경우도 많았으나, 여기서 본질적인 것은, 그가 판단하기에 이 성모와 예수와 성인이, 금박 배경에 생생한 색깔로 그려진 것이―뭐랄까, 마치 어린애가 그린 것 같다고, 적어도 그의 머릿속에 떠오른 생각은 그랬으니―물론 그가 이 생각을 터무니없는 것으로 치부한 것은, 나까짓 것이 뭘 알겠어, 그는 이해하지 못했으며, 그가 미술품 복원 공방에서 몇 달 일한 적이 있는 것은 사실이지만, 그럼에도!―이곳의 무엇도, 아니, 그가 본 것은 분명코 유치하지 않았고, 오히려 단지…… 매우 오래되었을 뿐인지도 모르겠다고, 그가 자신의 의견에 동의하면서, 하도 오래돼서 사람들이 회화의 규칙을 몰랐거나 회화의 규칙이 달랐을지도 몰라, 그는 한 그림에서 다음 그림으로 옮겨가며, 여기서는 고개를 왼쪽으로 기울이고 저기서는 오른쪽으로 기울였는데, 첫 번째 불길한 징조를 보았을 때 여기서 뛰쳐나가겠다는 긴장감이 그에게서 모조리 가신 것이 아니라면, 그가 이제 각각의 그림 앞에서 좀 더 정연하게 서성거린 것은, 이곳 방 끝에서 맨 처음 맞닥뜨린 준열한 시선의 그리스도를 제외하면 나머지 성인과 아기 예수와 왕들이 그를 더없이 다정하게 바라보았기 때문이어서, 그는 마음이 조금 가라

앉았고 여전히 아무도 그를 원래 자리로 쫓아내러 오거나 입
장권을 보여달라고 요구하지 않았으며—이것이 전시회였다
면—사실 그 뒤로도 그랬기에, 그는 처음 들어왔을 때 눈먼
사람처럼 허겁지겁 지나친 첫 번째 방으로 돌아가지 않고 계
속해서 다음 방으로 들어갔으니, 여기서도 마찬가지로 어둡고
작은 조명만이 각각의 그림을 위에서 비추었고, 여기서도 성
인들이 성모 마리아나 그리스도와 함께 있었고, 여기서도 황
금과 광채가 한이 없어서 사실상 그림에서 뿜어져 나왔는데,
마치 그림 위에 조명이 하나도 없는 것처럼 뿜어져 나온 것은
빛이 그림에서 나왔기 때문으로, 이제 상황을 파악한 그는 완
전히 안도감을 품은 채 오르락내리락하며 한 방에서 다음 방
으로 건너가 성인과 왕과 그 밖의 복자福者들을 보았으며, 방해
받지 않고 이곳에 있을 수 있는 것에 하늘에 감사하는 게 아
니라 일종의 슬픔에 사로잡혀—영원한 증오가 있는 바로 그
곳에서—외로움을 느꼈으니—그가 이곳에 온 뒤로 이런 감
정은 처음 느껴본 것이었던바, 그가 빛을 쳐다보고 금박을 쳐
다보자, 그의 내면에서 무언가가 격렬하게 고통을 가하기 시
작했고 그는 그것이 무엇인지 알 수 없었으니, 이토록 괴로운
것은, 갑자기 찾아온 이 고통은 정말로 외롭기 때문인가, 아니
면 밖에서는 다들 저토록 행복하게 오가는데 자신은 가진 것
하나 없이 이 우연 속으로 흘러들어서인가, 아니면 그를 이토
록 고통스럽게 하는 것은 이 성인들, 이 왕들, 이 복자들, 성모

들, 그리스도들—그리고 저 광채—로부터 자신이 얼마나 감당할 수 없을 만큼 멀리 떨어져 있는가를 깨닫게 하는, 헤아릴 수 없는 거리인가.

비잔티움과 콘스탄티노플의 영향은 어마어마했다, 물론 이 진술에 덧붙여야 할 것은, 비잔티움과 콘스탄티노플이 없었다면 슬라브족 자신들조차 그토록 광대한 영역에 걸쳐 기독교를 받아들이지 않았으리라는 것인바, 물론 성화聖畫라는 주제로 보자면 모든 것이 비잔티움 기원으로 거슬러 올라가는 것이 당연한즉, 모든 것이 그 방향을, 비잔틴 그리스 정교회를 가리키니, 그곳으로부터 기적을 일으키는 그림이 처음으로 등장했고 이로부터 기적을 일으키는 성화 작가들이 처음으로 등장한바, 러시아인들은 비잔티움에서 그들에게 성화를 배워 불멸을 준비하고자 역사상 가장 부유하고 막강한 도시 콘스탄티노플로 향했으니, 이곳으로부터 아치와 큐폴라*에 그려진 장엄한 판토크라토르**의 미동도 없는 얼굴의 준열한 윤곽선이 비롯했으며, 이곳으로부터 그 어느 곳보다 먼저 키예프로, 그런 다음 노브고로트, 프스코프, 블라디미르와 수즈달, 라도네시, 페레슬라블, 로스토프, 야로슬라블로, 그런 다음 코스트로마로, 마지막으로 모스크바로, 모스크바로 전

---

* 돔의 내부.
** '만물의 주재자'라는 뜻으로, 예수를 묘사한 성화 장르.

파되었던바—이 모든 무수한 책망의 시선, 비통에 잠긴 이 무수한 성모 마리아, 저 격렬한 율동, 각각의 의미를 가진 불변의 색채, 그리고 저 남다른 긴장과 궁극성, 단호함, 확고부동한 정신과 영생이 전파되었으나, 러시아인들은 전혀 다른 무언가를, 다정함, 위안, 평안, 동정심, 존경심으로 가득한 무언가를 창조했으니, 물론 이것이 15세기에야 절정에 이른 것은, 그곳에서—적어도 역사적 의미에서 보자면, 키예프 루스에서 모스크바 대공국까지 기나긴 길을 주파해야 했기 때문으로, 게다가 이 길은 하나로 이어진 선이 아니라 일종의 소묘로 보아야 하는데, 주된 방향에는 논란의 여지가 없으나 이따금 특정 지점에서 선이 끊기고, 별들이 사방으로 빛을 내뿜듯 모든 방향으로 반짝이며 마치 섬들처럼 고대 러시아 미술사 첫 500년의 지도에 흔적을 남겼으니, 이것은 마침내 모스크바 성화에서 절정에 이르러, 확고하게 자리 잡은 전통을 창조하여, 블라디미르의 성모와 볼로콜람스크의 동정녀를 결합함으로써 고대 러시아 성화 미술이 탄생할 수 있었으니—이러한 탄생에 필요했던 것은 시간이 아니라 몰입이었고 이는 하나의 단일한 과정에서 일어나지 않았던바—주된 요소는 시간이 아니었으며, 오히려 일별, 느닷없는 깨달음, 번개 같은 인식으로, 그 광경은 이해할 수 없고 인식할 수 없고 볼 수 없었다는 것—이것이 모든 성인의 생각이었는데—키예프 루스 대공의 두 아들 보리스와 글레프로부터 페체르스크 라브라(수도원)의 혜구

멘(수도원장) 페오도시까지, 불멸의 라도네시 삼위일체 수도원의 수도원장 성 세르게이까지 이 열중에 참여한 그야말로 이름나고 이름 없는 모든 사람은―그중에서 이미 창조의 경이를 느낄 수 있었던 사람들까지도―거의 언제나 전혀 알려지지 않은 채 일하는 성화 작가가 만들어 낸 이 주술적 분위기의 도움을 받아 제 나름의 고통스러운 방식으로, 이해할 수 없고 인식할 수 없고 볼 수 없는 것에 가까이 다가갔으니, 성화들은 그들에게 세상이 말세에 이르렀음을, 세상에 끝이 있음을 일깨웠으며, 그들은 성상에 입맞추고 그 안을 들여다보면서 기적 자체보다 더 기적적인 무언가가 존재함을, 믿음에는 자비가 있고 용서가 있고 희망이 있고 힘이 있음을 확신할 수 있었으며, 거기다 비잔티움의 십자가형 성당을 본떠 건축된 데샤틴나야와 소피야의 성당들이 있었고, 키예프의 우스펜스키 성당이 있었고, 네레디카의 스파스 예배당과 체르니고프의 파라스케바 퍄트니차 사원이 있었고, 페체르스크 라브라와 문의 사원, 베레스토보 교회와 비두비츠키 수도원이 있었으나, 이것들은 여전히 새로운 신앙의 기쁨에 겨워 지어진 첫 세대의 장엄한 성전, 수도원, 교회였으니, 뒤이어 우스펜스키, 안드로니코프, 트로이츠카야 세르기예바 라브라와 더불어 이름 높은 모스크바 시대가 찾아와 더 새로운 성전과 수도원과 교회가 하나둘 북쪽까지, 볼로그다와 페라폰토프까지 지어졌으며, 모든 곳에서 성화가 수백 수천 점씩 제작되었고, 성화벽이 세워졌고, 벽과 기둥과 천장이 프레스코화로 덮여, 사람들은 신앙심에 흠뻑 잠긴 채 배랑*으로 들어갔다가 그곳에서 본당으로 들어갔으며, 세 손가락을 붙인 채 넓게 호를 그리며 성호를 긋되 한 번은 이마 가운데에서, 한 번은 배꼽 아래에서, 그런 다음 한 번은 오른쪽으로, 마지막으로 왼쪽으로 긋고 나서 절했으며, 잠시 간구한 뒤에 아날로기온(성화대)으로 나아가 그 앞에서 성호를 두 번 그은 뒤에, 성화 가장자리에 입맞추고, 다시 성호를 한 번 긋고 무릎을 꿇었으며, 성초聖燭 한 다발을 사서 교회의 특정 지점에 위치한 칸델라브라 촛대에 초를 꽂고 불을 붙인 다음, 여기서 다시 성호를 그으며 정해진 기도를 낭송한 뒤에, 마음을 정화하고, 마지막으로, 성전, 수도원, 교회의 자기 자리에 위치했으니, 여자들은 왼편에, 남자들은 오른편에, 말하자면 여자들은 배랑에, 남자들은 본당에 자리 잡고는, 전례를 주관하는 사제의 목소리를 들었던바, 그것은 성부, 성자, 성령의 이름으로, 아멘, 죄인인 저를 불쌍히 여기소서, 하느님의 아들 우리 주 예수 그리스도시여, 당신의 가장 순결한 어머니, 성스러운 분, 저희 신앙의 선조들, 모든 성인의 기도를 들으시어, 저희를 불쌍히 여기소서, 당신께 영광을, 우리 주여, 당신께 영광을, 하늘에 계신 왕, 위로를 주시는 분, 진실의 영혼, 어디에나 계시고 모든 것을 채

---

* 성당의 현관.

우시는 분, 모든 선함의 보물, 생명을 주는 분이시여, 오셔서
저희 안에 거하시고, 우리를 모든 죄에서 정결케 하시고, 우
리의 영혼을, 자비로운 분이시여, 구원하소서, 그러고서 그들
은 성가대의 찬송을 듣는데, 온음계, 반음계, 이명 동음계를
토대로 작곡되어 점차 풍성해지는 다성악을 들으며, 8성부와
40가지 변화로 울려퍼지는 이코스에 자신을 내맡긴 채 성 요
한 크리소스토모의 전례에 따라 때가 되면 아멘이라고 말하
고 성호를 그었으며, 이 위대한 전례가 진행되는 몇 시간 동안
한 십자가가 다음 십자가를 밀어내어, 마치 십자가를 흩뿌리
듯 성호를 그었고, 사제는 십자가에 입맞추고 프로스포론 빵
을 나눠준 뒤에, 그들에게 퇴장을 명했으니, 그들이 하느님을
믿는 것은, 성화를 보았기 때문이요, 성화대에 놓여 그들 앞
에 서 있거나 그들 앞의 벽에 걸려 그들이 볼 수 있는 이 성화
가 진정으로 그들에게 다른 세상을, 모든 것 너머에 있는 세상
을 엿보게 해줄 장소임을 그들의 여린 영혼에 확고하게 입증
했기 때문이며, 그리하여 그들의 삶은 한 번의 기도 속에서 흘
러갔던바, 또는 완전히 그럴 순 없었더라도, 거듭거듭 저질러
지는 크고 작은 죄악 사이에서 고통으로 몸부림치는 와중에
서처럼 끊임없는 기도에 요구되는 집중력의 강도를 유지하기
는 힘들었더라도, 그럼에도 여전히 경이로움은 남아 있었고,
진실하게 황홀한 경이로움을 느끼는 이들에게 이 끊임없는 기
도의 상태는 초인적 과업이 아니라 그 자체로 이 세상에서의

삶의 유일한 단 하나의 상상 가능한 형태—참으로 하나의 길고 끊임없는 기도—였던바, 이것은 성스러운 길을 택한 사람들, 정교회 신앙의 주제들을 숭배하는 모든 삭발 수행자들에 해당하는 것으로, 그들은 비잔티움의 두 갈래 전통 중 하나를 따라, 주님께서 그들에게 명령하신 대로 엄격한 키노비온, 즉 공동체적 삶을 살거나 수도원에서 나름의 일과에 따른 더 자유로운 삶을 살기로 했으나, 그럼에도 그들은 두 장소 중 어디에서 살든, 이 기도에 명백히 갇혀 있지는 않더라도 이 끊임없는 기도의 상태에서 살았으니, 가장 꾸준한 신앙의 영웅 헤시카주의자들이 그랬던바 아마도 이 수도승들은 달리 도리가 없었을 것이기에—다른 어떤 것도 상상할 수 없었을 터이므로—완전한 묵언에 잠겨 어떤 세속의 소리도, 다른 수도승들이 희미하게 읊조리는 기도조차, 러시아의 모든 땅에서 들을 수 있는 읊조림조차 들리지 않는 침묵 속에서 내면의 말없는 기도로서 살았으니, 러시아의 땅덩어리는 이른바 역사의 정신에 부합하여 사나운 소용돌이 속에서 천천히 움직여 통합을 향해 나아갔으며, 그동안 러시아인들은 그리스도와 성모에게 매혹되었고, 마음속 두려움을 진실하게 읊조림으로써 창조주이신 우리 주를 찬미했으니, 주는 교회의 높은 큐폴라에 그려진 판토크라토르로서 그들을 내려다보았으며, 그들은 교회의 눈부신 아름다움에, 주일마다 또한 교회 절기마다 정해진 모든 기도 동안에 그들에게 비처럼 내리는 끝없는 풍요에 매혹된바, 죄악의 무게에 눌린 채 그들은 가장 심오한 믿음을 품고서—또한 구원의 약속을 품고서—긴 의례에 참여했고 그것은 그 자체로 기도였으니, 정교회 신앙과 관련한 일곱 번의 비잔틴 공의회 전부가 이것을 바랐고, 삶의 가장 소소한 부분을 비롯한 모든 것이 규정되고 그리하여 모든 것이, 강국으로 등극한 러시아의 거대한 영토에서 교회의 영속적 존속에 이바지하도록 명령된바, 모든 것이 신앙의 건축물—연마되고 정교하고 무한히 세련된 건축물—의 영구적 존속에 이바지하여, 모든 사물과 모든 찬송과 모든 간구와 모든 동작이 신자에게, 비참한 처지의 신자에게 놀라움을 불러일으키고, 이곳에서 그가 낙원에 가까이, 우리 주님께 가까이, 그리스도와 성모께 가까이, 보이지 않는 것에 가까이, 기적보다 더 기적적인 것에 가까이 있다는 느낌을 간직케 하므로, 그는 성가대의 찬양과 말씀을 들으며 가슴 찢는 울림으로 가득할 것이요, 그의 영혼이, 슬픔을 겪고 난 뒤 무한한 기쁨에 꿰뚫려, 그가 자신의 비참한 삶이 아무것도 아님을 믿게 되는 것은, 진정으로 믿게 되는 것은, 모든 것이 저 위에 있고, 저곳 너머에 있고, 그가, 성화의 가장자리에 입맞추기 전에 성화의 출입문 틈새 안쪽의 불가해한 장관을 본다면, 그곳에…… 그곳에…… 어딘가에 있기 때문이었다.

그는 떠나기로 마음먹었는데, 그것이, 이 나약함에, 자신에게 쏟아지듯 내려온 슬픔의 끈적끈적한 성분에 스스로를 내맡기는 것이 그에게 필요한 모든 것이었던바, 이제 그에게 필요한 모든 것은 포기하는 것이요, 무엇보다 그의 것이 아닌 이 장소를 포기하는 것이었음은, 다만 이곳 벽에 걸린 그림들이 그를 그토록 찬란하게 쳐다보았기 때문으로, 그것은 불가능해, 이젠 나가야겠어, 모든 것이 도무지 말도 안 돼, 그는 이것을 감당할 수 없었고, 아무것도 가진 것이 없었으니, 적당한 숙소도 돈도 일자리도 없어서, 내면적으로 강인해야 했을 뿐 아니라, 월요일에 다시 일자리를 찾다가 누구를 만나든 그렇게 느껴야 했던바, 여기서 어정거리는 건 완전히 미친 짓이야, 여기서 나가야 해, 이게 다 뭐람, 그는 이미 걸어가고 있었는데, 말하자면 뒤로 돌아가고 있었던 것은, 미로처럼 배열된 방들의 반대편 끝에 출구가 있는지 아무도, 적어도 그는, 확신할 수 없었기 때문으로, 그는 이것을 이미 알아차렸기에 고민할 필요가 없었으니, 그래, 이제 어느 쪽으로 간담, 이쪽이군, 이라고 혼잣말하며 나아가되, 뒤쪽으로, 자신이 왔던 곳으로 나아갔던바, 이번엔 그림을 쳐다보지 않은 채, 자신에게 무척 화가 났고 이곳에 들어온 것은 바보짓이었다고 느꼈으며, 한 방에서 다음 방으로 물러나, 벌써 첫 번째 방에 도달하여, 이미 여덟 계단의 아래에 내려왔는데, 복도로 활짝 열린 문을 통과하려던 참에, 정신 나간 계단을 뛰어 내려가 바깥으로, 이 미친 건물 바깥으로, 다시 한번 군중 속으로 그리고 카레르 데 프로벵사로 나가, 그곳으로부터 재빨리 그에게 걸맞은 지역으로 향하여, 내일까지 버틸 수 있도록 싸구려 음식을 먹기 위해 복도로 활짝 열린 문을 통과하려던 참에, 그때 그가 처음 들어왔을 때 맹목적으로 급히 통과한 첫 번째 방에서, 그래, 이제 그가 똑똑히 기억하길, 이곳 이 첫 번째 방에서 정말 아무것도 전혀 보지 못했음을, 마치 눈을 감아야 했던 것처럼 아무것도 보이지조차 않았음을 기억했으니, 도저히 그는 여기에 무엇이 있었는지 전혀 기억나지 않았던바, 한마디로 보지 않은 채 안쪽으로 들어갔었으나, 이제 바깥쪽으로 나오면서는 나머지 것들보다 훨씬 큰 그림 하나에 시선을, 통째로 하나의 시선을 던졌는데, 그는 이미 고개를 돌렸고 이미 턱을 넘으려고 다리를 들었으나, 멈추어 머뭇거리며 걸음을 끝내지 못했고 이 때문에 여덟 계단 앞에서 꼴사납게 자빠질 뻔했는데—거의 마지막 순간에야 다리를 다시 거둬들여, 심지어 균형을 잡을 수 있었으며, 간신히 문틀을 붙잡고서 다시 한번 뒤돌아보았으나, 거기에는 그가 그토록 심란해할 별다른 이유가 전혀 없었을 법한 것이, 이 첫 번째 방에서는 그림 하나만 볼 수 있었기 때문이었던바, 위치가 특이한 것은 사실이었고 이 그림 말고는 다른 아무것도 거기 놓여 있지 않다는 것도 사실이었거니와—이젤이, 화가가 쓰는 이젤이 이 첫 번째 방에 세워져 있었고, 그 위에 비스듬하게, 즉 약간 뒤로 기울어진 채, 그리고 다른 것들보다 훨씬 크게—실물 크기에 가까운 그림이 놓였으며, 이젤이 바닥 높이보다 높아서, 방문객을,

말하자면 환영했으니, 왜 그가 여기에 들어왔는지 여기서 대체 무엇을 찾고 있는지 설명하는 것이 이미 처음부터 그에게 힘들었다면, 이제 왜 자신이 이 그림 앞에서 걸음을 멈추는 바람에 앞으로 자빠질 뻔했는지, 즉 어쨌거나 이 일이 어떻게 일어났는지는 더더욱 오리무중이었던바, 그는 제동을 걸었고, 완전히 멈췄고, 문틀에 기댔고, 균형을 되찾았고, 큰 그림 방향으로 돌아섰고, 그림에서 세 명의 장대하고 섬세하고 기도하는 모습의 남자들을 보았으니, 이 세 명의 남자는 탁자 주위에 앉아 있었고, 이것이 그가 처음으로 본 것이었으나, 그는 이내 이 세 사람이, 각각이 날개가 있음을 발견했는데, 게다가 이것을 발견하기가 쉽지 않았던 것은 그림의 상태가 무척 열악하여, 한때 채색되어 있던 여러 부위가 떨어져 나간 것이 한눈에 보였기 때문이나, 날개로 보건대 천사가 분명한 세 형체는 비교적 고스란히 남아서, 그림 한가운데로 흉터가 위아래로 길게 나 있을 뿐으로, 마치 그림을 그린 나무판이 쪼개진 듯, 마치 이 균열이 일어난 뒤에 다른 무언가로 균열을 채운 듯 색깔이 없어진 곳에 굵은 줄이 그어졌으나, 그는 오른쪽에도 같은 일이 일어났을 법한 곳에 가늘긴 하지만 비슷한 줄이 있는 것을 알아차렸으니, 아하, 그가 순식간에 깨닫길, 이 균열은 오래전 나무판들을 서로 맞춘 두 곳에 생긴 것이군, 그런데 접합 부위에 문제가 생긴 거야, 그가 근심스럽게 생각하길, 재료가 뒤틀리고 있고 이미 조금은 뒤틀려서, 말하자면 나무 다루는 사람들 말마따나 컵 모양이 됐군, 그 첫 순간에 그는 대체 왜 자신이 흥미를 느끼는지, 무엇이 그를 근심케 했는지, 왜 그가 떠나고 있지 않은 건지, 여기 서서 대체 무엇을 하고 있는 건지, 이 그림에 두 개의 흉터가 있다는 사실이 하고많은 사람 중에 왜 그에게 그토록 중요한지, 흉터는 어디서 왔는지 도무지 알 수 없었는데, 그때 그가 깨달은바 이 천사들은…… 마치 그들이 그를 멈춰 세운 것 같아서, 그건 순전히 미친 생각 같았지만 뭔가 있는 게 틀림없었던바, 그는 자신이 이제 아까 것들보다 훨씬 무시무시하게 빛나는 황금색 배경만을 응시하고 있으며 배경에서 눈을 떼지 못하고 있음을 알아차렸는데, 그의 눈은 광채에 부셔 천사들을 볼 필요도 없었으나—이미 그는 자신이 **감히** 천사들을 볼 수 없음을 알고 있었는데—그렇다면 이건 정말로 놀랍군, 나도 미친 걸까?! 그는 천사를 바라보고서 그 즉시 주저앉았으니, 그들을 보자마자 그가 알았던바, 이 천사들은 진짜였다.

그가 당장 계단을 달려 내려가 밖으로 나갔다면 일이 훨씬 간단했을 테지만, 그의 시야에서, 이곳 안에서 바라본바 상황이 그렇지 않아서, 그 반대로, 그에게 가장 간단해 보인 것은 천사들이 지키는 문을 통과하여 달아나는 것이 아니라 뒤로, 다시 한번 뒤로 방들을 가로질러 물러나, 그곳에서 진짜 출구를 찾아보는 것이었으며, 물론 심사숙고한 것은 아니었어도 그는 정말로 그렇게 했는데, 그가 어찌나 놀랐던지, 이 결정을 내린 것은 그의 뇌가 아니라 그의 반사 신경, 그의 단순한 감각 반사 신경이어서, 그는 달아났고, 참으로 첫 번째 방을 가로질러 달린 다음, 두 번째 방을 가로질러 달린 다음, 세 번째 방에서 속도를 늦췄으나—그들이 그를 정말로 쫓아오진 않았으므로—그럼에도 네 번째 방에서는 이미 자신이 달리고 있음을 숨기려고, 은밀한 달리기로 계속 달렸는데, 뒤쪽 방들에 누군가 서서 그를 보고 있었더라도, 그들은 딱히 눈에 띄는 것은 아무것도 보지 못했을 것이었던바, 바닥을 가로지르며 발을 좀 괴상하게 끄는 것 같아 보인 것은 사실이었지만 그는 단지 서둘러 방을 통과하려는 것 같았으니, 그에겐 볼일이, 어딘가에서 미처 하지 못한 무언가가 있는 것이 분명해 보인즉, 전시회 방문객 누구라도 그에게 시선을 던졌다면 그렇게 생각했을지도 모르지만, 다만 그들은 어떤 시선도 던지지 않았으며 그가 어디로 가는지 따위는 누구의 관심사도 아니었던바, 다들 성화를 들여다보고 있었고, 이를테면 아마도 처음에 만나 낯익은 커플이 각각의 그림 앞에서 나직이 속삭이고 있었으나, 사실 그가 이곳에 있는 그 누구의 관심도 끌지 않은 채 마지막 방까지 이르자, 활짝 열리지 않은 문이 보였으니, 누군가 그 사이로 지나가고 싶다면 문을 열어야 했으나 그 문이 바깥으로 이어진다는 것은 분명했기에, 그는 어디로 갈지 너무 심사숙고하지는 않고서 이미 문을 열었으나, 발을 내디디자 체구가 크고 수염 난 노인이 작은 탁자 옆에서 그를 향한 채 앉아 있는 것이 보였으니, 그는 그가 황급히 문을 통과하여 나타나자 대뜸 위를 올려다보며, 왜 누군가 그토록 황급히 마지막 방에서 나오는 것인지 미심쩍은 눈길을 던졌는데, 오 안 돼, 저기만 지나가면 되는데, 라고 그가 생각하며 갑자기 걸음을 늦췄으나, 아무 소용 없이 이미 늦어버려, 노인은 의자에서 일어나 그의 얼굴을 들여다보았고, 이에 그는 재빨리 외면한 채 2층에 있던 벽만큼 거대한 벽 앞에 서서, 마맛자국 난 듯한 벽에 최대한 등을 기대고 입을 삐죽거리며 앞쪽의 바닥을 바라보았는데, 방금 옆방에서 쉬려고 나온 사람처럼이나 자신이 방금 본 것에 대해 막 생각하고 있던 사람처럼 바라보았으며, 그렇게 했더니, 노인이 다시 앉는 것이, 더 정확히 말하자면 그가 천천히 의자 쪽으로 몸을 낮추는 것이 보였으나, 그가 시선을 그에게서 떼지 않은 채 지켜보고 있었던 것은, 하긴, 물론 미심쩍기 때문이지, 그가 생각하길, 내가 그여도 미심쩍을 거야, 그래서 그는 그곳에 가만히 있었는데, 무언가가 그의 등을 찔러 소름이 끼쳐서 보니, 크리스마스트리 방울 같은 것이 벽에서 튀어나와 있었던바, 틀림없이 웬 망할 장식물이겠지, 얼마나 더 여기 서 있어야 한담, 그가 짜증스럽게 생각할 때 노인이 머릿짓으로 방들을 가리키며 그에게 말하길, "거기 바실카 있수?" 물론 그는 알아듣지 못했는데, 한편으로 그는 카탈루냐어를 몰랐고—기본적인 스페인어 표현만 몇 개 배운 게 전부이기 때문이었으며, 다른 한편으로 노인이 말한 것은 카탈루냐어가 아니고 스페인어도 아니고 필시 러시아어이거나 어쨌거나 슬라브어의 일종이어서 그는 이 러시아어 같은 언어로부터 이중으로 떨어져 있었기 때문으로, 그는 이 나라에서 누군가 그에게 뭐라고 말을 걸 때 그가 으레 그러듯 조심스럽게 고개를 끄덕였는데, 하도 조심스러워서 어떤 의미로도 해석될 수 있었던바, 어쨌든 그는 한마디도 하지 않은 채 그저 벽에 기대 서 있었고, 노인은 마치 그의 고갯짓에 안심한 듯 다시 의자에 앉았으나, 그가 이제 처음으로 노인을 더 찬찬히 살펴보니, 무슨 감시 임무를 맡아 여기 있었던 게 틀림없는 이 사람은 그냥 늙은 게 아니라 완전히 늙어터져서, 수염은 굵고 순백색인 데다 가슴까지 늘어져 그는 끄트머리를 시종일관 꼬고 있었으나, 그의 눈은, 안쪽 방에 있던 천사의 망토처럼 파란 그 눈은 깜박이지도 않는 채 그에게 고정되었으며, 그는 한참 동안 아무 말도 하지 않다가, 헛기침을 시작하더니 마치 이 외국 도시에서 자기 언어로 말하면 상대방이 알아들으리라 철석같이 믿는 사람처럼, 아까와 마찬가지로 꼭 러시아어처럼 들리는 언어로 다시 말한바, 이 모든 농땡이를 더는 참을 수 없다고, 왜 이 그림들이 여기에 있는지, 목적이 무엇인지 백번은 고민했다며, 두 사람이 미술관 인력의 전부인데, 저 친구로 말하자면, 그가 짜증스러운 듯한 몸짓으로, 말해봐야 시간 낭비지, 그는 농땡이꾼이야, 저 바실카 말이오, 노인이 한숨을 쉬고는 한참 있다가 고개를 내두르자, 그는 다시 고개를 끄덕여 화답했으며, 이로써 노인에게 자신이 그의 말을 알아듣는다는 것을, 게다가 동의한다는 것을, 그리고 바실카가 저기에, 천사들이 있는 입구 옆 무언가의 앞에 틀림없이 앉아 있었음을 마침내 확신시켰던바, 그래, 그는 입구를 말하는 게 틀림없어, 그러자 노인은 그의 동의를 감지하고는 감사의 뜻으로 고개를 끄덕이며, 왜냐면, 그가 설명하길, 저 안의 보물은 헤아릴 수 없는 가치가 있는바, 모스크바 수집품뿐 아니라, 키예프와 노브고로트와 프스코프와 야로슬라블로부터 또한 더 최근 시대로부터 수집한 것들에서 선별한 것으로, 이것들을 보호 조치도 없이 방치할 수는 없는바 카탈루냐인들에게 맡기는 것은 만부당한 일로, 그림에서 얼룩 하나라도 발견되면 우리는 죽은 목숨이오, 그는 이것을 바실카에게 끊임없이 설명했으나 아무리 설명해도 소용없어서, 바실카는 도마뱀처럼 빠져나갔으며 물론 그는 그가—노인이 자신을 가리키며—방들을 통과하여 가면 이곳을 지킬 사람이 아무도 없을 것임을 안다며, 그러니 내가 무엇을 할 수 있겠수, 아침마다 그는 말하길, 이봐, 바실카, 그렇게 내빼면 악마에게 붙들려 다시는 고향에 못 갈 걸세—그들은 고향에서 이곳으로 보내졌기에—등등, 그는 끊임없이 말하길, 그들은 미술관의 경비원 두 명인데, 이 순회 전시회에 자신을 바실카와 함께 파견하지 말아달라고, 저 바실카만은 절대 안 된다고 간청했으나 허사여서, 총책임자가 그의 말에 귀를 기울이지 않은 것은, 지금까지 오랫동안 아무도 그에게 귀를 기울이지 않았기 때문으로, 그는 나이가 들어서 왼쪽 귀가—그가 그에게 그 부위를 보여주며—완전히 먹었고 눈도 잘 보이지 않으나, 아무에게도 말하진 마슈, 아무도 알 필요 없으니까, 알았다가는 그들이 그를 미술관에서 내쫓을 것이고 그렇게 된다면 그는 당장 죽을 것이므로, 그러니 신사 양반은 날 믿어도 좋수다, 그러면서 다시 그가 양손으로 자신을 가리키며, 자신은 화랑에서 지금껏 40년 넘게 경비원으로 일했고 겪을 수 있는 모든 것을 이미 겪었으며, 이 사람이 떠나면 저 사람이 오고, 이 사람이 다시 떠나면 저 사람이 다시 채용되었고, 정신 병원이 따로 없었은즉, 그것이 그가 언제나 경비원 자리를 지킬 수 있었던 이유인바, 아무도 그것을 부러워하지 않았으나, 그는, 만면에 자신감을 띠며 그가 말하길, 브즈도르노프 혈통인데, 그렇수다, 그가 짧게 웃은 뒤에, 그 가문 출신이오, 명망 있고 이름난 브즈도르노프 가문 말이외다, 그중에서 가장 유명한 바튜슈카 게롤트 이바노비치와도 멀지 않수다, 그로 말할 것 같으면 지금, 세상과 완전히 단절되어 페라폰토프에 사는데, 그 덕분에 디오니시의 세계적으로 유명한 프레스코화를 날마다 볼 수 있지요, 그 때문에—그들이 말하길—그가 조금 미쳤다지만 그건 사실 중요하지 않수다, 그가 자기 이야기로 돌아와, 그들이야—게롤트 이바노비치가 어쩌구, 게롤트 이바노비치가 저쩌구—그들이야 원하는 대로 지껄이라지, 그는 억만금을 줘도 미술관 경비 일을 그만둘 생각이 없었고, 이 일이 언제나 그에게, 상상할 수 있는 가장 완벽한 방식으로 안성맞춤이었던 것은, 여기서는 적어도 평화롭게 홀로 있을 수 있기 때문이라며, 팔을 넓게 벌린 채, 그는 청중의 호응을 기다렸고, 청중은 물론 매우 진지하게 고개를 끄덕였으나, 그즈음 이미 마음먹었던바, 좋아, 이제 됐어, 1분만 더 관심 있는 척해주겠지만 더는 안 돼, 그가 여기서 1층으로 내려가고, 거기서 길거리로 나가, 이곳을 벗어날 작정이었던 것은, 환상에 사로잡혀 여기서 나갈 수 없다면 얼마나 우스꽝스럽겠는가—환상이 아니라면 아까 그에게 일어난 일이 무엇이었겠는가, 그가 감히 여기서 움직이지 못한 것은 입장권 때문에 붙잡힐까봐서였는데, 그는 아무것도 잘못한 게 없었고 아무것도 훔치지 않았고 심지어 아무것도 건드리지 않았고 유일한 문제는 입장권이 없다는 것뿐이었으므로, 그게 어때서, 그건 아무것도 아냐, 나중에 말만 잘하면 빠져나갈 수 있을 거야, 하지만 그가 이렇게 마음먹고 벽에서 머리카락 한 올만큼 몸을 떼웠을 때, 노인이 다시 말을 시작하여 그는 다시 한번 등을 기댔으니, 당분간 벽에 등을 기대고 있을 거면 적어도 크리스마스트리 방울이 튀어나온 데 말고 더 평평한 부분을 찾아 기댈 수 있으면 좋겠다고 생각했으나, 어떻든 그가 그곳에 머물렀기에 들을 수 있었던 말은, "당신도 그것 때문에 왔다는 거 알아요, 내가 그걸 아는 이유는, 다들 그것 때문에 오기 때문이지, 다들 저 문을 가로질러 온다고요, 그러면 이내 그들이 실망한 걸 볼 수 있수다, 물론 나도 실망하고요, 루블레프, 그 진짜배기는, 저게 아니라 다른 거니까요, 하지만 손님, 그건 결코, 당신도 알다시피 결코 트레티야코프 미술관의 벽에서 옮겨지지 않을 테니까요." 그것은 거기 남아 있을 거라며, 그가 계속하여 설명하길, 그것은 스탈린 동지 시절 국립복원연구소에서 그곳에 옮겨진바, 라도네시의 수도사들은—그림은 그들로부터 국립복원연구소에 보내졌는데—복제품을 대신 받았으며, 그리하여 진품은 일부러 모스크바에 가야만 볼 수 있게 되었는데, 하지만 여기 실내에 있는 것은 라도네시 것도 아니라 세 번째 복제품으로, 당시에, 폭군 이반 이전에 제작된 수백 수만의 복제품 중 가장 아름다운 것으로, 사실 완벽하게 훌륭한 복제품이라며 그가 안쪽 방들을 가리켰는데, 그렇지 않다고는 아무도 말할 수 없는바, 아마 이오블레바 양이나 예카테리나 젤레즈네바가 보관소 어딘가에서 발견했을 텐데, 한마디로 아름답고 빼어나고 하여간 완벽하지만, 진품은, 루블레프는, 그건 완전히 다른 것이어서, 이 차이가 어디 있는지 말하기조차 어렵기 그지없는 것은, 그도 보다시피 형체, 윤곽, 구성, 치수, 배치 모든 것이 루블레프 진품과 거의 완벽히 맞아떨어지기 때문으로, 사실 탁자에만 다른 점이 있는바, 루블레프에서는 탁자에 성배가 있고 그게 전부인데, 그게 어떤 종류인지조차 우리가 알 수 없는 것은, 칠이 벗겨졌기 때문으로, 국립복원연구소에서 그런 건 아니고, 나의 처남의 아내의 작은딸 니노치카가 거기서 일하는데, 거기서가 아니라 이전, 아직 차르치하일 때 그런 것인바, 알다시피 이 성화들은…… 노인이 슬픈 표정으로 수염에 손가락을 찔러 넣으며—당신이 아는지 잘 모르겠지만, 왜냐면, 그가 벽에 선 그를 가리키며, 그가 문을 통해 들어올 때 그가 러시아인이며 전문가가 아니라 미술 애호가, 즉 전시회를 관람하면서 말을 거의 하지 않는 부류임을 단박에 간파했기 때문으로, 이에 반해 전문가들, 그들은 주절주절대기를 멈추지 않거니와, 그렇게 그들이 누구인지 알 수 있는 것은, 아직 문으로 들어오지도 않았는데 주절대는 소리가 벌써부터 들리기 때문으로, 새들이 쩍쩍거리는 것처럼 이게 어떻고 저게 어떻고 이 비잔틴이 어떻고 저 그리스 테오파니(신현神顯)가 어떻고, 이 루블레프와 저 디오니시 운운하는 즉, 간단히 말해서 그들이 입 닥치면 더 좋을 것인바, 그가 자신을 가리키며, 그는 그 40년간 이 성화들에 대해 모든 것을 알게 되었는데, 그가 대답하지 못할 질문이 하나도 없음은 의심할 여지가 없는바 그것은 그가 모든 것을 읽었기 때문이며, 하도 많은 것이 그의 머릿속에 들어 있기에 이오블레바 양이나 예카테리나 젤레즈네바조차 이따금 이름이나 날짜가 즉석에서 떠오르지 않으면 그에게 물었으며, 그가 질문을 받았을 때 언제나 대답해 준 것은, 아무것도 잊어버리지 않았기 때문이요, 모든 것이 그의 머릿속에 들어 있었기 때문으로, 고국에서 이 경이로운 성화들과 함께 자랐기에 자신 있게 말할 수 있는바, 여기 안에 있는 이 성화들과, 당신도 알다시피, 안 그렇소, 나머지 성화들과 고국에 있는 모든 것들은 매우 빈번하게 덧칠되거나 복원되거나 아예 새로 그려졌는데, 그래요—트로이카, 저것도요—당신도 이미 이해했겠지만, 고국에 있는 것은, 루블레프는 수없이 칠해져서, 이 모든 현대적 수단으로 원 상태로 복원해봐야 소용없다고—노인이 청중에게 가까이 오라고 손짓했으나 청중은 벽에서 꼼짝도 하지 않았는데—말할 정도인바, 심지어 그렇게 해도 그것이 원 상태가 아닌 것은, "이젠 원 상태로 복원하는 것이 불가능하고 심지어 이따금 들리는 말로"—노인이 목소리를 낮춰—"우리 주 성부와 성령에 대해서는 더더욱 그러하니, 한마디로, 알다시피 루블레프 작품에서는 왼쪽 천사와 오른쪽 천사의 입이 원래보다 좀 더 구부러져서, 원본이 더 슬퍼 보여요, 물론 나도 어디서 들은 것인데, 어디서인지는 모르겠으나, 그 반절조차 사실이 아닐 수도 있수다," 어쨌거나 그에게 무엇이 중요하겠는가, 어쩌다 이곳을 헤매게 된 러시아인에게, 어쨌거나 여기서 그것은 중요하지 않았으니, 그가 이 복제품을 보고 다만 즐거워할 수 있었던 것은, 아름다우니까요, 그렇지 않아요? 그러고는 그가 여기서 잠시 말을 멈췄다가 다시 동의의 표시를 기다리자, 그는 앞으로 조금, 그를 향해 몸을 숙이고서, 다시 고개를 끄덕일 수밖에 없었으나, 이제 그를 상대하기가 좀 더 수월해진 것은, 노인이 그를 불친절하게 대하는 것이 아니라 무언가를 설명하려는 사람의 인상을 풍긴다는 확신이 들었기 때문이어서, 그의 목소리에는 입장권을 요구하려는 기미가 전혀 없었으니, 아니, 이건 더는 입장권 문제가 아니었거니와, 그렇다면 대체 뭐 하자는 짓인가, 노인은 그를 다른 누군가로 착각한 것이 틀림없었으나, 그것이 사실이라면, 그가 착각한 것임이 드러난다면 무슨 일이 일어날 것인가, 어쩌면 사람을 착각한 게 아니라, 단지 그가 따분했다는, 매우 따분했다는 것이어서, 그는 여기 앉아 있어야 했고, 유일한 희망은 누군가가, 그가 함께 시간을 보낼 수 있는 누군가가 마지막 방에서 나오면 그가 그 누군가를 말동무로 삼을 수도 있으리라는 것이었으나, 그는 무슨 애기를 하고 있는가, 대체 어떻게 저런 식으로 주절거릴 수 있는가, 왜 그는 그가 흥미를 느낀다고 생각하는가, 그는 전혀 흥미를 느끼지 않는데도, 그가 여전히 흥미를 느끼지 않을 것임을 알면서도, 그리고 그가 이 괴상한, 심지어 천사가 있는 건물에서 그와 함께 있는 것은 체면 때문이요 자기 보호 본능 때문인 것을, 그는 할 만큼 했다고, 이만하면 됐다고 생각하여, 이제 아까보다 좀 더 힘차게 벽에서 몸을 밀어냈으나, 바로 그 순간 노인이 왼팔을 들며 그에게 말하길, 웬걸, 그렇게 서두르지 마슈, 정말 근사한 대화를 나눴잖소, 그는 아침부터 저녁까지 여기 앉아 있어야 했다고, 불평하려는 게 아니라 그냥 그랬다며, 이 문제들에 대해 누군가와, 흥미를 느끼는 누군가와 조금이나마 이야기를 나눠서 좋았고 마치 고국의 미술관에 돌아간 것 같았다고 말했으니, 그곳에서도 누군가 그에게 질문을 던지면, 지금 그에게 말하고 있는 것처럼 그는 언제나 자신이 아는 모든 것을 말했던바, 대체로 그의 견해로는, 트로이카는 세상에서 가장 아름다운 그림이고, 천국을—오감으로 느낄 수 없는 천국을—이토록 경이롭게, 말하자면 현실 자체처럼 묘사하는 데 성공한 사람은 일찍이 아무도 없었으니, 결코 없었지요, 라고 노인이 잘라 말하며 집게손가락도 치켜들었는데, 그러자 방문객은 물론 벽을 향해 물러나기 시작했으며, 결코 없었지요, 아무도, 그게 복제품 하나하나가 그토록 중요한 이유였고, 그게 그가 전시회 입구에서 본 이것이 그토록 중요한 이유였으니, 그것은 그 복제품이, 그가 분명히 아는 바—노인이 그를 준열히 쳐다보며—여기 서양에서 제작되는 것과 같지 않기 때문으로, 고국에서는 성화로부터 복제품을 만들어 이 복제품이 주교에게 축성되면, 그에 따라 진품으로 인정되고 그 순간으로부터 진품과 똑같은 성스러움이 복제품에서도 발산되는데, 트로이카도 마찬가지이며, 거기에다 그들이 이곳에 가져온 것보다 더 아름다운 복제품은 어디에서도 결코 찾아보지 못할 터인바, 이것은 최근에야 빛을 보았고, 모두가 기적을 보았은즉 그들이 찾아오되, 심지어 최고위직들도 찾아왔고, 모든 동료 복원가, 모든 역사가도 참석했으며, 이오블레바 양이나 젤레즈네바 양이—둘 중 누구였는지는 이제 정확히 기억하지 못했는데—이것을 발견하여 보관소에서 가져왔을 때 소수의 군중이 거기 서 있었으니, 그가 이날까지도 생생히 기억하듯 모두가 이 복제품에 경탄한 것은 첫눈에 실로 진품 같았기 때문으로, 그 안의 모든 것이 부합했고—이렇게 표현해도 된다면—치수가 부합했고, 구성이 부합했고, 비율, 윤곽이 부합했으며, 뭔가 다른 점은 탁자 위뿐이었으나, 이날까지 아무도 몰랐던바 추측만 난무할 뿐이어서, 이 복제품에는 원래 무엇이 그려져 있었을까, 무엇보다 왜 루블레프 작품의 탁자에 있는 것과 다를까, 그들은 그곳에 우두커니 서서 모두 매혹되었으며, 경비원들도 그곳에 있었는데, 그들은 그림을 곧장 전시하고 싶었으나 어떤 방안도 떠오르지 않았던바, 그림을 어디 두어야 하나? 진품 옆에?! 거의 완벽한 복제품을?!—아니, 그건 불가능했기에 그들은 그것을 어디에도 두지 않았으나, 이 순회 전시회가 시작되었을 때 이렇다 할 논란 없이 이른바 첫 전시물 중 하나로 냉큼 선정한 것은, 물론 진품을 운반한다는 것은 불가능한 일이었기 때문으로, 루블레프의 진품, 그것은—발렌틴 로디오노프 소장이 직접 말하길—그곳에 영영 간직되어야 하는바, 루블레프 트로이카가 걸린 곳은 성소가 될 것이라고, 로디오노프 소장조차 이렇게 말했는데, 그러면 그조차도 문제가 되지 않는다고 말했을 것이니, 트로이카가 있는 곳에서 그 신성한 힘이 즉각적으로 느껴지는 것은, 누구든 그림을 보면 틀림없이 이해하는 것이어서,

이런 까닭에 아무도 감히 그림을 건드리지 못했으며, 그는―노인이 다시 설명 삼아 자신을 가리키며― 1928년 이후로 아무도 감히 그림을 운반하지 못한 것은 이런 까닭이라고 믿었던바, 기도하지 않고 입맞추지 않고 그 그림을 건드리는 임무를 맡을 사람이 누가 있겠는가, 그것이 오래전 라도네시 교회에서 그곳으로 운반되었다는 사실이 큰 골칫거리였던 것은, 이 그림은 미술관에 두려고 그린 것이 아니었기 때문이요, 사람들이 그저 여느 그림처럼 쳐다보라고 그린 것도 아니었기 때문이었으나…… 무슨 상관이랴, 한 가지는 분명한바 적어도 그 누구도 다시는 그림을 건드리지 못할 것이요, 이렇게 그림은 그들과 함께, 트레티야코프에 있을 것임은, 심지어 트레티야코프가 교회는 아니더라도, 세상은―노인이 목소리를 낮춰 위대한 군주처럼 고갯짓으로 그가 원하면 지금 가도 좋다고 표시한 것은, 자신이 말하고자 하는 것은 모두 말했기 때문으로―세상은 이 복제품을 보아야 하고, 그런 다음 어느 쪽이 진짜인지 알아내야 하외다.

설명을 요하는 것이 많고 많은 채로, 그는 건물에서 쏟아지다시피 카레르 프로벵사로 나와, 그곳으로부터 쭉 내달렸는데, 마치 귀먹고 눈먼 것처럼 내달렸으며, 어디서 시작해야 할지 전혀 감을 잡지 못했으니, 그 순간 자신이 어디에 있는지 전혀 감을 잡지 못했고 심지어 관심도 없었던바, 머릿속이 하도 심하게 울려 스스로도 견딜 수 없었고, 오직 머릿속의 이 울림 말고는 그 무엇을 상대하는 것도 견딜 수 없었으니, 처음에는 뒤꿈치를 너무 세게 디디는 바람에 머리 속에서 뇌가 흔들려서 울리는 줄 알았으나, 그런 다음 더 살살 걸어도 조금도 나아지지 않았고 이 울림만 가득했으니, 전반적으로 그는 완전히 혼란스러웠고, 내면의 혼란은 총체적이고 그는 어지러웠고, 하도 어지러워서 번번이 걸음을 멈춰야 했던바, 필시 행인은 그가 취했거나 구토하려 한다고 생각했을 테지만, 아니, 그는 취하지 않았고 구토하려는 것도 아니요, 다만 이 어지러움과 이 울림에, 그와 동시에 여러 가지가 보이기 시작했다는 사실에 시달리고 있었는데, 자신이 사람들을 피해 길거리를 달리는 것이 보였고, 얼굴들이 순식간에 그의 앞에 나타났다가 사라지는 것이 보였고, 미술관인지 무엇인지 자신이 방금 나온 그곳의 노인이 보였고, 그와 동시에 중년의 부부가 그의 뒤에서 갈라졌다가, 그를 지나친 다음, 그의 앞으로 가서, 다시 팔짱을 끼는 광경이 보였고, 계단이 나선형으로 굽어 올라가는 것도 보였고, 거대한 그림 가운데에, 그리고 오른쪽에 색깔이 조금 희미해진 것도 보였는데, 다시 계단이 나타났으나, 이제는 굽어 내려갔고, 그림의 금박은 빛났으나, 그에게 가장 심란한 것은 일제히 나타나는 이 모든 그림들 사이에서 세 천사가 번득이고 또 번득인다는 것이었으니, 그들은 고개를 한쪽으로 숙였는데, 더 정확히 말하자면 가운데 천사와 오른쪽 천사가 왼쪽 천사 쪽으로 고개를 숙이고, 그는 그들 쪽으로 고개를 숙여, 세 천사 모두가 그를 보고 있었으나 그것이 찰나에 불과했던 것은, 그들이 거의 순식간에 사라져 색깔만이 남았는데 망토의 빛나는 파란색과 진홍색만 남았기 때문으로—물론 단지 아무 오래된 빛나는 파란색이나 아무 오래된 진홍색은 아니어서, 이것들이 파란색이나 진홍색이기나 했었는지조차 그는 확신할 수 없었고, 자신이 본 것이 색깔이었는지조차 확신할 수 없었으니, 그가 무엇 하나 확신할 수 없었던 것은, 그것들이 번득 나타났다 번득 사라지되, 다른 그림들이 한꺼번에, 그의 머릿속에서 그토록 빠르게 번득 나타났다 번득 사라지는 것처럼 번득 나타났다 번득 사라졌기 때문으로, 이 때문에 그는 어질어질하고 몸안의 모든 것이 욱신거리는 듯했으나, 가장 괴로운 것은 그가 멈출 수 없었다는 것으로, 그는 전체 장면을 중단시킬 수 없었고, 그만하면 됐어, 이제 끝났어, 그만해, 정신 차려, 라고 스스로에게 말하고서도 그만하고 정신 차릴 수 없었던 것은, 그가 어찌하지 못하는 단 하나가 바로 이것, 즉 저 바깥의 이 속도를 정지시키는 것이었기 때문으로, 그것은 이 속도가 그의 안에도 있었기 때문이어서, 그는 달려야 했으며—아마도 사람들에게 너무 많이 부딪히지 않도록 하면서 달려야 했던 것은, 많은 사람들이 이쪽으로 오고 있었고 그가 도심을 벗어나는 데는 꽤 오랜 시간이 걸렸기 때문으로—그가 북쪽을 향해, 디아고날이라는 넓고 북적거리는 도로에 다다르자, 그 뒤로 상황은 이미 좋아졌고, 게

다가 그는 이미 이 지역을 알았기에, 이 북쪽 방향을, 숙소에 도착하기 위해 선택해야 했던 방향을 고수했으니, 이곳에서는 이미 반대쪽에서 오는 사람들이 점점 줄었고 그것이 바로 그가 원하는 것이었는데, 이쪽으로 오는 사람들이 점점 줄더니, 마침내 하늘이 그에게 자비를 베풀어 그들로부터 해방시키고, 그는 조금 속도를 늦출 수 있었던 그때, 그는 아무도 자신을 따라오지 않는다는 것을 깨달았거니와—물론 여기까지 오는 내내 아무도 자신을 따라오지 않고 있었다는 것을 알고 있었지만—아무도 없다는 것은 지금 중요했고 어쨌든 지금 중요해진바, 이것이 분명해져 그가 걸음을 완전히 늦출 수 있었을 때, 걷는 속도로 좁은 길을 따라 나아가고 있었을 때—오늘 같은 날에, 토요일에 밖에 아무도 없다고 그가 잘라 말할 수 없었던 것은, 인도 위나 창문 안쪽에 사람들이 있었기 때문으로, 어떻게 그가 여기저기서, 좁은 길들이 훌쩍 넓어진 곳에서 아동 축구 팀을 이따금이라도 보지 못했을 수 있었을까, 하지만 그래도 그는 지금껏 자신을 몰아붙인 무시무시한 힘의 존재를 더는 느끼지 못하여, 이제 스스로에게 질문을 던질 수 있었던바, 정확히 무슨 일이 일어났고, 왜 그는 광인처럼 내달려 가고 내달려 왔으며, 어떻게 해서 그가, 하고많은 사람 중에서, 저 끔찍한 건물에서 이 이야기에 연루되었고, 그는 그렇게 되었을 때 왜 그냥 나오지 않았으며 왜 머물렀는가, 그가 이 전시회에서 심지어 원한 것은 무엇인가, 그는 살면서 단

한 번도 전시회에 간 적이 없는데 왜 지금, 하고많은 시간 중에 그랬던가, 말하자면 왜와 왜와 왜에 대해 답해야 한다고, 그는 스스로에게 설명하다가, 재빨리 주위를 둘러보며 자신이 소리를 입 밖에 내고 있지 않았는지 생각했으나, 그럴 리는 없어서, 적어도 이곳의 행인들은 그를 쳐다보지 않았기에, 모든 것이 진정되기 시작하여 결국 그의 뇌도 천천히 질문을 내려놓았으며, 몇 마디 상스러운 표현과 함께—말하자면 씹할, 정말이지 씹할, 이 모든 씹할 것들을 씹할 한 번 더 씹할—그는 자신을 이끄는 또 다른 강박 앞에서 심리적 우위를 얻는 데 성공하여 말하길, 좋아, 걸음을 멈추게 된다면, 심지어 빈 벤치에 앉게 된다면, 무엇보다 지난 몇 시간 동안 대체 무슨 일이 일어났는지 알아내야겠어, 왜 페렐라인지 뭔지에 들어갔는지, 안에 들어갔을 때 왜 거기에 머물렀는지, 왜 그 그림을 보았는지, 왜 내가 거기서 본 것이 그토록 거센 힘으로 나를 짓눌렀는지, 그렇게 또다시 왜와 왜와 왜만 떠올랐는데, 유일한 문제는 이 우위가 단지 일시적으로만 효과가 있었다는 것으로, 그가 걸음을 멈춰도 소용없었고 욕설을 해도 소용없었고 빈 벤치에 앉아도 소용없었고 말하자면 이 심리적 우위는 죄다 소용없었던바, 결국 승리한 것은 그의 명료한 자아가 아니라 다른 자아, 왜 그가 스스로를 전혀 알지 못하는 무언가에 휩쓸리도록 내버려두었는지 해답을 찾고 싶은 자아였고, 그는 이 문제에 대해 결코 해답을 얻을 수 없었으니, 벽에 걸려 있던 것이 무엇인지도 모르겠어, 내가 무슨 건물에 있었는지도 모르겠어, 내가 아는 건—복원 공방 말고는—흙손, 반죽 통, 대패인데, 그것은 지금 중요하지 않았으니, 그가 평생 여러 복원 공방에 있었다는 것이 중요하지 않았던 것처럼 그가 단번에 지금의 자신이, 매일 아침 전철을 타고 갔다가 매일 저녁 전철을 타고 돌아오는 이 아무것도 아닌 자가 되지 않았다는 것도 중요하지 않았던바, 그것은 지난해 동안 그가 세 들어 혼자 살던 퀴퀴하고 축축하고 어둑한 방에서 단번에 시작되지 않았고, 이것으로 단번에 시작된 것이 아니라 이것으로 끝났으니, 이것은 이미 끝이라고, 그는 지금 빈 벤치에 앉아 생각했으며 이 생각이 그의 머리 속 뇌를 순식간에 달래어, 오호, 끝이 여기 있군, 그가 이렇게 혼잣말을 했으니, 이 세 어절에 마침내 그의 머릿속 울림이 멈춰, 틀림없이 이건 끝이야, 노인네야, 그는 다시 되풀이하며 광장을 둘러보았는데, 그것은 사실 광장도 아니라, 낡아빠진 집 한 채를 나머지 낡아빠진 집들 사이에서 철거하느라 길을 억지로 넓힌 것에 불과했으며, 그가 앉은 곳엔 안성맞춤인 여유 공간이 있어서 거기서 아이들이 공을 차고 있었는데, 이제야 그가 그들을 유심히 살펴보니, 그중 하나가 꽤 날쌔게 움직여 공을 능숙하게 패스했던바, 그가 그 중에서 가장 작음에도 가장 영리하기도 하다는 것이 한눈에 분명했던 것은, 공을 솜씨 좋게 드리블했을 뿐 아니라, 자신이 무엇을 하는지 이해하고 있음이 명백했기 때문으로, 나머지 아이들은 이리저리 우왕좌왕 뛰어다니며, 여기야 여기, 따위로 고함이나 질렀으나, 저 아이는, 저 작은 아이는 고함지르지 않았던바, 그가 이것을 진지하게 여긴 것은 틀림없어서, 사실 그가 그를 더 자세히 살펴보니, 그의 얼굴은 여전히 놀랍게도, 심지어 당혹스럽게도 언제나 진지했는데, 마치 그가 공을 가슴으로 이렇게 받아낼 수 있는지, 그가 포워드에게 정확히 패스할 수 있는지에 무언가 중요한 것이 걸려 있는 듯했으니, 그는 진지해, 그가 판단하길, 너무 진지해, 이제 그는 저 지저분한 아이만, 언제나, 끊임없이, 꿋꿋이 진지한 저 아이만 보았는데, 말하자면 아이는 공을 찰 때 단 한 순간도 다른 아이들처럼 공통의 즐거움에 동참하지 않았으니, 어쩌면 그에게 그것은 즐거움조차 아니라 다른 무언가였는지도 모르는바—그때 단번에 그의 머리가 지독한 통증으로 가득 차, 그는 황급히 아이들에게서 시선을 돌려, 그들을 바라보지 않았으며, 이미 그곳조차 바라보지 않고 좁은 길로 더 들어갔는데, 그러다 다시, 좁은 길이 왼쪽으로 꺾이면서 그가 문득 마주친 것은……그림 속 세 천사로, 모든 것이 마치 진짜인 것처럼 선명하게 그의 앞에 있었으나, 물론 진짜는 아니었고, 그는 땅에 뿌리 박힌 채 그곳에 서서 그처럼 그들을 바라보았는데, 저 신비로운 얼굴을 보았고, 가운데 앉은 천사와 왼쪽에 앉은 천사와 그들의 망토가 얼마나 눈부시게 파란지 보았고, 그들을 불멸의 시간 동안 쳐다보다가, 황금을 들여다보다가, 마지막으로 다시 그들을 보았는데, 그는 그들이 그에게 눈길조차 주지 않고 있다는 것을 깨닫고 속상했던바, 그들은 자신들을 바라보는 사람을 전혀 바라보지 않았으며, 필시 미술관이든 뭐든의 안에서, 그는 지독하게 착각한 것이었다.

　모든 것은 성삼위의 개념으로 돌아가는바, 이것은 사실상 동방 기독교 전체의 운명을 좌우한 토대였고 실은 기독교 자체의 토대도 이 근본 질문을 둘러싼 이례적 관심이었으니, 대체로 상황이 이런 식으로 전개되는 일은 흔치 않아서, 대체로 근본 질문들은 나중에야 명확해지는바, 논란의 정체가 무엇이고 왜 어떤 원칙들이 내세워졌고 왜 논쟁과 분열이 일어났고 왜 학살된 시체가 쌓였는지는 대체로 나중에야 분명해져 질문들이 등장하는 것은 나중 일이나, 사랑의 종교 기독교의 경우는 그렇지 않아서 여기서는 4세기부터 그 이후로 논쟁이 벌어져, 마침내 이 때문에 신학적 분열이, 공식적으로 1054년에 일어난 이 분열이 일어났지만, 사실 동로마 제국 건국 이후로 동방 교회와 서방 교회가 따로 있었고 로마와 콘스탄티노플이 있었는데, 이 동방 교회가, 지금으로 말하자면 이 콘스탄티노플이 당시에도 나중에도 전혀 확정하지 못한 것은 전능자, 그리스도, 성령의 본성에 대한 궁극적 판단이 언제 내려졌는가로, 이 영역에 있는 것이 인간의 능력을 넘어섰음은, 그들이 여섯 번—그때마다 최종적으로—결정을 내려야 했기 때문으로, 문제는 인간이—즉, 교부, 총대주교, 수도대주교, 주교, 공의회, 그러니까 지역 공의회와 세계 공의회 등의 사제, 성 아타나시오스, 나지안조스의 성 그레고리우스, 성 대大바실리오스, 니사의 성 그레고리우스가―자신들의 빼어난 능력뿐 아니라 인간의 능력까지 넘어서는 것이 분명한 질문에 대해 결정을 내려야 했다는 것이었음은, 주님, 그리스도, 성령의 관계가 무엇인지 밝혀야 할 때가 되었을 때 모든 것이 여기에 결부되었기 때문인바, 그리하여 가장 잔혹한 형태의 미묘한 이단 판별이 실시되었는데, 이단의 기준이 어찌나 미묘하던지 이른바 신학적 질문의 이런저런 사소한 차이 때문에 걸핏하면, 상징적으로든 진짜로든 대규모 유혈 사태가 벌어졌음을 납득하기가 쉽지 않을 정도인바, 따라서 유혈 사태가 벌어진 것은 성삼위 교리 때문으로, 주님이 홀로 계신다고 주장하는 자들이 있는가 하면, 그리스도 한 분만의 유일성과 최고권을 인정하는 자들도 있었고, 주님과 그리스도 두 분의 우선권을 주장하는 자들도 있었으나, 마지막으로 셋 모두가, 즉 주님, 그리스도, 성령이 동등하다고 제안한 자들이 있었으니, 이 교파가 마침내 승리를 거두어 기독교 신앙의 중심 신조가 된 저 독특한 구조가 탄생했거니와, 그것이 성부의 유일하되 세 가지 형태로 나타나는 본질인바, 그에 뒤따라 이른바 필리오케 논쟁, 즉 성령이 성부에게서만 발했는가 아들에게서도 발했는가의 논쟁이 벌어져―이것을 이해조차 하는 사람들이 있을는지 의심스럽긴 하지만―이로 인해 기독교 신앙이 영원히 둘로 갈라지고, 정교회 세계—이 거대하고 신비로운 비잔틴 제국—가 등장하여 서방 기독교의 대몰락 이후에도 1000년을 존속했으니, 그곳에서는 사치와 향락에 대한 욕망에 종속되는 것과 더불어, 똑같은 정당성을 가지고서, 신학을 추구하는 신앙에 종속되는 삶이 지배적이었는데, 제7차 세계 공의회에 뒤이어 정교회 신도 전부에게 본질적이고도 경천동지할 공격이 벌어져도 더는 이 근본적인 신조를 위협하지 못했던바, 물론 이것은 그와 동시에 질문이 해소되었음을 의미하지는 않았으니, 질문은 해소되지 않았고, 주님에 대한, 또한 주님과 그리스도 성육신 사이의, 주님과 성령 사이의 관계에 대한 모든 결정은 범접할 수 없는 모호함 속에, 또는 나중의 유물론적 이단의 관점에서 보자면 도무지 변호할 수 없는 논리적 실패에 머물렀으니, 이에 따르면 권위와 신앙 자체에 대한 존경만이 유익했던바, 즉 황금 입의 성 요한네스 크리소스토무스에서 라도네시의 성 세르기우스에 이르기까지 가장 학식 깊은 성인들에게도 삼위의 성격에 대한 질문은 결코 문제가 되지 않았으니, 그것은 그때나 그 뒤로나 남들에게만, 즉 세상에만 문제였거니와, 세상 사람들은 창조주의 화신을 볼 수도, 삼위의 신비를 볼 수도, 창조된 세계와 창조되지 않은 세계를, 신의 아틀리에를, 창조적 힘의—경이롭고 기적적이고 말로 표현할 수 없는—최고권을 스스로 경험하고 인식하여 의문을 품지 않고 경험할 수도 없는 모든 자들이기에, 육화에 대해, 삼위의 신비와 그 묘사에 대해—묘사가 허용되므로—더는 의문을 던질 수 없는 신조가 무엇인가와 관련하여 교회가, 즉 신성종무원이 그들을 통해, 그들의 성인적 존재들을 통해 그들에게 결정을 부과할 수 있게 되었다고, 그들은 토론—파괴적 해법을 배제하지 않은 토론—끝에 결론 내렸으니, 그렇다, 그들은 삼위가 묘사될 수 있다고 결론 내렸으며, 그렇다, 성자 그리스도, 주님의 성육신이 표현될 수 있다고 결론 내렸으니—100개 조항의 공의회 명령에서 의미하는 바대로—아브라함이 마므레의 상수리나무 아래에서 그들을 보았을 때 정말로 본 것이라면 그들을 표현할 수 있는바, 말하자면 아테네에서라도네시 성삼위 수도원까지 수천 수만 년 반복된 것처럼, 아브라함이 그분을 세 천사의 묘사로서 보았다면, 공의회 명령을 바탕으로 엄격하게, 삼위를 묘사하는 성화 작가라는 개념에 대해 어떠한 이의도 제기할 수 없으며, 현실적 의미에서 이는 포들리니 수도승들의 묘사를 바탕으로 한 것인바, 그들에 따르면 조상 중의 조상 아브라함만이, 단 한 번, 엘로네이 마므레, 즉 마므레의 상수리나무 아래에서 날개 달린 세 천사를 보았고, 그들을 탁자에 앉히고 대접했으며, 사라의 미래가 논의된 다음 세 천사의 고귀한 모습으로 나타나신 주님과 아브라함 사이에 소돔과 고모라에 대해 이와 비슷하게 흥미로운 대화가 벌어진 끝무렵에, 짧게 언약이 있었으니, 말하자면 그곳에서 그가, 주님께서 영혼이 정결한 의인 십 명을 찾으시면 소돔과 고모라에 자비를 베풀 것이되, 어차피 나중에 소돔과 고모라를 멸망시킨 것을 보면 주님께서 이 소돔과 고모라에서 영혼이 정결한 의인을 십 명조차 찾으시지 못했다는 결론에 도달할 수 있으니, 이 얘기는 그만하고 다시 그들의 대화로 돌아가서, 이 기억할 만한 대화 이후에 다들 각자의 볼일을 보러 갔고 주님은 어떤 형상을 한 채—이 형상이 무엇이었는지에 대해서는 관련 전승들이 일치하지 않으나—소돔과 고모라로 갔으니, 아브라함은 자신이 무엇을 보았고 누구를 보았으며 상수리 나무 아래에서 무슨 말을 들었는지 오랫동안 고심했을 것이며, 그 뒤에, 이 모든 일이 있고 나서 성부와 아브라함의 이 유명한 만남으로부터, 이른바 모세 오경 1권 18장에 기록된 이 만남의 성스러운 의식으로부터 공의회 계율이 그렇게, 수백 가지 변형을 거쳐 확립되었으니—그 결과로 신의 은총이 안드레이 루블레프와 그의 섬세한 손과 그의 겸손한 영혼에 그의 끊임없는 기도의 힘을 통해 내려왔고, 성 세르기우스를 기리고자 하는 라도네시의 니콘 주교의 의뢰로 이름 부를 수 없는 그분 자신의 영감의 힘으로부터 그림은 「성삼위」의 제목을 지닌 채 탄생하고 보전되었으니, 그 놀라운 소식이 어떤 미美의 폭풍처럼 러시아 전역을 휩쓸어, 한 세대 뒤 루블레프의 완벽한 작품을 지금은 우리에게 알려지지 않은 어떤 교회를 위해 복제해 달라는 의뢰를 받고서 디오니시는 상상력이 불타올라 작업에 착수한바, 그것이 오직 그일 뿐 그 아닌 그 누구도 아님은, 해당 복제품의 작가가 디오니시였을 수밖에 없음을 확증할 수는 없으나 그와 동시에 다른 사람, 이를테면 그의 제자나 디오니시 아르텔(길드)의 누군가였으리라는 생각은 상상조차 할 수 없기 때문인바—확증할 수 없고 불가능한바—이 그림은, 이와 똑같이 알려지지 않은 경로를 거쳐 이후에 트레티야코프 미술관에 나났났으며 500년쯤 뒤에 순회 전시회를 통해 마르티니, 칸, 그다음 바르셀로나에 도착한 이 그림은 본질상 완벽한 진품의 완벽한 복제품이었고, 디오니시보다 재능이 떨어지는 어떤 화가가, 그 시기에나 다른 시기에나 그릴 수 있었을 리 만무한바, 루블레프 이후로 디오니시 같은 걸출한 미술가가 오랫동안 등장하지 않았기에 그림의 작가는 오직 그, 그 혼자일 수밖에 없으나, 그럼에도 그는 이례적 도움을 받았은즉, 작업 의뢰를 받아들이는 조건은 다름 아니라 디오니시가 방해받지 않고 루블레프의 진품을 조사할 수 있도록 보장받는 것으로, 디오니시가 성삼위교회에서—라도네시의 성 세르기우스의 수도원에서—매우 오랜 시간을 보내야 했던 것은, 이 걸작의 정신에, 루블레프의 정신에 가깝게 그리려면, 또한 임금문 오른쪽 첫 공간에 자리한 성화벽의 성삼위 성화가 드러내는 존재에 가깝게 그리려면 매우 오랜 시간이 필요했기 때문으로, 그는 성화에서 묘사된 인물과 모든 물건의 윤곽을 머리카락 한 올의 오차도 없이 측정해야 했을 뿐 아니라, 형태와 소묘와 배치를 연구하고 색채와 비율을 이해해야 했을 뿐 아니라, 자신이 임무에 걸맞음을 보증할 수 있어야 했던바, 그는 성화를 궁구하는 동안에도 작업에 내재한 위험들을 인식해야 했으니, 누군가에 대해, 심지어 디오니시 본인—이 이름난 15세기 성화 작가—에 대해 그가 라도네시 진품의 복제를 준비할 자격이 없다는 말이 돌면 어떻게 되었겠는가, 이것은 틀림없이 디오니시가 누구보다 잘 알았던바, 그 영혼이 루블레프가 당시에 느낀 것을 느끼지 못하면 그 자신이 분명 지옥에 떨어질 것이요 복제품도 아무것도 아닌 것이 될 것임은, 그저 거짓이요, 기만이요, 속임수요, 단지 쓸데없고 무가치한 쓰레깃조각일 것이기 때문이니, 그렇다면 그것이 교회 성화벽의 최고단에 놓여도 허사일 것이요 그곳에 놓여 숭배받아도 허사일 것임은, 누구에게도 유익을 끼치지 못하고 다만 그들이 어디론가 인도된다는 환상으로 꾈 뿐이기 때문이다.

그는 직접 피나무를 구하러 갔는데, 실은 전체 작업을 혼자서 완성하고 싶었을 것이나, 아르텔의 다른 사람들은—그 중에는 그의 아들 페오도시도 있었는데—스승이 혼자 일하길 원하지 않는다고 확신했던바, 그것은 그들이 오랫동안 해온 것과 마찬가지로 그를 이래저래 도울 수 있었기 때문으로, 마침내—이미 이것은 그 시대를 통틀어 관례가 되어 있었으며 그러한 많은 일은 작업을 수월하게 하기 위해 합의된바— 승인이 떨어져, 그들은 루블레프의 진품에 가장 알맞은 피나무를 그가 혼자서 고르는 것은 마지못해 받아들였으나, 성화판을 대패질하고 짜맞추고 풀칠하거나 시폰키 두 개를 만들거나—시폰키란 너도밤나무로 만든 가로대 두 개로, 그 역할은 성화판을 지탱하는 것인데—두 시폰키를 끼울 홈, 이른바 '시폰키 브레즈니예, 프스트레치니예'를 파내는 일에 그의 성스러운 재능을 허비하도록 내버려두지는 않았으니, 그들은 그가 이 작업을 혼자서 끝내도록 내버려두지 않았으며, 그에 따라 맨 먼저 누군가가 성화판을 톱질하고 대패질하고 파내고 맞추고 풀칠하여 조립하고 지지대용 막대기를 팽팽하게 편 다음 누군가 시폰키 작업을 마무리했고, 그 뒤에 루즈가—테두리와 내부를 구분하는 경사진 경계—로 테두리를 표시하여 폴랴를 만들었으며, 콥체크를—이 일에 최고의 솜씨를 가진 사람이—루즈가의 방향을 따라 이미 그려두어, 채색할 표면을 깎아내고, 액자를 만들었으니, 여느 성화의 경우와 마찬가지로 최우선 과제는 폴랴, 루즈가, 콥체크가 가지런히 배치되도록 하는 것이었는데, 게다가 이 특수한 경우에는 세 부분 모두가 머리카락 한 올의 오차도 없이 진품과 맞아떨어져야 했으니, 말하자면 폴랴는 똑같은 장소에 똑같은 길이로 있어야 했고, 루즈가는 똑같은 형태에 똑같은 각도로 경사져야 했으며, 마지막으로 콥체크는 라도네시 진품의 묘사에 나타난 만큼 깊고 평평해야 했으니, 이런 뒤에야 아르텔의 채색 장인이 순서를 맡아 그의 조수들이 채색 표면에 접착할 캔버스를 준비할 수 있었던바, 묽게 희석한 접착제인 렙카스를 횟가루와 섞어 성화판에 바르되, 이 경우에는 정확히 여덟 겹으로 발랐으며, 마침내 마지막 렙카스가 건조되어 더없이 매끄럽고 새하얘지자, 밑그림 장인인 즈나멘시크의 차례가 되었는데, 그가 아르텔에서, 이렇게 유명한 화가의 아르텔에서는 더더욱, 가장 중요한 인물 중 하나인 것은, 이를테면 이제 완전히 마른 렙카스의 표면에, 거장의 손에서 비롯한 라도네시 그림의 윤곽을 따라, 어김없는 확실함과 충실함으로, 거대한 날개를 단 채 탁자 주위에 모여 있는 한없이 다정한 세 천사와 그들 뒤로 교회와 나무와 절벽, 성배가 놓인 탁자와 송아지 고기로 가득한 접시를 그릴 수 있었기 때문으로, 아르텔의 모두가 숨죽인 채 그의 등 뒤에 서 있는 동안 그의 도구인 그라피야는 그의 손에서 단 한 번도 떨리지 않았으며, 성화판 조립에서 즈나멘시크의 작업에 이르기까지 이 모든 것은 물론 자명하게 진행되어, 아르텔의 조수들과 스승만 서로를 관찰한 것이 아니라, 작업의 단계 하나하나마다 스승 자신이 일하는 사람들의 등 뒤에 서서 이어지는 단계 내내 끝까지 서 있었던 것은, 이것이 그저 한낱 옛 작품이 아니었기 때문으로, 스승은 뒤에서 관찰하며 그림이, 즉 라피스 라줄리(청금석), 버밀리온, 녹, 말라카이트(공작석), 백분, 실은, 심지어 으깬 달걀노른자까지도 그가 그 모든 시간 동안 라도네시 진품 앞에 몰입하여 서 있었을 때 그의 기억에 새겨진 것과 정확히 일치하는지 점검했으니, 그가 그곳 뒤에 서서 기도하는 동안, 처음에는 리치니크와 돌리치니크가 작업에 착수하여 자신들에게 할당된 것을 채색하되, 리치니크는, 이 경우에 이례적으로 얼굴 대신 팔과 다리만을, 돌리치니크는, 하지만 키톤과 히마티온을 채색했는데—그래도 괜찮았던 것이, 스승이 모든 움직임을 관장하여 리치니크와 돌리치니크의 손을 잡아 이끌다시피 하여, 스승 자신이 처음부터 끝까지 모든 것을 했다고 자신 있게 단언할 수 있었기 때문인바, 아르텔에 있는 그의 조수들이 그의 의지—즉, 스승의 기도를 통한 절대자의 의지—에 복종하여, 저 유명한 복제품은 더는 보조할 것이 전혀 없는 단계에 이르렀으니, 이제 스승은 작업을 다른 사람에게 맡길 수 없었고, 그 자신이 붓을 들어, 물감이 든 접시에 담았다가, 얼굴, 입, 코, 눈을 칠해야 했는데, 평상시의 순서에 따르자면 채색의 마지막 대단원에서, 이 시점에서 적당한 장인이 뒤이어 윤곽을 칠했을 것이나 그러지 않은 것은, 스승이 자기가 직접 아시스트와 드비시키의 윤곽을 그리겠노라 고집했기 때문인데, 그 시점에 그가 훨씬 열심히 기도하고 예수 기도를 낭송한 것은, 이번에도 그가 전통을 신뢰해야 한다고 생각했기 때문일 것으로, 우리는 안드레이가 언제나, 하지만 작업하는 동안은 더더욱 예수 기도를 혼자서 읊조렸으리라 믿을 수밖에 없는바, 그는 작업하는 동안 달리 도리가 없었으니, 그뿐 아니라 그는 기도를 멈추지도 않았고, 조수들이 올리파를 바르도록 옆으로 물러서 있을 때조차 단 1초도 성화에서 눈을 떼지 않았던바, 올리파는 투명한 보호막으로, 지금까지 이루어진 모든 것을 이 시점부터 보호해야 했던 것은, 그것이 이루어졌기 때문이라고, 스승의 아르텔에 있는 사람들이 눈을 반짝이며 흡족한 표정으로 말하길, 루블레프 성화의 복제품이 완성되었고 여기 우리 앞에 성삼위가 다시 계시노라, 인근 수도원에서 올 수 있는 사람은 누구나 성화를 보았고 눈을 믿을 수 없었던 것은, 그들이 바로 그것을 보고 있었기 때문으로, 그것은 복제품이 아니라, 성화가 아니라 그 자체로 아름다움을 발하는 성삼위였으니—마지막 올리파 막을 바를 때 스승은 아르텔 공방에서 다만 뒤로 물러난 채, 완성된 성화 앞에 서서, 오랫동안 바라보다, 문득 발을 돌렸던바, 그 뒤로 아무도, 다시는 그가 성상에 가장 작은 시선을 던지는 것조차 볼 수 없었는데, 하지만 의뢰인이 자신의 교회에 성화를 놓을 때 그는 그곳에 있어야 했고, 주교가 축성할 때 그곳에 있어야 했고, 거기 서서 들어야 했으니, 주교는 성화의 축성을 위한 본기도와 시편 66편을 낭송한 뒤에 노래하길, 성삼위로서 송축과 찬양을 받으시는 우리 주, 우리 하느님, 우리 기도를 들으사 우리에게 축복을 내려주소서, 성화를 축복하고 성수로 축성하시어, 주님을 경배하게 하시고 주님의 불쌍한 백성에게 구원을 베푸소서—그는 이것을 들었고, 주교가 성화를 축성하는 것을 보았고, 이 모든 것을 보고 들었고, 성호를 그으며 아멘이라고 말하고는, 곧이어 고스포디, 포밀루이, 그리고 고스포디, 포밀루이, 그리고 고스포디, 고스포디, 고스포디 포밀루이("주여, 자비를 베푸소서")가 울려퍼졌으나, 그는 심란했고, 나중에 사람들이 그에게 가서 그를 알아보고 감탄을 표해도 응대하지 않았으며, 그는 그날 침묵했고 몇 주 내내 침묵했으며, 매일 고해하러 가다가 마침내 완전히 삶으로부터 물러났으니, 그 시점으로부터 누구든, 호기심에서든 무지에서든, 그가 루블레프의 성삼위를 그렸다니 얼마나 대단하냐고 그가 있는 자리에서 감히 말하면, 디오니시는 지금 들리는 말을 알아듣지 못하는 사람처럼 갸우뚱한 표정으로 이해 못 하겠다는 듯 입을 헤 벌린 채 그를 쳐다보거나—특히 그가 사망 전 모스크바에서 블라고베셴스카야를 그렸을 때는—당대의 이 저명한 성화 작가는 갑자기 낯빛이 창백해지고 얼굴이 일그러진 채 사나운 눈빛으로, 공포에 사로잡힌 상대방에게 목이 터져라 고함을 질렀으나—자신의 아들이 물어볼 때만은 예외여서, 마지막 순간까지 그는 언제나 그가 무엇을 해도 용서했다.

일요일은 사람 위에 눌러앉아 놓아주지 않은 채 마냥 씹고 소화하고 물고 찢어발기는 괴물 같았으니, 일요일은 시작하고 싶어 하지도 않고 계속되고 싶어 하지도 않고 끝나고 싶어 하지도 않았으며 늘 그와 함께 있는 듯하여, 그는 일요일을 혐오했는데, 무척, 어떤 요일보다 훨씬 무척 혐오했던바, 나머지 모든 요일에는, 견딜 수 없는 모든 것으로부터 몇 분이나마 압박을 조금이나마 가라앉혀주는 무언가가 있었으나, 일요일은 이 압박을 한 번도 가라앉혀주지 않았고, 그것은 여기에서도 마찬가지여서, 그는 이곳 이 스페인이라는 나라에 왔으나 허사였고, 그 부다페스트와 다른 이 바르셀로나에 왔으나 허사였고, 여기서는 모든 것이 달랐으나 허사였던 것은, 실은 아무것도 다르지 않아서, 일요일은 똑같이 무지막지한 무게로 그의 영혼 위에 눌러앉은 채, 시작하고 싶어 하지 않았고 계속되고 싶어 하지 않았고 끝나고 싶어 하지 않았기 때문으로, 그는 센트로 데 아텐시온 인테그랄에, 아베니다 메리디아나 197번 도시 복지 시설 노숙자 쉼터에 앉아 있었는데, 이곳은 여기서 아무 일자리도 찾지 못하여 잠시 절망에 빠져 있던 맨 처음에 우연히 발견한 곳으로, 그는 이른바 디아고날에서 출발하여 그저 걷고 또 걸으면서, 얼마나 가야 하는지 아무 생각이 없었으나, 적어도 한 시간은 가기로 마음먹은 것은, 이 일시적 절망감이 빠져나갈 때까지 걷고 싶었기 때문이었는데, 어느 지점에서 아베니다 메리디아나의 한 건물 앞에 서게 되었을 때, 자신과 비슷한 군상이 안으로 들어가는 것을 보고, 좋아, 그도 따라 들어갔으니, 아무도 그에게 어떤 질문도 하지 않았고 그도 단 한 마디조차 하지 않았으며, 그들은 여러 침대 가운데 한 침대를 가리켰고, 그 뒤로 그는 이곳에서 밤을 지냈고, 이제 여기에, 침대 끄트머리에 앉았으니, 오늘은 일요일이었고, 그가 하루 종일 여기서 지내야 했던 것은, 일요일에, 더군

다나 어제 파세이그 데 그라시아와 카레르 프로벵사 사이에서 그 모든 일을 겪고서 그가 어딜 갈 수 있었겠는가, 그는 홀로 남아, 침대에 남아 점심 때 나눠주는 식사 접시를 받았고, 이미 정오여서 행복했으나, 다만 정오여서 행복한 것을 감당조차 할 수 없었으니, 그는 매우 초조했고 자신이 왜 초조한지 몰라서 더더욱 초조한 채, 계속 다리를 움직이며 팔짝팔짝 뛰었는데, 그는 가만히 있는 걸 견딜 수 없었고 남들에게 관심이 없었으며, 다들 자기 일에 몰두한바 대체로 침대에 누워 자거나 자는 체했으니, 그는 어찌하여 시간이 흐르지 않는지 생각하지 않아도 되도록 공기 중에 감도는 지독한 악취에 대해 생각하려 했는데, 매우 높은 곳 그를 마주 보는 벽에 커다란 시계가 걸려 있었고, 그는 무언가로 저 시계를 부수고 가장 작은 나사까지 산산조각으로 짓밟을 수 있다면 무척 행복했을 터였으나, 시계가 무척 높이 걸려 있었고 그는 어떤 소란도 일으키고 싶지 않았지만, 더는 참을 수가 없어서 악취에 집중하려 했고, 시간이 흐르지 않는다는 것을 문득 깨달은 뒤로는 시간에 주의를 기울이지 않으려 했는데—하지만 그의 다리는 얼레처럼 앞뒤로 끊임없이 움직였으며—아직 12시 20분이라니, 맙소사, 내가 여기서 뭘 하고 있는 거지, 하지만 그는 근처에도 나갈 수 없었던바, 처음에 누가 그에게 몸짓으로 설명하길, 그가 밖에 나가면, 근방은 모조리 라 미나인데, 일종의 생지옥이고 그들이 그를 죽일 테니 나가지 말라며, 라 미나, 라고 그들은 여러 번 반복했는데, 시, 그는 알겠다고 대답하고는 근처에 나가지 않았고, 디아고날이라고 불리는 끔찍하게도 긴 길을, 이 길만을 이용했고, 이 길은 언제나 그를 도심으로 데려다주었으나, 지금은 너무 지쳐서, 하도 지쳐서 다시 그곳으로 갈 수 있다면 하루가 더 빨리 지나가리라는 생각조차 할 수 없었으니, 디아고날을 생각하는 것만으로 그는 기분이 나빠졌던바, 그는 그 길을 숱하게 오르락내리락했고, 그 길은 하도, 하도 길었기에 그 또한 나머지 사람들처럼 침대에 머물러 있었는데, 텔레비전 한 대가, 이번에도 벽에 높이 달린 채 작동하지 않아서, 시간이 시계판 위에서 돌아가길 기다리는 것 말고는 할 일이 아무것도 없었기에, 한동안 그는 시곗바늘을 쳐다보다, 왼쪽으로 몸을 돌려 눈을 감고는 잠시 잠을 청했으나 잠이 오지 않은 것은, 눈을 감으면 거대한 세 천사가 나타났기 때문으로, 그는 그들을 보고 싶지 않았고 결코 다시는 보고 싶지 않았으나, 안타깝게도 그들이 계속해서 돌아온 것은, 방금 전처럼 그가 눈을 감았기 때문이거나 지금처럼 그가 눈을 떴기 때문이어서, 그는 침대에서 일어났는데, 침대는 그것 또한 지독히 끔찍한 침대로, 가운데가 움푹 파이고 웬 딱딱한 철망인지 무엇인지가 아래에 드러나 있어서 등이나 옆구리가 배기는 바람에 밤에도 걸핏하면 일어나 뭔가 조치를 취하려 했으나 허사였던 것은, 매트리스를 두드려 펴도 문제가 그때만 잠잠해질 뿐 모든 것이 그의 몸무게 때문에 움푹 꺼졌고 딱딱한 쇠창살인지 뭔지가 있었기 때문으로, 그가 일어나서 뒤돌아 침대를 바라보는 지금도 다시 가운데가 파여 있어서, 그가 뒤를 돌아보고는 담배를 피울 수 있는 바깥으로 나간 것은, 실내 흡연이 금지되었기 때문인데, 그는 담배를 피우지 않았지만, 그가 생각하길, 적어도 저긴 내가 있던 곳과 다른 곳이니까, 그래봐야 이조차 아무것도 해결해주지 않은 것은, 이곳에서도 안에 있는 시계가 보였기 때문으로, 기묘하게도 이 시계는 어디에서나 보였고, 달아날 길은 전혀 없어서 시계를 보아야만 했고, 이곳을 임시 쉼터로 삼은 모든 사람은 언제나 보아야만 했고 시간이 흐르는 것을 보아야 했으니, 시간은 정말로 흐르되 매우 느리게 흐르고 있었는데, 한 가지는 확실했으니, 이곳에 오게 된 사람은 누구나 끊임없이 시간에 집착하게 되고, 바로 지금, 일요일에는 더더욱 그렇다고, 그는 씁쓸하게 생각하며, 침대로 돌아가, 움푹 꺼진 매트리스에 다시 누워 옆에 누운 노인이 매트리스 밑에서 뭔가를 꺼집어내는 것을 지켜보았는데, 그는 거기서 신문지에 싼 뭔가를 꺼집어내어 천천히 풀어 헤치다가, 날이 긴 칼을 신문지에서 꺼냈을 때, 위를 올려다보고는 누군가 자신을 보고 있는 것을, 말하자면 옆 침대의 누군가에게 감시당하고 있는 것을 알아차리고는 칼을 치켜들었으니, 그에게 칼을 보여주는 그에게는 일종의 자부심이 있었고, 어쨌거나 그는 쿠치요라고 말하면서, 이것이 칼이라는 뜻이라고 손짓한 다음, 상대방이 눈 한 번 깜박하지 않는 것을 보고서, 다시 보여주며, 설명하기 위해 쿠치요 하모네로라고 말했지만 허사여서, 그는 알아듣지 못한 채, 노인이 부루퉁한 표정으로 칼을 신문지에 싸는 광경을 지켜보다, 불쑥 침대에 일어나 앉아, 노인을 향해, 그 단어를 다시 말해달라고 머릿짓과 손짓을 하길, 제발, 그 두 단어요, 쿠치요, 쿠치요 하모네로—그는 완전히 암기할 때까지 노인에게 계속 말해달라고 부탁하고는, 노인에게 칼을 다시 한번 보여주면 좋겠다고 손짓했는데, 노인이 반색하며 꾸러미를 다시 꺼내 풀면서 연신 아름답다고 말하는 것이 분명했던 것은, 얼굴에 그런 표정을 짓고 있었기 때문으로, 한편 그는 칼을 손에 쥐어도 보고, 뒤집어도 보았다가, 돌려주고는, 그걸 어디서 샀는지 알고 싶다는 것을 노인에게 이해시키려 애썼으나, 노인은 질문을 잘못 알아듣고는 거세게 항의하며, 잽싸게 칼을 싸서 매트리스에 처박은 뒤에 손짓하길, 안 돼, 파는 거 아니야, 그때 그는 그가 그걸 어디서 얻었는지 알고 싶을 뿐임을 말없이 말하려 애쓰는 것 말고는 할 수 있는 일이 없었으니, 노인은 그를 쳐다보면서, 이 작자가, 말하는 법도 모르는 주제에 대체 뭘 원하는지 알아내려 궁리하다, 문득 얼굴이 밝아지며 페레테리아? 라고 물었는데, 물론 그는 이 페레테리아가 뭔지 전혀 알 수 없었으나, 시라고 대답했더니, 노인이 종잇조각을 꺼내어 연필로 뭔가를 적었는데, 그것은 아래와 같아서,

카예 라파엘 카사노바스 1번지

그는 삐뚤삐뚤한 글씨를 바라보다, 고갯짓으로 감사를 표하고는, 그 종잇조각을 가지고 싶다는 표시를 했더니, 노인은 고개를 끄덕거리며 심지어 이쪽으로 건너와 종잇조각을 그의 셔츠 윗주머니에 넣어줄 작정이었으나, 누군가 그를 만지는 것은 그에게 견디기 힘든 일이어서, 그를 만지는 것은 불가능했고, 그는 결코 그것을 참을 수 없었으며, 평생 동안 누군가가 자신을 건드릴까봐 두려워했으니, 지금도 누구 하나 그를 만질 수 없었고 노인의 썩은 내 나는 더러운 손으로는 더더욱 어림도 없었기에, 재빨리 그가 그에게서 물러난 것은, 그저 자신이 이런 취급을 받는 게 달갑지 않음을 분명히 하기 위해서여서, 그는 그에게 등을 돌린 채 몇 분간 그렇게 누워 있었는데, 그가 더는 그와 이야기하고 싶지 않다는 것을 그가 알아들었으리라는 확신이 들 때까지 누워 있었으나, 실은 전혀 그렇지 않아서, 그로 말할 것 같으면 더 할 말이 없었기에, 이걸로 대화를 마무리 짓고는, 미동도 없이 누운 채 다시 눈을 감자, 다시 천사들이 위쪽에서 그를 찾아와, 그는 눈을 뜨고, 일어나, 흡연실에 들어가 한참 서 있다가, 화장실에 들어가 오랫동안 앉아 있었는데, 이곳에 오면 그는 기분이 좋아졌고, 그곳의 나머지 모든 사람과 마찬가지로 좋아진 것은, 여기서는 문을 걸어 잠그고 혼자 있을 수 있었기 때문으로, 그는 지금 혼자 있을 수 있었고, 아무도 그를 보지 않았고, 그도 아무도 보지 않았으나, 그러다 이게 지겨워진 것은, 여기서 저 많은 똥 위에 그저 앉아 있었기 때문으로—하필이면 그가 발견한 단 하나의 빈칸이 똥으로 가득했기 때문으로—왜 안 내려가는 거야, 그가 줄을 여러 번 당겨봐도 허사여서, 그는 앉았고 한참 뒤에 지겨워져서, 큰 방으로 돌아와, 침대에 누운 채 위쪽 텔레비전의 죽은 점들을 한동안 바라보다 시계의 초침을 바라보다, 다시 텔레비전을 바라보다 다시 시계를 보았고, 하루가 마침내 이런 식으로 흘러가도록 보았는데, 그는 다리를 통제할 수 없었고, 근육이 기진맥진한 것은, 두 다리가 계속 움직여서—특히 왼쪽 다리가, 그가 눕거나 바닥이나 인도를 걷거나 서 있을 때 허공을 종종걸음으로 걸어찼기 때문으로, 저녁이 되자 그는 기운이 하나도 없어서, 이제야 깨지 않고 자겠구나 생각했으나, 물론 전과 마찬가지로 지금도 이따금씩의 반 시간 이상은 그에게 허락되지 않았으니, 다른 사람들이 코를 골고 밭은 기침을 하고 이 가는 소리를 내어 끊임없이 그를 놀래켜 깨웠는데, 무엇보다 천사들도 계속 찾아왔고, 어느 날 저녁 모기 떼까지 찾아왔으니, 모기를 쫓으려고 담요를 머리까지 뒤집어썼더니 너무 더워서, 조명이 절반만 켜진 커다란 방에서 일어나 오줌을 누려고 비척비척 화장실로 갔다가 다시 비척비척 돌아와야 했던바, 모든 일이 처음부터 다시 시작되어, 반 시간 동안 수면을 취하면 천사들과 모기 떼와 코골이가 찾아왔고,

이런 식으로 마침내 동녘이 밝는 첫 조짐이 보이는 시각이 찾아와, 해가 떴을 즈음 그는 이미 세수를 하고, 옷과 신발을 대충 가다듬고, 이미 건물 밖으로 나섰는데, 그는 아침 차*를 기다리지 않았던바, 그러기엔 너무 지쳤고, 아무것도 먹을 수 없어서, 길거리를 따라 걸었으나, 이번에는 디아고날 방향이 아니라 반대 방향으로 꼭 그렇게, 뒤쪽으로 걸으며 자신에게 방향을 알려줄 누군가를 찾고 싶었으나, 처음에는 아무도 보이지 않았고 거리는 매우 한산했지만, 그때 반대편에서 누군가 다가오기에, 그들에게 우선 종이를 보여준 다음 그 밖에 많은 사람들에게도 보여주어, 카예 라파엘 카사노바스에 도착했는데, 아직 시간이 너무 일러서 문이 전부 닫혀 있었어도 그는 자신이 찾는 건물이 어느 것인지 꽤 확실하게 짐작했던바, 건물에는 세르비시오 에스타시온이라는 간판이 걸려 있었는데, 저거야, 그가 생각하길, 저기가 거길 거야, 그러고는 그 앞을 왔다 갔다 하다가, 마침내 어떤 사람이 와서 입구의 미끄럼문을 당겨 가게를 열었거니와, 그는 퉁명스럽고 우거지상이었으며 그를 수상쩍게 쳐다보았으니, 사실 잠시 뒤 그가 그를 따라 가게에 들어갔을 때, 그는 저자가 여기서 꺼졌으면 하는 눈치로 그를 바라보았으나, 그는 꺼지지 않았고, 거기 머문 채 그에게 다가가 50유로를 내밀었으니—실은 그는 나흘 밤 동안 샌드위치와 마실거리로 연명했으며, 이제 돈을 보여준 다음, 접어서 손에 쥔 채 계산대 쪽으로 몸을 숙여 몸무게를 전부 실

어 누르며, 마침내 앞으로 살짝 점원 쪽으로 기대어 나직한 목
소리로 이렇게만 말하길, 쿠치요, 알아듣겠소? 쿠치요 하모네
로, 그러고서 자신이 무엇을 원하는지 확실히 해두려고, 마지
막으로 덧붙이길, 칼 말이오, 주인 양반, 매우 날카로운 칼을
사고 싶소.

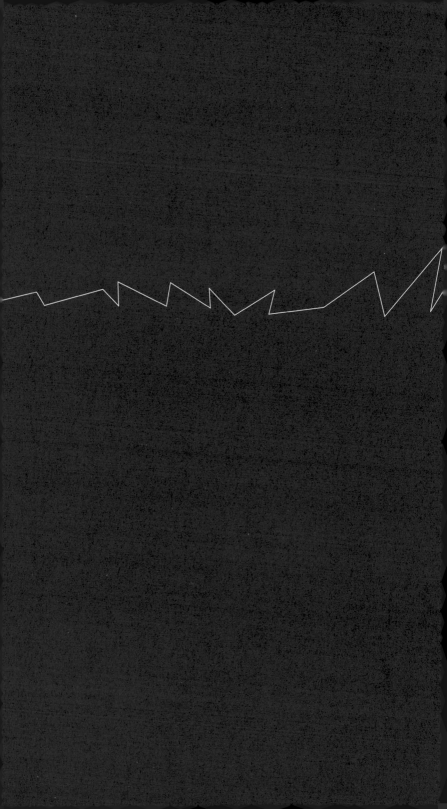

34

이노우에 가즈유키 명인의 삶과 일

나는 왕관을 내려놓고, 속세의 차림이지만 얼굴을 가리
지 않은 채, 주 목왕을 찾으려고, 그들 사이로 내려가, 천상의
한없는 들판을, 찬란한 빛의 제국을 떠나야 했으며, 그 세상에
서 내려와야 했는데, 형상 자체가 눈부시고 그 형상이 사방으
로 퍼지면서 부풀어 모든 것이 무로 가득한 그 세상에서, 나
는 한 번 더 내려와야 했고, 다시 한번 내려와야 한 것은, 천상
의 순수로부터 떨어져 나와 찰나에 발을 디뎌야 했기 때문인
바, 아무것도 그보다 오래는, 심지어 그만큼 오래도 지속되지
않으며, 그렇기에 나의 침잠도 그러하여, 한 찰나보다 오래 지
속되지 않으나, 그러려면 수많은 모든 것이 한 찰나에 담길 수
있어야 하는데, 그 길은 정말로 그랬던바, 그들 말마따나 그
길이, 이 조야한 언어로 불리는바 그 길이 내가 떠나온 그 방

향에서 갑작스럽게 번득이는 빛, 그 하강, 내 하강의 그 장엄함—이 모든 것이 그 찰나에 담긴 것은, 모든 것이 그 속에 담겼기 때문으로, 내가 인간 형상으로 이 땅에 첫걸음들을 내디뎠을 때, 이곳에서는 나의 안내자가, 나의 유일한 말없는 수행원이 지체 없이 부지불식간에 나를 인도하여, 나는 길을 따라갈 수 있었고, 인간의 걸음으로 길을 디디며 마을과 도시, 땅과 바다, 골짜기와 봉우리의 근심스러운 혼돈을 지나 나아갈 수 있었으니, 길은 하나의 찰나에 담겼고, 길은 바로 그곳 극장 복도로 이어졌으니, 이번에는 간제가이칸觀世会館에서 만남이 준비된바, 장막(아게마쿠揚幕)이 내 앞에서 펄럭거리며 열려, 하시가카리橋掛り가 그곳에서, 마에시테前シテ의 형상을 한 나를 위해 열릴 수 있었으니, 나는 위에서 들으며, 나를 부르는 하야시囃子 악사들의 북소리와, 고통 속에서만 알아들을 수 있는 노칸能管의 목소리를 들었거니와, 이것만이, 하야시 늑대들의 온전한 목소리만이 나의 귀를 때렸으니, 그런 다음 나는 속세의 형상으로, 가라오리唐織 기모노의 고귀한 광채 속에서 간제의 친숙한 공간을 지나 나아갔으며, 나의 발은 편백 마루의 매끄러운 표면을 거의 스치지도 않은 채, 내가 무대로 향하는 동안 침묵이 흘러 주위엔 오로지 측량할 수 없는 침묵이, 무대 위엔 침묵이 흘렀으니, 내 안에는 하야시 목소리의 침묵만이 있었으며, 이것이 나를 궁으로 인도하여, 나는 안으로 들어가 그곳에서 울리는 노래를 중단시켰는데, 그곳에서도 침묵이 흘렀던바, 내가 들어갔을 때 이미—그들은 누가 도착했는지 알지 못했으나—모두 침묵하되 측량할 수 없이 침묵하여, 그들은 눈으로 볼 수 있었던 것을, 고귀한 여인을, 미지의 존재를, 불현듯 그곳에 나타난 이를 정말로 보고 있었는지도 모를 일인바, 주나라 궁정은 내가 나타나자 재빨리 한 걸음 뒤로 물러났으며, 그와 더불어, 말하자면 세상도 내 길에서 한 걸음 뒤로 물러나, 주 목왕이 앉은 왕좌가 어디에 있는지 분간하는 것은 전혀 어렵지 않았으니, 이 고결한 통치자는, 이 향기롭고 위엄 있는 지상의 땅에 속세의 평화를 창조한 자요, 이제 거울—허름하고 깨졌지만 그의 위에 있는 모든 것을 비추는 거울—을 가진 채 참으로 천상의 축복을 받기에 합당한 자이니, 그 징표를 이제 내가 그에게 주어야 하나, 우선 향기가, 처음에는 오직 향기의 기미만이 있어서, 그 불로초의 향기는, 내가 이제 사라질 것이되 참된 형상으로 곧이어 나타나리라는 약속이니, 이미 그들은 내 어깨에서 꽃 피는 살구나무 가지를 볼 수 있고 느낄 수 있고 지금까지 보아왔고, 그들이 나의 춤을 보는 동안 사실 나는 사라졌기에, 그 찰나 안에 나는 노치 시테^{後シテ}로, 나의 참된 형상으로 돌아오니, 이것은 내가 약속한 그대로이나, 그들은, 춤에 빠져, 춤 자체의 환영 밖에는 아무것도 보지 못하지만, 나는 다시 그곳에 있어서, 그들은 내 머리 위의 봉관^{鳳冠}과 반짝이는 수수꽃다리와 내 의복의 진홍색 비단을 보니, 오오쿠치^{大口} 기모노, 옆구리의 조켄^{長絹} 망토,

허리에 찬 칼이 동시에 빛을 발하여, 내가 걸음을 내디딜 때마다 모든 것이 점점 뚜렷해지나, 모든 것이 황금으로 영묘하게 짜여 있어, 그들의 놀란 낯빛이 보이되, 오직 주 목왕만은 미동도 없이 늠름한 채로 그의 얼굴에는 존경심과 거리감과 정확한 비례 감각이 있으니, 그는 나를, 나만을 보며 참으로 나를 보는 유일한 사람이어서 춤의 매력에 현혹되지 않으며, 나는 이제 그에게, 나의 수행원을 통해 불로초의 씨앗을 건네니, 이것은 그가 가져다준 평화에 대한 보답으로, 그의 손에는, 이 평화를 상기시키는 징표가 있을 것이요, 그렇게 남아 있을 것인즉, 그가 나를 보고 동요하니, 내 춤을 보지만 또한 나를 보며, 나는 속세의 동작으로 그에게 알려주는바, 천상은 존재하며 저 높은 구름 위에 빛이 있어 천 개의 색으로 흩뿌리는데, 그가 시선을 높이 들어 자신의 영혼에 깊이 빠져들면, 아무것도, 하지만 전혀 아무것도 없는 무한한 공간이 있어서, 이곳의 이 동작 같은 작고 사소한 동작조차 없으니, 이제 이 동작은 천천히 끝나야 하고, 나는 천천히 이 눈길에서, 행복한 시선에서 몸을 돌려 하시가카리 편백 통로에서, 수행원을 뒤로한 채 아게마쿠를 향해 출발해야 하니, 이즈음 들리는 것은 하야시 악사들의 가케고에掛声 침묵뿐인데, 몸 하나가, 내 것이 아닌 몸 하나가 나를 가져, 색색의 아게마쿠 장막이 정중하게 열리고, 마침내 나는 이 무대의 공간과 거대한 거울 앞에서 물러나, 내가 깃들어 있던 이 몸으로부터 빠져나올 수 있으니, 나는 돌아갈 것이어서, 반드시 돌아가야 하고, 봉관을 내려놓아야 하고, 황금으로 수놓은 이 수수꽃다리와 진홍색 멋진 비단옷을 벗어야 하고, 당장 출발하여 내가 온 그 장소로 돌아가야 하는바, 나의 수행원만이 이제 내 앞에 나타나, 다시 한번, 그들이 이 조야한 언어로 부르는바 길을 내게 보여주는데, 나는 간제의 친숙한 세상과 서서히 작별하고, 냄새와 무게가 내 주위에서 천천히 사라지고, 북소리와 하야시 악사들의 울음소리가 점점 멀어지되 여전히 이따금 내 가슴을 두드리지만, 이미 나는 올라가고 있어서, 마을과 도시, 땅과 바다, 골짜기와 봉우리의 근심스러운 혼돈과, 나를 그토록 감싼 찰나가 끝나는 것을 여전히 보고 있으며, 내가 올라가면서 모든 것이 나와 함께 올라가니, 장엄함이 저곳에서 올라가 천상의 순수로, 가늠할 수 없는 영역으로 돌아가며, 그 자체의 형상으로 눈부시고 앞으로 흐르고 부풀어 오르는 저 장엄함은, 무가 있는 그 장소로, 찬란한 빛의 제국으로, 천상의 한없는 들판으로 돌아가는 것 말고는 아무것도 아닌즉, 저곳은 내가, 나로서가 아닐지언정 존재하는 장소인바, 이곳에서 나는 왕관을 머리에 쓰며, 스스로 생각하길, 서왕모가 저 아래에 갔었다.

그들은 그를 도와주지만, 조수가 너무 많고, 너무 많아서, 사실대로 말하자면 한 명도 너무 많으며, 그런데도 이곳엔 이 많은 군중이 있는바, 그는 한동안 홀로, 거울 있는 방에 홀로 있고 싶고, 얼굴에 쓴 조온나增女 가면을 홀로 벗고 싶거니와, 혼자 있었다면 그렇게 할 수 있었겠으나, 아니, 이것을 그는 할 수 없어서, 극장 조수들이 공손하게 이리 뛰고 저리 뛰며, 이미 그의 뒤통수에서 가면 끈을 풀었고, 그를 이미 거울 방 밖으로 내보내고 있으니, 간제 관객들의 박수 소리가 아직까지도 들리다가, 잦아드나, 설령 잦아들지 않았어도 그가 알 수 없었던 것은, 그들이 그를 분장실로 데려가 벗어야 하는 모든 것을 그에게서 끌어당기고 풀고 끄르고 펴되, 급하지 않은데도 급한 것처럼 하기 때문인바, 그들은 이미 그에게서 의상을 벗기는데, 그중 한 명은 값비싼 기모노를 개고, 다른 한 명은 이미 하카마*를 개니, 모든 것이 기름칠 잘한 기계처럼 아주 매끄럽게 돌아가, 다들 마치 그가 바로 지금의 노치시테가 아니라 가능한 한 빨리 다시 이노우에 센세가 되어야 하는 듯 서두르나, 그는 잠시라도 혼자 있고 싶지만, 아니, 이것은 불가능한바, 누군가 그에게 달려와 귀에 대고 센세에게─말하자면 그 자신에게 남은 시간이─총 15분이라고 나직이 속삭이며─그 뒤에 누군가가, 가네코 상이 그에게 찾아와, 그를 연기자용 출입구를 통해 차로 데려가, 몇 분 안에 그는 간제에서 주최하는 연회에서 고명한 관객과 부유한 후원자 중 선별된 내빈과 함께할 것이니, 안 돼, 하지만 그는 이렇게 해야만 한다는 것을 알며, 이미 수백 번을 그렇게 했으나, 그럼에도, 매번, 꼭 지금처럼, 단 하나의 감정이 그의 안에서 일어나니, 혼자 있을 수 없다는 것은 얼마나 괴로운가, 그것은 이곳 간제가이칸에서는 더더욱 힘든 일이긴 하나—모든 노 극장에서 그것이 힘든 일인 것은, 언제나 이와 같아서 공연이 끝나면 호텔이나 레스토랑의 근사한 연회장에서 축하 인사 받는 일에 늦지 않도록 서둘러 가야 하기 때문인바, 근처 호텔에, 이번엔 우메와카 로쿠로 센세가 직접 와 계실지도 모른다고 극장 조수가 귀띔하나, 전혀 확실하지 않은 것은, 로쿠로 센세가 실은 신칸센으로 도쿄에 돌아가고 있을 수도 있기 때문이지만, 그야 모를 일이죠—조수가 고개를 한쪽으로 기울인 채 다정하게 미소 지으며—그리고 이미 그들은, 그가 샤워하러 들어갈 수 있도록 그에게 시테의, 말하자면 그 본인의 가운을 건네니, 그가 이 일을 해야 하는 것은 확실하고 의심의 여지가 전혀 없는바, 조수가 더없이 공손하게 그의 앞에서 팔짝팔짝 뛰고 있어도, 그것은 마치 그가 그의 뒤에서 달리며 그를 밀어 이미 욕실에 들어가게 하려는 것 같아서, 그의 팔에는 이미 존경하는 시테의 바지와 셔츠가 걸려 있고, 실은 그의 넥타이까지 걸려 있는데, 그런 다음 조수가 이 넥타이를 그에게 걸어주나, 넥타이는 나 혼자 맬 수 있다고, 센세가 피곤한 채로 생각하길, 그는 자신에게도 솔직히 털어놓지 않으나, 지금은, 이와 같은 때에는, 아게마쿠가 그의 뒤로 풀썩 내려오고 공연이 끝난 뒤에는 이 무한한 기쁨과 고요를 간직하고 그의 내면에 있는 무한한 피로를 감추려는 욕구가 언제나 그의 안에 있으니, 그는 피로를 감추고 싶으나, 그의 의상이 이미 벗겨지고, 가면의 끈이 뒤에서 풀리고, 기모노와 하카마가 이미 내려와, 땀에 젖은 그의 몸만이 있음을, 그는 절실히 느끼지만, 또 다른 조수가 정중하게 그에게 타월을 내밀고, 그는 이미 몸을 닦아 그 많은 땀으로부터 자신을 해방시키니, 생각할 시간이 전혀 없고 생각에 잠길 시간이 전혀 없어서, 다들 끊임없이 뛰어다니는데, 늘 흥분이 대단하여 마치 그 자신은 알지 못하는 무슨 일이 밖에서 일어난 것 같은바, 그는 무대 뒤에서, 건물 뒤쪽 공간에서, 그런 흥분을 자아내는 것이 공연 자체이기를 바라지만, 아니, 그는 공연이 원인이 아님을 알고 있으니, 그러기엔 공연이 너무 많고, 무의미하고 하찮은 것들이 너무 피상적으로 되풀이되어, 이를테면 이 계속 반복되는 피상적이고 무의미한 연회처럼 되풀이되는바, 물론 그는 그곳에 참석하여 치하의 말과 절을 받아야 하며, 어쩌면 로쿠로 센세 자신도 정말 그곳에, 우메와카梅若 간제류의 지회에 속한 이 학원에, 최근 몇 달 사이에 그 자신에게 운영이 위임된 교토 지회에 와 계실지도 몰라―이 희망이 언제나 떠오르는 것은, 학원장인 56대 우메와카 로쿠로 센세가 참석하면 자리가 빛날 것이기 때문이요, 연회 자체가 즉시 의미 있는 행사가 될 것이기 때문인바―물론 여느 때처럼 로쿠로 센세는 이런 연회에 참석하지 않고, 기껏해야 아내만 참석시키는데, 그마저도 드문 일이어서―로쿠로 센세는 대개 참석하지 않았으나, 오늘 공연의 시테가, 즉 그가, 이노우에 센세가 감사를 표할 수 있는 사람은 로쿠로 센세뿐 그 누구도 아니니, 로쿠로 센세는 우메와카카이梅若会의 명실상부한 우두머리이며, 그에게는, 이노우에 센세에게는—그가 결코 진정한 전문 노 연기자인 노가쿠시能樂師가 아니었고 아마 결코 될 수 없을 것은, 불리한 조건이 너무 많은 채로 시작했기 때문인바, 한편으로 그는 노 가문 출신이 아니었고, 다른 한편으로 노 연습을 늦게야, 말하자면 이미 성인이 되어서야 시작한—그런 그에게는, 로쿠로 센세의 감수성이야말로, 이노우에 센세의 특별한 재능을 알아본 그의 감식안이야말로, 한마디로 그를 발견한 그의 예리한 눈이야말로 그가 전문 노가쿠시로 대접받고, 나머지와 마찬가지로, 우메와카나 간제류에 속한 나머지 모든 사람과 마찬가지로 해마다 두세 번씩 시테 역을 맡는 이유인바, 게다가 우메와카 교토 지회의 연출 권한이 그에게 부여된 것은, 분명히 로쿠로 센세가 그를 총애하고 노가쿠能樂가 그에게 삶의 전부임을 알기 때문이어서, 이곳에서 그는, 이노우에 가즈유키는 영매에 불과하니, 말하자면 천상이 그에게 내려주는 것을 받아들이는 것에 불과한바—연회 같은 건 하지 않았으면, 하고 그가 샤워기 아래에서 고개를 내두르지만, 샤워를 하거나 머리를 감을 시간이 별로 없는 것은, 조수가 타월과 그의 옷을 들고 저기 서 있기 때문으로, 지금부터 채 10분도 지나지 않아 그는 부유한 후원자들을 위해 개최되는 연회의 끄트머리에 서 있을 것인데, 감히 군중 속으로 더 밀고 들어가지 못하나, 안쪽으로 끌려들어가 사방에서

치하의 말을 듣고 정중한 절을 받으니, 다들 방금 간제가이칸 무대에서 본 것이 얼마나 대단했는지 감상을 표현하는데, 그의 손에는 잔이 들려 있으나 아직 마시지 않은 것은, 요즘 그가 특별한 종류의 물만 마시기 때문인데, 그것은 그가 즐겨 찾는 조선인 한의사가 처방해준 것으로, 그는 그만을 신뢰하고 의사들은 신뢰하지 않는바, 그는 혈압이 높아서, 지난해 도조지道成寺 공연에서 목숨을 잃을 뻔한 뒤로도 이따금 200까지 올라갔기에, 이러다 심각한 상황이 벌어질 수도 있다며 의사들은 고개를 내둘렀지만, 그 왜소한 조선인은 전혀 고개를 내두르지 않고 그저 한 번 고개를 끄덕이며 특별한 물을 20만 엔에 처방했으니, 그는 그 물을 믿으며, 그것이 어쩌면 가장 중요할 것인데, 유익한 효과를 실감하는바, 자신의 경험을 그 조선인에게 말하면 그는 아무 대답도 하지 않고, 그저 절하고 고개를 끄덕이고는, 다시 한번 그 특별한 물을 처방하니, 금보다야 싸죠, 라고 이노우에 센세의 정실 리부 상이 소실 아모루 상에게 농담 삼아 말하지만, 물론 그것은 둘끼리만 나누는 대화이나, 이제 물론 센세의 손에는 샴페인 잔이 들려 있어서, 그는 벽에 걸린 시계를 흘깃 보고는, 좀 더 있어야겠군, 그러다 기나긴 폐회 내내 모든 사람의 인사를 일일이 받고 나서 그가 연회실에서 나오자, 이미 택시가 호텔 앞에서 한참 기다리고 있었으니, 택시는 그를 기다리고 있던 것으로, 마호로바로 갑시다, 센세가 나직이 말하니, 이 상황의 의미는 모든 것이 여느 때와 똑같이 계속된다는 것으로, 즉 마호로바로 가서, 센세는 예행연습을 계속할 것인데, 그에게는 예행연습과 공연이 전혀 다르지 않아서, 오로지 노 연습과 노 연습 아닌 것의 차이만 있으나—후자는 그의 안중에 좀처럼 들어오지 않는바—아침부터 밤늦게까지 그의 하루는, 교토에서든 도쿄에서든 예행연습으로 빽빽하니, 그가 이 두 도시에서 따로따로 생활하는 것은, 교토와 주변 지역에 제자들이 있고 도쿄와 주변 지역에도 제자들이 있어서, 두 주는 교토에서 두 주는 도쿄에서 지내기 때문으로, 그것이 센세의 일상인바, 물론 그중에서도 자신의 예행연습이 가장 중요한데, 예행연습은 마호로바나 신에 빌딩에서 하되, 센세의 기분에 따라 정하는데, 조선인 한의사에게 가야 하거나 부모님 댁에 잠깐 들르고 싶으면 교토 역에서 멀지 않은 신에 빌딩에 가고, 집에 있고 싶으면—하루 일과가 끝나면 대개 이렇게 하는데—마호로바에 가니, 신에 빌딩 아니면 마호로바, 마호로바 아니면 신에 빌딩, 그는 교토에 있을 때면 이 두 장소를 왔다 갔다 하며 연습을 진행하나, 종종 그는 가족들에게나, 또한 제자들에게, 특히 그를 가장 열성적으로 숭배하는 치와코 상과 노루무 상이나 히무코 상이나 라운에게 자신이 그때그때 내키는 대로 일정을 급조한다는 인상을 주는바, 어쨌든 '급조'라는 표현이 떠오르자마자 그들이 머릿속에서 몰아내는 것은—그들 스스로 단언하는바—설령 그렇게 보이더라도 그는 결코 급조하지 않기 때문으로, 여기서 벌어지는 일은 급조가 아니요, 이 단어의 어떤 일상적 의미에 비추어도 절대로 아님을 그들이 확신하는 것은, 센세가 모든 것을 사전에 알고 그것도 정확하게 알기 때문이며, 다들 이렇게 확신하는 바이니, 이것이 그들에게만 급조처럼 보이는 것은 이런 까닭이어서, 그가 매달 일정을 정해두는 것이 사실이기는 하지만, 센세는 책처럼 영원히 펼쳐진 사람이기에, 즉 천상과 직접 소통하는 사람이기에, 그런 이유로 조금 느닷없는 행동을 할 수도 있으며, 그것은 그가 이 직접적 소통으로 자기 영혼의 명령을 따르며 그리하여 스스로 적당하다고 생각한 월간 일정표의 모든 것을 끊임없이 뒤집기 때문이니, 물론 센세 본인이 이 예측 불가능성을 감지하지 못하는 것은, 그가 완전히 자유롭기 때문이요, 이 단어의 이 의미와 가능한 모든 의미에서 자유롭기 때문이니, 예행연습과 교육에서, 교육과 예행연습에서, 한마디로 다른 무엇도 아니요 오직 노에서만 그는 자유로워서, 그는 아주 가끔씩만 다른 곳에 가는바, 이를테면 이따금 공연 전에 해당 연극이 공연되는 장소에 가서 예배를 드리거나, 오이케 가와라마치의 모퉁이에 있는 기독교 예배에 참석하지만, 그것은 예수에게 예배드리는 게 아니라 그의 말마따나 공동의 집단적 희열에 동참하기 위해서인바, 물론 이것이 아주 가끔씩, 단지 이따금씩뿐인 것은, 대체로 예행연습만이 몇 시간씩 있고, 교육만이 몇 시간씩 있기 때문이어서, 잠 좀 주무세요, 라고 가족들이 말할 정도이니, 그가 하루에 서너 시간밖에 자지 않는 것은, 밤이 이슥해서야 잠자리에 들되, 새벽 2시 전에는 절대 자지 않고, 첫 새가 울기 전에 이미 일어나기 때문으로, 이런 때에 그는 책을 읽고, 기도를 올린 다음, 그렇게 하루가 시작되어, 예행연습과 교육과, 그런 다음 다시 예행연습이, 그런 다음 다시 교육이, 마지막으로 마호로바에서 예행연습과 또 예행연습이 진행되니, 일반적으로 그가 교토에 머물고 있으면 그곳에서 하루 일과가 끝나고, 마호로바는 그의 숙소에서 매우 가까운데, 그곳은 숙소로서는 다른 노가쿠시의 숙소와 대조적이어서, 부촌이라 보기 힘든 지역의 한가운데 가미가모 신사 근처의 작고 소박한 2층 건물로, 센세는 풍족한 것을 바라지 않는다고, 제자와 가족들이 증언하는 바이며, 여행할 때 말고는, 이라며 그들이 덧붙이길, 그때는 물론 그의 격에 맞는 호텔에 묵으셔야 하며, 그의 격에 어울리는 장소를 저녁 식사 장소로 골라야 하는데, 다만 딱히 어디랄 데는 없어도, 그는 모든 것에서 소박함을 추구하는바, 그 소박함과 투명함은 복잡하고 사치스럽고 과분한 것의 반대인 것으로, 택시는 미끄러져 달리고, 뒷좌석에는 센세와 아모루 상이 앉아 있고, 택시 뒤로 제자들이 탄 미니버스가 있고, 그 뒤에는 가족들이 승용차를 타고 따라와, 그렇게 그들은 이날 저녁 마호로바에 도착하여, 늦은 저녁을 함께 먹고 서왕모 예행연습을 좀 더 한 다음, 그는 가까운 가족만 데리고, 리부 상과 아모루 상을 옆에 거느리고, 그의 거처 역할을 하는 주택으로 들어가, 집 안 제단에서 오랫동안 기도를 올린 다음, 이따금 리부 상이 던지는 질문에 답하고 나면, 그들은 무릎 꿇고 서로 절하니, 이것이 서로에게 작별을 고하는 방법으로, 그러고 나서 그는, 센세는 목욕을 하고, 자기 방으로 올라가, 마침내 혼자 있을 수 있게 되는데, 그는 이것을, 자기 전에 혼자 있는 것을 가장 좋아하는바, 침실에 틀어박힌 채, 전등을 켜고, 희미한 불빛이 은은히 비추는 아래에서, 책을, 자신이 정기적으로 읽는 다카하시 센세의 반야심경 강해를 집어 들어―어딘가부터 읽기 시작했다가, 창가로 가서, 어둑한 밤거리를 내다보고, 오랫동안 기도를 올리고는, 마침내 누워 몇 페이지 더 읽다가, 책을 덮어 침대 옆 작은 탁자에 내려놓고서, 홀로 있으니, 이제 고요해질 수 있을 만큼 홀로여서, 그는 이제 잠들 수 있는바, 천천히 정말로 깊은 잠에 빠져든다.

이이의 가슴은 무척 넓어요, 리부 상이 마호로바에서 설명하길, 넓디넓은 가슴과 깊디깊은 비밀, 이것이 센세예요 …… 하지만 힘든 일이죠, 센세가 이 말을 들을까봐 염려하지 않는 채로 그녀가 이어 말하길, 이이에 대해 이야기하기가 매우 힘든 것은 이이가 어떤 점에서도 저나 우리를 닮지 않았기 때문이에요, 그건 이이가 모든 면에서 완전히 다르기 때문이죠, 저는, 그녀가 자신을 가리키며, 저는 30년 넘게 그의 아내로 살았지만, 모든 것이 이이에게 무슨 의미인지 모르겠는 때가 많아요, 이이가 끊임없이 저를 놀라게 하는 것은, 제가 눈

먼 반면에 이이는 보기 때문이에요, 저는 무슨 일이 다가오는
지 보지 못하지만 이이는 일이 어떻게 될지 이미 내다보고 있
답니다, 그건 불가능한 일이라고, 기적이라고 말한 적이 한두
번이 아니에요, 정말 놀라운 일이었어요, 하지만 그 뒤로는 나
중에 일어날 일을 센세가 미리 안다는 걸 그냥 받아들였어요,
이 앎이 이이 자신으로부터가 아니라 세상으로부터, 세상의
참된 실체로부터 온다는 것도요, 이이는, 오직 이이만이 이것
을 보고 알아요, 하지만 이런 식으로 표현할 수도 있겠네요,
센세는 그저 느낄 뿐이에요, 이이는 우리가 귀먹지 않은 것들
에 귀먹었어요, 그가 평범한 설명에 귀먹은 것은 자신의 영혼
이 말하는 것만을 느낄 수 있고 이해할 수 있기 때문이에요,
우리는 스스로의 영혼에 귀먹었어요, 우리의 비루한 상상과
연상은 이이에게 아무 의미도 없어요, 이이는 그들을 보고, 우
리를 보고, 우리가 무엇을 믿는지, 무엇을 생각하는지, 무엇을
하는지를 알아요, 우리에게 중요한 법칙, 여기 우리 모두를 좌
우하고 둘러싸는 법칙을 알지만, 이 법칙들은, 센세에 대해서
는 어찌 된 영문인지…… 이이에게 아무 영향도 미치지 못해
요, 터무니없는 소리처럼 들릴지 모르겠지만, 정말로 그렇답
니다, 이이도 먹고, 씻고, 입고, 가고 앉고 서고 운전하고 은행
거래 내역과 우메와카카이에서 송금한 돈을 확인하지만, 이
이에게서는 어떤 일도 우리에게 일어나는 것처럼 일어나지 않
아요, 그 순간에, 이이가 먹고 씻고 입는 그 순간에, 이유는 알

수 없지만 그 한순간에…… 모든 것이 달라져요, 이걸 어떻게 설명할 수 있으려나, 리부 상이 눈을 꼭 감는데, 매 분마다 저러는 것을 보면 일종의 질병인지도 모르겠거니와, 그녀가 눈을 꼭 감을 때는 얼굴이 날카롭게 찡그려지는바, 그걸 명확하게 이해시키는 건, 그건 힘든 일이에요, 그녀가 고개를 한쪽으로 기울이는 것은, 센세가 모든 것을 끝낸다고, 그가 아무것도 미완성으로 내버려두지 않는다고, 그는 예측할 수 없다고, 그가 바로 다음 순간에 무엇을 하거나 무슨 말을 할지 그녀는 결코 알 수 없다고 그녀가 말하더라도, 그녀는 아무것도 말하지 않은 것이기 때문이며, 정말로 그랬던 듯한 것은, 그녀가 아무것도 말하지 않은 듯한 것은 이 시점에서 센세가 그녀의 말을 끊었기 때문으로, 지금껏 그는 조용히 리부 상에게 귀를 기울이고 있되, 침묵의 긍정과 인내로, 눈에는 일종의 움직임 없는 흥미를 담은 채 기울이고 있었으나, 이제 마호로바에서 그가 입을 열어 자신의 독특한 화법으로 말하길—말하자면 그는 단어를 하나하나, 실로, 정말로 모든 단어를 하나하나 발음하는데, 입을 넓게 끌어당겨, 단어를 하나하나 발음할 때마다 미소 짓는 사람처럼 끌어당겨 단어나 문장을 내뱉고 나면, 그의 얼굴은 즉시, 저 얼굴을 저 미동도 없는 영원한 평정에 붙들어둔 그 심각한 표정으로 돌아가는바—하루하루, 그가 불쑥 내뱉길, 매일 **저는 죽음을 준비합니다**, 그러자 마호로바에 침묵이 흐르는데, 그가 처음으로 죽음을 맞닥뜨린 것은—그가 평상시보다 더 나직한 어조로 말을 잇길—어릴 적, 그가 사는 길거리에 키 크고 마른 사람이 찾아와, 그가 놀고 있는 곳에 와서 그와 나머지 아이들에게 인사를 건넸을 때로, 오하요, 라고 그는 말하고, 길을 따라 끝까지 가다가, 호리카와에 들어섰으며, 이 일은 매일같이 일어났으니, 키 크고 마른 사람은, 아침에든 오후에든 새벽에든 저녁에든 나타나고 또 나타나, 길거리 한가운데서 놀고 있던 그에게 인사를 건넸고, 그에게, 센세가 말하길, 이 인사는 중요해진바, 그는 이 사람이 좋았고, 얼마 뒤에는 그가 나타나기만을 이제나저제나 기다렸으며, 길끝에서 그가 보이면 기뻤으니, 이 사람은 다가와, 그에게 인사를 건네고, 갔으나, 그러던 어느 날 그가 더는 나타나지 않았고 그 뒤로 다시는 나타나지 않았던바, 그들은 그가 호리카와에서 차에 치였다는 소식을 이웃에게서 들었는데, 그는 병원으로 옮겨져, 계속 물을 달라고 간청했으나, 의사들은 그에게 물을 주지 않았고, 그래도 그는 그저 물을, 물을 달라고, 그저 물을, 물을 달라고 애원했으며, 지독하게 목이 말랐으나, 의사들에게서 물을 얻지 못했고, 그들은 그에게 한 방울도 주지 않아, 그는 죽었으며, 바로 그때, 센세 이노우에가 말하길, 저는 처음으로 죽음을 만났습니다, 하지만 그 의미를 깨닫기까지, 그는 여전히 한참을 기다려야 했는데, 그러다 때가 찾아와, 그는 모든 것을 깨달았고, 그 뒤로 그는 내일이란 없다는 것을 알았는데, 내일에 대해서는 결코 생각지 않습니다—그가 목소리를 한결 낮춰 단어를 하나하나 말할 때마다 습관처럼 미소를 짓고는 다시 얼굴을 찌푸리며—결코 말이죠, 그가 말하길, 그건 제가 오늘에 대해서만 생각하기 때문입니다, 제게 내일은 없으니까요, 제게 미래는 없으니까요, 그것은 모든 날이 마지막 날이요, 모든 날이 온전하고 충만하며, 제가 어느날에든 죽을 수 있기 때문입니다, 저는 죽음을 받아들일 준비가 되어 있습니다, 그러면 모든 것이 끝날 것입니다, 이 말의 의미는—그가 방 끝에서 맞은편에 앉은 손님을 바라보며—그 의미는 하나의 전체가 끝나고, 머나먼 곳에서 또 다른 전체가 시작되리라는 것입니다, 저는 죽음을 기다리고 있습니다, 그가 한결같은 미소를 띠며 말하길, 저는 기다리고 있습니다, 그가 말하길, 죽음은 언제나 제 곁에 있고, 저는 죽어도 잃을 것이 전혀 없습니다, 그것은 제겐 현재만이 모든 것을 의미하기 때문입니다, 이날, 이 시간, 이 순간—제가 죽어가는 이 순간 말입니다.

그가 태어난 순간을, 그가 말하길, 그는 정확히 기억하는데, 그가 자신이 태어난 순간을 기억하기로는, 그들은 2층에 살았고, 그에게는 자신이, 자기 몸이 저 아래쪽에 있는 것이 보이지만, 자신의 영혼도 보이는데—당신의 영혼은 어떻게 생겼던가요?—음, 흰색이었습니다, 그가 울 수 없었던 것은, 탯줄이 목에 감겨 있었기 때문으로, 그와 더불어 모든 것이, 그의 온 삶이 시작되었으니, 그는 울어야 했으나 울 수 없었는데, 비유적으로가 아니라 탯줄 때문에 울 수 없었으며, 그가 울었을지도 모르나, 어떤 소리도 그의 목에서 나오지 않아, 모두가 근심하며 그를 보았고, 그의 아버지는 거기 있지 않았으며, 그는 모든 것을 뚜렷이 기억하는바, 그가 세상에 내려온 방, 창문, 다다미, 대야, 방의 모든 물건, 그것들이 놓인 곳을 기억하며, 자신이 태어났을 때 어떤 느낌이었는지, 자신이 어디서 왔는지 똑똑히 기억하며, 자신이 다른 형상 속으로, 다른 존재 속으로 이제 들어섰음을 즉시 알아차린바, 이곳에서는 왠지 모든 것이 더 힘들었으며, 무엇보다 숨 쉬는 것이 힘들었는데, 그것은 탯줄이 목에 감겨 있기 때문만은 아니어서, 누군가 당장 탯줄을 풀었어도, 가장 힘든 일은 호흡, 그가 숨을 쉬어야 했다는 것이었는데, 더 정확히 말하자면 다른 일들이 더 힘들진 않았으나 대체로 모든 것이 무게를 가진 것 같았고 모든 것이 무게와 더불어 나타났으니, 이것은 새로운 것이었고, 상상도 할 수 없는 것이었고, 매우 무거웠기에, 모든 것이 느려졌고, 모든 것이 여전히 피에 젖어 미끌거렸으며, 모든 것이 미끄러지고 그림자 속에 있었는데, 마치 어딘가에서 빛이 빛나고 있고, 그 그림자만이 이곳에 드리운 것 같았으나, 오늘까지도 그는 이 기억을 떠올릴 때 무엇이 그 그림자를 드리웠는지 알지 못하는바, 기억이 떠오르는 데는 특정한 빈도가 있어서, 심지어 의도하지 않아도, 어떤 이유나 계기도 없이 그의 의식 속으로 흘러드는데, 그의 탄생 또한 그랬을 것이 틀림없는 것이, 그의 아버지는 그곳에 없었고, 그들이 그를 방에서 데리고 나올 때에도 그곳에, 집에 없었고, 그 시기에는 밖에 있을 때가 많았으니, 그의 가족은 산소마스크 사업에 종사하고 있었는데, 전쟁 이후에 수요가 하도 많아서, 그의 아버지는 가족과 살지 않았고 아무도 그가 어디에서, 또는 누구와 사는지 알지 못했으며, 그는 한 달에 한 번만 나타났는데, 그때마다 더러워진 옷가지를 가져와 어머니가 빨아야 했으니, 네 아버지는 못된 놈이란다, 그의 어머니가 그에게 말했으나, 그는 결코, 단 한 순간도 그렇게 느끼지 않았는데, 어쨌든 그의 아버지는, 돈이 있으면 집에서 지내지 않았고, 사업은 잘 굴러갔기에, 한 달에 한 번씩 그의 아버지는 그를 팔에 안았고, 더러워진 빨랫감을 가져왔고, 아들을 쳐다보았고, 아버지가 그를 멀찍이 안아 올린 채 살펴보던 일이 뚜렷이 머릿속에 남아 있지만, 그는 아버지가 못됐다고 느끼지 않았으니, 그에게는 어떤 감정도 없었고, 가능한 한 가장 객관적인 태도로 이 사람이 내 아버지라고 판단했으며, 아버지는, 필시 어떤 감정도 없이 가장 객관적인 태도로 말하길, 애가 내 아들이군, 이것이 아버지와의 첫 만남이었다며, 그는 그 첫 만남을, 그리고 그 특별함을 생각해 보면 이것이 매우 특별한 순간이라고 회상하는데, 가장 중요한 것은 이것이 처음이라는 것이었으니, 나중에, 이후에 오랫동안 그는 아버지를 매우 드물게만 보았으며, 그의 아버지가 좀처럼 그를 안아 올려주지도 않은 것은 그가 한 달에 한 번만 찾아왔기 때문으로, 그는 돈을 가져가고 빨랫감을 가져왔고, 자신이 한 달 전에 가져온 것을 어머니가—빨래하고 가지런히 개어—줄 때까지 기다렸고, 좀처럼 앉지도 않고, 앉아도 잠깐만 앉았으며, 언제나 총총히 떠났으니, 이런 이유로 그는 아버지 없이 자랐다고 말해도 과언이 아니요, 그의 어머니가, 버림받은 채 그를 키웠고 단둘이 함께 살았다고 해도 과언이 아닌바, 그는 형제자매가 없이 오직 어머니와 둘뿐이었는데, 그의 아버지는 한 달에 한 번씩 단 몇 분만 찾아왔기에, 그는 온종일 혼자였고, 실제로, 사실로도, 언제나, 하루 종일 혼자여서, 이것이 그의 아동기와 청년기였다고, 그가 말하길, 훗날 그가 성년이 되었을 때, 대가족을 꾸리겠다고 마음먹은 것은 이 때문인바, 과연 그렇게 된 것은, 여기, 그가 손으로 가리키며, 기미코 센세, 스미코 상, 유미토 상이 있는데, 그들은 그의 딸이며, 막내인, 우리 아들은, 저기 있으니, 그가 말하길, 도모아키입니다, 누구도 이젠 아이가 아니지만요, 그리고 그는 손주도 둘 있어서, 기미코 가족에게서 마야 짱을, 스미코 가족에게서 아야 짱을 얻었고, 아내 리부 상이 있고, 그녀 옆에는 아모루 상이 있지만, 이들만이 그의 곁에 있는 전부가 아니라, 그 밖에도 수많은 사람들이 있어서, 교토의 제자들, 도쿄, 후지야마, 아라야마의 제자들이 모두 해서 적어도 여든 명이니, 물론 이렇다고 해서 그의 고독이 조금도 덜어지지 않는 것은, 모두가, 모두가 한 영혼이기 때문으로, 그가 가리키는 가족과 제자들이 공손하게 고개를 숙이며—이제 서왕모 예행연습이 평소보다 길어져, 그들은 센세가 이번엔 더 오래 말씀하시는 것을 보고 있는데, 그는 손님에게 이야기하고 있고, 그 순간에, 마치 무슨 신호라도 떨어진 듯 그들이 아버지이자 할아버지이자 스승 주위에 앉는 것은, 기미코 센세가 거기 있고, 스미코 상과 유미토 상과 도모아키 상과 마야 짱과 아야 짱이 거기 있고, 또한—언제나 남들과 좀 떨어진 채—신비롭게 침묵하는 아모루 상도 있고, 물론 센세의 가장 충직한 제자들인 지와코 상, 노즈무 상, 히무코 상, 안테 상, 하라구 상, 오무오무, 라운 또한, 교토 북서쪽 변두리에 있는 가미가모 신사에서 멀지 않은 예행연습 공간을 명인이 일컫는 이름인 이곳 마호로바에 있기 때문으로, 모두가 여기 있고, 그들은 아버지이자 할아버지이자 스승에게, 더없는 호기심을 품고서 귀를 기울이나, 그들이 이 이야기를 이미 여러 번 들었고 명인의 이야기를 전부 알고 있음은 분명하니, 그들은 그가 스스로에 대해 하는 이야기도 알고 있지만, 그들에게 그토록 감명 깊은 것은 바로 그 사실인 듯도 한즉, 명인은 언제나 그들에게 똑같은, 정확히 똑같은 단어들을 들려주고, 결코 단어의 순서를 뒤섞지 않고, 결코 이야기 속 사건들의 순서를 뒤섞지 않고, 언제나 이 말로 시작하는바, 나는 내가 태어난 걸 기억한다, 우리는 2층에 살았고, 내겐 자신이, 내 몸이 저 아래쪽에 있는 것이 보이지만, 나의 영혼도 보이는데—단

한 글자도 바뀌지 않고, 이것이 전해지는바, 가족과 제자들은, 누군가에게 그에 대해 열정적으로 말할 때면, 명인의 말을 정확히 따라 하려고 애쓰며, 이런 식으로 명인의 이야기가 전해지되 민담처럼 전해지나, 이 이야기에는 단어 하나조차 바뀌지 않고 표현 하나조차 바뀌지 않는다는 차이가 있어서, 아무도 무엇 하나 덧붙이지 않고 아무도 무엇 하나 빼지 않으니, 그는 1947년 12월 22일, 교토에서 태어났다고, 그가 말하길, 가족이 살던 집이 아직도 그곳에 있지요, 오늘까지도 그곳은 그의 소유로 되어 있으나, 길은 이름이 없이, 좁디좁은, 작은 골목이고 언제나 그랬으며, 난나초와 호리키와도리 교차로에서 멀지 않은 곳, 거대한 니시혼간지 절 맞은편에 위치한바, 골목이 난나초와 나란히 뻗어 있는 걸 상상해보세요, 집은 몇 채 되지 않는데, 그중에, 가운데에 저희 집이 있었습니다, 그가 말하길, 아래층은 언제나 장사 목적으로—마스크 사업에—썼는데, 오늘날도 그렇습니다, 우리는, 어머니와 저는 위층에 살았습니다, 집에는 우리 둘뿐이었거든요, 아버지는, 아직 사업을 하고 계실 때는 한 달에 한 번 아주 잠깐 동안 찾아와, 더러운 옷가지를 두고 깨끗한 옷가지를 가져가셨습니다, 저희 어머니는 언제나 일을 하셨습니다, 저와 함께 있을 시간을 좀처럼 내지 못하셨죠, 그래서 저는 아주, 무척이나 아주 홀로였고, 제 고독은 참으로, 고독이 깊을 수 있는 만큼 깊었습니다, 그가 말했으나, 이즈음에서, 마치 마법 지팡이에 맞은 듯 가족과 제자들이, 상호 동의하에 마치 이 순간부터 이 이야기가 자기들과 상관없다는 듯—그들이 그의 주위에 모여 있다가, 바로 지금 명인의 이야기가 시작되는 것에 귀를 기울이다가, 자기 자리로 돌아갔고, 자식과 손주들은 그의 왼쪽으로 10미터 이상 멀어졌는데, 대체로 이것이, 명인이 직접 진행하는 예행연습인 비공개 예행연습이 진행되는 방식으로, 배경에는, 명인이 방해받지 않도록 그에게서 훌쩍 떨어진 채 자녀들이 있으니, 이미 명인의 수준에 오른 기미코를 필두로 순서에 따라 아버지이자 할아버지로부터 점점 멀리 떨어져 앉았으며, 제자들은 오른쪽으로 그에게서 더 적당한 거리를 두거나 그를 마주 보고 마호로바의 벽 앞에 앉았으니, 명인의 자리는 신성하여, 아무도 그 곁에 앉을 수 없고 오직, 하지만 오직 아모루 상만 앉을 수 있는바, 그렇게 그녀는 명인의 일을 감독하고 기록하고 준비할 수 있는데, 아모루 상으로 말할 것 같으면, 이곳에 속하지 않은 사람은 그녀가 무엇을 하는지 알기가 여간 힘들지 않지만, 그녀는 예행연습 중에 언제나 무언가를 하고 있으며—자전거를 타던 한 소년이 기억난다고, 그가 말하길, 제가 학교에 다니기 전 일이었습니다, 한 소년이 자전거를 탄 채 길에 쓰러졌는데, 무척 심하게 넘어졌으나, 다들 그저 소년을 바라보며 웃기만 했으니, 길거리에는 사람이 많이 있었고, 다들 소년을 바라보며 웃었으나, 저는 아니었습니다, 저는 울었습니다, 소년이 너무 안쓰러웠던 건, 쓰러지면서 무릎을

얼마나 심하게 다쳤는지 느낄 수 있었기 때문입니다, 어머니
께서는 이제 됐다고, 그만 울라고 말씀하셨습니다, 소년은 이
미 사라졌고, 바지에서 흙을 털었고, 자전거를 탔고, 이미 호
리카와 쪽으로 자전거를 타고 사라졌으나, 그는 여전히 울고
있었고, 소년이 정말로 불쌍했고, 이루 말할 수 없이 불쌍했
던 것은, 사람들이 소년을 향해 웃고 있었기 때문이었으나, 이
것은 사실 그 자신의 기억은 아니라며, 그가 말하길, 이것은
훨씬 나중에 어머니에게 들은 것이며, 그렇게 간직되어 그 자
신의 기억이 되었고, 이제 그는 이것을 마치 자신이 기억하는
무언가를 회상하는 것처럼 이야기하나, 그가 이야기할 수 있
었던 것은 어머니 덕분이니, 한 가지 예를 더 들자면 학교 다
닐 때, 그가 말하길, 저희는 수영장에 간 적이 있습니다, 하지
만 저희 중에는 무서워서 물에 못 들어가는 아이가 하나 있었
지요, 그 아이는 물을 두려워했고 수영장을 두려워했습니다,
저는 그 애가 무엇을 두려워하는지 알았지만 저 스스로는 두
렵지 않았습니다, 하지만 다들 그 애를 놀리기 시작했습니다,
저는 물론 울음을 터뜨렸죠, 그 애가 너무나 불쌍했습니다, 그
들은 제가 커서도 그 이야기를 했습니다, 어린아이일 때 늘 그
랬다고 말이죠, 제가 언제나 누군가를 불쌍히 여겼고 언제나
울었다고 말입니다, 이것들은 평생 저와 함께한 기억이 되었
습니다, 그렇게 그는 방해받지 않은 채 계속하길, 자신의 독특
한 말버릇으로 되풀이하고 또 되풀이하니, 이야기를 수없이

되풀이해도 그것이 마치 단지 리듬을 맞추기 위해서인 것처럼 들린 것은, 그의 기억이—이것은 노의 요건인지도 모르겠는데—방대하기 때문으로, 그가 지금처럼 이야기를 들려줄 때면, 그는 각 지점으로, 이야기의 각 갈래로, 앞에서 이미 말한 곳으로 끊임없이 돌아가는데, 아마도 그것들을 강조하고 싶어서이거나, 다른 누구도 되짚을 수 없는 사건들의 내용적 리듬을 유지하고 싶어서일 테지만, 진상은 누구도 알 수 없는바, 어쨌든 그의 기억은 유치원 시절부터 헤아릴 수 없다고 그가 말하는바, 즉 근처에 유치원이 있었는데, 유치원 건물은 니시혼간지 모퉁이를 바라보고 있었으나, 맞은편에, 니시혼간지 안쪽 구석에, 그 안쪽에 거대한 탑이 서 있었고, 이것이 알고 보니 매우 특별한 건축물이었던 것은, 시각이 몇 시이든, 아침이든 한낮이든 저녁이든 이 탑이, 메이지 시대에 신세이고민으로 불린 이 탑이 유치원을 그림자로 뒤덮어, 저의 유치원 기억은 완전히 깜깜한 유치원과 연결되어 있습니다, 그 거대한 탑이 우리를 완전히 가렸거든요, 실내는 언제나 어두웠습니다, 저는 유치원에 있는 내내 그곳에서 다른 아이들과 있어야 했습니다, 우리는 그곳 어둠 속에서, 수업 시작할 때가 될 때까지 놀았는데, 그러는 내내, 보모나 교사 중에서 단 한 명도 실내가 왜 언제나 이토록 어두운지 말하거나 설명해주지 않았습니다, 이 기억이 제게 남은 것은 이 때문입니다, 그 유치원은 아이들이 어둠 속에서 노는 일종의 어두운 장소이고, 언제나 근처 어딘가에 거대한 탑이 솟아 있는 곳입니다, 하지만 그러다 학교 갈 나이가 되었고 그와 더불어 어떤 변화가 생겨, 최악의 사건이 난데없이 일어났으니, 말하자면 하루 이틀 사이에 저희 사업이 망한 겁니다, 저희와 함께 마스크 사업을 하던 아버지 동업자가 훌쩍 떠났습니다, 이게 문제였습니다, 그 사람 때문에요, 그는 사라졌고 흔적 하나 남기지 않았습니다, 우리는 다시는 그를 보지 못했지만, 그곳에 남았고 정말로 형편이 열악했습니다, 전에는 없는 게 없었으니까요, 부족한 게 아무것도 없었습니다, 정말로요, 명인이 말하길, 그는 많은 사람들이 그의 가족을 부잣집으로 여겼다고 생각하는바, 그들은 텔레비전 수상기와 피아노가 있었는데, 그런 사람들은 거의 없었고 그런 걸 가질 수 있는 가족은 거의 없었던 것은, 제2차 세계 대전 이후에 거의 모두가 모든 것을 잃었기 때문이나, 그들의 마스크 사업은 번창했는데, 그러다 망했으며, 그 순간으로부터 그들은 몰락하여, 전혀 예상치 못하게 최악의 빈곤으로 추락했고, 아무것도, 텔레비전도 피아노도 남지 않았으며, 무엇보다 슬픈 일은, 그가 말하길, 저희 아버지가, 사업이 잘될 때는 한 번도 집에 안 계시다가, 저희가 망한 뒤 어느 날 돌아와, 그때부터 돌아가실 때까지 집에서 사셨다는 것입니다, 아버지는 조용히 앉아 계셨습니다, 그 장소가 정확히 기억납니다, 우리가 사업을 하던 아래층, 창문 맞은편이었죠, 지금도 저의 기억 속에는 아버지가 여전히 그곳에, 담배를 피우며 계십니다, 오래도록 창가에서 고개를 돌리지 않으셨죠, 한 번도 무엇에도 관여하지 않은 채 그저 거기 앉아서 담배만 피우셨습니다, 모든 것을 저희 어머니에게 맡기고서요, 하지만 제가 무엇에든 충고를 하면 냉큼 받아들이셨습니다—당시에 저는 아홉 살밖에 되지 않았는데도요, 아버지가 집으로 들어오시고 우리가 빈곤의 나락에 떨어진 것이 제가 고작 아홉 살때였습니다—이따금 저는 아버지에게 이런저런 조언을 했고 아버지는 이 권고들을 받아들였습니다, 제 조언은 우리가 이런저런 문제를 해결해야 한다는 것이었죠, 어머니께서도 제게 귀를 기울이셨지만, 관례에 따르면 이렇게, 저렇게, 그 밖에 어떻게 해야 한다고 말해야 하는 사람은 저희 아버지셨습니다, 아버지는 언제나 제 충고에 동의하셨고 제가 몇 살인지는 상관하지 않으셨습니다, 그건 저희 어머니도 마찬가지셨습니다, 사실 저는 어머니와 가장 가까운 사이였습니다, 다른 누구도 제겐 중요하지 않았습니다, 오직 어머니만이 중요했습니다, 어머니는 저를 키우셨고 보살피셨고 돌보셨으며 저는 어머니를 무척 사랑했습니다, 모든 것을 어머니께 말씀드렸습니다, 아이 때와 청소년 때뿐 아니라 그 뒤로도요, 저는 어머니가 아버지보다, 그 누구보다 훨씬 가깝게 느껴졌습니다, 어머니는 당신 남편과, 말하자면 저희 아버지와 낡은 집에서, 교토역 근처, 난나초와 나란한 길가에, 지금의 신에 빌딩과도 가까운 부모님 댁에서, 돌아가실 때까지 사셨습니다, 그러다 한참 뒤에 저는 교토로 돌아왔습니다—한동안 떠나 있다가, 이곳으로, 가미가모로 돌아왔죠, 우리는 꽤 오랫동안 떨어져 살았지만, 저는 매일같이 어머니를 뵈러 왔습니다, 어머니와 온갖 얘기를 나눴죠, 돌아가실 때까지 그랬습니다, 당신은 저와 가장 가까운 분이셨으니까요, 어머니가 아니라 친구 같을 정도였습니다, 어머니와 상의하지 못할 문제는 아무것도 없었습니다, 어머니 앞에선 비밀이 하나도 없었습니다, 비밀을 간직한다는 건 터무니없는 일이었죠, 하지만 우리 가족이 빈궁의 나락으로 떨어졌을 때 저는 어머니가 무척 걱정됐습니다, 아버지의 동업자가 달아났고, 아버지께서 집에 들어오셨고, 늘 집엔 돈이 하나도 없었고, 사업은 쫄딱 망했지만, 우리가 할 수 있는 일이 뭐가 있었겠습니까, 일을 해야 했습니다, 어머니께서는 그저 당신이 할 수 있는 일을 하셨습니다, 말하자면 개당 1엔씩 받으며 성탄절 장식 만드는 일을 하셨습니다, 사업이 완전히 망한 뒤엔 먹을 게 아예 없었습니다, 그렇게 곤궁한 처지였죠, 시골 사는 외가 친척이 때마다 쌀을 보내주는 게 다였습니다, 밥과 물, 밥과 물, 매일 그것뿐이었습니다, 어머니께서 일하셔야 했던 건 그 때문입니다, 아버지께서는 아무것도 하지 못하셨는데, 그건 우리 사업과 마찬가지로 당신도 무너져내렸기 때문일 겁니다, 우리는 이 크리스마스트리 방울을 만들어야 했습니다, 그게 유일한 방도였지만, 1엔은 너무 헐값이었고 어머니께서는 이 방울들을 매일같이 수도 없이 만드셔야 했기에, 저도 도와드리기 시작했습니다, 성탄절에 사람들이 크리스마스트리에 달 방울을 만들었습니다, 유일한 문제는 제가 아직 어린애였는데 어린애는 정식 일손으로 대접받지 못했다는 겁니다, 라며 그가 말하길, 그리하여 그는 같은 일을 하면서도 반 엔밖에 받지 못했으며, 그것으로는 먹고살기에 충분하지 않았으니, 그의 어머니가 번 것과 나중에는 그도 번 것으로는 충분하지 않았을뿐더러, 나중에 알게 된바 더 큰 문제는 이 방울이 아주 작았다는 것으로, 방울은 작아야 했기에, 얼마 뒤에 어머니의 눈은 더는 방울을 볼 수 없었으니, 왜 이렇게 작은 거니—그녀는 눈을 찡그렸고, 지독히 혹사했으며—몇 시간 일하면 눈이 피로해졌고, 그녀는 울었고, 결국 그의 어머니에게 **고통**이 찾아온바, 그녀는 일종의 시신경 과민증이 생겨, 어느 날 저녁 무엇 하나 보기 힘들어졌으나, 그래도 소용없었던 것이, 그녀는 일을 그만두지 않았으며, 그래서 얼마 뒤, 저녁에 그 눈이 정말로 무척 아팠을 때, 그가 말하길, 한 여승이 그들을 찾아오기 시작하여, 그녀가 그의 어머니를 돌봤고, 밥을 지었고, 이것이 그가, 명인이 고등학교 2학년이 될 때까지 계속되었으며, 그러는 동안, 그가 말하길, 그는 끊임없이 근심했고, 어머니가 무척 근심되어, 수업에 집중할 수도 없었고, 어머니 눈만 생각하길, 저녁에는 얼마나 아프시려나, 그는 어머니가 일을 그만두길 진정으로 바랐으며, 그가 중학교 들어가서도 모든 것이 계속되어, 그는 어머니가 일을 그만두지 않을까봐, 그러다 큰 문제가 생길까봐 걱정스러웠으며, 하도 걱정스러워서 어머니 말고는 아무것도 생각할 수 없었으니, 그는 어머니가 너무 아파서 더는 일어나지도 못할까봐 걱정이 더욱 커졌는데, 공부를 계속하라고 그들이 그에게 말했으나 그럴 수 없었다고, 그가 말하길, 그는 무슨 일이 있어도 집에 남아서 어머니를 돕고 싶었으며, 그는 정말로 집에 남았고, 또한 어머니를 도왔고, 또한 이 크리스마스트리 방울을 만들기 시작했고, 대학에 가지 않았던바, 교사가 대학 진학을 권했어도 대학 대신 크리스마스트리 방울을 선택했으며, 도무지 다른 방도가 없어 그가 집에 남아야 했던 것은, 어쨌든 그 모든 걱정 때문에 어떤 일에도 집중할 수 없었을 테기 때문으로, 그가 아직 중학교 다닐 때 학년 초에 성대한 등반 대회가 열렸는데, 이것은 그가 모든 동급생과 마찬가지로 손꼽아 기다리던 행사였으나, 그에게 문제는 다른 학생들이, 성대한 등반 대회 일주일 전에는 새 운동화를 선물받았다는 것으로, 그의 집은 하도 궁핍하여 새 운동화를 살 돈이 하나도 없었기에, 그의 어머니는 값싼 초콜릿으로 낡은 운동화에 광을 낸다는 아이디어를 떠올려, 우선 운동화를 깨끗이 턴 다음 초콜릿을 발랐더니, 정말로 새 것처럼 보였으나, 그는 이 일이 속상했으며, 가족의 가난 때문에 성대한 등반 대회를 앞두고 새 운동화를 받지 못하는 유일한 사람이 자신이더라도 부끄럽지 않았기에, 운동화에서 초콜릿을 닦아냈으며, 다시는 다른 학생들과 등반하지 않았으니, 이것은 그때가 얼마나 힘겨 웠는지 보여주는 한 가지 사례일 뿐이지만, 그가 말하길, 그 가 남들과 어울리는 것이 얼마나 힘든지 보여주는 사례이기 도 했는데, 그가 그들과 함께 있기를 바라지 않았던 것은 아니 어서, 그들과 함께 노는 것보다 더 바란 것은 없었으나, 그때마 다 이런저런 걸림돌이 생겼고, 이 때문에 그는 그들과의 친교 를 언제나 포기해야 했으며, 그리하여 중학교 때는 소학교 때 보다 더욱 외로웠으니, 그는 어머니와 단둘이서 난나초에 나 란한 길가에 살았으며, 그의 아버지는 온종일 옛 가게 자리에 앉아 담배를 피우고 창밖을 보았으나, 거기선 아무 일도 일어 나지 않아, 그는 철저히 혼자였고, 그렇게 세월이 흘러 친구를 사귈 수 없는 사람들에 대한, 또는 함께 있고 싶은 사람과 함 께 있을 수 없는 사람들에 대한 그의 연민이 더욱 깊어진 것 은, 그가 언제나 집에 있거나 학교에 있거나, 학교에 있거나 집 에 있었기 때문이요, 어머니와 온 가족을 무척이나 걱정했기 때문으로, 그가 집에 없으면 가족이 어떻게 되었겠는가, 이 시 기에, 근심으로 인해, 길거리에 놀러 나가거나 쉬는 시간에 친 구들과 어울리는 일이 드물었던 것은 그의 머릿속에 오직 한 가지 생각만 있었기 때문이니, 어떻게 하면 이 궁핍에서 벗어 날 탈출구를 찾아 어머니가 눈을 혹사하지 않아도 되도록 할 수 있을까, 그는 이 문제를 부단히 곱씹었으며, 물론 그러는 동안, 그가 말하길, 친구들과 노는 것에 대해 생각할 시간은 많지 않았으나, 그래도 친구를 사귈 기회가 있긴 했던바, 한번은 남자애 하나가 몸이 너무 안 좋다고 하소연했는데, 그 애가 정말로 걱정한 이유는, 이런 몸으로는 아침 노래 수업에 갈 수 없었기 때문으로, 제가 그에게 말했습니다, 라며 그가 말하길, 내가 대신 가줄게, 실제로도 갔습니다, 가서 그동안 그 애가 배워야 할 것을 전부 배운 뒤에, 노래 수업 시간에 제 동급생의 사정을 설명했지요, 저는 그 애가 불러야 했던 모든 노래를 불렀고, 무척 칭찬받았으며, 선생님은 제 동급생이 결석한 것을 나무라지 않겠다고, 괜찮다고 말씀하셨습니다, 물론 그 남자애도 이 일로 무척 고마워했으며, 둘은 친구가 될 뻔하기도 했으나, 그는 집에 가야 했는데, 처음에는 평소처럼 걷다가, 좀 빨리 걷기 시작했다가, 마침내 뛰다시피 한 것은, 자신이 없는 동안 어머니의 눈에 무슨 일이 생겼을까봐 걱정스러웠기 때문으로, 이 때문에 그는 누구와도 친구가 될 수 없었으니, 이 남자애가 또 다른 날 오후에 함께 놀자고 그를 초대했어도, 그의 삶에서 이 암울한 시기에 그는 자신이 없으면 집에 무슨 일이 일어나지 않을까 하는 생각부터 들었으니, 도와줄 사람이 아무도 없으리라는 것, 이것은 언제나 그의 깊은 확신이어서, 그는 이 끊임없는 고통에 짓눌린 채 더 큰 재앙이 도사리고 있음을 전적으로 확신한바, 처음에는 어머니를 생각하며 그녀에 대한 걱정으로 가득 차 재앙이 그녀의 눈과 관계가 있으리라 생각했지만, 그런 일은 일어나지 않았고, 전혀 다른 일이,

모든 것을 뒤집고 그들의 삶을 바꾼 매우 특이한 일이 일어났으니, 그 일이 일어날 수 있으리라고 생각한 사람은 아무도 없었지만 그 일은 일어났으며, 모두가, 특히 그 자신이 재앙이 여기 있다고, 곧 일어날 것이라고 확신했는데, 모든 것이 어찌나 절망적으로 보이던지 어느 날—그의 어머니와 아버지의 운명에서 비롯하여 그를 짓누른 슬픔이 하도 커서—그는 마음을 모질게 먹고는 부모가 있는 윗방에 올라갔으니, 그의 충고는 그들이, 온 가족이 함께 동반 자살을 해야 한다는 것으로, 왜냐하면 제가 보기엔, 그가 그들에게 이렇게 말했다며 그가 말하길, 이게 유일한 해결책이기 때문이에요, 이게 제가 드릴 수 있는 조언이에요, 우리는 미래가 전혀 없잖아요, 우리에겐 어떤 미래도 없어요, 우리의 시간은 전부 일상생활의 문제를, 무엇을 먹을 것인가의 문제를 해결하는 데 쓰이고 있어요, 물론 저는 어떤 미래도 생각하고 있지 않았습니다, 어떤 미래도 바라지 않았죠, 미래란 어디에도 없었으니까요, 저는 윗방으로 올라가 두 분 앞에 무릎 꿇고 절하고는 이렇게 말했습니다, 다 같이 죽읍시다, 하지만 결국 우리는 그러지 않았습니다, 특이한 반전이, 전혀 상상도 하지 못한 일이 일어났거든요, 어느 날 학교에서 커다란 흰색 개가 복도에 불쑥 나타났습니다, 저는 중학교 1학년이었는데, 길을 잃고 후줄근한 흰색 개가 들어온 겁니다, 한바탕 아수라장이 벌어져 다들 고함지르고 비명을 질렀지만, 아무도 감히 그를 붙잡으려거나 그러고 싶어 하지 않았습니다, 하지만 개는 이미 살 날이 얼마 안 남았다는 게 분명했습니다, 온몸을 떨고 있었고, 털은 뜯겨져 나갔고, 하도 비쩍 말라서 뼈가 말 그대로 튀어나왔습니다, 물론 그는 교실 밖으로 쫓겨났고, 학교 건물에도 있지 못한 채 길거리로 쫓겨났습니다, 그런데도 떠나지 않고 저기 학교 근처에 남아 저희 교실 창문 바로 아래에 머물렀죠, 거기서 일주일 내내 꼼짝하지 않더군요, 그저 떨고 울고 짖고 깽깽거렸습니다, 울음소리는 무척 뚜렷했고, 결국 저는 다른 소리는 전혀 들을 수 없었습니다, 집에 가도 개의 울음소리가 들렸습니다, 그렇게 개는 나무 옆에서 꼼짝도 하지 않는데, 회초리로도 쫓을 수 없어서 그렇게 머물러 있었으며, 더는 아무도 신경 쓰지 않았습니다, 울음소리만 들렸죠, 제가—일주일이 지나도록—개를 쳐다보니 그가 얼마나 죽고 싶어 하는지 알 수 있었습니다, 그래서 이렇게 혼잣말을 했습니다, 집에 데려가야겠어, 우리와 지내는 거야, 그리하여, 명인이 말하길, 그것이 바로 그가 한 일이어서, 그는 개를 집에 데려갔는데, 그저 그에게 따라오라고 말했더니, 그 한마디에 개가 따라왔으나, 그의 어머니는 말하길, 우리는 할 수 없어, 여기서 개를 키울 순 없다, 먹을 걸 무얼 준단 말이니, 이건 정말로 중대한 문제였던 것이, 그들은 개에게 줄 고기가 없었고 밥뿐이었으며, 게다가 개는 밥을 먹지 않으므로, 그의 어머니는 개를 절에 보내라고 그에게 충고했는데, 여기서 살 순 없어, 하지만, 그가 말하길, 그는 그렇게 할

수 없어서, 가족에게 애원하길, 제발 여기 살게 해주세요, 그
는 심지어 개집까지 몰래 만들어, 어머니에게 애원했으나, 그
녀는 말하길 우리 먹을 것도 부족하잖니, 그러자 그는 자기 먹
을 것을 개에게 주겠다고 대답했는데, 물론 조금 기이하게 들
린 것은 개는 밥을 먹지 않기 때문이나, 그때 그가 어머니에게
하도 애걸하는 바람에 그날 밤 그들은 개에게 저녁밥을 주었
고, 개는 밥을 먹었으며, 그러자 그의 어머니도 생각이 달라져
서 개가 머무는 것을 허락했으니, 좋아, 그녀가 말하길, 우리
가 키우자, 그리하여, 그가 말하길, 우리는 하얀 개를 들였습
니다, 두 주 뒤에, 우리가 개를 들인 날로부터 두 주 뒤에—사
람들이 대문을 두드리며 산소마스크를 사고 싶다고 말하기
시작했는데, 갑자기 주문이 밀려들어 저희 아버지의 사업이
재개되었고, 당신의 동업자도, 일전에 사업을 망하게 한 그 동
업자도 다시 찾아와서는, 수요에 변동이 생겼으니 다시 동업
을 해야 하지 않겠느냐고 제안했으며, 전화벨이 울리기 시작
했고, 주문이 수백 수천 건 들어왔고, 모든 것이 일시에 달라
졌고, 사업이 번창했으니, 당시 대규모 공업화가 추진되어 오
염 때문에 산소마스크 수요가 부쩍 커졌고, 게다가 저희 아버
지의 동업자가 신형 마스크를 내놓았는데, 오염 물질을 더 효
과적으로 거르는 노란색 마스크로, 그것이 어찌나 성공적이
었던지 국영 텔레비전 NHK까지 관련 프로그램을 제작하고
광고를 했으며, 모든 것이 더 나아졌습니다, 명인이 목소리를

낮춰, 다들 알았던바, 저희 어머니께서 아셨던바, 제가 알았던바, 저희 아버지께서도 아셨던바 저희의 운명이 달라진 것은 개 때문이어서, 그가 저희에게 복을 가져다주었다고, 저희 아버지께서 창가 의자에 앉아 말씀하셨고, 그 뒤로 아버지께서는 그것을 위해, 하얀 개를 위해 기도를 올리셨으며, 그가, 저희 아버지께서 돌아가신 뒤로는, 제가 그를 위해 기도를 올립니다, 제가 죽으면, 제 맏아이가, 기미코 센세가 계속해서 기도를 올릴 겁니다.

연습의 즐거움은 말로 표현하기 힘듭니다, 그가 이어 말하길, 예행연습을 할 때면—그는 늘 예행연습을 하는데—그는 모든 간섭에서 벗어나 완전히 활동적이고 몰입하고 자신이 하는 일과 혼연일체가 되는데, 각 장면에서 따라 나올 다음 단계와 팔의 자세와 몸 앞에 부채를 놓는 동작과 몸의 공간상 배치와 그의 목소리 안에서 그의 목소리를 통해 울려퍼지기 시작한 시와 노래와 혼연일체가 되어, 그의 목소리가 깊은 곳에서 터져 나오니, 한마디로 그가 방금 전처럼 서왕모 예행연습을 하고 있으면, 또는 곧이어 하게 될 것처럼 서왕모 예행연습을 계속하고 있으면, 그는 가장 깊고 깊은 곳에서 영혼의 존재를 느끼니, 정해진 순서에 따라 필요한 춤길을 밟을 때면 그 정령이 그의 안에서 활동하는지 안 하는지조차 생각하지 않는 것은, 이 정령이 그가 방금 마친 걸음의 순서에 완벽하게 새겨져 있기 때문이며, 그는 이게 끝나면 무슨 걸음을 걸어야 하나, 이게 끝나면 다음엔 무슨 걸음인가, 하고 미래를 향해 입을 벌리며 궁리하지도 않는바, 이것은 정확히 지금 순간을 채우는 오직 한 걸음의 문제로, 그가 집중해야 하는 것은 언제나 이것이라며, 센세가 말하길, 정확히 이 순간에 제가 할수 있는 일에 집중해야 합니다, 실은 더 정확히 말하자면 이순간에 제가 하고 있는 일이겠지요, 이것이야말로 제가 집중해야 할 것이어서, 다른 무엇도 아니요, 여기서 이 걸음이 더나아졌으면 하는 바람도 아니요, 바로 이 순간에, 저의 춤에정확히 이 걸음이 존재하도록 하는 것이니, 그것이 알아야 하는 모든 것이며 나머지는 영혼의 소관인즉, 한마디로 예행연습은 그의 삶이어서, 그에게는 예행연습과 공연 사이에 아무런 차이도 없고 노에는 특별한 공연 양식이 없어, 공연에서 벌어지는 것이 예행연습에서 벌어지는 것과 꼭 같고 그 반대도마찬가지로, 예행연습에서 벌어지는 것이 공연에서 벌어지는것과 꼭 같은바, 차이는 전혀 없으나, 그로 말할 것 같으면 그모든 것을 예행연습으로 간주할 때 더 행복한 것은, 이것이 어떤 최종이나 완성에 대한 것이 아니라는 사실을 더 잘 표현하기 때문이요, 노에 목표가 없고, 이 목표란, 무엇보다 공연이아니며, 그에겐 자신의 온 삶이 예행연습이요 계속되는 각성이라는 사실을 더 잘 표현하기 때문으로, 그냥 '깨어나는 것'이라고 말해도 되겠지요, 왜냐면 무엇에 대해서든 각성할 것이 하나도 없으니까요, 말하자면 남은 것에 대해 잇따라 각성이 일어나며, 이것이 그와 같은 노가쿠시에게는 참으로 형언할 수 없는 카타르시스인바, 그에게 노는 모든 것이요 만물의 근원이며, 노는 주기만 하고 그는 받기만 하며, 그가 모든 것을 이해하는 것은, 사람들이 미래가 정확히 어떤 것인지를 어느 정도 깨달았을 때 상황이 더 나아지는 것이 아니라, 사람들이 현재를 정확하게 깨달았을 때 상황이 더 나아지는 것이기 때문인즉, 말하자면 이것은 자신에게만이 아니라 모두에게 좋은 깨달음이고, 말하자면 누구에게도 해롭지 않아서 모두에게 좋은 깨달음인즉, 아니, 미소 지으며 센세가 말하길, 그는 다가올 재앙을, 일종의 전면적 몰락을, 완전한 종말을 위협적으로 들먹이는 자들이 옳다고 믿지 않는데, 그런 사람들이 결코 고려하지 않는 것은—이것은 매우 특징적인바—그들이 결코 고려하지 않는 것은 더 높은 차원의 가능성이 있다는 사실이니, 당신이 알아야 하는 것은 이것입니다, 이것에 대한 당신 자신의 경험은 살아 있는 존재를 분리하는 것이, 살아 있는 존재를 서로로부터 또한 당신 자신으로부터 가르는 것이 얼마나 무의미한지 이해하는 데 필수적입니다, 그것은 모든 것이 하나의 시간과 하나의 공간에서 생기기 때문이요, 이를 깨달으려면 현재를 올바로 이해해야 하기 때문으로, 자기 자신의 경험은 꼭 필요한 것입니다, 그러면 당신은 이해할 것이고 모든 사람도 이해할 것입니다, 무언가를 다른 무언가로부터 분리할 수 없다는 사실을 말입니다, 저 먼 영토에 어떤 신이 있지 않고, 이곳 아래 먼 곳에 어떤 땅도 있지 않고, 지금 당신이 있는 곳과 동떨어진 어느 곳에 어떤 초월적 영역도 있지 않으니, 당신이 초월적이라거나 세속적이라고 부르는 모든 것은 하나이자 같아서, 하나의 시간과 하나의 공간에 당신과 함께 있으며, 그중에서 가장 중요한 것은 여기에 희망이나 기적의 여지가 전혀 없다는 것인데, 희망은 근거가 없고 기적은 존재하지 않기 때문으로, 말하자면 모든 것은 일어나야 하는 대로 일어나고, 기적은 그의 삶에서 무엇 하나 바꾸지 않았다고, 그가 말하길, 하지만 그가 깨달은 것은, 그것이 끝없이 복잡한 구성의 끝없이 단순한 작용의 문제여서, 무엇이든 일어날 수 있고 무엇이든 실재로 화할 수 있다는 것인바, 모든 것을 고려하건대 그것은 잠재적으로 수십억 가지 낱낱의 결과들이 낳은 자연적 귀결에 불과하거니와, 말하자면─자신의 말이 손님만을 위한 것이라는 듯 센세가 이제 목소리를 한껏 낮춰 말하길─말하자면 우리가 태어나기 전에 천상에서는 우리를 위해 헤아릴 수 없는 계획을 세웠으나, 우리가 태어난 뒤에는 단하나의 계획만 있는 것입니다, 물론 이런 자각이 언제나 쉽게 찾아오는 것은 아니어서, 그는, 이를테면 자신의 경험을 정확한 방식으로 이해할 수 있기까지 크나큰 고통을 겪었으며, 때가 맞았을 때, 스승 다카하시 신지의 개인적 가르침과 글로 쓴 생각이 그를 인도했으니, 그는, 신지 센세는 그가 열아홉 청년 시절 두 사람이 개인적으로 만났을 때 그가 신을 잃고서도 결코 그 때문에 자살하지 않은 이유를 설명해 줄 수 있었던바, 말하자면 그 일이 일어난 것은, 그가 그에게 말하길, 그가 아직 교토의 집에서 지낼 때로, 그가 옛집의 위층에서 기도를 올릴 때, 무릎 꿇고 합장한 채 기도를 올릴 때 불현듯 자신의 면도 거울에서 자신을 언뜻 보았으며, 그로부터 단번에 저는 믿음을 잃었습니다, 그것으로 말할 것 같으면, 다카하시 센세가 그에게 설명하길, 그것은 신을 잃은 것이 아니라 오히려 자네가 신을 찾았다는 뜻이라네, 우리가 그것을 뭐라고 부르든, 신이라고 부를 수도 있겠지, 라며 다카하시 신지 센세가 말하길, 그것은 뭐라고 불러도 감미로워, 그것이 신지 센세가 그에게 해준 첫 번째 말이었고, 그것은 그에게 엄청난 영향을 미쳤으니, 그가 그의 임종을 지킬 때 특별한 현상이 일어났던바, 신지 센세가 최후의 훈계로서 그에게 말한 것은, 이따금 더 높은 차원의 존재가 그와 똑같이 더 높은 존재에 의해 가려진다는 것으로, 그것이 그가 그에게서 들은 것이며, 말할 필요도 없이 그때, 단 한 번의 번득이는 깨달음 속에서, 마치 무엇에 강타당한 듯 그는 이 모든 것을 깨달았으니, 그는 다른 사람을 감지했고, 느꼈고, 다른 사람 뒤에 놓인 것을 꿰뚫어 보았고, 다른 사람들의 지난 삶을 들여다보았던바, 그가 자신이 무언가를 믿을 뿐 아니라, 사람들이 그를 믿는다는―물론 노 예술의 작용을 통해―사실을 명심해야 하는 날이 금세 찾아왔으니, 그 의미는 사람들이 고개를 돌려 그를 바라보고, 그가,

오직 그만이 노를 통해 그들을 고양할 수 있으면, 그가 이 세상에서, 이 말과 함께, 천재 제아미가 살아냈던 것과 같은 말과 함께 살아야 한다는 것인바, 노는 정신의 고양이요, 이것이 노를 통해 일어나지 않으면 노가 일어나지 않은 것이나, 만일 이것이 일어나면 우리 위와 우리 아래에, 우리 자신의 바깥과 우리 안의 깊은 곳에 우주가, 하나이자 유일한 우주가 있음을 누구나 깨달을 수 있는바, 이 우주가 우리 머리 위에 드리운 하늘과 같지 않음은, 우주가 별과 행성과 태양과 은하로 이루어지지 않았기 때문이요, 우주가 그림이 아니기 때문으로, 우주는 볼 수 없고 이름조차 없으니, 그것은 이름을 가질 수 있는 그 무엇보다 훨씬 귀중하기 때문으로, 이것이 제가 서왕모를 공연할 수 있어서 이토록 기쁜 이유입니다, 서왕모는 사자使者로, 이곳에 와서 말하길, 나는 평안을 위한 욕망이 아니다, 내가 곧 평안이다, 서왕모가 이곳에 와서 말하길, 두려워 말라, 평안의 우주는 갈망의 무지개가 아니니, 우주는, 진짜 우주는—이미 존재한다.

아모루 상 앞에는 낮은 탁자가 있고, 지금까지 몇 분째 아모루 상은 센세가 말하는 동안 수북한 돈을 세고 있었는데, 우선 1만 엔 지폐를 5000엔 지폐와 구분한 다음, 5000엔 지폐를 1000엔 지폐와 구분한 다음, 지폐들을 가지런히 정리하여 반듯하게 쌓되 마치 놀이하듯 쌓으나, 그녀는 놀이하는 것이 아니어서, 각각의 다발이 얼마인지 세 번씩 세어본 다음 돈을 봉투에 넣기 시작하는데, 각 다발에서 지폐 한 장을 집어, 두 번째 지폐와 합치고, 세 번째 지폐와 합쳐, 늘어놓은 봉투에 한꺼번에 밀어넣고는, 다시 1만 엔 지폐를 집어, 1000엔 지폐를—경우에 따라—한 장이나 두 장이나 석 장 얹은 다음, 5000엔이나 1000엔 은행권을 함께 봉투에 넣고 나면, 이미 다음 봉투가 준비되어 있으니, 그녀는 마치 조용히, 하지만 언제나 얼마이고 얼마인지 스스로에게 말해줘야 하는 양 입술을 움직거리며, 작은 탁자의 한쪽에서 은행권이 줄어드는 동안 작은 탁자 반대쪽에서는 봉투의 열이 점차 길어져, 이내 봉투 둘 데가 충분하지 않아 아모루 상은 봉투를 자기 옆에, 방석 옆에 두는데, 먼저 봉투를 센 다음, 다 세고 나면 작은 수첩을 가져와 봉투에 넣은 것을 다시 세어 기록하길, 매우 천천히 수첩의 해당 제목 아래에 기록하니, 이렇게, 센세가 이야기하는 동안 그녀는 작업을 진행하는데, 센세가 기본적으로 근엄한 반면에 아모루 상은 기본적으로 미소만 짓고 있으며, 그녀의 길고 좁고 여드름 난 얼굴에서는 영원한 평온함이 뿜어져 나오는바, 그녀는 고개를 이따금 한쪽으로 기울여, 한동안 그렇게 있다가, 한 번은 고개를 왼쪽으로 기울이고 한 번은 오른쪽 어깨 쪽으로 기울이나, 그러는 동안에도 세고, 정리하고, 넣고, 기록하며, 이따금 이 모든 일을 잠시 멈추고서 길고 약간 번들거리는 머리카락을 정돈하는데, 분홍색으로 염색한 뱀피 핸드백에서 비비언 웨스트우드라는 이름이 적힌 작은 거울과 디오르 립스틱을 꺼내어 입술을 새빨갛게 칠하니, 그녀의 넓고 두툼한 입술에서는 미소가 결코 사라지지 않으며 앞으로도 결코 사라지지 않을 것이다.

　그가 기도를 올리는 방법은 다음과 같은바, 그가 열거하길, 위대한 우주시여, 위대한 정령이시여, 위대한 부처시여, 낮에 우리를 굽어보는 정령이시여, 낮에 우리를 지키는 수호자시여—보살이시여! 스스로 비롯한 분이시여, 더 높은 힘의 자비시여!—를 열거하고, 그들 모두를 떠올리며 마음을 다하여 기도를 올리는데, 지금껏 이 모든 것은, 이노우에 센세가 말하길, 자신의 감각에 따라, 기도와 조건이 원하는 대로 다카하시 신지의 기도를 나름대로 변형한 것으로, 마지막에 그가 말하길, 가슴속 수호 천사시여! 간구하건대, 조물주시여, 제 가슴속에 빛을 부으소서! 위대한 정령이시여, 제 몸에 평안을 내리소서! 제 가슴을 빛으로 채우소서! 간제가이칸을 빛으로 채우소서! 서왕모 공연에 오는 모든 사람들에게 이 기도를 내리소서! 오지 못하는 사람들에게도 내리소서! 이곳에, 간제가이칸에 온 적 있는 모든 사람에게 내리소서! 그러고서 그가 말하길, 이곳에서 그들의 영혼을 빛 속으로 들어올리소서! 마지막으로 그가 위대한 정령에게 간구하길, 오늘 밤 제게 서왕모를 공연할 수 있는 기회를 주소서! 그가 간구하길, 제게 힘을 주소서, 이 힘이 저를 통하여 제게서 각 사람에게 흐르게 하소서! 마지막으로 그가 말하길, 간제가이칸이 이제 일본에서, 세계에서, 온 우주에서 횃불이 되게 하소서! 공연 중에 이 힘을 사방에서 우주로 비추게 하소서! 신이시여, 이 힘이 모든 것에 스며들도록 하소서! 마지막으로 그가 말하길, 조물주 신이시여! 당신의 힘이 공연에 함께하소서! 그가 이 모든 기도를 올리고는, 마지막으로 말하길, 제 운명을 온전히 바치나이다!

이것이 제 기도입니다, 가즈유키 센세가 미소 지으며 말하고 나자, 근엄한 얼굴이 다시 한번 딱딱하게 굳어 있다.

센세는 모든 것이랍니다, 아모루 상이 말하길, 저는 아무 것도 잘하지 못해요, 아무것도 몰라요, 저는 모든 사람이 싫어요, 센세밖에 모르고 센세만 사랑해요, 센세는 저의 모든 것이니까요, 저희 아버지는 매우 엄격한 분이셨어요, 매일 저를 매질하셨죠, 하루도 빼놓지 않고요, 한번은 제가 도자기 화분을 깨뜨렸는데, 제 머리를 철제 난로에 밀어넣고 난로 문을 제 머리에 대고 쾅 닫으시는 바람에 의식을 잃은 적도 있어요, 한마디로 하루하루가 제겐 고통이었어요, 하루하루가 힘겨웠어요, 죽고 싶었어요, 오랫동안 그럴 수 없었는데, 그러다 마침내 기회가 찾아왔어요, 센세를 처음 보았을 때 전 이미 성인이었어요, 제가 이분을 사랑한다는 걸 바로 알았죠, 그래서 차 앞으로 뛰어들어, 7주 동안 혼수 상태로 누워 있었어요, 차에 부딪히면서 뇌가 손상되어 저는 생과 사의 갈림길에 서 있었어요, 의사들은 할 수 있는 일이 아무것도 없다고 말했지만, 센세는 아셨어요, 제가 이분만을 사랑한다는 걸 아셨어요, 그래서 그 사실을 아시자마자 병원으로 오셔서 저를 다시 세상으로 부르셨어요, 저는 센세만 알고 센세만 사랑해요, 제게 아무것도 묻지 마세요, 저는 아무것도 모르니까요, 저는 아무것도 잘하지 못해요, 그렇기에 저는 센세만 바라봐요, 이분 이전에는 아무것도 없었고 이분 이후에는 아무것도 없을 거예요, 제 바람은 이분께서도 저를 영원히 사랑하시는 거예요.

그들은 공연 시작을 두 시간 가까이 앞두고 무대 출입문에 도착하는데, 아모루 상이 차를 운전했고, 그녀와 나머지 사람들은 이미 극장 로비에서 부지런한 관객들을 맞이하고 입장권을 배부하며 이따금 나이 든 관객이 그곳 극장 안에서 자리를 쉽게 찾을 수 있도록 안내하는데, 공연이 시작되려면 아직 두 시간 가까이 남았고, 간제 뒤쪽의 미로에는 사람이 거의 없으나, 애석하게도 센세에게는 이미 거대한 군중이 들어차 있는 것처럼 느껴지기에, 이곳에서는 아무도 진정으로 혼자 있을 수 없는바, 그것이야말로 이노우에 가즈유키 센세가 공연 전에 그토록 일찍 도착하는 이유인즉―모두가 이것을 아는바 여기서는 비밀이 전혀 없으며―그것은 그가 혼자 있고 싶기 때문이지만, 이것이 물론 불가능한 것은, 분장실에 문이 있어도 없는 거나 마찬가지이기 때문으로, 시테 전용 분장실이 있어도 허사여서, 오고 감이 끊임없으며, 한번은 이 사람이 들여다보고 한번은 저 사람이 들여다보아, 수시로 그는 의자에서 일어나 방문객과 인사를 나눠야 하는데, 누군가 문간에서 안을 들여다보며, 센세께서는 제가 언제 월급을 받을지 모르시느냐고 물으나 센세는 그저 고개를 저었고, 이제 분장실에 작은 고요가 찾아오는가 싶었는데 다른 누군가 문으로 들어와 의례적 인사 뒤에 센세에게 조언을 청하길, 사촌 형님이 백혈병에 걸렸는데 어떻게 해야 할까요, 내게 보내게, 라고 센세가 말하자, 언제가 좋겠습니까, 질문이 돌아오니, 글쎄, 다음 주가 괜찮으면 다음 주로 하지, 다음 주면, 상대방이 말하길, 너무 늦을까봐 걱정됩니다, 그렇다면 언제 올 수 있겠나, 센세가 묻자, 내일 오후도 괜찮을까요, 방문객이 묻자, 물론이지, 센세가 대답하고는, 면담 일정을 관리하는 아모루 상이나, 그녀가 없으면 치와코 상을 부르는데, 그녀는 매우 고분고분하며 그의 사촌 형이 찾아오도록 완벽하게 준비할 수 있는 바, 이제 그녀가 야단스럽게 감사를 표하는 방문객을 밖으로 안내하고, 그가 문을 닫으려는 찰나, 두 소년이 커다란 상자를 가지고 분장실에 뛰어드니, 그들은 도쿄에서 신칸센을 타고 직행으로 방금 도착했는데, 서로 말꼬리를 자르며, 봉관을 가져왔다고 말하자, 좋았어, 센세가 고개를 끄덕이며, 상자를 탁자에 놓게, 바로 열어서 확인해보겠네, 소년들은 꾸벅 절하고는 그에게서 물러나지만, 이제 센세는 이 시점부터 혼자 있을 방법이 전혀 없음을 이미 아는바, 그래서 그는 여느 때와 같은 길을 선택하는데, 여기서, 간제가이칸에서뿐 아니라 오사카나 도쿄 간제가이칸 극장에서도 마찬가지여서, 그것은 공공연한 비밀인바, 그는 여느 때처럼 분장실을 나서, 그에게 다가오려 하는 이런저런 사람들을 물리치고, 마침내 그들의 손에서 벗어나, 간제의 화장실에 들어가는 것은, 그가 가까운 사람들에게 이따금 심지어 대놓고 말하듯, 그곳에서는 또한 그곳에서만, 간제의 화장실에서만 그가 고요를 찾을 수 있기 때문으로, 화장실은 그가 잠시나마 혼자 있을 수 있는 유일한 장소이며, 여전히, 공연 전에는, 특히 지금, 이런 특별한 의미가 있는 공연 전에는 그에겐 반드시 혼자 있어야 할 필요가 있어서, 어린 시절처럼, 홀로, 그의 모든 삶에서처럼 누구에게도 방해받지 않고 평안과 고요 속에 있어야 하는바, 이곳은 누구도 그를 볼 수 없는 곳이요, 누구도 그의 말을 들을 수 없는 곳이요, 오직 지금 이곳에서만 그는 마침내 간제가이칸에서 문을—화장실 문을—닫고, 무릎을 꿇고, 두 손을 얼굴 앞에 모으고, 몸을 조금 숙인 채, 눈을 감고, 기도를 시작하니—그는 언제나 똑같은 기도문을 낭송해야 하는데—그가 기도를 올리기 시작하여, 위대한 정령이시여로 시작하여 제 운명을 온전히 바치나이다에 이르기까지, 소독약 냄새 속에서 화장실 찬 바닥에 무릎 꿇고, 홀로 있으니, 그곳에는 평안과 고요와 침묵이 있으며, 그가 간제의 화장실에서 이 평안과 이 고요와 이 침묵을 주신 천상에 감사하고는, 마치 볼일을 다 본 사람처럼 물 내림 단추를 내린 뒤에, 조용히 공동 분장실에 가서, 서왕모 의상의 마지막 겹을 입고, 경이로운 서왕모 가면을 쓰면, 그의 안에, 거울 달린 방 안에서, 아직 움직이지 않는 아게마쿠 앞에, 서왕모가 진실로 나타난다.

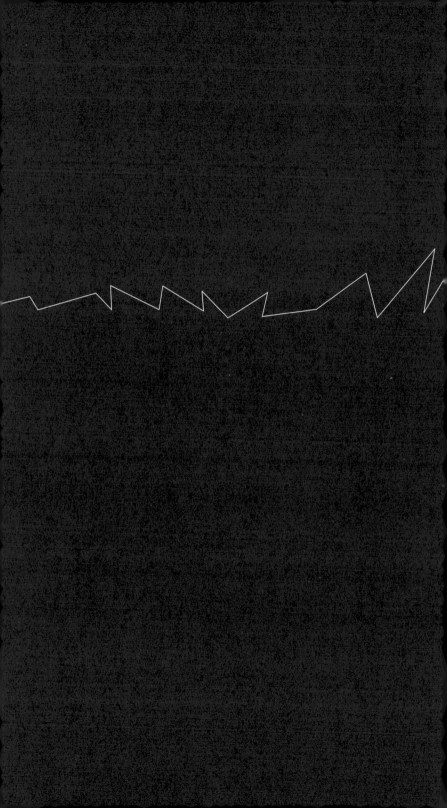

55

일 리토르노 인 페루자

온종일 그들은 그저 분류하고 포장하고 정리하며, 그저
아틀리에에서 수레까지 나르고 또 날랐으며, 그런 다음 그는
그날 저녁에 피렌체인들을 집에 보내고, 움브리아인들을 탁자
주위에 앉혔으니, 머그잔 네 개와 커다란 포도주 항아리가 그
들 앞에 놓였으며, 마지막 물감 통을 상자에 고이 담아 마차
에 묶은 뒤에 그가 그들에게 말하길, 우리는 고향에 간다, 그
들은 모두 손에 머그잔을 든 채 앉았는데, 그가 그들에게 매
우 의미심장하게 말하길, 그래, 잔니콜라, 그래, 프란체스코,
그래, 아울리스타―그런 식으로 모두의 이름을 호명하고, 그
들을 뚫어져라 쳐다보며 말하다가, 마침내 조반니에게도 한
쪽 눈을 찡긋하며―이제 고향에 갈 시간이다, 하지만 누구 하
나 그가 하는 말을 믿지 않았으니, 모든 것이 너무 복잡하

여—그것은 어마어마한 **한편으로는**이 있었기 때문인데—아무도 마에스트로의 말을 믿을 수 없었던바, 그는 평생 움브리아와 토스카나와 로마를 전전했고, 소년 시절 카스텔 델라 피에베를 떠난 오래전 이후로 끊임없이, 언제나 길 위에 있되 마치 모든 것을 집어삼키는 악마에게 쫓기는 사람처럼 길 위에 있었으나, 실은, 마치 심지어 그 숨겨진 영혼의 뒤쪽 어두운 구석 안쪽 깊숙한 곳에, 그 영혼의 가장 깊은 곳에 무자비한 악마가 도사리고 있는 것 같았던바, 그런 악마는 이곳 바깥에는 존재하지 않기 때문이며, 네 사람 모두, 이 주제가 거론되자 동의의 표시로 고개를 끄덕였으니, 악마가 여기 바깥에서 누군가를 저토록 무지막지하게 조종하고 30년 동안 어딜 가나 끊임없이 쫓아다닐 수 있는 방법은 전혀 없는바, 이것이 저간의 사정이어서 마에스트로는 그저 가고 또 가고 또 갔고, 말들이 그의 뒤에서 쓰러졌으며, 그들은 로마에 갔고, 피렌체와 베네치아와 파비아와 시엔나와 아시시에 갔고, 누가 그곳들을 일일이 거명할 수 있겠느냐마는, 물론 언제나 그리고 또다시 피렌체와 페루자와 로마에 갔고, 페루자와 로마와 피렌체에 갔으나, 그를 조금이라도 아는 사람은 누구나 그가 "자 그러면, 이제"라고 말할 때 그의 말을 믿을 수 없었을 것인바, 그의 가족—아름다운 시뇨라 반누치와 무수한 자녀들—은 이곳 보르고 핀티의 집에 남을 것이나, 이 "자 그러면, 이제"는 마치 그들이 정말로 마침내 고향에 간다는 생각의 정수 속으로 누구라도 들어갈 수 있었던 것처럼 의심의 여지가 없음을 그들은 잘 알았으니, 유일하게 확실한 것은 내일 그들이 돌아간다는 것, 내일 페루자로, 고향 움브리아로 돌아간다는 것뿐이었으니, 이것은 그들 모두가 기뻐하기에 충분한 이유였고, 적어도 지금은, 당분간은 조반니에게조차 그랬으니, 드디어 미친 도시를 벗어나 약간의 고요를 누릴 수 있으려나, 그가 한숨을 내쉬었지만, 그의 진짜 고향은, 그가 한 번도 이야기하지는 않았어도, 페루자에서 무척 멀었는데, 그들은 머그잔을 들어 포도주를 들이켰으며 모두가 그 생각을 하고 있는 것이 분명했으니, 1486년 이후로—몇 년이 흘렀나, 15년 아니면 대체 몇 년일까, 그리고 이제 다시 만나겠구나, 움브리아의 사랑하는 풍경을, 고향의 맛과 냄새를—그게 다였으니, 잔니콜라, 프란체스코, 아울리스타, 조반니…… 마에스트로의 말 속에는 그게, 딱 그게 다였던 것은, 그의 말 깊숙한 곳에서 **마침내**와 **영원히**의 개념이 결코 진술되지 않았기 때문이요, 그에게, 저 모든 것을 집어삼키는 악마 때문에 이 **마침내**와 이 **영원히**가 존재하지 않았고 결코 존재하지 않을 것이기 때문이어서, 수레에 짐을 이미 다 실었어도 허사였고, 그들이 전날 저녁에 이튿날 여정을 위해 범포帆布를 고정한 끈으로 마지막 꾸러미를 묶었어도 허사였고, 경비원이 거기 서서 새벽까지, 일당 20솔도에, 그들이 출발할 때까지 지켜보았어도 허사였던바, 그들이 마침내 고향으로 돌아가는 것을, 이것이, 그들이, 움브리아 문하생들이 마에스트로가 그들을 이곳 피렌체 보테가에 데려온 뒤에, 15년 아니면 대체 몇 년 뒤에도 여전히 바랐을 진정한 리토르노(귀향)이리라는 것을 그들 중 단 한 명도 믿지 않았고, 그들은 그저 거기 앉아, 서로 고개를 끄덕이며 마에스트로의 눈길을 피하다가, 마에스트로가 자리를 뜬 뒤에 그저 포도주를 홀짝였는데, 남쪽에 있는 키안티 언덕에서 생산되어 작년에 들어온 싸구려 피케트 막포도주를 비아 산 질리오의 공방에서 홀짝이며 자기들끼리 말하길, 좋아, 맘대로 말씀하시라고 해, 그냥 말씀하시게 둬, 하지만 이 리토르노는 잊어버리자구, 15년 아니면 대체 몇 년이 지난 뒤의 이 **마침내**나 저 마침내는 잊어버려, 드디어 고향의 풍경을 다시 보게 되리라는 기대는 접어, 유일하게 확실한 것은 이곳 비아 산 질리오의 공방이 문을 닫는다는 것이었고, 그들은 시뇨르 비토리오 디 로렌초 기베르티와의 임대 계약을 취소했으며, 그와 더불어 그들은 돌아가려는 것이었으며, 얼마나 오래일지는 마에스트로의 숨겨진 채 고통받는 영혼에, 저 숨겨진 영혼에, 그 속에서 모든 것을 집어삼키는 저 흉악한 창녀의 자식에게 달린바, 저 괴물은 결코 그를 평화롭게 내버려두지 않았고 결코 평화롭게 내버려두지 않을 것이나, 잊어버리자고, 잔니콜라가 말하며, 머그잔을 들어 쭉 들이켰으며, 한참 동안 아무도 입을 열지 않은 것은, 다들 어차피 여기에 더더욱 커다란 **다른 한편으로는**이 있음을 알고 있었기 때문이니, 모든 것이 그러하다면, 이번 귀향이 일시적 성격일지언정, 그들이 진정으로 갈망한 것은 아니더라도 여전히 기쁨의 원천이라면, 이 귀향이 쓰라린 실패에서 비롯했다는 것에는 문하생들 사이에서 의심의 여지가 없었던바, 이것은 마에스트로의 자유 의지에서가 전혀 아니었으며—이것이 얼마나 정말로 마지막이고, 그들 넷이 움브리아 귀향에 대해 얼마나 정말로 기뻐하거나 기뻐하지 않는가와 무관하게—어떤 이유에서인지, 올바른 이름으로 부르자면 이 '이전'을 해야 할 커다란 필요성이 있었던 것으로, 마에스트로는 그리 오래지 않은 과거에 이탈리아에서 가장 이름난 화가로 손꼽혔으나, 본의 아니게 피렌체를 떠나야 했으며, 설상가상으로 그것은 누군가 그를 뒤쫓았기 때문이거나, 그가 어떤 권력자와 다퉜기 때문이거나, 작업 의뢰 건수가 터무니없이 부족했기 때문이—그들은 대개 수도원이나 독실한 가문에서 작업을 의뢰받았으므로—아니라, 마에스트로에게, 이렇게 말할 수밖에 없는바, 일이, 어떤 이유에서인지……요즘 들어 잘 풀리지 않았기 때문이었는데, 그들은 자기네끼리도 감히 말을 꺼내기 힘들었고 이 사실만으로도 하도 겁이 났으나, 그것은 사실이어서, 마에스트로는 그들에게 작업을 점점 많이 떠넘기고 싶어 했고, 공방에는 거의 코빼기도 내밀지 않았으니, 그들이 그림을 그리다가 그에게 공방에 오셔도 된다고, 이 화판이나 저 화판을 칠할 준비가 다 됐다고 말할 수 있는 때가 되어도, 그는 오지 않았고 이따금 며칠이 지난 뒤에야 비아 산 질리오의 문간에 서 있었는데, 하도 조용해서 그가 문으로 들어와도 그들은 알아차리지조차 못하다, 그가 불쑥 그들 가운데 서서, 이건 왜, 저건 왜 하고 묻고, 이런저런 물감 통을 뒤적이고, 그들 중 한 명에게 말을 걸어, 이런저런 게 좋지 않다거나 저걸로는 충분하지 않다거나 저건 너무 많고 이미 너무 많다거나, 이를테면 아마인유에 테레빈유가 너무 많다고 말하며 그가 어물거리고 중얼거릴 때, 아무도 그에게 '마감이 지난 작업'에 대해 입도 벙긋하지 못했던바, 그의 심기가 불편했던 것은 아주 명백했으니, 한마디로 그는 모든 것을 기웃거리면서도 붓걸이는 피해 다녔는데, 그렇다, 그는 붓걸이로 가서 알맞은 붓을 집어 캔버스에서 작업을 시작한 게 아니었고, 그렇다, 그 대신 한참을 어물거리고 중얼거리다가, 지금은 볼일이 있으니 곧 돌아오겠다는 말만 던지고 사라졌으나, 다음번에 돌아왔을 때는 모든 것이 처음부터 새로 시작되어, 화판이 저기 화대畵臺에 떡 하니 놓여 있고, 모든 것이 이미 완전히 말라서 거기서 실수를 찾기란 불가능했을 터인바, 그들은 그저 오래된 조수가 아니었기에, 가장 완벽한 제소나 밑칠을 준비하는 것은 그들에게 아무것도 아니었고, 이미 누구도 밑그림에서 트집거리를 찾을 수 없었고 오직 그만 찾을 수 있었던 것은, 그의, 마에스트로의 손으로 직접 그린 것이었기 때문으로, 그는 이미 회피할 방도가 바닥나 그림 그리기를 시작해야 했는데, 그런데도 이것이나 저것이—이 망토

옷단, 이 눈주름, 이 밑그림의 입술 윤곽이—잘못됐다는 핑계로 회피하려 들었으며, 그가 이런 것들을 그들에게 얼마든지 말할 수 있었던 것은, 이것이 문제가 아님을 그들이 아주 잘 알고 있어서, 마에스트로의 '지시'에 따라 그들 중 하나가, 한 마디 말도 없이 화판으로 다가가거나, 피렌체인 중 하나가, 하지만 대부분의 경우에는 조반니가—가장 손이 빠르고 정교했기에—그가 밑그림에서 무언가를 고치는 시늉을 하되, 물론 망쳐지지 않도록 했기 때문이니, 저기 있는 것은 이미 좋았고, 모두가 이 사실을 알았고, 마에스트로 본인도 알았던 것은, 그 자신이 클리셰(연판鉛版)에 밑그림을 스케치했기 때문으로, 그들은 그것을 준비된 밑판에 적절하게 베끼기만 하면 됐는데, 그들은 이 경이로운 그림을 언제나 정확하게 실수 없이 베꼈던바, 이 점에서 마에스트로는 언제나 경이로웠는데, 즉 그들은 고운 종이에 그린 이 드로잉들에서 그의 노련한 손이 발휘하는 남다른 재능을 경험했으며, 실수는 하나도 없었으니, 그는 윤곽선을 완벽하게 그렸고, 준비된 화판에 가장 섬세한 감성으로 어떤 종류의 경이로운 성모나 성자나 성인이 여기 곧 나타날 것인지 표시했으며, 요즘 들어 이 형상들이 나타나는 횟수가 뜸해진 것은, 그가 모든 것을 미뤘기 때문으로, 공방이 피렌체와 움브리아에서 온 더 성실한 제자와 조수로 가득해도 소용없어서, 그것은 그들과 무관하고 마에스트로의 이 설명할 수 없는 무기력과 관계가 있었으니, 그의 안에서 어떤 발작이나 다른 무언가가 일어났다고 그들이 짐작한 것은, 그가 **감히** 붓에 손을 뻗지 못하는 것이 분명해 보였기 때문이어서, 이따금 안료가, 그 자신의 명령에 따라 부스러져 팔레트 위에서 반암과 섞여, 모두 준비된 채 그가 손짓하기만 기다리다가, 그가 손짓하면 다들 공방에서 나가고 마에스트로는, 그들 말마따나 "칠을 만들" 수 있었으니, 즉 자신의 비밀 제법에 따라 자기만의 독자적 방식으로 이 진홍색이나 파란색 안료를 만들어 내는바, 조수들과 모든 이탈리아인들에 따르면 그런 색깔은 다른 어떤 화가의 그림에서도 결코 존재하지 않았고 앞으로도 존재하지 않을 것이었으나, 그는 그것을 모조리 제쳐두었고, 모든 것을 취소했고, 그들에게 분쇄한 안료로 그들이 원하는 것을 하라고 말했는데, 이 말은 안료가 허비되지 않게 그걸로 무언가를 하라는 얘기로, 물론 그것은 불가능하여, 며칠 지나지 않아 그들이 아무리 애썼어도 안료의 힘이 사라졌고 그때문에 사실상 못 쓰게 되었으니, 그들은 그저 그에게 그 일에 대해 이야기하지 않았고, 그는 알아차리지 못한 듯 행동했거니와, 예전에는 결코 이런 적이 없어서 이런 일은 한 번도 일어나지 않았으니, 값비싼 베르밀리오네(버밀리온)가, 게다가 값을 따질 수 없는 울트라마린이 하릴없이 허비되었던바, 이것은 마에스트로의 공방 같은 이런 공방에서는 상상하는 것조차 불가능한 일이었으며, 그는 이른바 낭비를 혐오하는 것으로 유명했으나, 요즘은 그 자신이 바로 그 낭비의 원인이어서, 붓을 들려 하지도 않고 늘 이런 식이었으니, 물론 이렇게 오래갈 수는 없어서, 내일이면 그들은 동틀 녘에 출발할 것이고 이곳 피렌체에서의 일은 더는 계속되지 않을 터였는데, 그들 넷은, 여기 탁자 주위에 앉아 머그잔을 든 채 그것이 어찌 된 일인지 잘 알았으니, 문제는 피렌체에 있는 것이 아니었던바, 즉 내일 그들이 이 풍요롭고 생기 넘치고 휘황찬란하고 위험한, 또는 조반니 말마따나 이 '정신 나간' 도시를 떠나면 나중에 페루자에서, 조용하고 나른하고 먼지투성이이고 평화로운 소도시에서 모든 것이 다시 순조롭게 진행되리라는 것이 아니었으니—아니, 내일의 이 여정은 그 방식과 형식 면에서 피렌체로부터의 퇴각이었고, 적어도 퇴각의 시작이었으며, 그들이 지금 탁자 주위에서 고개를 떨구고 있는 것은 이것이 업계로부터의, 마에스트로가 점점 자신감을 잃고 있는 듯한 이 업계로부터의 퇴각이었기 때문으로, 지난 몇 년간, 하지만 특히나 지난 몇 달간 그는 정말로 자신이 한때 알던 것을 더는 알지 못한다는 사실을 확신하는 사람처럼 보였으며, 페루자에서 마에스트로가 즉시 부원장으로 임명되리라는 소식을 받았어도 허사여서, 이것은 마에스트로에게 도움이 되지 않았고, 그들의 대단한 마에스트로에게 어떤 영향도 미치지 못한 것은, 그가 감히 붓을 손에 쥐지도 못했고, 만일 그랬다가는 지독한 내적 고통을 대가로 치러야 했기 때문이어서, 그 결과는…… 예전 모습이 하나도 남지 않은 것이었으며, 이를 누구보다 똑똑히 볼 수 있었던 사람은 지롤라모에서 마르코까지, 프란체스코에서 움브리아인들까지 지난 몇 년간 그의 제자와 조수들이었으나 무엇보다 마에스트로의 가장 충실한 제자 조반니 디 피에트로였으니, 그는 오랫동안 그를 섬겼고 첫 번째 독립 작품을 낸 뒤에는 이미 출생지의 이름을 딴 로스파냐라는 이름을 쓰기 시작했으며, 임금 체불 같은 문제를 마에스트로와 논의해야 할 때 나머지 사람들이 으레 의견을 구하는 사람이었던바, 말하자면 이와 같은 논의에서 그들은 그가 그들 대신 협상해주길 종종 바랐으며, 지금도 그들은 누구보다 그가 상황을 어떻게든 조율해주길 기대했던바, 그들은 그를, 조반니를 보면서 그가 여기에 대해 뭐라고 말할지 지켜보았으나, 가장 과묵한 사람이 바로 그였기에, 비아 산 질리오의 문 닫힌 공방에는 침묵이 가득했으며, 마치 그는, 그래, 틀림없어, 라고 신호하고 싶었던 것 같았는데, 사실이 그러하여, 스승님은 운이 다했고, 그것이야말로 그들이 돌아가야 하는 이유였고, 그것이야말로 그들이 시뇨르 비토리오 디 로렌초 기베르티와의 공방 임차 계약을 연장할 수 없었던 이유였고, 그것이야말로 그들이 또 다른 계약을, 즉 피아차 델 소프라무로에—즉, 페루자에—있는 자비의형제들병원과 이미 1월 1일부터 계약을 맺은 이유였기에, 그들이 세상으로부터 퇴각하고 있던 것은, 사실이 그러하기 때문으로, 마에스트로는 퇴각하고 있었고, 그는 점점 퇴각하기만 할 뿐이라고, 조반니가 나머지 사람들에게 논평하길, 그는 세상으로부터 퇴각할 걸세, 하지만 두려워하진 말게, 그가 덧붙이길, 일로 말할 것 같으면, 얼마든지 있을 테니까, 무엇보다, 그가 동료들에게 익살맞게 한쪽 눈을 찡긋하며, 특히 일이 평상시 속도로 진행된다면 말이지, 그러자 물론 그날 들어 처음으로 폭소가 터졌으며, 그들은 항아리에서 마지막 한 방울까지 따라 자신들의 '관대한' 마에스트로를 위해 머그잔을 치켜들고, 커다란 함성과 함께 머그잔을 부딪치고는, 그 문제에 대해 더 생각하지 않고 다들 자기 방에 들어가 누운 것은, 이튿날 아침에 매우 일찍 일어나야 했기 때문으로, 4월의 새벽 먼동이 트면서 작은 새들이 눈을 떴을 때 그들은 이미 밧줄을 수레에 묶고 있었으며, 여행의 우여곡절을 견딜 수 있을 만한 적당한 자리를 찾은 것은, 충분히 잦은 경험에 비추어 보건대 앞으로의 나날은 '덜커덕거릴'이라는 단어의 가장 엄밀한 의미에 의거하여 덜커덕거릴 것임을 다들 똑똑히 알았기 때문으로, 말하자면 수레가 그들이 지나갈 옛 비아 카시아에서 그들을 사정없이 흔들어 댈 것이었음은, 그들이 피렌체와 페루자를 연결하는 그 길을 언제나 이용했기 때문인데, 물론 그들은 시에나로 가, 북적거리는 순롓길에 들어서, 로마를 향해 한참 가다가, 왼쪽으로 틀어 페루자로 갈 수도 있었으나, 마에스트로는 토스카나와 움브리아의 길들을 제 손바닥만큼 잘 알았던 만큼, 그가 북적거리는 시에나 순롓길을 택하지 않고 그 대신 인적이 덜한 비아 카시아 베투스에서 아레초로 가는 길을 택한 데는 나름의 이유가 있었으니, 그 자신의 경험을 차치하더라도, 로마에서 온 우편 마차부들과 시에나 도보 전령들이 알려준바, 잠시만 도적의 입장에서 생각해보세요, 그들이 말값 몇 솔도에 그에게 설명하길, 어디서 더 크게 더 쉽게 털리겠어요, 북적거리는 도로겠어요 덜 북적거리는 도로겠어요, 흠, 나리, 현명하게 여행하고 싶으시다면 그들의 입장에서 생각해야 한다는 걸 아실 수 있을 거예요, 그러니 이번엔 어느 길로 가야 할지 의심할 여지가 있을 수 없죠, 수레는 새벽에 출발한다, 마에스트로가 그들에게 말하며, 그들 앞에 키안티 포도주가 담긴 커다란 항아리("하지만 더는 안 돼!")와 머그잔 넉 잔을 내려놓았으나, 자신은, 여느 때처럼, 그들이 출발하고 나서 말을 타고 수행원을 데리고 아마도 이튿날, 아니면 사흗날, 아니면 나흗날 출발할 터인데, 이 말인즉 그들이 모두 한 번에 고향에 갈 방법은 없어서 그럴 기대를 해서는 안 된다는 것으로, 그런 다음 그가 마부에게 길을 설명하길, 당연히 포르타 알라 크로체를 따라가야 한다며, 이와 함께 그가 지시를 내리기 시작하여, 그들은 이미 팽팽하게 당긴 범포 아래 자리를 잡았으며, 모든 출발 준비가 끝났으나, 마에스트로는 무엇 하나 우연에 기대지 않고 걸음 하나하나를 백 번씩 점검하면서 곱씹을 작정이었던 것은, 아무리 조심해도 결코 충분하지 않았기 때문으로, 그는 동이 트자마자 일어나 보르고 핀티의 집으로 가서, 모든 것을 점검하고 그들이 떠나는 것을 직접 배웅했으니, 한마디로 여기 보르고 데 크로체에서 갈림길에 들어서야 하네, 라고 그가 말하길—마치 피렌체 출신 마부가 그런 걸 몰랐으리라는 듯, 다름 아닌 그들이 지난 15년간 이미 이 길을 스무 번 아니 몇 번인지도 모르게 오가지 않은 것처럼 말한 뒤에—마에스트로가 말을 잇길, 포르타 알라 크로체에서 성문을 지나되, 조심하게, 그가 조수들을 향해 몸짓하며, 수문장이 서 있기 때문에 검이든 단도든 나이프든 무기는 어디에도 있어선 안 되네, 아울리스타, 알겠나, 그러고는 큰 동작으로 다시 마부에게 몸짓하길, 아레초 가는 길을 따라 곧장, 화살처럼 곧장 가서 산텔레로와 카스텔프랑코를 가로지르면 첫날 로로에 닿을 수 있을 걸세, 거기서 하룻밤 묵어야 하지만—그가 이제, 여행 경비를 맡은 조반니를 바라보며—피에베에서는 안 돼, 그로피나의 친절한 형제들의 포도주에 취해버릴 테니까, 한마디로 로로일세, 조반니! 그리고 저녁 식사까지 해서 금화 2플로린 이상은 쓰지 말게, 이튿날 계속 가다가, 산 주스티노를 통과하여, 카스틸리오 피보키를 지나 부리아노까지 가서, 아르노강을 건너게, 통행료는 12솔도일 걸세, 그 이상은 안 돼, 조반니, 그날 저녁 아레초에서 3플로린 이상은 주지 말게, 어떤 일이 있어도 안 돼, 그들이 4플로린 40솔도를 달라고 할 테지만, 식사, 숙박, 말꼴까지 해서 3플로린만 주게, 그래, 조반니, 알겠나, 그런 다음 이튿날 아침 일찍 파시냐노로 출발하여 그날 저녁 파시냐노에서 묵되, 이번에도 모두 해서 2플로린이면 충분할 걸세, 그러면 나흘날 저녁이면 페루자에 도착해 있을 거라네, 마부 양반, 조심해서 몰게나, 자네가 나르는 건 밀가루가 아닐세, 말을 혹사시키지 말게, 잘 먹이고 물도 주게나, 그리고 자네들, 그가 마침내 졸린 눈을 깜박이는 조수 네 명에게 손짓하며, 어디 가서 술 취하면 안 돼, 나한테 걸리면 후회할 거야, 내 반드시 찾아낼 테니까, 그 길에선 무엇도 내게 비밀이 될 수 없다는 거 잘 알 걸세, 각설하고 하느님의 은총이 함께하길, 마에스트로가 그들에게 작별 인사를 하고, 그와 함께 모든 값비싼 안료와 붓과 오일과 테레빈유와 궤짝과 액자와, 반쯤 준비했거나 이제 막 시작한 나무 화판의 모든 부분을 떠나보내며, 뒤돌아서 돌아보지 않되 단 한 번도 돌아보지 않고 보르고 핀티를 향해 곧장 향해 갔으며, 그럼 다음 피렌체에 있던 그의 보테가가 통째로 산 질리오의 잠든 집들 사이로 사라졌으니, 두 마리 말이 채찍 소리와 함께 홱 끌어당기는 바람에 수레가 덜커덩 흔들려, 그들은 뒤로 쓰러질 뻔했는데, 이내 산 질리오에 접어들어, 황량한 보르고 라 크로체를 따라 쭉 가서, 포르타 알라 크로체를 통과하여, 이미 성문 수문장을 지나쳤고, 이미 성 밖 전원으로 나왔으니, 뒤로는 매혹적이고 아름답고 위험하고 낭패를 당해 정신이 나간 피렌체를 두고 앞으로는 초록의 완만한 봄철 토스카나 언덕을 둔 채 그들은 아레초 가는 길에 들어섰는데, 한마디로 드디어 출발하여, 요란하게 덜커덩거리고, 수레의 범포 아래에서 이리 밀리고 저리 밀리며, 그들 뒤로 도시가 천천히 사라지는 것을 보았고, 앞쪽으로 땅이 천천히 평평해지는 것을 보았으며, 그들은 생각하길, 오, 이게 웬 고생길이람, 페루자는, 오, 어찌 이리도 멀담!

수레가 아무리 덜커덕거렸어도, 한동안 그들이 괴로웠던 건 도로가 지독히 울퉁불퉁해서가 아니라, 기대와 달리 그들이 매우 느리게, 폰타시에베에 앞서 발다르노 언덕에 도착했기 때문으로, 그들은 첫 포도밭이 눈에 들어오자 단 1초도 머뭇거리지 않고 대뜸 마부에게 저기로 가라고 일렀으니, 그들은 이미 큰길에서 왼쪽으로 틀어 카시아 베투스에서 나오되 마치 그 길에 있지도 않았던 것처럼 나와 길에서 벗어나서는, 커다란 올리브나무 그늘에 수레를 세우고, 마부에게는 거기 남아 수레를 지키면서 말에게 물을 갖다주도록 한 뒤, 곧장 완만한 경사의 언덕을 올라가서는 첫 번째 저장고를 찾아, 현지 포도주를 어찌나 벌컥벌컥 들이켜던지 마치 피렌체에서 온 사람들이 아니라 어디 아랍 사막에서 찾아와 이미 목이 타는 갈증에 시달려 혀는 가죽 같고 목은 바싹 마른 사람들처럼 들이켰으며, 숙성하지 않은 포도주를 작은 잔으로 입에 털어넣었는데, 마실 때마다 맛이 좋아져, 몇 분이 족히 지나자 그들은 가격을 묻지도 않고서 한 잔 또 한 잔 그저 목구멍에 들이붓고, 그저 숨을 몰아쉬며 잔을 꺾고 삼킬 뿐이었으니, 술아비는 그들을 바라보면서, 어떤 정신 병원에서 왔는지,

대체 어디서 저렇게 목이 말랐는지 나중에야 알게 된바, 조수들을 저렇게 가둬둔 채 포도주라고는 이따금 찔끔씩만 마실 수 있게 한 나리가 어떤 작자인지 궁금했거니와, 그는 아무것도 못 하게 했수다, 새빨간 거짓말로 그들이 그에게 말하길, 포도주를 한 방울이라도 입에 댔다간 공방에서 쫓겨난다고요, 그들은 한숨 돌리고는 이런 얘기를 들려주기 시작했는데, 그들이 누구인지 어디서 왔는지 어디로 가려는지 그에게 이야기하며, 하느님께 맹세컨대, 프란체스코가 술아비에게 시선을 고정한 채 말하길, 그들의 나리는 지독히도 엄격해서 눈곱만 한 한 방울도 그에겐 너무 많은 양이었으니, 그가 그 정도조차 한 번도 허락하지 않은 것은, 그 자신이 어떤 종류의 술도 입에 대지 않되 마치 서원한 사람처럼 대지 않았기 때문이나, 그들 중 누구도 자기들이 왜 그토록 터무니없는 소리를 주절대고 있는지 알 수 없었던바, 말하자면 그것들은 사실이 아니었고, 말하자면 마에스트로는 조수들이 술을 마시는지 깐깐하게 감시하지 않았을 뿐 아니라, 그들이 눈에 보이는 곳에 있는 한 얼마나 마시는지 엄격하게 따지지 않았으니, 그들 자신조차 자기들이 왜 이런 헛소리를 이 생판 낯선 사람에게 주절대고 있는지 이해할 수 없었는데, 술을 벌컥벌컥 들이켠 것에 대해 뭐라도 변명을 해야 할 것 같아서였는지도 모르겠으나, 어쨌든 그들은 한 시간 반가량 줄곧 마시는 동안 그저 이야기하고 또 이야기했던바, 말은 그들에게서 흘러나왔고 술은 그들의 목구멍으로 흘러들어갔으나, 그즈음 넷 다 만취하여 술아비는 그저 저장고 입구를 가리켰으니, 그곳에는 단단히 다진 땅바닥에 양가죽이 몇 장 깔려 있었고, 이미 그들은 한 줄로 쓰러져 벌써 코를 골고 있었으며, 마부는 아직도 저 아래 올리브나무 그늘에서 그들을 기다리고 있었는데, 즉 더는 기다릴 수 없었던 것은, 해가 뜨기 시작하여 점점 따뜻해졌기 때문으로, 그는 좋은 날씨를 허비하고 싶지 않아, 말 두 마리를 나무에 묶고 근처에 사람이 하나도 없는 걸 확인하고는—수레를 잠시 내버려둬도 괜찮겠다 싶어서—그들이 간 방향으로 가보았으나, 그가 저온 저장고를 발견했을 즈음 그들은 이미 코를 깊고도 규칙적으로 골고 있어서 그는 다짜고짜 그들을 가리키며, 저 양반들이 값을 치를 거라고 몸짓한 뒤에, 자기도 포도주 한 항아리를 주문하여 술아비와 담소를 나누기 시작한바, 시간은 무척 유쾌하게 흘러갔으나 실제로도 흘러갔기에, 마부가 양가죽 위에서 자는 네 화상을 수시로 쳐다보며 점점 좌불안석이 된 것은, 지키는 사람 없는 수레와 지키는 사람 없는 말과 마에스트로가 새벽에 했던 당부가 기억났기 때문으로, 문제가 생기면 어떡하나, 그가 알게 되면 어떡하나—이런 생각이 그의 머릿속에 떠올랐는데—어쨌거나 둘 다 가능성이 희박하긴 했어도, 모르는 일이지, 그래서 그는 조수들을 깨우기 시작했는데, 그들은 마지못해 잠에서 깼으나, 덕분에 술아비에게 술을 더 주문할 수 있게 되었을 뿐으로, 마부

가 그들이 어찌 그토록 대담한지 도무지 이해할 수 없었던 것
은, 이 마에스트로가, 또는 그들이 뭐라고 부르든지가—그가
술아비에게 설명하길—어떤 대단한 군주 같았기 때문으로,
그래서 그는 가는 길에 가져가게 병 몇 개를 채우라고 그들
에게 당부했으니, 이제 최선은, 모자를 구기적거리며 그가 무
척 반신반의한 채 말하길, 가장 좋은 것은…… 이 조수들조
차 나름의 신사 같은 자들이므로, 지금 가는 겁니다, 마에스
트로께서 저녁까지 로로에 도착해야 한다고 말씀하셨으니까
요, 물론 거기 갈 거요, 그들이 어깨를 으쓱하며, 걱정하지 말
아요, 우리와 딱 한 잔만 더 합시다, 그렇게 그들은 마지막 잔
을 마셨고, 한 잔 더 마셨고, 그런 다음 진짜 마지막 잔을 마셨
으며, 그러고 나서 올리브밭을 향해 언덕을 내려왔는데, 수레
에 도착했을 즈음 넷 다 검푸르죽죽했던 것은, 계속해서 제 발
에 걸려 넘어졌거나, 웃다가 서로의 몸 위에 쓰러졌거나, 돌멩
이에 걸려 넘어지거나 땅에 박힌 오래된 포도 그루터기에 걸
려 넘어졌기 때문으로, 마침내 그들은 힘겹게 수레에 올라타
다시 자리를 잡을 수 있었으며, 마부가, 지금껏 그랬던 것처럼
그들이 똑바로 매달려 있는지 확인하려고 뒤를 돌아보니, 수
레의 잠자리에 누운 화상들은 모두가 습격이라도 당했거나
도적 떼에게 흠씬 두드려 맞은 몰골이었던바—하긴 저기 그
의 뒤에 있는 양반들이 어떤 몰골인지는 그에게 하등의 관심
사도 아니라고, 그는 말들에게 중얼거리며 고삐를 당겨 이미

큰길로 들어서, 그곳 비아 카시아에서 아까 떠나온 곳으로부터 여정을 계속했으니, 오직 그뿐으로 마부는 위를 올려다보고는 해가 이미 중천에, 너무도 중천에 뜬 것을 보고서, 제시간에 로로에 도착할 리 없다고 장담할 수 있었던바, 그들이 폰타시에베를 떠난 뒤로, 이 생각이 머릿속에 떠오를 때마다 그는 채찍을 휘둘러 말들을 재촉했는데, 그 결과로 수레의 잠자리에 누운 저 화상들은 더욱 덜커덩거리기만 했으니, 달리 어쩔 수 있었겠는가, 그들은 취해 인사불성이다가 끊임없이 놀라 깨어, 저 불쌍한 말들을 그렇게 심하게 몰지 말라며 그를 나무랐는데, 땀이 쏟아져 내리는 게 보이지 않느냐며, 말들을 조심스럽게 몰고 괴롭히지 말라고 마에스트로께서 말씀하신 것 기억하지 않느냐며 나무랐으니, 그중에서도 잔니콜라가 목소리를 높여, 이렇게 승객들을 사정없이 흔들어대지 말고 그렇게 노심초사하지 말라며, 때가 되면 도착할 것이고, 로로가 가장 중요한 것은 아닌바, 가장 중요한 것은 그들이 나흘날까지 페루자에 도착하는 것이었으니, 그건 확실히 그렇지, 마부가 말들에게 말하길, 이렇게 되고 보니 말이지, 그는 내일 속도를 더 내야겠다고 마음먹었는데, 길에는 다른 여행객이 거의 없었고, 그가 떠올려보니 로로에서부터는 한동안 상황이 조금 나아질 터였으나, 기억이 똑똑히 나지는 않았고, 그가 단지 착각하고 있을 수도 있었던 것은, 분명 그들이 그날 저녁 늦게 로로에 도착하여, 여인숙에 자리를 잡고, 짐을 풀고, 몸을 씻고, 말에게 물과 꼴을 주고, 다시 출발하고 보니, 저 망할 비아 카시아가, 분명히 털끝만큼도 도로 사정이 나아지지 않았기 때문으로, 전과 마찬가지로 그들은 앞으로 나아가는 동안 괴로운 고문을 겪을 수밖에 없었으니, 수레는 덜컹거리고 덜거덕거리고 땅에 박히고 아예 멈춰 서길 여러 차례였으며, 네 사람은 수레가 덜컹거리고 덜거덕거리고 땅에 박히고 아예 멈춰 서길 여러 차례여서 잠을 잘 수 없다고 끊임없이 마부에게 고함질렀는데, 그건 확실히 그랬기에, 수레는 덜컹거리고 덜거덕거리고 땅에 박히고 아예 멈춰섰다고, 마부는 말들에게 인정했으나, 아레초는 아직 까마득히 멀었는데, 말하자면 아레초가 그날 저녁 그의 목적지였으니, 모레 저녁에는 그들이 페루자에 있어야 했기 때문으로, 이 마에스트로는, 피렌체에서 그와 흥정할 때 보니 매우 깐깐한 사람 같았기에, 지금 그가 알고 싶은 것은 그들이 늦었는지뿐으로, 어떤 상황에서도 그래서는 안 된다고, 마부가 말들에게 말하고는, 다시 녀석들의 궁둥이에 채찍을 휘두르자, 물론 녀석들은 다시 펄쩍 뛰었고, 이에 조수 네 명은 다시 소리 지르기 시작했으니, 이렇게 그들은 나아갔으며, 수레는 비아 카시아를 따라 나아갔는데, 이따금 마부는 말 탄 사람이나 다른 마차가 반대편에서 오면 길을 비켜줘야 했으며, 이따금 그냥 말들을 가볍게 쿡 찔렀는데, 그러면 조수들은 화들짝 하고 깨어 다시 그에게 고함지르기 시작했으며, 그러면 그는 다시 한번 수레의 속도를 늦췄고, 길이 조금 좋아지기 시작하여 조수들은 곤히 잠에 빠져들었으니, 로로를 뒤로한 채 그들은 테라누오바를 지났고, 심지어 유명한 폰테 부리아노 다리를 건너 꽤 넓은 아르노 강 맞은편에 도착했을 때 그가 그들을 깨울 필요가 없었던 것은, 필시 여행객이 유난히 적었기 때문일 것으로, 교두橋頭에 아무도 서 있지 않아서 통행료를 낼 이유가 없었던바, 조수들은 미동도 하지 않은 채 이 도하渡河를 조금도 알아차리지 못했으며, 실은 다리를 건너자 길이 더 평탄해져 그들은 더 고요하게 앞으로 나아갔는데, 물론 그렇게 얼마 가지 못한 것은, 그 뒤에 다시 한번 사방에 땅이 불룩 튀어나오고 움푹 파였기 때문으로, 커다란 돌멩이들이 길 양쪽을 반쯤 덮었으며 바큇자국 때문에 위태로운 고랑이 파였던바, 조수들은 잠에서 깨어 신경질을 부리면서 소리를 지르기 시작했고, 어쨌든 속도를 늦출 수밖에 없었던 것은, 말 두 마리로는 더는 감당할 수 없었고 이런 탓에 마부는 아레초를 향해 너무 천천히 가고 있음을 인정할 수밖에 없었기 때문이어서, 오후가 반쯤 지났을 때는 네 조수조차, 이제는 어느 정도 정신을 차린 채, 길목마다 멈춰 개인 용무를 보거나 물가마다 말들을 쉬게 하고 물을 마시게 하지는 않는 편이 더 나을 것임을 깨달았으니, 말하자면 그들 또한 자제력을 발휘하기 시작하여, 먹고 마시는 것으로 말할 것 같으면, 그들은 길 위에서 먹고 마셨으며, 그렇게 간신히 그들은 둘째 날—이미 늦은 저녁이긴 했지만—아레초에 도착할 수 있었는데, 그들은 역참에서 숙박료를 흥정하고, 짐을 부리고, 다시 물과 꿀을 얻고, 자기들 먹을 것도 주문하고, 데운 음식을 먹었으나, 하도 지쳐서, 다섯 명 모두 하도 기진맥진해서 자기네가 무엇을 먹고 있는지조차 모른 채 꾸역꾸역 씹어 삼킨 다음, 다섯 명 모두 이미 곯아떨어졌으니, 조수 넷은 방 안에 눕고 마부는 마굿간에서 말 옆에 누운바, 셋째 날 아침에 다시 출발하면서 그들이 파시냐노까지 어떻게 줄곧 이렇게 버틸 수 있을지 엄두가 나지 않은 것은, 그곳이 여정의 세 번째 목적지인 트라시메노 호수 북서쪽 끄트머리였기 때문인데, 말들이 그때까지 버틸 수 있다면 말이지만—말들은 이번 여정에 지친 기색이 역력했으며, 마부도 말 걱정이 이만저만이 아니었으나, 물론 이 말 두 마리만 있는 건 아니라고, 번번이 고개를 뒤로 돌려 아울리스타를 향해 설명했으며, 그러면 그는 그를 물끄러미 바라보았는데—하지만 녀석들을 좀 봐요, 마부가 고갯짓하며, 이 두 마리의 눈빛을 보시라고요, 그는 억만금을 줘도 녀석들과 떨어지지 않을 것이고, 아무리 많은 돈을 줘도 녀석들을 누구에게도 넘기지 않을 것인바, 그는 녀석들의 동작하나하나를 알았고, 걸음걸이만 봐도 반 시간 안에 비가 올 것인지 지금 어느 녀석의 이빨이 아픈지 알 수 있었으며, 그는 모든 것을 알았고 녀석들에 대해 알 수 있는 모든 것을 알았으니, 물론 그도 부정하진 않겠지만 거기엔 이 두 녀석 또한 그를 아는 탓도 있었으니, 조수 양반은 내 말을 안 믿으시겠지만, 하고 마부가 말하길, 그가 심기가 불편할 때면 이 두 녀석은 마치 무엇이 문제인지 정확히 안다는 듯 고개를 늘어뜨렸으니, 피렌체를 통틀어 녀석들 같은 말 두 마리는 어디에도 없지, 그렇고말고, 그가 그들에게 고개를 끄덕였다가, 이제 말들에게 고개를 돌렸다가, 길을 바라보며, 그래요, 녀석들은 나이를 먹고 있어요, 그건 부정할 수 없죠, 하지만 그로 말할 것 같으면, 그도 나이를 먹고 있지 않았나?—그는 사육제 지나고 마흔아홉을 넘겼으나, 자신이 그렇게까지는 보이지 않는다는 걸 알았으니, 한마디로 그들 셋이 서로 천생연분임은, 신사 양반께서 두 눈으로 보면 아실 거요, 그 도시의 마에스트로가 모든 마부 중에서 그를 고를 눈썰미가 있었던 것은, 그가 눈이 예리하고—마부가 문득 아울리스타에게 다시 고개를 돌리며—그가 그를 믿을 수 있고 이 말 두 마리를 믿을 수 있다는 걸 한눈에 알았기 때문이지만, 그 순간에 마부가 말을 멈춰야 했던 것은, 지형이 더 평탄해지기는 했어도 이번 여정에서 매우 까다로운 구간이 나타나, 옛 로마 포석들이 도로 표면에서 완전히 뽑혀 있어, 수레 굴대가 부러지거나 다른 중대한 문제가 생기지 않도록 신경을 곤두세워, 여기서 꺾고, 저기서 틀어야 했기 때문이며, 이제 맞은편에서나 뒤에서 누구 하나 오지 않은즉—귀족도, 마부가 말들에게 말하길, 전령도, 사자^{使者}도, 아레초나 트라시메노에서 오는 그 누구도 없군, 마치 누구라도, 그가 말들에게 중얼거리길, 이 구간을 지나치고 싶지 않은 것 같아, 하지만 말들은 한마디도 대답하지 않았는데, 등 위에서 춤추는 채찍과 언제나 박히는 바퀴 때문에 괴로웠을 뿐이어서, 채찍이 더 세게 등을 때리기 전에 수레를 끌려고 안간힘을 썼으며, 이 끊임없는 고통 속에서 그들 중 누구에게도, 말들에게도, 문하생들에게도, 마부에게도 무엇 하나 어떤 의미도 없었으니, 그저 막연하게나마 조금 위안이 될 수도 있었던 것은, 그들 위로 태양이 빛났고, 따스한 4월 산들바람이 어디서나 오르락내리락 까불었고, 발 디 키아나의 완만한 언덕과, 토스카나의 완연한 봄철을 수놓은 온갖 파릇파릇한 초목이 크나큰 평화와 고요를 내뿜었고, 무엇 하나 부족하지 않았기 때문이었던바, 이것을, 심오한 평화를, 이 세상 것이 아닌 일종의 평온을 의식하는 데는 이미 다른 아무것도 필요하지 않았으니, 이 평화와 평온 속에 잠긴 채 거대한 올리브밭과 포도밭이 서 있었고, 언덕과 그 언덕을 굽이도는 길이 있었고, 심지어 물결치듯 날아다니는 찌르레기 떼도 있었거니와—까부는 산들바람을 맞으며 녀석들은 줄지어 선 포도 넝쿨을 몇 번이고 넘나들었는데—그들은 몸과 마음이 맑아져 황홀한 부동不動 속으로 들어가되, 마치 절대적 침묵 속에서 허공에 멈춰버린 것처럼, 마치 모든 것이—귀부병 걸린 포도의 진한 향기가, 올리브밭과 채마밭의 은빛 초록이, 발 디 키아나의 완만한 언덕 위로 일렁이는 빛과 그림자가—마치 모든 것이 이 침묵을 그저 바라보고 있었던 것처럼 들어갔으며, 이 침묵은 바

로 이 시선에 의해 만들어진바—그러는 동안 작고 여린 소음
도 침묵의 일부였으니, 짐을 가득 싣고 범포를 덮은 작은 수레
는 금속을 씌운 바퀴로 돌밭을 덜커덩거리며, 천천히, 힘겹게,
롤모, 풀리차노, 리구티노 마을들을 지나 파시냐노를 향해 나
아간다.

그들이 그날 저녁 파시냐노에 도착했다고 말할 수 없었
던 것은, 첫 이틀이 그들의 몸을 덜거덕거리게 했다면, 아레초
와 파시냐노 사이의 사흘째는 그들의 영혼을 무너뜨렸기 때
문인바, 말하자면 우선 그들은 감각이 없어졌고, 그런 다음
들고 일어났는데, 즉 수레가 여기저기서 끊임없이 그들을 내
던진다며 들고 일어났으며, 처음에는 풀이 죽어 있다가, 그다
음에는 이런 식으로 계속할 수는 없다고, 이것은 여행이 아니
라 비인도적 고문이며, 법적으로나 그 취지로나 피렌체공화
국에 의해 엄격히 금지된 만행이라고 단언했으니, 이 두 감정
이 몇 시간째 오락가락하는 동안 도로는, 쉬지도 않고 그들을
가차 없이 내던지고, 매질하고, 후려치고, 그들의 의지력을 완
전히 바스러뜨렸으나, 그들이 다시 봉기했다가, 다시 모든 것
을 체념한 채 자신을 운명에 맡긴 것은, 봉기해봐야 달라지는
게 없었기 때문으로, 봉기에 묵종이 따랐다면 묵종에는 다시
봉기가 따랐기에, 그런 때 그들은 마부를 멈춰 세웠으나, 그
들이 쟁취할 수 있는 것이라고는 수레를 멈추게 하는 것뿐이
었으니, 하지만 그 의미는 수레가 움직이지 않는다는 것임을,

즉 움직이지 않는 수레에서도 고통은 끝나지 않음을, 네 사람 모두 알았고, 마부도 계속 읊어대며, 모든 것이 다시 처음부터 시작되었으니, 그들은 수레 위에 뒤엉켜, 처박힌 채 투덜대고 신음하고 매달리고, 다시 자신을 흔들리고 내던져지고 매질당하도록—다음번 묵종 시까지—내버려두었으나 잠시 뒤에는 더는 참을 수 없어서, 다시 한번 반란이 고개를 쳐들었으니, 이번에는, 기어 내려가는 게 아니라, '떨어져'라는 단어의 가장 엄격한 의미에 의거하여 수레에서 떨어져, 몸의 뼈마디 하나하나가 이미 하도 아파서, 팔다리 하나 움직일 수 없이 향내 나는 풀숲에 시체처럼 누워 터무니없는 아이디어를 늘어놓은즉, 지금부터 도보로 걸어가자느니, 각자 새의 등에 앉아서 날아가자느니, 더는 가지 말고 여기 도로변 풀숲에 있다가 그냥 다 같이 죽자느니 하고 이야기했으나, 이에 마부가 그들을 재촉하기 시작했는데, 제발 그만 좀 하슈, 이제 얼마 안 남았으니까 금방 도착할 거요, 말들 좀 봐요, 녀석들도 제대로 기진맥진했지만 풀숲에 눕지 않잖아요, 그러니 그만하슈, 정말 당신들은 죄다 어린애 같구려, 당장 일어나요, 수레에 올라타 사내처럼 나머지 길을 가라고요, 나중에 파시냐노에서 쉴 수 있으니까, 그리하여 파시냐노는 그들의 마음속에서 낙원의 어떤 변형이 되었으니, 파시냐노, 파시냐노, 라고 길이 꺾어질 때마다 반복한 탓에 길이 꺾어진 뒤에도 파시냐노가 나오지 않으면 대단히 격분했으며, 급기야 저주하기 시작하되, 처음에는 마부를, 다음으로는 두 마리 말을, 다음으로는 이 썩을 도로를, 다음으로는 이 도로를 건설한 로마인을, 다음으로는 수레바퀴로 도로에 이토록 깊은 홈을 판 지난 천 년의 모든 여행객을, 다음으로는 비를, 겨울을, 햇빛을, 한마디로 비아 카시아를 그토록 망쳐버린 모든 것과 모든 이를 저주했으며, 마지막으로, 할 수 있는 한 거세게 마에스트로를 저주했는데, 저녁이 찾아와 어둠이 깔리면 마부를 십자가에 못 박을 작정이었으나—이 망할 파시냐노는 대체 어디 있는 거냐—바로 그때 말들이 매우 조용해졌고, 뒤쪽 수레 잠자리에서 그들이 나지막한 목소리로 잔니콜라가 어떻게 단검으로 마부를 찌를 것인지 이야기하기 시작했을 때, 마부가 말하길, 자, 저기가 파시냐노요, 하지만 그가 하도 나지막이 말하는 바람에, 그들은 그를 실수로 찔러버릴 뻔했으니, 그게 무슨 소리요, 그들이 뒤에서 소리 치자, 파시냐노라고, 내가 말하잖아요, 신사 양반, 파시냐노라고요, 이제 마부도 역정을 내며 외친 것은, 나이프를 보았기 때문으로, 그는 앞쪽의 칠흑 같은 어둠을 가리켰고, 나이프는 제자리로 돌아갔으며, 그들은 그저 앞쪽에 시선을 고정했는데, 마침내 이 고통의 끝을 보려고, 마부가 말한 대로 그들이 마침내 도착했는지 보려고, 그들이 파시냐노에 왔는지 보려고 고정했으며, 수레가 들어섰을 때 그들은 여인숙 주인에게 그저 손짓하며 무언가를 손짓했는데, 이것은 무엇이든 의미할 수 있었던바, 어쨌든 그들은 숙소로 안내되었고, 그곳에 널브러져 눈 깜박할 사이에 넷 모두 잠이 들었으니, 한 시간 뒤에 아울리스타가 놀라 깨었을 때, 온몸에 있는 모든 분자가 너무나 쑤시고 너무 기진맥진하여 도무지 다시 눈을 붙일 수 없었는데, 그가 성 베르나르도와 성 프란체스코를 처음 보았을 때 마에스트로가 짚 담요 위 어딘가에 나타났고, 그는 조금 정신을 차리고서 자신의 짚 담요 뒤에 있는 마에스트로를 쳐다보았으며, 어떻게든 다시 잠들려 했으나 잠들 수 없었고, 그런 다음에야 잠들 수 있었으나 반 시간도 잘 수 없었던 것은, 마치 벌써 새벽인 것처럼 눈이 번쩍 떠졌기 때문이나, 지금은 새벽이 아니라 아직 늦은 저녁이었고 게다가 그는 멀쩡한 의식을 되찾고 있었으니, 즉 마에스트로 다음에, 성 베르나르도, 그리고 성 프란체스코가 사라지기 시작했고, 짚 담요가 실제 크기와 형태를 다시 가지기 시작했던바, 방 안에는 작은 창문이 하나 있었는데, 그곳으로 아울리스타는 하늘이 검푸르게 물드는 것을 보았고, 이따금 그를 스쳐 지나 잠든 이들을 향해 부는 잔잔한 산들바람을 느꼈으며, 그때 갑자기 그의 마음속에 준비 중이던 화판 하나가 떠올랐으니, 그것은, 수레 뒤쪽에 묶인 채 운반되고 있던 그것은 페루자의 성직자 베르나르디노 디 세르 안젤로 테치에게 의뢰받은 것으로, 아마 6년 전에 시작되어, 어느 날 완성되면 페루자의 성 아우구스티노 교회에서 톨렌티노의 성 니콜라스의 이름을 딴 테치 가문의 예배당에 놓일 예정이었던바, 물론 의뢰는 몇 년 전에 받았지만, 그들은 그림을 거의 진척시키지 못하여 제소와 밑칠만 준비되었어도, 밑그림은 오래전에 끝마친바, 즉 그림의 구성 스케치는 이미 알아볼 수 있어서, 아래쪽 프레델라(제단대), 그 위로 그림 한가운데에 작은 키보리움(성합), 그리고 사실 그림 한가운데로, 위쪽에는 성모가 하늘에서 세 케루빔에게 들린 채 아기 예수를 품에 안고 있었으며, 그녀 왼쪽에는 톨렌티노의 산 니콜라가, 오른쪽에는 시에나의 베르나르디노가 있었고, 이것을 환상으로서 보는 모든 사람들이 있었으니, 저 아래쪽, 키보리움 왼쪽으로 성 예로니모가, 반대편에는 성 세바스티아누스가 무릎을 꿇고 있었던바, 이 그림이 이제 아울리스타의 머릿속에 번득이길, 그날 오후 아직 빛이 충분할 때 마에스트로는 성모의 장옷을 울트라마린으로 칠했으나, 그때 불현듯 칠을 멈추고는, 여전히 스케치만 되었을 뿐 아직 칠하지 않은 소매 가장자리에 남동석 청색으로 진한 푸른 점을 칠하고, 그곳에 고운 필체로 MCCCCC라고 써야 한다고 불쑥 내뱉은바, 말하자면 가문의 바람에 따라 이 그림은 15세기에서 16세기로 넘어가는 정확한 전환점에 예배당에 놓일 것이며—이 일은 물론 일어나지 않았다고, 아울리스타는 지금 생각했는데—그 말을 남기고 마에스트로는 공방에서 나가, 그 뒤로 그림을 건드리지조차 않았으니, 이곳에서 그는 탈진하여 깬 채 누워 있었으며, 쉬는 게 아니라 성모 의복의 파란색을, 그 광채를, 그 경이로움을, 그 흉내 낼 수 없는 파란색을 보고 있었으니, 이런 종류는 그 어느 이탈리아 화가의 그 어느 그림에서도 한 번도 본 적 없는 것이었으며, 이 파란색은, 이제 여인숙 침실에서 완전히 깨다시피 한 채 누워 있는 그를 생각에 빠지게 했고 마에스트로의 모든 색깔을 그의 머릿속에 들어오게 했으니, 초록색과 파란색과 진홍색은 그의 눈을 멀게 했는데, 실은 '멀게'라는 이 단어의 엄격한 의미에 의거하여 멀게 했으며, 그를 눈멀게 한 것은, 각각의 그림이 완성되었을 때의, 이 색깔들의 무시무시한 힘이었으니, 그들은 패널화나 프레스코화 주위에 서서, 참신한 눈으로 그림을 보고 완성된 걸작으로 여겼던바, 공방 전체가 함께 그림을 볼 수 있었고 작품이 전체로서 진정으로 만족스러운지 알 수 있었으며, 완성되었다고, 이제 인도할 수 있다고 말할 수 있었으니, 정말 그랬지, 아울리스타가 이제 기억했는데, 색채를 다루는 이 남다른 능력이 마에스트로의 눈을 멀게 하다시피 한 것은, 이것이 그의 작품과 그의 재능에 숨겨진 초점이었기 때문이라고, 그는 이제 혼잣말로 덧붙이고는 좁은 창문 틈으로 파시냐노의 저녁 하늘을 내다보았는데―색깔이 놀랍도록 **선명**하군, 그가 생각하길, 게다가 저 압도적인 위력으로, 초록색과 노란색과 파란색과 진홍색이 서로 나란히 배치된바, 이를테면 서로의 위에 헐겁게 얹힌 넉 장의 천에서처럼 배치되어, 관람객은 하늘로 들려 올라간다고, 즉 아울리스타가 스스로에게 말하길, 마에스트로는 자신의 색채로 사람들을 황홀하게 했어, 그래,

하지만 마에스트로는 심지어 오늘도 이 색깔들을 만들 수 있다는 그런 생각이 그를 괴롭혔고, 마침내 잠이 그를 버렸으니, 필시 그 미완성 그림은 거기에, 수레의 뒤채에 매여 있었고, 그 파란색 천 조각이 거기서 성모의 무릎을 덮고 있었던바, 그것은 **똑같은** 파란색이었고, 그것은 산타 막달레나와 마돈나 델라 콘솔라치오네와 파비아 제단 위에, 팔라 데이 데쳄비리를 위해 그려진 마돈나 위에, 글라라회의 주문으로 그려진 「돌아가신 그리스도에 대한 애도」에, 그리스도와 성모와 예로니모를 묘사한 그 밖의 모든 무수한 그림에 있는 것과 **똑같은** 색깔이었으나, 그것이 진상이라면, 아울리스타가 코 고는 동료들 사이에서 생각하길, 문제가 마에스트로의 재능에서 가장 위대한 장식의 입증에, 그의 색깔에 있는 것이 아니라면, 그렇다면 무엇에 있는 걸까, 그가 스스로에게 생각하길, 이제는 크게 소리 내어 생각한 이유는, 그가 의식하지는 못했으나, 머리 아래에서 손뼉을 치고, 천장에 시선을 고정했기 때문인바, 그러다 한 찰나에 완전한 각성에서 가장 깊은 잠으로 빠져들었고, 이튿날 아침에도 간밤의 생각이 잊히지 않아, 마부와 여인숙 주인이 그들을 깨우려고 서로 시도한 뒤에―오래 걸리긴 했지만 결국 결실을 맺어―조수들은 마침내 판탈롱에 다리를 꿰고, 데운 파나다를 먹고, 준비된 수레에 다시 올라타길, 순교자가 자신의 말뚝에 오르듯 올라타서는, 페루자를 향해 출발할 때, 아울리스타가 이 이야기를 꺼내기까지 했으나,

실은 이 이야기를 들려줄 사람이 아무도 없었으니, 나머지는 여전히 어제와 그제의 시련으로 만신창이여서, 할 수 있는 한, 가능한 한 무례하게 그에게 고함을 질렀으니, 나중에야, 한참 뒤 호안에 이르러 길이 다소 평탄해지고 마지막 포도주 병이 꺼내져 그들이 활기를 좀 찾았을 때, 그들은 아울리스타를 생각해내고 그를 들볶기 시작한바, 그게 무슨 말이지, 아울리스타, 자네 환각을 보는 건가, 하도 지쳐서 더는 고통을 견디지 못하는 건가, 마에스트로의 색깔을 생각하며 밤을 지새운 건가—자넨 허약해 보여, 어여쁜 친구야, 프란체스코가 짓궂게 비꼬아 말하고는 병에서 한 모금 들이켜며, 마에스트로께서 어떻게 자넬 당신 곁에서 떠나 보내셨는지 모르겠군, 왜 그분과 함께 말을 타고 가지 않았나, 자네에겐 예외를 두셨을 법도 한데, 등등 지껄이길, 그가 공방에 들어온 이후로 동료들이 그를 괴롭힐 때 써먹던 오래된 뼈아픈 비난까지 들먹였던바, 말하자면 그는 마에스트로의 특별한, 총애받는 제자이며, 그것은 오로지 그가 예전에 한번 마에스트로를 위해 성 세바스티아누스의 모델이 되어 포즈를 취했기 때문이라는 얘기로, 이 천박한 농담을, 이미 여러 번 그랬듯 어떤 힘겨운 지루함에서 벗어나고 싶을 때 그들은 그만둘 수 없었으며, 조롱은 끝도 없이 계속되었으나, 수레는 전과 똑같이 흔들리고 덜컹이고 휘청였어도 그들의 관심은 아울리스타와 마에스트로의 관계라는 주제에 쏠려 있었던바, 이번에는 그도 빠져나갈 도리가 없어 그들은 그저 끊임없이 지껄였는데, 험담은 점점 짓궂게, 갈수록 천박하게, 끊임없이 터져나왔고 아무것도 그들을 멈출 수 없어서, 그들은 도저히 이 주제에서 벗어날 수 없었으나, 그는 그들만큼이나 아팠고, 지난 사흘간의 고통으로 그들이 만신창이가 된 것만큼이나 만신창이가 되었기에, 그들에게 간청하길, 그저 그들에게 간청하길, 마지막에는 울면서 자신을 혼자 내버려두라고 간청했으나, 바로 이것이야말로, 사내가 눈물을 흘리며 울먹이는 광경이야말로 불에 기름을 부은 격이 되어, 그들은 그를 공격하고, 더 깊은 상처를 내고, 그를 가녀린 계집이라고 불렀으니, 아울리스타에게 유일한 피난처는, 이런 경우에 늘 그랬듯 자신을 갑자기 닫아버리고 누구도 들어오지 못하게 스스로에게 침잠하는 것으로, 그는 그들에게 한마디도 하지 않았고, 더는 그들을 신경 쓰지 않았으며, 돌돌 말린 양탄자 두 개 사이에 낀 채 그들이 그만두길 그저 기다렸으니, 마침내 그렇게 된 것은, 얼마 지나자 이 일이 더는 재밌지 않았기 때문으로, 프란체스코가 트라시메노를 가리키며 이야기를 들려주길, 이미 백 번도 더 했던 피렌체 출신 창녀와의 사건에 대해 이야기를 들려준바, 그녀는 어떤 때는 판타실레아라고, 어떤 때는 포모나라고, 어떤 때는 안테아라고 불렸는데 말이야, 그렇게 그들은 트라시메노 북호안을 따라 나아갔고, 그곳을 지나쳤으며, 만사가 좀 더 수월해지기 시작했던 것은, 이제 페루자가 나올 것이고, 멀리서 페루자가 그들을 기다리고 있었기 때문인바, 마부는 틀림없이 그러면 아주 좋겠다고, 저 신사 조수들이 드디어 기분이 좋아졌다면, 그래도 마지막 구간에서까지 활력을 유지할 수 있으면 좋겠다고 말들에게 말했는데, 그의 말이 정말로 옳았던 것은, 땅거미가 지고 그들이 페루자 어귀에 도착했을 때 아마도 이번 여정에서 가장 힘든 부분이 뒤따랐기 때문으로, 말하자면 그들은 가파르기로 악명 높은 길을 따라 포르타 트라시메노까지 수레를 어떻게든 끌어올려야 했고, 그래서 다들 내려야 했으며, 마부가 땅에 내려와 고삐를 쥐고 당기는 동안 나머지는 수레 측면에 어깨를 대고 수레를 통째로 밀었던 것은, 성문으로 향하는 이 오르막길이, 이미 기력이 소진하다시피 한 두 마리 말에게 무척 힘겨웠을 뿐 아니라, 귀향하는 여행자들은 수레에서 내려 걷는 것만으로도 땀이 비 오듯 했을 것이기 때문으로, 마부는 말들이 걱정되었고 조수들은 수레에 실은 짐이 걱정되었던바, 지금까지는 손상을 입지 않았으나, 이제 그들은 힘이 다 빠졌고, 그들이 수레를 도통 밀지 못하고 있는 것이 점차 분명해지자, 마부가 고함을 지른 것은, 그가 두려워하길, 타당하게도, 기진맥진한 일행과 지친 말들이 덜컥 포기할까봐 두려웠기 때문으로, 그러면 모든 것이 아래로, 시내 어귀까지 굴러떨어질 것이고, 수레가 부서져 불쏘시개가 되고 짐도 부서질 뿐 아니라, 사랑하는 두 마리 말도 최후를 맞을 텐데, 그것은 견딜 수 없을 터였기에 그는 조수들에게 열심히 좀 밀라고 고함을 질렀으며, 그들은 이미 절반 가까이 올라왔으나, 이 다섯 명과 말 두 마리가 수레를 성문까지 끌고 올라가는 것은 가망 없는 일처럼 보였기에, 마부는 도로가 크게 굽어진 곳에 도달할 때까지 일행을 독려하는 것 말고는 할 수 있는 일이 없었는데, 믿을 수 없는 행운을 입어 마침내 그곳에 도달하자, 그는 수레바퀴에 굄돌을 끼우고 그들에게 휴식을 허락했으며, 조수들은 가쁜 숨을 몰아쉬며 땅바닥에 주저앉았고, 말들도 다리가 후들거렸으며, 아무도 한마디도 하지 않은 채 그들은 반의 반 시간가량 쉬다가, 조수들이 서로 쳐다보고 마부를 쳐다보고 말들을 쳐다보고는, 마치 무언극을 하듯 동시에 의기투합하길, 좋아, 마지막 구간은 어떻게든 한 번에 통과해야겠어, 그러자 마부는 네 조수를 굄돌 옆에 세운 다음, 두 마리 말 위로 채찍을 힘껏 휘두르고 고삐를 움켜쥐었으며, 그와 동시에 조수들은 바퀴 밑에서 굄돌을 꺼내어 바퀴가 더 수월하게 올바른 방향으로 돌 수 있게 했으니, 말들은 그저 수레를 끌었고 마부는 고함을 질렀고 채찍은 허공을 갈랐으나, 마부는 가죽끈이 두 마리 말의 궁둥이를 건드리지조차 않도록 조심 또 조심했으며, 그렇게 그들은 마침내 페루자 성문에 도착하여 마침내 포르타 트라시메노를 건넜으며, 드디어 그들이 숨을 헐떡이며 문 앞에, 아름답게 포장된 비아 데이 프리오리 위에 섰을 때, 프란체스코는 도무지 멈출 수 없어서, 그저 끊임없이 말하길, 그저 말하길, 자, 친구들이여, 이게 가능하리라고는 믿지 못했을 거야, 조금도 믿지 못했을 거라고.

　모든 것은 작업 의뢰에서 시작되는바, 의뢰인이, 이 경우에는 페루자의 공증인이자 테치 가문의 대변인인 베르나르디노 디 세르 안젤로 테치가 의뢰 대상 그림에 대한 모든 요건을 해당 관계자들 앞에서 등록하는데, 대체로―이 경우에도 마찬가지로―성모와 두 선지자 성인은 마에스트로 본인이 그려야 하고 가장 최상의 울트라마린과 가장 최상의 베르밀리오네를 써야 한다는 등으로 명시되며, 원하는 장면 구성과 그림 속에 들어가길 바라는 인물들의 초상이 정확하게 지정되며, 물론 가격과 시간도 등록―즉, 기록―되는즉, 제단화 준비를 위해 마에스트로는 150금화 플로린을 이러저러한 분할 방식으로 의뢰인에게 지급받을 것이요, 한편 마에스트로는 이 제단화를 세기 전환기의 상서로운 해에 인계하는 데 동의하며, 운반은 의뢰인의 소관인바, 제단화는 가족 예배당인 키에사 디 산트 아고스티노에 놓일 것이며 그와 더불어 모든 작업이 시작되었으니, 정확히 말하자면 마에스트로가 자신의 목수에게 가서―이것은 페루자에서 이미 처리되었는데―그가 그에게 말하길, 이봐, 스테파노, 포플러로 만들어 주게, 하지만 가장 최고 품질의 포플러야 하네, 어떤 종류인지 알지, 돌체, 거기다 돌치시모, 그게 내게 필요한 것일세, 하지만 줄기 가장자리의 어느 부분도 안에 들어가지 않도록 자르되 나뭇결을 따라 톱질하게, 한마디로 길이는 2미터에 너비는 1미터 반이

되어야 하네, 스테파노 장인이 목공방에서 대답하길, 그러니까 한 조각, 너비는 2미터에 길이는 1미터 반이라는 거죠, 아니, 마에스트로가 말하길, 길이가 2미터에 너비가 1미터 반일세, 네, 살짝 아둔한 목수가 말꼬리를 끊고서 힘차게 고개를 끄덕이며, 그러니까 길이가 2미터에 너비가 1미터 반이군요, 그래, 마에스트로가 말하길, 이 치수의 포플러 화판에 나는 제단화를 그릴 걸세, 각설하고 얼마면 되겠나, 마에스트로가 묻길, 뒤쪽은 해충이 꾀지 못하게 연단鉛丹을 바르고, 그림면은 매끈하게 대패질하되, 그런 다음 거친 면을 좀 더 다듬게, 알겠나, 스테파노, 아주 가늘고 작은 홈만 나 있어야 하네, 그래야 그림면이 도사陶沙를 흡수할 수 있으니까, 뒷면을 거친 대패로 다듬게, 알잖나, 스테파노, 그래야 십자선반에 압착하기가 쉬워지니까, 그것들도 필요하네, 물론이지, 물론이고말고요, 목수는 이름난 화가 앞에 서서 고개를 조금 조아리며 그의 말을 따라 했는데, 하지만 참나무로 해야 하네, 참나무요, 스테파노 장인이 고개를 끄덕이자, 자네도 알다시피, 마에스트로가 계속 말하길, 비둘기 꼬리 구멍인지 열장이음 구멍인지를 내야 하네, 네, 그렇게 부릅니다, 스테파노가 수긍하며, 그걸 십자선반에 압착하시면 됩니다, 하지만 자네도 알다시피, 마에스트로가 그를 나무라며, 십자선반은 언제나 나뭇결에 수직으로 놓아야 하네, 스테파노, 네, 물론이죠, 마에스트로 반누치, 목수가 다시 고개를 조아리며, 모든 것이 바라시는 그대로 될 겁니다, 언제까지 해드리면 될까요, 음, 자네가 언제까지 해줄 수 있는가, 그게 문제일세, 라고 마에스트로가 대답하자, 다음 주 토요일까지 해드리면 괜찮을까요, 라고 목수가 물으며 미소를 지은 것은, 이 주문을 그렇게 빨리 완수할 수 있는 사람은 아무도 없음을 잘 알기 때문이요, 이것이 그를, 매우 고명하신 피에트로 디 반누치 나리를 위한 것이었기 때문으로—그래 얼마면 되겠나, 마에스트로가 점점 안달을 내자, 2미터에 1미터 반이란 말씀이죠, 목수가 묻고는, 돈 애기가 나왔을 때 나오는 그의 옛 습관대로 손끝을 등 뒤에서 연신 문지르되, 돈주머니를 뒤지는 것처럼 문질렀는데, 포플러로 말씀이시죠, 스테파노 장인이 골똘히 생각하며 말하자, 마에스트로는 매 문장 고개를 끄덕였으나 대답은 한마디도 하지 않았는데, 그렇다면, 목수가 말하길, 십자선반과 함께면, 시뇨르 반누치는 다시 한번 안달이 난 것처럼 보였으며, 마침내 가격을 들었을 때는, 맥이 완전히 풀린 채로 스테파노 장인을 물끄러미 응시하길, 마치 그가 방금 성모 교회를 저주하기라도 한 것처럼 응시했으며 도무지 숨을 가누지 못했으니—마에스트로는 연기에도 달인이었으며, 1솔도만 놓고도—심지어 단 1칼데라만 놓고도—한 시간 내내, 또는 필요한 상황에서라면 더 오랫동안이라도 흥정할 수 있는 위인이었는데, 이 경우가 그랬으므로, 족히 반 시간이 흐르도록 그들은 계속 흥정했고, 세부 항목을 나열하고 또 나열하다가, 마에스트로가 목공방 밖으로 발을 디뎌 재빨리 협상을 종료하고 가격을 원래 금액의 4분의 1로 낮췄으니, 다음 주 토요일은 금세 찾아왔고, 화판은 합의된 모든 치수와 요건에 들어맞아 작업이 시작될 수 있었던바, 마에스트로는 프란체스코에게―1495년경에 마에스트로의 공방에서 여전히 일하고 있던 프란체스코 바키엘리가 아니라 여전히 가장 신출내기로 여겨지던 프란체스코 베티니에게―첫 준비 작업을 맡기며, 용의주도하게 진행하라고 당부한 것은, 이 시점으로부터는 작업의 각 단계가 대단히 중요했기 때문으로, 어떤 작업도 덜 중요하거나 더 중요하지 않았기에, 그는 이 타볼라(화판)를 다루면서, 작업의 어느 한 단계라도 서툴게나 성의 없게나 조심성 없게 끝난다면 뒤이은 작업이 아무 의미도 없어지고 화판도 무용지물이 될 것처럼 다뤘으니, 화판은 쓸 수 없게 될 것이요 그림은 그릴 수 없게 될 것인바, 즉 아무리 조금 방심하거나 한눈을 팔아도 끝장이어서, 작업 의뢰가 날아갈 터였고, 그러면 프란체스코에게도 여파가 미쳐, 임금이 삭감되고, 드러내 놓고 말하지 않은 보복이 따를 것이었기에, 그는 그의, 마에스트로의 지시를 경시해서는 안 되므로, 우선 화판을 수직으로 놓는 것부터 시작하여, 앞면과 뒷면 둘 다 보이도록 한 다음, 화판을 씻고, 구석구석 닦되, 화판을 씻어야 하지만, 뒷면은 젖은 스펀지로만 씻어야 하지만, 이것은 프란체스코―다른 프란체스코―가 한동안 도와줄 수 있었기에, 한마디로 그는 뒷면을 젖은 헝겊으로 구석구석 문질렀고, 그와 동시에 다른 한 명은 끓인 식초를 그림면에 발랐으나, 두 사람은 그 일을 한꺼번에, 정말로 동시에, 모든 것이 일시에 일어나도록 무척 조심해야 했으니, 그러지 않았다가는 화판이 뒤쪽으로 구부러져 술통처럼 될 것이고 그러면 끝장이었기에, 그는 프란체스코가 알아듣길 바랐으니, 마에스트로는 경고하듯 집게손가락을 치켜들었고, 그것을 신호로 작업이 시작될 수 있었던바, 두 프란체스코는 모든 것을 지시받은 그대로 하여, 화판 뒷면을 젖은 스펀지로, 그림면을 데운 식초로 닦아, 나무의 구멍들을 벌려 도사가 나무 표면에 더 쉽게 흡수되도록 했으며, 그들은 정말로 이 모든 일을 동시에 해내 아무 문제도 없도록 했으니, 그리하여 다음 단계로 넘어갈 수 있었으나, 그것은 이튿날 아침의 일로, 두 프란체스코는 타볼라가 건조하도록 그날 내버려두었으며, 이튿날 아침에, 관례에 따라, 비스듬히 세운 두 가대架臺에 타볼라를 수평으로 놓고서, 알맞은 종류의 솔이 있는지 점검했으며, 가장 중요하게는 표면에 바른 식초가 완전히 말라야 했는데, 확인해보니 완전히 말랐기에, 화판에 도사질하는 작업이 정말로 시작될 수 있었던바, 이 작업이 불쾌한 것은, 아무리 고상하게 표현하려 해도 불쾌한 악취는 어쩔 수 없었기 때문이니, 여기서, 마에스트로의 공방에서 조수들은 직접 양피지로 도사를 제조하지 않고 장갑바치에게서 도사를 구할 수 있는데도, 여전히 도사를 끓였는데, 이른바 뭉근한 불로 데우되 작업이 진행되는 내내 그렇게 둬야 했으니, 누군가 도사를 마당에서 가져와 불에 올리기만 해도 지독한 악취가 피어올랐으며, 언제나 이 특정 임무를 피하기 위한 경쟁이 치열했으나, 이에 마에스트로는 작업을 그들에게 고루 분배하여, 때로는 프란체스코에게, 때로는 아울리스타에게, 때로는 조반니에게, 때로는 잔니콜라에게, 때로는 나머지에게―처음에는 페루자 공방에서 일한 조수가 마무리 작업을 했으므로― 분배했는데, 어쨌든 이번에는 끓인 도사를 타볼라에 바르는 영광이 두 프란체스코에게 돌아간바, 말하자면 지시에 따라, 돼지털로 만든 짧고 억센 솔을 쓰되, 도사에 담그지는 않고 위에서 수직으로 두드리듯 하여 솔 끝이 도사를 건드릴 정도로만 두드리고는, 통 가장자리에 문지른 다음 화판 표면에 바르기 시작했는데, 원을 그리듯 뿌려 최대한 속속들이, 어느 한 구석, 어느 작은 부분, 가장 작은 점조차 남지 않도록 문질렀으며, 준비가 되면, 첫 번째 겹이 충분히 마르고 두 번째 곱고 얇은 겹을 바를 수 있게 되면 준비가 된 것이었으나, 그때까지는 도사가 너무 걸쭉해지지 않도록 계속해서 희석해야 했으며, 마에스트로는 시도때도 없이 들이닥쳤으니, 언제나 진행 상황을 점검하고 도사가 충분히 묽어졌는지 아니면 벌써 너무 걸쭉한지 점검하는 사람은 그였기에, 이제 두 손가락을 도사에 찔러 넣었다가 들어올려 천천히 벌렸는데, 손가락 사이에 얇은 막이 형성되었으면 모든 것이 잘된 것이었으며, 마에스트로가 모든 사항을 끊임없이 감독하는 것이 그리 나쁜 일은 아니었으나, 문제는 악취였는데, 말하자면 그와, 프란체스코와 그 주위의 모든 것에서 지독한 악취가 났기에, 조수들은 그에게 다가갈 때 코를 틀어막아야 했으며, 그에게 다가갈 때면, 그들은 물론 누구 차례냐고—이번에는 프란체스코 차례로군—거듭거듭 그에게 질문을 퍼부었는데, 무엇 때문에 그에게서 이토록 악취가 나느냐고, 보르고 라 크로체에 있는 인근 선술집 뒷방에서 지금 당장 그가 자신의 애인을 끌어안게 된다면 그녀가 뭐라고 말하겠느냐고 물은 것은, 보지 않아도 뻔했기 때문으로, 나무 화판 주위뿐 아니라 공방에서 그가 작업한 곳은 모두 참을 수 없는 악취가 배어 있었으며, 그 자신도 마찬가지였거나 어쩌면 그 자신이 가장 심했으니, 그가 이 냄새를 없애는 것은 무척 힘겨울 것이 틀림없어서, 냄새는 며칠간 손에 남아 있었던 바 씻고 또 씻어도 허사여서, 물로는 냄새를 제대로 없앨 도리가 없었으니, 한마디로 족히 일주일은 지나야 악취를 어느 정도나마 가시게 할 수 있었으나, 그러는 동안에도 작업은 계속되어, 도사가 완전히 마르면—이번에는 이틀이 걸렸는데, 공교롭게도 그때 비가 많이 왔기 때문으로—도사가 완전히 마르면 그들은 다시 화판 작업을 시작했는데, 다만 이번에는 이 작업이 그들을 위한—즉, 두 프란체스코를 위한—것이 아니라 잔니콜라에게 맡겨진바, 마에스트로가 말하길, 이보게, 잔니콜라, 자네가 이 일에서 대단한 장인이라는 걸 알아, 그래도 자네가 무엇을 해야 하는지 한 번만 더 듣는다고 해서 기분이 상하진 않겠지, 우선 프란체스코가 매우 곱게 다듬은 것을 부석浮石으로 문지르게, 그런 다음에야 제소를 바를 수 있는데, 이 석고에는 이 가마솥을 쓰게, 개울에서 맑은 물을 길어다 채운 뒤에, 데우고 또 데우게, 그런 다음 석고를 조심조심 천천히 따르거나, 그러는 동안 다른 손으로는 젓고 또 젓게, 석고가 굳지 않도록, 한마디로 석고가 녹아 액체 상태로 있도록 물을 충분히 붓게, 요령 있게 해야 하네, 물을 조금 뿌리고 잘 덮어두게, 석고에 물이 조금도 더 필요하지 않겠다 싶으면 된 거네, 하지만 첫 번째 거친 면을 타볼라에 바르기 시작할 때까지 끓는 점이 유지되도록 주의해야 하네…… 그래, 알겠나, 잔니콜라, 하지만 그러는 동안 화판 뒷면을 젖은 헝겊으로 계속해서 싹싹 닦아야 한다는 걸 잊지 말게, 하지만 마르면, 말하자면 제소 그로소의 첫 번째 겹이 마르면 자네가 해야 할 일을 알 걸세, 드로나이프를 꺼내 다음 면을 바르되, 평평하게 표면 전체에 발리도록 매우 조심하게, 하지만 그땐 내가 여기 있을 걸세, 마에스트로는 조수를 안심시키려 했으나, 물론 그가 안심할 수 없었고 오히려 초조해진 것은, 마에스트로가 등 뒤에서 있는 채로 일해야 하는 것이, 그 많은 세월이 지났어도, 예전에 그가 이미 백 번은 했던 말에 대해 다시 끈기 있게 귀를 기울여야 하는 것과 비슷할 터였기 때문으로, 그는 이미 백 번은 들었으나, 실은 왜 마에스트로가 이 얘기를 하고 또 하는지 잔니콜라도 다른 조수들도 통 이해할 수 없었던바, 그들이 생각하기에 그 이유는 그가 석고, 도사, 화판, 어쩌면 심지어 그들이 화판 뒷면을 계속해서 닦는 헝겊의 물에 대해서까지 지독히 걱정하기 때문이요, 아마도 그의 한없는 깐깐함이야 말로 그가 같은 말을 백 번이나 거듭하면서도 결코 지치지 않는 이유일 터였으나, 그가 그들에 대해 신뢰가 없는 것은 그가 거의 병적으로 단 한 번도 그 누구도 믿지 못했던 탓이어서, 그의 병은 무조건적 신뢰 결여로 인한 것이며 어쩌면 그것이 그의 내면의 온갖 나쁜 것의 근원이었을 것은, 그가 그것 또한 부족하지 않았기 때문인바, 그는 꼭 수월한 스승으로만은 생각되지 않았고, 사실 악명 높은 자로 여겨졌으나, 그래도 그가 등 뒤에 있는 게 없는 것보단 낫다고 잔니콜라가 생각한 것은, 그가 없다는 것은 공방에 들어오지 않는다는 뜻이었고 그것은 언제나 무조건적으로 나쁜 일이었기 때문으로—어쨌든 여기 지금 그가 있었고 팔라 테치 작업이 진척되고 있었고 정말로 MCCCCC(1500년)에 완성될 것처럼 보여서 다들 흡족했기에, 잔니콜라는 제소 그로소를 두 겹 바른 다음 제소 소틸레를 바르기 시작했으나, 여기서는 석고가 미지근해야만 했는데, 잔니콜라는 여기서부터 작업을 계속하여, 자기 뒤에 서 있는 마에스트로에게 자신이 작업을 이해하고 있고 가르침을 받을 필요가 없으며—이럴 시간에 신참 조수들 중 하나를 가르치시는 게 나을 것임을 보여주려 했으나, 이것 보게, 다만 매우 조심하되, 매우 조심하게, 거품이 하나도 생기면 안 돼, 자네가 제소를 바를 때 얼마나 똑바로 바르느냐에 모든 게 달려 있으니까, 가장 좋은 건 마에스트로에게 주정 한 방울을 달라고 하는 것인데—마에스트로는 벌써 병을 들고 있었으며—이것으로부터, 잔니콜라가 작업을 계속하며, 한 잔을 부은 다음 이 작은 잔을 통째로 통 바닥에 부어, 그래, 그와 같이 잔니콜라가 조수를 칭찬한 것은 그가 임무를 재빨리 마쳤기 때문으로, 주정은, 잔니콜라가 조수에게 설명하길, 거품을 없애주지, 하지만 중요한 것은 주정을 섞을 때 섞지 않다시피 하여, 주정을 하루 동안 내버려둔 채 가라앉도록 하는 거야, 그런 다음 다시 젓되 세게 젓지는 마, 석고를 가라앉을 때까지 뿌리다가, 가운데에 작은 언덕이 생기기 시작하거든 당장 멈추고 한 번 더 매우 조심스럽게 섞어, 온도가 미지근하도록 주의해, 여기에 또한 모든 것이 달렸으니까, 알겠어, 도메니코, 아니면 네 이름이 뭐든, 왜냐면 화판 바탕은 매끈해야, 완벽하게 매끈해야 하니까, 그건 네가 거품을 만들고 마느냐 아니냐에 달렸어, 그러니 그건 전부 네게 달린 거지, 받아 적어, 도메니코, 잔니콜라가 어르듯 말한 뒤에 덧붙이길, 나머지는 알지, 납작하고 딱딱한 솔로 발라야 한다는 거 알지, 처음에는 첫 겹을 바르되, 곧장 다음 겹을 발라야 해, 걱정 마, 몇 겹을 발라야 하는진 나중에 말해줄 테니까, 걱정 마, 내가 있을 테니, 어련하시겠어, 라고 이 도메니코가 생각했고 그가 이렇게 생각하는 것이 얼굴에 드러난 것은—잔니콜라가, 빈정거리듯 미소 짓는 마에스트로와 함께 그의 등 뒤에 서서 한참을 매우 이상하게 쳐다보았기 때문이나, 그는 그쯤 해두고는—표면 전체에 솔질을 할 때는 가장자리에서 시작하면 안 된다는 걸 잊지 않도록 주의하라고 뒤이어 지적했는데, 이 말을 하면서 잔니콜라는 목소리를 힘껏 높여, 하지만 안에서부터야, 처음에는 안쪽으로 솔질하고 그런 다음에야 바깥쪽으로 해야 해, 안 그러면 얼룩이 남아서 지워지지 않아, 잘 알겠어, 도메니코, 네게 시시콜콜 설명할 필요는 없겠지, 너도 해봤고 여기 온 뒤로 전에 본적도 있으니까, 그러면 너는 작업이 끝난 뒤에 우리가 모든 걸 평붓으로 칠하지 않아도 된다는 걸 이미 보여준 셈이야, 내가 말한 대로 하면 너의 제소는 구리거울처럼 매끈할 테니까, 그게 여기서 우리에게 필요한 거야, 라고 잔니콜라가 말하자, 바로 그걸세, 마에스트로가 말하고는, 뒤에 있는 실을 집어 들어, 잔니콜라를 똑바로 바라보며 그가 그에게 말하길, 그렇지, 완벽하게 매끄러운 표면, 하지만 명심하게, 무슨 연유에서든 단 하나의 돌기라도, 단 하나의 홈이라도, 단 하나의 얼룩이라도 눈에 띄는 날엔, 잔니콜라 자네가 평생 후회하도록 자네 뺨을 시원하게 갈겨줄 테니까, 알겠나, 그러자, 도메니코는 희희낙락했고, 잔니콜라는 얼굴이 시뻘게진 채 마에스토로에게 뭐라고 대꾸하고 싶었으나, 그러지 않고 그저 마에스트로의 말에 조용히 귀를 기울였지만, 그는 이제 이렇게만 말했으니, 걱정하지 말게, 아무 문제 없을 거야, 내가 바로 여기 있을 테니까, 내가 없으면 연락하게, 무엇 하나라도 확실하지 않으면 언제나 날 부르게, 원하는 건 뭐든 부탁해도 좋아, 실수만 저지르지 말게, 이건 그림이 아니야, 제소라고, 복구할 수가 없어, 자네 자신이 가장 잘 알 걸세, 오랫동안 나를 위해 일했잖나, 마에스트로가 이 말을 한 것은 1495년으로, 사실 잔니콜라 디 파올로가 마에스트로의 공방에 온 것은 그리 오래전 일이 아니었으나, 그는 침묵을 지켰으며, 자신의 울분을 모조리 도메니코에게 퍼부을 수 있다면 무척 기뻤을 테지만, 그러지 않고 작업에 착수했으나, 어떤 알 수 없는 이유에서 마에스트로는 오늘이 아니라 내일 시작하라고 지시한바, 잔니콜라는, 도메니코에게 지시하여 그날 그와 함께 제소를 준비했는데, 제소는 금세 건조했으며, 그들은 이미 모든 것을 연마하고, 젖은 헝겊으로, 매우 부드럽게, 하지만 정말로 닦는 듯 마는 듯 숨결처럼 섬세하게 닦을 준비가 되었으니, 애벌칠이 끝난 다음 백반 용액을 평붓으로 발랐는데, 마에스트로는 밑판이 색깔을 너무 많이 흡수하지 않도록 하는 것이 절대적으로 중요하다고 생각했으며, 그렇게 완벽히 매끄러운 무광 표면이 완성되어 밑그림을 시작할 수 있게 되었으나—시작되지 않은 것은, 그 순간으로부터 마에스트로가 도사질된 타볼라를 벽에 세워두었고, 테치 가문의 일을 잊었기 때문으로, 그는 그림에 전혀 신경 쓰지 않았고, 마치 그리기를 포기한 듯했으며, 타볼라가 거기 있다는 사실에 조금도 관심을 두지 않았으니, 마치 그것이 그에게 존재하기를 그만둔 듯하여, 이따금 그들이, 아울리스타나 조반니가 그에게 그 사실을 꺼내도, 그는 요령부득의 몸짓으로 그 모든 것을 내치고는, 다만 그 순간에 자신이 하던 말과 행동을 계속할 뿐이어서, 준비된 화판은 그저 거기에 놓여 있었으며, 그러다―아마도 2년, 어쩌면 1년 반 뒤에―다들 이 작업에 대해서는 까맣게 잊었을 때, 마에스트로가 어느 날 공방에 들어와―하지만 이곳은 이미 피렌체였고, 그사이에 화판은 많은 짐과 함께 운반되었는데―이제 밑그림을 그릴 때가 됐다고 말했으니, 처음에는 물론 그들이 그가 무슨 말을 하는지 영문을 알지 못한 것은, 그들도 잊고 있었기 때문으로, 그제야, 피렌체의 보테가에서 마에스트로가 벽에 기댄 화판을 가리켰을 때에야 그들은 그가 산타고스티노에 들어갈 그림을 말하는 것임을 깨달았으나, 그때 그곳엔 마에스트로에게서 작업을 위임받을 수 있는 사람이 둘, 즉 조반니와 아울리스타가 있었는데, 둘은 이미 공방 밖에서도 상당한 명성을 얻었으나, 어차피 공방에서는, 마에스트로가 공정을 기하고 싶었다면 작업을 두 사람에게 분배해야 했는데, 그들의 예상과 반대로―그는 언제나 내키는 대로 변덕스럽게 결정을 했으므로―이번에는 정말로 공정을 기하여, 밑그림의 한 부분을 아울리스타에게, 다른 부분을 조반니에게 맡겨, 그렇게 조반니가 작업을 시작했으니, 마에스트로가 밑그림을 그의 손에 맡겼고, 공방에 있던 모든 사람이 즉시 그곳에 모여들어, 대단히 놀란 채 아울리스타의 어깨 너머를 바라본 것은, 밑그림이 여느 때처럼 지금도 놀라웠기 때문으로, 그들은, 누구보다 새로 온 문하생들이—그중에서도 도메니코가—눈이 부셨으며, 모두 마에스트로가 어떻게 모본模本을 준비했는지 당장 알고 싶었을 텐데, 그래서 아울리스타가 작업을 시작했을 때, 마에스트로가 둘러선 문하생들에게 말하길, 좋은 그림에서는 밑그림이 남달리 중요하지, 언제나 맨 처음에는 종이를 투명하게 만들어야 하는데, 이것은 테레빈유로 희석한 아마인유를 이용하면 되네, 즉 종이가 반투명해졌다가 투명해질 때까지 문질러야 해, 그런 다음 말려야 하네, 그러고 나서, 그가 아울리스타를 향해 손짓하며, 지금처럼, 밑그림 그릴 때가 되면 꺼내는 거지, 밑그림은, 그가 반복하여 말하길, 이것은 내가 한 시간 반 전에 집에서 했던 것처럼, 사전에 준비된 모본들 중에서 꼭 알맞은 것을 선택해야 한다는 뜻으로, 투명지를 이 모본에 대고, 뾰족하게 깎은 목탄으로 섬세하게, 조심스럽게 베끼면, 자네의 모본은 이제 투명지에 남게 되는데, 그 밑에 양탄자나 두꺼운 펠트를 놓게, 그러고는 윤곽을 따라 꼼꼼하게 종이에 구멍을 뚫되, 마에스트로가 조수들에게 몸짓하며, 모본의 모든 윤곽을 따라 촘촘하게 바늘구멍을 뚫는 걸세, 이제 자네들이 해야 할 일은 구멍 뚫린 모본을 바루는 것인데, 안 그러면 작은 바늘구멍으로 아무것도 스며

들지 못할 테니 말이지, 이제 투명지를 그림면에 놓고서, 아주 곱게 간 숯가루를 고운 헝겊에 뿌려 가루가 배게 한 다음, 헝겊을 작은 공 모양으로 만들어, 무언가로 묶어서, 이 도구로, 숯가루로 저 모든 작은 바늘구멍을 통해 화판에—또는 자네들이 무엇을 그리느냐에 따라 캔버스에, 원본 드로잉을 옮기면, 다 된 걸세, 이제 알겠지, 안 그런가, 스승이 조수들을 둘러보며, 조용히 일하는 아울리스타에게 아무 문제 없는지 한참을 바라보다가, 지금부터 그가 하는 것을 눈여겨보고 내일 자네들도 할 수 있는지 직접 시도해보게나, 라고 말하고는 공방에서 나갔는데, 정확하고 희미한 밑그림이 타볼라에 준비된 지 오래였건만, 마에스트로는 채색하러 오지 않았고, 그들은 타볼라를 가대에서 내릴 엄두가 나지 않았으나, 그렇다고 그대로 둘 수도 없어서 끊임없이 주변을 서성거렸던것은, 여전히 가대를 쓸 데가 있었기 때문으로, 작업이 이만큼 진척된 마당에 마에스트로가 다시 흥미를 잃었음이 분명해지자, 화판을 채색용 이젤에 올려놓지 않고서, 아울리스타는 가는 붓으로 선을 베끼고 화판을 내려 가대를 비웠으며, 그런 다음 조심스럽게, 밑그림이 손상되지 않도록 우유와 꿀의 혼합물을 표면 전체에 바르고는, 마지막으로 안쪽을 향한 채 벽에 도로 세워놓았으니, 그리하여 피렌체의 보테가에서는 일상이 계속될 수 있었고, 한참 동안 마에스트로 본인도 테치 제단화를 한 번도 언급하지 않았고, 아울리스타에게 묻지도 않았으며, 무엇보다 밑그림이 준비되었는지, 만일 준비되었다면 결과가 어떤지 들여다보지 않았는데, 그때, 1년 하고도 하루가 지난 뒤에—아침이 아니라 오후 한중간에—그가 찾아온바, 공방에는 아직 빛이 남아 있었으며, 그는 아무에게도 말을 건네지 않은 채, 오랫동안 방치되어 있던 화판을 이젤에 올리고는, 두 프란체스코 중 한 명에게 당장 물감 통 하나와 딴 그림을 위해 준비한 울트라마린을 가져와 부석으로 분쇄하라고 지시했으니, 프란체스코는 스승이 망토를 걸쳤을 때 물론 대단히 놀랐고, 마에스트로가 이 늦은 시간에 울트라마린으로 뭘 하시려는 건지 궁금했으나, 엄청나게 비싼 안료를 말 한마디 없이 분쇄하기 시작했으며, 그러는 내내 아주 조심스럽게, 이미 분리하여 아마인유와 섞은 노른자를, 거의 한 방울 한 방울씩 측정하고는, 상하지 않도록 신선한 무화과싹 즙으로 소독하면서 게다가 숨까지 참아야 했으며, 청금석의 경우에서처럼 안료의 결정이 굵게 남아 있을 때 색깔이 언제나 가장 예쁘므로, 그 또한 울트라마린을 굵게 부숴, 꽤 신속하게 준비가 끝나자 조가비에 부은 뒤에 이미 마에스트로에게 건네고 있었으니, 그는 말 한마디 없이 받아들고는 성모의 장옷에 있는 경이로운 소재를, 그 신비로운 밝음을 칠하기 시작한즉, 그 색깔에 대해 아울리스타는 이따금—공방에 혼자 있을 때—그림을 벽에서 떼어 곰팡이 같은 것에 손상되지 않았는지 확인할 때 이미 수도 없이 경탄한바, 바스티아노, 도메니코, 한 명의 프란체스코, 그리고 그, 아울리스타만이 공방에 있었으니, 마에스트로는 채색을 했고 다들 조용히 제 할 일을 했으나, 다들 소리 하나 내지 않도록 조심했으며, 사실 마에스트로는 이 파란색을 금세 끝낸 다음, 마침 곁에 놓여 있었으나 원래는 딴 그림을 위해 준비된 검은색으로, 접힌 부분과 주름진 부분을 칠하길 눈에 똑똑히 보일 때까지 칠하고서, 아울리스타를 이리 좀 오라고 불러, 한동안 두 사람은 저 파란색이 어떻게 빛나는지 보다가, 마에스트로가 아울리스타에게 그림에 더 가까이 다가가라고 손짓하여, 그림 왼편 파란색 의복의 맨 아래 가장자리를 가리키며, 그에게 그곳에, 그 표면에 좀 더 진한 색깔을 칠하고, 가장 가는 붓으로—하지만 자네도 알다시피, 그가 아울리스타의 어깨를 잡으며, 거의 보이지 않을 정도로, 그리고 금색으로—MCCCCC라고 쓰도록 허락하고는, 이젤에서 몸을 돌려, 망토를 벗고, 자신의 붓을 바스티아노에게 건네 비누로 씻게 하고는, 이미 그곳에 있지 않았으니, 그는 공방에서 나갔고, 그 시점으로부터 일어난 모든 것은 이것인바, 이튿날, 또는 사흘날 그는 보르고 핀티에서 다시 돌아와, 이젤에서 그림을 내려, 다시 채색면이 안쪽을 향하도록 벽에 기댄 채 더는 신경 쓰지 않았는데, 마치 그림이 거기 있는 것을 잊은 것처럼 쓰지 않았기에, 페루자에서는, 옛 이야기의 연속이 아닌 완전히 새로운 이야기가 시작되어, 모든 것이 네 조수의 도착과 함께 시작된바, 그들은 비아 데이 프리오리에서 죽도록 기진맥진한 뒤에 어떻게든 몸을 추스려, 완전한 절망 상태에서 마부에게 피아차 델 소프라무라에 임차한 공방의 출입문으로 가라고 했는데, 더없이 놀랍게도 마에스트로 본인이 그들을 기다리고 있었던바, 몰골이 마치 유령 같았으나 유령이 아니라 그 자신이었는데, 어떤 이유에서인지 그는 이렇게만 말하길, 실은 그들과 같은 날 아침, 그가 그들을 수레에 태워 떠나 보냈을 때, 그는 모종의 유급 수행원을 거느린 채 말을 타고 고향으로 향했으되, 다른 길을 택하여 물론 그들의 수레보다 훨씬 빨리 페루자에 도착한바, 한마디로 모든 것은 조수들이 처한 형편을 그가 보았을 때 시작되었으니, 그는 그들을 푹 쉬게 했고, 다 쉬고 나면 비아 델리치오사에 있는 자신의 집에 와서 일할 준비가 되었다고 보고하도록 했으니, 자초지종이 이렇게 된 것이어서, 마에스트로는 그들을 두고 나갔고 그들은 새 보테가 바닥에 풀썩 쓰러져, 이미 넷 다 잠들었으며, 현지인들, 지롤라모, 라파엘로, 시니발도, 바르톨로메오가 마부와 함께 수레의 짐을 들여와—마부가 나머지 일행만큼 상태가 열악하지는 않았던 것은, 현지 조수들에게 끊임없이 말한 것처럼, 더 단단한 목재로 만들어졌기 때문으로—수레 짐이 들어오고 나서, 그들은 말들을 인근 역참으로 데려가 마굿간지기에게 인도한 다음, 공방으로 돌아왔으며, 마부는 먹을 것과 마실 것을 대접받았고, 마침내 그들은 그도 눈을 붙이게 해주었는데, 마부가 이미 깨었을 때에도 나머지 일행은 여전히 말처럼 코를 골고 있었기에, 공방에 널브러진 그들에게 뭐라도 일을 시키는 것은 가능하지 않아서, 그들은 마에스트로가 맡긴 삯을 마부에게 건네고는, 이 네 명이 결국 깨어나기를 기다리고 또 기다렸으나, 그들이 깨어난 것은 이튿날이 되어서였던바, 그들은 밤새 내처 자고는, 낮새, 또 밤새 자고도 깨지 않았으니, 그중 몇몇을 아는 사람들은 모두 벌써부터 반색했던바, 이를테면 바르톨로메오는 피렌체 공방 출신을 거의 모두 알았으나, 아울리스타도 시니발도를 어디선가 만난 적이 있었고, 아는 사람이 아무도 없는 것은 라파엘로뿐이어서, 그는 페루자 사람들에게조차 꽤 낯선 조수였는데, 그들이 그에 대해 들은 것은 물론 피렌체에서 마에스트로에게 들은 것이 전부로, 그가 페루자에서 밑칠과 준비 작업을 모조리 면제받은 것은, 마에스트로가 이 라파엘로에게만 채색 방법을 가르치고 있었기 때문인바, 즉 물감 만드는 법, 붓 관리하는 법, 이것저것─팔, 머리, 입, 성모, 예로니모, 풍경─을 칠하는 법을 가르쳤으나, 솔직히 말하자면, 마에스트로가 말하길, 실은 이 라파엘로에게 뭘 가르쳐야 할지 모르겠어, 그는 어떻게 해야 잘 그릴 수 있는지를 이미 알거든, 내가 하는 것을 보면 뭐든 금방 배우지, 그에게 벌써 그림을 맡겨도 될 정도야, 나이가 고작, 글쎄, 몇 살이더라, 아마 열여섯, 아니면 열일곱, 전혀 모르겠군, 마에스트로는 이렇게 말했고, 이것이 그들이 그에 대해 아는 전부였으며, 이곳 공방에서 그들이 알아낼 수 있던 것도 별로 없었던바, 그는 우르비노에서 왔는데, 그게 전부였고, 드로잉과 채색에 능했는데, 그게 다여서, 그들은 그에게 그다지 관심을 두지 않았고, 그는 언제나 따로 떨어져 일했으며, 마에스트로는 언제나 그를 다르게, 특별하게, 그들을 대하는 것과는 다르게 대했던바, 이것이 분노를 살 수도 있었겠으나, 그러지 않았던 것은, 우르비노 출신의 이 조수가 그 상냥함으로 모두를 매혹시켰기 때문으로, 어쩌면 그는 이런 공방에 있기엔 너무 다정했는지도 모르겠는데, 한 가지는 분명한즉, 그는 자신이 마에스트로에게 그런 특별 대우를 받는다고 해서 깝죽거릴 생각이 전혀 없었으며, 앞에 나서고 싶어 하지도 실제로 나서지도 않았던바, 맨 앞에는 바르톨로메오가 섰고, 그가 중심이어서 공방의 운영 책임을 맡아, 모든 것이 그를 중심으로 돌아갔으며, 라파엘로는 아울리스타와 친해졌는데, 그도 매우 조용한 성품이었던바, 모든 것은 피렌체인들의 도착과 함께 시작되었으니, 그들이 푹 자고, 배불리 먹고, 만취한 다음, 비아 델리치오사 17번지로 건너가 일할 준비가 되었다고 말하자, 이튿날 마에스트로는 오스페달레 델라 미세리코르디아에서 새로 임차한 보테가로 찾아와 모두를 놀래키되, 그들에게 진행 중인 작업을 계속하라고 독려하여 놀래켰으며, 맨 처음 팔라테치 그림을 꺼내어, 이젤에 올려, 이제 이 화판이 공방 활동의 중심이 되도록 했으니, 왜 이것이어야만 하는지 아무도 이해할 수 없었던 것은, 이 작업이 시작되었다가 방치된 것이 이미 여러 번이었기 때문으로, 어쩌면 페루자에 돌아온 뒤로 테치 가문이 마감을 독촉하고 있었기 때문일지도 모르나, 물론 그것은 추측에 불과했고, 그 외에는 아무도 그 일에 대해 전혀 몰랐으며, 마에스트로는 의뢰인이며 의뢰받은 작업이며 사례비며 가족이며 친구며 그런 것에 대해 한 번도, 심지어 바르톨로메오에게도 이야기하는 일이 없었는데, 설령 이야기하더라도, 아무에게도 발설하지 말라고 언제나 당부한바, 어쨌든 산타고스티노를 위해 준비한 타볼라가 채색용 이젤에 올려졌고, 그 시점으로부터 화판의 운명의 달라진 것은, 마에스트로가 지금껏 그랬던 것과 달리 더는 또 다른 주름이나 형체를 그림에 칠한 다음 벽에 기대놓지 않았을 뿐 아니라, 이 시점으로부터 그림을 이젤에서 내리지도 않았기 때문으로, 마에스트로는 끊임없이 이 그림에 몰두했는데, 물론 그렇다고 해서 이따금 아울리스타나 잔니콜라나 심지어 어린 라파엘로가 약간 거들지 않은 것은 아니었으나, 정말로, 사실 마에스트로는 기본적으로 작업을 자신의 손에 두어 직접 챙겼으며, 어쩌면 정말로, 두 프란체스코 중 하나가 어느 날 저녁 말하길, 저 고명한 공증인과 그의 가문이 마에스트로에게 그림이 1년 전, 1500년에 완성되었어야 했다고 닦달했는지도 몰라, 가문 예배당에 제단 전체가 틀림없이 준비되어야 하는데 이 그림만 빠진 거지, 그들은 곰곰이 생각했으나, 왜 이 그림이 갑자기 그토록 시급해졌는지 알 수 없었던바, 한 가지는 분명했으니,

그것은 시급했고, 마에스트로는 작업하고 있었으며, 이미 이것은 매우 새로운 현상으로 간주된바, 그는 끊임없이 일했고, 매일 공방에 왔고, 전날 하던 작업을 이어서 했으며, 다가올 그의 부원장 임명식도 그의 관심을 끌지 못하는 듯 보였으니, 그는 매일 적어도 두세 시간을 마냥 그렸으며, 그의 나이로 보건대―적어도 쉰이 넘었을 것은 분명하므로―이것은 썩 흔치 않은 일이어서, 나이 든 사람들은, 특히 이탈리아 전역에 명성이 자자한 마에스트로들의 경우는 그저 일주일에 한 번 자신의 공방을 방문하여, 그저 약간 가르치고 제자들에게 지시할 뿐 본인이 직접 작업하는 경우는 매우 드물었으며, 그들의 마에스트로 또한―피렌체에서는―그렇게 살았으나, 여기 페루자에서는 아니어서, 여기서는 웬일인지, 큰 재난을 겪고 난 뒤에 그의 열정이 되살아났거나, 어쩌면 테치 가문에게 받을 돈이 정말로 필요했는지는, 누가 알겠느냐마는, 어쨌든 그는 그림을 그리고 있었고, 이것만은 분명한즉, 성모의 장옷은 이미 완성되었고, 망토 윗부분에서는 중간 농담의 말라카이트 그린이 은은한 색조를 띠었으며, 몸은 준비되었고, 성모의 얼굴, 어린 아기 예수의 전신, 네 성인의 머리와 팔뿐 아니라 배경의 풍경도 준비되었으니, 다들 팔라초 데이 프리오리가 있는 페루자의 세부 묘사를 알아보고 즐거워했으나, 그는 성자들의 키보리움과 의복도 완성했는데, 예외는―이것은, 특히 아울리스타에게 무척 놀라웠던바, 그는 이 열성적 작업이 시작된 뒤로 마에스트로를 예의 주시하고 있었는데—예외는, 백합의 성인 산토 니콜라 다 톨렌티노의 손에 든 책, 성모의 브로드클로스의 윗부분, 성 세바스티아누스의 몸을 덮은 망토, 그리고 그림 아래쪽, 성인 옆 사자 앞에 있는 성 예로니모의 유명한 주교 미트라(모자)로, 왜 이 부분들이 전혀 채색되지 않았는지는 아무도 몰랐고, 아울리스타는 더더욱 몰랐으며, 라파엘로는 이유에 대해, 또는 왜 이 부분들이 마지막에, 전체 그림이 완성되기 전에 채색되어야 하는지에 대해 관심이 없어 보였으니, 아울리스타는 이유를 모르는 채 그날이 되길, 그 시가 되길, 그 분이 되길 그저 기다렸는데, 기다려도 허사였던 것은, 그날이 되었을 때는 팔라 테치 그림의 모든 요소가 채색되었기 때문으로, 이미 노란색이 거기서 빛났고, 파란색이 반짝였고, 초록색이 풍성했고, 갈색이 은은하게 나타났고, 하늘의 경계 너머로 온통 희끄무레한 파란색의 날카로운 시선이 서려 있었으나, 마에스트로가 최후까지 남겨둔 것은 빨간색의 채색임이 이미 분명했던바, 그가 그에게 안료를 분쇄하라고 말할 날과 시와 분을 아울리스타가 간절히 기다린 것은, 마에스트로가 이 임무를 맡기는 사람이 자신이기를 진정으로 바랐기 때문으로, 그는 실망하지 않았으니—그것은 마에스트로가 그를 직접 지목했기 때문이 아니라, 베르밀리오네를 분쇄해야 할 가능성이 조금이라도 있을 때 바로 그곳에서 뭔가를 하고 있는 사람이 자신이 되도록 아울리스타가 자리를 잡고 있었기 때문으로, 그리하여 마에스트로가 어느 날 그에게 말하길, 아울리스타, 부디 베르밀리오네를 분쇄해 주겠나, 부탁하네, 그러자 아울리스타는 날듯이 뛰어, 이미 베르밀리오네가 담긴 작은 주머니를 가져왔으니, 이것은 피렌체 예수회 수도원—산 주스타 알레 무라—의 베르나도 디 프란체스코에게서 구입한 것으로, 마에스트로는 안료를 개인적으로 그에게, 정기적으로, 또한 대량으로 주문했고, 다른 어디에서도 주문하고 싶어 하지 않았고, 또한 이 종류의 안료만 주문했으니, 약제사의 것보다 조금 비싸긴 하더라도, 이 물감에는, 무엇보다 베르밀리오네에는 무언가가 있어서, 마에스트로는 어떤 상황에서도 다른 종류를 결코 쓰지 않았고 오직 이것만을 썼는데, 이제 아울리스타가 이 베르밀리오네를 분쇄할 준비를 하고 있었고, 여기엔 정말로 뭔가 특별한 것이 있었던바, 아울리스타처럼 숙련된 제자는 이것을 금방 알아볼 수 있었고, 이번에도 역시 무언가 특이한 점을 금방 알아봤으니, 이 종류의 베르밀리오네가 다른 어떤 종류와도 달랐던 것은, 그가 이제 분쇄하면서 그 속의 결정들이 빛나는 것을, 다른 무언가도 빛나는 것을 다시 한번 보았기 때문으로, 아울리스타는 알지 못했고, 아무도 알지 못했고, 오직 수사들과 마에스트로만 알았던바, 그것이 무엇이었건 어쨌거나 안료 중에서 진정으로 독특했으며, 마에스트로의 조수들과 그 어떤 공방의 제자들도 그 성질 중 어느 것 하나에 대해서도 결코 논의하지 않은 것은, 그것이 비밀이었기 때문이며, 게다가 그것이 비밀이어서, 그 의미와 본질을 마에스트로 공방의 조수와 제자들은 자세히 알지 못했으니, 그들이 알 수 있었던 것은 이것을 쓰는 것만으로도 무척 경이로운 빛이 나타나게 할 수 있다는 것이었는데, 피렌체 수사들에게 받은 이 울트라마린으로, 그들이 그들에게 받은 이 말라카이트와 남동석과 황금으로도 웬만한 효과는 낼 수 있었으나, 무엇보다 이 베르밀리오네로 그렇게 할 수 있었던 것은, 물감이 준비되고 관례에 따라 모두가 공방에서 나가야 했을 때 여기서 무언가가 벌어지고 있었기 때문으로, 무슨 일이 벌어지는지 그들은, 조수와 제자들은 조금도 알 수 없었고, 그것이 무엇인지 감히 묻지도 못한 것은, 관례에 따라 몇 분 뒤에 그들이 허락받아 들어왔을 땐 마에스트로가 이미 작업 중이었기 때문으로, 작업에 열중하는 그를 이런 질문으로 방해할 담력을 가진 자가 어디 있었겠는가, 하지만 한 가지는 분명한바, 마에스트로는 이 물감에 비밀을 숨겨놓고 있었고, 이 물감에는 모종의 비밀이 있었고, 아울리스타가 알았듯 이것이야말로 마에스트로가 자신의 그림을 구입하는 모든 의뢰인들을 황홀케 하는 비결이었으나, 그와 동시에 그는 조수들도 황홀케 한바, 아울리스타는 그저 부석 위에서 베르밀리오네를 분쇄했고 지금은 그 비밀이 무엇인지 생각하고 있지 않았으니, 그가 생각하고 있던 것은 두세 시간 동안 베르밀리오네를 분쇄하여 조가비에 담아 마에스트로에게 드리면, 그가 그들을 내보내고는 물감으로 뭔가를 하신다는 것뿐으로, 그는 성모의 상의를 칠한 다음, 성 세바스티아누스의 고문당한 몸에 걸쳐진 망토의 주름과 예로니모 옆 땅바닥에 놓인 미트라를 칠했으며, 작업이 끝나면 그들 모두가 그림을 볼 수 있었는데, 그들은 이 빨간색의 영원한 빛에 황홀했으니, 이 빛은 초록색과 노란색과 파란색 사이에서 빛을 내뿜다시피 하여, 마침내 이 질문들에 답하는 것은 그들에게—그의 가장 믿음직한 추종자 아울리스타에게도—가망 없는 일이 되어버렸으니, 피렌체에서는 무슨 일이 일어났던가, 이 재난은 무슨 연유로 벌어졌던가, 왜 그들은 페루자에 돌아와야 했던가, 왜 그는 이것이 존경하는 스승의 최후라고 느꼈던가, 그리고 카스텔 델라 피에베 태생으로, 일 페루지노라는 이름으로 명성을 떨친 마에스트로 피에트로 디 반누치는 그저 자신의 재능보다 오래 살았던 것인가, 아니면 그저 그림에 대한 관심을 모조리 잃었을 뿐인가.

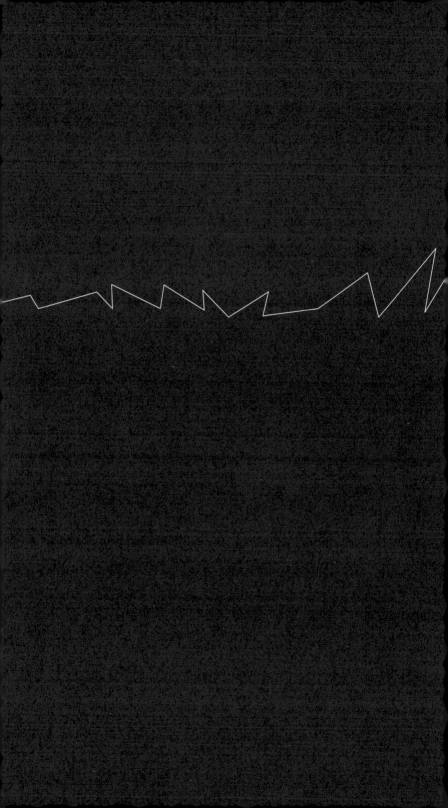

89

아득한 명령

본질 속에 숨겨지고 외양에 의해 드러난다

　우리는 그곳이 뭐라고 불렸는지도 알지 못하며, 당대의
문서 중에서 그곳을 알람브라라고 지칭하는 것이 단 하나도
없는 것은, 한편으로는 그런 문서가 전혀 없거나 전혀 남아 있
지 않기 때문이요, 다른 한편으로는 그런 문서가 남아 있더라
도 이 이름은 가능성이 가장 낮기 때문으로, 그 건축가들
이—그들이 우리가 오늘날 일컫는 사람들이라면—건축물
자체와 전혀 부합하지 않는 이름을 붙였을 리 만무한바, 이 이
름은 부합하지 않으니, '칼랏 알함라(알함라 요새)'나, 어쩌면
'알쿱바 알함라(알함라 신전)' 같은 표현에서 석조에 쓰인 재료
의 색깔에 기대어 어원을 찾는다면, '알 함라', 즉 '붉은 것'을

뜻할 수 있겠으나, 어쩌면 건축가의 이름을 가리키는지도 모르겠거니와, 이 해석은, 더 막연하기는 해도 이런저런 방식으로 이치에 맞으나, 숨이 멎을 듯 조화로운 위엄을 내부에 갖추고서 그 이전과 이후 모든 시대의 건축학적 아름다움을 능가하는 이 궁전 자체는, 아랍 정신의 본질과 동떨어진 변변찮은 이 토착어 명칭과는 부합하지 않는바, 이 구조물에 일조한 사람들에게 이름을 지어달라고 부탁한다면, 그들은 틀림없이 더 숭고한 이름을 찾아냈을 것이기에 우리는 시작부터 글러먹었으니, 그곳이 이름조차 없는 것은, '알람브라'가 이름이 아니라, 우리가 그렇게, 게다가 왜곡된 스페인어로 부를 뿐이기 때문인바, 말하자면 '알람브라'는 당최 아무것도 가리킬 수 없고, 어쩌다 보니 정착된 것으로, 이슬람에서 신성하거나 세속적인 건축물에 이름이 부여되지 않는 경우가 부여되는 경우만큼 흔하다는 것은 말할 필요도 없거니와, 코르도바 모스크의 이름은 무엇이었나? 사라고사의 알하페리아는? 세비야의 알카사르는? 페즈의 알카라윈 모스크는? 북아프리카 해안을 따라 이집트, 팔레스타인, 북인도까지는? 그 건축물들은 아무 이름도 없었으니, 불멸의 예술품에 이름을 붙이지 않을 합당한 이유가 있을 수 있는 사례는 존재하고, 더 깊이 생각해보면 수백 가지 사례가 존재하는바, 이 이유가 우리에게 요령부득인 것과 마찬가지로 알람브라의 건축 연도 또한 요령부득인 것은 관련 기록들이 매우 모순되기 때문이니, 첫 번째 기록이 알지 못하는 것, 두 번째 기록이 착각하는 것, 따라서 세 번째 기록이 강조점을 두는 곳에 따라 모든 것이 좌우되고, 말하자면 이런저런 것들은 입증 불가능한 사실들에서 출발하여 엉뚱한 결론을 내리기 십상인바, 혹자는 훗날 알람브라의 터가 된 산—사비카로 불리는 구역이나 전체 지역—에 로마인이나 서고트족의 유적이 있다고 기록하고, 혹자는 알람브라가 건축되기 전에는, 이 산이, 좁은 다로강의 세찬 물결 위로 솟아 그 위에 8세기로 거슬러 올라가는 요새인 알카사바를 포함하는 이 산이 단 한 번도 어떤 중요한 역할도 맡지 않았으며, 아마도 9세기와 10세기 아랍인의 알 안달루스 정복 이후로 아랍인과 물라디로 알려진 민족 사이에 전투가 벌어졌으리라는 의견이지만, 또 다른 견해에 따르면—유대인이 가르나타로 알려진 지역, 즉 저 아래쪽, 오늘날 그라나다 지역에서만 살았다는 주장을 반박하며—언급할 만한 사실은 하나뿐인데, 그것은 알람브라 이전 수 세기 중 한 세기에, 따라서 11세기가 되었을 때는, 틀림없이 어느 시점부터 이후의 어느 시점까지, 훗날 참으로 중요하게 될 산의 일부에 유대인 정착지가 있었다는 것으로, 코르도바의 칼리프조가 몰락한 뒤, 초기 베르베르족으로, 쿠타마족에 속하고 따라서 우마이야족에 속하며 그라나다 도시를 건설한 지리드족이 이곳에 도읍을 정하고 유대인을 '보호'하려 했는데, 어쨌든 유수프 이븐 나그랄라라는 이름으로 통하는 유대인 와지르(고관)가 이른바 히슨이라는 요새화된 궁전을 지었다는 것으로, 다른 학자들은 말하길, 다로강 옆의 산에, 위로는 초기 로마 시대까지 거슬러 올라가고 아래로는 711년 아랍의 이베리아 침공 이후까지, 강력한 방어망을 갖춘 요새가 있었거나, 적어도 11세기부터, 고도로 정교하게 건축된 벽이 있었다고 말하거니와, 물론 이 견해에 반대하는 다른 의견들도 있어서, 그에 따르면 이 궁전과 관련해서는—그라나다와, 알바이신으로 알려진 지역으로부터, 존재 여부를 거의 입증할 수 없는 근처의 엘비라 요새와 사비카 유대인 공동체로부터 시작하여 베르베르 왕조(알모라비드족과 알모하드족)와, 내전으로 알려진 끝없는 살육에 이르기까지—조금이라도 확실한 사실을 이끌어낼 만한 것은 아무것도, 전혀 아무것도 없으며, 마침내 우리는 최초의 아랍 자료들에 도달하니, 이 시점까지는—여기 지금이야말로 이 시점이라고 말하는 때인데—우리 수중에 쓸 만한 사료가 하나도 없기 때문이요, 그것은 우리가 논의하는 지역에 대해서는 쓸 만한 사료가 하나도 없었거나 남아 있지 않기 때문이니, 가설을 세워보자면, 그것은 이 장소가 이베리아 정복기의 첫 몇 세기 동안 나름의 역사 같은 것을 가질 만큼 중요한 역할을 하지 않아서, 말하자면 역사적 사건에서 자리를 차지하지 않았기 때문임은, 이 장소가 나스르 왕조의 출현과 더불어서야 비로소 중요한 역할을 맡기 시작했기 때문으로, 그 갑작스러운 출현은 오늘날 일컫는 알람브라의 탄생과 때를 같이하며, 우리가 알람브라의 탄생을 이야기하면서 누가 알람브라를 지었느냐의 문제를 외면하는 것이 더 나을 것임은, 이것이 '이름이 무엇인가'와 '언제 지어졌는가'에 뒤이어 우리가 답할 수 없는 세번째 질문이기 때문으로, 이 또한 확실하지 않고 한 번도 확실하지 않았으며, 어쩌면 건축에 관여한 사람들에게도 확실하지 않았을 것인바, 누군가 시작했다는 것, 그것에 대해서는 의심할 여지가 없으나, 진짜 창건자로 말할 것 같으면, 시간을 훌쩍 건너뛰어 알람브라의 진정한 창시자이자 최초의 후원자는 유수프 1세로 일컬어지는데, 아마도 그는 공사를 의뢰한 사람이자 산등성이—대략 중간쯤—에 지어질 새 궁전의 비용을 지불한 사람이고, 그전에 나스르 왕조의 다양하고 모호한 시도들이 있었을 것임은, 나스르 왕조의 시조가 알람브라를 지은 사람이라고 말하는 이들이 이미 많았기 때문으로, 그는, 하엔의 통치자이던 이븐 알아메드로, 전체 이름은 무함마드 이븐 유수프 이븐 나스르이지만 알아마르라는 이름으로, '붉은 자'로 알려진 군주이자 하엔에서 그라나다로 거처를 옮기고 자신을 무함마드 1세로 선포한 그는 우마이야족, 알모라비드족, 아모하드족에 이어, 전에는 별 볼일 없던 이 궁전의 첫 대*창건자가 되었으며, 이에 더하여 서양 아랍인들의 역사에서, 그와 동시에 자신의 마지막 왕조와 함께 이슬람의 야심찬 서정西征을 벌인 찬란한 통치자가 된 것은, 그가, 일찍이 한 번도 보지 못한 수준으로 알카사바 벽을 보강하기 시작했기 때문으로, 이른바 당대 기록을 우리가 믿을 수 있다면, 알람브라 이야기의 시작은 그와 함께, 압달라 이븐 알아마르, 즉, 나스르의 통치자와 함께 시작된바, 적어도 《아노미노 데 그라나다 이 코페나게》로 명명된 다소 대담한 원고에 따르면, "1238년에 그는 훗날 알람브라로 알려진 궁전에 올라가 그곳을 살펴보고 성의 기초를 정한 다음 건축을 지시했"으니, 이 방문으로부터, 우리가 짐작건대 궁전 여섯 곳이 생겨났고, 북동쪽에 왕의 거처와 두 개의 둥근 탑, 헤아릴 수 없이 많은 목욕탕이 생겨나, 그렇게 시작되었으니, 이렇게 시작되어 이와 같이 된 것으로, 아마도 알람브라의 낭만적 역사는 실은 그처럼 시작되었을 것이나, 그렇지 않을 가능성도 있는바, 그 서술의 근거가 되는 연대기는—여기서 올레 그라바와 후안 베르네와 레오노르 마르티네스 마르틴으로부터 에른스트 J. 그루베에 이르기까지 내로라하는 모든 전문 학자가 집게손가락을 들며—전혀 신뢰할 수 없어서, 나는, 이를테면 에른스트 J. 그루베가 가까운 친구 앞으로 쓴 편지를 보자면, 이 기록을 한 번도 본 일이 없네, 그러니 그들은—방금 거명한 이 모든 학자들과, 《패턴의 언어》라는 준準걸작의 저자인 연구진 네 명의 훌륭한 미발표 인덱스카드 기록을 포함하여—모두 알람브라가 거의 1세기 뒤에 유수프 1세, 즉 1333년부터 11년간 통치한 나스르 술탄에 의해 계획되고 의뢰되고 건축되었다는 데 동의하는바, 그의 궁전에는 그 태내에, 또는 그 기초에—이것을 이런 모호

한 언어로 어떻게 표현할 것인가?—최종적 알람브라의 숨겨
진 정수가 들어 있을 가능성이 다분하나, 이 시점에 도저히 확
신할 수 없는 것은, 그것이 그와, 그리고 그 자신의 경호원 중
하나가 그에게 단검을 꽂은 뒤로는 물론, 그의 아들이었다
고—이 모든 것을 그런 식으로 상상해야 하므로—그 둘이,
말하자면 깊이를 가늠하기 힘든 이 건축물을 함께 지었다고,
대뜸 덧붙여야 하기 때문으로, 유수프와 그의 아들 무함마드
5세는 둘 다, 이를테면 흙손을 손에서 손으로 날랐으며—이
것은 둘의 역할을 구분할 수 없음을 암시하고자 하는 표현인
즉—따라서 두 사람 다 자신이 무엇을 하는지 매우 잘 알았
으리라고 우리가 신빙성 있게 추측할 수 있는 것은, 결국 그들
뒤로는 다른 아무것도 없어서, 오로지 그들이었을 수밖에 없
기 때문인바, 이 기원이 어느 예술 작품의 기원만큼이나 불분
명한 것이 사실이고, 게다가 알람브라의 기원보다 더 불분명
한 것은 아무것도 없다고 감히 말할 수 있더라도, 그 끝은 죽
음만큼이나 분명한바, 무함마드 5세와, 1391년에 끝난 그의 오
랜 치세 뒤에는 그 끝에 대해 어떤 의혹도 있을 수 없으니, 뒤
이은 약 100년간 그라나다의 술탄 왕좌는, 무엇보다 일곱 명
의 무함마드와 네 명의 유수프를 거치나, 이 100년의 시기는
한 편의 혼란스러운 비극으로, 알람브라와 비교하면—토레
데 라스 인판타스의 건축을 제외하고는—중요한 사건은 무엇
하나 일어나지조차 않아, 마지막 나스르 통치자로, 보아브딜,

즉 '불운한 자'로만 종종 알려진 무함마드 12세가, 1492년에 그라나다와 그의 알람브라가 몰락한 것에 대해—이곳에서 보자면, 대*레콩키스타(재정복운동)의 대단원이겠지만—이것이 끝이라고, 더는 버틸 수 없다고, 풍문에 따르면, 탄식했을 때, 그가 이 모든 아름다움을 버리고 떠나야 했던 것은, 가톨릭 국왕들이 알람브라로 진군하고 있었기 때문으로, 이 왕들은 물론 장엄한 매력을 보면서도 이해하지 못했고, 더 중요하게는 무엇 하나 이해하고 싶어 하지 않았으나, 파괴하지는 않았으니—이 얼마나 관대한가—비*스페인어 사료에서는 진실로 이를 은혜롭지만 비합리적인 행위로 기록하는바, 한마디로 알람브라의 운명은 봉인되었고, 레콩키스타의 승리와 더불어 외국인들에게 점령되었으며, 그 뒤로 수 세기 동안 그들은 주변 지역에 이런저런 것을 지었는데, 대체로 변변찮은 것들을 지었으니, 중요한 것은, 알람브라의 관점에서 보자면 아랍인들이 무대에서 완전히 퇴장하여, 상상할 수 있는 가장 애석한 상황에 알람브라가 놓이고 말았다는 것인바, 알람브라를 이해할 수 있는 사람이 하나라도 있다면 그것은 아랍인이었으나, 그들은 이곳에서 영영 사라졌기에, 그로 인해, 우리의 경우 그 시점으로부터, 그 의미에 다가갈 수 있는 사람은 아무도 남지 않았으니, 이것이 절대적으로 참인 것은, 바로 이날까지도 알람브라를 이해할 수 있었던 사람은 아무도 없어서, 알람브라는 그곳에 하릴없이 요령부득으로 서 있으며, 왜 그곳에 서 있는지는 오늘날까지도 누구 하나 이해하지 못하기 때문이기에, 이 상황에 도움을 줄 수 있는 사람은 아무도 없는바, 없는 것은 해석이 아니라 해독에 동원할 해석 부호이고, 지금으로부터 줄곧 이런 식일 것은, 이 방향으로 계속 조사해봐야 더 나올 것이 없고, 돌아서는 것, 창조자로 생각되는 이들에게로 조금 후퇴하는 것이 바람직하기 때문인바, 즉 근거가 가장 확실한 불확실성에 의거하여 우리는, 그렇다, 1391년 이후로는—15세기 중엽 토레 데 라스 인판타스의 실내 장식을 제외하고는—누구 하나 더는 무엇 하나 알람브라에 덧붙이지 않았으며, 알람브라는 유수프 1세와 그의 아들 무함마드 5세와 더불어 존재하게 되었고, 그들과 더불어 끝을 맞았은즉, 한마디로 그들이야말로 알람브라의 건축을 지시했을 가능성이 가장 큰 사람들이라고 잠정적으로 선언하는 것이 더 바람직한바, 뒤로 거슬러 올라가 이보다 더 섣불리 이야기해서는 안 되며, 아마도 우리가 조심스럽게 접근한다면 유수프 1세와 무함마드 5세에 대해 우리가 이야기한 것 정도는 용인될지도 모르나, 이 이야기의 아무리 작은 단 하나의 순간에서도 우리는 아무리 조심해도 지나치지 않으며, 특히 우리가—바로 지금 여기서 도달하고 있는 것처럼—다음과 같은 사실이 분명해지는 지점에 도달할 때는 더더욱 조심해야 하는바, 알람브라의 이름이 무엇인지, 또는 이름이 있는지조차 우리가 모르고, 이런 일이 전례가 없는 것도 아니어서 용인될 수 있는 수준이며, 이곳이 언제 지어졌는지에 대해, 그리고 마지막으로 누가 지었는지에 대해서조차 분명한 답을 찾지 못한다는 사실은 제쳐두더라도, 이제 우리가 알지 못하는 또 다른 사항을 털어놓아야 할 때가 되었으니, 즉 우리는 알람브라가 **무엇**인지 알지 못하는데, 말하자면 우리는 이곳이 왜 지어졌고 용도가 무엇이었는지 알지 못한다는 것으로— 우리가 이곳을 처소로도 개인 궁전으로도 요새로도 보지 않는다면— 왜냐면 우리는 그렇게 보지 않으므로—그렇다면 이곳을 어떻게 보아야 하는가? 대체로 우리는 알지 못하고, 전혀 아는 바가 없으며, 그 이유를 설명하기가 어렵디어려운 것은, 마치 모든 것이 질서 정연한 듯 보이기 때문으로, 어떤 사람이 몸을 일으켜 그라나다로 가서, 다로강 좌안을 올라가, 오른쪽으로 틀어 다로강의 부글거리는 거품 위를 건너, 알람브라로 가는 도로에 이르러, 열기 속으로 스스로를 끌고 올라가—때가 여름이라 치면 열기가 지독하고 건조하고 따가운데 그에게는 양산도 없으므로— **값비싼** 입장권을 사면, 아주 놀라운 것이, 더 정확히 말하자면 불쾌하도록 놀라운 것이 그를 기다리고 있으니, 이 위에서 이리저리 힘겹게 헤매다보면, 마침내 이 위쪽에, 온갖 관문에서 서늘하고 차갑고 미완성인 아마도 카를로스 5세의 르네상스식 궁전에 이르기까지 온갖 구조물이 있지만 그에게는 그중 어느 것도 **그것**이 아닌 것처럼 느껴지는데, 그러다 그가 그것을 발견하는 것은, 결국, 마침내 그것이 거기 있음을 깨닫기 때문으로, 저 작은 문으로 그는 들어가야 하는데, 이내 자신이 안으로 들어갈 수 없으며, 기다려야 함을 알게 되는 것은, 관람객은 정해진 시간에만 입장이 허용되기 때문으로, 그는 관람객이어서, 규칙을 지켜야 하고 사정없이 내리쬐는 뙤약볕 속에서 기다려야 하는바, 음료수 판매대가 하나도 없어서 그는 더 그늘진 구석으로 물러나며, 운이 좋다면—그렇다 치고—20분만 기다리면 되는데, 그가 안으로 들어가자 입이 절로 벌어지는 것은, 이것과 같은, 하지만 **이것**과 같은 것은, 완전히 얼이 빠진 채 그가 혼잣말하길, 정말로, 하지만 정말로 한 번도 본 적이 없기 때문인바, 이것은, 그가 스스로에게 말하길, 누구의 상상도 뛰어넘는군, 하지만 그러는 동안 뭔가 정상이 아니라는 생각은 그에게 떠오르지조차 않는데, 그는 이곳이 왕궁이라고 생각하며, 물론 입장권에 적힌 간단한 해설을 읽거나 관광 가이드의 설명을 들으면서, 유수프 1세와, 아무렴, 그의 아들 무함마드 5세가, 이 두 사람이 이 경이로운 걸작을, 무슬림 무어족의 이 비할 바 없는 기적을 창조한 자들이라고, 그는 똑같은 말을 듣고 읽기에, 이곳이 궁전인지, 요새인지, 어쩌면 개인 처소인지, 이 모든 것을 합친 것인지의 의문은 그에게 결코 떠오르지 않으니—하긴, 다른 무엇일 수 있겠어?—그래, 술탄이 여기 살았잖아, 안 그래? 그리고 여기, 그의 지척에서 바다처럼 많은 신하들과 하렘의 여인들이 살았고, 궁정의 삶이, 한마디로 펼쳐졌으며, 성대한 잔치,

화려한 음악회, 눈부신 연회, 근사한 목욕, 빛나는 축하연이 열렸고, 물론 다음과 같은 사실도 알려져 있었으니, 수천 가지 추악한 음모와 술책, 비밀 결사와 계획, 위험과 살인, 혼란과 유혈과 몰락이 있었으며, 그런 뒤에는 언제나 나스르 왕조의 다음 술탄이 왕좌에 올랐으니, 한마디로 모든 것이 그런 술탄 왕국에서 일어날 법한 그대로 일어났다고, 그는 스스로에게 생각하거나, 어쩌면 생각하지조차 않는데, 그것은 이미지가 언제나 생각에 앞서기 때문으로, 그때 누군가가 생각하고 있는 것은 단 하나의 질문을 불러일으키지만, 그 질문은 여전히 발설되지 않으니, 누가 질문을 던진단 말인가, 휴대용 메가폰을 든 관광 가이드가?—아니, 정말로 아니어서, 자신이 지금 그런 곳에 생전 처음으로 와 있는 게 아닌가 하는 의심이 그의 마음속에 피어오르지도 않는 것은—세상에 그런 곳은 오직 하나, 알람브라뿐이기 때문으로, 무수한 팻말들은 스페인어 이름으로만 불리는 이곳의 모든 것들이—파티오 데 로스 아라야네스에서 살라 데 라 바르카까지, 파티오 데 코마레스에서 파티오 데 로스 레오네스까지, 살라 데 라스 도스 에르마나스에서 미라도르 데 라 다락사까지—이곳의 모든 것들이 궁전 아닌 다른 무언가임을 암시하는데, 무수한 팻말들이 알람브라의 불멸의 아름다움에 동참하고 있는 방문객에게 암시하는 것은, 아니, 이것은 요새도 궁전도, 심지어 개인 처소도 아니요, 아무리 봐도—다른 무언가라는 것이니, 자, 여기, 그렇게 우리는 벽에서 시작하는데, 벽에 대해 우리가 우선 알아야 할 것은 벽들이 원래는 하얀 회벽이었다는 것으로, 따라서 밑에서 본 오늘날의 그라나다나 구체적으로는 다로강이나, 한때 알람브라에 물을 공급하던 알바이신 지구에서 올려다본 알람브라의 전신前身은 붉지 않고 하얬으니, 이름에 대해서는 여기서 이것 하나로 종지부를 찍을 수 있겠으나, 훨씬 중요한 사실은 이 벽들이, 대체로는 서로 종잡을 수 없이 연결된 탑들이라는 것으로—아무리 선의의 전문가가 이것들을 조사한다 해도—이것들이 여러 목적에 적합하긴 했어도 알람브라의 통치자가 누구였든 그를 진정으로 지켜주지 않았음이 갈수록 분명해진다는 것이니, 그렇다면 벽들은 무엇을 위한 것이었는가, 무엇을 보호하고 있었는가, 알람브라를? 좋아, 하지만 무엇으로부터? 군사적 관점에서 벽들은 사실 무엇도 방어할 수 없었으며, 그 의미는 알람브라의 나머지 모든 것, 또는 알람브라와 관계된 나머지 모든 것만큼이나 애매모호하기에, 그렇다면 여기서, 이 벽들로 말할 것 같으면 알람브라의 벽들이—물론 우리가 말하는 것은 외벽들인데—어떤 방어 기능도 제공하지 않았으며, 이 벽들을 쌓은 것은…… 어쩌면…… 일종의 현시로서 의도되었다는 것 말고는 다른 어떤 결론에도 도달하는 것이 가능하지 않은바, 말하자면 이 벽들이 한편으로는 요새의 벽처럼 높고 성벽처럼 생겼기에, 단연코 무언가를, 벽 뒤에 놓인 무언가를 보호할 수 있음을 현시하나, 다른 한편으로 이 벽들의 건축을 의뢰한 사람들은 그 안의 삶이 난공불락임을, 이곳에 들어오는 것이 가능하지 않음을, 이 벽들을 침범하는 것이 가능하지 않고 **심지어 허락되지 않음**을 암시하고 싶었으니, 어쩌면 이런 의도가 건축을 명령한 사람들의 소망 깊숙이 담겨 있었는지 누가 알겠는가, 아무도 그들의 구체적 계획을 보지 못했으니, 유수프 1세도 무함마드 5세도 이곳에 이런 상태로 이 벽들을 쌓았을 때 무슨 생각을 했는지에 대해 그 어떤 흔적도 남기지 않았기에, 우리가 짐작만 할 수 있을 뿐임은, 알람브라의 건축과 관련하여 전반적으로 어떤 문헌 단서도 남지 않은 이유에 대해서도 우리가 짐작밖에 할 수 없는 것과 같으니, 그것은 아무것도 남지 않았기 때문으로, 여기에도 전례가 없는 것은 아니어서, 이슬람 제국의 광대한 영토에서 이런저런 건축물에 대한 문서는 흔하게 구할 수 있는 것이 아닌데, 알람브라의 경우에는 그보다 더 전례가 없어서, 건축 자체에 대해서는 단 하나의 사소한 문헌조차 드러나지 않은 걸 보면, 마치 건축을 명령한 자들에게는 자신들의 공사가—일을 쓸데없이 모호하게 만들지 않으려면, 어떻게 표현해야 하려나—숨겨지는 것이, 본질 속에 숨겨지되 외양에 의해 드러나는 것이 특별히 중요했던 것 같은바, 그것이 이 딜레마를 궁리하는 사람이 도달한 대략적 결론이며, 이것이 시작에 불과한 것은, 사실 이 알람브라 연구가 진전되면서 전에 자명해 보이던 것이 실제로는 결코 그렇지 않음이 점점 분명해질 것이기 때문인바, 말하자면 매우 오래된 건축물의 경우에, 문서 자료가 남아 있지 않은 것, 또는 알람브라에서나, 말하자면 알람브라와 비슷한 어떤 건물에서 하루하루가 어떻게 흘러갔는지에 대해 증거를 내놓을 수 있는 전문가가, 자신들의 전문성을 모조리 동원해도 오늘날 거의 없다는 것, 다만 이 복잡성, 이 완벽성이 그 자체를 현시하고, 알람브라와 조금이라도 관련된 모든 지식 속에서 드러나는 듯하다는 것, 모든 것에 주의를 기울여, 심지어 가장 작은 것, 가장 하찮은 사실에까지 미치는 관심으로 아무것도 남아 있지 않도록 했다는 것은 예외적인 일로 보기 힘들지만, 그럼에도 이것이 고민을 불러일으키는 것은, 그래, 그렇다면, 질문 하나가 필연적으로 떠오르기 때문인바, **결코 어떤 흔적도 남지 않았기** 때문에 이렇게 된 게 아니라면, **그것들은 숨겨진 것**이라고 볼 수밖에 없다고 말하는 사람은 그라바 교수로, 마르세 학파 소속의 그가 나머지 알람브라 연구자들 위에 우뚝 선 것은 이 놀라운 걸작에 모호한 구석이 너무 많음을 간파한 유일한 인물이기 때문으로, 간단히 말해서 그는, 미시간 대학교와 하버드 대학교의 교수이자 앙드레 그라바의 아들인 그는 알람브라 이야기가 어떻게 해서 실은 다름 아닌 거대한 음모 이야기인지에 대해 지극히 진지한 논문을 썼던바, 알람브라 자체는, 그의 견해에 따르면 유일무이한 위장술 시도였으며, 그가 박식한 전문가로서 그렇게 생각하는 이유는 분명 그 어떤 설명도 없다는 사실을 받아들일 수 없기 때문으로, 남다른 소질을 가진 이 학자가 이야기나 상황이나 이유나 목표 없이 무언가가 존재할 수 있다고 좀처럼 상상하지 못하리라는 것은, 그라바의 책에서 보듯 명약관화한바, 그는 그 형성, 그 기원에 어떤 논리적 연속성도 없다고는 상상조차 할 수 없으니, 더 확실하게 표현하자면 이 그라바 교수는 어떤 원인으로도 유발되지 않은 채 효과가 나타날 수 있다는 것, 즉 우리가 돌멩이를 던지지도 않았는데 잔잔한 호수 표면에 물결이 생기는 것, 말하자면 알람브라의 경우에 어떤 실질적 명령이 없이 이것이, 알람브라가 존재할 수 있다는 것, 더 나아가서 건축을 명령한 자들에게 구체적 의도가 없었으리라는 것은 가능하지도 않고 받아들일 수도 없다고 생각하는 바이나, 결국 그라바 교수는, 하버드에서도 미시간에서도, 이 모든 것이 고스란히 보전되었다는 것, 궁극적으로 이 모든 것이, 이 사례에서, 아마도 이 유일무이한 사례에서 논리적인 무언가에 **최종적으로** 귀속할 수 없다는 것을 견디지 못하는바, 우리는 알람브라가―실은 요새도 궁전도 개인 처소도 아니라는 것을 이미 훌쩍 뛰어넘어―아무런 설명 없이 거기 서 있는 것이라는 심란한 가능성을 맞닥뜨려야 하는바, 그것은 고스란히 보전되었고, 외벽이 보전되었고, 입구가 보전되었고, 내부 공간이, 조금 힘들긴 하지만 결국 통과할 수 있는 내부 공간이 보전되었고, 공간의 각 구성 요소마다 추정되는 기능이 보전되었던바, 그들이 가리키며 말하길,

이를테면 여기가 왕좌가 있던 자리이고, 여기 목욕탕이 있었고, 저기 공주가 갇힌 탑이 있었다고, 그런 식으로 말하며, 그들은 장식의 빼어난 솜씨를 분석하고, 상관관계를 탐색하고, 이슬람 건축의 보편적 규칙성에서 그것을 찾아내고, 그들은 감식안이 그들 보기에 덜 예민한 관찰자의 당혹감이 커질 때 당혹감이 커지지 않는바, 그들은 당혹스러워하지 않으나 우리는 당혹스러워하는 것은, 우리의 시선이 자명한 것들 위로 그렇게 수월하게 미끄러지지 않기 때문이요, 그것은 우리가 한발짝 더 내디뎠을 때 아무도 당혹스러워하지 않고 있음을 보기 때문인바—나름의 음모론을 내세우는 그라바 교수만이 예외이나, 그의 이론은 다른 방향으로 가고 있는데—이에 따라 누구 하나, 이것이 틀림없이 모든 전문가에게 명백했거나 여전히 명백하더라도, 누구 하나 알람브라 외부의 매우 소박하고 거의 황량하고 평범하고 눈길을 끌지 못하는 벽과 하찮은 재료로 만들어진 이 벽들의 하찮은 모르타르에 진정으로 심란해하지 않으니, 한마디로 알람브라는 그곳 내부에서, 그라나다 위 여름밤 별하늘처럼 모든 것이 경탄을 자아내는 거의 초인적인 매혹을 외부로는 전혀 보여주지 않는 것에 매우 큰 비중을 두며, 달리 표현하자면 밖에서 본 알람브라는 안에 있는 것을 전혀 드러내지 않고, 그와 동시에 안에서는 밖에 있는 사람을 기다리는 것을 전혀 드러내지 않는바, 말하자면 알람브라는 자신에 대해 아무것도 드러내지 않고, 대체로 어느 방향을 보든 어떤 성질도 결코 보여지지 않으며, 저기서 이런 저런 것이 나타날 것임을 여기서는 결코 암시하지 않으니, 즉 알람브라는 언제나 똑같고 언제나 모든 점에서 그 자신과만 동일한바, 이 진술로 표현하고자 하는 것은, 다른 한편으로 이 것이 무엇을 의미하는지 안다는 것이 아니라, 알지 **못한다**는 바로 그것인바, 그는 그곳에 그저 서서 인정하며, 그가 인정하 여 말하길, 오 맙소사, 밖에서 본 알람브라가 안쪽과 전혀 다 른 건축물이고, 안쪽이 바깥쪽과 전혀 다르다니 얼마나 기묘 한 노릇인가, 그렇게, 참으로 한 번에 한 걸음씩 나아가 작은 문으로 들어가면, 그 자신의 알람브라 이야기는 더 큰 전체 속 의 참으로 하찮은 장소에서 시작될 것인데, 입구라고, 그곳을 그렇게 부르기로 하겠다만, 우리는 그렇게 생각하지 않으니, 이 입구는 현재의 입구일 뿐이요 한때는 여기 있지 않았음을 잘 알기 때문으로, '예전'에 정확히 어디 있었는지는 확실치 않지만 여기 있지 않았다는 건 확실하다고 몇몇이 주장하며, 한마디로 입구는 숨겨져 있다고, 보스턴인지 미시간인지에서 온 그라바 교수가 말하는 것은, 경이의 궁전으로 통하는 길이 경이의 문을 통하지 않는다고 누가 상상할 수 있겠는가마는, 아니, 알람브라에서는 그렇지 않아서, 예전의 추정되는 입구 나 지금의 입구를 살펴보면, 마치 입구가 누구 하나 들이고 싶 어 하지도 어디로 데려가고 싶어 하지도 않는 듯하며, 다만 안 으로 들어오도록 허락할 뿐이니, 개구부가, 어떤 사람이 내부 공간에 접근하고 싶으면 접근할 수도 있는 지점이요 시간이 흐르면서 우연히 생겨났고 어떤 역할도 의도되지 않은 임의로 선택된 장소인 개구부가 그저 열려 있고 언제나 열려 있어서, 그곳 너머로 발을 디딜 수 있는데, 그다음은, 물론 그곳을 건너간 뒤에 무엇을 할 것인가가 또 다른 문제인 것은, 가장 간단한 시나리오를 채택하자면, 20분이 지나갔고, 끔찍하게 맹렬한 열기 속에서 땀이 뚝뚝 떨어지고, 그는 **터무니없이** 비싼 입장료를 치르고, 입장권에 적힌 간단한 해설을 훑어보고, 올바른 방향처럼 보이는 한 방향으로 출발할 텐데—문제는 그런 것이 없다는 것이어서, 알람브라는 자신 내부에 올바른 방향이란 개념을 담고 있지 않으며, 그는 쿠아르토 도라도 중정中庭에서 어디론가 출발할 때 이 사실을 금세 깨닫게 되는바, 만일 그가 이슬람 건축물 안에 처음으로 들어가는 것이라면, 틀림없이 몇 분, 어쩌면 더 오랜 시간이 지나야 정신을 차릴 수 있는데, 이는 이슬람 양식으로 장식된 공간을 처음 맞닥뜨리면—세상 어디에서나 마찬가지이지만, 이곳 쿠아르토 도라도 중정에서는 더더욱—완전히 압도당하기 때문이나, 그가 정신을 차리고 자신이 알람브라 내부의 경이로움을 향해 잘못된 방향에서 접근했음을 필시 알아차린다고 가정하자면, **쿠아르토 도라도 자체가 그에게 그렇게 말하며**, 마치 실제로 말하는 것처럼 말하여, 모든 요소 하나하나에서 이곳이 쿠아르토 도라도 중정임을 암시하는데, 길은 이곳으로 **이어지지** 않고 이곳에서 그 어디로도 **이어지지** 않으니, 쿠아르토 도라도 중정은 오직 자신만을 내어주며, 다시 순전히 우연으로 그는 건축물의 구조로부터 이곳으로 들어왔다가 저곳으로부터 나갈 가능성도 존재한다고 '추론'하는바, 한편으로 쿠아르토 도라도를 향해, 다른 한편으로 이곳으로부터, 마침내 메수아르궁으로부터 두 가지 똑같은 방향과 가능성이 있으나, 그즈음 그는 아름다움에, 너무도, 하지만 너무도 믿을 수 없이 **아름다운** 이 아름다움에 얼이 빠져, 현기증이 난다고 생각하며, 그리하여 그가 그저 여기저기 쏘다니는 것은, 그가 느끼기에 벽과 기둥과 바닥과 천장, 숨 막힐 정도로 정교하게 조각된 장식에 현혹되었고, 감당할 수 없고 헤아릴 수 없는 타일과 벽면, 무어풍 아치와 종유장식鍾乳裝飾 둥근 천장이 자신에게 무너져 내리는 것 같기 때문으로, 그래서 그가 완전히 어리둥절한 채로 나아가는 것은, 아니, 자신의 현기증과 아찔함이 알람브라 내부에서 올바른 길을 찾지 못하는 이유가 아님과, 자신이 원하는 방향에서 다른 방이나 중정에 들어가지 못한다는 느낌이 끊임없이 드는 것 또한 그 때문이 아님을 훨씬 뒤에야 알아차리기 때문으로, 이에 따라 그는 자신이 느끼는 아득한 매혹으로는 이것을 설명할 수 없고 알람브라에는 올바른 길이 **없음**을 깨달으며, 게다가 얼마 지나지 않아 알람브라에는 아예 길이 없음을 문득 알아차리니, 방과 중정은 결코 서로 이어지고 서로 흘러들고 서로 맞닿도록 지어지지 않았던바, 즉 시간이 조금 지나면, 약간의 행운과 많은 정신적 분투의 결과로 그는 이곳의 모든 방 하나하나와 모든 중정 하나하나가 그 자체를 위해 존재하고 방과 중정이 서로 아무 관계가 없음을 또한 이해하나, 그렇다고 해서 그것들이 서로 외면하고 있다거나 서로로부터 스스로를 차단하고 있다는 뜻은 아니어서, 결코 그렇지 않으며, 모든 중정과 방은 자신 안에서 자신을 나타내고 그와 동시에 자신 안에서 전체를, 알람브라의 전체를 나타낼 뿐이니, 이 알람브라는 부분들로 존재하는 동시에 하나의 전체로 존재하며, 각 부분 하나하나가 전체와 동일하고 그 역도 참인바, 말하자면 알람브라 전체는 순간순간마다 각 부분 하나하나의 교통 불가능한 우주를 나타내며, 이 깨달음은 이곳의 찬란한 빛 속에서도 광적인 속도로 그의 정신을 꿰뚫지만, 그는 아직 알람브라에 들어온 것조차 아니어서, 그는 아직 쿠아르토 도라도에 있을 뿐이요, 아직 거의 아무것도 보지 못했으나 이미 모든 것을 보았으니, 이 깨달음이 아직 그의 인식에 들어오지 않았을지는 모르나, 그는 실로 이제서야 메수아르 궁에서 출발하여 그곳으로부터 마치 미로의 막다른 길에서 돌아서듯 살라 데 라 바르카의 현란眩亂한 나무 천장을 놀라움 속에서 방문하는데—즉, 알람브라를 방문하는데—이곳에서 모든 방문이 놀라운 것은, 알람브라가 자신이 결코 이해될 수 없음을 모두에게 이해시키기 때문으로, 알람브라는 살라 데 라 바르카에서 그렇게 몰이해시키고, 파티오 데 로스 아라야

네스의 기다란 물 거울에서도, 목욕탕의 가느다란 기둥들을 따라 천상적으로 불가해하게 내려오는 대리석 레이스에서도 똑같이 몰이해시키며, 마지막으로, 사자 중정이라는 뜻의 파티오 데 로스 레오네스의 분수에 이르면, 그는 자신이 이곳의 방문객이 아니라 희생 제물, 알람브라에 바쳐지는 제물이 아닌지 이미 의심이 들지만, 그와 동시에 그는 알람브라의 광채로 인해 영광을 입는데, 이것이 희생인 것은 모든 것이 그로 하여금 자신이 꿈꾸고 있지 않은 꿈에 참여하도록 강제하며 다른 이의 꿈에서 깨어 있는 것은 가장 끔찍한 짐이기 때문이나―그와 동시에 그는 총애받는 자여서, 무언가를 볼 수 있는 바, 그것을 보는 것은 아득한 명령에 의한 것이거나, 그마저도 아니어서, 이것은 알 수 없으나, 어쨌든 그는 세상이 창조되는 순간을 볼 수 있고, 물론 그러는 내내 그것을 조금도 아무것도 이해하지 못하니, 어떻게 그것을 조금이라도 이해할 수 있겠는가, 그가 알람브라 이야기에 대해 아무것도 알지 못한다면, 그 창조자조차―그들을 유수프 1세와 무함마드 5세라고 부른다면―알지 못했음이 명백해 보이는바, 그들이 그 지식을 경험한 것은 오로지 자신들의 뛰어난 석공들을 통해서였는데, 그들은 그리스인, 유대인, 인도인, 페르시아인, 중국인, 기독교인, 시리아인, 이집트 문명 출신으로, 거대한 통일체로서 토후국과 칼리파국에 스며들어 고도로 정제된 아랍 문명을 창조했으니, 앞에서 이미 언급했듯 창조자는 그 두 사람이었을지 모르나, 알람브라 건축이―이것은 앞에서 언급하지 않았는데―오로지 유수프 1세에게서 비롯했을 가능성도 있는데, 어쨌든 이것은 중요하지 않은바, 확실한 것은 알람브라의 창조자가 혼자였다면 그에게는 의지할 무언가가 있었으리라는 것이요, 하지만 그들이 둘 다 대등하게 참여했다면 그들은 이미 여러 차례 혼자가 아니었으니, 그 생각이, 알람브라에 대한 생각이 그라나다에 도달할 수 있기까지는 거대한 문화적 공간을 지나고 대륙들과 나라들과 시대들을 거쳐야 했던바, 그곳은 무함마드 이븐 무사 알 콰리즈미와 야쿠브 이븐 이스하크 알 킨디와 아부 알리 알 후사인 이븐 압둘라 이븐 시나와 오마르 알 하이얌과 아부 알 왈리드 무함마드 이븐 루시드가 살았고 창조했던 곳으로, 융성한 칼리프 압둘라 알 마문 이븐 하룬 알 라시드의 치세에 이름난 바그다드 지혜의 전당 바이트 알 히크마가 필요했으며 또 필요했던 것은 코르도바의 인근 칼리파국, 알 하캄 2세의 정신, 그리스적이면서도 그리스적이 아니고 유대교적이면서도 유대교적이 아니고 수피적이면서도 수피적이 아닌 영감들을 가로질러, 상상된 알람브라의 사색자들에게 전해진 그 철학적 정신, 신비주의적이고 우주적인 사유의 맥에 무척 예민했던 박식가들인 아부 이샤크 이브라힘 이븐 야히야 알 자르칼리, 아부 바크르 무함마드 이븐 아브드 알 말리크 이븐 무함마드 이븐 투파일 알 카이시 알 안달루시, 아부 무함마드 알리 이븐 아마드 이븐 사이드 이븐 하즌, 아부 베크르 무함마드 이븐 야히야 이븐 바드시라의 훌륭하고 매혹적인 논증과 세계에 대한 설명 때문이었으나, 무엇보다 아랍 문화에서 이례적으로 위대한 인물을 맨 먼저 언급해야 하는바, 아부 자이드 압두 알 라만 이븐 무함마드 이븐 칼둔, 즉 이븐 칼둔을 언급하고 또다시 거명해야 하며, 그렇게 해도 알람브라의 탄생에서 그의 중요성이 얼마나 대단했는지 분명히 밝히기란 불가능하고, 우리가 그의 이름을 다시, 하지만 또다시 발음하더라도 불가능한즉, 말하자면 처음에 그는 튀니지에서 태어났으나, 생애의 중요한 시기에 이 천재는 무함마드 5세의 신하 중 하나로서 돌아와 알 안달루스에서, 즉 그 중심지 그라나다에서 술탄의 자문관이 되었으며, 그가 무함마드 5세에게 운명적 영향을 미쳤을 가능성이, 입증할 순 없으나 지대한바, 그가 알람브라를 계속해서 짓거나 짓기 시작한 것은 이 영감을 토대로 했을 것인데, 만일 유수프 1세 혼자가 아니었고, 그 둘이 아니었고, 만일 무함마드 5세 혼자만이 알람브라의 창조자가 아니었더라도, 아랍 정신의 사자 이븐 칼둔이라면 실로 충분했을 것이며, 또는 그런 우주적 걸작을, 우주적 신비주의의 사색에 바치는 기념물, 즉 알람브라를 지으라고 술탄을 충분히 설득할 수 있었을 것인바, 단지 설득만 하는 것이 아니라 그런 구조물의 제작에 필요한 가장 필수적인 지식과 영적인 도움을 제공할 수 있었을 것이니, 우리는 이 가설을 배제할 수 없으며―이것이 가설일 뿐 입증할 수 없음은 알람브라의 창조에서 이븐 칼둔의 역할이 오늘날 우리가 생각하는 것보다 훨씬 컸음을 시사하는 것은 여기 아무것도 없기 때문인데—그즈음 그는 이미 살라 데 라스 도스 에르마나스, 미라도르 데 라 다락사, 살라 데 로스 아벤세라헤스와 그곳의 이루 말할 수 없는 매혹을 지나쳐, 그의 눈길은 알람브라의 단 하나의 측면에 집중되기 시작하니, 말하자면 그는 벽의 **표면**, 아치, 창틀, 테두리, 기둥과 기둥머리, 포도鋪道, 우물과 큐폴라를, **표면**을 살펴보기 시작하는데, 이에 따라, 아래에서 시작되고 바닥 높이에서 가슴 높이까지 올라오는 알람브라의 심오한 깊이가 다양한 색깔로 타일에 쓰여지고 그곳으로부터 석고 조각이나 스투코로 올라가는 것은, 그렇다, 알람브라 전체가 여기, 완전하게, 흠 없는 이야기를 들려주는 흠 없는 알파벳으로 쓰였기 때문으로, 여기에, 마치 초인적 세심함과 거의 무시무시할 정도의 정성을 들인 듯 마치 천 가지, 만 가지, 십만 가지 형태인 듯 무언가 쓰여지고 있어서, 끊이지 않고 끝까지, 이 타일과 스투코에 쓰였으니, 그는 이슬람식 건축물들에 새겨진 실제 글귀에 대해 생각하지 않으나, 이것은 연구자들에게는 많은 관심을 불러일으켰는데—이것은 알람브라의 여러 방에 있는 쿠란의 인용인가, 이븐 잠라크라는 자의 작품에서 유래한 평범한 찬가인가, 이븐 알 야이얍으로 알려진 초기 시인의 작품에서 뽑은 비슷한 수준의 시구인가—아니, 문제는 결코 이 낱낱의 글이 아니라 언어의 문제로서, 오각형을 바탕으로 이른바 기리(이슬람 패턴)로 배열되었으나, 어쨌든 신성하게 여겨진 기하학으로부터 표현된 이해할 수 없는 언어인바, 처음에 그는 이것을 순수한 장식으로 경험하여 타일을 조합하거나 스투코에 새기거나 찍어 만든 일종의 꾸밈으로 간주하며, 처음에는 이것이 장식 같다는 느낌에 만족하는 것이 사실 가능한 것은, 아찔한 대칭성, 야릇한 색깔—풍성할 뿐 아니라 단연코 측량 불가능하게 반짝이는 형상이자 개념—뒤에 어떤 의문이나 불확실성도 남아 있지 않기 때문이나, 알람브라의 모든 방과 탑과 중정에 들어가고 지나간 사람 중에서 이 장식이 심지어 장식이 아니라 무한한 언어라는 깨달음을 떠올린 사람은 거의 없는데, 거의 없어도 있긴 있어서, 그들은 모두 방들 사이를, 탑들 사이를, 중정들 사이를 헤매며 자신이 어디에 있는지 왜 다른 곳이 아닌 바로 그곳에 있는지 전혀 알지 못하나, 잠시 뒤에 이 매혹적인 표면에 눈길을 주기 시작하는 사람들이 생겨, 그들은 패턴을 살펴보려고 점점 빈번히 가만히 서 있고 점점 빈번히 벽의 이런저런 강렬한 대칭성에 완전히 빠져드니, 이런저런 큐폴라 아래서, 이를테면 토레 데 라스 인판타스에서 그들이 도저히 움직일 수 없게 되는 일이 점점 자주 일어나는데, 그들의 목에 쥐가 나는 것은 고개를 완전히 뒤로 젖혀 올려다보기 때문으로, 그들은 높은 곳을 들여다보며 어떻게 이 모든 것이 가능한지 합리적으로 이해하려 애쓰는바, 그 사람들은 어떤 사람이었을

446

까—이런 생각이 그들의 마비된 머리 속으로 번득였는데—
이렇게 놀라운 일을 할 수 있는 사람은 누구였을까, 어쩌면 천
사였을까? 하지만 천국도 없는데 천사라니! 이 머리들은 생각
하고 있고, 어쩌면 그중 두 명이, 어쨌든 한 명은 생각하길, 사
실 우리는 천사에 대해 알지 못해, 하지만 석공들에 대해서는
알지, 그러니—이 신성하거나 지옥 같은 복잡성에 깃든 그토
록 거친 확실성에 대해 말할 수 있는 한—석공들이 있었던
건 거의 확실해, 흥미롭군—이런 생각이 이미 마사지를 요하
는 목에 얹힌 마비된 머리를, 적어도 그 한 사람의 머리를 스
쳐 지나가니, 그는 저 높은 큐폴라를 보고 또 보며—저들이
누구였을지에 대해 우리가 아는 것이 아무것도, 하지만 하느
님 주신 온 세상에서 절대적으로 아무것도 없다니 정말로 이
상하군, 이 석공들, 이 조각 천재들, 이 타일 맞추기의 귀재들,
이 패턴 제작자와 아치 제작자와 우물 장인과 물 기술자들, 얼
마나 많은 사람들이 여기 있었을까, 그들은 어디서 왔을까?
그라나다에서? 페즈에서? 알 카라윈에서? 천국에서?—존재
하지도 않는?—이토록 믿을 수 없는 솜씨와 경험과 지식과 기
술이 수십 년에 걸쳐 이곳에 접목되었다니 참으로 놀라워, 하
지만 그것만이 아니지, 벽의 표면을 다시 꼼꼼히 들여다보며
그가 생각하길, 이 무수한 형상들, 이 무수한 구성들, 이 무수
한 윤곽들 …… 마치 그렇게 많지도 않은 듯, 마치 단지 몇 개
의 형상이, 몇 개의 구성이, 몇 개의 물결 모양 윤곽이 벽 표면

에 그저 반복되며, 백 번 천 번 반복되는 것 같군, 하지만 어떻게? 여기서 이 질문이, 경탄 속에서 제기되어야 하나, 질문에 대답하는 것은 가능하지 않은바, 말하자면 이 형상과 구성과 선은 반복되고 생기고 다시 생겨, 알람브라 전체처럼 지독히 복잡하나 그럼에도 반복되니, 그는 벽의 이런저런 패턴을 향해 더 가까이 몸을 숙여, 정말이지 무척 복잡하군, 그러고는 적당히 거리를 두고 보려고 약간 뒤로 물러서나, 이제 보니, 단순한 걸까 복잡한 걸까, 그가 스스로에게 묻는데, 글쎄, 바로 그것, 정확히 그것을 판단하기는 힘들지만, 심지어 판단하기 힘든 게 아니라 실은 **불가능**한바, 말하자면 그 질문은 모든 진지한 기하학자의 골머리를 썩였고, 지난 세기의 80년대 초부터 더더욱 그랬던바, 1982년에 피터 J. 루와 그의 동료 폴 J. 스타인하트가 쓴 「중세 이슬람 건축에서의 십각형 및 준결정 타일 구조」라는 제목으로 학술지 《사이언스》에 실린 논문에서, 두 연구자는 500년 전 이슬람 건축이, 아랍 기하학의 영향을 받아 그 특이한—불가능하기에—대칭성 사례에 대해 이미 친숙했음을 발견했는데, 중세 아랍인을 제외한 나머지 인류가 이것을 발견한 것은 20세기 들어 1970년대 즈음 연구자 펜로즈의 발견을 통해서로, 그 핵심은 5분 회전 대칭에 있는 어떤 기하학적인, 따라서 수학적인 패턴이, 하지만 결정학에서는 가능하지 않다는 것인바, 우리는 패턴의 각 조각을 변형할 수 있어서, 결정에서처럼 무수히 여러 번 옮기고 거꾸로 놓고 뒤집을 수 있지만, 패턴 전체는 그렇게 할 수 없는데, 달리 설명하자면 **수학적** 결정에는 진짜 결정과 대조적으로 그 어떤 조각도 다른 조각으로 변형할 수 없는 예외적인, 아주 미세하게 예외적인 경우가 있어서, 주어진 패턴을 얻고자 해도 얻지 못하고 우리는 그런 형상을 결정이라고 부르지 않으나, 로저 펜로즈의 발견 이후로 준결정이, 그러니까 이 금지된 대칭성이 아랍 건축에서 나타난다고 이 하버드 출신의 루와 이 프린스턴 출신의 스타인하트가 말했고, 그 뒤에 다른 사람들도 이 이슬람 건축 예술에서 기본적 형상이 페르시아 기리로 알려진 것임을 확증한바, 이것은 모두 해서 다섯 가지 서로 다른 기하학적 형태로 이루어졌는데, 각각의 각이 144도인 정십각형, 각각의 각이 108도인 정오각형, 각이 72도거나 144도인 비정형 육각형, 그리고 각이 72도와 108도인 마름모, 마지막으로 각이 72도와 216도인 비정형 나비넥타이 육각형으로, 이 다섯 가지 형태만 있으면 어떤 종류의 표면도 짜맞출 수 있는바, 즉 홈 없이, 어떤 빈틈도 없이 조합할 수 있어서, 이것은 그에 따라 기리가 되고, 우리가 발견하는 것은 여기에 관련된 수학적 지식과 더불어 이 기하학이니, 알람브라의 벽과 아치와 포도와 천장과 기둥과 여장女墻의 표면에 더 가까이—상상 속에서든 실제로든—몸을 숙이면, 석고가 굳기 전에 찍었거나 굳은 뒤에 새겼거나, 대리석 기둥이나 아치형 천장이나 큐폴라에 조각했거나, 바닥과 천장과 타일 벽에 붙이거나 그려

넣은 이 특이한 행태를 보이는 구성이—여기 이 경우에서처럼, 더 정확히 표현하자면—알람브라의 미로 안에서 점점 어질어질해지며, 훨씬 중요하게는 우리가 이 특이한 대칭성을 발견하고 우리가 그것들을 인식하는 즉시 그 속에 빠져드는 것은, 이 준대칭 공간이 알람브라의 모든 장식 표면에 있기 때문으로, 이곳에서는 모든, 하지만 모든 1제곱밀리미터 하나하나가 장식되어 우리의 시선을 무한의 표면에 고정하니, 우리의 시선은 이렇게 무한에 강제로 끌려 들어가는 것에 익숙지 않고 이 무한을 들여다보는 것에 익숙지 않으며, 이 시선은 단지 무한을 들여다보는 게 아니라 두 개의 무한을 동시에 들여다보는바, 이 시선에 감지되는, 이를테면 앞서 언급한 토레 데 라스 인판타스의 경우에서처럼 기념비적이고 팽창적인 무한뿐 아니라 극도로 작은 요소인 축소판 무한도 있으니, 이를테면 살라 데 로스 바뇨스를 향해 돌아서 전시실 옆으로 이어지는 계단 중 하나의 근처에서, 그는 왼쪽 기둥머리 밑을 들여다보며 패턴 중 하나의 테두리 요소를 찾으려 애쓰는데, 그곳에서는 하나의 좁고 평행한 모티프가 선의 길을 따라 위로 올라가다 완전히 사라져버리니, 다시 그는 그저 어질어질해져 별 모양 점에서 출발한 이 선들이 어떻게 무한으로 이어질 수 있는지 이해하지 못하는데, 그것들에 할당된 전체 공간은 무척 작은바, 이로부터 이어지는 생각은 알람브라에서, 이전에 한 번도 현시되지 않은 진실이 스스로를 드러낸다는 것으로, 말하자면 무한이 유한 안에, 구획된 공간 안에 존재할 수 있다는 것이나, 하지만 이것이, 어떻게 이것이 가능한가? 이것은 마치 여기서 이 모든 작은 무한들이 나머지 모든 것들에 독립적이면서도 동시에 연결된 것 같아서, 처음에 각 방들이 그랬던 것과 같다고, 첫인상으로는 이렇게 판단할 수 있으나, 그다음에는, 관찰을 중단하고 주어진 상황에서 조금이나마 휴식을 취할 수 있는 자리를 찾는 것이 더 나은즉, 그의 다리와 등과 목이 쑤시고 머리가 핑핑 돌고 눈꺼풀이, 특히 오른쪽 눈꺼풀이 씰룩거리고 있어서—실로 이것은 짧은 찰나적 평안의 순간이나, 너무 오래 쉬면 이런저런 방문객이 알람브라 구경을 위해 구입한 **무지막지하게** 비싼 입장권에 원래 배정된 시간이 이미 지났을 가능성이 지대한바, 그는 알람브라에서 휴식에 적합한 장소에서 잠시 머무는 것이 낫지만, 어차피 앉는 것은 불가능하며, 여기서 그런 목적으로 이용될 수 있는 어떤 공간이라도 건드리는 것은 분명 무엄한 신성 모독이어도, 잠시 멈춰 눈을 감고 숨을 고르는 것, 이 정도는 가능하니, 고요히 있는 것, 그러려는 의도만으로도 이미 치유 효과가 있는 것은, 이제 어마어마한 괴수가 그를 짓누르기 때문으로, 이 괴수는 알람브라인바, 적어도 그의 안에는 약간의 침묵, 내면의 이완이 있어서, 생각과 추측과 반사와 결론과 인지와 이미지는—이미지는!—그의 떨리는 눈꺼풀 밑에서 그다지도 무섭게 진동하지는 않으며, 잠시 뒤에 이 의도가 정말로 유익했음이 이미 분명하나, 충분하지는 않아서, 그는 이곳으로부터 점차 물러날 필요가 있는바, 특별한 힘으로 그를 끌어당기는 저 방들로 몇 발짝, 한 번 더 미라도르 데 라 다락사로 물러나며, 그걸로 충분하나, 그는 나쁜 결정이 자신을 이곳으로 데려왔다고 느끼는바, 그는 머무를 것이고 조금씩 물러나진 않을 것이어서, 방들의 종유장식이 황금 속에서 헤엄치며, 떨어질락 말락 하나 결코 떨어지지는 않아, 그는 밖에서 빛이 흘러드는 동안 아치형 창문의 발광에 점차 눈이 멀고, 다시 한번 벽과 천장의 이 초자연적 패턴 장식이 자신에게 내려앉도록 허용하며, 이 생각도 이미 그곳에, 그의 머릿속에 있는바, 아, 이슬람 패턴의 본질은 첫눈에 보이는 것에서가 아니라, 기하학의 정묘한 구현에서가 아니라, 이것이 어떻게 수단으로 쓰이는가에서 찾아야 하는바, 반짝이고 섬세하게 살아 있는 이 패턴이 다양한 경험의 통일적 성격을, 모든 것을 그물 하나에 담는 통일성을 가리키는 것은, 저 아랍 정신에 의해 쓰인 기하학적 구성이 그리스 문명과 인도 문명과 중국 문명과 페르시아 문명을 건너 어떤 개념을 실체화하기 때문으로, 말하자면 세상의 악한 혼돈이 무너져 내리는 자리에, 모든 것을 들어맞게 하는 더 숭고한 것을, 거대한 통일성을 선택하게 하니, 그것이 우리가 선택할 만한 것이요, 알람브라는 이 통일성을 가장 작은 요소에서나 가장 거대한 요소에서나 동등하게 표현하나, 이것을 이해 가능하도록 하지는 않는바, 이번 한 번조차도, 이해를 요구하지 않으면서도 자신이 이해되어야 한다고 끊임없이 요구하나, 이제 그는 이미 미라도르 데 라 다락사의 장엄함 속에 서글프게서 있으며, 정말로, 천천히, 떠나기 시작할 것인데, 그는 알지 못함 속에 서 있고, 정원이 아직 그를 기다리고 있어서, 천상의 헤네랄리페가, 이곳에서 멀지 않고 엘 솔로 알려진 언덕이 그를 맞아주어, 천국 같은 파노라마로 방문객을 매혹할 것이니—그는 알지 못함 속에 서 있고, 이 모든 황홀함에도 불구하고 그의 안에는 어떤 환멸이 있어서, 마치 온화하고 달갑지 않고 부드러운 인식의 산들바람이 떠나는 그를 때리는 듯하며, 마치 그가 알람브라에 대해 아무것도 알지 못하며, 알람브라 자신이 이 알지 못함에 대해 아무것도 알지 못한다는 앎을 알람브라가 제공하지 못한다고 그가 이미 의심하는 듯한 것은, 알지 못함이 존재하지조차 않기 때문이다. 그것은 무언가를 알지 못하는 것이 복잡한 과정이고, 그 이야기는 진실의 그림자 아래에서 펼쳐지기 때문이다. 저기에 진실이 있기에. 저기에 알람브라가 있기에. 그것이 진실이다.

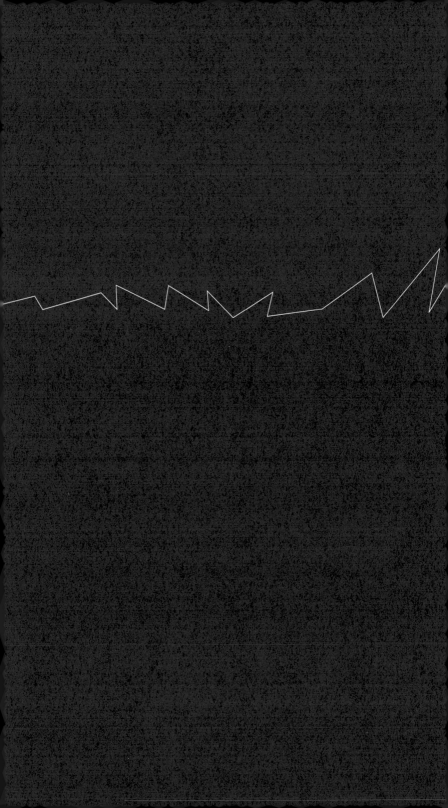

144

무언가 밖에서 불타고 있다

라쿨 스폰타 아나는 해발 약 950미터 높이의 분화구 안에 형성된 사호死湖로, 형태가 놀랍도록 원에 가깝다. 빗물로 채워져 있으며 그 속에서 사는 물고기는 동자개(메기의 일종)뿐이다. 곰들은, 물을 마시러 올 때면, 사람들이 소나무 숲을 느긋하게 걸을 때와는 다른 길을 이용한다. 더 가면, 방문객이 뜸한 곳에 평평하고 질퍽질퍽한 습지대가 있는데, 이끼땅으로 알려져 있으며, 오늘, 널빤지로 만든 길이 늪을 가로질러 구불구불하게 놓여 있다. 물로 말할 것 같으면, 결코 얼지 않으며, 가운데는 언제나 따뜻하다는 소문이 있다. 분화구는 호수와 마찬가지로 천 년 동안 죽어 있었다. 대개는 거대한 적막이 땅을 짓누른다.

이상적입니다, 진행자 한 명이 첫날 도착한 사람들에게

주위를 보여주며 말하길—사색하기에 이상적이죠, 산책하며 기운을 북돋우는 데도 그만이고요, 이것을 아무도 흘려듣지 않았고, 그들은 1000미터나 된다는 가장 높은 산 근처에 캠프가 있다는 이점을 살렸으니, 그리하여 양쪽으로—봉우리로 올라갈 때와, 봉우리에서 내려올 때!—도보 행렬은 꽤 빽빽했는데, 빽빽해도 그것은 결코 아래쪽 캠프에서 훨씬 열띤 활동이 동시에 벌어지고 있음을 의미하지 않는 것은 아닌바, 시간은, 으레 그렇듯 무르익었고, 더욱 열띠게 창조적 생각들도 무르익었으니, 이 캠프장에서 처음 떠오른 생각들은, 형체를 갖추고 상상 속에서 최종 형태에 도달했는데, 그즈음 모두가 배정된 공간에 들어가 자리를 잡고 물건을 정돈했으니, 대부분 본관에 개인 방을 얻었으나, 통나무 오두막이나 안 쓰는 헛간에 틀어박힌 사람들도 있었고, 세 명은 캠프의 본부 역할을 하는 본관의 거대한 다락에 올라가 각자 공간을 나눴으며—이것은, 하긴 모두에게 대단한 필수 요건이어서, 그들은 일할 때 혼자 있어야 했으니, 모두가 방해받지 않고 심란하지 않을 고요를 요구했는데, 그렇게 그들은 일을 시작했고 바로 그렇게 하루하루가 지나갔으니, 대체로는 일을 했으며, 짬짬이 걷고, 호수에 상쾌하게 발을 담그고, 식사하고, 노래하고, 저녁이면 발간 모닥불 가에서 과일 브랜디로 원기를 회복했다.

하지만 이 이야기의 주어를 뭉뚱그려 표현하는 것은 오해의 소지가 있는바, 천천히, 하지만 확실히 분명해진 사실은—작업 첫날에는 가장 예리한 눈에만 보였으나, 셋째 날 오전 즈음에는 대부분 별 이견이 없었는데—정말로 그들 중에서, 열두 명 중에서 한 명이, 나머지 전부와 절대적으로 다른 사람이 있다는 것이었다. 그는 도착한 방법도 무척 신비로웠거나 적어도 나머지 사람들과는 매우 달랐는데, 기차를 탔다가 버스로 갈아타고 온 것이 아니라, 믿기지 않겠지만, 그가 도착한 날 오후, 아마 6시 아니면 6시 30분경에 캠프장에 그저 들어서면서, 방금 **도보**로 도착한 사람처럼 들어섰으니, 진행자들이 정중하게 각별히 예의를 갖춰 이름을 물어도 그는 무뚝뚝하게 고개만 끄덕였을 뿐이었고, 그들이 그에게 어떻게 도착했느냐고 더 집요하게 캐묻기 시작하자, 길이 꺾어지는 곳까지 누군가 차로 데려다주었다고만 대답했으나, 사방을 뒤덮은 적막 속에서 그를 웬 '길이 꺾어지는 곳'까지 데려다주었을 차량의 소리를 들은 사람은 아무도 없었기에, 그가 차로 왔으나 끝까지 차로 온 것은 아니고 길이 꺾어지는 어느 지점까지만 와서 거기서 내렸다는 것은 도무지 믿기 힘들었던바, 그리하여 아무도 그의 말을 곧이듣지 않았고, 더 정확히 말하자면 아무도 그의 말을 어떻게 해석해야 할지 몰랐으니, 바로 그 첫날 유일하게 가능하고 유일하게 합리적으로—다른 건 몰라도 가장 터무니없긴 하지만—남아 있던 대안적 설명은, 그가 처음부터 끝까지 걸어왔다는 것으로, 그는 부쿠레슈티에서 일어나 길을 떠났는데, 기차를 탔다가 여기 오는 버스로 갈아탄 게 아니라, 라쿨 스픈타 아나까지의 길고 긴 길을 그 저 걸어와—몇 주나 걸렸는지 누가 알겠는가!—저녁 6시 아니면 6시 30분에 캠프장 정문으로 들어왔으며, 조직위원회가 이온 그리고레스쿠에게 당신을 영접하는 영광을 허락하실 것인지 질문을 던졌을 때, 그는 한 번 무뚝뚝하게 고개를 끄덕이는 것으로 대답을 대신했다.

이 가설의 신빙성이 그의 신발에 달려 있었다면 의심의 여지는 전혀 없었던바, 원래는 갈색이었을 신발은, 인조 가죽으로 만든 가벼운 여름용 로퍼였고 발끝에 작은 장식이 꿰매져 있었는데, 이제는 그의 발 주위로 완전히 바스라지고 있었다. 밑창은 양쪽 다 떨어졌고, 뒤축은 닳아 납작해졌으며, 오른쪽 앞축에서는 무엇 때문인지 가죽이 비스듬하게 벌어져, 그 아래로 양말이 보였다. 하지만 가설의 신빙성은 그의 신발에만 달려 있지 않았기에 그 진위는 끝까지 수수께끼로 남았으며, 어쨌든 그가 입고 있던 겹겹의 의복은 남들의 서구식 또는 서구화된 복장들 가운데에서 눈에 띄었으니, 이 의복들은 차우셰스쿠 시대인 1980년대 후반으로부터, 가장 비참했던 시기로부터 현재로 불쑥 걸어나온 사람의 의복 같았다. 헐렁한 바지는 평범한 색깔의 두꺼운 플란넬 같은 소재로 만들었으며 발목 위에서 흐느적흐느적 펄럭이고 있었으나, 보기에 더 고역인 것은 카디건으로, 늪을 연상시키는 구제 불능 초록색에 바느질도 엉성했으며, 격자무늬 셔츠 위에 받쳐 입었는데 여름 더위에도 단추를 턱까지 채웠다.

그는 말랐고, 물새처럼 어깨가 굽었으며, 대머리였고, 무섭도록 여윈 얼굴에서는 순수한 진갈색의 두 눈이 불타고 있었는데—순수하게 불타는 두 눈은, 내면의 불로 인하여 타는 것이 아니라 두 개의 고정된 거울처럼 무언가 밖에서 불타고 있는 것을 반사하고 있는 것일 뿐이었다.

사흗날이 되자 그들 모두가 이해했던바, 그에게 캠프는 캠프가 아니었고, 일은 일이 아니었고, 여름은 여름이 아니었고, 그의 사전에는 물놀이도, 그런 모임에서 가장 많이 볼 수 있는 어떤 유쾌하고 한가로운 휴가철 즐길거리도 없었다. 그는 진행자들에게 새 신발을 청하여 받았는데—그들은 헛간에서 못에 걸려 있던 장화 한 켤레를 찾아 그에게 주었으며—이 신발을 온종일 신고 캠프를 오르락내리락했으나, 단 한 번도 캠프장을 떠나지 않았고, 한 번도 봉우리에 오르지 않았고, 한 번도 봉우리에서 내려오지 않았고, 한 번도 호수 주변을 거닐지 않았고, 한 번도 이끼 땅을 건너는 널빤지 길에 가지 않았으니, 그는 구내에 머물러 있었으며, 여기저기 나타날 때면 이런저런 식으로 돌아다니며, 남들이 뭘 하는지 들여다보고, 본관의 모든 방에 들어가보고, 화가, 판화가, 조각가의 등 뒤에 멈춰 서서 골똘히 몰두한 채 작품이 하루하루 어떻게 달라지는지 관찰했으며, 다락에 올라갔고, 헛간과 나무 오두막에 들어갔으나, 결코 누구와도 이야기하지 않았고, 결코 어떤 질문에도 단 한 마디도 대답하지 않았는데, 마치 귀머거리이거나 벙어리인 것처럼, 마치 자신에게 듣고 싶어 하는 말이 무엇인지 이해하지 못하는 것처럼 대답하지 않았으며, 유령처럼 완벽하게 침묵하고, 무관심하고, 무감각했는데, 그들이, 도합 열한 명이 그를 쳐다보기 시작했을 때, 그리고레스쿠가 그들을 쳐다보자—그들은 깨달음을 얻었으니, 그날 저녁 모닥불 주위에서 자기들끼리 이야기하길(그리고레스쿠는 한 번도 일행을 따라 불 가에 오지 않았고, 언제나 일찍 잠자리에 들었는데)—그 깨달음이란, 과연, 어쩌면 그의 도착이 이상했고, 그의 신발이 이상했고, 그의 카디건, 그의 움푹 꺼진 얼굴, 그의 수척한 몸, 그의 눈, 그 모든 것이 완벽하게 이상했지만—그중에서도 가장 이상한 것은, 그들이 결론 내리길, 그들이 지금껏 눈치채지도 못했으나 그럼에도 가장 이상한 것이었으니, 그것은 이 부지런하고 창조적이며 언제나 활동적인 인물이 이곳에서, 나머지 모두가 일하고 있는 이곳에서 아무 일도 하지 않는다는, 완벽하고도 총체적으로 아무 일도 하지 않는다는 사실이었다.

그는 아무 일도 하지 않았으며, 그들은 자신들이 깨달은 사실에 놀랐으나, 그것을 캠프 첫날 곧바로 알아차리지 못했다는 사실에 더욱 놀랐으니, 시간은 이미, 굳이 헤아리자면 엿새, 이레, 여드레째가 되어가고 있었으며, 사실 몇몇은 이미 작품을 마무리할 준비를 하고 있었으나, 이제야 그것이 전체로서 그들에게 드러난 것이다.

그가 실제로 하고 있던 것은 무엇이었던가.

아무것도, 전혀 아무것도 아니었다.

그때부터 그들은 그를 자기도 모르게 쳐다보기 시작했으며, 한번은, 아마도 열흘째에 그들이 알아차린 것은, 대부분 잠들어 있을 때인 동틀 녘과 아침 내내, 비교적 긴 시간 동안 그리고레스쿠가, 일찍 일어나는 사람으로 널리 알려지긴 했으되 어디에서도 보이지 않았다는 것으로, 어느 시간 동안 그리고레스쿠는 아무 데도 가지 않았고, 통나무 오두막에도, 헛간에도, 안에도 밖에도 있지 않았고, 그저 보이지 않았고, 마치 일정한 시간 동안 실종된 것처럼 보이지 않았다.

호기심에 이끌려 열이틀날 저녁에 참가자 몇 명이 이튿날 새벽에 일어나 이 문제를 알아봐야겠다고 마음먹었다. 화가 중 한 명인 헝가리인이 나머지를 깨우는 임무를 맡았다.

아직 어두울 때, 그리고레스쿠가 자기 방에 있지 않다는 것을 확인하고서, 그들은 본관을 한 바퀴 돌았고, 정문으로 나갔다가 다시 돌아왔고, 나무 오두막과 헛간에 가봤으나, 그의 흔적은 어디에서도 찾을 수 없었다. 어리둥절한 채 그들은 서로를 바라보았다. 호수에서 부드러운 산들바람이 일어났고, 동이 트기 시작했고, 서서히 그들은 서로를 분간할 수 있게 되었으며, 사위가 적막했다.

그때 그들은 어떤 소리가 들린다는 것을 깨달았는데, 그들이 선 곳에서는 거의 들리지 않았으며 무슨 소리인지 분간하기가 불가능했다. 소리가 들려온 곳은 멀리, 캠프의 가장 외곽, 더 정확히 말하자면 별채 두 채가 사실상의 경계를 이루는 건너편이었으며, 별채는 캠프장의 가장자리를 표시했다. 왜냐면 그 지점으로부터는, 표시는 되어 있지 않아도 지대가 더는 공터가 아니었기 때문으로, 원래 주인이었던 자연은 아직 그 지대를 회수하지 않았으나, 아무도 관심을 표하지 않아, 그곳은 일종의 버려지고 개발되지 않고 다소 으스스한 무주공산으로서, 캠프장 소유주들은 낡아빠진 냉장고에서 주방의 음식물 쓰레기까지 상상할 수 있는 모든 것을 버리는 쓰레기 투기장으로의 쓰임새를 제외하고는 그곳에 뚜렷한 용도를 정하지 않은바, 시간이 흐르면서 끈질긴 야생의 잡초가, 헤치고 들어갈 수 없을 만큼 빽빽하게 거의 머리 높이까지 온 지역을 덮었으니, 가시가 돋고 시커멓고 사나운 식물들은 쓰임새도 없었고 박멸할 수도 없었다.

그 너머 어딘가에서, 이 수풀 속 한 지점에서 그들은 그 소리가 수풀을 뚫고 나오는 것을 들었다.

그들은 앞에 놓인 임무를 놓고서 오래 주저하지 않았으니, 한마디도 내뱉지 않은 채 그저 서로 바라보다, 말없이 고개를 끄덕이고는 덤불 속으로 몸을 던져, 수풀을 헤치며 무언가를 향해 나아갔다.

그들은 아주 깊숙이, 캠프장 건물들로부터 꽤 멀리까지

들어가고서야 그 소리가 무엇인지 알 수 있었으며, 누군가 땅을 파고 있다고 결론 내렸다.

그들은 근처에 도달한 것 같았는데, 연장이 땅을 파고드는 소리, 흙이 퍼올려져 쇠뜨기를 툭 때리고는 바닥에 흩어지는 소리가 이제 똑똑히 들렸다.

그들은 오른쪽으로 틀었다가 열 걸음이나 열다섯 걸음 앞으로 가야 했으나, 너무 서두르는 바람에 균형을 잃어 하마터면 아래로 떨어질 뻔했으니, 그들이 서 있는 곳은 거대한 구덩이 가장자리로, 너비가 3미터이고 깊이가 5미터가량이었는데, 바닥에서는 그리고레스쿠가 신중하게 일하는 모습이 언뜻 보였다. 구멍 전체는 하도 깊어서 그의 머리가 간신히 보일락 말락 했는데, 그는 꾸준히 일하는 동안 그들이 오는 소리를 전혀 듣지 못했으며, 그들은 거대한 구덩이 가장자리에 선 채 아래에서 벌어지는 일을 물끄러미 바라보고 있었다.

저 아래에서, 구덩이 한가운데에서 그들은 말 한 마리를 보았는데—그것은 흙을 깎아 만든 실물 크기의 말이었으며—처음에는 그것만, 흙으로 만든 말이라는 것만 알 수 있었으나, 그러다 흙을 깎아 만든 이 실물 크기의 말이 고개를 옆으로 쳐들고 이빨을 드러낸 채 입에 거품을 물고 있다는 것을 알게 되었으니, 그는 무시무시한 힘으로 뛰고 달리며 어딘가로부터 달아나고 있었기에, 마지막에 가서야 그들은 그리고레스쿠가 넓은 지대에서 잡초를 제거하고 이 엄청난 구덩이를 파고는, 가운데 지점에서 섬뜩한 두려움에 사로잡혀 거품을 문 채 달리는 말로부터 흙을 떼어냈음을 이해했는데, 마치 그가 그를 파내고 해방시켜, 이 실물 크기의 짐승이 지독한 공포에 사로잡혀 달리되 땅 아래에 있는 무언가로부터 달아나는 것처럼 보이도록 한 것 같았다.

아연실색한 채 그들은 멍하니 서서 그리고레스쿠를 지켜보았으나, 그는 그들의 존재를 전혀 알아차리지 못한 채 일을 계속했다.

그는 열흘째 땅을 파고 있었다고, 그들은 구덩이 옆에서 스스로 생각했다.

그는 새벽에, 아침에, 그 시간 내내 땅을 팠다.

누군가의 발밑에서 흙이 미끄러져 내리자 그리고레스쿠가 고개를 들었다. 그는 잠시 멈췄다가, 고개를 숙이고는, 계속해서 일했다.

미술가들은 마음이 불편했다. 누군가 뭐라고 말해야 한다고, 그들은 생각했다.

훌륭하네요, 이온, 낮은 어조로 프랑스인 화가가 말했다.

그리고레스쿠는 다시 멈춰, 사다리를 타고 구덩이 밖으로 나와, 흙을 떨어낼 용도로 놓여 있던 괭이로 삽에 달라붙은 흙을 떨어내고, 땀에 젖은 이마를 손수건으로 닦고는, 그들을 향해 다가와, 팔을 천천히 넓게 휘저어 풍경 전체를 가리켰다.

아직도 너무나 많아요, 그가 흐릿한 목소리로 말했다.

그런 다음 그는 삽을 들고는, 사다리를 타고 구덩이 바닥으로 내려가 다시 땅을 파기 시작했다.

나머지 미술가들은 거기 서서 잠시 고개를 끄덕이다가 마침내 말없이 본관으로 돌아갔다.

이제 작별의 시간이 찾아왔다. 진행자들은 성대한 축제를 마련했는데, 이날이 마지막 저녁이어서, 이튿날 아침에는 캠프장 정문이 잠겼고, 전세 버스가 와 있었으며, 부쿠레슈티나 헝가리에서 승용차를 타고 온 사람들도 캠프장을 떠났다.

그리고레스쿠는 장화를 진행자들에게 돌려주고 자신의 신발을 다시 신고는, 한참 그들과 함께 있었다. 그러다 캠프장으로부터 몇 킬로미터 갔을 때, 마을 근처 도로가 꺾어진 곳에서 그가 불쑥 버스 운전수에게 정차해달라고 부탁하며, 여기부터는 자기 혼자서 가는 게 낫겠다는 식으로 이야기했다. 하지만 그의 목소리가 너무나 작아서, 그가 뭐라고 말했는지 똑똑히 알아들은 사람은 아무도 없었다.

도로가 꺾어지는 곳에서 버스가 사라졌고, 그리고레스쿠는 몸을 돌려 도로를 건너더니, 구불구불한 내리막길에서 돌연 자취를 감췄다. 남은 것은 땅과, 산들의 조용한 질서와, 어마어마한 공간에, 한없는 개활지에 떨어진 낙엽에 덮인 땅뿐이었으니―불타는 땅 아래 놓인 모든 것을 위장하고 숨기고 감추고 덮은 채로.

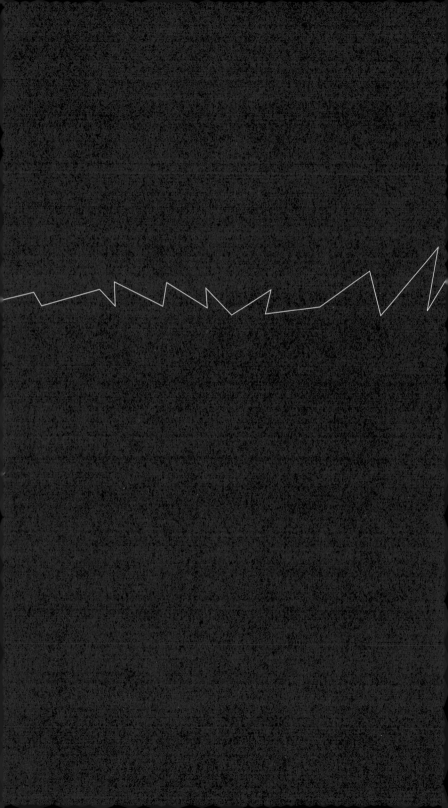

233

당신이 바라보고 있을 곳

아무 데나, 밀로의 비너스만 말고—이 말이 그들의 얼굴에 쓰여 있다고, 그는 정말 그렇게 말할 수 있었는데, 이것이 동료들의 얼굴에 어찌나 똑똑히 쓰여 있던지 그는 근무를 배정하는 주간이나 월간 회의에 그들 가운데 앉아 있는 것이 홍겨울 정도였거니와, 그들 가운데 앉아서 웃음을 참아야 했던 것은, 한편으로는 아무도 거기에 배정받고 싶어 하지 않았기 때문이고, 다른 한편으로는 그가, 정반대로 실장이 그를 올려다보며 다시 또다시 이렇게 말하기를 고대하고 있었기 때문으로, 그럼, 므시외 세바뉴, 당신에게 배정된 장소는, 알다시피 쉴리관 1층의 LXXIV, 그다음엔, XXXV, XXXVI, XXXVII, XXXVIII이니, 매 시간 교대 근무를 하시오, 물론 방점은 살데 세트 슈미네(일곱 굴뚝 방) LXXIV(제74전시실)에 찍혔던바,

그럴 때면, 그곳에 배정됐다는 말을 들을 때면 그는 이루 말할
수 없는 만족감으로 충만했을 뿐 아니라, 매번 실장의 목소리
에 밴 모종의 공모자 의식을, 만족스러운 찬사를, 말로 다할
수 없는 특별 대우를 감지하는 것 또한 흡족했던바, 그것은
LXXIV, XXXV, XXXVI, XXXVII, XXXVIII에 대해서는, 그
가 믿음직하기에, 므시외 세바뉴야말로 적임자라는 것으로—
그는, 므시외 부르노 코르도는 실장에 임명된 지 7년이 지났
어도 이 말을 할 때면 목소리가 떨렸는데—그야말로 현재 담
당 구역인 살 데 세트 슈미네를, 열광하는 관광객을 믿고 맡길
수 있는 사람이었으며, 그는 이 모든 일을 거론하면서—이에
대해 세바뉴는 특히 감사했는데—나이 든 박물관 경비원들
이라면 물론 모두 알고 다들 개인적 기질의 문제로 여기는 것
을 조롱하는 기색이 전혀 없었던바, 말하자면 그는, 세바뉴는
밀로의 비너스와 특별한 관계가 있었고, 이 때문에 그에게는,
그가 첫 몇 년 동안 여러 차례 스스로 표현했듯 여덟 시간의
일과가 일이 아니라 축복이었으며 결코 갚을 수 없는 선물이
었기에, 그것이 저절로 그의 무릎에 떨어지지 않았더라도 그
는 입사하기 위해 무슨 일이든 했을 것인바, 그때—32년 전
에—채용되어, 박물관 개장 시간으로 정해진 오전 10시부터
저녁 6시까지 하루 여덟 시간 동안 이곳을 요령 있되 단호하
게 지키는 임무에 재능을 발휘했을 뿐 아니라, 경솔하고 몰상
식하고 버릇 없고 막돼먹은 자들로부터 박물관을 지키는 임

무에 재능을 발휘한바, 이자들은 대체로 박물관 관람객 중에서 세바뉴가 가려내야 하는 일정 비율의 네 가지 부류로, 일정 비율이기는 하지만 박물관 관람객 전부는 아닌 것은, 대다수 동료와 대조적으로 그는 문제의 소지가 있는 인물을 단순히 호기심 많은 인물과 도매금으로 취급하지 않았기 때문이거니와, 후자는 말하자면 그 자신이 비슷한 상황에 처했을 때 결코 하지 않을 일을 결코 하지 않았던바, 하긴 이미 인기 있는 전시실에 떠밀려 들어와 위대한 작품 앞에 섰다면 어떻게 조금 떠밀리거나 밀쳐지지 않을 수 있겠는가, 그는, 세바뉴는 이것을 심지어 얼마든지 눈감아 줄 수 있는 약점으로 여겼으며 결코 개입하지 않았으니, 대체로 그는 자신의 존재에 관심이 쏠리는 것을 바라지 않았는데, 결국 그는 보초병이 아니라 박물관 경비원이었고, 교도관이 아니라 작품의 수호자였으므로, 이에 따라 그가 이 특별한 상황이 허락하는 만큼 눈에 띄지 않으려고 노력한 것은, 하루 중 어느 동안에—관람객이 특히 급증하는 시기는, 완전히 무작위이지만 세바뉴의 삼십 년에 걸친 경험에 비추어 보자면 여전히 예측할 수 있는 간격을 두고 찾아오는데—그들이 업무상 은어로 자기네끼리 일컫는 대로 언제나 모종의 '이벤트'가 일어나기 때문으로, 그때는 단호하기는 해도 눈에 띄지는 않게, 매우 소란하고 황홀해하는 일반인들에게 방해가 되지 않되 어떤 저항도 용납하지 않는 확고함으로 대처해야 했으니, 누군가 작품 주위의 보호선을 건드리기만 해도 냅다 달려가지는 말라는 걸세— 그는 자기보다 젊고 주로 여성이며 매의 눈으로 언제든 조치를 취할 준비가 되어 있는 동료들에게 손짓했는데, 그들은 지시에 불응하는 아이나 어른을 제압할 수 있게 될 순간을 고대하는 성향이 컸으나— 그러진 말게나, 하지만 누군가, 아마도 무아지경에 빠진 관람객이 순전히 우연히도 이 상징적 경계선을 막 넘으려는 것이 포착되면, 그 경우에 해당자는 무조건 밖으로 안내되어야 하며, 누군가 보호선 뒤로 기어들 뿐 아니라 그들이 작품에 다가가는 것이 포착되는 경우는 말할 것도 없는바, 그런 순간들이야말로 자네들이 감지할 수 있어야 하는 순간이라네, 셰바뉴가 신참과 미숙한 경비원들에게 설명하길, 몰상식한 자들, 넋이 나간 자들, 미친 자들, 혼란에 빠진 자들, 훼손하는 자들, 한마디로 작품에 실질적 위협을 가하는 자들은 즉시—셰바뉴가, 남달리 근엄하지는 않은 셰바뉴가 젊은 동료들에게, 또는 여성들을 향해 근엄하게 집게손가락을 들어올리며—그런 자들은 즉시 전시실에서뿐 아니라 박물관에서도 퇴장시켜야 하는바, 이를 처리하는 방법은 여러 가지가 있는데, 보안 시스템은 합리적이며 특히 지난 몇 년간 부쩍 개선되었지만, 그와 동시에, 그가 생각하기엔 위험을 지나치게 과장해서도 안 되는바, 그 이유로 그는 경비원들이 사실상 작품과 관람객 사이에 서 있는 것이 승인되는 박물관을 결단코 혐오했는데, 여기서는, 물론 루브르에서는 그런 방침이 결코 통과

되지 않았고 받아들여지지 않았으니, 그런 이유로 통상적 경비 업무에 한계가 있음을 아무도 결코 잊어서는 안 되고 루브르는 이런 한계 안에서 운영되며 이런 까닭에 무엇보다 세상에서 가장 중요한 박물관으로 간주되어야 하니, 이곳은 모두에게 개방되고, 루브르의 상상도 못 할 보물을 직접 보는 것은 모든 관람객에게 일생일대의 경험인바, 관광객의 물결은, 밀치락달치락하는 군중은 묵묵히 감내해야 할 대상으로, 그것이 우리가 살아가는 시대의 본질이요 세상이 그러한바, 사람이 너무 많고—세바뉴가 세상에 대한 자신의 소박한 견해를 나이 든 동료들에게 설명하길—이 세상에서는 누구나 관광객이 될 수 있지, 그렇기에 그는 자신을 관광객을 증오하는 그런 박물관 경비원 중 하나로 여기지 않았고, 그것은 마치 그가 스스로를 증오하는 격일 터였는데, 아니, 이것은 그의 입장이 아니어서, 그들이 오고 그들이 돌아다니고 그들이 카메라 단추를 누르는 것, 이것은 모두 감당해야 할 것으로, 하느님 맙소사, 카메라를 어떡하겠어, 그리고 어떤 사람이 관광객으로 바뀌는 상황들이 있는데, 이런 상황에서 그는 무력해, 그렇다고 그가 밀로의 비너스를 보지도 말아야 할까?—정말 그래? 이것은 벌써부터 까다로운 문제인바, 세바뉴가 동료들을 둘러보며 말하길, 그렇다고 루브르를 닫아야 하나?!—그러면 어떤 필멸자도, 그 누구도 여기 있는 모든 것을 보지 못할 걸세, 고전 그리스에서 헬레니즘 조각상들까지 여기에만 있는 것들

말이야, 그렇다, 이것이 그의 의견이었으며, 셰바뉴는 자신의
말에 고개를 끄덕였는데, 그의 견해는 오랜 세월에 걸쳐 형성
되었고, 이 때문에 그를 아는 사람들은 그를 양처럼 순한, 관
광객의 늑대 같은 맹공격 앞에서 너무도 순한 사람으로 여겼
으니, 그것은 이미 그 자체로 위험했는데, 여기에 발끈하지도,
더 나은 판단을, 이를테면 저기 보호선 근처의 군중 속에서
아무도 보고 있지 않을 때 일본인 관광객을 걷어차야겠다는
유혹을 품지도 않는 사람은 셰바뉴뿐이었으니, 아니, 셰바뉴
는 그런 도발에 발끈하기는커녕 미소만 지었는데―물론 그는
언제나 약간 미소를 띠고 있었고, 그의 동료들은 아침마다 그
의 얼굴에 떠오른 저 작고 잊히지 않는 미소 덕분에 멀리서도
그를 알아보았으니, 그것은 물에 적신 빗으로 머리통을 꼼꼼
하게 가로질러 정확하게 낸 은발 가르마나 한결같이 말끔하게
다림질된 양복 때문이 아니라 이 작은 미소 때문이어서, 이것
은 그의 방어용 표식이라고 그들이 짐작으로만 생각한 것
은―셰바뉴가 드러내놓고 밝히지 않았기 때문으로―그들은
그것이 오늘도 다시 출근하게 된 기쁨에서 비롯했다고 생각
했는데, 어쨌거나 그것이 동료들에게는 도무지 터무니없어 보
인 것은, 그들이 여느 파리 시민과 마찬가지로 출근하는 것을
싫어했기 때문이나, 다른 이유는 있을 수 없어서, 그들은, 그는
여기 있으면 지나치게 즐거워한다고, 아침에 업무를 시작하여
자신의 구역을 차지하면 지나치게 즐거워한다고 말할 수밖에

없었던바, 그래서 그가 천치인 거야, 수다쟁이 박물관 경비원 둘 중 하나가 말했는데, 이 말과 더불어 그들이 이 문제에 대한 그날의 토론을 마무리한 것은 그것 또한 지겨워졌기 때문으로, 그들이 셰바뉴에 대해 말할 수 없었던 것은—나이 든 경비원들은 대체로 그에 대해 통 얘기하지 않았는데—셰바뉴가 매일, 매주 똑같았기 때문이며, 30년 전에도 그는 오늘과, 어제와 똑같았고 모레도 똑같을 것인바, 셰바뉴는 달라지지 않았고, 그리하여 그들은 이 문제를 그저 제쳐두었는데, 그렇다고 해서 아무 일도 없었던 것은 아니어서, 셰바뉴는, 그들이, 자네, 펠릭스, 자네는 정말 변하지 않는군, 이라고 말하며 반어적으로 그를 조롱해도, 그저 고개를 끄덕이며 미소만 짓길, 마치 그의 저 작은 미소로 자신도 똑같이 느낀다는 사실을 전달하고 싶은 듯 지었으나, 그 이유는 자신이 지키는 것 또한, 밀로의 비너스 또한 변하지 않기 때문으로, 그저, 그렇다, 그들은 그것에 대해 한 번도 이야기하지 않았기에, 그들이 한 번이라도 이야기했다면 그것은 탄력을 받아 주요 화제가 되었을 것이나, 글쎄, 그들이 그 이야기를 하는 경우는 매우 드물었으니, 말하자면 셰바뉴와 밀로의 비너스는, 그 둘은 마치 어떤 공생 생물처럼 살았으나, 여기서, 이미 이 지점에서 그들은 틀렸고, 자신들이 사실 셰바뉴의 본질에 대해 아무것도, 하지만 아무것도 알지 못한다는 것을 들키고 만 것은, 실상은 셰바뉴가 자신의 그 작은 미소를 띤 채 그들을 쳐다보며 말하길, 밀로의 비너스가 있고 그 너머에는 아무것도 없기 때문으로, 이것이 그의, 셰바뉴의 의견인바, 둘 사이에 어떠한 관계라도 존재할 수 있다고 누가 생각할 수 있겠는가, 하지만 설령 관계가 있더라도 그것은 일방적 관계로, 즉 동료들 사이에서 그에게 두 시간 순환 교대 근무를 면제해준다는 합의가 이루어지면 자신이 하루 여덟 시간 내내 이곳에 있을 수 있다는 것을 아는 데서 오는 도취의 느낌이요 감탄인바, 그가 이곳 안쪽에 있을 수 있는 것은 그가 밀로의 비너스의 안쪽 세상에 속했기 때문으로, 말하자면 그는 밀로의 비너스의 내부 보안 책임자로 선발된 사람 중 하나였으며, 이 생각이 떠오를 때마다 그는 기분이 들떴으니―이 생각은 30년 넘도록 뻔질나게 그에게 떠올랐는데―이런 이례적 상황에서 그와 같은 사람이 무엇을 느낄 수 있을지가 끊임없이 그의 머릿속을 스치고 지나갔으나, 물론 그는 이것에 대해 아무에게도 이야기하지 않았고 단 한 명의 동료도 이 주제를 그와 논의하려 하지 않았던 것은, 그들이 그를 그런 식으로 보지 않았기 때문이요, 그들에게 근무는 그저 그들의 발 아치를 무너지게 하고 그들의 등을 굽게 하는 일에 불과했으며, 그 결과로 얼마 뒤에 그들은 무의식적으로 목을 주무르는 것이 버릇이 생겼는데, 그것은 목이 가장 상하기 쉬운 부위이기 때문이나, 물론 발도 그랬던 것이, 발바닥뿐 아니라, 물론 발바닥도 그랬지만 발 전체가, 발목, 종아리, 허리, 척추 전체가 그랬으니, 박물관 경비는 힘든 일이고, 그 힘듦의 와중에서, 미술품 중 한 점에 대한 일종의 감수성이 있었더라도 그것은 일에 따르는 피로로 인해 금세 흩어져 버리는데, 셰바뉴만은 예외여서 그의 경우에 어떤 사람이 서 있을 때 발바닥에, 발목에, 척추에, 목 근육에 생기는 온갖 것들로 인해 딱히 몸이 상했는지 알아내는 것은 도저히 불가능했던바, 그의 몸이 쑤시지 않는다고 말할 수는 없었고, 단지 그가 무슨 이유에서인지 여기에 개의치 않았을 뿐으로, 아프냐면, 당연히 아프고 물론 아프니, 어떤 사람이, 그가 박물관 경비원이라면 여덟 시간 가까이 내리 서 있고 휴식 시간이 분 단위로 주어진다면, 그런 짧은 휴식은 완전한 피로 회복에는 결코 충분할 수 없었으니, 여덟 시간을 서 있어야 합니다, 네, 그렇죠, 셰바뉴가 미소를 지으며, 그렇지만 그것은 밀로의 비너스의 안쪽 세상에서의 여덟 시간이랍니다, 누군가 물으면 이것이 언제나 그의 대답이었으나, 그게 전부여서, 왜 굳이 이 작품이 그의 삶을 그토록 충만케 했으며 모나리자나 투탕카멘은 그렇지 않았는가 따위에 대해서는 누구에게도 한마디도 하지 않은 것은, 대답이 극히 간단했기 때문이며, 아무도 이해할 수 없었던 것은 이쪽에 밀로의 비너스가 있고 저쪽에 셰바뉴가 있어서 그는 설명 대신 이것이 그가 이제껏 보아온 또한 볼 수 있던 것 중에 가장 위대한 황홀이기 때문이라고 말할 수 있었기 때문으로, 그것은 루브르의 모든 보물 중에서 이것이 그를 가장 황홀하게 했기 때문이며, 그것이 전부여서 오로지 밀로의 비너스의 아우라 때문이었으며, 설령 그가 원하더라도 그 이상의 해명은 내놓을 수 없었으니, 이것이, 적어도 그에게는 가장 대단한 경이로움이라는 사실로는 그의 독특한 삶을 설명하기에 미흡했는데, 그것은 밀로의 비너스의 경이로움에 온전히 종속된 삶이었던바, 그가 자신과 밀로의 비너스와의 남다른 관계를 이런 식으로 설명하려 했다면, 너무 단순하게, 뻔하고 진부하게 들렸을 것이므로, 그는 아무 말도 하지 않았고, 대신 침묵하고 미소 지으며 자신이 스스로에 대해 그 이상 알지 못한다며 양해를 구하는 쪽을 선호했던바, 그가 젊은 시절에, 그의 첫 일별의 시기에 자신에게 일어난 일을 말하려 했더라도 그조차 어떤 성과도 없었을 것이니, 그는 밀로의 비너스를 보았을 때 발이 땅에 붙박였고 넋을 빼앗겼다는 것 말고는 아무 말도 할 수 없었을 것이며, 그 뒤로 아무것도 달라지지 않았고 설명도 없었던바, 그들은 지방 출신으로, 릴 옆의 작은 마을에서 이주했는데, 그곳에서 그는 아버지와 함께 살았고, 그의 아버지는 그를 루브르에 데려갔으며, 그러다 한두 해 뒤에 그는 파리로 이주하여, 경비원에 지원하여 채용되었으니, 그의 인생사는 그것이 전부여서, 말하자면 이것은 동료들의 관심을 끌지 못했을 것이고, 아마도 그들은 모든 것이 그렇게 간단하다는 것을, 또한 그가 당최 설명을 내놓지 못한다는 것을 도무지 믿을 수 없었기에, 그래서 그는 침묵을 지켰으니, 이따금 누군가 밀로의 비너스를 향한 이 기이한 애착에 대해 그에게 캐물으면, 그는 그저 미소 지으며 아무 말도 하지 않은 채 몇 걸음 물러나는 쪽을 선호했으며, 대답이 없어 비밀은 그대로 유지되었으나, 그가, 셰바뉴가 그 비밀이 자신 안에 있지 않음을 완벽하게 알았던 것은, 그의 내면에—그가 집에 있을 때 인정했듯— 그가 곰곰이 생각해보면, 절대적으로 아무것도 없어서 그는 완전히 비어 있었기 때문이나, 박물관 경비원이 이미, 이따금 이런 허풍을 떠는 것이 허용된다면, 밀로의 비너스는 그 자체로 완벽하여 그 비밀은 오직 밀로의 비너스에게만 있었으나, 왜 굳이 밀로의 비너스와—유독 친절하고 매우 세련된 동료 므시외 브랑코베아누가 한번은 이렇게 묻길—가장 친밀한 관계를 맺고 있는 건가, 왜 메디치의 비너스나 무수한 크니도스의 아프로디테가 아닌가, 루도비치의 아프로디테나 카푸아의 비너스나 카피톨리노의 아프로디테나 바르베리니의 비너스나 벨베데레의 비너스나 카우프만 두상도 있지 않은가, 세상에는 헤아릴 수 없이 많은 아프로디테와 비너스가 있고 각각이 다음 것보다 아름답건만, 자네는—므시외 브랑코베아누가 힐난하듯 그를 바라보며—자네에게는, 지독히도 평판 나쁜 이 비너스가 나머지 모든 것 위에 있다는 거지, 그런 생각을 진지하게 할 수는 없다고, 하지만 사실이 그런걸, 이라며 그가 부드럽게 고개를 끄덕였는데, 그는 정말로 그렇게, 가능한 한 가장 진지하게 생각했으나, 밀로의 비너스가 앞에서 언급한 모든 것보다 **위에** 있다고 말하기는 힘들었던 것이, 그의 견해로는 이것은 경쟁이 아니어서, 여기서는 어느 것도 다른 것 위에 있지 않았으나, 그렇다고 하더라도 그가 무엇을 할 수 있었겠는가, 그 개인에게 이것은, 밀로의 비너스의 아름다움은 가장 큰 의미였으니, 그는 이런 생각을—그가 동료에게 더 가까이 몸을 숙이며—정당화하기 힘들다는 것을 알았으며, 어쩌면 가능하지 않을 수도 있었던바, 한번에 그의 가슴이 미어졌고 그게 전부였으니, 여기서 다른 그 무엇을 찾아볼 필요는 없으며(적어도 그는 그런 부류가 아니었으며), 게다가 그가 그런 생각이 자신의 장기가 아니라고 털어놓기까지 한 것은, 그가 생각을 시작하기만 해도 생각 한 가지가 냉큼 튀어나오고 또 다른 생각이 이미 첫 번째 것을 밀어내고 있었는데, 그의 머리는 그것을 오래 감당하지 못하여 또 다른 생각이, 또 다른 생각이 계속 떠올랐기 때문이니, 오만 가지 생각이, 아무런 공통점 없이 사실상 서로 쫓고 쫓겼으며, 그렇게, 평상시에는 그의 얼굴에 늘 피어 있던 미소가 그때만은 잠깐 사라졌는데, 아니, 그가 므시외 브랑코베아누에게 그리 많은 것을 털어놓았다고 생각할 수는 없었으나, 그들은 다시는 그런 내밀한 문제에 대해 이야기하지 않았던바, 므시외 프랑코베아누는 이곳을 떠난 지 십 년은 족히 되었기에 그가 토론을 계속할 사람이 아무도 없었고, 이것을 제외하면 그는 전에도 결코, 후에도 결코 누구와도 친밀한 관계를 맺지 않았으나, 그렇다고 해서 그가 동료들 사이에서 외로움을 느꼈다는 말은 물론 아닌 것이—**자신**이 아직도 여기 있는 걸 보면 알 수 있지 않으냐고, 무료하여 사색할 시간이 너무 많아졌을 때, 이따금 주말에 이 문제를 곱씹을 때마다 그가 말했으니—동료들은, 대체로 다정했고, 이따금 심지어 약간의 이른바 상스러움이 감돌 때도 있었지만 이것은, 이런 일터에서는, 아주 엄격한 규정에 따라야 하고 업무 자체에 신체적 무리가 따르는 곳에서는 사실 놀라운 일이 아니었던 것이, 사람들은 쌓인 것을 어떻게든 풀어야 하기 때문으로, 그는 이 상스러움의 문제를 제 나름으로 이렇게 해소하려 했는데, 이를테면 유독 그가 표적이 되었을 때, 그는 1호선을 타고 샤틀레로 갔다가, 거기서 북적거리는 동역東驛으로 가서, 그곳으로부터 마침내 7호선을 타고 오베르빌리에로 퇴근하고서도, 그날 일어난 일을 머릿속에서 몰아낼 수 없어, 어떻게든 이 긴장을 풀어야 한다고 스스로에게 되뇌었으나, 그 문제는 쉬이 해소되지 않아서, 그는 대야에 찬물을 받아 욱신거리는 발을 잠시 담근 뒤에, 줄무늬 파자마 차림으로 침대에 앉아, 근사한 액자에 넣어져 한 줄로 단정하게 벽에 걸린 무수한 밀로의 비너스 복제화를 바라보며, 아름다운 것이 내게 아름다운 것이 무슨 문제라는 거지, 그는 질문을 던지고는, 이해할 수 없다는 듯 고개를 저었는데, 그것은 여전히 쓰라렸고, 점점 무뎌지긴 했으나 그 마지막 모욕이 여전히 쓰라렸던 것은, 물론 그들 중 한둘이 밀로의 비너스에 대한 그의 애착에 시비를 걸었기 때문이나,

그 울분은, 그가 생각하길, 어떻게든 풀어야 했기에 ― 그는 침대에 앉아, 줄무늬 파자마 차림으로 웅크린 채, 손을 무릎에 올려놓고, 그저 눈을 들어 수많은 복제화를 둘러보았으며, 이런 경우에 그는 오래도록 잠을 이룰 수 없었다.

프락시텔레스, 그는 이곳 모든 것의 중심이며 모든 것이, 그가 말하길, 그에게로 거슬러 올라간다고 말할 수 있습니다, 고개를 돌린다면, 즉 이 사실을 외면한다면, 모든 것이 오류이거나 즉시 오류가 될 것입니다 ― 이것은, 관객 중 아무라도 그를 쳐다보거나 가이드 없는 단체 관광객이 이 전시실이 뭐하는 곳인지 궁금하여 그를 둘러쌌을 때 그가 꺼내는 말로, 프락시텔레스, 이것이 그의 대답이었는데, 그는 질문이 무엇인지에 개의치 않았으며 ― 그것은 조각상이 뭘로 만들어졌고, 얼마나 오래 되었으며, 왜 1층의 제자리에 있지 않고, 왜 전 세계에서 그렇게 유명한지, 조각상의 기독교식 이름을 아시는지 따위의 질문이었던바 ― 그는 이런 질문에, 짜증은 내지 않았어도 대뜸 무시했는데, 더 정확히 말하자면 듣지 않았고 개의치 않았고 할 수만 있다면 프락시텔레스라고만 말했으니, 문제의 개인이나 단체가 그에게서 고개를 돌리지 않고 이 프락시텔레스에 대해 그가 무슨 말을 할지 관심을 표하면, 그는 **중심이며, 여기서 그에게로 거슬러 올라가는 모든 것이며**에 대해 말을 꺼낸바, 말하자면 이 경우에 그는 ― 가끔은 더 간략하게, 가끔은 더 상세하게 ― 최선을 다해 설명하길, 저 프락시

텔레스는, 후기 고전기 고대 그리스에 살았던 이 남다른 천재
는, 저 프락시텔레스는, 주전主前 4세기에 살았던 이 천재적 창
작자는, 페이디아스 이후 수십 년간 필적할 자 없던 이 미술가
는 크니도스섬을 위해 제작한 아프로디테 조각상을 가지고
서 고대의 기이한 숭배 대상인 아프로디테의 궁극적 형태와
궁극적 의미와 궁극적 구현을 창조했고, 그 섬을 포함하여 건
설된 도리아 헥사폴리스의 수도인 크니도스는 아프로디테 숭
배의 출발점이 되었으며, 그리하여 크니도스 아프로디테는—
그 이름은 이 지역에서 비롯한 것으로—이후 모든 아프로디
테 조각상의 출발점이 되었으니, 이것이 그가 이해한 바로, 그
는 단체의 일원들을 둘러보거나 미소 띤 얼굴로 질문자를 쳐
다보며, 따라서 모두가, 밀로의 비너스가 어떤 존재인지 조금
이라도 알고 싶은 사람은 모두가 프락시텔레스라는 이름에 친
숙해져야 합니다, 그에게 말을 건 사람(들)은 일반적으로 그
런 부류여서, 그들은 박물관 경비원의 수다를 계속 들어보기
로 마음먹었는데, 이 시점에서 그는 언제나 예외 없이 딱 2초
동안 뜸을 들이고는, 그들의 관심이 순수하고 더 꾸준한 것으
로 드러나면 계속해서 말을 이었으니, 물론 누군가 아프로디
테 숭배에 대해 이야기할 때 그는 아프로디테 숭배가 무엇인
지조차 우리가 실은 전혀 알지 못한다고 재빨리 덧붙여야 했
는데, 그가 재빨리 밝히지 않을 수 없었던바 실은 프락시텔레
스의 작품이 단 하나도, 하지만 단 하나도, 하지만 정말로 단

하나의 조각상도 남아 있지 않으며 오로지 로마 시대의 복제품이나—여기서 셰바뉴가 집게손가락을 세우며—기껏해야 알렉산드로스 대왕으로부터 로마 제국 황금기의 시작에 이르는 헬레니즘 시대에 제작된 복제품만 남아 있으며, 게다가, 여기에 문제의 본질이 있는바—이것들은 그때까지 보전된 프락시텔레스의 유산으로부터 발전한 작품들이니, 한마디로 우리는 원본에 대해서는, 여러 경우에서와 마찬가지로 아는 것이 하나도 없으며, 우리가 할 수 있는 일이라고는 이 잃어버린 과거로 거슬러 올라가려 시도하는 것뿐이거나—이때 셰바뉴가 다시 한번 집게손가락을 세우며—전혀 뒤로 거슬러 올라가지 않고 여기에 밀로의 비너스가 있다고 말하는 것입니다, 주전 2세기에 제작되었을 가능성이 다분한 이 조각상은 조각난 상태로 19세기 요르고스 켄트로타스라는 농부에게 발견되었는데, 적어도 두 조각이었고 훼손되었으며 이런저런 부분이 빠져 있었지요, 그는 그리스 밀로스섬에서 이것을 발견했는데 그와 더불어 사과를 든 팔, 또는 사과만을 발견했다고도 하고 조각가 이름이 새겨진 주추(받침대)를 발견했다고도 하나, 애석하게도 이 시점으로부터 우리는 이 이야기에서 무엇이 진실인지 확신할 수 없으며, 우리는—셰바뉴가 자신의 청중에게 한쪽 눈을 공모하듯 찡긋하며, 이건 루브르의 직원 중한 명으로서 말씀드리는 건데—저희는 그 이상은 말할 수 없고 이 경우에 명백한 비밀 유지 서약에 매여 있으나, 그것에 대해서는 충분한 것이, 게다가 이 경이로운 작품을 바라보고 있으면 모든 이야기가 흥미롭지조차 않은바, 오히려 흥미로운 것은 어떻게 해서 프락시텔레스의 크니도스의 아프로디테에서 밀로의 비너스로 길이 이어지는가, 더 정확히 말하자면 어떻게 뒤로 이어지는가이니, 우리가 알아야 했듯, 가설적으로, 프락시텔레스의 크니도스의 아프로디테에서도, 확립된 전통을 따라 제작된 무수한 아프로디테에서도 이 여신은 특정 장소에, 특정 상태로, 특정 순간에, 말하자면 이런 식으로 묘사되었는데, 어떤 식이냐면—셰바뉴가 정중하고 자상하게 청중들을 향해, 또는 우연히 거기 있게 된 사람에게 더 가까이 몸을 기울이며—그녀는 가려야 하는 부위를 오른손으로 가리고, 왼손으로는 대개 주름져 흘러내리는 로브를 잡고 있거나 (이전에 추가되었을지도 모르는) 항아리에서 들어올리는데, 그것은 여기 있는 이것과 대조적인바, 그렇지 않습니까—셰바뉴가 전시실 한가운데 높은 받침대에 놓인 비너스를 향해 손짓하며—팔이 없기 때문에 그녀가 무엇을 하고 있는지 알 수는 없지만, 필시 **똑같은 것은 아닐** 것입니다, 흘러내리려는 로브에 오른팔을 뻗고 있다고 상상할 수는 있겠으나, 알 수는 없는 노릇으로 적어도 추측은 하지 말아야 할 것이, 추측이 충분히 제기된 것은, 우리 프랑스인이—올리비에 부티에라는 자와 쥘 세바스티앙 세자르 뒤몽 뒤르빌이라는 자가—우리 프랑스인이 밀로스에서 밀로의 비너스를 입수하여 우여곡절과 다양한 인물들을 통해 혐오스러운 파리의 루이 17세에게 일종의 선물로서 가져왔을 때 무슨 일이 일어났는지는 상상밖에 할 수 없기 때문으로, 선물이라니 터무니없습니다, 그렇지 않나요, 프락시텔레스의 작품이 선물이라뇨, 이렇게 말하는 사람이 있었고, 저렇게 말하는 사람이 있었고, 오만 가지 공상이 불타올랐고, 게다가, 물론 축소판을 제작한 사람들도 있었는데, 므시외 라베송은, 이를테면 그녀가 아레스 신과 함께 있는 모습을 그렸고, 그다음에는 아돌프 푸르트뱅글러가 그녀로 하여금 오른팔을, 제가 좀 전에 묘사한 것처럼 로브를 향해 뻗도록 하고 왼팔을 기둥에 기대도록 했는데, 그것들을 일일이 나열하지는 않을 것이, 미술품에 대해 일반적으로 무언가를 안다는 의미에서 이 미술품과 관련하여 사실상 우리가 중요한 사실을 하나도 알지 못한다는 것이 이미 명백하기 때문으로, 조각가의 정체조차 의심스러운바, 나중에 수수께끼처럼 사라지긴 했으나 손상된 주추에 새겨진 명문으로 보건대—그것이 정말로 이 조각상에 속한 것이었다면 말이지만—작가가 알렉산드로스라고 보아도 무방하겠으나, 안티오크 출신으로 이름이 (메난드로스니 아낙시만드로스니처럼) '-안드로스'로 끝나는 사람이라면 누구든 작가였을 수 있다고 생각할 수도 있지요, 하지만 아시다시피, 셰바뉴가 청중에게 더 무뚝뚝하게 말하길—그 순간에 사람이 있었고 물론 여전히 더 듣고 싶어 했다면 말이지만—아시다시피, 셰바뉴가 말하길, 만일 제가 이 절세의 여신을 바라본다면, 말하자면 만일 제가—정말이지 거의 매일같이 오래전부터, 이미 아주 오래전부터—만일 제가 그녀를 바라본다면, 제게 가장 덜 고통스러운 부분은 조각가의 이름을 모른다는 것으로, 그는 안티오크 출신일 수도 있고, 주추에 영원히 새겨진 대로 정말로 메니데스의 아들일 수도 있는바, 누구면 어떻습니까, 제게 가장 덜 심란한 부분은 오른팔이 어느 시점에 무엇을 하고 있었고 왼팔이 무엇을 하고 있었는지 모른다는 것인데, 제가 느끼기에 여기서 중요한 것은 밀로의 비너스를 원본으로, 즉 크니도스에서 프락시텔레스가 제작한 하나뿐인 그 아프로디테로 이끄는 끈인바, 그것이 제겐 중요한 것입니다, 만일 제가 그녀를 보면—여기서 셰바뉴는 더는 청중의 시간을 빼앗을 수 없다는 것을 알고서, 이제 결말을 들려줄 것처럼 한 발짝 뒤로 물러나 목소리를 낮춘 채—아시다시피 만일 제가 그녀를 바라본다면, 그가 나직이 말하길, 제가 생각할 수 있는 것은 오로지—이것은 참으로 고통의 한 형태일 것인데—이 아프로디테가 너무도 매혹적으로, 너무도 황홀하게, 너무도 형언할 수 없이 아름답다는 것입니다.

그는 매혹적이라고 말했고, 황홀하다고 말했고, 형언할 수 없다고 말했으나, 지난 수년에 걸쳐 밀로의 비너스의 아름다움이 저항이라는 느낌이 점점 커진 것에 대해서는 침묵했으니, 그는 이것에 대해서는 루브르에서 침묵했고, 오직 집에서만—1호선을 탔다가, 4호선으로 갈아타, 동역에서 환승하여, 7호선을 타고 오베르빌리에까지 와서, 하루의 끝에 집에 돌아와, 재빨리 대야에 찬물을 채우고, 재빨리 신발과 양말을 벗고, 대야를 팔걸이의자 앞에 놓고 천천히 발을 담근 채, 그곳에 조용히 앉아서—그날 혼잡한 군중 속에서 나이 든 미국인 여자들 무리나 젊은 일본인 남자에게 말했던 것을 머릿속에 떠올렸으니, 그는 부끄러웠는데, 진실을 전부 이야기하지 않은 것이 스스로에게 부끄러웠던 것은, 밀로의 비너스의 아름다움의 비밀이 그 저항적 힘이라는 것이야말로 진실의 전부였기 때문으로—그녀의 아름다움의 비밀에 이름을 붙일 수 있다면 말이지만—이것은 지난날 밀로의 비너스와 관련하여 그가 도달한 최종적 결론이었던바, 그때 므시외 프랑코베아누가 그랬듯, 밀로의 비너스에 대한 가치 평가 전체가 아주 부풀려졌다고 말하는 것은 헛된 일이었으니, 그녀가 세계적으로 유명해진 것은 프랑스인들이 이것이 프락시텔레스의 작품이라는 주장을 퍼뜨렸을 때였으며, 전반적으로, 입술을 삐죽거리며 므시외 브랑코베아누가 말하길, 이런—진부하고, 조작되고, 무기력하고, 훼손되고, 지독히 과하게 칭찬받고, 너무 부풀려져, 이런 식으로 완전히 흔해빠진—미술품이 어떻게 그가 그녀에게 기울이는 것과 같은 총체적 관심을 받을 자격이 있는지, 그는—즉, 브랑코베아누는—므시외 세바뉴 같은 교양 있는 사람이 어떻게 이럴 수 있는지 이해할 수 없었으나, 후자는 그저 미소 지으며 고개를 젓고는, 상황을 떼어놓고 봐야한다고 말했는데, 우리는 인류가 어떤 미술 작품을 어떤 이유에서든 최고의 받침대에 올려놓았다는 이유만으로 그것이 이미 흔해빠진 작품이 되고 말 것이라고 스스로가 억지로 믿도록 내버려두어서는 안 되는바, 므시외 브랑코베아누는 그를 믿어야 한다고, 그가 말하고는, 조각상에서 눈을 거의 떼지 않은 채 물끄러미 바라보았으니, 그것은 군중으로부터 분리될 수 있고, 조각상의 불유쾌한—프랑스인들이 결부된 한—초창기 역사로부터 분리될 수 있고, 그것을 짓누르는 모든 조작되고 상업적이고 따라서 거짓인 애착을 무시할 수 있고, 조각상 자체를, 그리고 그 속에 있는 아프로디테를, 아프로디테 안에 있는 신을 그저 바라볼 수 있으니, 그때 그는 밀로의 비너스가 무엇과도 비할 수 없는 얼마나 대단한 걸작인지 알 수 있다고 말했으나, 자네가 밀로의 비너스 자체를 볼 때—그의 동료는 그보다 훨씬 열을 올리며 목소리를 높여—그에 앞서 고대와 고대 후기와 나머지 모든 헬레니즘 미술가들이 제작한 모든 아프로디테를 또한 보고 있는 것이라고는 정말 생각하지 않는 건가, 정말 그렇게 생각하지 않아?!—하지만 물론, 셰바뉴는 그에게 미소 지으며, 어떻게 그렇게 생각하지 않을 수 있겠나, 그것이 바로 핵심인 것을, 밀로의 비너스에는 크니도스의 아프로디테가 있고 벨베데레의 아프로디테가 있고 카우프만 두상이 있고, 모든 것이 있지, 셰바뉴가 크게 팔짓하며, 추정상 4세기의 원본에서 알렉산드로스나 하게산드로스까지, 프락시텔레스로부터 비롯한 모든 것이 있다네—그러더니 그는 여전히 예전 자리에, 말하자면 1층 멜포메네 전시관에 있는 비너스를 향해 손짓하며 말하길, 하지만 그와 동시에 밀로의 비너스를 조각한 사람은 로브를 그녀의 몸에서 흘러내릴락 말락 하게 함으로써 자신의 비너스에 대단한 힘을, 이 비너스의 세속적 관능미에서가 아니라 그녀의 매혹적 나신에서가 아니라 그녀의 정묘한 에로티시즘에서가 아니라 더 높은 곳에서, 이 비너스가 참으로 원래 있던 장소에서 비롯하는 힘을 불어넣은즉, 그때—그가 오늘까지도 똑똑히 기억하는바—그가 생각의 나래를 계속 펼치지 않은 것은, 그럴 준비가 되어 있지 않았기 때문이기도 했고, 자신의 생각에 겁을 먹었기 때문이기도 했는데, 이미 그때, 므시외 브랑코베아누와 이야기하던 당시에 그가 이미 자각한바, 밀로의 비너스의 존재는, 말하자면 저기 루브르에 있는 그녀는, 저기 자랑스러운 성스러움 속에 서 있는 모습은—그녀의 맞은편에는 군중이, 줄지어 밀치락달치락하며, 카메라를 든 채 완전한 무지와 천박함을 내뿜으며 몰려들었고—이 루브르의 그 장소에서, 그녀가, 밀로의 비너스가 서 있던 바로 거기에서, 일종의 심란한 추문이 불거졌으니, 세바뉴는 그 생각을, 심지어 한동안 그 자신에게도 감히 표현하지 못하고 스스로에게 인정할 수도 없었던바, 말하자면 루브르에 있는 밀로의 비너스는 …… 못 봐줄, 심지어 그 자신에게도 못 봐줄 것이어서, 오랫동안 그는 그 단어를 머릿속에서 몰아내어 재빨리 다른 무언가를 생각하려 했는데, 이를테면 자신이 박물관 경비원이고 다른 무엇도 아니며, 그의 소관은 이런 문제에 대해 고민하는 것이 아니라 박물관 경비원의 업무와 관계된 것뿐이라고 생각하려 했으나, 그가 무엇을 할 수 있었겠는가, 그는 **이런** 박물관 경비원이 되어버린 것을, 그리하여 그 생각은 점점 더 꼴을 갖춰갔고, 그는 조각상을 바라보고 또 바라보았고, 이를테면 개축 때문에 한층 높은 곳으로 옮겨 이곳 살 데 세트 슈미네에 임시로 진열하되 높은—딱히 적절하지는 않으나 셰바뉴의 취향에는 딱 들어맞게—받침대에 올렸을 때에도 바라보았는데, 그때 추문이 다만 더욱 분명해진 것은, 조각상이 사람들 위로 여전히 우뚝 솟아 있었으나 이것이 여기에 썩 어울리지 않았던 것은, 그녀가, 밀로의 비너스가 셰바뉴의 견해로는 이곳에 속하지 않았기 때문으로, 더 정확히 말하자면 그녀는 이곳에든 지구상 어디에든 속하지 않아서, 그녀가, 밀로의 비너스가 의미하는 모든 것은, 그것이 무엇이든 시간이 흐름에 따라 바스러져 **더는 존재하지 않는** 천상의 영역에서 비롯한바, 이 우주가 부스러지고 소멸하여 저 높은 영역에서 모든 영원에 이르도록 사라진 것은, 더 높은 영역 자체가 인간 세계에서 사라졌기 때문이나, 그녀는 이곳에 남아서, 저 더 높은 영역에서 온 이 비너스는 이곳에 버려진 채 남았으니, 이것이, 그가 어느 날 저녁에—욱

신거리는 발을 물에 담그고, 팔걸이의자에 앉아 프랑스 1 채
널의 뉴스를 튼 채―스스로에게 설명했듯, 그가 이해한바 이
유기遺棄가 의미하는 바는 그녀가 자신의 의미를 잃었다는 것
이었고, 그럼에도 여기 그녀가 서 있는 것은, 요르고스가 그녀
를 파냈고 뒤르빌이 그녀를 데려왔고 라베송이 그녀를 짜맞추
고 전시했기 때문이라는 것이었으나, 그녀는 **아무 의미도 없었**
고, 세상은 지난 2000년간 달라져, 밀로의 비너스가 어디 서
있든 더 높은 영역이 있음을 상징한 것은 인류의 일부 덕분이
었으나, 그 일부가 사라진 것은, 이 영역이 흩어져 흔적도 없이
사라졌기 때문으로, 발굴되어 남아 있는 한두 개의 조각이나
파편이 무엇을 의미하는지조차 이해하는 것은 오늘날 가능하
지 않다며, 셰바뉴는 한숨을 내쉬었는데―찬물에서 발가락
을 움직이며―더 높은 곳도 없고 더 낮은 곳도 없고, 그저 가
운데 하나의 세상, 우리가 사는 세상, 1호선과 4호선과 7호선
이 달리는 세상, 루브르가 서 있는 세상만 있는바, 그 안에 비
너스가 있어서 형언할 수 없고 신비롭고 아득한 지점을 바라
보는바, 그녀는 그저 그곳에 서 있고, 그들은 그녀를 여기 놨
다가 저기 놨다가 하는데, 그녀는 그저 그곳에 서서 그 신비로
운 방향을 향해 고개를 자랑스럽게 쳐들고 있으며 아름다움
을 발산하되 무無 속으로 발산하나, 아무도 이해하지 못하고,
이것이 얼마나 통탄할 모습인지 아무도 느끼지 못하는바, 신
은 자신의 세상을 잃었으니, 한때는 그토록 거대한, 측량할 수

없이 거대한 세상을 가졌으나—하지만 이제는 아무것도 가진 게 없다.

하지만 이제는 아무것도 가진 게 없고 어떤 의미조차 없었던바—이것은 매우 서글픈 생각이어서, 셰바뉴는 이 생각을 머릿속에서 몰아내려고 끊임없이 애썼고 이것을 생각하고 싶지 않았고 스스로에게 확신을 부여하려 했는데, 매일 아침 일어나자마자 다시 그곳에, 그녀의 존재 속에 서는 것으로는 왜 충분치 않단 말인가?—물론 그것으로 충분했으며, 그런 때에 그는 긴장이 풀렸고, 잠이 실로 이런 생각들을 그의 머리에서 쫓아냈고, 다시 한번 이튿날 아침에 그는 얼굴에 똑같은 작은 미소를 띤 채 자신의 근무지에 나타났고, 자신에게 배정된 전시실에서 자신에게 지정된 자리를 차지하여 안쪽 구석으로 요령 있게 비켜 서서—그곳에서 관람객을 감시할 수 있었으나, 그와 동시에 비너스의 우뚝 솟은 형상도 볼 수 있었으니—또 한 해가 그렇게 갔고, 다시 가을이 되어 시내에는 비가 자주 내렸어도 그가 이것을 사실상 전혀 알아차리지 못한 것은, 그가 자신의 자리에서 움직이지 않았고 밀로의 비너스도 움직이지 않았기 때문으로, 그곳에서는 개축 작업이 여전히 진행되고 있었고, 언제 조각상이 원래의 자리로 돌아갈지는 아무도 예측할 수 없었으며, 그도 달라지지 않았고, 비너스도 달라지지 않았고—파로스 대리석에 난 긴 금도 달라지지 않아, 그것은 조각상 뒤로 오른쪽 허벅다리의 뒤쪽을 따라 나 있었고, 물론 복원가들이 꼼꼼히 관찰하고 있었으나, 아니, 아무것도 일어나지 않았고—정말이지 아무것도 그에게 일어나진 않았는데, 아무것도 일어나지 않아, 나날들이 오고 갔고, 군중이 매일 아침 몰려들었다가 매일 저녁 몰려나갔고, 그는 안쪽 오른편 구석에 서서 저 위 비너스의 눈과 얼굴을 관찰했으나, 결코 저 눈과 얼굴이 바라보는 곳은 관찰하지 않았으니, 그는 군중이 서로 짓뭉개는 것을 관찰하다가, 다시 한번 눈을 들어 조각상을 바라보았고, 한 가을에서 다음 가을까지 그저 바라보고 또 바라보았고, 부지런히 발을 찬물에 담갔고, 1호선, 4호선, 7호선을 타고 출근했다가, 1호선, 4호선, 7호선을 타고 퇴근했고, 아침이면 물에 적신 빗으로 머리 가운데로 꼼꼼하게 가르마를 탔고, 안쪽 오른편 구석에서 언제나 뒷짐을 진 채 서 있고 또 서 있었으며, 언제나 살짝 미소를 지어, 언제는 관광 가이드 없는 단체 관광객이, 언제는 고독한 관람객이 언제나 자신에게 다가올 수 있도록 했으며, 그가 언제나 입을 열어 말한 것은—다른 어떤 말도 하지 않고 오직—프락시텔레스, 언제나 프락시텔레스뿐이었다.

377

사적인 열정

음악은 천상의 집을 잃은 이의 슬픔이다.

이븐 알 파라드

끝이 찾아왔고 아무것도 없습니다, 그가 말하길, 설령 무언가가 있더라도, 그것은 그 과정의 비루한 종결에 불과합니다, 그 과정이, 처음에 숨겨져 있던 덕분에 기회를 잡아, 점점 뻔뻔해지다 마침내 발칙한 천박함으로—가장 무시무시한 예감마저도 무색하게—완전히 승리한 것은, 한 시대에 무언가가 그 자신의 정점에, 그 자신의 무한한 가능성의 끝에 도달했기 때문입니다, 각 시대가 제 나름의 뚜렷한 세계를, 나머지 세계와 비교 대상이 아닌 세계를 부여받는다는 것은 터무니없는 소리이며—아니, 결코 있을 수 없는 일이며—어느 장르에 대해서든, 각 시대의 예술이 완벽에 이르는 제 나름의 내적 구조를 담고 있다는 것 또한 어불성설이니까요, 물론 일리가 없는 것은 아니나 제가 이야기하는 건, 그가 덧붙이길, 다른 무언가에 대한 것입니다, 말하자면 우리 앞에는, 흐릿한, 짐승들의 무음 뒤로 음악과 관계된 모든 소리와 리듬에서 생겨난 긴 연속체가 놓여 있습니다, 그것이—더 완벽해질 수는 없는 완벽에 실제로 도달하면서—무한해 보이는 창공의 지붕에, 신이 거하는 천구에 가까운 천상의 어느 경계에 도달하여 무언가가—이 경우는 음악이—생겨나고 태어나고 펼쳐지나, 그러고는 모두 끝나버려 더는 아무것도 없으니, 그것은 와야 할 것이 왔음입니다, 그 영역이 사멸하되, 이 신적인 형상으로 계속 살아가며 영원토록 그 메아리가 남아 있는 것은, 우리가 그것을 불러내기 때문입니다, 우리는 그것을 바로 이날까지도 불러내고 우리가 할 수 있을 때까지 불러낼 테지만, 그것은 원본의 점점 더 흐릿해지는 반영, 기운을 잃고 점점 자신감을 잃어가는 메아리, 한 해가 갈수록, 열 해가 갈수록 점점 더 절망적으로 바뀌는 오해여서, 흩어지는 기억은 더는 세상을 가지지 못하고, 더는 사람들의 가슴을 산산조각 내지 못하고, 더는 그들을 쓰라리게 달콤한 완벽의 장소로 끌어올리지 못하는 것은, 이것이 이미 일어난 일이기 때문입니다, 라고 그가 말하고는, 멜빵을 펴더니, 사람들의 가슴을 산산조각 내는 그런 음악이 찾아와, 제가 귀를 기울이면 지금도 느낄 수 있듯 어떤 임의의 순간에, 예상치 못한 박자 뒤에 제가 느끼는 것은, 가슴이 산산조각까지는 아니더라도 적어도 무너지고 있다는 것입니다, 제가 이 달콤한 고통으로 인해 무너지는 것은, 이 음악이 제게 주는 모든 것이 저를 소멸케도 하는 것이기 때문이니, 이 모든 것의 대가를 치르지 않아도 된다고 생각할 사람이 어디 있겠습니까, 이 음악이 존재하는 거리距離를 가로지르면서 백 번 천 번 소멸하지 않는 것이 가능하리라고 어떻게 상상조차 할 수 있겠습니까―그 음악들을 들으면 저는 수천 개의 작은 조각이 됩니다, 그것은 형언할 수 없는 음악적 완성도의 천재들과 더불어 노닐면서 그와 동시에, 이 음악이 가슴 깊숙이 가라앉고 있는 채로, 말하자면 소득세 신고서를 작성하거나 건물 청사진을 작도할 수는 없기 때문입니다, 그렇게는 할 수 없습니다, 세금 신고서를 작성하거나 건물 청사진을 완성하고 있는 이 사람은 소멸해버리거나, 자신이 어디에 도달했는지 결코 이해하지 못할 것입니다, 이 음악이 위에서 그를 때리면 말이죠, 음악이 위에서 오는 건 분명합니다, 그건 의심할 여지가 없습니다, 저는―그가 단상에서 양손으로 자신을 가리키며―저는 그 무엇에 대해서도 아닌 오로지 음악에 대해서만 말하고 있을 뿐입니다, 여기에서의 논의는 일반화할 수 없는 것이니, 제 생각의 흐름을 모든 예술이 포함되도록 확장하여 그런 부류의 절대적 일반화에 대해 구구절절 이야기할 수는 없으므로, 무엇이 언급되고 있는지 무엇을 말하고 싶은 것인지 구체적으로 표명해야 하고 저 또한 지금 말씀드리는 바, 저는 단지 음악에 대해서만 고찰할 뿐이며 그것과 관련해서만 제 발언이 타당하다고 말씀드립니다, 그래서 저는 저의 주제가, 널리 홍보된 이 강연의 주제가 오로지 음악인 상황에서, 신사 숙녀 여러분, 오늘 저녁, 널리 홍보된 이 강연에서 여러분이 음악에 본질에 대한 분석을 통해 이른바 예술 자체의 본질에 대해 듣게 되시리라는 말씀으로 시작할 수는 없습니다, 그것은 이 강연을 하면서 마치 제가 연기 나는 폭탄을 손에 들고 서서 여러분에게 이것이 1분 안에 터질 거라고 말하는 것과 같으니까요, 이제 제가 이 폭탄을 손에 들고서 이런 식으로 말을 시작한다고 상상해보세요, 신사 숙녀 여러분, 그러면 여러분은 다들 문밖으로 뛰쳐나가겠지요, 안 그렇습니까?—그건 나쁜 생각이 아닐 겁니다, 어쩌면 언젠가는 제가 진짜 폭탄으로 변할지도 모르고요, 어쨌든 지금은 연기 나는 폭탄이 제 손에 들려 있다고만 상상해보십시오, 오늘 저녁 저는 음악이 세계 음악사 안에서 정점에 도달한 순간에 대해 제 생각을 나누고자 합니다, 여러분은 오늘 밤 제게서 남들에게서는 한 번도 들어보지 못했고 앞으로도 영영 들어보지 못할 그런 얘기를 듣게 되실 겁니다, 왜냐면 저 자신이—진정으로, 폭탄을 든 무정부주의자처럼—저 자신의 학설을 대변하기 때문으로, 공교롭게도 바로 이 논문 때문에 저는 우리 자신의 타락한 사회로부터도 배제되고 추방되고 퇴출되어 조롱거리가 되었고, 사실 더 직설적으로 표현하자면 야유를 받고 있습니다, 여러분 중에는 이렇게 생각하는 분도 있을 터인즉, 당신은 건축가이고 자신의 사적인 열정에 대해, 음악에 대해 강연할 텐데, 건축가가 버젓한 중심을 차지하고 있는 사회에서 어떻게 건축가가 배제될 수 있느냐고 생각하실 겁니다, 그 경우에 아마도 여러분 중 누군가는, 그가, 건축가가 모든 것에 대해 그 누구 못지않게 심오하다고 생각하고 계시겠지만, 제 경우에 그 사람은 잘못 판단한 것입니다, 저는 제 자신의 설계 중 단 하나도 건축되는 것을 본 적 없는 건축가이고 평생 설계한 건물이 몇 채나 되는지도 알지 못하며 이제 나이가 예순넷이니, 여러분은 제가 얼마나 많은 것을 설계하고 설계하고 또 설계했는지, 얼마나 많은 축소 모형과 도면과 그 밖에 수많은 것이 제 손 아래서 생겨났는지 상상하실 수 있겠지만, 그것들 중 하나도 건축되지 않았고, 이게 현실이며, 여러분이 오늘 여기서 보고 있는 강연자는 건축가이면서도 그 무엇 하나 건축하지 않은, 그 자신이 총체적 건축 재난이요, 게다가 여가 시간에도 건축에 손대지 않고, 킬레르 구區도서관 프로그램 '마을 문화의 날' 덕분에, 이곳에서 이 마을 저 마을 다니며 건축을 행상하지도 않고, 건축에 대해 결코 이야기하지도 않고, 건축가에게서는 아마도 기대되지 않는 것에 대해, 음악에 대해, 그 그토록 특수한 전형에 대해 이야기하는 것은, 제가 이야기하려는 것이 참으로 유일무이하고 성스러운 사실이기 때문이요, 제가 이 손가락으로—그가 집게손가락을 세워— 음악사의 특정 시대에 여러분의 관심을 쏠리게 할 것이기 때문인데, 이것은 우리가 음악이라고 부르는 것의 이례적이고 비길 데 없고 되풀이될 수 없는 순간이며, 더 간단히 표현하자면 여러분은 최고 수준의 음악의, 그 순간이 도래한 음악의 본질에 대해 듣게 될 것인바, 그 음악의 시대는 17세기 들머리부터 18세기 중엽까지로, 더 정확히 명토 박지 않고 이렇게만 해도 출발점으로는 충분한 것은, 여러분이 제게서 날짜를 기대할 수는 없기 때문으로, 대체로 저는 날짜를 믿지 않습니다, 만물은 서로에게 흘러들고 서로에게서 흘러나오며 모든 것이 마치 촉수처럼 뻗어 나가기에, 어떤 분명한 시대라든가 그런 터무니없는 것은 결코 없으니, 그러기엔 세상이 너무 복잡하다는 것은 생각만 해보면 알 수 있습니다, 어떤 사건이 어디에서 시작되어 어디에서 끝나는지 생각해보세요, 뻔하잖습니까, 날짜나 시대 구분을 들여다보는 것은 소용이 없으므로, 그 모든 것은 전문가들에게, 새가슴이거나 황소 대가리인 안다니들에게 맡깁시다―그들은 자신의 위치 덕분에, 무엇이 일어났는지를, 이 두 시점 사이에 대체로 무엇이 지나갔는지를 그저 이야기하는 것이 아니라―어떻게 음악에, 음악의 이야기에 참으로 더는 나아갈 수 없는 정점이 있는지 온 세상에 외칠 수도 있었는데 말입니다, 혹여 더 나아갈 수는 있어도 그것이 오직 이른바 **서글픈 하강**일 뿐임은, 그 뒤로 형식의 느린 퇴보 말고는 다른 무엇도 일어나지 않기 때문입니다, 모든 것이 단지 서글픈 게 아니라 가련하다고, 놀림감이라고, 길고 지루하고 저속한 예식이라고 말하는 것이 더 정확할지도 모르겠으나, 아니, 그들은 이 영구적으로 소란하고 거짓되고 천박한 선전에 동참하여, 음악이 예술 일반과 마찬가지로 과학이며, 총체적으로 보자면 문화와 문명이 오로지 어떤 알쏭달쏭한 원인으로부터 출발하여 나아가고 더욱이 자신을 능가하고 또 능가하는 것처럼만 나아간다고, 즉 발전하며 그에 따라, 자신의 관념에 따라 점점 높은 수준을 달성한다고 우리를 세뇌합니다, 그들을 어떤 자들로 여겨야 할까요, 한마디로 그들은 자신의 명성으로 여러분을 오도하려 합니다, 음악의 역사에 정점이 있고, 그 뒤로는 음악사 전체가 총체적으로 하강하기 시작한 뒤, 결국 위기의 탈을 쓴 저속함 속으로 곤두박질하여, 구역질 나고 끈적끈적한 홍수에 익사한다는 사실을 끝·장·내·고 박·멸·하·려·고 노골적으로 애쓰는 자들이죠, 하지만 그건 이만하면 됐고 제가 이 모든 것을 어떻게 결론지었는지 말씀드리겠습니다, 아마도 소소한 일화를 말씀드리며 잠시 쉬어가는 것도 흥미로울 것인데, 틀림없이 저도 잘 알다시피—비록 제가 전문 강연자는 아니어서, 마을 도서관에서 주최하는 행사에 참여하여, 이건 우리끼리 이야기지만, 저의 보잘것없는 수입을 간신히 보완할 뿐이나—저도 잘 알다시피, 이따금 조그만 위안이 필요한 법이죠, 그것은 그들 말마따나 작은 개인적 손길로서, 적소에 배치된 우스운 문장이요 경험에서 끌어온 소소한 소재이니, 이 경우에 저는 조기 은퇴한 연금 생활자로서 이따금 들르는 사무실에서 어느 오후에 있었던 일을 짧게 말씀드리겠습니다, 말하자면 그날 오후 서른 명가량의 비슷한 건축가들과 함께 제가 아무 생각 없이 할 일을 하며 무의미한 건축 청사진에 몸을 숙인 채 시간이 얼마나 흘러갔는지 모를 때, 옆에 앉아 있던 동료가 책상에 놓인 작은 휴대용 라디오를 만지작거리다 마침내 채널 하나를 정하여 다이얼을 그곳에 그대로 맞춰둔 겁니다, 이것은, 제 동료의 손가락이 바로 그 순간에 다이얼을 멈춘 이 무작위의 동작은 운명적이었습니다, 과장하는 게 아닙니다, 그것이 제게 운명적 영향을 미친 것은, 물론 음질은 조악했고 난생 처음 듣는 것도 아니었지만 그 소리가 제 귀에 들어온 것은 난생처음이었는데, **흠 없고 유려한** 가락이 현으로부터 탄생하여 울려퍼지고, 뒤이어 두번째 흠 없고 유려한 가락이, 그다음 또 다른 가락이 울려퍼졌기 때문으로, 이것이, 저 높은 곳의 성부에 의해 창조되어 경이롭도록 복잡해진 이 가락의 건축물이, 그토록 가슴을 미어지게 하는 화성이 제게 어찌나 큰 기쁨을 안기던지, 저 넓고 삭막하고 황량한 건축 사무실에서, 형광등 불빛 아래서 저는 그저 숨이 멎을 지경이었습니다, 여기서 그만하겠습니다만, 저는 그날 오후의 순간 하나하나가 정확하게 떠오릅니다, 물론 제 바로 옆에서 흔들리고, 탁탁 튀고, 흐느껴 운 음악이 무엇이었는지도 잘 알고 있습니다, 그것은 안토니오 칼다라의 오라토리오 〈산타 프란체스카 로마나〉의 아리아 중 한 곡으로, 제목은 「울어라 슬픈 눈동자여」입니다, 그리하여 이제 저는, 이런 식으로 표현해도 된다면 작은 쪽문으로 바로크에 들어섰음을 은연 중에 밝힌 셈이군요, 그는 이렇게 말하고는 다시 한번 오른손으로 멜빵을 가다듬었는데, 여간 힘겨워하지 않은 것은 그의 바지가, 멜빵이 달려 있는데도 끊임없이 배 아래로 미끄러져 내려가 두툼하게 말리려 들었기 때문으로, 그러는 한편 그는 반대쪽 손을 뒤의 탁자에 놓인 물잔으로 뻗었는데, 도착했을 때 코트를 던져둔 곳도 거기로, 그동안 여덟 명은—나이 든 여자 여섯 명과 나이 든 남자 두 명으로, 여기 마을 도서관에서 '한 세기 반의 천국'이라는 제목의 전혀 요령부득의 강연을 들으러 온 용감한 청중은 수도에서 온 노신사를 뜯어보고 그가 유별난 특징을 많이 타고났음을 파악할 또 다른 기회를 얻었던바, 그는 땅딸막하고 펑퍼짐하고 나긋나긋한 체구에 머리카락 몇 가닥을 벗어진 정수리 오른쪽으로 빗어 넘겼고, 말랑말랑하게 늘어져 두겹진 턱은 가슴에 닿았으며, 그의 목소리는 마치 누군가 철선솔로 냄비에 눌어붙은 스튜를 긁어내려 하는 듯했고, 검은색 뿔테의 구식 안경은 실수로 그의 얼굴에 얹힌 것처럼 보였던바 너무 큼지막해서 마치 스쿠버 다이버용 고글처럼 그의 얼굴 윗부분을 완전히 가렸으나, 그의 배야말로 현지인들의 관심을 사로잡은 부위였던 것은, 세 겹으로 접힌 거대한 이 배가 이 사람에게 많은 문제가 있다는 신호를 모든 사람에게 명백히 전달했기 때문으로, 그가 바지의 신축성 멜빵을 끊임없이 매만진 것은 전혀 놀랄 일이 아니어서, 그는 자신조차도 멜빵를 믿지 못하는 사람이지만, 멜빵에 대한 확신이 그나마 조금씩 조심스럽게 자라다 번번이 사그라든 사람 같았으니, 그를 보면 도와주고 싶은 생각이 들 정도였던 것은, 이 바지가 얼마나 끊임없이, 쉼 없이 저 두꺼운 지방 주름 위로 미끄러져 허벅지를 향해 내려가는지를 모두가 감지했기 때문으로, 어떤 종류의 바지라도 저런 배에 조금이라도 쓸모가 있을지, 저 배가 그 어떤 종류의 바지에든 조금이라도 쓸모가 있을지 의심스러웠던바, 한마디로 여덟 명으로 이루어진 청중이 예외 없이 저 바지에, 저 멜빵에, 저 배에 몰두해 있었던 것은, 그들이 저 배의 소유주가 하는 말을 단 한 마디도 알아들을 수 없었기 때문이었으며, 게다가 해당 인물은 쉬지도 않고 이야기했고, 결코 목소리를 낮추지도 결코 높이지도 않았고, 결코 목소리에서 힘을 빼지도 결코 힘을 주지도 않았고, 어떤 중단도 중지도 휴식도 자제도 없이 그저 이야기하고 이야기하고 또 이야기하며, 옆 학교에서 빌린 단상에 물잔을 다시 올려놓고서 이야기하길, 자 이제 요점으로 돌아가서, 요한 제바스티안 바흐의 걸작 중 하나로, 〈마니피카트〉에 실린 「그 계집종의 비천함을 돌아보셨음이라」를 살펴보자면, 그 곡에서는 시대를 통틀어 가장 위대한 음악적 천재가 알토를 위한 아리아에서, 틀림없이 천상의 명령으로 인해 고통과 굴욕으로부터, 슬픔과 소원으로부터 일종의 복합물을 만들어내었으니, 이것은 그 자체로 여기에 본보기로 들기에 충분한바, 이 개개의 작은 작품들에 대해서는 우리가 바로크의, 그 시대 전체의 본질을 즉각적으로 이해할 수 있게 된다고 말하는 것으로 충분할 터인즉, 바로크, 이것이 오늘 우리의 주제요, 이것이 제가 지금까지 말씀드린 것이며, 계속해서 말씀드릴 것인바, 제가 주장하고, 입증할 수도 있는 것은, 음악이 제가 앞서 언급한 신적 숭고함에, 그곳으로부터 더는 나아갈 수 없는 그곳에 도달한 것은 바로크를 통해서라는 것입니다, 그렇지만 그것은 짧은 시간만 지탱할 수 있는데—즉, 지탱할 수 없는데—그것은 우리 안에서 그것을 지탱했을 별이 필연적으로 죽어버렸기 때문입니다, 그 별은 소멸했고 그 천재들은 죽음 속으로 사라졌습니다, 그들 뒤에 온 자들은 그들을 초월했고 이른바 바로크 음악 세계를 초월했습니다, 왜냐면 이것이 전문가들이 쓰는 표현이기 때문입니다, 그들이 그들을 '초월했다'는 것, 이것은 이미 그 자체로 가증스러운 표현이며, 우리가 여기서 상대하는 자들이 어떤 자들인지, 어떤 성격을 가져야 그런 표현을 구사할 수 있는지 여실히 보여줍니다, 그게 대체 무슨 뜻이란 말입니까, 그들을 초월하다뇨—설마 몬테베르디를 초월한다고요?! 퍼셀을 초월한다고요?! 바흐를 초월한다고요?!—정 그들을 초월하겠다면, 방법은 그들을 듣지 않는 것뿐이었겠지만요—저 저주받은 18세기, 저 저주받은 최후의 10년들은 모든 것을 중독시키고 모든 것을 파괴하여 모든 사람들로 하여금 과연 자신이 영혼의—또는 마음의,

그들 말마따나 마음의—소리를 들어야 하는지 확신할 수 없게 만들어버렸습니다, 강연자는 이제 고함을 질렀고, 강의실 안에서는 그의 목소리에서 거대한 분노가 떨리고 있음을 알아차리지 못한 사람이 한 명도 없었으나, 그래도 그들은 이 분노의—마음의, 그가 다시 고함을 지르며, 초월하는 것의—이면에 있는 의미에 대해서는 어렴풋한 감조차 잡지 못했는데—그가 목소리를 점점 높이다, 하도 높여서 소심한 청중 중에서는 출구를 힐끔힐끔 쳐다보기 시작하는 사람들이 점점 늘었거니와, 왜냐하면 이 모든 것은—이 맥락에서 말하자면—단지 근거 없는 게 아니라 불법적인 것이기 때문입니다, 왜냐하면 그들은, 저 전문가들은 이 몬테베르디에게서, 이 퍼셀에게서, 이 바흐에게서 자신이 공경할 수 있는 대상을 뚜렷이 보았으니까요, 그들은 정확히 알았습니다, 그런데도 그들은 시간이 지나지 않았느냐고 이야기했습니다, 한목소리로 이렇게 선언하길, 마치 영원을 매질媒質로 취하는 어떤 것—하늘에 계신 고귀한 신—을 시간이 통과할 수 있는 양 선언했습니다, 강연자는 새로 백토를 칠한 지 오래지 않은 천장을 향해 양손을 쳐들었고, 쳐든 손을 격렬하게 흔들기 시작했는데, 그렇다면 몬테베르디 이후에, 퍼셀 이후에, 바흐 이후에 더 위대한 음악 천재인 누군가가 온다고요?—아니면 무언가?!—그렇다면 그들 이후에 누가 왔습니까?!—여러분에게 묻겠습니다, 라고 강연자가 물었는데, 이젠 손을 내렸으나, 청중이 정말로 불편하게 느끼기 시작한 것은, 그가 그들을 보고 있었기 때문이고, 그들이 이 문제를 일으키는 자들인 것처럼 그가 그들에게 분노하고 있는 것처럼 보였기 때문으로, 그가 말하길, 설마 모차르트를 생각하고 계신가요?! 이 신동을?! 모든 것을 할 수 있었고 그 반대도 할 수 있었던 사람 말입니까, 이 **유쾌함**의 천재를 생각하고 계신가요?!—이 의심할 여지 없이 경이로운 **매력**을 가진 이 쇼맨을?!—이 참으로 눈부신 **엔터테인먼트 예술가**를?!—그때 청중 한둘이 "아니요"라고 하는 듯 마는 듯 고갯짓을 하려 했는데, 그렇다면 누구란 말입니까?!—그들은 그런 것에 대해 한 번도 생각해본 적이 없었고, 그럴 일은 한 번도 일어나지 않았으며, 그들은 이 사실을 조심스럽게 고갯짓으로 나타낼 수 있었는데, 강연자는 이미 열의에 사로잡혀 계속해서 말하길, 아니, 이것은 그의 의무가 아니라고, 여기서는, 이런 강연 자리에서는 더더욱 아니라고—자신의 의견을 발표하고 이 몬테베르디, 이 퍼셀, 이 바흐 뒤로 고전기에 등장한 사람들을 분석하는 것, 그들을 비방하는 것은 일반적으로 말해서 그의 임무가 아니라고 했는데—물론 그는 고전기를 비방하거나 공격을 가할 수 있었고, 낭만주의를 공격할 수 있었으나, 여기서 그의 임무는, 그가 의견을 제시하길, 찬양받을 수 있는 것을 찬양하는 것이었으며, 바로크 음악은 절대적으로 이 범주에 속했던바, 정확히 말하자면, 오직 **그것**만이 이 범주에 속한 것은, 이것만이 찬양받기 합당하기 때문으로, 이제 그가 덧붙여야 할 말은, 그가 말하길, 자신이 무엇보다 바로크 성악곡에 대한 자신의 견해를 나누고 싶었다는 것이어서, 그는 그것에 대해서만, 모든 강연에서 그러진 않았으나 오늘은, 이야기한 것은, 아마도 그가 이 강연에서 선택한 일화의 중심에 성악곡이, 칼다라가 어떤 메조소프라노를 위해 작곡한 아리아가 있었기 때문으로, 어쩌면 이 시점에 그에게서 드러났을지도 모르겠으나, 그가 언제나 바로크 **성악**곡에 대해 이야기한 것은 아니지만, 오늘처럼 어쩌다 이야기를 하게 된다면 가장 커다란 기쁨을 느끼며 이야기한 것은, 인간 음성에 그가 그 무엇보다 사랑하는 것이 들어 있었기 때문으로, 만일 어떤 가락이 이것에 얹혀, 인간의 음성에 얹혀 울린다면, 만일 그가 이것과 저것 중에서 선택해야 한다면, 만일 어떤 악기로 가락을 연주해야 한다면, 그는 지체 없이 인간 음성을 선택할 것인바, 인간 음성에는, 연마된 인간 음성에는 무언가가 있는데, 그 표현은 그에게 강렬한 매혹이어서 어떤 종류의 훌륭한 악기로도 대체할 수 없었으니, 하프시코드로도, 바이올린으로도, 비올라로도, 오보에로도, 호른으로도, 교회 오르간으로도, 심지어 이 모든 것을 합친 것으로도, 무엇으로도, 하지만 무엇으로도, 연마된 인간 음성과 같은 수준은 달성할 수 없었으며, 여기서 잠시 쉬어간다면, 그는 개인적으로 이 말을 꼭 해야겠는데, 이 장르에서 그에게 가장 큰 인상을 남긴 것은 연마된 여성 음성으로, 드라마틱 소프라노, 다크 알토는 언제나, 말하자면 설명하기 힘든 힘을 그 안에 지니고 있었으니, 어쨌든 이것이 현실이어서, 그에게 천상의 순간은 저 오르간, 저 하프시코드, 저 바이올린, 비올라, 오보에, 호른 등이 한꺼번에 울려퍼지고, 그 소리들 위로 연마된 여성 알토 음성이 솟아오르는 때로, 그때 모든 것이 이와 같이 어우러질 때 그는 이루 말할 수 없는 행복으로 가득했으니, 그런 때에 그는 성모와 아기 예수의 성화에 입맞추는 정교회 신자와 같은, 활을 들어 과녁을 향해 화살을 쏘아보내는 궁도장의 일본 선승과 같은 무언가를 느꼈으며, 참으로 진정으로, 그는 과장하는 것이 아니었고 비유적으로 생각하는 것도 아니어서, 그는 신의 현전에 직접적으로 맞닿아 있다는 느낌을 다른 어떤 예술 형식에서도 받은 적 없었으며, 그가 이것을 얻은 것은, 찾은 것은 다른 어떤 종류의 음악에서도 아니요, 그 전이나 그 후에 등장한 음악에서도 아니요, 오로지, 오로지 바로크에서뿐인즉, 이제 환상적으로 다채롭던 당시 유럽 음악계를 상상해보십시오, 음악의 본질이 백 가지 방법으로 울려퍼졌고 우리의 관점에서 동시에 울려퍼진 것은, 음악의 본질이 바로크이기 때문입니다, 이제 그는 누가 언제 그랬는지 나열하며 이름을 하나하나 읊었으니, 라인켄, 포르포라, 푹스, 그다음에는 샤르팡티에, 파이시엘로, 뷤, 쉬츠, 그다음에는 북스테후데, 콘티, 그리고 가장 위대한 이름들, 비발디, 다음은 헨델, 다음은 퍼셀, 다음은 제수알도, 다음은 요한 제바스티안 바흐 아니겠습니까?!―하지만 그들과 더불어 끝없이 많은 평범한 음악적 추종자들을 상상해보세요, 실로 수백, 어쩌면 수천 명에 이를 그들은 자신들의 작품으로 바로크를 살아내고 떠받쳤으며, 잉글랜드 궁정에서부터 이탈리아 군주의 저택에서까지, 프랑스의 샤토에서부터 헝가리의 성에서까지 그렇게 한 것은, 사실이 그러했기 때문으로, 바로크 음악은 자신에게 부여된 대략 150년을 채웠으며, 여러분은 끊임없이 울려퍼지는 음악적 예술의 위업―경이로운 음률, 경이로운 화성, 경이로운 구조와 가락―을 들을 수 있는바, 돌이켜 생각해보면, 그가 말하길, 제가 바로크 시대로 돌아갔다고 상상해보면, 오케스트라가 깔리면서 〈마태 수난곡〉의 첫 몇 마디가 울려퍼질 때 저는 눈물로 목이 멥니다, 심지어 후대의 작곡가가 〈마태 수난곡〉의 연주를 듣고서 눈물을 참지 못하고 며칠 동안 고통스러운 황홀함 속에 빠져 살았던 것도 이해할 수 있습니다, 정말로 이해합니다, 그래요, 제가 이해할 수 있는 것은, 저 또한 매번 그것을 경험했기 때문입니다, 이를테면 〈인도의 여왕〉이나 대작 〈메시아〉의 훼손되지 않은 연주를 듣는다면 말입니다, '훼손되지 않은'이라고 제가 말씀드렸는데요, 강연자가 말하길, 여기서 이 단어가 쓰인 것은 우연이 아닌바, 그것은 카를 리히터 부류가, 그 조잡한 딜레탕트 중 하나가 자신의 추한 주둥이를 바로크에 들이밀면 저는 지독한, 이루 말할 수 없는 고통을 겪기 때문입니다, 그것은 이 사람들이 바로크적인 모든 것을 파괴하기 때문이요, 이해가 일천하여 바로크적인 모든 것을 모독하기 때문입니다, 그들이 자신의 먹잇감이 된 작품을 망치는 것은 끔찍합니다만, 더욱 끔찍한 것은 그들이 **어떻게** 망치는가입니다, 여기서 제가 말로 표현할 수 없는 것은, 그들이 바흐를 마치 베토벤 연주하듯 연주하기 때문인데, 이것은 결국 진정한 추문이요 이런 자들은 바로크 교향악 연주계에서 추방하거나 감옥에 처넣어야 합니다, 그게 가장 합당한 처사인 것은, 그렇게 하면 이론상 그들이 어떤 종류의 음악에도 접근할 수 없을 테고 자신들의 더러운 손과 무감각한 영혼으로 바로크를 괴롭힐 수는 더더욱 없을 테기 때문입니다, 연주는, 한마디로 훼손되어서는 안 되며, 훼손되지 않은 연주에서만 바로크의 정신이 드러난다는 것은 의심할 여지가 없습니다, 그러면 그 정신이 나타나고, 울려퍼지고, 마음을 가라앉히고, 가슴을 조각조각 찢고, 듣는 이를 거꾸러뜨리니, 이것이 의미하는 바는 지휘자를 고를 때 실수를 저질러서는 안 된다는 것으로, 오늘날의 상황을 고려하자면, 투박한 아르농쿠르는 노, 크리스티는 예스, 경박한 바르톨리는 노, 하지만 커크비는 예스, 그런가 하면 노쇠한 마그달레나 코제나는 노, 하지만 돈 업쇼는 예스, 추그도르프의 이른바 바로크 카머오르헤스터는 노, 하지만 레 자르 플로리상은 예스, 한마디로, 흠잡을 데 없이 선택해야만 바로크가 울려퍼지기 시작하는 수준까지, 바로크 자체가 들릴 수 있는 데까지 도달할 수 있는 것은, 이조차도 그다지 자명하지 않기 때문으로, 생각해보십시오, 여러분이 헨델의 〈아리오단테〉에서 「스케르차 인피다(부정한 여인)」를, EMI 애비 로드 녹음실에서 로저 노링턴 경의 지휘하에 데이비드 대니얼스의 목소리로 듣는다면, 아니 그조차도 아니라, 이건 명백하지 않으나―실은 너무나 명백하기 때문에―그 대신 여러분이 〈아리오단테〉 연주회에 간다고 가정해 봅시다, 그곳은 바로크가, 자신의 세계 없이, 모습을 드러내는 곳인데―더는 바로크 세계가 존재하지 않는 것은, 앞에서 이미 언급했듯 저 끔찍한 18세기의 혼돈과 쇠퇴 속에서 허물어졌기 때문으로―객석에 앉아 있다가 자신의 앞에서, 이를테면 프라이부르크 슈타트할레에서 로레인 헌트의 목소리로 〈아리오단테〉가 울려퍼진다고 말이죠, 하지만 로레인 헌트는 적임자가 아니고, 프라이부르크의 바로크오르헤스터도 적임자가 아니고, 헨델도 〈아리오단테〉도 거기 없고, 그들의 기억만 있는 것은, 바로크가 거기 있기 않기 때문이니, 온 세상이 이미 반反바로크가 되었고, 공연장이 반바로크이고, 커튼이 반바로크이고, 무대가, 공연장 박스석이, 관객이, 수많은 맥주가 악취를 풍기고 수많은 관광객이 악취를 풍기는 프라이부르크 자체도 반바로크적이고, 유럽 전체가 반바로크적이어서, 유럽을 통틀어 이 반바로크적인 분위기가 느껴지지 않는 곳은 단 한 군데도 없이, 오로지 더는 존재하지도 않는 무언가의 소멸이 그저 진행되고 또 진행될 뿐이니, 이른바 바로크 음악 연주가 잇따라 열리나 그것들은 악보에 적힌 바로크적 본질을 불러내는 것이 아니라 오히려 파괴하니, 시작도 하기 전에 모든 것이 이미 무너진 탓에, 관객에게는 내면을 읽을 수 있는 어마어마한 능력이, 믿기지 않는 상상력이, 초인적인 끈기가, 비할 바 없는 인내가 필요한즉, 제가 잊어버리다시피 한 것은, 강연자가 말하길, 이 모든 것을 넘어서서 그에게 믿을 수 없는 양의 행운이 필요하다는 것으로, 그래야 간간이 바로크가 이 모든 선물로 이따금 그를 건드리는 순간을 이따금 포착할 수 있다는 것이지만, 이 집중력은, 이 인내심은, 이 끈기는 그 자체로 가치가 있습니다, 그런 바로크 음악 연주회에서—이를테면 프라이부르크 슈타트할레에서 로레인 헌트의 목소리로—자신의 내면에서 적어도 바로크적 본질의 그림자를—그 이상은 아무것도 가능하지 않으므로—엿볼 수만 있다면, 그러면 그 사람은 자신에게 진정한 힘을 부여할 그런 경험에, 그런 조우에 참여하게 될 것인바, 이렇게 말해도 된다면—강연자가 잠시 생각에 잠긴 듯하더니—이 경험이 그에게 살아갈 진정한 힘을 부여하는 것은, 그 뒤로는 바로크 없는 삶이 그렇게 고통스럽지는 않을 것이기 때문으로, 어마어마한 행운을 통해—로레인 헌트와 프라이부르크 바로크오르헤스터의 초인적 분투 덕분에—바로크적 본질의 그림자를 한두 번 맞닥뜨리고 나면, 그는 공연장 밖으로 비틀비틀 걸어나와, 맥주와 관광객들의 끈적끈적한 악취를 맡지 않으려고 코를 싸매니, 그는 신적인 영역이 적어도 존재했음을 확신할 수 있으며, 바로크가 적어도 한 번은 살아 있는 실체로서 존재했음을—이를 가능케 한 로레인 헌트와 프라이부르크 바로크오르헤스터에 깊고도 진실한 감사를 표하며—확신한 채 평안을 누릴 수 있는바, 이것은 우리를 위해 쓰여지고 연주되었으나, 그와 동시에 이것이 하도 가냘픈 현실이어서 연주하기에 너무 쉬운 탓에, 우리는 할 수 있는 한 가장 먼저, 맨 처음 기회에 그것을 연주하고, 영원토록, 전곡을 마치 포커 게임에 판돈을 걸었을 때처럼 대수롭지 않게 연주했습니다, 우리가 가장 거대한 행운으로 여길 수 있는 것은—이번에도 로레인 헌트와 프라이부르크 바로크오르헤스터에 감사하며!—우리가 연주회장에서 비틀거리며 걸어 나와 맥주와 관광객들의 악취 사이로 헤매 다니면서도 바로크의 그림자를 가슴속에 간직할 수 있다는 것으로, 이에 대해서는 아무리 되뇌어도 충분하지 않은바, 바로크에 이르러 인간에 의해 만들어진 음악은 정점에 도달했으며, 처음에 제가 그저 허공에 대고 강연하는 게 아니라, 단지 수다를 떨고 또 떠는 게 아니라 이 명제가 참임을 실제로 입증하겠노라 약속했다면, 지금 약속을 지킬 때가 찾아왔으니, 여러분은 자세한 내용을 충분히 들었고, 저는 이것을 언급하고 저것을 언급했으나, 이젠 진짜 입증이 기다리고 있는바, 물론 여러분이 기다려야 할 것은, 초청 연사가 말하며, 다시 한번 왼쪽 멜빵 클립이 제대로 달려 있는지 더듬어

본 것은, 이제 그쪽이 조금 헐겁게 느껴졌기 때문으로, 여러분이 기다려야 할 것은, 그가 거듭 말하길, 음악적 요소에 대한 어떤 복잡하고 천지개벽할 시연이 아닙니다, 여러분께서 허락하신다면 저는 그것을 건너뛰어 제 생각을 더 간명하게 표현하고자 합니다, 그러면 거기에는 이 입증이 담겨 있을 것인바, 말하자면 이것은 주어진 작품이 연주되는 바로 첫 순간에 무슨 일이 일어나는가에 여러분의 주의를 환기할 것인데, 제가 매우 공손히 부탁드리는바, 부디 눈을 감고 여러분 자신을 그 정신에 내맡긴 채, 이를테면 〈마태 수난곡〉 첫 마디들을, 첫 서른두 마디를 들어보시기 바랍니다, 그때 두 오케스트라가—아시다시피 두 오케스트라가, 두 합창단이, 두 편이 어둡고 소용돌이치는 비극에, 고통에, 최후에 빠져드는—그 첫 서른두 마디를 들어보시라고 부탁드립니다, 라고 강연자가 청중에게 부탁하며, 마치 그들에게 축도하듯 양손을 올리고, 고개를 높이 쳐들고, 눈을 감은 채, 기다렸으나 허사였던 것은, 자신이 그들에게 부탁한 것을 그들이 하고 있는지 보려고, 그들이 눈치채지 못하게 눈꺼풀 사이로 실눈을 뜨고서 그들을 보는 동안, 여덟 명으로 이루어진 청중은 완전히 기진맥진하여, 더는 그의 멜빵에 집착하지도 않았고, 아무것도 그들의 관심을 끌지 못했으며 이 때문에 그들은 그의 요청을 거부했고 적어도 이것이 그가 생각한 것이었는데, 그들이 그 요청을 거부하고 그저 관심을 기울이지 않고 있던 것은, 그들이 그런 일을 할 수 없게 된 지 오래였기 때문으로, 말하자면 여기서 쌓여가고 있는 것을 쳐다보는 사람처럼은 행동할 수 없었기에, 그들은 눈을 감지 못했고, 그 때문에, 그들이 눈을 감은 것은 초청 연사가 잠시 강연을 멈추고 그들을 매섭게 노려보아 그가 그들에게 원하는 것이 무엇인지가 그들에게 금세 떠올랐을 때로, 모두가 재빨리 눈을 감았으니, 그곳에는 청중 여덟 명이 앉아 있었고 그들은 이유는 전혀 알지 못했으나, 눈을 감은 채 다음에 일어날 일을 기다리고 있었는데, 오랜 침묵 뒤에—강연자에게도 원래의 생각 흐름으로 돌아가는 데 시간이 조금 필요했기 때문에—그가 새로 입을 열었고 모두 안도한 것은, 강연자가 방금 전에 떠났던 곳으로 정확하게 돌아왔기 때문이었던바, 그가 묻길, 들리십니까? 이 어두운 힘이 들리십니까? 이 무시무시한 아름다움이 들리십니까? 이 위협적인 나선이, 별개의 가락들이 서로의 위로 소용돌이치며 바다의 격렬한 파도처럼 오케스트라 전체를 때리는 것이 들리십니까?! 그렇습니다—그가 목소리를 높여—불가해한 것처럼, 저 바닥 모를 신비로운 바다가 파도를 쳐올리며, 모든 것이 여기 있습니다, 태초가 있고, 단박에 분명해지듯, 완벽하고 정교하고 황홀한 화성이 있고, 그때까지 한 번도 도달된 적 없고 그 뒤로도 한 번도 도달되지 않을 강렬한 음악적 공명이 있습니다, 이것을 듣는 이는 누구나 이것이 가장 높은 차원의 음악이라는 것에 어떤 증거도 필요하지 않은바, 그것은 음악 자체가 증거이기 때문입니다, 이것을 듣는 이는 한 번도 들어보지 못한 방식으로 풍성하게 어우러지는 목소리의 화성을 듣게 될 것이요, 이 화성에서 주선율의 신비롭고 자유로운 아름다움을 듣게 될 것이니, 그리하여 가슴이—강연자가 오른손으로 자신의 가슴을 두드리며—증언합니다, 가슴이 증언하는 것은, 이것이 다른 어디서도, 〈마태 수난곡〉 이전에도 〈마태 수난곡〉 이후에도 결코 느껴보지 못한 것이기 때문으로, 여러분은 물론 이것을 바로크 이전에도 바로크 이후에도 없었다는 뜻으로 이해하셔야 합니다, 원하신다면, 이라고 그가 말하고는 다시 목소리를 조금 높여, 이렇게 표현할 수도 있겠는데, 우리는 음악적 구성의 기예에 대한 장인적 지식과 무지개 스펙트럼처럼 다채로운 이 능수능란함, 음악 언어의 이토록 남다른 명인적 합일, 이토록 명료한 선율의 윤곽, 비발디에게서 배운 음악적 간결함의 완성으로서의 대위법이라는 이토록 비할 바 없는 기예, 이토록 타의 추종을 불허하는 방식으로 내부의 요소들이 엮인 거미줄, 전반적으로 말하자면 어떤 선배에게서도 비롯하지 않은 이토록 정교한 화성에 대해 다른 어떤 경우에도 말할 수 없는바, 이것은 바흐의 경우에도 마찬가지여서, 우리는 그에 의해 완성된 작품에 대해 결코 이야기할 수 없으며, 오로지 다시 또다시 수정되고, 보충되고, 교정되고, 건축되고, 개량되어 끊임없이 팽창하는 음악, 완벽에 이르는 길을 가리키기만 할 뿐 그와 동일하지는 않은 음악에 대해서만 말할 수 있어서,

이것이 바흐를 논하는 것이라면—이 강연 끝까지 그럴 것인데, 그가 말하길— 그것은 음악의 본질이 바로크라면, 바로크의 본질은 바흐이기 때문으로, 그의 안에는 비발디, 젤렌카, 라모, 쉬츠, 헨델, 퍼셀에게 띄엄띄엄 존재할 뿐 아니라 캄파나, 치마로사, 알비노니, 포르포라, 뵘, 라인켄에게 부분적으로 존재하는 모든 것이 하나로 구현되어 있으나, 오로지 바로크의 이 독보적 천재에게서만 모든 것이 하나로 뭉뚱그려져 존재하며, 그 총체성 속에서, 요한 제바스티안 바흐가—〈마태 수난곡〉의 이 첫 마디들에서 합창이 풍부하고 격정적인 힘으로 울려퍼지며 모든 것을 휩쓸며 솟아올라, 점점 정교해지고 점점 풍성하게 엮이는 것을 들으면, 요한 제바스티안 바흐가 나타내는 모든 것이 어떻게 생겨날 수 있었는지는 상상할 수 없고, 설명할 수 없고, 말하자면 기적 같습니다—이 요한 제바스티안 바흐가 우리 눈 바로 앞에서, 모든 작품 하나하나와 따라서 이 경우엔 〈마태 수난곡〉에서도—울려퍼지고, 탄생하고 또 탄생하는 것은, 우리가 듣고 우리가 믿어야 하기 때문이며, 그것이 그토록 믿을 수 없는 것입니다만, 우리는 그것을 들을 수 있습니다, 그렇지 않습니까? 우리는 이 목소리들이 지닌 천상의 무게가 무한한 밀도로 내려와 깔리는 것을, 눈처럼 위에서 내려와 깔리는 것을 듣습니다, 우리는 이 풍경 속에 있으며, 경탄합니다, 우리는 표현할 말이 없으며 우리의 가슴은 그 모든 것의 경이로운 아름다움에 고통을 느낍니다, 그것은 바로크가 고통의 예술이기 때문이요, 바로크의 깊은 내면에는 깊은 고통이 있기 때문입니다, 더 정확히 말하자면 바로크에 의해 창조된 모든 음악 작품 하나하나의 모든 화음 하나하나에는, 모든 아리아 하나하나에는, 모든 레치타티보 하나하나에는, 모든 코랄과 마드리갈 하나하나에는, 모든 푸가와 카논과 모테트와 모든 바이올린, 비올라, 바순과 첼로, 오보에와 호른의 소리 하나하나에는 이 고통이 들어 있기 때문이며, 표면상으로는 승리나 평정, 숭고, 기쁨, 찬양이 표현되고 있더라도 각각의 소리 하나하나는 고통에 대해 말하고 있으니, 이 고통은 그를, 요한 제바스티안 바흐를 완벽으로부터, 신으로부터, 거룩한 것으로부터 분리하며 우리를 그로부터 분리하는 바, 말하자면 바로크는 죽음의 예술이요, 우리가 죽어야 하며 어떻게 죽어야 하는가를 우리에게 말해주는 예술 형태이되, 바로크가 음악 속에 울려퍼지는 바로 그 순간에 죽음이 찾아왔어야 하는 것은, 우리가 거기서, 정점에서 끝났어야 했고, 모든 것이 일어날 법한 그대로 일어나도록 내버려두지 말았어야 했기 때문으로, 우리는 거짓말하지 말았어야 했고, 이 소름 끼치는 거짓말을 내뱉고 이 모차르트나 저 베토벤이나 그 누구이든 저 모든 평범해져만 가는 재능들이, 저 흔해져만 가는 인물들이 모자에서 끄집어낼 수 있었던 음악에 열광하는 법을 배우지 말았어야 했고, 〈마술 피리〉의 구성이나 저 끔찍한 5번이나 9번에 열광적 환호를 보내지 말았어야 했고, 지독한 〈파우스트〉를, 저 천박한 「환상 교향곡」을 들을 수 있다는 것에 경탄하지 말았어야 했고, 그중에서도 가장 혐오스러운 것, 바그너라는 이름의 이 제국주의적 범죄자와 그의 광적인 추종자들은 말할 필요도 없는바, 우리가 언급도 하지 말아야 하는 것은, 제가 그에 대해 생각만 해도—불신의 표시로 강연자가 고개를 저으며—저를 짓누르는 것은 부끄러움이 아니요, 타락에 대한 인식이 아니요, 살인의 음습한 욕망인 것은, 이 전례 없는 무능력의 병적 과대망상증이 바로크와 그 바로크의 위대한 인물 바흐가 활동한 바로 그 땅에서 음악의 질을 떨어뜨렸기 때문으로, 음습한 욕망에 대해, 제가 이것에 대해 생각하면 말입니다, 그는 거듭 말하고는 청중을 쳐다보았는데, 그가 한참 동안 청중에 관심을 두지 않았음이 분명했던바, 그가 그들을 쳐다보지 않은 것은 이 대중에게 질겁했기 때문인 듯한데, 이 대중은, 말하자면 강의실에 흐느적거리며 앉아, 달아날 엄두도 내지 못했으니, 언젠가 이 강의가 정상적으로 끝나리라는 희망은 오래전에 사라졌고, 게다가 이 여덟 명—나이 든 여자 여섯과 나이 든 남자 둘—은 체념한 사람들처럼, 어떤 종류의 가능한 결말도 더는 떠올리지 못하고 더는 추측조차 하지 않는 사람처럼 순수한 탈진과 포기의 상태에 도달하여, 다음에 와야 할 것을 그저 기다린 것은, 그 뒤에 희망이 또한 찾아올 예정이었기 때문으로—이것은 그들의 얼굴에 새겨져 있었는데—그 희망이란 그들의 초청 연사가, 수도에서 온 이 초청 연사가 음악에 대한 강연을 끝마쳐야 한다는 신호음이 마을 문화 센터의 모든 사람에게 들리는 순간이 찾아오리라는 희망이었는데, 10분이 족히 지난 뒤에, 줄잡아 표현하자면 마치 두 시간이 흘러간 것처럼 느껴지는 시간이 지난 뒤에 그 순간이 찾아왔을 때 아무도 꼼짝하지 못한 것은, 아무도 시간이 다 됐다는 것을 믿을 수 없었기 때문으로, 희망은, 쓸모가 없어진 채로 천천히 깨어날 뿐이나, 그들에게 희망의 이유가 되었을 것은 이미 이곳에 있으니, 그것은 마지막 10분 동안 더 꼼꼼히 주의를 기울였다면 알 수 있었을 것으로, 강연자는, 바로 지금 개별 작품의 분석으로 돌아가겠다고 협박하면서, 말하자면 이제 숭고한 것 중 가장 숭고한 것 중에서 신속하지만 다소 마구잡이로 선택하여, 「크리스마스 오라토리오」에서 "너 시온아, 준비하라"로 시작하는 알토를 위한 아리아와, 〈마니피카트〉 BWV 243에 들어 있는 소프라노를 위한 아리아 「그 계집종의 비천함을 돌아보셨음이라」, 또한 널리 회자되는 〈마태 수난곡〉의 그 아리아, 마찬가지로 알토를 위한 「나의 하느님, 나를 불쌍히 여기소서」를 불러낼 때가 되었으나, 그는 입술을 삐죽거리고는, 할 수 있으나 하지 않을 작정이어서, 그는 「너 시온아, 준비하라」와 「그 계집종의 비천함을 돌아보셨음이라」, 그리고 「나의 하느님, 나를 불쌍히 여기소서」를 불러내기를 포기하고, 시계를 보고서 시간이 조금 지났음을 알고는, 청중에게 바로크 음악만 들을 것을 권한 뒤에, 이제 이 때와 장소에 가장 어울리는 말로 작별 인사를 하는데, 고통의 성당에서 단연 가장 위대한, 자신의 가슴에 가장 가까운 걸작을 인용하여, 이렇게 말했으니,

오 거룩하신 유해여,
나의 죄가 당신을 이 고난으로 떨어뜨린 것을
내가 회개하고 슬퍼 애통하는 모습을 보아주소서!
나의 예수여, 편히 잠드소서!

초청 연사는 이 말을 인용하며, 고개를 약간, 그러니까 작별의 표시로 숙이고는, 이 말을 인용하고 그 정신을 이곳에 남긴 뒤에, 의자에 올려둔 코트에 손을 뻗어 집어들고는, 천천히 단추를 채우고 나서, 강의실 문으로 다가가, 눈물을 글썽이며 뒤를 돌아보아, 아직도 믿지 못하겠다는 듯 침울해 있던 청중을 경악케 한 다음, 한 번 손을 흔들고, 커다란 안경을 가다듬고는, 밖으로 나가, 문을 닫았는데, 마지막으로 그가 걸어 나가며 그들에게 여전히 몇 차례 외치는 소리가 밖에서 들려왔으니, 그가 말하길 나의 예수여, 편히 잠드소서! 나의 예수여, 편히 잠드소서!

610

푸르름 속 메마른 띠 하나뿐

그는 줄을 서 있는데, 아직도 앞에 다섯 명이 있지만 그 때문에 초조한 것은 아니어서, 그는 기차를 탈 수 있을 것이니 그 때문도 아니며, 실은 그가 초조하다고 말하는 것은 그의 기분을 정확하게 묘사하는 것도 아닌 것이, 그는 정신 나간 사람의 모습을 하고 있기 때문으로, 그의 눈은 불타고 있는데, 실성한 듯 번득이지만 완전히 고정되어 있되 공격 전 마지막 순간에 덮칠 준비를 하고 있는 야생동물의 눈처럼 고정되어 있는바, 아무도 그 눈을 들여다보지 않는 것이 상책이고 아무도 그 눈을 들여다보지 않으며, 운 나쁜 누군가가 이 저명한 화가와 우연히 시선이 마주쳤을 때―그의 앞에 선 사람들은 감히 한 번도 돌아볼 엄두를 내지 못하고 그의 뒤에 선 사람들은 다른 방향으로 고개를 돌리려 애쓰는데―이 시선을 감당할 수 없는 것은, 므시외 킨츨이 제정신이 아님이 명명백백하기 때문으로, 그저 악의 없는 아무것도 아닌 일로도 므시외 킨츨은 그 즉시 폭발하여 누구든 공격할 텐데, 실로 한없이 흥분한 짐승처럼, 궁지에 몰린 야생 짐승처럼, 더 강한 상대를 맞닥뜨린 것이 분명하여 어떤 저항도 소용없을 때처럼 공격할 것이 뻔하기 때문으로, 이것이 그가 지금의 상태인 이유이며, 그것이 모두가 그에게서 관찰하는 것으로, 1909년 11월 17일 이른 아침, 그들은 모두 1번 특급 열차 승차권을 사려고 줄 서 있다.

그는 그들이 왜 자신을 그렇게 쳐다보는지 전혀 알지 못하며, 그들을 모두 때려누이고 저 모든 호기심쟁이들을 주먹 한 방에 산산조각으로 짓이기고 싶은 생각이 간절했는데, 어떻게 저들은 자신들이 이런 짓을 해도 된다고 생각할 수 있는 것인지, 그를 이런 식으로, 멍청하게 입을 벌린 저 사나운 표정을 짓고 또 지으며 공격할 수 있는 것인지, 그들은 대체 무슨 생각을 하는 것인지, 이런 생각을 하며 그는 이제 이를 앙다물었으니, 자신의 애도에 저렇게 막무가내로 끼어드는 것을 얼마나 더 참을 수 있을지 알 수 없었던 것은, 아무도 사정을 알지 못한다고 말할 수 없기 때문으로, 마지막 빵집에서 첫 번째 의상실까지, 오비브에서 뤼 드 그랑까지 온 도시가 어제 그 소식을 듣지 않았던가, 그 소식은 사방에 퍼졌는데 지금 이 무례라니, 그가 주먹을 손바닥에 대고 누르며, 그가 애도하는 면전에서, 도저히 용서할 수 없고 용납할 수 없고 배은망덕한 침입이라니, 저 매표원은 대체 왜 저 망할 승차권을 저렇게 오래 들고 있는 거지, 아직도 그의 앞에는 다섯 명이 있는데, 그들 머리 위로 하늘이 썩어버리라지, 여기서 얼마나 오래 참아야 하나, 기차는 곧 출발하는데, 줄잡아 그는 가야 하는지도 확신이 서지 않았으니, 사실 이 저주받을 줄에서 나와 집에 돌아가 이 모든 것을 그대로 내버려두는 게 더 낫지 않을까?!—왜냐하면 그러면 적어도 이 의뭉스러운 얼굴들을 보지 않아도 될 테고, 그러면 적어도 결국 어떤 바보가 일이 일단락된 줄 알고 그에게 다가와 그를 향해 애도를 표해야겠다고 마음먹을까봐 끊임없이 두려워하지 않아도 될 테니까, 아, 안 돼, 그건 안 돼, 킨츨은 혼잣말하며, 여기 이 사람들 중에서 누군가 감히 그런 시도라도 벌인다면 그는 한순간도 망설이지 않고 그를 붙들어 한마디 없이 후려쳐 죽여버릴 작정이었으니, 아무리 사소하더라도 그런 기미를 보이는 자는 한 방에, 1초도 주저하지 않고 보내버릴 작정이었다—진심으로.

헥토르가 그 소식을 가져온 것은 9월이었으나 그땐 할 수 있는 일이 하나도 없었으니, 하느님 주신 온 세상에서 할 수 있는 일이 아무것도 없었던 것은, 치료법이 전혀 없었기 때문으로, 모든 사람은 죽기 마련이니, 그의 아버지도 죽었고, 그의 어머니도 죽었고, 그의 형제 자매 친척도 모두 죽었고, 이제 오귀스틴도 죽어서 그에게는 과거에서 비롯한 사람은 아무도 없고 오귀스틴에게서 비롯한 헥토르뿐으로, 오귀스틴이 죽었고 그와 더불어 과거도 죽었던바, 그녀는 또한 어제 이후로 누워 있었고, 모두가 누웠고, 모두가 언젠가 눕고, 그들에게서 남은 것은 푸르름 속 메마른 띠 하나뿐 아무것도 없는데, 남은 사람은 이것에 순응하고 싶지 않고 그럴 수도 없으니, 남은 사람은 이를 견딜 수 없도록 되어 있음을 그는 알고 그는 인식하는바, 오귀스틴은 죽었으니, 그의 오랜 연인, 모든 것을 알고 그가 한때 누구였는지 알고 마지막에 그에게 사랑스러운 헥토르를 남긴 이 오귀스틴이, 그의 하나뿐인 오귀스틴이 이미 벌레들에게 먹히고 있어서, 그녀는 더는 존재하지 않고 이미 푸르름 속 메마른 띠 하나일 뿐, 이곳에 있는 그들도 모두, 이곳에 그와 함께 있는 이들도 모두 마찬가지로—그가 주위에 시선을 던지며—모두 죽어 아득한 곳에 망자들의 무더기가 서 있다고, 킨츨이 스스로에게 생각하나, 설상가상으로 이 다섯 명이 그의 앞에 계속 서 있고 매표소 창구 뒤에는 승차권 한 장 발급하지 못하는 늙다리가 앉아 있으니, 여기서는 승차권을 받지 못할 것이고, 기차는 떠나고 그들은 여기 남을 것인즉, 이 망자의 무더기가 여기 제네바 역에서 마침내 간단히 소멸할 것은 1909년 11월 17일로, 그들이 제네바에서 로잔으로 가는 기차의 승차권을 사기 위해 가망 없는 상황에 들어선 바로 그 첫 순간이었다.

그 풍경화가가 마주한 것은 풍경이 아니라 빈 캔버스였

으니, 말하자면 그가 그려야 하는 풍경이 아니라 그림이라고 이미 여러 번 말하지 않았느냐며, 격분하여 수염을 씹기 시작하나, 전에 이미 여러 번 말했어도 도무지 허사였으니, 사람들은 그가 풍경화를 많이 그리는 것은 이것이 화가에게 **짭짤한 주제**이기 때문이라고 생각하는데, 그들은 자신들이 보는 것이 아름답다고 생각하나, 그저 눈이 멀어, 그것이 아름다운 것이 아니라—모든 것임을 보지 못하지만, 그가 이렇게 말하고 또 말해도 허사였고 대체로 그가 그리는 것도 허사여서, 그의 그림을 보는 사람 중에서 누구도 그가 단순한 화가가 아니라 그것을 훨씬 뛰어넘은 것, 즉 풍경화가, 즉 풍경을 그리는 것 말고는 아무것도 할 수 없는 사람임을 알지 못하는바, 이 말은 캔버스에 일종의 풍경이 있으면 그렇다는 뜻이지만, 또한—그에 못지않게—인물이 있어도 마찬가지이니, 풍경화가가 그릴 수 있는 것은 언제나, 이 점에서, 풍경이고 다른 무엇도 아니며, 설령 인물이 있어도 오로지 풍경이라고, 그는 아무리 되뇌어도 충분하지 않았고, 아무리 그려도 충분하지 않았으나, 지금 그가 아무 말도 하지 않고 그저 그림만 그리는 것은, 왜 말을 하겠는가, 어차피 아무도 알아듣지 못하는 것을, 차라리 입 닥치고 그림이나 그리는 게 낫지, 부유한 고객들이 그를 따라다니리라는 기대는 이미 접은 것이, 그들은 한 번도 그렇게 한 적이 없기 때문으로—파리와 빈에서만 그랬을지도, 어쩌면 그곳에선 그랬을지도 모르나 여기서는 아니어서,

이것은 놀랍지도 않은 것이, 제네바와 베른과 졸로투른과 취리히에서 주위를 둘러보면—이 세계는 결코 조금도 변하지 않으므로—이 모든 정신적 무기력은 그들이 아무것도 이해할 수 없음을 확실히 입증한바, 이것은 그들이 아무것에 대해서도 결코 생각하려 들지 않았고 결코 그럴 수 없었기 때문으로, 여기서는 그럴 수 없었으니, 그는 이 인물들 가운데에서, 최종적인 것, 위대한 것, 우주적 종말을 향하여 점점 경외감을 자아내는 캔버스를 훌륭히 그려낼 수 있었으나, 여기서는 도무지 희망이 없었던바, 이전에는, 지금까지는 그들은 그림을 이해하지 못했고 구입하지 않았으나, 이제는 여전히 그림을 이해하지 못하고 구입한다는 것, 오직 이것 하나만 달라졌으니, 이제 그는 가난하지 않고 부유해졌으나, 이 어리석은 오해가 끝날지도 모른다고 믿었을지도 모르는 바로 그때, 변함없이, 전적으로 그가—혼자였던 것은, 아니, 끝은 없을 것이고, 그들은 풍경을 그린다는 것이, 풍경 앞에 서는 것이 무슨 의미인지도 결코 이해하지 못할 것이기 때문으로, 그 풍경이 그라몽의 풍경이든 임종을 앞둔 오귀스틴의 풍경이든 상관없어서, 거기 서 있는 것, 이 생명이 인간적 풍경과 자연적 풍경 속에서 모든 영원 동안 죽음 속으로 물러나는 것을 보는 것, 빈 캔버스로부터 눈을 들어 자신 앞에 있는 것을 묘사하는 것, 그것이 전부이니—이것을 누구에게 설명해야 한단 말인가?! 어쩌면 역에 있는 이 사람들에게, 그의 애도를 짓밟을 줄만 아는 자들에게?! 그를 또 모욕하라고?! 사람이 한 명이라도 있다면 그는 그들이 일말의 존중을 보이리라 기대할 수 없으니, 이제 이 애도 속에서 그는 침묵해야 하고, 그는 침묵한 채 오귀스틴이었던 모든 것, 오귀스틴이 될 것, 오귀스틴에게서 남은 것을 계속해서 그려야 한다.

그녀는 누워 있었고 그는 오귀스틴이 어떻게 되었는지 적나라하게 볼 수 있도록 시트를 걷었는데, 그때 그의 심장이 고통으로 산산조각 나 그의 가슴에서 멎을 뻔했으니, 그가 시트를 걷은 것은 다른 때에도 이렇게 하는 데 익숙했기 때문으로, 그가 바깥에서 그라몽의 비탈에, 또는 생프레 고지대의 셰브르에 앉아, 자신의 두뇌가, 자신의 정신이 순수하게 긴장했을 때, 그는 풍경에서 시트를 걷고는 빈 캔버스 위를 쳐다본 다음, 왼쪽에서 오른쪽으로 굵은 붓이나 더 흔하게는 페인팅 나이프로 직접, 푸른색, 보라색, 초록색, 노란색을 고르게 칠했는데, 말하자면 그것은 그가 캔버스 작업을 시작하거나 캔버스를 더욱 고르게 만들기 시작하는 것으로, 몇 년째 그는 하나의 그림을 그렸는데, 캔버스만 바뀌었을 뿐 그림은 거의 언제나 똑같아서, 색깔도, 평행한 면들도, 하늘과 물과 땅의 비율도 그림 속에서 본질적으로 같았던바 ― 그는 시트를 걷고, 남은 것을, 거기 있는 것을 보았으며, 이것은 오래 남아, 그는 긴장한 뇌로 바라보다 시트를 제자리에 덮을 수 있을 때까지 바라보았으며, 그가 자신의 심장뿐 아니라 마음까지도 상실로 인해 조각난 것은, 그가 생각을 해야 했고, 죽은 여인 옆에서 보낸 전날 저녁 내내 그의 마음이 그 생각 속에서 산산조각 나다시피 했기 때문이며, 다시 조각날 것이라고, 그가 이곳 매표소 책상 앞에서 덜커덕거리는 뇌로 판단하는 것은, 자신이 보는 것 근처에 실제로 와 있음을 알긴 해도, 그 그림에서 그것을 최종적 형태로는 보지 못하기 때문으로— 그 본질은 이미 어길 수 없게 되어버린 법칙에 따라 구성되었는데—그는 자신이 여전히 무언가를 수정해야 함을 아는바, 아마도 노란색은 좀 더 지저분해야 하고, 아마도 푸른색은 좀 더 거슬려야 하고, 무언가가 지금까지와 다르게 어떻게든 수정되어야 하니, 제네바호를 선택한 것은 올바른 방향이었으나, 지금 정확히 어디로 가야 하고, 다음 단계가 무엇인지, 그것을 판단하기 위해서는 머릿속의 뇌가 있어야 하는데, 그는 이미 승차권이 필요하나, 얻지 못한 채 여전히 이곳 매표구 앞에 서 있고 그의 앞에는 여전히 네 명이 서 있다.

　　발랑틴도 죽을 거야, 그가 줄 서 있는데 이 생각이 그를 후벼 파고, 발랑틴도 눕게 될 거야, 그 두려운 생각이 그를 베어, 그는 어느 것도 견딜 수 없을 것인바, 그렇게 될 거야, 발랑틴도 그렇게 될 거야, 그 상상할 수 없이 아름답고 헤아릴 수 없이 매력적이고 미치도록 관능적이고 아리따운 여인, 그의 현재 연인, 그녀에게 그는 이 상실과 더불어, 고통으로 굳어진 마음과 더불어 달려가고 있는데, 그런 그녀도 모든 사람처럼 모든 것처럼 끝장나, 푸른 조각 속에 누워, 침대에 쓰러져, 수척해지고, 피부가 마르고, 얼굴이 움푹해지고, 가슴이 파이고, 그 경이로운 살결이 사라져 뼈가 드러나, 오귀스틴과 마찬가지로 그의 어머니와 아버지와 형제 자매와 그의 사랑하는 베른에 있는 친척들과 마찬가지로 정확히 똑같이, 이곳 저곳 모든 곳에 있는 모든 죽은 자와 정확히 똑같이 드러날 것이나, 우선 소식이 올 것이고, 정말 그렇게 되어 이 끔찍한 삶 한가운데서 누군가를 찾으면, 그는 다시 또다시 그녀에게 가기 시작할 것이고, 9월 이후로 오귀스틴에게 매일 그랬듯 어쩌면 매일 오후 1번 특급을 타고, 언제나 그곳에서, 그녀의 침대 옆에 날마다, 그녀가 홀로 죽어야 하는 일이 없도록 곁에 있을 것인바, 그 시간이 찾아오면 아마도 모든 것이 오귀스틴과 똑같을 것이어서— 그는 그저 줄을 서고, 그의 앞에는 여전히 네 사람이 있고, 그는 그 생각을 떨치려 하나 소용이 없고—오귀스틴과 발랑틴— 그 생각이 뇌에서 고동쳐, 그는 이미 그들이 보이는데, 두 사람이 죽어서, 하나가 다른 하나 위에 길게 늘어진 채, 그의 캔버스 위 떠들처럼, 우주적 전체 속 존재의 시작과 끝처럼 두 몸뚱이는 눈이 움푹해지고 코가 뾰족해진 채 해골로 말라비틀어져, 물이 땅 위에 있고 드넓은 하늘이 물 위에 있듯 서로의 위로 누운 채 뻗어, 죽음의 푸르름 속에서 헤엄치고 있다.

어쩌면 모든 것이 정확히 똑같이 일어날지도 몰라—킨

츨이 마침내 줄에서 한 칸 앞으로 내디디며―모든 이야기가
스스로를, 삶에 삶을, 물론 끝에 가서는 죽음에 죽음을 반복
하니까, 그는 멍한 표정으로 생각하는데, 그는 죽음의 화가
가 아니라, 그가 말하길, 생명의 화가라고, 이제 큰 소리로, 근
처에 서 있는 사람들이 알아들을 수 있을 정도로 말하기까지
하는데, 그가 중얼거리는 것을 그들이 듣는지 그는 알지 못하
고 관심도 없는 채, 생명의 화가라고, 그가 여러 번 되풀이 말
하길, 생명 말이야, 이것을 그는 이루 말할 수 없이 사랑하고,
오귀스틴에게서 사랑했고 발랑틴에게서 사랑하니, 이것이야
말로 그가 지금껏 이 오랜 세월 동안 그 작디작은 떨림조차 그
린 이유이며, 이것이야말로 오귀스틴과 제네바호 안에서 이
떨림에 가장 결정적인 방점을 찍고 그것을 강조하는 것이 그
토록 중요한, 결국 삶과 죽음의 문제인 이유인바, 그가 국지적
죽음 안에서 생명을 본다면, 이것은 그의 임무이고 그는 그렇
게 하며, 그것이 옳기 때문에 그는 다르게 할 수 없으니, 그는
하나를 그리는 화가여야 하고, 따라서 스스로를 죽음에 내어
주어야 하나, 무엇도 그로 하여금 그 한 조각 사실을, 생명의
현전을, 그 영원한 재탄생을 위한 장소를 초록색과 황금색 속
에서 찾으라고 강요할 수 없고― 그 색깔이 번득이는 곳에 놓
으라고 강요할 수 없거니와, 그는 그것을 위한 장소를 찾을 것
이고 그것을 거기에 놓을 거라고 킨츨이 생각하자, 이제 그의
지독히 굳어진 뇌 속에서, 얼마 전 제네바의 풍경을 그린 그림

하나가 떠오르는데, 그 속에서 물의 회청색이 아래의 진한 흙빛 노란색을 향해 뻗어, 서로를 좇고 피하는 색깔들의 층 속에서 깊이와 장엄함을 장면에 부여하며, 호수 반대편은 연한 초록색과 흐린 보라색과 더 독한 초록색으로 묘사되어, 이 모든 것이 아래쪽에, 캔버스의 아래쪽 3분의 1에 둘러싸이니, 이제 그는 하늘을 거대한 공간에, 그 위로 펼쳐진 캔버스 3분의 2에, 먼 호숫가의 수평선 위에 그릴 수 있으니, 어떤 연약하고, 희끄무레함보다 더 희끄무레한 햇빛이, 소용돌이치는 안개와 더불어 황금색으로 가라앉고, 저 높은 곳에서는 오로지 순수한 하늘의 순수한 푸르름이, 서로 좇으며 반복되는 흰 구름 무리가 있으니, 그리하여 이제, 대략 열두 겹이 서로의 위에 쌓였으며, 서로의 위에 쌓인 이 대략 열두 겹과 더불어, 이 투박한 열두 죽음의 평행선과 더불어 최대한 거칠게 내던져지는 것은, 이것은 너의 우주다, 이것은, 킨츨에게서 왔으며 대략 열두 색깔로 이루어진, 완벽이요, 전체요, 모든 것이다 — 그리고 이제 — 그가 줄 선 채 무게를 이쪽 발에서 저쪽 발로 옮기며 — 이것은 네 것이다.

그의 앞에는 세 사람이 있고, 이제 그는 눈을 믿을 수 없으니, 이렇게 느린 것은 있을 수 없어, 노인네는, 창구 뒤에서 승차권을 파는 철도 직원은, 그가 여기서 똑똑히 보고 있기로는 상상할 수 있는 모든 방법으로 발권 과정에 늑장을 부리고 있는데, 목적지가 말해진 뒤에도 확인한답시고 거듭거듭 물어

보며, 모르주요, 정말요? 니옹이라고요, 그래요? 오 근사하네
요, 좋으시겠어요, 분명 즐거운 여행이 될 겁니다, 그러니까 셀
리니행 승차권이 필요하신 거 맞죠? 이렇게 여쭤봐도 된다면
말인데, 신사분께선 몇 등 객실에서 여행하길 바라시는지요?
1등칸이라고요, 그야말로 놀랍군요, 참으로 탁월한 취향이십
니다, 대단히 편안하시리라 장담합니다, 그건 그렇고 모르주
인가요? 니옹이요? 셀리니? 로잔이라고요? 한마디로 내내, 가
능한 한 가장 에둘러서, 머뭇머뭇 질문하거나 헛소리를 내뱉
어 거듭거듭 발권 업무를 완전히 중단시켰을 뿐 아니라, 얼굴
이 분노로 붉으락푸르락하며 킨츨이 이제 깨달았듯, 그의 앞
에 서 있는 사람들은 저걸 즐기고 고마워하는 기색이 역력했
으니, 얼마나 상냥한 어르신인지, 승차권을 손에 쥔 채 누군가
말하고는, 창구에서 돌아서 킨츨 앞을 지나갔는데―이 순 멍
청이 같으니, 그가 믿기지 않는다는 듯 고개를 내두르며, 그래
요, 모르주요, 그가 소리 내어 혼잣말로 중얼거리길, 그래요,
니옹, 그래요, 셀리니, 그리고 로잔, 저 사람들 하는 말이, 직원
양반, 안 들려요?―모르주, 니옹, 셀리니, 그래요, 승차권 좀
주라고요, 그게 당신 할 일이잖아, 젠장, 그가 이 모든 말을 신
중한 침묵 속에 던져 넣어도 누구 하나 반응하지 않고, 다들
마치 아무것도 못 들은 양, 마치 므시외 킨츨이 왜 저토록 조
바심을 내는지 이해조차 못 하겠다는 양 시늉하려 드는 것은,
기차가 출발하기까지 시간이 많이 남았고, 그가 줄을 선 뒤로

3분도 지나지 않았기 때문으로, 그들은 이해하지 못하나, 행여나 얼굴에 나타날까봐 그 문제를 곱씹을 엄두조차 내지 못하는 것은, 므시외 킨츨이 한결같고 이루 말할 수 없이 위험해 보이기 때문으로, 시선을 돌리고, 눈을 내리깔고, 밭은기침 한두 번 뒤에는, 그마저도 잦아들어, 정적만이, 끈기 있는 기다림만이, 그리고 일종의 전반적인 합의와 용서만이 남은 것은— 이것이 그를, 킨츨을 더더욱 노엽게 하는데—어제 무슨 일이 일어났는지, 즉 마드무아젤 오귀스틴 뒤팽, 즉 킨츨 씨의 슬럼가 출신 전^前 모델이 죽었음을 다들 알기 때문으로, 그들은 이 가련한 여인이 어떤 고통을 겪었을지, 므시외 킨츨 본인이 어떤 고통을 겪고 있을지, 그가 그 가련한 천민을 얼마나 관대하게 대했는지 아는바, 그는, 한두 해 만에 백만장자가 된 이 도시의 저명한 화가는 그녀에게 가장 좋은 선물을 주었으니, 매일—그것도 몇 시간씩!—죽어가는 여인의 침대 곁에 앉아 자신의 강인하고 믿음직한 성품의 증거를 보인바, 그는 결코 그녀를 버리지 않은 것이 분명하며, 그녀는 그가 궁핍하던 시절에 그의 모델이었을 뿐 아니라, '동반자'라는 단어의 가장 친밀한 의미에서 그의 동반자였으며, 게다가 둘의 어린아이의 엄마였으니, 한마디로 도시는 어제의 사건들과 어제 전개된 사건들에 대해 모든 것을, 하지만 모든 것을 알았으며, 물론 여기서 승차권을 기다리는 사람들 사이에서도 상황은 전혀 다르지 않았으나, 그들은 그의 불같은 성격을 맞닥뜨리지 않는 게 상책임을 깨달았고 잘 알았으니, 말하자면 그가 자신의 고통을 다스리지 못한다는 증거가 점점 늘고 있었고, 한마디 부적절한 말이면 충분하여 그가 그들 중 한 명에게 몸을 내던질지도 모르는바, 마지막으로, 지금의 신사 ─ 부유하고 위엄 있는 예술가 ─ 에게서, 그곳의 모든 사람에게 친숙한, 예전의 무례하고 꾀죄죄한 베른 부랑자가 튀어나올 터였다.

오귀스틴과 발랑틴, 이 말이 그의 머리 속에서 메아리치며, 그는 저 제네바호 그림을, 이전에 머릿속에 떠오른 것을, 아직 제목을 붙이진 못했으나 요전날 완성한 그림을 머릿속에서 몰아내지 못하는데, 강박적으로 추구한 연쇄, 그 열두 개의 강박적 평행선을 그는 머릿속에서 몰아내지 못하고, 그 연속성의 돌연한 공포에 사로잡힌 채 그가 자신에게 말하길 나중에 …… 나중에 노란색 대신 금속성 무광 청록색이 아래쪽에서 불타게 해야겠어, 그런 다음 황토색과 갈색과 진홍색을 섬뜩하리만치 잔뜩 뿌려야지, 하늘에도 뿌리겠어, 그러면 황토색과 칙칙한 진홍갈색으로 타오를 거야, 저 위쪽에만 일종의 잿빛 감도는 불길한 푸른색이 남겠군, 그러고 나서 반대쪽 기슭의 산등성이는 어둡고 침울하고 최종적인 푸른색으로 격하게 타올라야 해, 결국 이 그림은 빛나야 하고 불타야 하니까, 그런 다음 눈 깜박할 사이에 그는 자신을 브베에 데려다줄 기차에 올라타 있으니, 니옹과 롤 사이 어딘가에서 그가 문득 깨달았듯, 저 아래쪽 난방이 잘 된 객실 창문 너머로 허름한 형체가 세찬 바람에 비틀거리는데, 그것은 1880년의 자신으로, 그동안 완성한 모든 그림을 등에 지고 품에 안고서 모르주로 걸어가고 있으니, 그는 그곳에서 그림을 팔 작정인데, 폭풍우에 후줄그레해진 개 한 마리가 있고, 바람이 다시 그에게 몰아치며, 여전히 주로 호수에서 불어와 그를 다시 또다시 때리는데, 모르주까지는 걸어서 가기엔 아직 매우 멀고 때는 1880년이고 그는 배가 고프며 1909년의 기차가 그들 옆으로 달리는데, 개가 덜거덕거리는 바퀴를 따라 달리며 짖고 기차는 닿을 수 없는 꿈처럼 시야에서 사라지니, 꿈속에서 그는 잠시나마 2등칸에 자리를 잡되 오로지 오른쪽 창가에 앉는 것은, 호수를, 아무것도 말고 오직 호수를 보고 싶기 때문으로, 정말로, 전과 마찬가지로 그가 이 호수 말고는 아무것도 보고 싶지 않은 것은, 이 호수가 어마어마한 공간을 채우고 있기 때문이니, 여기 아래쪽에는 다소 빈약한 호안이, 저기 반대편에도 다소 빈약한 호안이, 위에는 온통 광대한 하늘이 있어서—저 썩을 놈의 지저분한 개를 머릿속에서 내쫓을 수만 있다면, 하고 그가 혼잣말로 중얼거리지만, 이번에는 하도 크게 말해서 주위에 서 있는 사람들이 모두 그의 말을 똑똑히 알아들으나, 그들은 므시외 킨츨에 대해 무엇을 생각해야 할지 알지 못하는바, 이제 그는 그의 발치에서 꿈쩍하려 들지 않는 저 개를 없애버리고 싶으나, 발로 걷어차봐도 허사여서, 그는 그를 혼자 내버려두지 않고 그저 계속해서 돌아온다고, 킨츨이 짜증스럽게 말하길, 몸을 질질 끌면서 내 옆에 오다니, 이 모든 애착에 무슨 의미라도 있는 건가.

그는 냉정하고, 그들이 말하길, 혐오스럽고 무감각해, 그는 이 말을 수백 번의 수백 번은 들었는데, 그것은 냉혹하고 무정하고 잔인하고 인정머리 없고 타락했다는 말이지만, 이것으로써 그들이 실토하는 것은—그가 한 걸음 앞으로 내디디며—자신들이 그를 두려워한다는 사실뿐이니, 이것은 그가 여기 있다는 사실을 맞닥뜨려야 한다는 것이 정말로 두렵기 때문으로, 그는 영원한 죽음의 가운데와 최악의 궁핍에서, 진정으로 냉혹하고 무정하고 인정머리 없고 타락한 세상에서 그의 안에 있는 저 진정한 불굴의 욕망을 발휘하여 탈출해야 했으니, 그리하여 마침내 누군가 진실에 대해 무언가를 발언할 수 있었으나 그것이 어떤 발언인가 하면—그가 냉정하고 혐오스럽고 무감각하다는 것! 그리고 그의 마음은 또다시 분노로 가득하여, 이제 그는 혐오스럽고 무감각하다고 불리는 자이며! 바로 그가, 그야말로 굳이 이름 붙이자면 진실의 광신도라고 불러도 좋겠지만, 그래도 냉정하고 무감각한 것은 아니야, 그래, 그렇지 않아, 매표소 창구 앞에서, 분노에 휩싸인 채 그는 수염을 초조하게 당기기 시작하는데, 아무도 그곳에 도달하지 못할 것이고, 이해하는 단계에 도달하지 못할 것이고, 오직 발랑틴만이 이해하는데, 그가 무엇을 그토록 강박적으로 찾고 있는지는 아무도 이해하지 못하고 발랑틴만이, 오직 발랑틴만이 이해하는바, 누구도 그가 무감각하다고 말할 수 없는 것은, 그것이야말로, 그가 잔혹하지 않았고 제네바에서 베른을 거쳐 취리히까지 모든 것이 잔혹했다는 것이야말로 그의 끔찍한 삶에서 그토록 견딜 수 없는 것이었기 때문으로, 가장 위대한 감수성으로 모든 것을 극복한 사람이 바로 그인 것은 그에게만 심장이 있었기 때문인즉, 이 심장으로 그는 풍경을 보았고 지금도 보고 있으며, 이 심장으로 그는 모든 것이 하나로 어우러지는 것을 보는바, 땅과 물이, 물과 하늘이 어우러져 땅과 물과 하늘 속으로, 이 형언할 수 없는 우주 속으로 우리의 가녀린 존재도 엮여 들어가나, 추적할 수 없는 한 찰나 동안만 엮여 들어가기에, 이미 더는 존재하지 않고, 모든 영원 동안에 사라지길, 돌이킬 수 없이, 오귀스틴과 어제까지 오귀스틴이었던 모든 것처럼, 아무것도 남지 않고 오직 풍경만이 남으니, 그의 경우에 기관차 경적이 철로 방향에서 들리고, 그와 더불어 이 열차가, 그의 앞에는 모자를 쓴 여자 한 명만 있는 이 열차가 갑자기 속도를 높이는데, 그가 다시 한번 스스로에게 소리 내어 말하길, 그의 경우에, 제네바호가 남아 있고 죽은 푸른색 공간에 기념비적인 조각들이 누워 있으니, 거대한 넓음, 이 두 단어가 그의 머리 속에서 달가닥거리기 시작하길, 마치 한순간에 객차 아래 바퀴가 제네바 역에서 빠져나오듯 달가닥거리기 시작하니, 기념비적인 것, 상상할 수 없는 것, 모든 것을 내포하는 거대한 넓음, 그 궁극적 그림이 물론 바로 여기 그의 앞에 있어서, 그는 그것을 그릴 것이니, 마침내 그가 매표구에 도착하여—그는 거기까지 가서, 미친 듯 불타는 두 눈으로, 겁에 질린 기색이 역력한 나이 든 철도 직원에게 브베행 2등칸 승차권을 달라고 내뱉는데, 그는 얼마 전에 완성한 호수 그림에 무슨 제목을 붙일지 이미 알고 있으며, 그가 이미 알고 있듯, 발랑틴에게서 돌아온 뒤에 그의 첫 작업은 화실에 가서, 이젤에 걸린 그림을 내려, 종잇조각에 글을 써서, 마침내 그림 뒷면에 그 몇 단어를 붙이는 것으로, 이것을 가장 정확히 표현하자면 이렇게 말해야 할 것인바, 그는, 오스발트 킨츨은 여행을, 올바른 방향으로 여행을 하고 있으며, 단 몇 단어, 즉 '포르멘뤼트무스 데어 란트샤프트(풍경의 형태와 리듬)'가 그림에 대해 가능한 가장 적절한 표현인 것은, 단지 그림이 제목을 가지기 위해서가 아니라, 그 자신의 간결한 방식을 통해 세상으로 하여금 알게 하려는 것은, 만일 궁금하다면 말이지만 세상으로 하여금 알게 하려는 것은, 그가 누구인지, 어떤 인물이었는지였으니, 언젠가 그의 묘비에는 이렇게 쓰일 것이다—오스발트 킨츨, 스위스인.

987

이세신궁 식년천궁

그는 제가 고호리 구니오^{小堀邦夫}입니다, 라고 말하지 않았고, 그들과 맞절하지도 그중 한 명의 악수를 받아주지도 않았으며, 한참 동안 아무 말도 하지 않은 채 듣기만 했는데, 말하자면 왜 그들이 여기 신궁사청^{神宮司廳}에 찾아왔는지, 그들이 누구인지, 원하는 게 무엇인지에 대한 설명이 끝날 때까지 불편한 기색을 거의 감추지 않은 채 듣고 있다가, 그들이 언급한 버나드 여사라는 이름으로 말할 것 같으면, 여기에서도 그렇고 하버드에서도 그렇고 그녀가 누구인지 알기는 하지만 그들의 요청과 관련해서는 예라고 말할 수도 없고 아니오라고 말할 수도 없다며 그 문제는 자신의 관할이 아니라고 밝혔는데, 그는 홍보실 일을 그만둔 지 아주 오래라며—여기서 그는 '아주 오래'에 힘을 주어 매우 의미심장하게 반복했는데—무뚝뚝하게 찌푸린 표정으로, 그들을 이해시키려고 자신의 현재 직책을 두 불청객에게 설명하고 싶은 생각은 털끝만큼도 없고 게다가 그들과는 아무 이야기도 하고 싶지도 않고 그 어떤 관계도 맺고 싶지 않다고 말했으니, 그는 두 외부인과의 대화에 휘말리고 싶은 생각은 조금도 없었기에, 이미 신궁 사무실에서 이곳 내궁^{內宮}의 일반인 출입 가능 구역으로 내려온 것을 후회하고 있었던바, 한마디로 그는 그들을 모욕하려고 일부러 불친절하게 행동했으며, 조금 위협적으로 응대하되, 계획을 포기하는 것이 그들에게 이로울 것이고 그들이 계속해서 부탁해봐야 죄다 거절당할 것이고 공식 신청서를 제출해도 소용없음을 알려주고 싶어 하는 것처럼 응대했는데, 마지못해 이렇게 충고하며 그는 모멸적인 이 대화를 끝내고 싶었던바, 그들이 신궁사청 홍보실에서 받게 될 답변은 오로지 하나뿐으로, 그것은 가장 단호한 어조의 거절이요 그들은 다른 무엇도 기대할 수 없을 것이니, 신궁사청과 두 사람은 피차 볼일이 없고 그들은 시도조차 그만둬야 하는바, 그들은 내궁을 떠나야 하며 무엇보다 이곳에서 그토록 부적절한 자신들의 존재를 자꾸 새로운 관점에서 부각하려는 짓을 중단해야 했으니, 정말로, 그가 입꼬리를 내린 채 내궁 숲 위쪽 어딘가를 바라보며, 그들은 자기들이 여기 불쑥 나타나, 그를 불러내고, 그로 하여금 사무실에서 내려오는 번거로움을 겪게 하고, 사청 건물 앞 주차장에서 그에게 허락을 청해도 된다고 대체 어떻게 생각할 수 있단 말인가, 그 허락이란 제62회 이세신궁 식년천궁* 행사에서 미소마하지메사이御杣始祭 의식과 나머지 모든 순서를 참관하게 해달라는 것으로, 이 나라를 통틀어 가장 신성한 장소에 발을 디딜 수 있다는 생각이 어떻게 자신들이 소개하기로 유럽인 초보 건축가와 일본인 노 소조쿠裝束** 디자이너의 머리에 떠오를 수 있단 말인가, 그는, 점차 짜증을 더해가며 주위를 둘러보는 경멸적 시선에서 짐작할 수 있듯 그들이 어떤 부류인지 훤히 꿰뚫어 볼 수 있었는데, 똑똑히 볼 수 있었던바 그들은 복장이며 태도며 말투며 행동거지며 그 무엇 하나 격식에 맞지 않았고, 그들의 사회적 지위도 합당하지 않았으며, 무엇보다 부탁하는 태도가 그를 격분시켜, 그들이 우연히 만난 내부인의 결정을 돌이키려고 더욱더 공손한 자세와 더욱더 겸손한 표현을 써가며 안간힘을 써도 이젠 이미 완전히 가망이 없었으니, 고호리 구니오는 두 탄원자를 그곳에 내버려둔 채 떠났던바, 호되게 데어, 움직일 힘조차 없이 그들은 한참을 서 있었는데, 이 대접이 그들에게 그토록 충격적이었던 것은, 신궁사청으로부터 포괄적 허락을 받는 것이 얼마나 복잡한 일인지 예상했고— 주로 일본인 친구가—만만 찮은 장애물이 있으리라 예상하긴 했지만 자신들의 첫 시도

---

*   신사神社에서 일정한 해에 새 신전을 짓고 제신祭神을 옮기는 일.
**   일본 전통 가면극인 노의 의상을 말한다.

가 이런 참패로 끝날 줄은 둘 다―적어도 유럽에서 온 손님은―예상하지 못했기 때문으로, 고호리 상과 주고받은 이른바 대화로부터 그가 다시는 그들과, 대면해서나 서면으로나 말을 섞을 가능성조차 사라졌음은 말할 것도 없어서, 그들은 고개를 숙인 채, 도주하는 사람들처럼 쏜살같이 내궁의 일반인 출입 가능 구역을 떠났고, 내궁에서, 이 성스러운 숲에서 가장 중요한 장소를 찾아갈 마음조차 들지 않았으니, 그들은 이세 거리를 따라 **저기 바깥**을 그저 돌아다니면서, 고개를 수그린 채 서로 다른 이유로 서로 한마디도 하지 않았던바, 이런 식으로 한 시간이 흐른 뒤에야 그들은 정문으로 돌아올 수 있었는데, 이번에는 우람한 나무 사이로 이어지는 그늘진 흙길을 따라 적어도 정궁 가운데까지 가서 본전本殿을 볼 작정이었으니―더 정확히 말하자면, 그들이 가장 흥미를 느낀 것은―이른바 고전지古殿地로, 본전과 맞닿아 있으며 울타리가 쳐진 빈터였는데, 20년 전 옛 본전의 장소였으나 20년 전 본전을 허물어 완전히 옮긴 뒤 이제는 규정에 따라, 이 성스러운 숲에 있는 여느 별궁과 마찬가지로 흰 석회석을 거칠게 쪼갠 조각들을 뿌려 완전히 평평하게 만들었는데, 본전의 반영이되 본전은 아닌 장소를―일본인이 서양인 친구에게 설명하길―그들이 보아야 하는 이유는, 이세에는, 이 작은 도시의 두 성지에는, 즉 내궁 숲과 외궁 숲에는 제각각 중요한 궁들에 맞닿은 채 사실상 기존 궁을 밀어붙이듯 기존 궁과 정확히 같은 크기의 빈터가 있기 때문으로, 빈터는 그곳 궁 옆에서, 주먹 크기로 쪼갠 흰 돌에 덮여 말 그대로 20년간 순수한 달빛으로 빛나니, 궁, 빈터, 궁, 빈터, 이것이 덴무天武의 칙령 이후로 이곳 이세에서 모든 것이 진행된 과정인 것은, 전설에 따르면 그가, 덴무 황제가 7세기에, 육백몇 년에 처음으로, 20년마다 내궁과 외궁—즉, 아마테라스 오미카미天照大御神*를 모신 황대신궁皇大神宮과 도요우케 오미카미豊受大神宮**—의 신사들을 모조리 다시 또다시 새로 지으라고 명령했기 때문으로, 말하자면 비어 있는 바로 옆 땅에 지금 서 있는 건물의 기본 설계와 완벽하게 일치하도록 각각의 건물을 새로 짓고 옛 건물은 허물어야 했으나, 덴무의 칙령에 따르면 단지 이 모든 건물의 복제품을 새로 짓는 것이 아니라 **같은** 건물을 다시 한번 지어야 하며 모든 것—모든 기둥, 석재, 장부머리, 까치발, 지붕—이 실로 머리카락 한 올의 오차도 없이 같은 시간, 같은 장소에 같은 방식으로 지어져야 하는바, 이렇게 해야만 궁이 새로워지고 이렇게 해야만 탄생의 새로움을 유지할 수 있으니, 그 이유는 내궁으로 말할 것 같으면—우리가 내궁에 대해 이야기하는 것은 두 방문객 때문인데—태양신 아마테라스 오미카미가 우리를 떠나지 않고 우리 가운데 머물도록 하기 위함으로, 그러면—

---

* 일본 신화에서 해의 여신으로 일본 황실의 조상이라고 한다.
** 일본 신화에서 먹을 것과 작물을 관장하는 여신이다.

새로움의 힘이 뿜어져 나오는 것에 기뻐하여—그녀가 우리를 떠나지 않고, 우리 가운데 머물되 이 신축新築이 두 위대한 궁을 시간 속에서 참으로 떠받치는 한, 내궁과 외궁의 본전을, 즉 신들의 거처로 쓰이는 본전 속 승전昇殿을 떠받치는 한 머물 것이며, 세 가지 보물과 그것들을 둘러싼 울타리가, 마치 오늘 막 생겨난 것처럼 창조의 참된 생생함 속에, 참으로 영원한 현재의 영역에 존재하는 것은, 이런 식으로 모든 편백이 언제나 신선하기 때문이요, 이런 식으로 금박 기둥이 언제나 신선하고 지붕과 계단이 신선하고 모든 접합부와 면이 신선하기 때문으로, 마치 목공이 불과 조금 전에 작업을 끝낸 것처럼, 방금 널빤지에서 끌을 들어올린 것처럼 편백 조각 하나하나에 편백의 향이 언제나 깃들어 있음을 늘 느낄 수 있는데, 이세신궁은 이에 따라 육백몇 년 이후로 지금껏 신선함 속에서 빛나고 있으며, 내궁의 정궁도 저곳에서 똑같이 빛나고 있거니와, 두 사람은 지금 정궁을 바라보고 있으나 이미 그들은 이곳으로, 고전지로, 이 비어 있음으로, 이 지어지지 않았음으로, 흰 돌에 담긴 이 순수한 가능성으로 시선을 돌리는바, 이 비어 있음을 깨뜨리는 것은 빈터 뒤켠 한가운데에서 미래의 건축을 위한 토대 역할을 하며 성스러운 기둥 심어주心の御柱를 보호하는 소옥小屋뿐으로, 그들이 바라보고 있는 이 공간은, 말하자면 기대감으로 불타고 있는데, 이 공간은 제62회 식년천궁이, 즉 예순두 번째 신축이 조만간 이루어질 장소인 것은, 지금이 3월이고 제62회 식년천궁은 5월에 시작되기 때문으로, 즉 20년마다 되풀이되는 변화가 완성되는 2013년까지는 8년이 남았으며, 20년이 지나 새로운, 즉 지금 지어져 있는 이세신궁이 재생되기까지 덴무 황제로부터 신궁사청이 받은 기간은 8년으로, 이상은 그들이 서로에게 쓴 것이요 영어와 유럽어로 편지를 주고받으며 분석한 것으로, 그때 일본 문화에 관심이 있는 건축학도와 현지인이 이와 같은 식년천궁이 무수한 의식과 함께 진행되는 과정을 고스란히 볼 수 있다면, 게다가 그냥 보는 게 아니라 그로부터 무언가를 이해할 수 있다면 얼마나 근사하겠는가 하는 생각이 처음 떠올랐으니, 서양인 친구가 천진난만하게 이렇게 말하자, 그래, 일본인은 다소 불안한 기색을 내비치며 대답했는데, 어쩌면 누구도 사전 지식을 가질 수 없는 복잡한 절차에 대해 뭔가 미심쩍은 구석을 느꼈는지도 모르겠는바, 이 절차는 바깥 세상으로부터 완전히 차단되었기에, 여기에 대해 아는 사람이라고는 오직 황제와, 황가를 대표하는 황제의 친척—지금은 황제의 누나—과, 그리고 물론 그 자신이 황가와 밀접하게 연결된 고위 신관 다이구지大宮司, 이세의 신관들, 마지막으로 미야다이쿠宮大工들이 있는데, 이들은 면면히 이어지는 거룩한 창조의 손에 들린 실제 연장이요, 더 간단히 말하자면 신사의 목공인바, 오직 이 경우에, 이세의 경우에만 우리가 이야기하는 대상이 이세신궁의 목공들이라고 냉큼 한마디 덧붙여야 하는 것은, 그들이 다름 아닌 신궁사청에서 훈련받았기 때문으로, 신궁사청은 그들을 선발하고, 모집하고, 채용하고, 보살피고, 묻어주었으며, 그들은 다른 어떤 일에도 종사할 수 없었고 오직 이 일만 해야 했으며, 다른 어디에도 취직할 수 없었고 오직 여기에만 속해야 했으니, 작업은, 가장 엄밀한 의미에서 그들의 삶이 끝날 때까지 지속되었는데, 그들은 여느 목공이 아니라, 특별한 연장과 특별한 재료와 특별한 방법으로, 한마디로 특별한 의식意識으로 신사 신축 작업에 종사한 제의적 목공이었으며, 대중으로부터 완전히 단절되어 비밀리에 일하되, 목공으로부터 고위 신관에 이르기까지 이세신궁 식년천궁에 참여한 사람들은 모두 비밀리에 일했으니, 이렇게 비밀리에 해야 하는 이유는, 첫째, 그래야만 시작부터 완성까지 절차의 순수성—신도神道의 가장 중요한 목표 중 하나—을 유지할 가능성이 가장 높아 보이기 때문이며, 둘째 바로 이것, 이 개방성, 이 이른바 근대 일본, 무엇보다 후원 제도의 철저한 세속화 때문에, 해가 갈수록 식년천궁 수뇌부가 이 거대한 비밀로부터 무언가를 (억지로) 포기해야 했기 때문으로, 여기에는 황가가 선봉에 섰는데, 본명은 구니 구니아키久邇邦昭로, 고준 황후의 오빠이자 구니 아사아키라왕의 아들인 현 다이구지는 이세신궁이 세상에 개방되어야 한다고 생각했던바, 이 말은 지난번 제61회 식년천궁에서 이미 일부 의식에 대해 기자와 텔레비전 리포터들의 참관을 허용했다는 뜻이며, 게다가 신궁사청의 후원하에 식년천궁 과정에 대한

다큐멘터리 영화가 제작되었는데, 실제로 보여준 것은 거의 없지만 피상적 설명이나마 제공하여, 최소한 식년천궁이라고 불리는 것이 있다는 사실에 대한 관심을, 게다가 일반 대중의 관심을 끌었으나, 다이구지는—앞에서 언급했듯 신궁사청 수뇌부는 그의 의견에 동의했는데—무엇을 보여주고 무엇을 보여주지 않을 것인지를 신궁사청이 철저히 통제하는 편이 나으리라 생각했으나, 그럼에도 무언가를 보여주면서도 평범함 속에 본질이 숨어 있도록 영화가 제작된바, 한마디로 개방성을 늘리자는 사람들의 관점에서는 대단한 성공으로 판명되었으나, 식년천궁에 대한 지식의 역사에 비추어 보자면 완전한 허섭스레기요 실로 직접적 오해를 자초한 것으로 판명된바, 일본의 모든 사람이 이 사실을 알았으나, 이에 대해 한마디라도 내뱉은 사람은 거의 없었으며 황가와 연관된 사람도 누구하나 입도 벙긋하지 않았으니, 사람들은 황가의 일에 대해서라면 가장 깊은 공감, 요령, 주의, 인내를 발휘했으며, 궁내청—즉, 황가를 대표하는 기관—이 일본을 세간의 이목에 드러내어 드높이는 모든 사업에 감사를 표했기에 전에는 상상도할 수 없었던 일이 일어날 수 있었던바, 일본인이 아니나 일본 및 신도와 밀접한 관계가 있는 이른바 학술 연구자들—이를테면 최근 작고한 펠리시아 그레싯 복, 또는 하버드 대학교의 인류학자 로즈메리 버나드 여사—이 신궁사청으로부터 제61회 식년천궁의 일부 의식에 대한 참관을 허가받았으며, 더 나아가, 이를테면 버나드 여사가 진행한 주도면밀한 연구의 명료함과 이 문제를 대하는 그녀의 입증된 섬세함을 높이 사, 추가적 허가가 그녀에게 부여되었는데, 사실 그녀는 신궁사청 홍보실 자문으로 1년간 채용되어, 자신에게 주어진 임무와 별도로 식년천궁에 대한 자신의 연구를 진척시킬 수 있었으며, 이는 훗날 버나드 교수의 주도로 신궁 사무처에서 가장 명망 있는 인물 중 한 명인 고호리 상이 하버드에 초청받은 것으로 입증되었으니, 그는 홍보실장으로 일한 지 그리 오래되지 않았는데, 그가 그곳 심포지엄에 참석했다는 사실에 서양인 친구의 계획이 달려 있었던바, 그 계획이란 로즈메리 버나드의 간접적 지원을 받아, 의식을 참관하고 신축 과정을 관찰할 허가를 얻어내보자는 것으로, 이에 대해 그는 일본인 친구에게서 신중한…… 흠…… 지지를 얻어내는 데 성공하기조차 했는데, 이 계획이, 이제 와서 보니 재난으로 드러난 것은, 고호리 구니오가 그들에게 소개말을 들은 뒤에, 등을 보인 채 걸어가, 신궁사청 건물 입구 안으로 사라져버렸기 때문으로, 이 재난이 둘 다에게 똑같이 씁쓸했던 것은, 그의 메시지가 조금도 의심할 여지 없이 분명하다는 것을 그들이 감지했기 때문인바, 그들은 자기소개도 채 시작하지 못했으며, 자신들이 신궁사청의 배려를 받을 자격이 있는지에 대한 평가가 시작되기도 전에 문전 박대를 받았으니, 그들은 자격이 없었고, 이 일이 벌어지는 세상은, 그들과 훌쩍 동떨어진 채 그저 그들을 박대했고, 이 세상은 너무도 범접하기 힘들고 너무도 불투명했으며 앞으로도 그럴 것이 뻔했기에, 그들은 원통했고 속상했는데, 두 사람은 각자 이유가 달랐고 결과도 달랐던바, 그중 한 명은, 유럽인은—나중에도 커다란 놀라움으로 남은 이 사건에 뼛속까지 상처받은 채—돌아가는 기차에서 혼잣말로 거듭거듭 되뇌었으니, 세상에 어떻게 이런 일이 있을 수 있지, 도대체 왜 그런 거야, 우리가 무슨 실수를 저질렀나, 고호리란 자는 얼마나 무례하고 오만하고 불쾌한 인물인가, 저게 얼마나 신성한지 톡톡히 실감했군…… 반면에 다른 한 명의, 친구 사이로 알려진 이 관계에서 일본인 측의 머릿속에서 맴돌고 있던 생각은 그들이 퇴짜 맞아도 쌌다는 것으로, 그는 처음부터 그렇게 느꼈으니, 이렇게 해선 아무 성과도 거둘 수 없었고 그들에게 일어난 일은 지극히 자연스러운 귀결이었던바, 그들은 사실 이렇게 될 줄 예상했어야 했고, 적어도 그는, 가와모토는 예상했어야 했으며, 신궁사청의 고위급 관료를 막무가내로 불러낼 수는 없음을, 그들이 한 것처럼—그의 친구가, 유럽인의 사고방식에 따라 지극히 자연스럽다고 여긴 대로—그렇게 할 수는 없음을 잘 알았으니, 일본은 일본이고 신궁사청은 더더욱 그렇기에, 그는, 특히 그는 자신의 서양인 친구에게 도움을 약속하지 말았어야 했고, 일인칭 복수형을 받아들여 거창한 계획이—처음에는 편지로, 친구가 도착한 뒤에는 직접—형체를 갖춰갈 때 상대방의 열의에 휩쓸리지 말았어야 했으며, 가장 단호한 태도로 그의 정신 나간 발상을 만류했어야 했고, 이건 가능하지 않다고, 이건 도저히 불가능하다고 어떻게든 설명했어야 했고, 그런 고위직에 있는 사람에게 접근하려면 특별히 신중을 기해야 한다는 것을 똑똑히 말해줬어야 했던바, 그렇게 무작정 그에게 가면 안 돼, 그렇게 무작정 짐꾼을 시켜 그를 불러내면 안 돼, 안 된다고, 가와모토 상이 고개를 저으며, 내가 어쩌다 이런 미친 짓에 말려든 거지, 이런 계획은 실패할 게 뻔하다고 왜 경고하지 않았을까, 나중에 8년이 지나면 식년천궁의 끝에 신궁을 축성하는 센교遷御에 가는 것—그것은 가능하고, 그것은 일반인에게 개방되어 있으니, 이것을 진지하게 권해야 했어, 가와모토가 이제 생각하길, 그랬다면 저 친구가 조만간 정신을 차렸을 테고 나는 이런 끔찍한 소동에 말려들지 않았을 텐데, 나중에 집에 돌아가서 사람들이 우리가 이세 갔다 온 걸 알면 뭐라고 말해야 하나, 두 사람이 JR 장거리 노선을 타고 집을 향해 내달리는 동안 일본인 친구는 이렇게 우려했으나, 이것은, 이 질문에 대한 우려는 적어도 불필요한 것으로 드러난바, 나중에 집에서, 노 소조쿠 공방에서 다행히 아무도 그들에게 무엇 하나 묻지 않았으며, 어떻게 됐느냐느니 무슨 일이 있었느냐느니 하는 질문에 그들이 시달리지 않았던 것은, 집에서 가와모토 가족—어머니, 장남, 여동생 둘—이 깨나 불운하고 의지박약하고 실패에 실패를 거듭하면서 여전히 집에 눌러앉아 있는 차남의 일상사에 일절 신경 쓰지 않았기 때문으로, 그들은 그들이 집에 돌아왔을 때 그들의 얼굴에서 일이 잘 풀리지 않았고 아무 성과도 없었고 낭패를 겪었음을 똑똑히 보았으니, 아키오 같은 불운의 화신에게 그런 질문을 던지기 시작할 이유가 어디 있겠는가, 그래서 아무도 그에 대해 한마디도 내뱉지 않았고, 아무 말도 하지 않았고, 그저 말없이 저녁을 먹었고, 잠자리에 들었으며, 이튿날 고호리 상과의 이 불운한 첫 대면으로 오도 가도 못하는 처지가 되었음에도, 그들은 편지를 썼는데, 말하자면 서양인 친구가 구술하고, 가와모토 상은 문구 하나하나를 더없이 꼼꼼히 다듬어가며 일본어로 번역했으니, 그리하여, 상대방이 고집을 부렸기에, 비록 그는, 가와모토는 이제 망신살이 제대로 뻗쳤구나, 라고 혼잣말을 하면서도, 그날 그들은 신청서를 신궁사청에 우편으로 보낸 다음, 교토의 집에, 즉 가와모토 아키오 가족의 노 소조쿠 공방에 멍하니 앉아, 수 세기 동안 딸깍딸깍거린 베틀 소리를 들었으며, 그곳에 낙심한 채 앉아 아무것도 하지 않았는데, 손님은 이제 금각사에도 은각사에도 가쓰라리큐桂離宮에도 산주산켄도三十三間堂에도 더는 아무 관심이 없어졌으며, 게다가 친구 아버지의 질문에 뭐라고 대답했느냐면, 친구 아버지는 잠시라도 바깥 바람을 쐬는 게 좋지 않겠느냐고 이따금 큰맘 먹고 물었는데, 그럼에도 건축가 친구는 단호히 고개를 저으며, 이 의심할 여지 없이 놀라운 도시에서 가볼 데가 어디 있단 말인가요—료안지竜安寺의 1만 명째 방문객이 되어 마당에서 고독한 명상에 잠긴 채 서 있거나, 니조성二条城 복도를 따라 터덜터덜 걸으며 방마다 금박 입힌 가노파狩野派의 그림에 번번이 눈이 휘둥그레지는 게 고작이지요―우리의 계획이, 제가 손님으로서 이곳까지 오게 된 계기인 그 계획이, 몇 달에 걸쳐 세운 우리의 계획이 갑작스럽고도 부당하게도 그토록 지독하게, 하지만 그토록 지독하게 무너졌는데도요? ……그러던 어느 날 신궁사청에서 그들에게 미소 마하지메사이 의식의 참관을 허락한다는 편지가 도착했는데, 그들은 모시에 모처로 찾아와야 하고, 기자들과 함께 의식을 참관할 수 있으며, 나머지 모든 정보는, 편지에서 말하길, 미와 상에게서―그에게는 이러이러한 번호로 연락하라며―신궁사청 홍보실에 소속된 미와 상에게서 얻을 수 있다기에, 그들은 그에게 전화하여 시각과 장소와 가는 방법을 이미 합의했으니, 한마디로 그들은 이른바 교섭을 했고, 그런 다음 적당한 지도를 꺼내어 아게마쓰마치上松町를 찾고 아카사와赤沢 숲을 찾았는데, 그곳이 접선지가 될 곳으로, 미니버스가 와서 그들을 태워 그 장소로 데려갈 텐데, 그것은 그곳에, 대화가 세부 사항으로 접어들었을 때 미와 상이 강조했듯 다른 어떤 차량도 출입이 허용되지 않기 때문인바, 그곳은 신궁의 사유지로, 유일하게 출입 가능한 운송 수단은 오로지 신궁사청에서 제공하는 차량뿐이어서, 자가용으로 돌아다니는 것은 불가하며, 이곳은 울창한 숲인데, 미와 상이 설명하길, 아주 울창하

고 빽빽한 숲인 데다 길이 전혀 없으며, 이뿐 아니라 아카사와
는 신궁사청 소유이고 수령이 수백 년에 이르는 그곳 나무들
은 어마어마한 보물이므로, 한마디로, 안 됩니다, 당신네 자가
용은 오로지 아게마쓰마치에 당도하여, 거기서 왼쪽의 작고
이름 없는 다리를 건너, 숲길을 따라 오로지 이 의식만을 위
해 지어진 특별 주차장까지만 올 수 있으니—거기가 끝이어
서, 그곳에서 그들이 그에게, 미와 상에게 모든 것을 맡겨야
하는 것은, 그가, 미와 상이 거기 있을 것이고 그들을 안내할
것이기 때문으로, 그들은 그가 모든 것을 관할하는 것을, 그
가 더 근엄한 어조로 말하길, 보게 될 것이며, 그들은 아카사
와 숲 주차장까지 도착하기만 하여 나머지는 자신에게 맡기
라며, 이 말과 함께 그들은 작별 인사를 하고, 수화기를 내려
놓고는, 다시 지도를 들었으나, 가와모토 상은, 비록 어떤 면에
서는 무언가에 대해 어떤 성공을 어떤 식으로든 거두어서 안
심이었지만, 다른 면에서는 비단 고호리 문제뿐 아니라, 자신
의 친구와 대조적으로, 지금은 기뻐할 때가 아니라 두려워할
때라는 생각이 들었으니, 이는 그가, 마치 자신을 기다리는 것
이 무엇인지 정확히 아는 사람처럼 확실히 두려웠기 때문으
로, 말하자면 이 시점으로부터 일련의 무시무시한 상황들이
이 서양인 친구에게 차례차례 일어날 것인바, 이곳의 관례적
행동 규범에 대해 아무것도 알지 못하는 이 친구의 무례는 그
가 수습해야 할 문제가 될 것이어서, 오 안 돼, 라고 가와모토

아키오가 생각했으나, 그는 그 말을 꺼내지도 않았고, 일본에서 관례적 규정에 따라 처신하는 것이 얼마나…… 음…… 중요한지 보여주는 몇 가지 규칙을 언급하지도 않았고, 베틀 딸깍거리는 소리 가운데에서 그가 이야기한 것은, 그의 손님이 그들이 가게 될 장소를 틀림없이 좋아하리라는 것으로, 이곳은, 그가 아게마쓰마치 일대를 가리키며, 기소마치木曾町 자체로, 옛적에 에도에서 교토까지 쇼군과 고쇼御所 사이를 오가던 역참 도로가 이곳으로 지나갔고, 이 길에 속한 소도시 몇 곳은 이날까지도 남아 있어, 아, 기소 계곡의 역참들 말이군, 오정말 아름다운 곳이지, 서양인 친구가 가와모토 상에게 말하고는 재빨리 덧붙이길, 적어도 내 생각은 그래―하지만 서양인 친구는 이 소식에 딱히 들뜬 내색이나 그들이 이 모든 과정을 일종의 관광 유람으로 여기면 되겠다는 기색을 전혀 내비치지 않았고, 그저 고개를 끄덕이며, 잘됐군, 잘됐어, 하고 말했으나, 그때부터 책과 공책에 코를 박고는, 식사 때만 가족들에게 내려올 뿐 종일 위층에서, 딸깍거리는 베틀 위쪽 방에서 신도의 본질과 신도 신들에 대해, 신도의 의식과 신도의 위계에 대해, 신도의 역사와 기원 설화에 대해 책과 공책을 뒤적거렸으니, 이것들은 그의 연구 주제들이었는데, 이 지식이 나중에 아무짝에도 쓸모없으리라는 건 미처 몰랐지만, 글쎄, 그가 이걸 어떻게―어디서, 무엇으로부터―알 수 있었겠는가, 그 대신, 나무 다듬는 법과 기둥 치수, 까치발과 접합부의 구조, 미야다이쿠의 연장과 편백의 한살이와 편백을 가공하는 수단 같은 것들이 그가 연구했어야 할 주제들이었던바, 미소 마하지메사이 이전에는 여전히 아무것도 예상할 수 없었으나, 그럼에도 그가 알고 싶어 한 것들이 있었으니, 다이구지는 무엇이고 사이슈祭主는 무엇인가, 다이구지는 사이슈와 같은 것인가, 황제의 세 가지 보물三種の神器 야타노가가미八咫鏡, 구사나기노쓰루기草薙劍, 야사카니노마가타마八尺瓊勾玉는 어디 있는가, 전부 현재의 이세에 있는가, 하긴 그곳은 모든 신사 중에서 가장 성스러운 대신사이며 모든 신사에는 거울, 칼, 보석의 세 가지 보물이 있어야 하니까, 이것들은 승전에 보관되지, 아닌가?―그는 이런 것들을 곰곰이 생각했으나, 이미 차 안에 앉아 있었고, 가와모토는 운전하고 있었는데―운전대가 오른쪽에 있어서 외국인에게는 힘들었을 것이므로―그는 조용하고 자신이 보기에 불가사의하게 슬퍼 보이는 가와모토 옆에 앉아 있었으니, 세 가지 보물 산슈노진기가 그의 머릿속을 지나갔고, 때는 자정이었으며, 그들은 교토에서 메이신 고속도로의 빽빽한 차량 행렬 속으로 막 들어섰는데, 도로는 꽉 차 있었고 노폭은 좁아 보였으나, 이런 상황에서도 최고 속도는 시속 100킬로미터여서, 그들은 헤아릴 수 없이 많은 버스와 트럭과 승용차와 한 덩어리가 되어 나아갔으며, 손님은 어디도 쳐다볼 엄두를 내지 못한 채 이따금 친구에게 신도에 대해 질문을 던질 뿐으로, 이건 어떻냐고 저건 어떻냐고 물어봤지만,

가와모토는 이미 신중을 기하고 있었고, 모든 대답은 그가 모르는 단어로 시작되었으며, 친구가 어떤 주제를 집요하게 물고 늘어질 때에만 자신이 아는 것에 대해 여러 단서를 달아가며 이야기했으나, 할 수만 있으면 상대방의 관심을 다른 곳으로 돌리려고 구체적인 질문을 꺼냈으니, 이를테면, 언제까지 약속 장소에 도착할 수 있을까, 지금 자정이 넘었으니 새벽 3시는 되어야겠군, 그러면 눈 붙일 시간이 새벽 6시까지 세 시간 남았네, 라며 가와모토 상이 친구에게 상기시키길, 천막에 도착하여 미와 상을 기다렸다가 등록 절차를 밟아야 한다고 말했고, 새로운 질문을 받으면 이런 문제들을 내세워 얼버무리려 했으며, 한참 이렇게 하다가 기진맥진하여, 그때부터는 짧게 대답하거나 아예 대답하지 않되 마치 마지막 질문을 듣지 못한 것처럼 대답하지 않은 채 캄캄한 밤에 가속 페달을 밟았는데, 그들 앞에서, 그들 뒤에서, 오른쪽과 왼쪽에서도 다들 같은 일을 하고 있어서, 마치 모두가 똑같은 페달을, 시속 100킬로미터로 밟고 있는 것 같았은즉, 그렇게 그들은 메이신 고속도로의 일사불란한 차량 행렬에 섞인 채 나고야를 향해 달려, 한 시간이 훌쩍 지난 뒤에 나고야 위 도메이 고속도로 분기점에 도착하여 기소후쿠시마로 가는 19번 도로에 올랐으나, 그곳에서 어느 길로 갈지 판단할 사람이 가와모토뿐이었던 것은, 그의 친구가 까무룩 잠들어버려, 그는 지도를 든 채 휑한 풍경에 익숙해져야 했으나, 그럭저럭 아게마쓰마치를 지나, 신궁사청에서 알려준 길로 이어지는 작고 이름 없는 다리를 제대로 찾았으며, 그다음 오른쪽으로 숲길을 따라 올라가, 손님이 눈을 떴을 때—그가 놀라서 깬 것은 이상한 기분이 들기 시작해서였으나, 이상한 기분의 이유는 차가 멈췄기 때문이었으며—다 왔어, 주인이 말하며, 창문 너머를 가리켰고, 그들은 특별히 조성된 주차장에서 멈췄는데, 그곳은 최근에 기둥을 두르고 못질하여 만든 곳으로, 주변은 온통 숲이 음산하게 하늘로 솟아 있었으며 주차장에는 아무도 없었으나, 가와모토 상은 자신들이 제대로 찾아왔다고 매우 확신했어도, 완전히 확신하게 된 것은 몇 시간 자고 난 뒤로, 그는 집에서 가져온 여행용 자명종 시계에 잠이 깨었고, 이 시계는 어김없이 5시 45분 정각에 그들을 깨웠으니, 밖에서는 동이 트고 있었고 주차장은 만원이어서, 트럭 몇 대 사이로 승용차들이 다닥다닥 붙어 줄 서 있었으며, 그들은 도쿄와 오사카, 나가사키와 아오모리, 니가타와 마쓰에에서 온 기자, 리포터, 텔레비전 및 라디오 제작진으로, 무엇을 준비하는지는 확실치 않았으나 이미 무언가를 말없이 준비하고 있었는데, 아마도 새벽 5시경이나 5시 30분에 도착하도록 해둔 모양으로, 그들은 정말로 도착했고, 준비하고 있었고, 그것만큼은 분명했으나, 분명하지 않은 것은 앞으로 일어날 일들에 대해 그들이 조금이라도 알고 있느냐였으니, 그들이 일종의 사전 답사를 하는 동안 여명이 밝고 있었고, 한참 동안 아무 일도 일어나지 않다가 저 아래 주차장 밑 숲길 끝에서 졸린 눈을 한 청년들이 순식간에 천막을 치고는 옆에 또 하나 쳤으나, 다른 것은 아무것도 가져오거나 설치하지 않았고 안에 아무것도 채우지 않았던바, 각 천막에는 지붕만 있고, 벽면도 전혀 없이 달랑 탁자 하나가 어디선가 나타났고, 그들은 그것을 내려놓되 천막 안쪽이 아니라 그중 하나의 앞에 놓았으며, 또 다른 청년이 양복 차림으로 나타났는데, 점잖은 표정으로 보건대 더 점잖은 업무를 위해 이곳에 보내진 사람으로, 알고 보니 그가 미와 상이었는데, 그들이 그에게 다가가 어디서 미와 상을 찾을 수 있느냐고 묻자, 제가 미와 기타무라입니다, 라는 답변이 돌아왔고, 그런 다음 그가 그들을 위아래로 쳐다보며 물었으니―답을 알고 있는 듯하긴 했던 것이, 어떻게 모를 수 있었겠는가?―그렇다면 여러분이 유럽에서 오신 건축가와 교토에서 오신 그의 친구분 맞으신가요? 그의 시선에서는 선의도 악의도 드러나지 않았으며, 네, 저희 맞습니다, 가와모토 상이 정중하게 대답하고는 작은 선물을 건네고 절하자, 좋습니다, 그러면 여기 옆에 서서 기다리십시오, 미니버스가 모시러 올 겁니다, 그래서 어떻게 되었느냐면, 그들은 오랫동안 또한 끈기 있게 기다렸는데, 숲 한가운데 텅 빈 천막들 앞에서 미와 상에게 받은 이름표를 가슴에 달고 기다리다가, 마침내 한 시간 뒤에 버스가 도착하자, 리포터들이 잽싸게 줄을 서서 자리를 잡았으며, 두 친구는 금새 형성되어 좌석을 향해 돌진하는 줄 뒤쪽으로 계속해서 자꾸만 밀려났으나, 마침내 그들도 마지막 버스에서 자리를 잡았고, 차량은 이미 이 마지막 단체 손님을 태운 채, 새로 깔린 듯한 도로를 따라 울퉁불퉁한 지면 위를 아주 조심스럽게 달린 것은, 도로가, 주차장과 마찬가지로 새것이었고, 얼마나 새것이었느냐면 그들이 천막 앞에서 기다려야 했던 그 짧은 시간 동안 건설된 것 같았기 때문으로, 그러지 않았는지는 알 도리가 없었으나, 어쨌든 그들이 숲의 나무들 사이로 틀림없이 미소마하지메사이를 향해 가고 있다는 것은 의심할 바 없었으니, 그들은 느릿느릿 나아가며, 여기저기서 휘청거리다, 한번은 미니버스가 그냥 멈췄는데, 그들 사이에서 그들은 정말로, 하지만 정말로 그들이 어디에 와 있는 건지 전혀 알 수가 없었으니, 여기가 어딘지 알아, 유럽인이 묻자, 전혀 모르겠어, 그의 일행이 대답하길, 기소 계곡의 깊은 숲속 어디인 것 같아, 신궁사청에 속한 소나무와 편백 숲일 거야, 가와모토가 미소 지으며 이렇게만 말한 것은, 이것까지만 확실했기 때문으로, 그들이 건너야 하고 나무들 사이로 대팻밥이 흩뿌려진 구불구불한 길로 통하는 작은 다리가 있었는데, 거기서 버스들이 멈춰, 일행은 도보로 출발했고, 마침내 한 굽이 돌아 멀리서 거대한 목조 구조가 보였으니, 모든 것이 나무들 사이로 마치 그들이 꿈을 꾸는 듯 하늘로 뻗은 것은, 모든 것이, 여기서 보면 거대한 무대 같은 인상을 뚜렷이 풍겼기 때문으로, 멀리서만이 아니라 가까이서 봐도 그랬은즉, 즉 그것은 갓 대패질한 기둥으로 만든 요령부득의 건축물로, 이런 거대한 말도 안 되는 게 기소 계곡의 신비한 숲속에서 대체 뭘 하고 있는 거지, 그들은 어리둥절한 채 서로를 쳐다보았으나, 그것은 여전히 말도 안 되는 것이었으되 꿈은 아니어서, 나가노현과 기후현 사이로 뻗은 매혹적으로 아름다운 기소 계곡의 신비로운 숲속에서 거대한 단이 그들을 내려다보고 있었으니, 그들은 이것을 맞이할 준비가 되어 있지 않았던바, 그들이 상상한 것은 숲에서 나무 두 그루를 신관들이 둘러싸고 있고 방문객들이 뒤에 서 있는 그런 것이었으나—저기서는 저 거대한 단이, 지상 몇 미터 위로 솟은 채 아래로 경사졌는데, 그들이 가까이 다가가보고서 처음보다 더 놀란 것은, 단 앞쪽으로 어마어마하게 높고 굵은 두 그루의 살아 있는 편백이 있고, 그 아래로 단이, 말하자면 경사진 채 뻗어 있었기 때문으로, 그들은 두 굵은 나무줄기에서 성역을 상징하는 금줄을 보았는데—이것들은 시메나와標繩와 시데紙垂로서—새하얀 종이를 갈지자로 잘라 접고 그 아래에는 보호용 볏짚 덮개를 사람 머리 위 아주 높은 곳에 끈과 나무 도막으로 줄기에 묶었는데, 이것은 신성한 작업이 나중에 진행되리라는 표시였을 것인바, 한마디로 그들은 이 모든 것을 보았고, 이 두 그루의 나무가 오늘—미소마하지메사이 의식에서—베어지리라는 것은 의심할 여지가 없었거니와, 그럼으로써, 말하자면 식년천궁이 시작되었음을 신에게 알리는 것이었으나,

그들의 눈길을 끌고 또 끈 것은 단이어서, 그들은 왼쪽을 보고 오른쪽을 보아도 도무지 익숙해질 수 없었지만, 앞쪽과 아래로, 선택된 편백 두 그루를 U자 모양 단의 두 면이 둘러싸고 있음이 분명해 보였은즉, 모든 것은 이 두 그루의 나무를 위한 것이었고, 이 단은─숲바닥의 오르막에 맞춰 급경사를 이룬 채─마지막 줄에서 첫 번째 줄까지 단 뒤편에서 두 제의용 나무줄기까지 솟아 있었으니, 이것은 여기서 벌어질 일의 일부였고 뒤이은 의식과 밀접하게 연관되어 있었는데, 유일한 문제는 그들이─적어도 그들 중 두 명은─이 의미를 전혀 깨닫지 못했다는 것으로, 그들은 도무지 납득할 수 없었던바, 어느 방향에서 보아도 이 단은 이곳에 속하지 않았고, 게다가 길을 낸 사람들과 이 거대한 단을 만든 사람들이 한 일은 그들의 관심을 피해 갈 수 없었던 것이, 그들은 길을 가로막는 모든 것을 부수고 자르고 베었기 때문으로, 그들은 나무를 선택하고, 단을 짓고, 그곳에 이르는 길을 냈으나, 적절한 수준의 신중을 기하여 모든 것을 가지런히 제자리에 둔 것이 아니라, 거칠게, 야만적이라 할 정도로 부주의하게 일했으니, 이것이 조금 심란했던 것은, 무엇보다 의식을 거행하는 목적은, 미와 상이 그들에게 준 홍보 자료에서 보듯 나무에게 용서를 빌고, 그들이 어떤 의미에서 생명을 잃더라도 다른 의미에서는 생명이, 말하자면 새롭고 고귀한 생명이 그들에게 부여되리라고 안심시키기 위해서였기 때문이었으나, 그토록 헌신하고 공경하고 배려하는 와중에 이 헌신과 공경과 배려가 그토록 결여되었기 때문인바, 즉 그들이 필요 없는 모든 것을 쓰레기로 버리고 옆에 내팽개치는 바람에 길 양편에는 잔가지, 나뭇조각, 나무껍질 조각, 대팻밥, 썩어가는 나무줄기가 어지러이 널브러졌으니, 적어도 여기부터는, 길 양편부터는 치울 수도 있었잖아, 라고 두 방문객은 생각했는데, 단 바로 아래 도착해서도 똑같은 상황을 경험하자 정말로 불안감이 들기 시작했던바, 그들도 남들처럼 데미즈手水를 하고, 즉 입을 헹구고 손을 씻고 싶었는데, 여기서조차, 급하게, 참으로 허겁지겁 지어진, 밝혀지지 않은 장소에서 내려온 성수가 고무호스에서 똑똑 떨어지는 수반 근처에서조차 그들은 이곳으로 이어진 길에서와 같은 무질서를 경험한바, 이렇게 신성한 신도 의식에서 왜 이것이 중요하지 않은지 그들은 정말로 알 수 없었으나, 이런 생각을 할 시간이 얼마 남지 않은 것은, 그들이 이미 위쪽에, 높이 솟은 단 뒤편에 와 있었기 때문으로, 비록 내키지 않았음에도 가와모토 상 또한 동행을 따라 올라갔는데, 그 동행은 한마디도 없이 단번에 계단을 달려 올라가 이미 그곳 단의 난간 옆에 서 있되 마치 친히 초대받은 것처럼 서 있었으며, 그와, 그의 뒤에서 무척 어리둥절한 채 올라오는 가와모토 상을 제외하고는, 완장을 찬 관리자들만이 오르락내리락하다가, 그 관리자들도 그들을 어리둥절하게 쳐다보며 궁금해했는데, 저 두 사람이 여기서 뭘 하고 있는 거지, 하지만 이곳에서 두 사람은 이곳에 속하지 않는 이 거대한 단의 용도가 무엇인지 훤히 볼 수 있었던바, 말하자면 그들은 그들을 위한 공간이 있음을, 수많은 내빈을 위한 공간이 있음을 볼 수 있었으니, 그들을 위해 200여 개의 의자가 이미 준비되어 있었고, 물론 정확히 몇 개가 있었는지는 누가 알겠느냐마는 어쨌든 엄청난 개수의 의자가 널빤지 위에 가지런하게 줄지어, 선별된 두 그루의 편백을 향해 아래로 기울어진 채 내빈들의 북적거리는 진영을 둘로 나눴는데, 그들은 이미 여기저기 둘러보며, 한 무리는 한 나무를 마주 보고 두 번째 무리는 다른 나무를 마주 보았으니, 이것이 기본적으로 좌석 배치에 의도된 원리였으나, 그때 부산하게 움직이는 관리자들은 그들이 내빈이 아님을 이미 분명히 알아차린바, 그들은, 이에 따라 더는 여기 머물 수 없었으니, 이 유럽인과 이 일본인은 의자를 차지한 사람들 가운데 머물 수 없었거니와, 말하자면 그들은 여기 단 위에서 아무 볼일이 없었고 앞으로도 전혀 없을 것이어서, 눈 깜박할 사이에 그들은 쫓겨나―가와모토에게는 더없이 안심스럽게도―그들은, 내빈 아닌 나머지 방문객들처럼 어질러진 땅으로 내려가야 했으니, 단을 빙 돌아, 지시받은 대로 공터에 올라오자, 그곳에는 미와 상 쪽 사람들이 이미 빽빽하게 모여 있었던바, 즉 흥분한 채 줄지어 선 텔레비전 리포터, 사진 기자, 기자들의 친숙한 얼굴이 보였으며, 이는 그들이 단을 비스듬히 마주 보도록, 더 정확히 말하자면 그곳에 모인 채 점점 많아지는 내빈들을 마주 보도록 자리 잡을 수 있다는 뜻으로, 신관들이 있을 법한 곳을 비스듬히 마주 보고 따라서 신성한 나무 두 그루도 비스듬히 마주 볼 수 있었는데, 그것들은 신성하다는 것 말고는 뭐라고도 부를 수 없었으며, 그것은 도합 열여덟 그루인 나머지 나무들도 마찬가지였으니, 그 나무들을 상대로 아카사와 숲 관리인들은 실력을 다듬은바, 이 특별한 작업은 20년마다 한 번씩만 행해지며, 그런 이유로 흰 옷 입은 일꾼들을, 시간이 지나면서 기술의 참신함을 일부 잃어버린 이 일꾼들을 마지막 며칠 안에 다시 훈련해야 했으니—'적어도 열여덟'이 일꾼 중 한 명이 내뱉은 숫자로, 그는 중간급 감독관으로 보였는데, 두 그루 나무를 세 방향에서 잡아당겨 넘어지지 않도록 하는 쇠줄을 감독하는 임무를 맡았으며, 이 감독 업무와 별도로, 호기심 많은 기자들과 그들 가운데 있는 두 친구의 질문에 재깍재깍 대답할 만큼의 시간은 있었기에, 아름드리 편백 열여덟 그루를 벴습니다, 쇠줄 감독관이 거듭 말하길, 이를 위해 여기서 연습해야 했죠, 그가 말하길, 실수는 해선 안 되니까요, 하긴 그들 모두 벌목을 실수 없이 해내려고 매우 긴장해 있었던바, 물론 모든 참가자는 어떤 실수도 있을 수 없다는 것을 똑똑히 알고 있었으니, 그의 말마따나 여기서는 모든 것이 완벽하게 이루어져야 하는데, 그 말뜻은, 그가 말하길, 두 그루 나무의 줄기가 마지막에 줄기 윗동으로부터 정확히 5미터 지점에서 만나야 합니다, 그러니까 두 나무는 벌목된 뒤에 서로 포개져야 하는데, 하나가 다른 하나 위에 쓰러져야 하죠, 그가 설명하길, 하지만 이 접촉은, 이 교차는 지정된 높이와 정확히 일치하는 높이에서 이루어져야 합니다, 안 그러면 의식을 진행할 수 없고 미소마하지메사이를 다시 해야합니다, 특수 훈련을 받았으나 이십 년간 손을 놓고 있을 수밖에 없던 두 팀의 벌목부들이―여기 열여덟 그루가 있고 저기 열여덟 그루가 있으니―여전히 무척 초조해한다 해도, 쇠줄 감독관이 한숨을 쉬며, 전혀 놀라울 게 없습니다, 그 기색은 그에게서도 찾아볼 수 있어서 그 자신이 정말로 초조해하고 있었던바, 땀이 눈썹 아래로 떨어졌고, 그가 당황한 눈빛으로 여기저기 둘러보자, 마침내 기자들이 그를 안심시키려고, 걱정 마세요, 다 잘될 겁니다, 연습을 그렇게 많이 했다면 아무 문제 없을 거예요, 그러자 이 사람이 하도 감사하는 표정으로 그들을 쳐다보는 바람에 그들은 그를 더 위로해주고 싶은 마음이 들었으나, 그럴 시간이 없었던 것은, 단 위 의자들이 있는 곳에서 무언가 일어나고 있는 듯했기 때문으로, 그리하여 기자들은 단 위의 의자들을 더욱 꼼꼼하게 살펴보았는데, 그들 중 두 명도 단 위에 모인 고위급 내빈의 신비하리만치 하나같은 무리를 관찰하기 시작했던바, 그곳에서는 200명가량이 똑같은 암청색의 다소 촌스러운 양복을 입고 앉아 있었으며, 다들 똑같은 옷을 입고 있는 걸 보니 이 복장은 의무적인 것처럼 보였는데, 1970년대의 양복과 구두를, 그들은 이 양복과 구두를 보았고, 그러고 나서 얼굴들을 보았고, 더 잘 알려진 유명인—공장주, 은행가, 유명 정치인—을 찾아보려 했으나, 여기서는 미소마하지메사이 기간에 아카사와 숲에 설치된 의식용 단 위에 있는 그런 얼굴을 그렇게 자세히 분간할 수 없었으며, 그다음 그들은 안쪽에서 젊은 신도 신관들이 새로 제작된 목함을 들고 단으로 이어지는 계단을 오르는 광경을 보았고, 그들에 뒤이어 길 위에 한 줄로, 의식을 주관할 신관 무리가 말없이 엄숙한 표정으로 나타났으나, 그들도 무언가에 동요한 것이 분명했던 것은, 이따금 한두 명이, 검은색 옻칠을 한 높고 무거운 신관용 신발을 신고서 대팻밥 흩뿌려진 길의 위험한 지점에서 비틀거렸기 때문으로, 그리하여 대체로는 다들, 무대 공포증까지는 아니더라도 심각하고 허둥대는 듯했으니, 심지어 외부인 출입 금지 구역의 남성 내빈 무리도 그랬던바, 마치 미소마하지메사이 전체가 이 과정이 어떻게 진행될지 아무도 확실히 알지 못함을 암시하는 듯했으며, 규칙이 있었고 이 규칙들을 충실히 실수 없이 따라야 했음에도 마치 이것을 전반적으로 의심하는 듯 보였으니, 여기 앞쪽에서, 공터에서 그들이 땅바닥에 기자들과 함께 앉아 있는 곳에서 이런 무언가가 분위기로부터 감지되다가, 그때 짧은 줄이 나타났는데, 그들은 신관 같은 사람들의 새로운 무리였고, 이번에는 가장 높은 우두머리들일 수밖에 없음이 분명했으나, 여기 있는 그 누구도 누가 구지宮司인지, 네기禰宜인지, 구조宮掌인지, 누가 조淨인지, 메이冥인지, 세이正인지, 조쿠屬*인지, 아니면 여기 있는 모두가 참여 명령을 받은 것인지조차 알지 못했으니, 모두가 참여할 수 있을 리 없어서, 기자들은 전부 우왕좌왕하며 서로에게 물어보았으나, 누구든 질문을 받으면 그저 웃으며 고개를 저을 뿐 한마디로 누구도 무엇 하나 알지 못했으며, 그들 아래로 단 위 의자에 앉은 사람들도 똑같이 당황하고 있으리라는 느낌이 들었는데, 그때 마침내 소수의 신관 무리 맨 앞에서 우두머리가 나타났으니, 다들 그녀의 외모와 자세를 알아볼 수 있었던바, 말하자면 황제의 누나, 이세신궁의 사이슈가 나타난 것으로, 그녀는 천천히 길을 따라 이동하여, 수반에서 데미즈 의식을 마친 다음, 나이 때문인지 애쓰는 기색이 역력하게 계단을 힘겹게 올라가, 단 위의 첫 줄 가운데로 가서, 그곳에 자리를 잡았으니, 이것이 말하자면 미소마하지메사이를 시작해도 된다는 신호로, 고위급 신관들은 이미 무릎을 꿇고 왼쪽 편백 앞에서 홀笏을 앞으로 내밀고는, 자리를 옮겨 오른쪽 편백 앞에서 홀을 앞으로 내미는 것으로, 미소마하지메사이 의식의 첫 번째 부분이 양쪽에서 완수된 듯했으나, 아무것도 이해할 수도 들을 수도 없었으니, 의식은 정적 속에 진행되어, 말하자면 여기에는 아무 음악도 없었으며―거의 모든

---

* 순서대로 구지는 신사의 제사를 맡은 신관으로 최고위이며 네기는 그다음, 구조는 다다음이다. 조, 메이, 세이, 조쿠는 일반 신관들의 계급을 순서대로 나타낸다.

신도 의식에 등장하는 히치리키篳篥의 깩깩거리는 고음과 그
뒤에서 류테키龍笛와 쇼笙의 늘어지고 흐느끼는 소리를 들을 수
없었으며—숲은 완전한 정적에 휩싸였고, 의식을 주관하는
신관 구니 구니아키는 수행단 앞에서 말없이 의례를 집전했는
데, 이따금 신관이 몸을 돌려, 일어섰다가, 다시 무릎을 꿇고,
다시 땅에 절할 때 옷자락 서걱이는 소리만 들린 것은, 그 장소
에서는, 그들이 보고 있던 곳에서는 이것이 대충 그들이 볼 수
있었던 것이고 이만큼이 의식으로부터 대략 이해할 수 있었던
것이기 때문으로, 신관이 나무 앞에 무릎 꿇고, 절하고, 일어
나, 홀을 손에 든 채 다시 절하고, 그의 뒤에서는 수행단이 무
릎 꿇은 채 꼼짝 않고 있다가 그들도 이따금 절하고 일어나 다
시 등을 꼿꼿이 펴고 앉은 채 움직이지 않는 것, 이것이 한 나
무 앞에서, 또한 다른 나무 앞에서 주로 벌어지는 일이었던바,
그들은 이쪽에서 저쪽으로 자리를 바꿨고, 그 뒤에 의식을 주
관하는 신관이 목함에서 꺼내어, 단으로 가지고 가, 작은 탁자
에 천천히, 다시 머뭇거리며 올려놓는 것은 제사 음식으로, 신
센神饌*, 쌀과 사케, 생선과 채소, 과일과 과자, 소금과 물이었으
니, 이것들이 작은 탁자에 제물로서 놓였고, 그런 다음 다른
나무 앞에서도 같은 제사가 반복되었으며, 이제 계단 맨 아래
에서 준비하고 있는 흰 옷 입은 벌목부들을 이미 볼 수 있었는

---

* 신에게 바치는 음식을 뜻한다.

데, 그들은 신호가 떨어지자 단 위로 올라와, 두 편으로 갈라져 두 나무 주위에 자리를 잡았으나, 처음에는 왼편만 작업을 시작했고, 그동안 다른 편은 움직이지 않은 채 자기 차례가 오길 기다렸으며, 그들 중 둘이, 서양인 손님과 일본인 주인이 둘다 이제야 미소마하지메사이가 위기를 무사히 넘겼다고 생각한 것은, 벌목부들이 나타났을 시점까지는 이 미소마하지메사이 전체를 진지하게 받아들이는 것이 도무지 불가능했기 때문으로, 그 생각이 그들에게 아무리 무엄하게 보이더라도 그들의 생각은 그랬으며, 그들은 심지어 목소리를 낮춰 이 이야기를 서로 나누기까지 했으니, 이것에는 신성함이 전혀 없다느니 과거의 신성함을 짓밟는 짓이 단 위에서 벌어지고 있다느니 한 것은, 모든 것이 너무도 가식적이었고 무엇 하나 믿을 법하지 않았기 때문으로, 동작 하나에서조차, 다이구지의, 또는 그의 뒤에서 무릎 꿇는 신관들의 몸짓 하나에서조차, 모든 것이 잘 될 것인지 반신반의하는 긴장된 조마조마함 말고는 아무것도 드러나지 않았던 것은, 실수가 하나라도 있어서는 안 되었기 때문이니, 순전한 안간힘, 이것이 모든 동작과 제의적 몸짓에서 볼 수 있는 모든 것이었고 의식 자체는 어디에도 없어서, 구경꾼들을, 내빈들을, 틀림없이 두둑한 후원 약정과 함께 왔을 저 후원자들을 특징지은 이 분위기 또한 긴장된 조마조마함이었던바, 따라서 동작과 몸짓들은 믿음과 헌신이 아니라 두려움의 동작과 몸짓이었으니, 이 두려움은 이곳에서 무엇 하나 참되지 않음을, 참되지 않고 진실하지 않고 개방적이지 않고 자연스럽지 않음을 드러내는 두려움으로, 여기서 찾아볼 수 없는 것은 신도의 본질 바로 그것이었으며, 이것이 그들이 생각한 것이었고, 이것이 그들이, 기자들 사이에 몸을 숨긴 채 수군거린 것이었는데, 그때 작업이 시작되었고, 그와 더불어 모든 것이 불현듯 구원된 것은, 이 시점으로부터 모든 군중이 숨을 죽인 채 두 시간 가까이 작업을 지켜보았기 때문으로, 그들이 지켜보면서도 눈을 믿을 수 없었던 것은, 이 소박한 벌목부들이, 특수 훈련을 받은 아카사와숲보전회 인부들이 하고 있는 일이 참되고 순수하고 믿을 만하고 자연스러웠기 때문이거니와, 그들의 동작에서는 어떤 예술이 모습을 드러냈는데, 이것으로 말할 것 같으면 그들의 동작에는 매우 오래된 예술이 배어 있었으며, 이것이 어떻게 드러났느냐면 그들은 그저 도끼로 나무를 벤 것이 아니라 특별한 방법을 썼던바, 아홉 명으로 이뤄진 조에서 도합 세 명의 인부가 동시에 도끼를 휘둘렀는데, 그들은 언제나 이렇게 세 명이 조를 이뤄 단 위에서 나무 주위에 둘러선 채 일했으니, 그저 둥글게 서서, 말하자면 한쪽부터 도끼질을 시작한 것이 아니라 셋이 한꺼번에 도끼로 세 군데를 찍기 시작했던바, 통틀어 나무 둘레로 일정한 간격의 균형점 세 곳에 구멍 세 개가 파였고, 그들은 이 파인 구멍을 넓히지 않고 깊게 하여, 이에 따라 그들은 나무를 세 방향에서 찍었으며, 그 위치는 조장이 정하되 특히 자신이 원하는 기울기로 나무가 서 있도록 정했던바, 조장은 나무줄기에 등을 대고 팔로 이 줄기에서 거리를 재어, 그렇게 한 점을, 그다음 또 한 점 다시 또 한 점을 찍어, 구멍이 있어야 할 자리인 이 세 점을 나머지 인부들에게 보여주자, 그들은 이미 도끼를 들었고, 세 명의 인부가 도끼질에 지치면, 그들은 옆으로 물러나고, 쉬고 있던 세 명의 인부가 그들 자리에 서서 계속 일한바 세 조가 서로 교대하면서 세 개의 구멍은 점점 깊어졌으며, 그들 중 두 명이 대단히 침묵한 채 지켜보는 동안, 들리는 소리는 도끼 휘두르는 가락뿐이었으며, 그들이 둘러선 기자들 가운데에서 그들을 보다가 둘 다 느끼기 시작한 것은—그들은 이에 대해 이야기하고 또 이야기했는데—이 인부들은 자신들이 배운 작업을 머리카락 한 올의 오차도 없이 정확하게 해내고 있다는 것이었으나, 그들이 알지 못하고 조금도 짐작할 수 없었던 것은, 그들이 하는 일이 왜 꼭 저래야만 하는가였으며, 그들은 동작 하나하나에 대해 통 이유를 몰랐는데, 그들은 도끼를 들었고, 도끼를 뒤로 들었다 찍었고, 그리하여 구멍이 줄기 속 한 점에서 만나도록 구멍 세 개를 점차 깊게 팠으니, 말하자면 그들은 조상들의 동작에서 구사되던 타력打力, 방향, 힘을—머리카락 한 올의 오차도 없이 정확하게—반복하고 있었고, 한마디로 그들의 조상들이 자기 선배들의 동작을 반복했듯 그 순서를 반복했으니, 이제 서양인 친구가 동행에게 귓속말하길, 말하자면 인부 하나하나의 동작 하나하나, 동작 하

나하나의 요소 하나하나―그 타력, 그 궤적, 그 내리치는
힘―는 1300년 묵은 거야, 그들은 예술가라고, 가와모토 상도
힘껏 고개를 끄덕였는데, 오로지 그의 반짝이는 눈에서만 그
도 상대방이 무슨 생각을 하는지 이해했고 그도 상대방처럼
그 생각에 가슴이 벅찼음을 알 수 있었으니, 그들은 도끼질의
둔탁한 장단에 맞춰 나무의 홈이 깊어지는 것을 지켜보았고,
그것들이 내부의 한 점에서 일제히 만나는 것을 보았는데, 벌
목 예술가들의 조장이 몸짓하자, 나머지 인부들이 물러서고
함성이 몇 차례 들렸는데, 마치 이 조장이 짧게 기도 드린 듯
했으며, 마침내 그가 직접 줄기의 한 지점에서 나무를 몇 차례
때렸으나, 두 방문객은 볼 수 없었으니, 여기서 다이구지의 형
체가 벌목 예술가의 형체 앞에 있었기 때문으로, 그 순간 나무
가 쩍 하는 신음 소리를 내며 천천히 아래로 기울어지기 시작
하다, 끄트머리를 다른 나무 쪽으로 약간 향한 채 이미 땅에
눕자, 그때 누군가 말하기 시작하여, 가와모토가 이것도 통역
했는데, 이 오래된 벌목 방식의 진정한 요점은 이런 식으로 나
무가 쓰러지는 위치를 정확히 정할 수 있을 뿐 아니라 그 위치
를 센티미터 단위로 정확하게 정할 수 있다는 것이지요, 가와
모토는 나이 든 기자의 말을 친구에게 통역했으나, 그는 모든
광경을 넋을 잃고 멍하니 바라볼 뿐이었는데, 그때 다른 나무
주위로 벌목부들이 일하던 곳에서 같은 일이 벌어져, 나무가
쓰러져야 하는 자리에 정확히 쓰러졌으니, 그것은 땅에 쓰러

진 다른 나무 윗동에서 5미터 아래였고, 그리하여 선별된 편백 두 그루는 땅에 누웠는데, 구니 구니아키가 그중 하나에 가까이 다가갔다가, 다음에는 다른 쓰러진 나무줄기 앞으로 가는 동안, 마치 이것이 가능하기라도 하다는 듯 정적은 아까보다 더욱 깊어지기만 했으며, 구니 구니아키는 손으로 쓴 널찍한 종이를 머리까지 쳐들었고, 더 깊은 정적이 흘렀으니, 아무도 움직이지 않았고, 황제의 누나―이세신궁의 사이슈―가 고개를 숙이자 이 순간에 모든 내빈도 그렇게 했고, 그들이 고개를 숙이자 단을 마주 보는 공터에 있던 기자들도 그렇게 했는데, 가와모토는 친구에게 이렇게만 속삭이되, 주의를 주듯 "노리토祝詞*"라고 속삭였으며, 그러고는 나머지 사람들을 따라 했고 서양인 친구도 똑같이 했으나, 그는 무슨 일이 일어났고 무슨 일이 일어나고 있는지 알지 못했으며 물론 이유도 알지 못했던바, 그는 고개를 숙인 채 서 있었고, 알지 못하되 설령 이해했더라도 지금 들리는 소리가 무엇인지는 결코 알지 못했을 것인바, 그가 어떻게 이해했겠는가, 신관의 입에서 나오는 것은, 그뿐 아니라 일본인 중에서도 상당수가 이해하지 못하는 말로서, 이 단어들은, 적어도 1500년 전에 처음으로 발음되었고 그 뒤로 전혀 달라지지 않은 이 단어들은 **다카마하라 니 가미 쓰마리 마스, 가무로기 가무로기 노 미코토 오 모치**

---

* 신주神主가 신 앞에서 고하여 비는 고대어의 축문.

테, 스메미오야 가무 이자나기 노 미코토, 쓰쿠시 노 히무카 노 다치하나 노 오도 노, 하나기 하라 니 미소기 하라이 다마우 도 키 니, 나리마세루 하라이도노 오오가미 다치, 모로모로 노 마 가고토 쓰미 게가레 오, 하라이 다마에 기요메 다마에 도 모우 스 고토 노 요시 오, 다마쓰 가미 구니쓰 가미 야오요로즈 노 가 미타치 도모미, 아메노 후치코마 노 미미 후리타테테 기코시메 세 토, 가시코미 가시코미 모 마오스, 이렇게 이어졌고, 그들은 들었으며 무엇 하나 조금도 알아들을 수 없었는데, 다이구지 는 마치 들릴락 말락 낭송하는 것 같았으며, 그러더니 그가 종이를 접고, 뒤로 물러나, 쓰러진 나무 한 그루에 기도를 올린 뒤에, 무릎을 꿇고, 엎드린즉, 그러자 모두 고개를 들었고, 신관들은 쓰러진 나머지 편백 앞에서도 노리토를 다시 읊은 다음 차례로 단을 떠났는데, 그들이 수반 앞을 지나가는 모습을 여전히 볼 수 있었고, 마침내 그들은 처음 꺾어지는 길에서 사라졌으나, 그때 황제의 누나가 일어서서 그녀 또한 수행단을 이끌고 단을 떠났고 내빈들도 뒤를 따랐으니, 이것이 신호였던 것은, 나머지 사람들은 그곳에 남아 있었을 뿐 아니라, 다들 벌목부들에게 최대한 가까이 가려고 단 쪽으로 몰려들었기 때문으로, 그들은 이제 앞으로 나서서 자신들에게 뻗는 손들을 잡아 흔들었고, 행복했으며, 모두가 미소 짓고 있었으니, 그들은 감동했고, 기쁨이 그들에게서 떠나가려 하지 않으며, 그들은 모든 사람에게 신성한 나무에서 나온 도낏밥을 주었고, 두 친구도 그들에게 가서 벌목부 한 명과 악수했고 손바닥 가득 도낏밥을 받았는데, 바로 그때 그들이 알아차린 바, 그제서야 그들이 알아차린 것은 사방에 얼마나 놀랍도록 진한 향기가 감도는가 하는 것으로, 쓰러진 두 편백의 고유한 향기는 실로 구름처럼 주변으로 퍼져 나갔고 숲은 향기를 빨아들였으니, 얼마나 기이하도록 달콤하고 놀라운 향기인가, 서양인 친구가 열변을 토하자, 그렇지, 가와모토 상이 고개를 끄덕인 것은, 그저 친구가 다시 실망을 겪지 않아 기뻤고, 그들이 낙심천만한 채 집에 돌아가지 않을 것이기 때문이었으나, 실은 그렇게 되었던바, 그들은 단연코 홀가분한 기분으로 차를 몰고서 기소후쿠시마로 돌아갔는데, 서양인 친구의 열정이—적어도 한동안은—가와모토 상에게도 어느 정도 전해졌으나, 그가 무엇보다 운명에 감사한 것은 별다른 불운이 일어나지 않았기 때문으로, 그들은 어떤 불쾌한 일에도 휘말리지 않았으나 여전히 불운을 배제할 수 없었던 것은, 아직 오후밖에 되지 않았기 때문으로, 차량들과 나란히 메이신 고속도로를 미끄러져 달리며 그들이 대체로 이야기한 것은 노리토, 즉 신실한 자가 완전한 정적 속에 읊은 신도 기도문이었는데, 기도문에 나오는 가미(신)가 자비를 베풀고 의식을 받아줄 것인지는 전적으로 낭송—즉, 낭송되는 모든 것이 흠 없이 낭송되는가—에 달렸으니, 그것이 그가, 가와모토가 아는 전부라고 그가 말하며, 아직도 차 안에서 사과한 것은, 노리토는 일본에서 가장 신성한 기도이기 때문이라며, 그가 설명을 이어간 것은, 친구의 얼굴에서 더 알고 싶어 하는 표정이 보였고, 그가 표현했듯 그는 알 수 있는 모든 것을 알고 싶어 했기 때문으로, 가와모토 상은 학교 과제를 발표하듯 한참을 자세히 설명했는데, 노리토는 발음되는 단어에 힘이 깃들어 있다는 믿음과 연관되어 있으나, 오로지 정확하게 흠 없이 아름답게 발음되는 단어만이 복을 가져다줄 힘이 있으며, 그 반대의 일이 일어날 때마다 단어는 오히려 마을에 액운의 징조가 되는바, 그것이 가와모토 상이 말한 전부였으며, 기이한 혼란 속에서 낙심한 기분이 문득 그를 짓눌러, 그는 입을 닫았고 이것에 대해서든 다른 무엇에 대해서든 이야기하고 싶지 않았으니, 시간은 알아차리지 못하는 새 흘러갔고 그들은 어느새 교토에 도착했는데, 차가 무척 많았어도 그럭저럭 나아가기는 했으나, 가와모토는 그들이 일찍 도착한 탓에 친구가 아직은 집에 가고 싶어 하지 않는 것을 알 수 있었기에, 덜 알려진 도시 내부 구역들을 보여주겠다고 제안했지만, 그 대신 그들은 료칸旅館에 앉아 정갈한 음식을 먹고, 마침내 가모강에 있는 술집 테라스에 앉아 강을 바라보고 다리를 건너는 커플들을 바라보았으며, 가와모토 아키오는 친구의 말을 들으면서 근심이 점점 커졌으니, 이미 한참 동안 친구는 연구를 계속하고 싶다고 말했는데, 그가 한 번 더 이세에 돌아가고 싶어 한 것은 내궁의 목수들과 이야기하고 싶었기 때문으로, 그는, 말하자면 더 알고 싶고 모든 것을 알고 싶었던바, 목수들의 팀이 각 식년천궁을 어떻게 준비하는지, 벌목된 편백을 어떻게 그곳으로 운반하는지, 순서가 어떻게 진행되는지, 편백을 어떻게 다듬는지, 눈부시도록 소박하고 순수한 신사 건물은 어떻게 지어지는지 알고 싶었으니, 말하자면, 그가 설명하듯 그가 아마도 그곳을, 그 길을 한 번 더 걸어야겠다는 생각이 든 것은, 신도 신앙의 의식들이 아무런 흥미를 주지 못했고 미진한 상태로 끝났음에도, 그곳 어딘가에 여전히 신도가, 일상의 보이지 않는 세계에 숨겨진 채 있었을 가능성이 있기 때문임은, 이 신도를 고대의 동작에서, 그들이 오늘 경험한바 수 세기 동안 준비된 고대의 동작에서 여전히 찾을 수 있다면 여기에는 또 다른 놀라움이 있을 수 있기 때문으로, 아니, 가와모토 상 생각에, 놀라움은 말이지, 거기에 조금 있기야 하겠지만, 그러면서 그는 가모강 기슭에 있는 술집 테라스에서 고개를 끄덕이며, 깊은 생각에 잠긴 채 사람들이 시조에서 걸어 나와 기온으로 흘러드는 것을 바라보았는데, 그러는 동안에도 확신한 것은, 아니, 이걸로 충분해, 미소마하지메사이를 볼 수 있었잖아, 한 번은 허락을 받았지만 신궁사청은 다른 것에 대해서는 어떤 허가도 내주지 않을 거야, 게다가 미야다이쿠와 이야기를 나누는 것, 게다가 도료梀梁에 대해, 미야다이쿠에 대해 아는 것, 그들을 통해 식년천궁의 전체 건축 책임자를 아는 것, 맙소사, 이 모든 것이 이미 가능하지 않다는 걸, 가와모토가 궁리하며, 어떻게 설명한다, 또 다른 부탁으로 신궁사청을 곤란한 처지에 몰아넣을 수는 없었으니, 처음 부탁만 해도 이곳에서는 바람직한 규범의 한계를 이미 넘은 것이었으나, 신궁사청은 너그럽게도 미소마하지메사이를 참관할 허가를 내주었지만, 이것 말고는, 신궁사청에 편지를 보내어 감사를 표하는 것 말고는—가와모토는 여기서 올바른 절차가 무엇이며, 이를테면 선물을 곁들일 수도 있다고 친구에게 설명하려 했는데—이것 말고는 무엇도 상상조차 할 수 없었지만, 그의 동행은 마치 이것이 한낱 토론 주제인 양, 그가 이—그가 이 말을 하는—시점에서 단념해야 한다는 주장을 대뜸 묵살했으니, 이봐, 걱정하지 마, 모든 무례한 짓은 나중에 나한테 떠넘겨, 라고 그가 말하며 웃었으나, 가와모토는 웃을 기분이 아니었는데, 그의 손님은 이미 내일 미와 상에게 전화를 걸어보자고 말하고 있었으며, 그들은 내궁의 목공소에 갈 것이고, 그 위치는 사전에 꼼꼼히 조사해둔 신궁 약도 덕분에 그들에게 친숙한바, 우리는 들어갈 수 있을 거야, 손님이 가와모토를 격려하듯 쳐다보았으나, 그를 격려하는 것은 불가능했을 뿐아니라, 그의 멋쩍은 미소와, 그가 불쑥 주제를 딴 것으로 바꾸는 것으로 보건대, 이 마지막 (친구 말마따나) '조치'의 계획조차 그에겐 부담스러웠던 것이 분명해진바, 대체로 그는 서양인 친구의—물론 그의 친구의 관점에서는 전적으로 자연스러운—뻔뻔함에 질리기 시작하고 있었거니와, 그는 이것이 여기서는 가능하지 않다는 것을 그에게 결코 설명할 수 없을 것임을 알았으니, 신궁사청에 대해서뿐 아니라…… 자신에 대해서도 그러한즉, 주인에게 이런 식으로 행동할 수는 없는 일이어서, 이것이, 이런 생각을 한 번도 하지 않은 친구가 생긴다는 것이 무척 불쾌했던 것은, 그의 세계관에서 보자면 이 모든 문제가 그에게, 가와모토에게 얼마나 힘든 것인지 헤아릴 마음이 그에게 통 들지 않았을 것이기 때문으로—한편에서 그는 손님의 요구와, 이 경우는 신궁사청의 요구를 들어주려고 노력할 의무가 있었고, 다른 한편에서는 자신의 요구가 충족되어야 하는 손님이 있었고, 또 다른 한편에서는 미리 정해진, 어겨서는 안 되는 의무적 격식들이 있었으니, 이것을 만족시키는 것은 불가능했던바, 그렇다면 이제 어떻게 한다? 가와모토가 가모강 옆 테라스에서 곰곰이 궁리하길, 어떻게 해야 하나, 하지만 그의 궁리는 필요 없는 것이었고, 그의 근심은 의미 없는 것이었으며, 그가 이 궁리와 이 근심을 내비쳐도 허사여서, 아무리 티를 내도 손님은 아무것도 알아차리지 못했고, 아무것도 알아차릴 수 없었으니, 그리하여 가와모토가 할 수 있는 일이라고는 이세에 있는 미와 상의 번호로 전화를 거는 것뿐이었던바, 이튿날 아침 친구의 끈질긴 간청에 그렇게 했다가, 한 시간 뒤에 다시 전화를 건 것은, 그가 찾는 사람이 자리에 없다는 대답을 들었기 때문으로, 그가 전화를 걸고 한 시간 뒤에 다시 걸고 다시 또다시 거는 동안, 친구는 그의 옆

에 앉은 채 결의를 점점 다지고 조바심도 점점 커지다, 그가
마침내 미와 상과 연결되었을 때 참으로 안도감이 든 것은, 적
어도 이 결의와 이 조바심으로부터 벗어날 수 있기 때문이었
으나, 미와 상으로부터 또 다른 형태의 고문이 시작된바, 그가
그에게 설명해야 한 것은, 아닙니다, 신궁사청이 보여주신 선
의와 너그러움이 충분하지 않았다는 게 아니라, 그들은 내궁
의 목공소에 대해 알고 싶고, 나무들이 어떻게 다듬어지는지
알고 싶고, 그들이 나무를 어떻게 톱질하고 대패질하는지 보
고 싶고, 어떤 계획하에 그들이 신사 건물을 짓는지 알고 싶
다는 것이었는데, 물론 미와 상은 놀라움을 표했고, 그의 목
소리가 갑자기 멀리서 울리며, 자신이 할 수 있는 일이 있는지
알아보겠으니 다시 한번 신청서를 보내라고, 불편한 기색이
역력한 채 권고했는데, 그러면 신궁사청에서는 허가를 낼 수
있는지 결정할 터인즉, 그와 함께 대화가 끝났고, 가와모토 상
은 팔이 금방이라도 떨어질 것 같았으니, 그것은 전화기를 들
고 있는 동안 하도 무거워진 탓이었으나, 그가 끊임없이 절하
고 머리를 긁적이며 이 모든 곤욕을 치르는 동안 친구는, 미와
상이 뭐라고 말했는지 그에게서 듣고는 광분하다시피 하여
말하길, 잠깐만, 두고 봐, 우리는 내궁 목공소에 들어갈 테니
까, 그리고 가와모토 상이 결국 점점 복잡해지는 이 사태에서
무슨 일이 벌어지고 있는지 이해할 수조차 없었던 것은, 그의
손님이 옳은 것으로 드러났기 때문으로, 이미 전화 통화 직후

신청서를 보낸 뒤 두 주째에 미와 상이 그에게 전화를 걸어 알려주었듯, 그들은 모시에 내궁 정문에 도착해야 하며, 이다 상이라는 사람이 그들을 목공소에 안내할 것인데, 그들은 미야다이쿠 두 명을 만날 수 있으며 게다가 도료와의 대화 가능성도 열려 있는바, 사진은 찍을 수 있지만 대화 중에 녹음기를 쓸 수는 없으며, 그는 이것에 대해 자신의 이름으로 또한 신궁사청의 이름으로 양해를 구했으나 이렇게 결정이 났으니 아무쪼록 내궁에서 즐거운 시간 보내시길 바란다며, 미와 상은 작별 인사를 하고 이미 수화기를 내려놓았으며 그들은 이미 이세행 기차에 올랐는데, 아니, 가와모토 아키오는 이것을 명확히 이해할 수 없었으나, 이제 무슨 일이 일어날 것인지 더욱 근심스러웠으니, 때는 오후 2시였고 그들은 내궁 정문 앞에 서 있었으며, 햇볕은 찌는 듯했고 온도는 적어도 섭씨 40도였는데, 2시 정각에 작고 뚱뚱한 젊은 남자가, 이다 사토가 정말로 그들에게 다가왔으며, 찌는 듯한 햇볕에 검은 양복을 입고서 땀을 비 오듯 흘리며 그들을 내궁 북부에 있는 문 달린 입구로 데려갔는데, 이곳이 내궁 목공소 입구였으나—이다 상이 약간 연극조로 표현하길—이곳은 식년천궁의 상징적 입구이기도 한바, 식년천궁과 관련한 온갖 시시껄렁한 이야기가 그의 입에서 쏟아져 나오기 시작하여, 그들이 목공소 사무실에 도착했을 즈음 이다 상은 홍보 책자에 실린 모든 문장을 거의 단어 대 단어로 암송한 뒤였는데, 이 책자는 신궁사청에

서 식년천궁을 대중화하려고 인쇄한 것으로, 그들은 이다 상
이 한시도 쉬지 않고 말하는 부류의 사람인 것에 하도 익숙해
져 그에게는 관심조차 주지 않은 채 공손하게 고개를 끄덕일
뿐이었으나, 그가—열성적으로, 전문가의 진지한 표정으
로—그저 이야기하고 또 이야기하는 동안 그들은 사무실 건
물로 이어지는 길 왼편에서, 점점 넓어져 호수로 연결된 일종
의 운하 같은 물에 무수한 편백 통나무가 떠 있는 것을 보았
으나, 물론 이다 상은 이유를 알지 못했고 안에 들어가면 답
을 얻을 수 있을 것이라고 했으니, 그들은 사무실 건물의 방
하나에 들어가 탁자 주위에 앉았고, 미야다이쿠 두 명이 그들
을 기다리고 있었는데, 한 명은 중년이었고 한 명은 앳된 얼굴
의 청년이어서, 나이 든 쪽이 나이 어린 쪽의 스승인 듯 보였
으나, 어쨌든 둘은 같은 부류에 속했고 이것은 분명했던바, 그
와 동시에 둘 사이에는 스승·도제 관계를 나타내는 표시가
전혀 없었으며, 앳된 얼굴의 청년은 나이 든 동료 못지않게 당
당하고 자랑스러운 표정으로 의자에 앉아 질문에 답했으니,
둘 다 신궁의 흰색 오버올 작업복을 입고 있었고, 매우 미심
쩍어 하면서도 동시에 다소 호기심 어린 눈빛으로 그들을 쳐
다보았으며, 처음에는 이 낯선 한 쌍이, 이 가이진外人과 이 교
토 출신의 꼼지락거리는 일본인이 자신들에게 원하는 게 뭔
지 이해하지 못했기에, 질문에 대답조차 하지 않고 그저 질문
을 받아넘기되 마치 질문을 회피하려는 듯 받아넘겼으며, 가

능한 한 가장 하나 마나 한 답변을 하려고 했는데, 특히 나이든 미야다이쿠는, 그는 마치 그들을 비웃는 듯 점점 냉담해져깨나 경멸적인 미소를 지으며 두 방문객을 관찰했으니, 그는그들을 관찰하며, 대답을 할수록 뒤로 물러나면서 벽에 걸린시계를 뻔질나게 올려다보았으므로, 그나마 앳된 얼굴의 청년이 이따금 뭐라도 말하는 쪽이어서, 이를테면 편백이 떠 있는 운하는 신궁의 성스러운 강에서, 이스즈강五十鈴川에서 자연적으로 흘러 내려오는 것으로, 이렇게 하는 이유는 거기서2년간 **바싹 건조**하기 때문으로, 이게 맨 처음 단계이며, 젊은목수가 계속 말하길, 편백 통나무를 가져와서, 껍질과 가지를잘라내되, 이 일을, 그가 덧붙이길, 하루도 빠짐없이 꾸준히하는데, 이미 미소마하지메사이가 시작된 때부터 그것들은이미 운하에 놓여 사실 그곳에 떠 있는데, 그것은 2년 동안 물에 잠겨 있는 것이나, 나무를 물속에서 건조하는 게 어떻게가능하냐는 방문객들의 질문에 대해 그가 아무 말도 하지 않은 것은, 나이 든 쪽이 대화를 이어받아, 내궁과 외궁을 막론하고 식년천궁에 쓰이는 모든 조각 하나하나가 이곳 목공소에서 준비된다고 말했기 때문으로, 그는 이 말과 함께 입을 닫고는, 팔짱을 낀 채, 시계를 올려다보고 나서, 이다 상을 보았으니, 어쨌든 그는 여기서 한가하게 잡담할 시간이 없음을 사청 직원에게 보여주고 싶었던 듯한바, 그는 거만했고, 비협조적이었고, 서양인 친구가 질문을 하자마자 점점 엉뚱하게 왜

곡한 것은, 물론 그가 질문을 던졌기 때문으로, 가와모토 상은, 늘 그랬듯 통역자의 역할만을 맡았는데, 동작과 자세로, 가능한 모든 수단을 동원하여 친구에게 주지시키려 애쓰길, 당장 대화를 끝내야 해, 시간 오래 끌면 안 돼, 그러고 얼마 뒤에, 그의 친구도 질문해봐야 소용이 없는 것에 지쳤던바, 그는 무엇에도 실질적인 답변을 얻지 못하고 있었기에 마침내 탁자에서 일어났고, 그 순간에 나머지 모든 사람들도 벌떡 일어나, 목수 둘은 그들이 내민 선물을 받았으나 쳐다보지도 않고 벌써 나가버렸으니, 이런 식일 거면 괜히 왔군, 서양인 친구가 목소리를 낮춰 말했으나, 이다 상은 들었고, 그들을 달래기 위해 귀띔했으니, 그들이 곧 만나게 될 사람은, 그의 말마따나 속세의 존재들은 좀처럼 뵙기 힘든 사람이었는데, 그것은 그가 식년천궁의 신성한 인물이기 때문으로, 여기서는 그를 작업반장이라고 부르지조차 않으며, 그의 경우에는 옛 표현을 써서 도료라고 부르는데, 모두 그를 그렇게 부르고 그는 참으로 대단한 존경을 받으니, 물론 여기 있는 나머지 모든 사람에게와 마찬가지로 신궁사청이 그의 위에 있는 주인이었으나, 여기에 대해 말할 것 같으면 현 도료는 그 누구도 자신보다 위에 있다고 인정하지 않는 부류의 인물로서, 하늘과 땅의 가미(신), 그리고 애초에 태양신 아마테라스 오미카미만을 섬기는데, 이다 상의 설명에 따르면 아마테라스 오미카미는 내궁의 신사에 거처하고 있으며, 그의 손자인, 그가 능란하게 이어 말하길, 니니기노 미코토瓊瓊杵尊*는 아귀다툼을 벌이는 사람들을 심판하고 그들이 더는 아귀다툼을 벌이지 않게 하려고 지상으로 내려왔는데, 미나미규슈에 도착하자, 사람들이 자신을 기억하도록 자신의 삼지창을 다카치호高千穗라는 산의 봉우리에 내리찍었고, 그 뒤로 그 삼지창은 여전히 그곳에 있다고, 그는 설명하고는 첫 황제에 대해 더는 이야기하지 않았는데, 그는 계속하고 싶어 하는 것 같았으나 방문객들은 질문하지 않았으니, 이는 그가 그것을 기다리는 것 같았기 때문으로, 그는 약간 부루퉁한 표정으로 의자에 등을 기댄 채 입술을 삐죽거리며 잠시 과도기적 침묵에 잠겼던바, 그렇게 내궁 목공소 사무실에서는 시간이 흘렀는데, 이다 상은 머리를 긁적이더니, 나갔다가, 돌아와, 시계를 쳐다보고는, 다짜고짜 방문객들에게 계속 이야기하며, 앉았다가 일어났다가 다시 나갔는데, 이렇게 오래 기다리는 것은, 특히 입을 닫은 채 기다리는 것은 이다 상에게 견디기 힘들었던바, 그는 다시 또다시 돌아와 도료의 성격을 묘사했으니, 두 친구가 받은 인상은―그런 인상을 받기란 힘든 일이 아니었는데―이다 상이 아는 것이 조금도 없고, 전부 풍문으로 들은 것이며, 이것을 그들에게 전달하여 사실상 이 저명한 인물을 반신半神의 지위로 높이려는 듯하다는 것으로, 이 면담이 신궁사청 홍보실의 아주 특별

---

* 일본 신화에 등장하는 신으로 아마테라스 오미카미의 손자다.

한 선물이라고 그가 말한 것은—선물을 뜻하는 '푸레젠토'라는 단어를 무척 강조하여—무엇보다, 그가 횡설수설하길, 도료에게는 할 일이 있고 그 일이 시작되었기 때문으로, 그는, 모든 작업의 전체 책임을 한 몸에 지고 있어서 모든 곳에 동시에 있어야 했고, 모든 작업 공정이 그의 손에 집중되어 그가 없이는 평삭기 하나 켤 수 없었고 누구도 끌질 한 번 할 수 없었으나, 반드시 명심해야 할 것은—이다 상이 목소리를 낮추며, 그럭저럭 에어컨이 돌아가는 이 방에서조차 흰 손수건으로 이마의 땀을 닦고는 다시 꼼꼼히 접었는데—반드시 명심해야 할 것이 있습니다, 그의 임무는, 으뜸가는 임무는, 이걸어떻게 말해야 하려나, 이다상이 말하길, 그의 당면 임무는통나무를 정확한 작업 순서에 따라 구분하는 것입니다, 미코시神輿*는 빼어난 편백 중 한 종류의 재료로 지어지고—이건분명하죠, 안 그렇습니까—건물들은 또 다른 재료로 지어지며, 벽을 만드는 재료와 기둥을 만드는 재료도 다릅니다—이것도 납득할 수 있죠, 안 그렇습니까?—하지만 그뿐만이 아니라, 여기서 이다 상이 숨을 헐떡였는데—생각들이 그의 머릿속에서 빠르게 쏟아져 나왔고, 그는 이 생각들을 고스란히 방문객들에게 전달하고 싶었기에 숨을 고를 겨를조차 없었으니—하지만 그뿐만이 아니라, 그가 목소리를 높여, 여기서 그

---

* 제례 때 신위를 모시고 메는 가마를 뜻한다.

는 도료의 으뜸 임무가 작도(作圖)라고 다시 언급해야 했던바, 그를 제외하고는 누구도 작도를 할 수 없었고, 이것은 도료의 가장 신성하고 독점적인 기술로, 그는, 특히 현 도료는 고르게 톱질한 통나무 윗부분과 아랫부분에 무엇을 스케치해야 할지, 편백 통나무에서 기둥이나 널빤지를 잘라낼 때 톱이 어떻게 나아가야 하는지, 전동 대패나 수동 대패로 얼마나 미세하게 깎아야 하는지 아는 탁월한 재능이 있었던 것은, 그의 작도로 인해 통나무에서 어떻게 기둥이 탄생할지 결정되기 때문이요, 더 나아가 어느 기둥이 건물의 어느 부분이 될지, 신사의 더 중요한 목적에 어떤 용도로 쓰이는지 결정되기 때문인바, 이다 상은 하도 감정에 겨워 시를 읊다시피 했는데, 문제의 인물 본인이 들어오지 않았다면 도료를 향한 이 황홀경이 언제 끝났을지는 아무도 모르는 일로, 그는 사실 반신이 아니라 백발이 성성한 노인으로, 호리호리하고 키가 크고 커다란 눈은 진갈색이었으며, 그 또한 다른 사람들과 같은 복장을 하고 있었는데, 즉 흰 오버올 작업복을 입고 있었으니, 사랑스럽고 다정한 노인이, 눈가에 웃음을 띠고 옷에는 아직 톱밥이 묻은 채 직접 톱밥을 털어내기 시작했는데, 그가 들어오고, 관례에 따라 선물을 증정하고, 서로 자기소개를 하고, 명함을 교환한 뒤에—그가 웃으며 말하길, 일할 때는 그런 걸 지니지 않습니다—이다 상은 그에게 앉을 자리를 권하며, 신궁사청에서 보낸 이토록 명망 높은 관계자들을 이곳에서 만날 수 있다니 얼마나 영광인지 모르겠다는 시늉을 했는데, 도료는 의자를 더럽히지 않으려고 조심스럽게 앉고는, 이윽고 그 모든 것을 잊어버린 채, 곧장 긴장을 풀고는 탁자에 팔꿈치를 기댔으니, 말하자면 그가 이다 상에게 이미 들어서 알기로, 이 두 사람은 신궁사청에서 보낸 방문객이 아니라 **허가**된 사람이며, 그에게서 식년천궁에 대해, 준비 작업, 나무, 작업 과정에 대해 듣고 싶은 것일 뿐이었던바—그가 유쾌하게 눈을 반짝이며 말하기 시작하자, 말들이 재빨리 쏟아져 나오되, 그는 위대한 것들의 열정적 그림자에서 살아가며, 이것들에 대해 이야기하기 위해 잠시 밖으로 나왔으나 다시 돌아가야, 자신의 열정으로 돌아가야 하는 사람인 것처럼, 쏟아져 나왔으니, 그의 이런 면이 대화 전체를 규정한바, 그는 이제 참으로 위대한 임무 속에서 불타고 있었고, 다른 무엇에 대해서도 생각할 수 없었거니와, 그는 임무를 부여받은 뒤로 오로지 이것, 제62회 식년천궁에 대해서만 생각했으며, 무엇보다 자신의 신상이 대화 주제가 되지 않도록 애를 쓴 것은—그것이 그들이 맨 처음 던진 질문이었는데—그가 뭐라 말할 수 있었겠는가, 그는 그저 목수, 미야다이쿠이고 쭉 그래왔다고, 그가 방문객들에게 설명하길, 다만 신궁사청이 그를 도료로 임명하여 그에게 영예를 내려주었으며, 도료로서 이제 그는 신궁사청에, 내궁과 외궁에, 하지만 무엇보다 아마테라스 오미카미에게 크나큰, 매우 크나큰 책임을 지게 되었던바, 저는 보잘것없는 사람입니다, 라고 이 소박한 사람이 말하며, 그들을 향해 웃음을 터뜨리고는 그들이 묻는 모든 질문에 매우 진지하게 대답했고, 문제의 본질을 꿰뚫는 대답을 해주었으며, 그들이 무언가를 이해하는 데 어려움을 겪는 듯해 보인다거나 지금 설명하는 주제가 특별히 중요하다고 생각되면, 문장을 반복하되 몇 번이고 반복했으며, 그럴 때면 이마가 어두워진 채 한 번은 첫 번째 방문객의 눈을, 또 한 번은 두 번째 방문객의 눈을 지그시 들여다보다, 자신이 한 말을 그들이 이해했다는 확신이 들고서야 다시 웃으며 다음 질문을, 또 다음 질문을 기다렸으나, 얼마 뒤에 그는, 질문을 받지 않았는데도 자신이 보기에 중요하다고 생각되는 것에 대해 이야기하려고 옆길로 샜으니, 그들은 식년천궁을 왜 20년마다 하느냐고 물었는데, 이에 대해 그가 대답하길, 그건 신궁이 재생되어야 하기 때문입니다, 조상들의 말씀에 따라 그 시기는 정확히 20년마다 찾아오죠, 신궁은 인간과 함께 시간을 헤쳐 나아가고 신도 나이를 먹지 않습니다, 그렇게 영원토록 젊은 신궁에는 영원토록 젊은 신들을 위한 장소가 있는 것이죠, 이것이 그 이유에 대해 그가 할 수 있는 모든 말로, 그가 그들에게 미소 짓자, 그렇다면 도료는 어떻게 임명되는 것인가요, 말은 중요하지 않습니다, 아무리 번드르르하게 말해도 소용없습니다, 중요한 것은 어떻게 일하느냐뿐입니다, 물론 나이와 실무 경험도 관계가 있습니다, 여기에는 직업적 경험뿐 아니라 인간적 경험도 포함됩니

다, 거기서 출발합니다만―그가 어떻게 거기서 출발하는지 손짓하며―하지만 중요한 것은, 그가 집게손가락을 들고 그 커다란 진갈색 눈으로 그들을 물끄러미 응시하며, 중요한 것은 가슴에 무엇이 들어 있느냐입니다, 신들은 모든 것을 정확하게 보고 아십니다, 신들께서는요, 그가 장난기 어린 표정으로 그들을 흘끗 쳐다보며, 신궁사청도 마찬가지고요, 그러자 참석자들은, 이다 상이 낄낄거리는 것을 신호로, 다 이해한다는 듯 공모자의 웃음으로 화답했으며, 훌륭한 미야다이쿠가되는 법에 대해서는, 그것 또한, 도료가 말하길, 이해하기가 무척 쉽습니다, 왜냐면 여기서, 그들이 태어난 일본에서, 하지만 무엇보다 여기 신궁에서는 가르치는 게 아니라 제자가 스승을 관찰하는 것이 관례이니까요, 그 또한 자신의 스승에게서 그런 식으로 배운바, 그는 자신의 스승이, 자신의 오야카타親方가 이 일을 하는 모습을 관찰했고, 모든 동작을 면밀히 뜯어보았고, 그가 무엇을 하고 어떻게 하는지 지켜보고 따라 했으니, 우리는 이걸, 그가 설명하길, '메데마나부目で学ぶ*' 방식이라고 부릅니다, 누군가가 가르치려 들면 그 사람에게서는 무엇 하나 배울 수 없겠지요, 그렇지 않습니까, 그가 긍정의 뜻으로 고개를 끄덕이자 청중도 고개를 끄덕였으며, 이 순간으로부터 셋 모두가 열성적 수강생이 되어, 도료의 성품, 단도

---

* '눈으로 배운다'라는 뜻이다.

직입적이고 다감한 성격, 솔직함과 소탈함이 그들을 발끝까지 휘감았고, 심지어 이다 상에게도 그랬던바, 그는 처음에는, 이런 상황에서 단 한 순간도 신궁사청의 권위자가 조는 모습을 보이지 않으려고 안간힘을 썼으니, 그 자신도 진지한 표정으로 질문을 던져 도료를 방해하고, 아까까지만 해도 어마어마한 과제의 긴장에서 벗어나려고 두개골에서 목덜미까지 자신의 굵은 머리를 두드렸으나, 이젠 그조차도 이 모든 것을 잊고, 나머지 둘처럼, 도료의 말에 열심히 귀를 기울였으니, 이를테면 그는 작도 과정에 대해 이야기하기 시작했던바, 말하자면 모든 것이 작도에서 시작되고 작도로 종결되니, 작도는 도료의 활동 전체의 핵심이고, 말하자면 오직 그만이 작도법을 아는데, 그는 반평생 사청에서 배치도를 연구한 뒤에야 이것을 알게 되었거니와, 여기에는, 말하자면 배치도에는 도합 세 가지 종류가 있는바, 그것은 정말 오래된 것, 오래된 것, 새로운 것으로— 이를테면 '기리쿠무 즈시', 이것을 본떠 나무에 그리는 것은 흔한 수법입니다, 누군가, 그가 허공에 크게 몸짓하여 보여주며, 옛 배치도를 보고서 자기 머릿속에 저장합니다, 그것은 그 자신도 했던 것이며, 책으로 말할 것 같으면 사청에는 헤아릴 수 없이 많은 책이 있는데—그가 장난스럽게 얼굴을 찡그리며—책은 아무 도움이 안 됩니다, 책은 **남들의 경험**이니까요, 애석하게도 남들의 경험은 도료에게 아무 도움이 되지 못하며, 오직 자신의 경험만이 도움이 되는바, 실제로 도료가 되기 전에, 물론 모든 것을 언제나 스스로 시도해봐야 하는 것은, 도료가 된 다음에는 더는 아무것도 시도할 수 없기 때문으로, 생각해보세요, 도료는 실수를 저질러서는 안 됩니다, 통나무에 작도가 정확하게 되지 않으면 큰 문제가 생길 테니까요, 그러면 나무를 통째로 내다버려야 할지도 모릅니다, 하지만 편백을 그런 식으로 그냥 내다버릴 수는 없습니다, 이미 미소마하지메사이에서, 나무가 여기 오기까지 어떤 일을 겪는지 보셨을 겁니다, 그런 나무를 그냥 내다버릴 수는 없습니다, 편백 한 그루 한 그루에는 영혼이 있고 이 영혼은 매우 조심스럽게, 확실하게, 매우 조심스럽게 대해야 합니다, 그 때문에 도료는 실수를 저질러서는 안 됩니다, 더 정확히 말하자면 그는 결코 실수를 저지르지 않을 것인바, 그가 다시 그들의 눈을 응시하다가, 잠시 침묵한 뒤에 어떻게 애초에 모든 것이 그의 머리와 가슴 속에 들어 있어야 하는지 말했는데, 그런 다음 매우 정확하게 측정하고, 도면을 끊임없이 들여다보고, 그런 뒤에야 나무에 작도하는 스미즈케를 합니다, 먹은, 모든 도료는 특수한 먹을 쓰며 물론 그도 마찬가지인데, 그렇게 하더라도 모든 것이 잘될지 확실치 않은 것은, 다이쿠大工(목수)가 작도에 맞게 자르지 못할 수도 있기 때문인바, 그 말인즉, 그가 설명하길, 그가 선을 따라 머리카락 한 올만큼의 오차도 없이 자르지 못할 수도 있다는 뜻으로, 그러더라도 어마어마한 문제가 생기니, 이런 일이 이론상으로는 일어날 수 있어도 실제로는 결코 일어나지 않는 것은, 다이쿠가 결코 실수를 저지르지 않기 때문으로, 이곳의 모든 사람은, 그의 모든 동료는 가장 탁월한 훈련을 거쳤고, 그들 모두가, 거의 모두가 얼마든지 도료가 될 수 있는 사람들로, 적어도 나이 든 사람은 전부 그럴 수 있는바, 무조건적으로, 여기에 있는 사람들은 모두가 작업의 모든 국면을 하나하나 그 정도로 이해했으나, 경쟁은 전혀 없는데, 그가 웃으며, 도료의 선발이 이루어지는 장소의 문 밖에서 주먹다짐이 일어날 거라 생각하실까봐 말해두는데, 도료는 대단한, 아주 대단한 책임을 맡고 있기에, 낮에도 도료일 뿐 아니라 밤에도, 잠들었을 때에도, 심지어 그때에도 도료여야 하니, 식년천궁이 완전히 끝날 때까지 그에게는 가족도 없고 오락거리도 없고 휴식도 없고 질병도 없고 휴일도 없다고, 그가 말하고는, 자신의 말을, 따라서 작도를 그들이 틀림없이 이해할 수 있도록 다시 한번 작도에 대한 설명으로 돌아가, 저는 작도를 들여다봅니다, 끊임없이 들여다보죠, 그 바탕에서만 작도합니다, 도면 없이 다짜고짜 그리지 않는 것은 그랬다가 실수를 저지를 수도 있기 때문입니다, 제가 실수를 저지르면 고칠 수가 없게 됩니다, 도면을 보고, 치수를 정확하게 측정하고, 정확하게 그리는 것, 이렇게 하는 것만이 가능하며, 그것이 바로 그가 한 일인바, 그가 아직 언급하지 않은 것은, 그가 다시 집게손가락을 세우며, 눈인데, 눈은 연장을 사용할 때 중요한 역할을 하기 때문입니다, 모든 것이 잘 진행되는지, 결과가 훌륭한지 보는 것, 이것은 눈으로 검사해야 합니다, 유럽에서는 그런 일에 눈이 아니라 공구를 쓰지만 여기서는 다릅니다, 그다음에는─그가 탁자 위로 방문객들을 향해 몸을 숙이며─연장이 있는데, 도료는 언제나 자신의 연장을 만드는바, 이를테면 나무를 살펴보고 **그 나무에 맞는** 연장을 만드니, 그렇습니다, 그는 자신의 연장을, 연장 하나하나를 직접 만들며, 집에서 일할 때에도 여전히 언제나 그렇게 하는바, 식년천궁을 위해서는 더더욱 그럴 것임은, 정해진 통나무에 꼭 들어맞는 연장으로 작업하는 것만이 의미가 있기 때문으로, 생나무가 있으면 똑똑히 알 수 있습니다, 그저 바라보기만 해도 어떤 종류의 나무인지 그 나무에 맞는 연장을 어떻게 만들 수 있을지 알 수 있죠, 하지만 기계 연장도 쓸 수 있는 것은, 그가 말하길, 그들은 연장이 새것인지 옛것인지는 따지지 않고 어느 것이 작업하기에 가장 완벽한가만 따지기 때문으로, 나중에 연장들을 어떻게 쓰는지─그가 등 뒤 언저리에서 손짓하며─보여드릴 텐데, 물론 기계 연장은 아라보리麤彫 단계에서만 쓰는바, 즉 섬세한 작업이 아니라 통나무에만 쓰며, 그런 다음 수공구를 쓸 차례가 되는데, 거기엔 변화가, 어떤 변화도 전혀 없어서, 그들은 모든 것을 제61회 식년천궁에서와 똑같이 하고, 제61회는 제60회와 똑같으며, 나이 든 도료가 말하길, 그렇게 아주 옛날로 거슬러 올라가니, 새 신사는 옛 신사와 비슷한 걸까요 같은 걸까요? 그가 질문을 반복했는데, 이것이 까다로운 질문 같으나 까다롭지 않은 것은, 답이 간단하기 때문으로, 말하자면 새 건물은 옛 건물과 같은데, 왜 그런고 하니, 그곳에 깃든 신이, 아마테라스 오미카미가 같기 때문인즉, 이렇게 간단하고 여러분이 이렇게 생각하셔야 하는 것은, 모든 것이 새로 지어지고 식년천궁 때마다 세 가지 보물이 새로 만들어지지만, 아무것도 변하지 않아 모든 것이 그대로 남기 때문이니, 아시겠지만—도료가 명랑한 표정을 지으며 다시 탁자 위로 그들에게 몸을 숙여—제가 이 신사 저 신사로 기도하러 가보면, 이미 편백 냄새에서 모든 것이 똑같음을 느낄 수 있습니다, 그건 제 삶에서도 마찬가지이고요, 도료가 고개를 끄덕이자, 그의 청중도 동의한다는 뜻으로 고개를 끄덕였는데, 생각건대 저는 모든 것이 똑같다고 느낍니다, 저의 스승께서도 그렇게 생각하셨지요, 그분 이전의 도료께서도 그랬고요, 하지만 지금은, 서양인 친구가 그의 말을 끊고는, 마지막 날에 대해 얘기해보죠, 그때는 어떤 일이 벌어집니까, 그것도 매우 간단합니다, 도료가 팔을 활짝 벌리며, 이런 식이기 때문인데요, 모든 재료가 준비되었고 양호하고 나무가 제대로 건조되었으면, 신사 전체가 지어집니다, 모든 것이, 하지만 모든 것이 조립됩니다, 그것이 들어맞는지, 정확한지, 올바른지 보는 것, 하지만 이 모든 것이 물론 목공소 안에서, 그리고 끊임없이 목공소 안에서 이루어지는 것은, 그래요, 사람이 하는 일만이 그곳에서 벌어질 수 있기 때문입니다, 고전지 바깥에서는, 식년천궁이 드디어 시작되는 날 신들의 일이 이루어지는 곳의 모든 것을 그들이 조립하며, 그 뒤에 모든 것을 한 달간 비워뒀다가 마지막으로 정돈하고 장식하나, 이것은 신관의 일이고, 신을 옛 신사에서 모셔 오는 센교遷御 전의 마지막 의식도 마찬가지인바, 그런 뒤에 사람들이 오는데, 일본 전역에서 수많은 사람들이 찾아와 다들 기도를 올리는 그런 식이지만, 여러분이 바라신다면, 도료가 말하길, 모든 것을 처음부터 다시 일일이 말씀드릴 수 있습니다, 모든 것은 밖에 있는 신궁사청의 신성한 숲에서 시작되나, 여러분이 아카사와에서 보셨다시피 그곳에서 우리는 나무를 고르는데, 그것이 세이자이鑿材입니다, 그런 다음 첫 번째 작도를 합니다, 대략 스케치하는 것인데, 이걸 스미가키墨書라고 합니다, 이 다음에 건조 과정이 진행되고, 그다음 평삭기 작업인 간나바이를 하고 나서, 다시 스미가키를 합니다, 그러고 나서, 그가 끈기 있게 설명하길, 모든 것을, 나무를 전부 목공소에 가져옵니다, 각각의 통나무가 여러 보관실에 구분되어—여기 목공소 구내에는 그런 보관실이 여덟 곳 있는데, 네 곳은 내궁에, 네 곳은 외궁에 있습니다—각각의 보관실에서 도료가, 그가 자신을 가리키며, 말하자면 제가 통나무에 스미즈케를 그립니다, 그러니까 제가 스미즈키제를 한다고, 그가 말하길, 말할 수 있죠, 그런 다음 건조를 하고, 그러고 나서 다이쿠들이 목공소에서 각각의 신사를 조립하여 그것들을 모두 그곳에 지어진 채로 두며, 다음 것이 오면, 그것도 지어서 그대로 두고, 또 다음 것이 오지만, 그때 신궁사청에서 시한을 공표하면, 그들은 그것들을 모두 해체하여, 내궁과 외궁의 부지로 가져가, 마지막으로 건축하는데, 작업이 식년천궁 동안 어찌나 아름답고 질서정연하게 진행되는지 모릅니다, 도료가 목소리를 낮추더니, 벽시계를 올려다보며, 딱 한 시간이 지났군요, 그러고서 그가 말하길, 선한 심성이 없으면 일할 수 없습니다, 그가 하는 일은 신의 일이기에, 그의 최고 임무는 다른 어떤 것에도 집착하지 않고 오직 작업에만 매달리는 것, 다른 어떤 것도 생각하지 않고 오직 작업만 생각하는 것이기에, 그는 정확하게 생각해야 했고 그는 정확하게 작업해야 했는데, 방문객들이 도료의 지식이 그의 영혼 안에 숨겨져 있느냐고 묻자, 그는 이 마지막 질문을 잠시 곱씹더니—무슨 질문을 받았는지 잊어버린 사람처럼—말하길, **좋은 나무, 그게 기본입니다**, 이 말과 함께 탁자에서 일어나 방문객들에게 절하여, 대화가 끝났음을 알리고는, 그들을 각각의 보관실로 안내하겠다고 청했는데, 그렇게 하기로 하여, 이다 상이 앞장서다, 자신이 이곳에서 더 확고하게 신궁사청을 대변해야 했었다는 생각이 막판에 불현듯 들었던바, 즉 그는 사무실 안에서 일들이 벌어지는 동안 자신이 왠지 뒷전에 밀려나 있었음을 깨달았으니, 그가 신궁사청의 대표자로서 이것을 용납할 수 없었던 것은 그의 지위와 계급 때문인바, 이 때문에 이다 상은 이제 그 자신의 작고 땅딸

막한 몸집으로 종종걸음 치며 도료와 나란히 걸었는데, 짧고
휘어진 다리로는 좀처럼 그를 따라잡을 수 없었으나, 자신의
둥근 몸집으로 찌는 듯한 더위 속에서 안간힘을 썼고, 뒤처지
지 않았고, 이겨냈으며, 그들은 그렇게 나아가되, 그들이 앞에
서고 두 방문객이 뒤따랐으니, 도료는 이따금 뒤로 돌아 지금
보이는 것이 무엇인지 설명했고, 그들과 함께 여덟 곳의 보관
실을 전부 찾아가, 통나무를 다듬는 평삭기가 나무를 얼마나
곱게 깎을 수 있는지도 보여주었는데, 2미터 너비의 편백 판재
를 준비하여 평삭기로 깎자, 머리카락만큼 얇은 고운 나무판
이, 어디 하나 쪼개지지 않은 채 그들의 눈앞에서 둥글려 말
린바, 그가 방문객들을 바라보며 뿌듯한 만족감을 느낀 것은
그들이 물론 놀라움에 입을 떡 벌렸기 때문으로, 그들은 나
무를 만지면서 마치 이것이 가능하다는 걸 믿을 수 없는 것처
럼 만졌고, 대패질한 나뭇조각을 따라 몇 번이고 손가락을 쓸
었으며, 표면이 얼마나, 하지만 얼마나 놀랍게도, 얼마나 믿을
수 없게도 매끄러운지 모르겠다며 찬사를 보냈던바, 이 소소
한 시연이 끝난 뒤에 다들 머리카락만큼 얇은 널빤지의 한 조
각을 선물로 받고, 마침내 작별만이 남았으니, 두 방문객이 절
하고, 도료가 절하고 나서 몸을 일으켜 푸레젠토에 대해 감사
하고 또 감사했으며─그는 걸어다니는 내내 이것을 팔에 꼭
끼고 다녔는데─마지막으로 이다 상에게도 깊이 절했거니와,
이다 상은 도료에게 고개만 까딱하고는 벌써 문 쪽으로 향했

으니, 특유의 동작으로 무척 급한 사람처럼 출입구 쪽으로 뒤뚱뒤뚱 걸었고, 방문객들이 그를 따라잡았을 때—때는 2시 정각이었는데—놀랍게도 그가 뭐라도 드시지 않겠느냐고 권했는데, 그는, 그가 말하길, 오늘 분명한 이유 때문에 점심을 먹을 수 없었던바, 그들은 자신들이 동의하면 그가 무척 기뻐할 것이고 부정적으로 답하면 그가 심히 상심할 것임을 알았기에, 그러겠노라고 말하여, 이다 상이 추천하는 인근 식당에 가서, 이다 상이 현지 전문가로서 추천하는 모든 음식을 주문했으며, 그와 더불어, 마지막 코스가 식탁에서 치워졌을 때 이다 상이 마치 요술 지팡이에라도 맞은 것처럼 완전히 달라져 딱딱하고 심각하고 거들먹거리는 관료에서 다정하고 자상하고 선량한 젊은이로 바뀌어, 자신의 일에 대해, 얼마나 많은, 얼마나 정말로 많은 중요한 방문객들에게 신사를 안내시키는 임무를 자신이 맡았는지 말하기 시작했는데, 심지어 여기에—그와 함께!—스코틀랜드에서 온 어떤 배우도 왔었던바, 그가 의미심장한 어조로 말하길, 그는 방문객들이 그 일에 대해 뭐라고 말하려나 알고 싶어서 그들의 반응에 매달리다시피 했기에, 그들이 그의 탁월한 업적을 칭찬하고 그의 미래가 밝을 것이라고 예견하자, 그는 마침내 마음을 추스르고는, 불쑥 자신의 가족에 대해 이야기하기 시작했는데, 이번에도 말들은 그의 혀에서 무척 빠르게 흘러나왔으며, 그러다 생각을 고쳐먹고는 지역 특산품을 두 개 더 주문했는데, 가와모토 상은 그의 말을 통역하느라 애를 먹었으니, 그에게는 누나가 한 명, 여동생이 한 명 있으며, 누나는 벌써 결혼해서 가와사키에 살고 여동생은 아직 그가 사는 집에 있는데, 여기서 멀지 않습니다, 이다 상이 젓가락으로 등 뒤 어딘가를 가리키며, 누군가는 집에 있어야 하니까요, 부모가 연로하고 병약하여 집에 남자가 있어야 한다며, 여러분도 이해하시겠죠, 안 그렇습니까, 그가 묻자, 그럼요, 물론이죠, 방문객들이 고개를 끄덕이며, 가족은 병든 부모를 홀로 내버려둘 수 없죠, 그도 그렇게 생각한다고, 이다 상이 찬동하듯 말했으며, 그런 다음 두 방문객은 계산을 하고, 식당에서 길거리로 나왔는데, 그는 이미 마치 그들과 절친한 친구가 된 듯 굴며 작별 인사를 했으며, 귀여운 친구로구만, 서양인 친구가 말하며 미소 짓는 동안 이다 상의 오동통한 몸뚱이는 휘어진 두 다리에 얹힌 채 이리 뒤뚱 저리 뒤뚱 하면서 열기에 일렁이는 거리를 따라 신궁사청 쪽으로 향했으나, 그의 동행은 이에 대해 아무 말도 하지 않고, 이런 신궁사청만을 손님에게 보여주게 되어 얼마나 부끄러운지 모르겠다고 말하기 시작했으니, 물론 도료와의 면담은, 바라건대 그에게 기쁨을 선사했을 터이나, 그는, 가와모토 상은 신궁에서의 일들에 대해 용서를 청했는데, 그의 친구는 물론 어떻게 처신해야 할지 전혀 알지 못했으니, 주인의 이 돌연한 기분 변화에 어떻게 대처해야 할지 몰랐던 것은, 그가 그에게 전혀 눈길을 주지 않은 채 도료의 존재 전체에 하도 속속들이 매료되어 그의 주인은 몇 시간 내내 아예 존재하지도 않았기 때문으로, 그는 그곳에 있던 통역자에 불과했고, 보이지 않게 당연히 제 역할을 했으나 그 자신으로서는 전혀 존재하지 않았는데, 이제 그가 이 비존재로부터 불쑥 걸어 나오되 예전 방식으로 걸어 나오지도 않았던바, 즉 그에게서 무언가가 터져 나오는 듯 그는 쉬지 않고 이야기하되, 오랫동안, 어쩌면 며칠 전부터 준비한 사람처럼 이야기했으니, 가와모토가 끊임없이 이야기하는 것은 이미 무척 이상했던바, 즉 지금까지 그는 한 번에 두세 문장 이상 내뱉은 적이 없고 상대방의 말을 듣기만 했는데, 지금은 신궁사청에서 자신들에게 일어난 낱낱의 반전을 분석하되, 그들이 역에 도착하여 교토행 열차표를 사서 대합실에 앉을 때까지도 분석했으며, 그뿐 아니라 고호리 상 얘기까지도 꺼내어, 그의 일을 양해해달라고 청했으며, 그들이 아카사와에서 차 안에서 자야 했던 일에 대해서도 그렇게 된 것에 무척 송구스러워했고, 아카사와에서의 의식이 그렇게 진행된 것에 대해서도 부끄러워했으니, 그는 자신의 친구가, 그가 역의 지독한 열기 속에서 말을 잇길, 다른 것을 기대했을 것이고 이제 실망했음에 틀림없다고 확신했으며, 그는, 가와모토는 이것이 하도 후회스러워 어떻게 바로잡아야 할지 갈피를 잡지 못했다고 했으나, 상대방은 그저 바라보며 아무 말도 하지 않은 채, 무슨 일이 일어나고 있는지 아무것도 이해하지 못한 채 그를 쳐다보았으니, 어쩌면 최선은,

그의 친구가 말을 잇길, 교토로 돌아가서, 그가 허락해준다면, 이제 이틀밖에 남지 않았으니, 작별 인사의 일환으로 어딘가에 가는 것으로, 어쩌면 그의 마음에 드는 것을 만날지도 모르는 장소로 안내하겠다고 했는데, 그곳은 경치가 대단하진 않고 변변찮은 곳이긴 하지만 상대방이 기뻐할지도 모른다고 말하자, 이 상대방이 그저 어안이 벙벙한 채 혼란스러웠던 것은 자신의 친구에게 무슨 일이 일어난 것인지, 이 모든 일이 대체 무슨 영문인지 아직도 이해할 수 없었기 때문으로, 물론 그는 동의했고, 제안에 감사했으며, 기차를 타고 가는 내내, 주제를 바꿔 신도 신사의 대단한 아름다움을 조목조목 언급하며, 이것이 얼마나 아찔하리만치 순수한 건축물인지, 그 단순함 속에 장식 없는 소박함과 재료를 다루는 무한한 정성 속에 얼마나 많은 우아함이 깃들어 있는지 언급했으나, 무엇으로도 가와모토의 기분을 바꿀 수 없음이 이미 분명했던바, 그는 그저 창가에 앉아 멍하니 바깥을 바라보되 이젠 말하기가 무척 힘들어진 사람처럼 바라보았으며, 그의 친구는 자신이 무언가를 칭찬할수록 주인이 더욱 우울해진다는 것을 알아차리고는, 완전히 당황한 채 혼란 속에서 대화를 포기했기에, 교토로 돌아가는 마지막 몇 킬로미터는 침묵 속에서 지나갔으며, 그 뒤에도 그들은 서로 뭐라고 말할지 알지 못했던바, 역에 도착하여 208번 버스를 타고 집에 돌아가는 길은 실로 불쾌한 길이 되었고, 그들 마음속의 혼란은 점점 깊어져, 그들은 소란스러운 미국인 관광객 무리로 꽉 찬 버스에서 앞뒤로 흔들리며 서로 한마디도 하지 않았고, 가와모토는 안색이 변하기까지 하여, 말하자면 백지장처럼 창백했으니, 그의 친구는 이를 보고 두려웠는데, 여기서 내리자, 라고 가와모토가 말했고, 손님은 이곳이 유명한 은각사 역임을 알게 되었으나, 그들은 절 쪽으로 가지 않고, 절로 이어지는 도로에서 불쑥 왼쪽으로 꺾었다가, 똑같이 숨겨진 또 다른 지점에서 다소 방치된 오르막길로 향하여, 금세 분명해졌듯 다이몬지산大文字山으로 올라갔는데, 모든 것이 이상했던 것이, 가와모토는 내내 한마디도 하지 않았고 그의 친구는 어떤 질문도 던지고 싶지 않았으며, 이것은 조금 놀랍군, 그러니까 이것이 그가 이세에서 말하던 건가, 그를 따라, 낙심하고 괴팍한 주인을 따라 올라가며 그가 이제 생각했는데, 그는 앞장서서, 그에게, 말하자면 길을 보여주었으며, 이따금 어디에 발을 디뎌야 할지 알려준 것은, 길이 점점 가팔라지고 점점 험해졌기 때문으로, 저녁 어스름에 그는 어디에 발을 디뎌야 할지 잘 보이지도 않았으나, 가와모토는 결의에 차서 올라갔고, 이 결의 때문에 그는 이따금 도와달라고, 이따금 험한 지점에서 손을 잡아달라고 청하지조차 않고 그저 위에 있는 가와모토의 등만 느꼈으니, 그가 미끄러지지 않고, 떨어지지 않고, 구르지 않고, 몸의 모든 뼈가 으스러지지 않으려고 오로지 길에만 관심을 집중한 것은, 이미 이것이 즐거운 저녁 산책이 아니라 진짜 등산이 되어버렸기 때문으로, 여기서는 이것을, 저기서는 저것을, 여기서는 튀어나온 가지를, 저기서는 커다란 바위 가장자리를 붙잡으며 올라가고 또 올라가야만 했으니, 그러는 내내 땅거미는 쏜살같이 지되 그들 위에 그물을 드리우는 듯 졌으며, 아마도 가와모토가 서두르는 것은 아직 뭔가를 볼 수 있을 때 도착하기 위해서라고 그는 생각했으나, 그는 아무것도 이해하지 못했고 그조차도 잘못 생각한 것이었으니, 가와모토가 서두른 것은 어둠이 깔리기 전에 산꼭대기에 도착하고 싶어서가 결코 아니었으며, 저기에 절이나 신도 성지가 있는 게 틀림없다고 그의 동행은 생각했으나, 가와모토가 그에게 보여주고 싶었던 것은 절이나 신도 성지가 아니라 **교토의 전부**였으니, 서양인 친구가 이것을 감지한 것은 마침내 그들이 다이몬지산 꼭대기에 도착했을 때로, 가와모토 상이 옆으로 비켜서서 그는 정상에서 아래를 내려다볼 수 있었는데, 저 아래에는―지평선을 완전히 품은 채―실제로 도시 전체가 있었으며, 이즈음 어둠이 완전히 깔려 저 멀리 아래에서는 이미 불빛이 타오르고 있었고, 그들이 아무 말도 하지 않았던 것은, 그는 이 광경에 말문이 막혔기 때문이었고, 가와모토는 이것을 보여준 것이 허사였을까봐, 자신의 친구가―자신의 고독한 삶과 세상을 연결하도록 도와주어 그가 영원히 감사해야 할 친구가―이해하지 못했을까봐 걱정해서였는데, 이것을 설명하는 것이 불가능했던 것은, 이곳에서, 다이몬지산 꼭대기에서 이곳은 말의 세상이 아니었기 때문으로, 산들에 둘러싸인 도시의 거대한 저녁 풍경은 한마디도 없이, 그가 작별 인사 전에 친구에게 하고 싶었던 모든 것을, 저녁 풍경을 말했던바, 희미한 어스름마저 무로 사라지고 마침내 어둠이 내려왔고, 저 아래에는 거대한 도시가 있었고, 그곳의 별들이 내는 작은 빛들이 그 자체로 거대한 표면을 이루었으며, 이 위에는 그들 둘이, 가와모토 아키오와 그의 친구가 있었으며, 그는 자신의 친구가 말을 하지 않고 이곳 정상에서 황홀한 눈으로 그저 아래를 내려다보는 것이 기뻤으나, 또한 그것이 헛된 것임을, 이 친구가 아무것도 보지 않았음을 알았으니, 서양인의 눈은 저녁 도시의 반딧불 같은 깜박거림만을 보았을 뿐, 그가 그에게 말하고 싶었던 것에 대해서는 이 절망적이고 고독하고 전율하는 땅이 저 아래에서 서로에게 무슨 신호를 보내고 있는지에 대해서는 아무것도 보지 못했던바, 이 장소는 그에게 경이로운 정원이요, 경이로운 사원이요, 사방의 경이로운 산들을 의미할 뿐이었기에, 가와모토는 이미 뒤돌아 아래로 내려가기 시작했고, 이 친구는, 눈에 놀라움을 가득 담은 채, 이미 돌이킬 수 없는 오해를 뒤집어쓴 채, 말하자면 이 매혹적인 선물에 대해 감사를 표하려고 그에게 말하되, 긍정적인 답변을 확신하며, 다음과 같이 물었으니, 아키오 상, 당신은 교토를 정말로 사랑하는군, 그렇지, 그러자 한순간에 가와모토는 완전히 무너져 내려, 짙은 어둠 속으로 길을 따라 내려가다가, 고작 이만큼, 돌아와,

쉰 목소리로 간신히 이렇게만 말하길, 아니, 조금도, 난 이 도시가 혐오스러워.

1597

제아미는 떠난다

다들 그가 전혀 슬프지 않았다고, 잔혹한 유형流刑이 그를 나약하게 하지 못했다고, 오히려 그는 사도가시마佐渡島 판결이 일종의 완성임을, 일종의 자비로운 판결임을, "악을 꾀했으나 선을 베푸"는 고귀한 신적 모순임을 이해했다고 말하니, 이것은 매티소프 양과 에리카 더포르터르, 구니오 곰파루와 아키라 오모테, 베블 박사와 아마노 교수의 견해인데—시시콜콜 나열해봐야 무엇하겠느냐마는—스탠퍼드와 레이덴, 도쿄와 도쿄, 함부르크와 오사카에서 더없이 확고하게, 또한 한목소리로 주장하는바, 그는 유자키 사부로 모토키요結崎 三郎 元清로 태어나, 어릴 적 후지와카藤若로 불리다, 승려 시오젠몬至翁禅門이 되었다가, 제아미 모토키요世阿弥 元清로 널리 알려졌으니— 말하자면 제아미는 1434년 행복에 겹다시피 한 채 귀양을 떠나, 그곳에서, 가장 신분 높은 죄인들의 전통적 유배지인 사도섬에서 운명의 신이 자신을 낙원으로 직접 올려보냈음을 느꼈다는 것으로, 이것은 그들 모두가 쓴 바요, 이것은 그들이 시사하는 바요, 그들은 이 거짓말을 퍼뜨리되 마치―일본인이든 일본인이 아니든―이전에 모두가 여기에 동의한 것처럼 퍼뜨렸는데, 세계 역사를 통틀어 가장 위대한 예술가 한 명인 이 작고 연약하고 이미 만신창이가 된 일흔둘의 노인으로 하여금 위험한 여로를 떠나게 하는 것만 해도 잔혹하고 비할 바 없는 치욕이거니와, 거기에 더하여 우리에게 더욱 치욕을 안기거나 심지어 우리의 무지한 현 시대를 대놓고 조롱하는 듯, 우리로 하여금 그가 아무렇지도 않게 느꼈고 그가 그곳에 가서 그 외딴 섬에서 관습에 따라, 정해지지 않은 기간 동안, 따라서 영원이 될 수도 있는 시간 동안 조화롭고 균형 잡힌 정신으로 지냈다고 믿게 했으니, 그 반대를 시사하는 근거는 전혀 없다며, 그들이 일제히 팔을 활짝 벌려, 우리가 의지할 수 있는 것은, 그들이 선포하길, 오로지 매혹적으로 아름다운《긴토쇼金島書》뿐입니다, 이것은 1436년에 쓴 그의 짧은 걸작을 일컫는 것으로, 의심할 여지 없이 사도 유배 기간에 집필되었는데, 그의 미학적 작품 중에서도 이 비할 바 없는 진주이자, 이 빼어난 보석이자, 이 황홀한 카덴차는 달리 읽을 수 없고, 달리 해석할 수 없고, 침묵에 잠긴 영혼의 변덕스러운 운명을 이겨내고 세속적 존재를 천상적 존재와 나란히만 사색할 수 있는 존재의, 제의적 백조의 노래로 해석할 수밖에 없으나, 이것이 모두 교묘한 술책이자 거짓말이요, 속임수이자 음모인 것은, 그가 분명히 슬프되, 한없이, 가늘 수 없이 슬펐기 때문으로, 그들은 그에게 상처를 입혔는데, 더 정확히 말하자면 그들은 스스로 보기에도 이 명령을 부추긴 자들이 보기에도 천부당만부당한 판결을 견뎌낼 힘이 이미 거의 남지 않은 이 예술가에게 상처를 입혔으니, 그는 이미 기진맥진했고, 연약했고, 삶에 지쳤으며, 무력한 궁정과 미치광이 쇼군의 거처에서는, 피상적이고 무감각하고 몰인정한 발언의 어조만으로도 제아미가 영영 상처를 받기에 충분함을 다들 알았던바, 이런 판결을 받고서, 그전에 벌어진 모든 일을 겪고서―찬란하게 시작된 그의 경력은 1408년 쇼군 요시미쓰義滿의 죽음으로 결정적타격을 입었는데, 그 뒤에도 그의 경력은 완성에 가까워지다, 1428년 쇼군 요시모치義持의 죽음으로 차질을 빚더니, 그 뒤에 최후의 일격이 이 천재를 가차 없이 짓밟은바―사실 그는 이미 운명이 살짝만 건드려도 고통받을 정도로 예민해져 있었으니―그것은 지극히 사랑하는 아들이요, 자신의 후계자요, 유자키좌結崎座의, 따라서 노 자체의 미래를 구현할 인물이요, 그가, 제아미가 자신과 아버지보다 더 큰 재능이 있다고 여긴 주료 모토마사十良元雅를 잃은 것으로, 그럼에도, 누구라도 어찌, 일본인이든 일본인이 아니든, 이 모든 일이 있고 난 뒤에, 이런 노인을 확실한 죽음으로 내몬다는 이 속속들이 과도하고 수치스럽고 어리석고 오만한 결정이 그 사람을, 그 결정의 대상을 행복하게 했다고 믿을 수 있단 말인가, 그의 눈에 사도가 《긴토쇼》에 묘사된 것과 정말로 똑같다고, 별 만다라와 금강석 만다라의 중심과 똑같다고, 우주적 합일, 신과 인간의 끝없는 재생과 똑같다고 믿을 수 있단 말인가─아니, 그것이 사도가 아님은, 《긴토쇼》의 어떤 장소도 그의 유배 이야기에 나온 어느 한 장소와도 같지 않음과 같으니, 이 얼마나 후안무치한 기만이요 얼마나 타락한 허위인가, 실제로는─《긴토쇼》에서와 달리─그것은 1434년 교토를 떠나 배로 와카사현若狹県에 도착하여 그곳에서 유배지로 가야 했던 슬프고 상처 입고 만신창이가 된 노인이었던바, 그것은 마치 제아미가 쇼군의 거처인 무로마치도노室町殿에서 귀양을 떠나라는 명령을 받았을 때 그가 가장 큰 행복으로 가득했다고 우리가 믿길 기대하는 것과 같아서, 오, 결국 나는 사도에 갈 수 있게 되었구나, 오, 그의 가슴이 따스함으로 넘쳐, 마침내 내가 이 세상에서, 평생에 대한 보상으로서 세속적이지 않은 것을, 별 만다라와 금강석 만다라의 경지를 이룰 수 있는 가능성이 이곳에 열렸도다─우리가 이렇게 상상해야 한다고?! 정말로?!─아니다! 천 번을 물어도 아니다! 사실 모든 일은 전혀 다르게 일어났던바, 쇼군 요시노리義教로 의인화된 불운이 단지 자신을 몰아내고자 염원한 것이 아니라, 망치처럼 자신을 산산조각 내고 파괴하고 절멸케 하고 자신의 소원을 거역하는 이자를 자신의 길에서 치우고 싶어 했음을 그가 감지했으리라는 이유가 충분한즉, 제아미는 자신이 유배 명령을, 그럼에도 따라야 하는 명령을 따라 교토를 떠나면 다시는 살아서 교토를 보지 못할 것임을 똑똑히 알았으니, 모든 영원 동안의 이별이라는 상황 외에 어떤 상황에서 이 일이 일어날 수 있었겠는가, 집안의 모두가 울었고, 가장 어린 자들부터 가장 무뎌진 노인들까지 수행단의 모든 종들이 울었거니와, 그는 다 잘될 거라며 그들을 다정하게 위로했으나 이 순간으로부터 무엇 하나 잘되지 않을 것임을 똑똑히 알았으며, 모든 가족 앞에서 절하고 사랑하는 아내에게 절했으나, 그러는 동안 집에도, 물건들과 햇살과 섬세한 향 내음에도 작별을 고했으며, 시간이 되어 그들은 교토 거리를 따라 출발했는데, 그는 교토 거리에도 작별을, 고샤弖社 신사에도, 아라시야마嵐山 다리에도 작별을, 그러고 나서 가모강에도 작별을 고했으니, 그들이 침묵 속에 도시를 떠난 것은 에이쿄永享 6년 5월 4일이었던바, 그때 명령에 정해진 바대로 수행단을 데리고 출발하여, 이튿날에 벌써 와카사현 오바마 항小浜港에 도착하자 배가 정박해 있었는데, 제아미가 그곳에 대한 기억을 떠올리려 한 것은 전에 이곳에 왔던 것이 분명했기 때문이었으나, 무엇 때문에 왔는지, 언제 왔는지, 누구와 함께 왔는지 떠올릴 수 없었고, 더는 도무지 아무것도 기억할 수 없었으니, 어쩌면 그는 자신이 여기 왔었다는 것을 확실히 안 것이 아니라, 그냥 그런 것 같았을지도 모르는바, 70여 년의 짐이 그의 기억력을 내리눌렀고, 이 기억들은 특별하게 작동했으니, 말하자면 그의 산산이 부서진 가슴속 과 마음속에서 모든 것이 완전히 뒤죽박죽되어 빙글빙글 돌 며, 기억 속 장면들이 왔다가 흐르다가 부풀었다가 끊임없이 차례로 떠다니다가, 그가 실제로 만난 모든 것으로부터 어떤 오래된 영상이 그의 머릿속에 떠다녔는데, 중요한 기억은 전 혀, 꼭 필요한 기억은 전혀 없었던 것은, 이제 모든 기억 하나 하나가 중요하고 꼭 필요했기 때문이나, 그중에서도 얼굴 하나 가 떠오르고 다시 떠올랐는데, 이 순간순간의 기억들 속으로 끊임없이 흘러 들어오는 얼굴은, 자신이 잃었고, 이 땅을 떠나 는 날까지 자신의 어엿한 후계자가 될 줄 알았으나 더없이 잔 혹하도록 급작스럽게 그를 남겨두고 떠난 사랑하는 아들의 어여쁜 얼굴이었으니, 그의 눈에는 지금도 모타마사 상이 보 였는데, 얼굴이 점차 희미해지다, 그는 해안을 둘러싼 산들과 파도 위의 잔잔한 구름을 보고서 중국의 명화 「소상팔경도瀟湘 八景圖」가 마음속에 떠올라, 이 그림에 대해 생각하자 그의 안에 서 시가 절로 지어졌으니, 그럴 시간이 충분하고도 남았던 것 은, 배에 탄 채 오랫동안 죽음 같은 고요와 완전한 정적 속에 서 기다려야 했기 때문으로, 밤새 바람 한 점 불지 않았고, 아 침에야 불어왔으나 방향이 어긋나서, 그들이 기다리던 방향 에서 불어오지 않았으나, 다시 불어왔을 때는 올바른 방향으 로 불었기에, 그들은 닻을 올리고 파도 위로 항해했으며, 그는 뒤돌아보면서 자신이 그토록 사랑한 땅으로부터 멀어지고 또 멀어지는 것을 보았는데, 이미 자신이 영영 떠나야 하는 도시로부터 훌쩍 떨어져 있었고, 이젠 정말로 작별을 고해야 했으며, 마지막 순간까지도 이 일이 일어나지 않을지도 모른다는 희망을 품었으나 이젠 작별이 확실해졌음을 부정할 수 없어 감정을 추스를 수 없었고, 그의 곁에는 왜 그가 눈물을 흘리는지 이해할 수 있는 사람조차 아무도 없었는데, 범선은—해안선을 따라 가고는 있었으나—해안에서 너무나 멀리 떨어져 배가 그곳에, 안개 속 어딘가에 머물러 있다는 것을 알 수만 있지 볼 수는 없었으니, 그들은 그를 갑판에 홀로 두었고 그는 그곳에서 난간에 기대 서 있었으며, 오랫동안 그들이 자신을 위해 매어둔 의자에 앉을 엄두조차 낼 수 없었던 것은, 그의 영혼이, 자신의 삶이었고 이젠 끝나가는 모든 것에 작별을 고하고 있었기 때문임은, 이제 무엇이 올 수 있단 말인가, 그가 스스로에게 물었으나, 그에게 보이는 것은 배가 물살을 헤치며 생기는 파도뿐이었으며, 그것이, 파도가, 무엇이 올 수 있는가라는 그의 질문에 대한 답이었던 것은—하긴 무엇이 올 수 있었겠는가, 파도, 파도, 수천수만의 파도가 오고 또 와서, 이미 그는 이렇게, 이것이 이런 식으로 될 것임을 알았던바, 한때 그가 아주 어릴 적, 아이와 청년 중간일 때 그는 쇼군 요시미쓰와 정열적으로 사랑에 빠졌는데, 그로부터 그 뒤에—서로에 대한 감정과 전혀 무관하게 순전히 쇼군의 탁월한 미적

감수성 덕에―그와 그의 극단은―그와 더불어 그들이 당시에 일컫던바 사루가쿠노노^{猿樂の能} 전부는―최고의 후원을 받았으며, 그때 이미 그는 알았고, 와카슈도^{若衆道}로 알려진 이 한없이 순수한 사랑의 한복판에 있었고, 종종 그는 쇼군의 침실 창가에, 아름다운 정원이 내려다보이는 그곳에 서 있었는데, 그때, 어스름이 아직 걷히지 않았을 때, 여전히 어두웠으나 이 어둠 속에서 무언가 이미 가라앉기 시작하여 나중에 어둠이 천천히 아주 천천히 여린 숨처럼 빛을 체질하려는 기미가 보일 때, 그때조차 그에게 여러 차례 떠오른 생각은 어느 날 이것이 끝날 것이고 운명은 그에게 다정하지 않으리라는 것이었던바, 실로 운명은 그에게 다정하지 않아서 자신의 판결을 그에게 무정하게 집행하여, 이제 마지막 판결이 그를 낡아빠진 배에 태워 떠나 보내고 있었으니, 그의 앞에도 그의 뒤에도 그 어디에도 무엇 하나 보이지 않고 그저 물과 끝없는 물뿐이었으니, 사도가시마까지는 얼마나 남았소, 그가 선장에게 묻자, 그가 무척 오랜 침묵처럼 느껴진 시간 뒤에 대답하길, 나리, 아직 아주 오래, 오래 남았습니다요, 그는 폭풍으로 발전한 바람 속을 향해 대답했는데, 아니 키 앞에서 고함지르되 두 작은 돌풍을 뚫고 고함지르길, 아직도 오래, 오래 남았습니다요, 사실이 그러해서, 그들은 해안선을 따라 나아갔는데, 사방이 그저 물과 물뿐, 이따금 비가 그들에게 퍼부었고, 여름의 기미는 전혀 없었으며, 시라야마^{白山}산을, 산중 신사와 눈 덮인 봉

우리가 있는 하쿠산을, 밖으로 해안을 따라 노토^{能登}와 스즈^珠
^洲의 순례자 항구와 일곱 섬을 아득히 느끼는 동안, 어쩌면 해
가 한 번 졌거나 해가 두 번 졌고, 이따금 해안 근처 물 위로
은은한 반딧불 불똥을 여전히 볼 수 있었거나 어쩌면 그것은
지는 해의 마지막 잉걸불이었을 수도 있었던바, 누가 알랴, 제
아미는 생각했으며, 자신이 보고 있는 것이 현실인지 아니면
상상력의 발동일 뿐인지 알기조차 힘들었으니, 어쨌든 나중
에 그가 어부의 배들을 뚜렷이 기억해내고 보니, 그것들은 그
의 지나치게 예리한 상상력의 산물이 아니어서, 그들은 분명
히 어부의 배들을 만났으며, 낮들이 찾아오고 밤들이 찾아오
고 이따금 배가 전혀 움직이지 않고 그저 기우뚱기우뚱할 뿐
인 것 같을 때도 있었고, 그의 옆으로 다테야마^{立山}의 유명한
순례 사찰이, 그러다 어느 날은 도나미야마^{砺波山}산 봉우리가
기우뚱기우뚱하고 있었고, 그들이 거기서 바람 속으로 그저
기우뚱기우뚱하는 동안 에치젠현^{越前県}, 에추현^{越中県}, 에치고현
^{越後県}이 미끄러져 지나갔으며, 달빛이 있었고 작은 폭풍도 있었
으며, 낮과 밤이 교대로 찾아왔으니, 그는 이것을 보았으나, 시
라야마와 에치고 사이에서 번득이는 장면들이 그의 생각을
자극하는 장면이 아니었던 것은, 그것들이, 그의 생각들이 끊
임없이 교토로 돌아가고 또 돌아가, 길들을 따라 라조몬^{羅城門}
과 스자쿠몬^{朱雀門} 사이로 곧게 뻗은 스자쿠오지^{朱雀大路}를, 그 위
의 고쇼를, 더 북쪽으로 쇼군의 궁을 떠올리게 했기 때문으

로, 그는 마치 꿈속으로 들어간 듯 한 방향으로 나아가다, 어느 모퉁이에서 돌아 좀 더 걷다가는, 자신의 삶에서 가장 중요한 인물들을 잇따라 보았으며, 마침내 뜻밖에도 자기 집 앞에 서게 되었는데, 그가 이미 문을 열었던 듯 대문을 당겼을 때 파도가 배를 때려, 그는 뱃전을 붙잡아야 했으니, 안 그랬으면 파도가 그를 배 밖으로 쓸어버렸을 것이었던바, 선원들이 소리를 지르며 돛을 감아 배는 원래 위치로 돌아왔는데, 선장의 얼굴에서는 아무 일도 일어나지 않은 듯한 표정을 볼 수 있었고, 그들은 파도를 헤쳐 나갔고, 어디를 보아도 사방이 그저 물과 물뿐, 기억과 기억들뿐, 그리고 슬픔, 이제 거의 대상조차 없는 가슴속 고통, 물과 물, 파도와 파도밖에 없어 그는 지치고 외롭고 무척 늙었는데, 그때 문득 그가 무엇엔가 놀랐으니, 그가 선장에게 여기가 어디냐고 묻자, 선장은 이미 거기라고 답하며 어떤 방향을 가리켰는데, 찌푸리긴 했으나 공손한 표정으로, 저기가 사도섬입니다, 나리, 틀림없이 사도가시마입니다, 나리.

　　오타多田는 일찍이 유배자를 실은 이런 배가 정박하던 만灣으로, 말하자면 이곳에서 그들은 닻을 내려야 했으며, 오타만에서, 명령에 따라 사도섬에 하선해야 했으니, 이곳에 그들은 하선했으며, 낮이 이미 밤으로 접어들고 있었고, 꼬박 일주일도 더 걸린 여정이었으나, 이 일주일은 그에게 훨씬 오래인 것처럼, 일종의 무시간으로 뻗어 들어가는 영원의 일주일처럼 느껴졌으며, 그들은 물론 선착장에 머물지 말고 해안에 하선하여 낮에만 이동하라는 명에 따라, 첫 저녁을, 뾰족한 수가 없었기에 어부의 작은 오두막에서 묵었는데, 그날 밤 그는 잠이 오지 않았으니, 여독에 지쳤고, 팔다리가 쑤셨고, 게다가 머리 밑에는 돌멩이가 있었으나, 그들이 부엌에 누워 쉬는 동안 이조차도 그의 관심을 끌지 못했으며, 오히려 그는 자식들, 아내, 그리고 자신이 사랑하는 사람들을 부탁한 사랑하는 사위 곤파루 젠치쿠金春禅竹를 생각했으며, 이윽고 그의 생각 속에서 《고킨슈古今集》에 실린 아리와라노 모토카타在原元方의 싯구가 떠올랐는데, 그것은 가을이 어떻게 다가오는가, 삿갓처럼 생긴 산이 단풍나무를 비바람으로부터 보호할 것인가 아니면 그 비슷한 내용으로, 이 산이, 삿갓처럼 생긴 가사토리笠取가, 야마시로山城의 가사토리가 그 시로부터 그의 머릿속에 떠오른 것은, 이 가사토리가 난데없이 떠오른 것은 신기한 일이어서, 그는 무엇과도 연관 지을 수 없었거니와, 그 이유에 대해 그가 어떤 식으로도 설명할 수 없었던 것은, 무엇 때문에 바로 이 구절이 깊은 밤 그의 기억 속에 떠올랐는가에 대해서였으니—가사토리, 그는 이 단어를 입안에서 음미하며 산의 형체를 머릿속에 불러냈고, 가을로 치닫는 땅의 단풍나무들이 입은 근사한 색깔들을 떠올렸던바, 가사토리, 가사토리, 그때 문득 모든 것이 그의 뇌에서 떨어져 나가, 그는 미지의 것을, 오두막의 어둑어둑한 어둠 속에서 차갑고 단순한 물체들을 보았으며,

돌 위에서 머리의 위치를 바꿔 왼쪽으로 기울였다 오른쪽으로 기울였다 했으나, 돌 위에서는 어떻게 해도 편하지 않았으니, 이 돌이 그날 밤 그의 베개였으며, 어스름이 힘겹게, 무척 힘겹게 걷히긴 했어도, 결국 그는 자신이 너무나 지쳤다고 말할 기운도 없이 이 새벽을 기다렸던바, 그 나이에는 그렇게, 크나큰 기다림 속에서 시간을 보내는 것이 예사여서, 교토에서도 늘 이런 식이었으니, 잠깐 눈을 붙인 뒤에 적막 속에서 오랜 시간을 보내면 교토의 새벽이 찾아왔는데—교토는, 신성하고 불멸하고 영원히 빛을 발하는 부처는 이미 너무도 멀리 있되 마치 현실에서 영영 지워져 이제부턴 그의 안에만 존재하는 듯 멀리 있었으니, 오 교토, 그가 한숨을 내쉬며, 오두막 문 밖으로 나와, 찌르는 듯한 바다 내음을 맡으며, 교토, 이미 넌 얼마나 무지막지하게도 멀리 있는 것이냐—하지만 그때 그는, 신포에게 지시받은 대로, 도움을 받아 여기 매어둔 말들 중 한 마리에 올라탔고, 행렬이 산길을 따라 올라가기 시작했는데, 그의 상상은 이미 그를 오래, 오래전 가을 새벽으로 데려갔으니, 그는 비할 데 없이 강렬한 진홍색을 보았을 뿐 아니라, 단풍나무의 깊숙한 숲속에서 그런 때, 이를테면 아리와라의 가을에 노래로 찬미하던 산허리에서 그를 그토록 아찔하게 한 바로 그 내음까지 맡았던바, 그들은 끙끙대며 산길을 올라갔고, 그는 단풍나무를 찾아보았으나, 어디에서도 보이지 않았으며, 산행은 말을 지치게 했으니, 좁은 길은 구불구불하고 가

팔랐으며, 말 탄 그를 안내하는 임무를 맡은 길잡이는 이따금 돌길에서 삼신―닳아빠진 와라지^{草鞋}―이 미끄러졌는데, 그럴 때는 그가 고삐를 잡는다기보다 고삐가 그를 잡았으며, 이렇게 오랫동안 나아갔으니, 부인할 이유가 어디 있겠는가, 그는 도무지 견딜 수 없었고, 마지막으로 말을 탄 해가 언제였는지조차 기억할 수 없이 지금 이 위험한 길을 가고 있었거니와, 그나마 다행인 것은 비가 오지 않는다는 것이라고 그는 생각했는데, 길을 따라 숲 속에서 아름다운 빈터를 찾거나, 밤울음새나 직박구리의 노랫소리를 들어보려 해도 허사여서, 그는 말에서 떨어지지 않고 흙이 위태롭게 쓸려 나간 구간에서는 안장에서 미끄러지지 않으려고 끊임없이 신경을 곤두세워야 했으며, 딴 데 쓸 힘이 조금도 남지 않았기에, 마침내 가사카리 길에 도착하여, 말을 이끄는 농부를 불러 말하길, 여기가 가사토리인가?―아닙니다요, 농부가 고개를 저었으나, 하긴 그 단어와 겹치는 게 있긴 합니다, 유배자가 야마시로의 가사토리 아니냐고 그를 다시 다그치자, 아닙니다, 농부가 어리둥절하여 대답하길, 여긴 가사카리입니다, 그런 데는 없습니다요, 그러자 말 탄 이는 생각에 잠기더니, 정말로 확실한가? 이렇게 물었으나, 대답을 기다리지도 않은 채, 질문과 거의 동시에 산행으로 조금 지쳤다며, 여기서 멈춰 쉬자고, 잠깐만 쉬자고 청했는데, 이것은 그에게도 반가운 일이었으며, 그들은 산뽕나무의 울창한 잎 아래서 반 시간밖에 쉬지 않았으나, 그는 기력이 돌아와, 이제 출발해도 되겠다고 말하고는, 도움을 받아 말에 올라타, 행차가 다시 시작되었으며, 그들은 하세데라^{長谷寺} 절에 도착했는데, 그가 농부에게 들어서 알기로, 이곳은 다른 어디도 아닌 진언종^{真言宗}에 속한 사찰이었던바, 이 이름이 고향 나라^{奈良}에 있는 하세데라의 기억을 떠올리게 하지만 않았다면 그는 미소를 지었을 것이나, 이 기억이 하도 괴로워서 그는 농부에게 아무 말도 하지 않고 고개만 끄덕이며, 진언종에 속한다니 잘됐군, 그때 문득 절 가장자리에서 아름다운 꽃들이 눈에 띄었으나—그가 있는 곳에서 언뜻 보건대 공들여 가꾼 진달래처럼 보였는데—그가 말을 세우라고 하지 않은 것은 그러고 싶지 않아서였으니, 그가 더는 나라에서의 기억으로 고통받고 싶지 않았던 것은, 바로 그때 딸의 사랑스러운 얼굴과 사위의 사랑스러운 얼굴과 가문의 사찰인 후간지^{補嚴寺}의 풍경이 더욱 고통스러웠을 것이고, 그곳에서 드리던 중요한 기도의 기억이 그를 괴롭게 했을 것이기 때문으로, 차라리 여독으로 고통받는 게 낫겠지, 그러면, 계속 가세나, 그가 손짓했으나, 농부는, 잘못 알아들었거나 자신의 설명 한마디가 교토에서 온 높으신 나리에게 즐거움을 선사하리라 믿고서, 가는 동안 그에게 이야기를 들려주었으니, 그렇게 농부는 끊임없이 뒤로 하세데라 쪽을 가리키며, 저곳에는 가운데 불단에 십일면관음상^{十一面観音像}이 모셔져 있다고 말했으나, 교토에서 온 나리는 아무 말도 하지 않았기에 농부는 하세데라의 이 유명한 관음

상이 무엇인지 시시콜콜 주위섬기기를 시작하지도 못했던바, 그는 말고삐를 잡은 채 길을 따라 터덜터덜 올라가기만 했으며, 말을 꺼낼 엄두를 내지 못한 채 신포에 도착했을 땐 이미 어둠이 내리고 있었는데, 지방 섭정은 가장 엄격한 격식을 고집하여 유배자가 묵을 곳을 인근 사찰인 만푸쿠지万福寺로 이미 정해두었으나, 이것은 그날 제아미에게 아무 의미도 없었으니, 제아미가 하도 기진맥진했기에 그들은 그를 위해 마련된 곳에 그를 뉘어야 했으며, 그는 이미 눈을 감은 채, 여느 때처럼 누워 담요를 매만지고는 곧장 깊은 잠에 빠져들어 네 시간을 내리 잤기에, 그가 절을 둘러본 것은 그때가 아니라 이튿날이 되어서였고, 그제야 교토에서 온 죄수는 자신이 어떤 장소에 오게 됐는지 보았은즉, 그는 담요를 개고, 겉옷을 걸치고는, 절의 안뜰로 나갔으니, 이것은 나중에, 거처를 옮길 때까지 그에게 크나큰 즐거움을 안겨준바, 무엇보다 높은 절벽 끝에서 발견한 소나무 한 그루가 마치 절벽을 움켜쥐듯 매달려 자라고 있었는데, 이 광경은 종종 그의 가슴을 미어지게 했고, 그럴 때면 다시 무거운 감정에 짓눌리지 않으려고—이 시기에 그는 이런 감정에 무척 휘둘리기 쉬웠으므로—산바람이 나뭇잎을 어루만지는 소리를 듣거나 나무 그늘에서 작은 이끼장 아래로 물이 똑똑 떨어지는 광경을 보았으니, 그는 보고 그는 들었으며, 누구에게도 무엇 하나 묻지 않았고, 누구도 그에게 무엇 하나 묻지 않았던바, 그의 안에 있는 침묵은 불변하는 것이 되었고 그의 주변에 있는 이 침묵 또한 불변하는 것이 되었으며, 그는 이끼 속 작은 개울을 흐르는 물을 보았고 저 위에서 중얼거리는 산바람 소리를 들었으며, 구석구석이 그를 기억에 잠기게 했던바, 어디를 보아도 오래전 아득한 회상이 지금의 장면이나 소리에 내려앉아, 그가 아침이 오고 다음 날 아침이 오는 것을 더는 알아차리지 못한 채 하루하루를 보내기 시작한 것은, 첫 아침이 그 뒤의 아침과 완전히 똑같았기 때문으로, 그리하여 그에게는 아침이 오고 또 올 뿐 아니라, 모든 날을 합쳐 오로지 단 하나의 날만—단 하나의 아침과 단 하나의 저녁만—있는 것처럼 느껴지기 시작했으니, 그는 이따금씩만, 그것도 잠깐 동안만 시간 밖으로 나갔다가 돌아왔는데, 이럴 때면 마치 만푸쿠지를 아주 높은 곳에서 보거나 뜰 한가운데 약사여래불을 본존불로 모신 금당金堂을, 모조리 아주 높은 곳에서 천천히 맴도는 매의 높이에서 보는 것 같았으며, 이런 일이 이따금 일어나면 그는 잠시 돌아와 이끼 정원의 아름다운 편백 아래 앉은 채 소리 내어 스스로에게 말하길, 그런즉 이곳이 나의 무덤이구나, 무고한 자의 무덤, 이곳이 나의 무덤이구나, 이곳이, 만푸쿠지의 이 거쳐 가는 거처가, 그러고는 그 특별한 내면의 침묵으로 다시 가라앉았는데, 신포의 섭정 관서에서는 이를 곱게 보지 않아, 뭐라도 하셔야 한다고, 그는 언젠가 그가, 지역 섭정이 몸소 찾아왔을 때 그에게 권고를 들었는데, 이에 대해 제아미는, 이런 식의 권고를 더는 듣고 싶지 않아서 편백 조각과 연장을 달라고 하여, 비를 부르는 이른바 오베시미^{大癋見} 가면을 깎기 시작했는데, 이것은 예상과 달리, 노에서 쓰이는 것이 아니라 이름난 의식 무용인 부가쿠^{舞楽}에 쓰이는 것으로, 그는 이마와 눈썹을 하나하나 세세하게 조각하고 눈과 콧날을 섬세하고 생생하게 깎았으나, 나머지 것들에는 별 관심을 기울이지 않아 콧방울, 귀, 입, 턱은 엉성한 대로 두었으니, 마치 작업하는 도중에 흥미를 잃었거나 마치 콧등의 위쪽과 아래쪽 사이 어딘가에서 그의 생각이 끊임없이 딴 데로 샌 것 같았으며, 게다가 그는 자신의 조급한 성미와 대조적으로 느리게 일했으니, 이 가면을 많은 느린 동작으로 만들었고, 이제 적절한, 정확히 필요한 끌을 무척 꼼꼼하게, 심지어 너무 공들여 고른 다음, 무른 재료를 끌로 어찌나 조심스럽게, 어찌나 미적거리며 팠던지, 그를 아는 사람이라면 누구나 그가 정말로 대단한 작업을 하고 있다고 믿었을 것이나, 여기서는 물론 아무도 그를 알지 못했기에, 대단한 작업 어쩌구 하는 의문은 전혀 제기되지 않았으며, 고위 관리들 중 누구도, 그가 무언가를 하고 있기만 하다면 그가 무엇을 하는가에 대해서는 그만큼의 관심을 가진 자조차 한 명도 없었으니, 중요한 것은 그의 신변이었고, 그가 빈둥거리지 않고 따라서 때이르게 죽지 않는 것이었는데, 이것은 고위 관리들과 심지어 섭정 자신에게는, 입에 올리기 거북한 불쾌한 질문과 답변, 위험과 의무를 뜻할 뿐이었기에, 벼룩 한 마리조차 이 가면을 궁금해하지 않았고, 신포 섭정의 관서와 그 주변에서는, 저 왜소한 유배자가 하릴없이 정원에 앉아, 그들 말마따나 하루 종일 빈둥거리는 게 아니라 뭔가를 하고 있다는 소식을 담담히 들었던바, 그가 가면을 깎고 있다는군, 그들은 서로에게 말을 전했으며, 이 소식이 금세 사도의 일반 백성에게도 퍼진 것은, 소식이 고위 관리들보다는 하급 관리들 사이에 퍼졌기 때문으로, 그리하여 위대한 황제가 서거한 지 208년 뒤, 신앙의 창시자가 서거한 지 154년 뒤, 그 시인 대신^{大臣}을 논외로 친다면, 섬 백성들은 교토에서 온 두 번째로 유명한 유배자가 이미 여기 와 있다고 자기네끼리 수군거렸으나—그는 거처를 쇼호지正法寺로 옮기고 싶었는데, 그럼에도 나중에, 쇼호지가 자신에게 더 나을 것 같다고 섭정에게 말하면서, 이 일이 섭정 나리께 폐가 되지 않는다면, 이라고 노인이 어느 날 힘없는 목소리로 말한바, 쇼호지라니, 섭정은 깜짝 놀라, 교토에서 온 죄수의 부탁에 자신이 얼마나 당황했는지 감출 수도 없었는데, 그가 만푸쿠지에 기거하든 쇼호지에 기거하든 어떤 차이도 있을 법하지 않았고 그 자체로는 아무 문제 될 것 없었으나—섭정이 시종들 사이에서 꼴사납게 말을 더듬으며—아니, 왜 쇼호지가 더 낫단 말인가, 왜 만푸쿠지는 좋지 않은가, 그러자 시종들이 서로 쳐다보며 당황스러워한 것은, 그들이 이렇게 말했기 때문으로, 첫 번째가 맞는지 두 번째가 맞는지 물으신다면 그건 아무 의미도 없겠으나, 왜 첫 번째이고 왜 두 번째인지 물으신다면 이 질문은 답이 있어야 합니다요, 그들은 열심히 고개를 조아렸으나, 그러고 나서 제아미는 허가를 받아 거처를 옮겼으며, 아무도 그에게 왜 첫 번째이고 왜 두 번째가 아닌지 다시는 묻지 않았으니, 그것은 하등 중요하지 않았는데, 그 질문이 중요하지 않은 것은 아니었으며 웬일인지—아무도 그 일이 어떻게 일어났는지 기억하지 못하나—문제가 저절로 풀려, 섭정은 쇼군 요시노리에 의해 귀양 온 자가 만푸쿠지에서 쇼호지로 이송되어야 한다는 명령을 내렸는데, 만일, 섭정이 필요한 서류에 기록하길, 만일 이것이 고명한 나리에게 폐가 되지 않는다면, 이라고 기록했으며, 그리하여 이렇게 해서 쇼호지가 곧바로 제아미의 거처가 된바, 그는 자신이 깎던 가면을 가져갔는데, 아직도 이따금 깎고 있었으나 결코 콧날을 넘어간 적이 없었으니, 그가 우람한 바위를 발견하고 그것에 막중한 의미를 부여한 것은, 이 순간으로부터, 비가 오지 않는 날이면 그가 자신의 절벽에 갔기 때문으로—그가 거기서 무엇을 하는지는 알 도리가 전혀 없었기에 사람들은 온갖 가능성을 주워섬기길, 그가 시를 읊고 있다고, 노래를 부르고 있다고, 기도를 읊조리고 있다고 주워섬겼으나, 실은 아무도 알지 못한 것은, 아무도 그에게 다가갈 엄두를 내지 못했기 때문으로, 그는 이따금 어쩌다 대화를 나눌 기회가 있어도 결코 자신을 드러내지 않았으며, 그들에게 자신을 고명하신 나으리라고 부르지 못하게 할 수도 없었으니, 자신은 시오젠몬이라는 평범한 중에 불과하다고 말해도 허사여서, 그는 여전히 고명하신 나으리였으나, 그들이 그에게 다가갈 엄두를 내지 못한 것은, 그가 두려워서가 아니라 — 그는 조금도 두려운 존재가 아니었으므로 — 그가 작고 수척하고 연약하고 온순한 존재였고 손을 떨었고 바람이 세게 불면 날아가버릴 것 같았기 때문으로, 유일한 문제는 그가 무척 다르다는 것이었으니, 그들은 그에게 다가갈 방법을 도통 몰랐던 것이, 그의 세계와 그들의 세계는, 하늘의 별과 땅의 흙덩이처럼 훌쩍 떨어져 있었던바, 그의 몸놀림은 이곳에서 무척 특이했고, 그는 떨리는 손을 사뭇 다르게 들어올렸고, 손가락을 치켜세우는 방법도 달랐고, 천천히 누군가를 바라보는 그의 눈은 마치 상대방을 꿰뚫어 보는 듯, 마치 그들을 통해 그들의 고조할아버지를 보는 듯했으며, 그들은 그의 얼굴이, 그가 고령임에도 불구하고 어린 소년의 얼굴 같고, 게다가 매우 아름다운 소년의 얼굴 같다는 것이 의아했는데, 매끄럽고 하얀 살결, 높고 매끈한 이마, 좁고 뾰족한 코, 곱게 다듬어진 턱을 보면서 그들이 그를 계속 쳐다보아도 되는지 갈피를 잡지 못한 것은, 그가 아름다웠기, 무척 아름다웠기 때문으로, 누구도 이에 대해 어떤 설명도 내놓지 못했으며, 이곳 사도에서는 모두가, 섭정 본인조차도 같은 천을 잘라 만든 것 같아서 모두의 얼굴이 똑같은 암갈색 피부였고, 이 피부는 무시로 부는 바람에 얽혀 있었고, 지체 높은 가문의 여자들도 하찮은 가문의 여자들보다 옷

차림이 나을 게 별로 없었고, 배는 좀처럼 오지 않았고, 배에 실려 도착한 것 중에서 이 여자들이 몸단장에 쓸 수 있는 것은 더더욱 드물었으니, 귀양은 실로, 한마디로 머나먼 곳에 보내는 사절이었는데, 이따금 그는, 기분이 내키면 시를 유창하게 읊어 향반과 그들의 식솔들을 놀라게 했으며, 그가 말을 뒤섞은 탓에 어젯밤 꿈 이야기를 하는 것인지 스무 해 전 기억을 이야기하는 것인지 도무지 알 수 없었으나 한 가지는 분명했던바, 그는 이곳 사도에서의 일에 대해 한 번도 말하지 않았고, 언제나 주제를 바꿔 스무 해, 서른 해 전에 일어난 일에 대해 말하거나 얼버무려 대답하길, 모든 것이 맘에 드냐고 그들이 물으면, 그렇다고, 모든 것이 자신의 맘에 든다고 말했으니, 그들은 사실 그에게 너무 많은 것을 가져다주었고, 그는 그렇게 많은 음식이 필요하지 않았던바, 낮에는 한 번밖에 먹지 않았고, 아침에는, 아주 조금, 삶은 채소 약간, 생선, 콩, 그런 것으로 때웠으니, 그는 모든 것에 만족했고, 자신의 처지를 한 번도 불평하지 않았고, 무엇에든 수긍하며 고개를 끄덕였고, 자신에게 무언가를 가져다주고 자신을 섬기는 사람들을 칭찬했고, 고요하고 평화롭거나 무관심해 보였으며, 그가 눈물을 흘린 것은 그의 바위 근처에 있을 때뿐으로, 이따금 그들은 그 광경을 보았고, 하인들 중 어린것들이 그의 모습을 묘사했는데, 그들은 감히 가까이 가지 못하고 훔쳐보기만 했으며, 섬에서 가장 천한 주민이나 가장 지체 높은 주민이나 이 소식을 듣고도 아무 말도 하지 않았는데, 이것은 적어도 그들이 이해할 수 있었던바 그는 고향을 생각하고 있다고, 그들은 서로 이야기하며 고개를 끄덕였고, 마치 온전히 이해할 수 있는 사람처럼 끄덕였으며, 그들은 그 문제를 충분히 이해했고, 이 사람이 누구이며 무엇을 느끼고 있는지에 대해서는 어떤 설명도 필요하지 않았으나, 그럼에도 실상은 그들이 아무것도, 그 문제에 대해, 온 세상을 통틀어 아무것도 이해하지 못했다는 것이었음은, 그들이 어떻게 이해할 수 있었겠는가, 그들이 이해하지 못했을 뿐 아니라—이것은 결국 이곳 사도에서, 이 버림받은 땅에서 능히 예상할 수 있는 바였는데—아니—온 세상을 통틀어 단 한 사람도 그를 진실로 이해할 수 없었으니, 교토에서도 가마쿠라^{鎌倉}에서도, 황궁에서도 무로마치도노에서도 아무도, 아무것도, 결코 아무리 조금이라도, 심지어 한없이 명민한 쇼군의 공경^{公卿} 니조 요시모토^{二条良基}조차도, 심지어 아시카가 요시마쓰^{足利義滿} 자신마저도 제아미가 한낱 필부가 아님을, 별처럼 떠올랐다 져버린 한낱 사루가쿠가 아님을 이해하지 못한바, 아니, 그 어느 것 하나도 아니어서, 그는 노를 창시했고, 새로운 존재 형식을 창조하고 규정했으니, 그가 극을 창시하지 않은 것은 노가 극이 아니요, 최고의 존재 형식은 아닐지라도 나머지보다는 더 높은 존재 형식이기 때문으로, 이때 한 개인은 연마된 감수성, 남다른 직관, 원만한 자기 성찰, 최고 수준의 전통을 깊이 구사할 수 있는 능력을 발휘하여, 이전에 한 번도 겪어보지 못한 혁명적 형식을 창안하고, 그를 통해 모든 인간 존재를 고양하고, 모든 것을 아주 높은 차원으로 고양하나, 이제 이 상황이, 이 사형 선고가 닥친 것은, 인간 존재가 자신의 욕구를 매우 낮은 차원으로 억누르기 때문으로, 그들은 언제나 매우 낮은 차원에 머물러 있었고 영영 매우 낮은 차원에 머물러 있을 것인바, 인간은 배가 부르고 돈궤가 부른 것 말고는 어떤 욕구도 없어서, 그는 짐승이 되고 싶어 하고 어떤 힘도 그에게 다른 길을 설득하거나 다른 그 무엇을 권할 수 없는바, 인간은 배와 돈궤만 채우면 그만인 곳에서 무언가가 또는 누군가가 자신을 쫓아내려 하는 것을 본능적으로 감지하니, 필요가 없으니까요, 라며 그는 상관의 추궁에 답했는데, 충고를 듣고서 똥통에 처박을 수도 있습니다, 천박하게 표현하자면 이런 식인데, 그럴 때 그는 정말로 천박하게 표현하는바, 귀족이든 평민이든 다 똑같습니다, 그들을 거들먹거리며 걷게 하든 종종걸음을 치게 하든 어느 때 어느 이유로 뽐내게 하든 그는 저녁 밥상에서 일어나지 않을 것이고 누구도 그를 돈궤에서 돌려세울 수 없습니다, 배와 돈궤가 가득하면 그는 다른 아무것도 필요로 하지 않습니다, 그를 혼자 내버려둘 수밖에요, 게다가 그는 이해하지 못하는데, 설령 선의를 품고 있더라도, 위대한 것을, 자신을 그토록 초월하여 이해의 희망을 눈곱만큼도 허락지 않는 것을 여전히 결코 이해하지 못할 것입니다, 그러니 존경은 바랄 수도 없지요, 제아미

는 가야 한다고, 제아미가 바위에 앉아 생각했으며, 누가 그를
처형했어도 이상하지 않다고, 그는 곱씹으며 작은 자갈을 이
리저리 발치에서 굴리다가, 어느 날 하인에게 섬을 둘러보게
허락해달라고 청하자, 특별한 허락은 필요 없습니다요, 라는
대답이 돌아왔으니, 섭정의 명령에 따르면 그는 섬에서 가고
싶은 곳은 어디든 갈 수 있었기에, 그가 냉큼 출발한 것은, 날
씨가 좋았기 때문으로, 그는 황제가 유배되었던 구로키고쇼아
토黑木御所跡를 찾아가, 선배 유배자를 추모하며 고개를 숙이고,
유적 입구 오른편에 있는 첫 번째 기둥 옆에 꽃을 놓아두었으
며, 또 한번은 날이 화창한 데다 너무 덥지도 않고 볕이 딱 적
당하게 배어 들어와 새들이 유난히 생기 넘치던 그날 말을 타
고 종복을 데리고 하치만八幡 신사에 갔는데, 이곳은 위대한 시
인이자 대신大臣 교고쿠 다메카네京極為兼가 귀양살이를 했던 곳
으로, 그는 그를 존경했고 다메카네의 작품을 걸작으로 여겼
지만, 그와 동시에 섬 백성들 사이에 돌던 전설을 듣고서 궁금
증이 매우 커진바, 전설에 따르면 어디서나 울음소리가 들리
는 호토토기스杜鵑가 여기서, 오직 여기서만 잠잠하다는 것으
로, 그는 전설을 다시 듣고 싶지는 않았으나, 그의 수행원들
중에는 이 장소에 도착하자마자 그 이야기를 다시 들려주고
싶어 한 사람이 많았기에, 그는 몇 명에게 이야기를 허락했으
나, 그가 듣고 싶었던 것은 이야기가 아니라 **어찌하여** 호토토
기스가 이 장소에서 울지 않는가 하는 것으로, 사실이 그러해

서, 그는 신사 앞에 서서, 기도를 올리고, 옆으로 물러나 **어찌하여** 호토토기스가 울지 않는지 귀를 기울였는데, 과연 그러해서, 호토토기스는 신사 사방에서 조용하여 한 마리도 우는 소리가 들리지 않았으며, 보이는 것으로 말할 것 같으면, 그는 딱 한 마리를 보았고 한참을 지켜보았는데, 수행원들은 그가 저 새와 저토록 오래 무엇을 하는지 이해할 수 없었거니와, 가지 위의 새는 움직이지 않았고, 제아미도 움직이지 않았고, 말들에 이르기까지 행렬이 완전히 멈췄고, 그는 보고 또 보고 정말로 오랫동안 보다가, 마침내 새가 울창한 숲 속으로 날아가자, 고명하신 나리는 어찌어찌—도움을 받아—힘겹게 안장에 몸을 얹었고, 그들은 재빨리 집에 돌아왔는데, 그날 밤 그는 한숨도 자지 못했으니, 애를 써도 아무 소용이 없어서, 잠이 조금도 찾아오지 않아, 그는 어둠을 응시하며, 밤의 소리에, 바스락거리는 나무 소리에, 돌아오거나 밤 속으로 떠나는 박쥐 떼의 퍼덕거리는 소리에 귀를 기울이다, 그대가 우는구나, 다메카네의 시가 머릿속에 떠올라, 나는 듣노라, 그대가 수도를 그리워하여 우는 소리를 듣노라, 오 산의 호토토기스여, 여기서 날아가라, 그는 이 구절을 소리 내어 두 번인가 읊었는데, 자신이 무언가를 인용한 것인지 이것이 자신의 창작인지조차 알 수 없었으며, 떨어지는 꽃에 대한 구절을 덧붙였으나, 첫 번째 시는 두견과 달빛과 가을의 약속에 대한 것이었고, 그다음 그의 머릿속에 다시 떠오른 단어는 호토토기스였으니, 그는 이 단어에 숨겨진 주된 의미들을 가지고 유희한바, 다른 관점에서 보자면 호토토기스는 말 그대로 시간의 새를 뜻한즉, 그는 단어를 이 의미에서 음미하고 비틀다시피 하여—두견은 합성어로 표현되는바, 그것은 시간의 새이며—그 관점에서 바라보면 그의 영혼의 가장 깊숙한 슬픔에 형체를 부여하기에 알맞으니, 마침내 그는 길을 찾았고, 가락이 그의 안에서 저절로 흘러나오기 시작했고—그는 생각만 할 뿐 이름을 부르지 않았으며—시가 이처럼 저절로 흘러나왔으니, 그저 노래하라, 내게 노래하라, 그대 혼자 애달프지 않도록, 나도 애달파할 것인즉, 늙고 늙어, 버려지고 홀로 되어 세상과 동떨어진 노인이, 잃어버린, 영영 잃어버린 고향을, 삶을 애달파하노라.

아무도, 섭정이나 가까운 하인들도 제아미가 글을 쓰고 있다는 것을 몰랐으나, 확인하기가 그리 어렵지는 않았을 것인즉, 무언가 적어야겠다며 그는 종이를 달라고 했고, 그가 섭정의 주의를 끌었을 때—그와 동시에 만들다 만 가면을 그에게 선물로 보내며—여러 번 강조하여 말한 사실은 자신이 이따금씩만 받고 있는 것이 진짜 종이의 저급한 모조품에 지나지 않는다는 것으로, 부디 애써주시오, 유배자가 그에게 간청하길, 섬 어딘가에서 품질이 더 나은 걸 찾아주시오, 그리고—이것이 그의 유일한 청이었는데—본토에서도 좀 가져다주시오, 하지만 섭정은 제아미가 궁정의 총애를 받던 응석받

이이고 사소한 것에 투덜거린다고 생각하여, 아무거나 있기만 하면, 그가 관서에서 불호령을 내리길, 감지덕지해야지, 하지만 솔직히 말해서 그는 제아미가 간청하는 종이가 어떤 종류인지 알지도 못했으니, 그는 평생 그런 것은 한 번도 본 적이 없었고, 한마디로 쇼호지의 숙객信客이 염두에 둔 종이가 어떤 것인지, 그가 거듭거듭 당부하는 품질이 어느 정도인지 털끝만큼도 알지 못했으니, 그는 신포에서 도착한 전령이 그에게 건넨 꾸러미에서 이 조잡한 재료를 보는 것이 제아미에게 신체적 고통을 가하기까지 한다는 것을 이해할 수 없었던바, 이 종이는 정체 모를 식물의 섬유를 압착하여 만든 끔찍하고 투박하고 악취 나는 것이었으나, 그렇다고 해서 다른 한편으로 그가 할 수 있는 일은 아무것도 없었으니, 그의 청을 신포에서는 이해하지 못한 것이 틀림없었기에, 그는 수중에 있는 하품의 재료로라도 일을 시작해야 했으나, 자신이 무엇을 하고 있는지 그 자신이 언급한 적이 한 번도 없었던 것은, 그가 청을 올릴 때, 종이가 필요한 일을 일컬어 글귀나 끼적이는 것이라고 설명한 것이 단순한 자기비하가 아니었기 때문으로, 언젠가 옛 글귀의 단편과 자신이 지은 시구의 단편을 순서에 맞게 짜맞출 수 있겠다는 생각은 그의 머릿속에서 아주 천천히 떠올랐으니, 이것은 이따금 이런 종류의, 그가 나중에 부르기로는 조야한 종이에 적히게 되어—그렇게 그는 어느 날 아침 자신이 지금껏 지은 모든 것을 순서대로 늘어놓기 시작했으나,

모든 것이 너무나 작위적이었던바, 그는 극을 쓰고 싶지 않았고 다시는 또 다른 노 작품을 쓰고 싶지 않았으나, 그럼에도 이 부서진 조각들을 어떤 일관된 글로 짜맞춘다는 생각은 그를 자신이 원하지 않은 무언가로 이끌었을 것이니, 이것은 그의 의도가 아니었다며—대체 왜?—그가 고개를 젓고는, 쇼호지에 자신을 위해 마련된 방에 앉아, 작은 창문으로 들어오는 햇빛을 받으며, 못마땅한 듯 입술을 삐죽거리다, 어리둥절하고 무덤덤하게 종이를, 거기 쓰인 글귀를 쳐다보았는데, 그는 이걸로 무엇을 해야 할지 도무지 알 수 없었으며, 심지어 종이를 한쪽에 치워두기까지 했던바, 그는 날씨가 허락하면 뜰에 앉아, 기도문을 중얼거리며, 기억 속에서 실마리를 찾거나, 한참 동안 나무 밑동에서 햇볕에 몸을 데우는 도마뱀에 눈길이 쏠렸는데, 그러던 어느 날 아침 지금껏 쓴 모든 글을 연대순으로 정리하기로 마음먹었으나, 바로 그때 떠오른 문제는 어느 것이 언제 떠올랐는지 기억할 수가 없었다는 것으로, 그래도 자신이 울지 않는 시간의 새와 단 하루로 쪼그라든 시간의 사이에 끼어 갇힌 신세에서, 여기서 이것들을 연대순으로 나열한다는 생각은 좋아 보였으니, 와카사에 있는 항구의 이름인 오바마가 떠올랐고, 항해의 여정이 떠올랐고, 오타만, 어부의 오두막, 신포로의 산행이 떠올랐으며—그런 다음, 꼭 그와 같이, 손에 쥔 붓이 마치 저절로 움직이듯 움직이기 시작하여, 그는 자신의 귀양살이 이야기를 사건이 일어난 연대순으로 기

록하기 시작했으니, 그는 이것을 훗날 극본을 위한 무언가로,
또는 가스가春日 신사나 고후쿠지光福寺에서 열리는 의식을 위한
무언가로 생각하고 싶지 않았고 그랬을 리도 없었으며, 아니,
결코 아니야, 뭐하러, 그가 다시 고개를 저었으니, 그런 일에
착수하는 건 아무짝에도 쓸모없어, 더는 어떤 일에도 착수하
고 싶지 않아, 내가 아직 살아 있는 것으로 충분해, 그가 소리
내어 혼잣말하길, 그것만으로도 충분한 짐 아닌가, 그리하여
그는 다른 일은 아무것도 하지 않은 채 그 모든 일이—와카사
에서 신포까지—어떻게 일어났는지 묘사하기 시작했으나, 물
론 그가 이미 종이에 적어둔 모든 것도 이용했던바, 그는 집에
서 붓을 가져왔고, 끝이 없어 보이는 그 기나긴 하루 동안, 시
간은 충분했으며, 모든 것이 조금은 뚝뚝 끊어진 것으로 드러
나도 개의치 않았으니, 시구에 시구가 떠오르는 대로 산문과
어우러져 이어졌고, 그 시구의 작가가 자신인지 딴 사람인지
종종 전혀 알 수 없었으며, 이따금 이 구절을 쓴 사람에 대해
조금도 알지 못할 때가 있었으니, 그것은 너무도, 너무도 하찮
게 보였던바, 어느 순간에 그는 글귀들이 꼭 안성맞춤이라고
느꼈으며, 이전에도 수없이 그랬듯 단어의 여러 겹 의미를 가
지고 유희하여, 그것들은 조화를 이루었고, 다양한 장소와 인
물과 사건이 난데없이 서로 연결되었으니, 말하자면 그는 평
생 극본을 쓰면서 했던 일을 한 것으로, 게다가 그의 가장 수
수께끼 같은 작품들에서도, 간제류가 알아야 할 모든 것을 요

약한 글에서도 그는 이것으로부터, 이 중국식 작법의 유희로부터, 의미의 증대와 의미의 일치와 의미의 교환으로부터, 한마디로 의미와 장단의 즐거움을 추구하는 일로부터 벗어날 수 없었던바, 어느 길고 긴, 움직임 없는 하루의 늦은 아침에 그는 이 작품이, 자신이 그 비슷한 것조차 이전에 한 번도 종이에 옮긴 적 없는 작품이 변화하고, 그의 귀양살이를 얼기설기 엮은 이야기에서 그의 신심을 노래한 찬가로 탈바꿈하는 것을 보고서도 개의치 않았으니, 다음 장 위에 그는 열 채의 신사라는 단어를 쓰고, 그다음 장 위에는 북쪽의 산들이라는 단어를 썼으며, 작은 창문 밖을 바라보다, 자신의 방에서 햇볕에 데워진 작은 뜰을 보면서, 사도가시마에서 교토까지의 한없는 거리를 생각했고, 그 사이의 거리는 언제까지나 있을 것이기에 그의 가슴은 쓰라린 슬픔으로 가득했으며, 그가 종이에 쓴 단어들은, 사랑하는 신, 사랑하는 섬, 사랑하는 통치자, 사랑하는 나라였다.

《긴토쇼》 말미에 그는 이 책이 에이쿄 8년 두 번째 달에 집필되었다고 썼으며 초보 젠몬이라고 서명했다. 그의 죽음은 귀양살이만큼 잠잠했다. 그들은 어느 날 아침 방바닥에서 그를 발견했는데, 그는 창가에서 이부자리 쪽으로 가던 중이었으며, 그때쯤에는 하도 작아져서 아이에게나 쓸 가장 작은 장작으로도 그를 화장하기에 충분했다. 그는 하도 가벼워서 한 사람이 혼자 시신을 날라 통나무 위에 놓았다.

방은 텅 비어 있었고, 그들은 바닥에서《긴토쇼》를 발견
했으며, 밖으로 나가려다 탁자에 뭔가 놓여 있는 것을 보았
다. 하지만 그것은 그저 작은 종잇조각으로, 그 위에는 이렇
게 쓰여 있었으니, 제아미는 떠난다. 그들은 종이를 구겨 던
져버렸다.

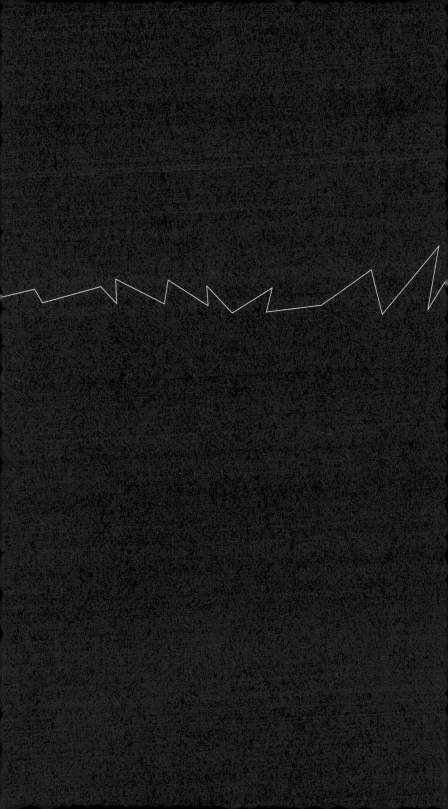

2584

땅밑에서 들려오는 비명

우리가 용들에게 요구할 것도 없고,

용들 또한 우리에게 요구할 것이 없소.

　　　　　　자산子産

　　암흑 속에서 비명을 지르는 그들의, 입은 떡 벌어져 있
고, 튀어나온 눈알은 백태로 덮였으며, 그들은 비명을 지르지
만 이 비명은, 이 암흑은, 그들의 입과 눈은 이제 소리로 말해
질 수 없고, 손바닥을 내민 걸인처럼 글로만 말해질 수 있으
니, 이 암흑과 이 비명, 이 입과 이 눈이 무엇과도 비교될 수 없
는 것은, 이것들이 말로 표현할 수 있는 무엇과도 공통점이 없
기 때문이어서, 그들의 감춰진 거처를, 이 암흑과 이 비명이
모든 것의 주인인 이 장소를 인간의 언어로 표현하는 것은 불
가능할 뿐 아니라 그 위를 다니는 것만이 가능한바, 더 그럴
듯하게 표현하자면 그 위를 서성거리는 것, 그것은 가능하지
만, 이야깃거리로 삼고 싶은 것이 어디에 있는지에 대해서는
조금도 알지 못하니—저 아래 어딘가라고, 이것이 우리가 말

할 수 있는 전부이기에, 모든 것을 그저 잊어버리고 더는 파고들지 않는 것이 상책이나, 우리가 잊을 수 없는 까닭은 잊는 것이 불가능하기 때문이며, 우리가 파고들지 않을 수 없는 것은 한번 들으면 무슨 짓을 해도 이 비명이 저절로는 멈추지 않기 때문으로, 예를 들어―룽산龙山과 안양安阳과 얼리터우二里頭 이후, 다원커우大汶口와 판룽청盘龙城 사이에―무슨 일이 일어났느냐면, 파편들을 이어 붙여 복원한 조각상이나 그림이 그려진 초록색 청동판을, 이 인공물들을 딱 한 번 보는 것으로도 저 인간 아닌 것의 목소리가 영원히 뇌리에 박히기에 충분했다는 것으로, 그때부터 서성거림이 시작되며, 그들이 거기 있음을 아는 것을 견딜 수 없고 감당할 수 없는 것은, 그들의 무시무시한 아름다움을 한 번이라도 보고 싶은 욕망 못지않으니, 한마디로 그런 식으로, 일반적으로 말하자면 우리는 출발하게 되는바, 완전히 임의로 고른 지점에서 한때 상商 왕조가 있던 지역을 가로질러 여정을 떠나는데, 어디서인지 언제인지가 중요하지 않고 무엇을 선택하든 무방한 것은, 그들이 어디 있는지를, 확실하게든 막연하게든 우리가 알지도 못하기 때문으로, 그렇다, 우리가 말하는 것은, 주전主前 1600년에서 주전 1100년 사이 어느 때가 우리가 여정을 떠나야 하는 시점이라는 것으로, 우리는 황허강 기슭 언저리를 따라 동쪽으로 걸어가며, 물결과 더불어 삼각주와 바다를 향해 나아가되 결코 강 기슭에서 너무 멀리 떨어지지는 않으니, 이름난 수도들이 있던 곳, 그곳이 당신이 가야 할 곳으로, 대략 주전 1600년에서 주전 1100년 사이 상 황제들의 도시들, 박亳과 오隞, 조가朝歌와 대읍상大邑商, 상相과 형邢, 적어도 2800년 동안 사라졌던 제국 도시들을, 우리가 **중국**이라고 부르면서도 다른 나라로 생각하는 것은—그들이, 중국인 자신들이 수천 년간 그래왔던 것처럼 스스로를 현혹하고 남들을 오도하고 싶지 않다면—그곳을 중국이라고 부른 것이 진 왕조 이후이기 때문으로, 중국이, 중궈가, 달리 말하자면 세계가 마치 **하나의** 나라인 것처럼, 통일된 전체인 것처럼 불렀으나, 실제로는 결코 그렇지 않아서, 실은 많은 왕국과 많은 민족, 많은 제후국과 많은 제후, 많은 부족과 많은 언어, 많은 전통과 많은 국경, 많은 믿음과 많은 꿈으로 이뤄진, 그것이 중궈요 수많은 세계를 품은 '세계'인바, 그것들을 열거하고, 추적하고, 파악하고, 이해하는 것은 하나의 두뇌로는 불가능하며—그가 천자天子가 아닌 다음에야—심지어 오늘날에도 불가능하니, 누구나 그러듯, 그저 거짓을 지어내고, 허튼소리를 지껄이고, 대략 주전 1600년에서 주전 1100년 사이 황허의 하류 기슭에서 출발하여 황허의 이른바 '굽이'를 따라 가며, 스스로에게 말하길, 여기가 상 제국이야, 여기서 나는 동쪽으로 가고 있어, 여기가 조가야, 대읍상이 여기 나의 발아래 있는지도 모르겠군, 이 말에서 유일한 진실은 그것들이 정말로 땅 아래 어딘가에 있다는 것뿐으로, 다원커우와 안양과 얼리터우의 모든 우연한 발견에도 불구하고, 조사되지 않고 드러나지 않은 채 땅 밑 암흑 속 깊이 숨은 채 그것들은 입을 크게 벌려 비명을 질렀고, 그것들이 섬겨야 했던 무덤은 오래전에 그들에게 무너져내리되, 겹겹이 무너져내려 그것들을 완전히 묻어버린바, 그것들은 기는줄기, 섬모충, 윤형동물, 완보동물, 진드기, 벌레, 달팽이, 등각류, 무수한 애벌레, 거기다 광물 퇴적물과 생명 없는 지하 도랑과 더불어 흙벽에 둘러싸였으며—그렇게 둘러싸이고 이 최종적 감금의 형을 받았으니, 늘 그런 것은 아니었어도 이제 그것들은 움직이지 못한 채 비명을 지르고 있으며, 그것들의 벌린 입안은 이미 흙으로 가득하고, 백태 끼고 돌출한 눈알 앞에는 1센티미터의 공간도, 4분의 1센티미터의 공간도, 심지어 그 10분의 1의 공간도 없어서, 그 백태 끼고 돌출한 눈알로 볼 수 있는 것이 아무것도 없는 것은, 흙이 하도 두껍고 하도 무겁기 때문으로, 사방에는 그것만이, 사방에 흙과 흙만이, 그들 주위로 온통 꿰뚫을 수 없고 스며들 수 없고 진정으로 영원토록 계속되는 암흑이 모든 살아 있는 것을 둘러싸고 있는 것은, 우리도 모두, 때가 되면 이곳을 걸을 것이기 때문으로, 이곳에서 수천 년 중국의 헤아릴 수 없는 넓이를 헤매는 우리는, 이것이 그들의 제국이었구나, 여기가 상 왕조였구나, 라고 스스로에게 생각하며, 그러고서 한때 그들의 수도였으리라고 추측되는 거대한 얼룩을 따라 거닐며, 상 왕조의 모든 것이 무너져 내린 흙 아래 무엇이 있는지 그려보지만, 아무것도 상상할 수 없음은,

무엇 하나 말로 포착할 수 없는 것과 같고, 상상을 통해 그것들을 깊숙한 곳에서 끄집어낼 수 없는 것과 같으니, 우리 아래의 깊이가 범접 불가능한 것은, 시간과 그 울부짖음의 깊이가 범접 불가능한 것과 같으며, 어떤 종류의 상상을 통해서도 그들에게 닿을 수 없고 길은 출발점에서부터 막혀 있는바, 상 왕조 위의 흙이 어찌나 빽빽하던지—대략 주전 1600년에서 주전 1100년까지 황허의 굽이 너머로 삼각주와 바다를 향해 흘러가는 가장 아래쪽 하류 옆에서—상상이 가로막혀 우리가 닿을 수 없는 그곳에서 그들은 조각난 채 서로에게 기대어 섰는데, 산酸에 부식하여 거의 알아볼 수 없는 지경으로, 다원커우, 판룽청, 룽산, 안양, 얼리터우에서 '발굴'로 불리는 위험천만한 무덤 훼손 시기에 무언가를 보았을 사람들만이 그것들이 아직 한 덩어리였을 때 얼마나 무시무시했는지, 얼마나 두려움 그 자체였는지, 그것들을 만든 사람들이 자신들에게 부여된 것을 어떤 무시무시한 위력으로 영원을 넘어 흙 속에서 표현했음을 어찌하여 알아차리지 못했는지, 이 빽빽한 흙 속에서 모든 것이 완전하고도 최종적인 암흑 속에 바스러져 있는 것이 어떤 것인지 아는바, 그들이, 상 왕조의 장인들이, 거대하게 벌린 입과 백태 끼고 돌출한 눈알을 빚으면서 바란 것은 어쩌면 오로지 망자의 무덤이 보전된 입구나 내실 안쪽에 이 조각상들과 청동 기물들이 놓여, 사악한 기운을 을러 쫓아내고 지신地神을 붙들어두는 것이었을지도 모르는바, 상 왕조

사람들은 무덤이 불가침의 영역이어야 한다고 생각했을 것인
데, 그들은 망자와 죽음의 제국 사이에 연결이 있어야 한다고
생각했겠으나, 시간이 스스로 약속한 영원보다 얼마나 더 지
속될 수 있는지 생각하지 못했을 것이며—시간이 자신들의
시대로부터 시대와 시대를 거치며 광대한 영원으로 무시무시
하게 확장되어, 그들의 혼을 지닌 채 이곳에 누워 있는 사람들
을 기억할 가능성조차 소멸하리라고는 생각하지 못했을 것이
고, 무덤에는 거의 아무것도 남지 않을 것임을, 망자와 혼도,
그들 자신과 그들의 제국도, 심지어 그들의 제국에 대한 기억
도 남지 않을 것임을 생각하지 못했을 것이니, 시간이 무無에
유린당하면서, 거의 아무것도 남지 않고, 한때 있었던 모든 것
이 사라졌으니, 이곳 삼각주와 바다를 향해 굽이도는 이곳 황
허의 하류 옆에서는, 상 사람들도 사라지고, 무덤들도 그들과
함께 사라져, 아무것도 남지 않고, 흙의 무거운 압력에 짓눌
린 비명과 암흑밖에 없거니와, 비명으로 말할 것 같으면, 그것
은 정말로 남아 있는데, 그것들은 그곳 아래 자신들의 무너진
무덤 속에서 작은 조각들로 서로에게 기대선 채, 산에 부식하
고 흙에 박혔으나, 그것들의 넓게 벌린 입에서는 비명이 그치
지 않았고, 조각조각으로, 하지만 수천 년이 지나도록 여전히
그곳에 남았으며, 그 공포의 비명이 가진 하나의 의미는 그럼
에도 오늘까지 전해져 우리에게 말하길, 죽음의 장소인 흙 아
래에, 세계 아래에 거대하고 가득 찬 공간이 있으며, 우리 모두

가 틀림없이 종말을 맞을 장소는 분명히 존재하며, 세계는, 삶은, 사람들은 모두 끝날 것이고, 그들이 끝날 곳은 이곳 아래, 지금 이곳 아래, 상 사람들의 꿈 아래, 조각조각 부서진 무덤 조각상과 청동으로 주조된 짐승들의 비명 속이니, 흙 밑에는 짐승들이, 아마도 헤아릴 수 없이 많은, 돼지와 개, 물소와 용, 염소와 소와 범과 코끼리와 키메라와 뱀과 용이 있으며, 그것들은 모두 비명을 지르고 있는데, 튀어나온 눈에 백태가 끼어 있을 뿐 아니라, 모두 눈먼 채, 무너진 무덤 주위로 조각조각 부서지고 산에 부식한 채 기대서서, 암흑 속에서 눈먼 채 비명을 지르며, 이것이 그들을 기다리고 있었다고, 이것이 상 사람들을 기다렸다고 외치나, 저 위에서도, 똑같은 운명이 우리를 기다린다고, 지금 상 왕조를 생각하는 우리를 기다린다고도 외치니, 그 공포는 어떤 싸구려 두려움의 한낱 잔재가 아니어서, 그곳에는 어떤 영토가, 죽음의 영토가 있는데, 사방에서 짓누르는 흙의 무지막지한 무게는, 그들을 매장했듯 시간이 지나면 우리 또한 집어삼키고, 가두고, 묻고, 우리의 기억마저도, 영원의 모든 시간 너머로 소멸케 할 것이다.

에피파니의 순간: 《서왕모의 강림》 옮긴이의 말

"마침표는 인간에게 속한 것이 아니라 신에게 속한 것이다."
— 크러스너호르커이 라슬로

들어가며

《서왕모의 강림》은 헝가리에서 2008년 출간된 크러스너 호르커이의 여섯 번째 소설이다. 영어판은 2013년에 출간되었는데, 그가 부커 국제상을 받은 해가 2015년이니 아마도 이 작품이 적잖은 영향을 미쳤을 것이다. 《서왕모의 강림》은 열일곱 편의 이야기로 이루어졌는데, 시대적 배경, 나라, 주인공이 제각각인 이 작품들을 관통하는 세 가지 테마는 일상에서 문득 맞닥뜨리는 예술적·종교적 경험(에피파니), 이해받지 못하고 오직 스스로 존재할 뿐인 예술, 원본과 복제본의 동일성이다(어디까지나 번역자의 개인 의견임을 밝혀둔다). 문체는 2021년에 출간된 《라스트 울프》와 마찬가지로 지독한 만연체다.

《서왕모의 강림》 읽기

몇 페이지씩 이어지는 크러스너호르커이의 만연체는 독자에게나 번역자에게나 만만찮은 도전이다. 다음번 마침표에서 커피를 내리거나 화장실에 다녀올 요량이던 독자는 졸음과 요의尿意를 간신히 억누르며 저자의 눈치를 살피지만 매정하게도 저자는 독자를 놓아줄 낌새를 전혀 보이지 않는다. 그러는 동안 시점이 바뀌고 배경이 달라지고 장면이 전환되는데도 대단원의 막을 내려줄 종지부는 어림도 없다. 문장 중간에 책을 덮고 일어나면 지금까지 꾸역꾸역 머릿속에 욱여넣은 낱말들이 모조리 흩어져버릴 것만 같아 독자는 이러지도 저러지도 못한다.

책을 통독하며 전체적인 내용을 파악하는 습관을 가진 독자에게도 이 책은 고역이다. 까다로운 책을 읽을 때 비록 문장 하나하나가 이해되지 않더라도 꾸역꾸역 읽어내다 드디어 뜻이 통하는 문장을 만나면 그때부터 차곡차곡 내용을 쌓아가는 그의 전략은 이 책에서는 통하지 않는다. 모든 절이 연결되어 있기에 중간의 어느 한 절부터 이해하기 시작한다는 것은 불가능에 가깝다.

그런데 어떻게 생각해보면 글이 낱낱의 문장으로 나뉜다는 것 자체가 기이한 현상이다. 오늘 하루 당신에게 일어난 일들을 떠올려보라. 머릿속에서 흘러가는 장면을 중간에 끊고

컷을 외칠 수 있겠는가? 이 문단 두 번째 문장에서 나는 '일들'이라고 썼지만 실은 하나의 커다란 '일'이라고 했어야 한다. 인과관계의 사슬을 대체 어디서 끊을 수 있단 말인가? 사건은 끝나지 않는다. 우리가 끝낼 뿐. 진정한 의미에서의 마침표는 신만이 찍을 수 있다. 그렇다면 글도 '문장들'이 아니라 하나의 기다란 '문장'으로 이루어져야 할 것이다.

만연체는 모든 사건이 서로 연결되어 있음을 보여주는 방식이다. 이 책의 장 번호가 피보나치 수열인 데는 그런 까닭도 있을 것이다. 각 장의 이야기는 저마다의 시간적·공간적 배경에서 펼쳐지지만 예술적·종교적 경험에 대한 저자의 일관된 관점에 의해 하나로 엮인다. 앞의 이야기는 독자가 뒤의 이야기를 이해할 수 있는 실마리가 되는 동시에 뒤의 이야기로 인해 새로운 의미를 얻어 더욱 풍성해진다. 열일곱 개의 이야기를 더한 숫자는, 그러므로 17이 아니라 2584다.

지금쯤 당신은 이런 의문이 들 것이다. 번역자는 그렇게 만연체가 좋다면서 정작 자기는 왜 만연체를 쓰지 않는 거지? 이 의문에 답하기 전에 크러스너호르커이가 처음 소설을 쓰기 시작한 시절에 대해 이야기해야겠다. 그는 19세에 낙농장 야간 경비원으로 일하면서 우사를 청소하고 젖소의 젖이 부풀면 젖을 짜야 했다. 첫 소설 《사탄탱고》는 책상 앞에 앉아서 쓴 작품이 아니다. 그는 일하는 동안 이야기를 머릿속에 저장해두었다가 분량이 15~20쪽에 이르면 그제야 종이에 옮겨 적었다(그에게는 방대한 텍스트를 기억할 수 있는 능력이 있다고 한다).*

반면에 우리가 글을 쓰는 방법은 머릿속에서 문장을 떠올린 뒤에 받아 적고 그러고 나서 다음 문장을 떠올려 받아 적는 식이다. 나도 지금 한 문장 한 문장 떠올려가며 입력하고 있다. 이따금 문장 하나조차 채 완성하지 못한 채 (바로 지금처럼) 일단 앞부분만 적어놓고 뒷부분은 한참 궁리한 뒤에야 채워 넣기도 한다. 이러니 스무 어절이 넘어가는 문장을 쓰는 것은 내 깜냥 밖이다. 그런 문장을 쓰겠다고 만용을 부렸다가는 주어와 서술어가 따로 놀고 논리적 관계가 틀어지고 시점이 어긋나 창피만 당할 것이다.

만연체를 읽는 것은 어떤 면에서 명상과 비슷한 행위다. 조급한 마음을 내려놓고 글의 느린 흐름에 스스로를 내맡기는 것. 문장을 꼭꼭 씹지 않고 주어, 동사, 목적어만 후루룩 들이켜며 허겁지겁 진도를 나가려다가는 체하기 십상이다. 내가 이 사실을 아는 것은 영어판을 읽으면서─또는 읽지 못하면서─직접 체험했기 때문이다. (현대의 지배적 글 형식인) SNS의 단문은 당과 같아서 즉각적인 쾌감을 선사하지만, 만족은 이내 결핍이 되어 또 다른 자극을 갈구하게 만든다. 마침표에 농

---

* "László Krasznahorkai Interview: I Didn't Want to Be a Writer." https://youtu.be/XIyz4x17hRo?t=735

축되어 있는 당을 한번 맛보면 다음번에는 더 일찍 맛보고 싶어진다. 한번 맛보면. 다음번에는. 더 일찍.

하지만 저자가 떠먹여주는 대로 받아먹는 이런 수동적 독서는 텔레비전 시청과 별반 다르지 않다. 미국의 소설가 데이비드 포스터 월리스가 말한다. "저자의 의식과 독자의 의식 사이에 진정으로 온전한 인간적 관계가 맺어지려면 독자는 자기 몫의 언어적 노력을 들여야 한다."* 까다로운 문장을 이해하기 위해 의식적으로 정신을 집중하면 문장의 표면적 의미를 이해하는 것에 그치지 않고 텍스트 속 세상을 능동적으로 재구성할 수 있다. 이렇게 나만의 세상을 만들어감으로써 저자와의 관계를 유일무이한 "진정으로 온전한 인간적 관계"로 바꿀 수 있는 것이다.

몇 어절 만에 의미를 파악하려는 조급증을 내려놓고 그저 글자들 위로 시선을 이동할 뿐인—때로는 심지어 딴생각에 빠진 채—마음놓음mindlessness에서 벗어나 마음챙김mindfulness 상태에 들어가는 독자는 크러스너호르커이가 글 속에 숨겨둔 유머와 공들여 준비한 반전의 결말을 만끽할 수 있을 것이다.

---

* *Conversations with David Foster Wallace*, edited by Stephen J. Burn.

《서왕모의 강림》 번역하기

크러스너호르커이 같은 만연체를 쓰는 것보다 힘든 일이 하나 있다면, 그것은 그런 만연체를 번역하는 일이다. 나의 평상시 번역 방법은 일단 주어와 서술어가 어디서 나뉘는지 파악하여 각각 분석한 다음 관계절 같은 부가 정보를 공략하는 것인데, 이 책의 경우 이런 식으로는 번역은 고사하고 해독조차 쉽지 않았다.

한국어는 장문을 쓰기가 쉽지 않은 언어다. 고종석의 말마따나, 관계대명사를 이용하여 절을 무한히 늘어뜨릴 수 있는 영어와 달리 한국어에서는 꼬리에 꼬리를 무는 식으로 절을 연결할 방법이 없기 때문이다. 영어는 주어 바로 뒤에 동사가 나오고 나머지 문장 성분들은 동사가 미리 지정한 자리에 놓이기에 구조를 분석할 때 인지 부하가 크지 않지만, 맨 뒤의 서술어를 봐야 비로소 문장의 구조를—심지어 긍정, 부정 여부까지도!—파악할 수 있는 한국어는 끝까지 긴장의 고삐를 늦출 수 없으므로 문장이 길어질수록 인지 부하가 커진다. 그런 탓에 주어와 서술어 사이가 너무 멀어지면 미처 서술어에 도달하기도 전에 길을 잃고 헤매기 일쑤다.

영어 문장은 대부분 명사로 끝나고 다음 문장 또한 명사로 시작하기에 두 명사를 똑딱이 단추처럼 결합하여 문장을 연결하는 방법을 쓸 수 있는 반면에, 한국어는 문장이 용언으로 끝나기에 연결 어미를 이용해야 한다. 이런 탓에 영어 복합문을 한국어로 번역하면 어순이 뒤죽박죽이 되기 쉽다. 문법에 맞게 문장성분을 배열하면서도 시간적, 논리적 순서와 정보 구조(이미 아는 정보가 먼저 나오고 새로운 정보가 뒤에 나오는 원리)를 유지하는 것은 한국어 번역가라면 누구나 골머리를 썩이는 과제다. 연결 어미를 써야 한다는 말은 (영어에서는 관계대명사절에서 암묵적으로 전제되는) 문장과 문장의 관계를 명시적으로 나타내야 한다는 뜻이다. 영어에서 'brother'라고만 썼어도 한국어에서는 '형'인지 '동생'인지 알아내어 구분해줘야 하는 것처럼 말이다.

뒤집어 생각하면 만연체는 외국어를 한국어로 번역하는 번역자에게는 드문 기회다. 문장들이 대부분 '다'로 끝나는 한국어 문어체는 낭독할 때 딱딱하게 들리며 교착어인 한국어의 풍부한 어미를 제대로 활용하지도 못하지만, 만연체를 구사하여 문장들을 연결하면 리듬감을 살리고 연결 어미를 자유롭게 구사할 수 있다. 이 책 본문을 보면 접속사가 거의 쓰이지 않은 것을 알 수 있다. 연결 어미로 절과 절의 시간적·논리적 관계를 표시하기 때문에 접속사가 군이 필요하지 않은 것이다. 이렇게 본다면 한국어가 영어에 비해 오히려 만연체의 본령에 가깝다고 볼 수도 있겠다.

이번 번역에서 골머리를 썩인 것 중 하나는 종속절의 주절을 파악하는 문제였다. 영어에서는 종속절이 주절 앞에 올 수도 있고 뒤에 올 수도 있는데, 절이 두 개이면 종속절이 아닌 절이 당연히 주절이겠지만 종속절 앞뒤에 둘 다 절이 있으면 그중 어느 것이 주절인지를 문법적으로는 파악하기 힘들다. 종속절이 언제 끝나는지도 알 수 없기 때문에, 문장의 의미에 더욱 촉각을 곤두세워야 한다. 또한 영어판에서는 인칭 대명사를 특이하게 구사한다. 영어에서는 인칭 대명사의 선행사를 파악하는 것이 중요한 문제이기에 이를 위한 장치(성, 수, 인칭대명사와 선행사의 거리)에 주목하게 마련이지만, 이 책에서는 선행사를 알 수 있는 단서를 친절하게 알려주지 않는다. 위에서 설명한 종속절 문제와 지금의 선행사 문제는 독자에게 더 능동적인 독해를 요구한다는 공통점이 있다. 이것은 앞에서 말한 '명상으로서의 독서'를 유도한다는 점에서 효과적인 글쓰기 전략이지만, 번역자는 자신의 해석을 신뢰할 수 없기에 끊임없이 고뇌에 빠지게 된다.

어렵사리 주절과 선행사를 파악한 번역자에게는 두 가지 선택지가 있다. 첫째, 자신이 파악한 대로 풀어 써서 적어도 독자만은 고생하지 않도록 배려한다. 둘째, 원문의 모호함이 번역문에서도 유지되도록 한다. 첫 번째 방법은 가독성 측면에서는 유리하지만 독자의 적극적 독서를 유도한다는 저자의 의도—또는 본의 아닌 의도—를 왜곡할 우려가 있다. 그래서 이번에는 저자의 의도에 맞게 원문의 모호함을 '복원'하는 두 번째 방법을 택했다.

각 작품의 줄거리

이제 각 장에 대한 간략한 배경 설명과 해석을 제시할 텐데, 내 바람은 독자들이 이 대목을 건너뛰고 곧장 이야기를 대면하는 것이다. 드러남 또는 깨달음으로서의 에피파니의 순간은 텍스트로부터 독자에게 직접 나타나는 것이지 해설자의 개입을 필요로 하는 것이 아니기 때문이다. 다만 크러스너호르커이의 묵직한 문장을 곧장 공략하기가 부담스럽다면 워밍업 삼아 아래의 정보와 (지극히 개인적인) 의견을 참고하기 바란다.

1. 가모가와의 사냥꾼

가모가와강은 일본 교토를 위아래로 흐르는 강이다. 강둑에는 산책로가 조성되어 있어 관광객이 많이 지나다닌다. '가모'의 한자 '鴨(오리 압)'은 '압록강'의 '압'과 같다. 과거에는 홍수가 잦았으나 홍수 방지 대책이 실시된 지금은 수심이 얕아서 곳곳에 풀섬이 형성되었다.

이 소설에서 화자는 사냥에 몰두하는 백로를 관찰하면서 '사냥'에 두 가지 의미가 있다고 말한다. 주인공 백로는 물고기나 개구리를 잡아먹는 육식 조류로서 다른 동물을 사냥하지만, 그의 사냥은 생존을 위해 어쩔 수 없는 숙명이며 무자비한 자연 법칙과 인간의 개발이 백로를 사냥한다. "새가 하늘을 가로질러 집으로 날아간다. 지친 듯 보이는 것은, 힘든 하루였기 때문이다. 사냥에서 돌아오는 것은, 사냥당하지 않았기 때문이다."

위 인용문은 알자하드 이븐 샤히브라는 인물이 쓴 것으로 되어 있다. 그런데 아무리 검색해도 나오지 않아 저자에게 메일로 질문했더니 가공 인물이라는 답장이 돌아왔다. 그러면서 저자는 내게 송곳 같은 질문을 던졌다. "그나저나 말씀해보시죠. 번역을 위해 그것[알자하드 이븐 샤히브의 실존 여부]을 알아야 하는 이유가 뭔가요?" 하긴 픽션의 사실 관계를 궁금해하고 추적하고 문제 삼는 것은 하수 중의 하수나 할 법한 행동 아니겠는가. 그의 질문에는 불쾌감이 묻어났다. 뜻밖의 반격에 나는 네 가지 이유를 제시했다. "첫째, 번역가는 절반은 독자이고 절반은 작가입니다. 절반의 작가로서 저는 책의 모든 것을 알아야 합니다. [당신이 쓴]《벵크하임 남작의 귀향》에서 악장이 말한 것처럼요. '알려질 수 있는 모든 것이 내게 가능한 한 최대한 자세히 "이미 알려져" 있음에도 불구하고, 나는 모든 것에 대해 제때 알고 싶으며, 내 앞에서 자네들은 그 무엇에 대해서도 침묵해서는 안 되며, 아무리 사소한 것이라도 내게 고해야 하니, …….' 둘째, 텍스트가 인용문이라면 저는 그것을 두 가지 맥락에서 읽어야 합니다. 그것은 원문의 맥락(즉, 당신의 글)과 유사 원문의 맥락(즉, 허구가 아닌 실제 인물의 글)입니다. 셋째, 한국어는 로마자 알파벳과 다른 독특한 문자를 쓰기 때문에, 표기를 잘못하면 독자들이 엉뚱한 사람으로 오인할 우려가 있습니다. 넷째, 저는 당신의 글에 담긴 정교한 스타일과 미묘한 뉘앙스를 전달하고 싶기에 당신이 의도하거나 암시한 것을 무엇 하나 놓치고 싶지 않습니다." 그러자 저자는 내 취지를 온전히 이해하겠다며 앞으로도 기꺼이 돕겠다고 말했다.

백로는 숭고한 존재이나 그의 숭고한 아름다움을 알아보는 사람은 화자뿐이다. 강둑을 지나다니는 사람들은 누구도 가모가와강에서 사냥하는 새 한 마리에게 눈길을 주지 않는다. 이해받지 못한 채 스스로 존재할 뿐인 예술적 존재로서의 백로는 이후의 이야기들에서 끊임없이 되풀이되는 테마를 보여준다. 반면에 가모가와강이 위치한 도시 교토는 오로지 암시로서만 존재한다. 987장 '이세신궁 식년천궁'에서 일본인 친구가 껍데기만 남은 도시에 대한 환멸을 표현하는 것처럼.

2. 추방당한 왕후

주인공 와스디는 구약 성서 에스더 1장에 등장하는 인물이다. 이 이야기에서 저자는 바사(페르시아)의 왕후 와스디가 아하수에로왕의 명령을 거역하여 추방당했다는 짧은 일화를 르네상스 화가 필리피노 리피의 작품과 접목하여 비극적 아름다움을 탐구한다. 필리피노 리피는 화가 필리포 리피의 아들로, 보티첼리의 작업실에서 도제 생활을 하기도 했다. 이 이야기에서는 여러 갈래의 작은 이야기들이 나란히 전개되는데, 바빌로니아 출신의 와스디가 왕과 결혼한 뒤 시어머니의 미움과 모함을 받아 궁에서 추방되고 결국 살해당하는 이야기, 필리피노 리피의 기구한 삶과 그가 포르치에리(결혼 예물로 제작하는 보관함)를 제작하는 이야기, 아하수에로왕의 역사적 고증, (와스디를 묘사한) 〈라 데렐리타〉를 보티첼리가 그렸는지 필리피노 리피가 그렸는지의 논쟁 등이 교차하다 작품의 비극적 아름다움과 와스디의 비극적 결말로 마무리된다. 얼핏 두서없어 보이는 이야기들을 하나로 엮어 압도적 장면으로 매듭짓는 수법은 이 책에서 여러 차례 반복된다.

3. 불상의 보전

젠겐지는 이나자와시에 있는 절이다. 이곳의 아미타여래좌상은 아이치현 지정 문화재로, 2004~2005년에 복원 작업이 진행되었다.* 이 소설은 아미타여래좌상의 복원 과정과 이후의 개안식(복원된 불상을 돌려받아 모시고 눈을 그리는 의식)을 묘사한다. 우리는 서양인이 일본 문화를 묘사할 때 그 절제미와 엄숙미를 예찬할 거라 짐작하지만, 오히려 저자는 의식을 진행하는 승려들의 실수와 고민, 불상 복원가들의 고뇌와 직

---

* 문화재 등록 현황은 http://www.city.inazawa.aichi.jp/miryoku/bunka/kenshitei/1002887.html, 복원 전 모습은 https://www.youtube.com/watch?v=M-6ROIsv3Tbs를 보라.

장 내 갈등을 유머러스하게 그려낸다.

이 이야기를 번역하면서 '원본이란 무엇인가'의 문제로 골머리를 썩인 기억이 난다. 승려의 직책, 불교 의례용 악기 등의 전문 용어가 (의미를 살려 번역되지 않고) 단순히 음차되어 표기된 것을 보건대 저자는 필시 일본어 문헌의 영역본(또는 헝가리어본)을 참고했을 것이다. 그렇다면 '일본어 → 영어 → 헝가리어 → 영어 → 한국어'의 단계를 거쳤을 이 글에서 헝가리어판 원작은 실은 번역—그것도 중역重譯에 불과한 것 아닐까? 만에 하나 저자의 글이 오역이라면 한국어 번역자는 그것을 원문의 원문에 맞게 고쳐야 할까, 오역을 그대로 번역해야 할까? 그것은 오역일까 아닐까? 그나저나 픽션에서 오류를 바로잡는다는 건 어떤 의미일까?

5. 크리스토 모르토

이 이야기는 처음부터 끝까지 한 편의 미스터리처럼 전개된다. 이탈리아 베네치아를 방문한 주인공은 11년 전 단체 관광객들과 함께 이곳을 찾았을 때 신비스럽게 조우한 그림을 다시 보려고 산 로코 미술관을 찾는다. 그는 구둣발 소리를 요란하게 내며 거리를 걷다가 분홍 셔츠를 입은 정체불명의 남자에게 미행당하는데, 미술관에서 그리스도가 눈을 뜨는 광경을 다시 한번 목격한다. 그리고 그리스도의 눈에 깃든 슬픔의 의미를 깨닫고서 다시는 현실로 돌아가지 못한다. 2장 '추방당한 왕후'에서 그랬듯 여기서도 작품의 진짜 작가가 누구인지에 대한 학술적 논쟁이 추리 소설처럼 펼쳐진다. 비록 목 아래 부분은 벨리니의 양자 벨리니아노(비토레 디 마테오)의 어설픈 손놀림으로 그려졌지만 그리스도의 얼굴만은 거장의 솜씨를 드러내며 주인공에게 기적을 일으킨다. 하지만 이 기적은 주인공에게 과연 축복이었을까? 그리스도가 정말로 살아 계시다면, 《코리에레 델라 세라》에서 교황 베네딕토가 말했듯 (천국과 연옥은 실존하지 않을지라도) 지옥은 실존할 수도 있을 텐데 그 지옥은 어디를 말하는 걸까?

8. 아크로폴리스에 올라가서

평생 꿈꿔온 아크로폴리스 관람을 위해 아테네를 찾은 관광객 주인공은 공항의 혼잡과 택시 기사의 바가지에 시달리고 나서 친절한 청년들과 레스토랑에서 커피를 마시며 담소를 나누다 그들의 만류에도 아크로폴리스를 향해 출발한다. 하지만 아크로폴리스에서는 뜻밖의 난관이 그를 기다리고 있었고, 실의에 빠진 채 내려온 그를 기다린 것은 더 뜻밖의 결말이었는데……. 이 이야기는 이 책에 실린 열일곱 편 중에서 가장 쉽게 읽을 수 있는 글이지만 메시지와 여운은 어느 이야기 못지않다. 주인공이 강렬한 햇빛에 눈이 머는 것은 일생일대의 목표에 사로잡혀 일상의 행복을 보지 못하는 현실을 돌이켜 보게 한다. 우리는 일상의 행복을 언제든 손에 쥘 수 있으리라 생각하여 하찮게 여기지만, 한번 놓치면 평생 다시는 만나지 못하는 것은 아크로폴리스만이 아니다.

13. 그는 새벽에 일어난다

이 이야기는 노멘(일본 전통 연극 노의 가면)을 제작하는 장인이 가면 하나를 완성하기까지의 과정을 꼼꼼히 묘사한다. 장인은 취미라고는 자전거 타기 하나뿐이며 하루 종일 거의 한마디도 하지 않고 심지어 금욕적일 정도의 삶을 살아간다. 이따금 찾아오는 수강생들이 그에게 노와 노멘의 본질에 대해 질문하지만 그는 답변을 준비하지 못해 늘 허둥댄다. 하지만 그는 결국 자신이 만든 노면에 생명을 불어넣고 만다. 그의 작업 과정 중 무엇이 귀신 가면을 진짜 귀신으로 만들었을까? 어쩌면 이 이야기는 전체가 부분의 합보다 크다는 명제를 보여주려는 것인지도 모르겠다.

21. 살인자의 탄생

일자리를 찾아 스페인에 온 동유럽 남자는 카사 밀라라는 건물에 우연히 들어갔다가 러시아 성화 전시회를 보게 된다. '이콘'이라고도 불리는 성화는 성경의 이야기를 문명의 민중에게 그림으로 전달하기 위해 시작된 예술로, 독특하고 양식화된 기법을 구사한다. 성화가 여느 그림과 다른 점은 실재의 모방(재현)이 아니라 실재 자체로 간주된다는 것이다. 게다가 복제품조차도 축성받기만 하면 원본과 같은 작품으로 대접받는다. 어쩌면 문학과 번역도 성화에 비유할 수 있지 않을까. 루블레프의 「삼위일체」 원작을 그대로 복제한 디오니시처럼 번역가도 두려운 마음으로 정성을 다한다. "그 영혼이 루블레프가 당시에 느낀 것을 느끼지 못하면 그 자신이 분명 지옥에 떨어질 것이요 복제품도 아무것도 아닌 것이 될 것임은, 그저 거짓이요, 기만이요, 속임수요, 단지 쓸데없고 무가치한 쓰레깃조각일 것이기 때문이[다.]"

34. 이노우에 가즈유키 명인의 삶과 일

이 이야기는 일본 전통 연극인 노 〈서왕모〉의 주인공을 연기하는 이노우에 가즈유키 명인의 기구한 내력과 독특한 정신 세계를 묘사한다. 그는 남다른 감수성의 소유자로, 제자들에게도 절대적 신뢰를 받는다. 이야기는 그를 인터뷰하는 외국인의 시점에서 전개되는데, 별다른 플롯이나 구상 없이 그저 시간의 흐름에 따라 사건을 서술하는 것처럼 보이지만 명인의 연기와 삶이 서로 어우러지면서 묘한 연결 고리를 만들어낸다. 그는 자신이 연기할 때마다 서왕모가 정말로 강림하도록 하기 위해 정성을 다한다("그에게는 예행연습과 공연이 전혀 다르지 않아서, 오로지 노 연습과 노 연습 아닌 것의 차이만 있[다]").

55. 일 리토르노 인 페루자

피에트로 페루지노(이하 '마에스트로')는 페루자 출신의 화가로, 공방 제자들과 함께 이탈리아 전역을 떠돌다 피렌체에 정착했으나 무슨 연유에서인지 다시 짐을 꾸려 페루자로 돌아간다. 제자 네 명은 수레에 짐을 싣고 따로 출발하는데, 포도주에 취해 곯아떨어지는 등 온갖 우여곡절을 겪는다. 한편 마에스트로는 예전에 페루자의 테치 가문으로부터 의뢰받은 제단화를 몇 년이 지나도록 방치해두다가 페루자에 도착하자마자 홀연 작업을 재개하여 황홀한 색깔로 그림을 마무리한다. 마에스트로가 그림에 열정을 잃은 것은 제자 라파엘로 때문이었을까? "실은 이 라파엘로에게 뭘 가르쳐야 할지 모르겠어, 그는 어떻게 해야 잘 그릴 수 있는지를 이미 알거든[.]"

89. 아득한 명령

알람브라 궁전은 진짜 이름이 무엇인지, 언제 건축되었는지, 누가 건축을 의뢰했는지, 무엇을 위한 건축물인지 등등 무엇 하나 명쾌하게 밝혀진 것이 없다. 알람브라의 방과 중정들이 서로 연결되면서도 결코 하나하나가 다른 무엇을 위한 것이 아님은 마치 이 책의 이야기들을 상징하는 듯하다. "방과 중정은 결코 서로 이어지고 서로 흘러들고 서로 맞닿도록 지어지지 않았던바, 즉 시간이 조금 지나면, 약간의 행운과 많은 정신적 분투의 결과로 그는 이곳의 모든 방 하나하나가 그 자체를 위해 존재하고 방과 중정이 서로 아무 관계가 없음을 또한 이해하나, 그렇다고 해서 그것들이 서로 외면하고 있다거나 서로로부터 스스로를 차단하고 있다는 뜻은 아니어서, 결코 그렇지 않으며, 모든 중정과 방은 자신 안에서 자신을 나타내고 그와 동시에 자신 안에서 전체를, 알람브라의 전체를 나타낼 뿐이니, 이 알람브라는 부분들로 존재하는 동시에 하나의 전체로 존재한[다.]" 알람브라는 알람브라에 대해 아무것도 알지 못한다. 그 자신으로서 존재할 뿐이기 때문이다. 이 말에 따르면 내가 이 책에 대해 이런저런 의견을 주워섬기는 것은 이 책의 취지를 왜곡하는 일이다. 책을 읽지 않고 책에 대한 이야기를 읽는 것은 233장 '당신이 보고 있을 곳'에서 말하듯 엉뚱한 곳을 바라보는 격이니까.

144. 무언가 밖에서 불타고 있다

루마니아 스폰타 아나 호수의 캠프장에 예술가 열두 명이 모여든다. 그들이 자연을 체험하고 명상하면서 각자 예술 활동을 하는 동안 부쿠레슈티에서 온 남자만은 아무 일도 하지 않은 채 남들을 구경하기만 한다. 그는 일정 시간 동안 종적을 감추는데, 몇 사람이 새벽에 일어나 그의 뒤를 밟는다. 알고보니 그는 땅에 구덩이를 파고 흙을 깎아 실물 크기의 말을 만들고 있었다. 말은 무언가로부터 달아나려는 것처럼 보인다. 사람들의 눈에는 드넓은 개활지로만 보이는 곳에서 그는 말을 보았으며 수많은 말들을 해방시켜야 한다는 의무감을 느꼈다. 어쩌면 예술가의 임무는 사람들이 보지 못하는 것을 보고 그 존재들의 호소에 귀 기울이는 것 아닐까?

233. 당신이 바라보고 있을 곳

루브르 박물관에서 32년째 경비원으로 일하고 있는 세바뉴의 유일한 낙은 자신이 맡은 전시실에 놓인 밀로의 비너스를 바라보는 것이다. 밀로의 비너스는 프락시텔레스의 아프로디테 조각상을 모방한 수많은 아류작 중 하나로, 조각가와 원래 모습에 대해 온갖 학설이 난무하나 세바뉴가 보기에 이런 논의는 아무 의미도 없다. 관람객들은 밀로의 비너스를 보면서 경탄하지만 정작 비너스가 바라보는 곳을 바라보는 사람은 아무도 없다.

377. 사적인 열정

서양 음악은 바로크에서 절정에 도달했으며 그 이후의 모든 음악은 퇴보와 타락에 불과하다고, 도시에서 온 건축가는 도서관 강연회에 모인 청중에게 말한다. 바로크는 고통의 예술이요 죽음의 예술이며 모든 것은 바로크와 함께 끝났어야 한다는 것이다. "바로크는 죽음의 예술이요, 우리가 죽어야 하며 어떻게 죽어야 하는가를 우리에게 말해주는 예술 형태이되, 바로크가 음악 속에 울려퍼지는 바로 그 순간에 죽음이 찾아왔어야 하는 것은, 우리가 거기서, 정점에서 끝났어야 했고, 모든 것이 일어날 법한 그대로 일어나도록 내버려두지 말았어야 했기 때문[입니다.]" 이 건축가는 시대착오적일 뿐 아니라 청중착오적이기도 해서 강연회에 참석한 노인들은 그의 말을 하나도 알아듣지 못한다.

610. 푸르름 속 메마른 띠 하나뿐

풍경화가 킨츨은 연인 오귀스틴이 죽은 뒤 제네바에서 로잔으로 가는 열차 승차권을 구입하기 위해 줄을 서 있다. 그는 자신을 훔쳐보는 사람들과 발권에 늑장을 부리는 역무원에게 분노를 느낀다. 그는 얼마 전 제네바 호수를 묘사한 풍경화를 완성했으나 제목을 붙이지 못했는데, 매표구 앞에 도달해서야 올바른 제목이 떠오른다.

이야기에서는 킨츨이 실존 인물이라는 사실이 전혀 드러나지 않으나 영어판 번역자는 그가 스위스의 화가 페르디난트 호들러이고 제네바호를 그린 그림이 〈풍경의 형태와 리듬〉이라는 실제 작품이라고 확인해주었다(실제로 오귀스틴 뒤팽은 호들러의 연인이었고 헥토르는 두 사람의 아들이다). 요소들을 나란히 배치하는 그의 화풍은 병렬주의parallelism라고 불리며 그는 평생 죽음이라는 테마에 몰두했다. 이 이야기에서 보듯 그의 풍경화에는 자신의 고통과 깨달음이 담겨 있으며, 마지막 문장에서 보듯 그림은 곧 그 자신을 나타낸다.

987. 이세신궁 식년천궁

이세신궁은 태양신 아마테라스 오미카미와 의식주의 신 도요우케노 오미카미를 모시는 신사로, 일본 미에현 이세시에 있다. 이 이야기는 이곳의 신사 건물을 20년마다 새로 짓는 식년천궁 의식을 소재로 한다. 서양인 관광객과 일본인 친구는 제62회 이세신궁 식년천궁을 참관하게 해달라고 부탁하나 (신궁을 관리하는) 신궁사청의 책임자 고호리 구니오는 단칼에 거절한다. 하지만 두 사람은 신사를 지을 때 쓸 편백을 베는 의식인 미소마하지메사이의 참관을 허락받는데, 서양인 관광객은 행사장을 건축하는 인부들과 행사를 주관하는 신관들이 허둥대는 모습을 보고 실망하지만 벌목부들의 한 치의 오차도 없는 도끼질에 감명받는다. 나중에는 작업반장 격인 도료와 면담할 기회를 얻어 그에게 신사 건축에 대해 자세히 듣게 된다. 서양인 관광객은 이번 체험에 만족하지만 일본인 친구는 계속해서 그에게 미안하다고 말한다. 마지막으로, 일본인은 교토를 보여주겠다며 서양인을 다이몬지산에 데려가는데, 경이로운 저녁 풍경에 매혹당한 그에게 뜻밖의 말을 던진다.

이 이야기에서도 우리는 원본과 복제본에 대한 흥미로운 시각을 엿볼 수 있다. "새 신사는 옛 신사와 비슷한 걸까요, 같은 걸까요? 그가 질문을 반복했는데, 이것이 까다로운 질문

같으나 까다롭지 않은 것은, 답이 간단하기 때문으로, 말하자면 새 건물은 옛 건물과 같은데, 왜 그런고 하니, 그곳에 깃든 신이, 아마테라스 오미카미가 같기 때문[입니다.]" 이를 위해 도료는 실수를 결코 저지르지 않으려고 심혈을 기울인다.

1597. 제아미는 떠난다

제아미는 노를 하나의 예술 장르로 정착시킨 인물이다. 이 이야기는 제아미가 권력의 눈밖에 나 사도섬에서 귀양살이를 하다 죽기까지의 기간을 다루는데, 이곳에서 제아미는 마지막 작품 《긴토쇼》를 남긴다. 사도섬의 주민들은 제아미의 고통을 이해하지 못했는데, 이것은 교토에서도 마찬가지여서 이 위대한 예술가는 모든 사람에게 버림받은 채 세상을 떠난다. "그럼에도 실상은 그들이 아무것도, 그 문제에 대해, 온 세상을 통틀어 아무것도 이해하지 못했다는 것이었음은, 그들이 어떻게 이해할 수 있었겠는가, 그들이 이해하지 못했을 뿐 아니라―이것은 결국 이곳 사도에서, 이 버림받은 땅에서 능히 예상할 수 있는 바였는데―아니―온 세상을 통틀어 단 한 사람도 그를 진실로 이해할 수 없었[다.]"

2584. 땅밑에서 들려오는 비명

상 왕조 사람들은 불가침의 무덤을 짓고자 했으나, 현재의 우리가 살아가는 시대는 그들이 상상한 시간의 척도를 훌쩍 뛰어넘기에 이제는 모든 것이 사라지고 무덤을 지키던 짐승들의 비명만이 남아 있다. 저자는 우리 또한 상 왕조 무덤 주인들과 같은 운명을 맞을 것이라고 말한다.

나가며

옮긴이의 말을 마무리하면서 쉼표에게 감사를 표하고자 한다. 그가 없었다면 번역서의 문장들은 시간의 차원을 따라 그저 흘러가는 1차원적 구조에 머물렀을 것이다. 쉼표 덕에 절과 절은 더 높은 차원에서의 질서를 부여받을 수 있었다. 쉼표의 '쉼'은 잠시 멈추고 휴식하라는 뜻이기도 하고 숨을 쉬라는 뜻이기도 하다. 쉼표에는 '들이쉼표'와 '내쉼표'가 있는데, 구를 반복하거나 나열하기 위한 들이쉼표는 독자에게 긴장의 끈을 당겨야 할 때를 알려주는 반면에 하나의 의미 덩어리가 완성되었음을 나타내는 내쉼표는 독자에게 긴장의 끈을 늦추고 생각을 정리해야 할 때를 알려준다.

역자 교정을 하면서 3000여 개의 쉼표를 지웠다. 쉼표의 개수가 반으로 줄면 남은 쉼표들의 힘은 두 배로 커진다. 부디 1만 5000개의 쉼표가 당신의 호흡과 맞아떨어지길.

지은이.. 크러스너호르커이 라슬로 Krasznahorkai László

1954년 헝가리 줄러에서 태어났다. 1976년부터 1983년까지 부다페스트 대학에서 문학을 공부했고, 1987년 독일에 유학했다. 이후 프랑스, 네덜란드, 이탈리아, 그리스, 중국, 몽골, 일본(교토), 미국(뉴욕) 등 세계 여러 나라에 체류하며 작품 활동에 매진해왔다.

헝가리 현대문학의 거장으로 불리며 고골, 멜빌과 자주 비견되곤 한다. 수전 손택은 그를 "현존하는 묵시록 문학의 최고 거장"으로 일컫기도 했다. 크러스너호르커이는 자신의 작품 세계를 관통하는 종말론적 성향에 대해 "아마도 나는 지옥에서 아름다움을 추구하는 독자들을 위한 작가인 것 같다"라고 밝힌 바 있다. 영화감독 벨라 타르, 미술가 막스 뉴만과의 협업을 통해 자신만의 독특한 세계관을 확장하고 있다. 매년 유력한 노벨문학상 후보로 거론되는 작가다.

주요 작품으로는 《사탄탱고》(1985), 《저항의 멜랑콜리The Melancholy of Resistance》(1989), 《전쟁과 전쟁War and War》(1999), 《서왕모의 강림Seiobo There Below》(2008), 《마지막 늑대The Last Wolf》(2009), 《세상은 계속된다The World Goes On》(2013) 등이 있다.

그의 소설은 여러 언어로 번역되었으며 다양한 국내 및 국제 문학상을 수상했다. 헝가리의 Tibor Déry 문학상(1992), 독일의 SWR-Bestenliste 문학상(1993), 대문호 산도르 마라이의 이름을 따 제정한 헝가리의 Sándor Márai 문학상(1998), 헝가리 최고 권위 문학상인 Kossuth 문학상(2004), 스위스의 Spycher 문학상(2010), 독일의 Brücke Berlin 문학상(2010) 등을 받았고, 2015년에는 맨부커 인터내셔널상Man Booker International Prize을 수상했다. 2018년 《세상은 계속된다The World Goes On》로 맨부커상 인터내셔널 부문 최종 후보에 또 한 번 이름을 올렸다.

옮긴이.. 노승영

서울대학교 영어영문학과를 졸업하고, 서울대학교 대학원 인지과학 협동과정을 수료했다. 컴퓨터 회사에서 번역 프로그램을 만들었으며 환경 단체에서 일했다. 《이렇게 살아가도 괜찮은가》《동물에게 배우는 노년의 삶》《대중문화의 탄생》《제임스 글릭의 타임 트래블》《위대한 호수》《당신의 머리 밖 세상》《먹고 마시는 것들의 자연사》 등의 책을 한국어로 옮겼다. 홈페이지(www.socoop.net)에서 그동안 작업한 책들의 정보와 정오표를 볼 수 있다.

서왕모의 강림

1판 1쇄 찍음 2022년 7월 4일
1판 1쇄 펴냄 2022년 7월 25일

지은이 크러스너호르커이 라슬로
옮긴이 노승영
펴낸이 안지미

펴낸곳 (주)알마
출판등록 2006년 6월 22일 제2013-000266호
주소 04056 서울시 마포구 신촌로4길 5-13, 3층
전화 02.324.3800 판매 02.324.7863 편집
전송 02.324.1144

전자우편 alma@almabook.com
페이스북 /almabooks
트위터 @alma_books
인스타그램 @alma_books

ISBN 979-11-5992-363-0 03890

알마는 아이쿱생협과 더불어 협동조합의 가치를 실천하는 출판사입니다.